SHALIMAR LE CLOWN

DU MÊME AUTEUR

AUX EDITIONS PLON

Le Dernier Soupir du Maure, 1996 (Pocket, 1997 et 10/18, 1998).
Est, Ouest, 1997.
La Honte, 1997 (première édition, Stock, 1984).
Les Enfants de minuit, 1997 (première édition, Stock, 1983, 10/18, 1999).
Le Sourire du jaguar, 1997 (première édition, Stock, 1987).
Les Versets sataniques, 1999 (première édition, Bourgois, 1989 et Pocket, 2000).
La Terre sous ses pieds, 1999 (Pocket, 2000, 10/18, 2002).
Furie, 2001 (Pocket, 2003).
Franchissez la ligne, 2002.
Haroun et la mer des histoires, 2004 (première édition, Bourgois, 1991).

AUX EDITIONS LATTÈS

Grimus, 1977.

AUX EDITIONS CHRISTIAN BOURGOIS

Patries imaginaires, 1993 (10/18, 1995).

AUX EDITIONS NOUVEAU MONDE

Le Magicien d'Oz, 2002.

SALMAN RUSHDIE

SHALIMAR LE CLOWN

Traduit de l'anglais par Claro

FEUX CROISÉS
PLON

Titre original
Shalimar the Clown

Collection Feux Croisés
dirigée par Ivan Nabokov

ISBN édition originale, Jonathan Cape, Londres : 0-224-06161-5
ISBN Plon : 2-259-19343-9

En souvenir affectueux de mes grands-parents cachemiriens
Dr Ataullah et Amir un nissa Butt (Babajan et Ammaji)

Je traverse le Paradis sur un fleuve infernal :
Fantôme exquis, il fait nuit.
L'aviron est un cœur; il brise les vagues de porcelaine.

Je suis tout ce que tu as perdu. Tu ne me pardonneras pas
Mon souvenir ne cesse d'entraver ton histoire.
Il n'y a rien à pardonner. Tu ne me pardonneras pas.
Ma peine, je l'ai cachée même à moi-même; ma peine,
je ne l'ai révélée qu'à moi-même.
Tout est à pardonner. Tu ne peux pas me pardonner
Si seulement tu avais pu être mienne,
Rien n'aurait été impossible en ce monde, non ?

Agha Shahid Ali
extrait de *The Country Without a Post Office*
(W.W. Norton, 1997).

« Que vos deux maisons soient maudites. »

Mercutio, *Roméo et Juliette*,
William Shakespeare.

India

A vingt-quatre ans, la fille de l'ambassadeur dormait mal pendant les nuits chaudes et sans surprise. Elle se réveillait souvent et, même quand elle finissait par trouver le sommeil, son corps ne connaissait guère de repos, il s'agitait violemment dans tous les sens comme s'il cherchait à se libérer de terribles et invisibles menottes. Elle poussait parfois des cris apeurés dans une langue qu'elle ignorait. C'est ce que lui avaient confié, gênés, certains hommes. Ils étaient peu nombreux à avoir eu le droit d'être là pendant qu'elle dormait. Les détails étaient donc vagues, faute de recoupements suffisants; toutefois, un indice émergeait. Selon un témoin, elle émettait des sons gutturaux ponctués de mouvements de glotte comme si elle parlait l'arabe. L'arabe des *Mille et Une Nuits*, songeait-elle, la langue rêvée de Schéhérazade. Un autre témoin décrivait ses vocalises comme relevant de la science-fiction, c'était une sorte de klingon, une voix qui s'éclaircit dans une très lointaine galaxie. Sigourney Weaver captant un démon dans *Ghostbusters*. Un soir, par curiosité, la fille de l'ambassadeur installa un magnétophone sur sa table de chevet, mais quand elle entendit la voix sur la cassette, une voix laide comme un papillon de nuit, à la fois familière et étrangère, elle eut une peur bleue et appuya sur la touche « effacer », laquelle n'effaça rien d'important. La vérité restait la vérité.

Fort heureusement, ces discours somnambuliques étaient de courte durée. Dès qu'ils cessaient, la fille de l'ambassadeur glissait dans un état d'épuisement, à l'abri du rêve, toute transpirante et haletante. Puis soudain elle se réveillait, en pleine confusion, persuadée qu'il y avait un intrus dans sa chambre. Il n'y avait pas d'intrus. L'intrus était une absence, un espace vide dans l'obscurité. Elle n'avait pas de mère. Sa mère était morte en couches : c'est ce que lui avait dit l'épouse de l'ambassadeur, et ce qu'avait confirmé son père, l'ambassadeur. Sa mère avait été cachemirienne, mais elle appartenait à un monde perdu, comme le paradis, comme le Cachemire, un monde d'avant le souvenir. (Pour elle, *Cachemire* et *paradis* étaient synonymes, et aucune des personnes qui la connaissaient ne se permettait de la contredire.) Elle tremblait devant l'absence de sa mère, silhouette vide d'une sentinelle dans la nuit, et attendait la deuxième catastrophe, attendait sans savoir qu'elle attendait. Après la mort de son père – un père brillant, cosmopolite, franco-américain, « comme la Liberté » disait-il, un père aimé, agaçant, versatile, volage, souvent absent, un père irrésistible –, elle connut un sommeil profond, comme si elle avait été absoute. Comme si ses péchés lui avaient été pardonnés, les siens ou ceux de son père. Le fardeau du péché avait été transmis. Elle ne croyait pas au péché.

Aussi, jusqu'à la mort de son père, elle ne fut pas une femme avec laquelle il était facile de dormir, même si c'était une femme avec laquelle les hommes voulaient coucher. Elle trouvait lassante l'insistance de leurs désirs. Et les siens étaient tels qu'ils connaissaient rarement la satisfaction. Les quelques amants qu'elle eut laissaient à désirer pour des raisons diverses, aussi (comme pour clore ce chapitre) elle jeta bientôt son dévolu sur un type plutôt ordinaire, allant même jusqu'à prendre très au sérieux sa demande en mariage. Puis l'ambassadeur avait été saigné devant chez elle comme un poulet halal, la gorge tranchée par l'unique coup de lame de son agresseur. En plein jour ! Comme l'arme avait dû scintiller dans la lumière dorée du matin ! Le soleil était la bénédiction quotidienne de la ville, ou sa malédiction. La fille de l'homme assassiné était une femme qui détestait le beau temps, mais la ville n'avait guère autre chose à proposer au cours de l'année. Aussi devait-elle endurer de longs mois ensoleillés et monotones, ainsi qu'une chaleur sobre et desséchante. Les rares matins où elle se réveillait pour découvrir un ciel nuageux avec une once d'humidité dans l'air, elle s'étirait, encore tout endormie dans son lit, cambrait le dos, et connaissait un bref moment de bonheur ; mais les nuages se dissipaient invariablement vers midi et voilà que revenait ce perfide bleu layette du ciel qui donnait au monde un air pur et enfantin, et l'orbe violent et impoli l'agressait comme un homme qui rit trop fort dans un restaurant.

Dans une telle ville, il ne pouvait y avoir de zones grises, du moins en apparence. Les choses étaient ce qu'elles étaient et rien d'autre, elles ignoraient l'ambiguïté, dépourvues des subtilités de la bruine, de l'ombre et du froid. Sous le regard insistant de ce soleil, il était impossible de se cacher. Les gens étaient partout exposés, leurs corps luisaient en pleine lumière, à peine vêtus, ils la faisaient penser à des publicités. Ici, nul mystère ou profondeur; rien que des surfaces et des révélations. Mais déchiffrer la ville, c'était découvrir que cette banale clarté était une illusion. La ville n'était que traîtrise, tromperie, une métropole prompte aux métamorphoses et aux revirements, dissimulant sa vraie nature, tenue secrète en dépit de toute son apparente nudité. Dans cet endroit, même les forces de la destruction n'avaient plus besoin de la protection de la nuit. Elles brûlaient dans l'éclat du matin, vous éblouissaient, vous transperçaient d'une lumière brutale et fatale.

Elle s'appelait India. Elle n'aimait pas ce nom. Personne ne s'était jamais appelé Australie, tout de même, ni Ouganda, ou Ingouchie ou Pérou. Au milieu des années soixante, son père, Max Ophuls (Maximilien Ophuls, né à Strasbourg, en France, à une époque reculée du monde), avait été l'ambassadeur des Etats-Unis en Inde le plus aimé, puis le plus scandaleux, mais qu'importe, on ne refilait pas aux enfants des noms comme Herzégovine ou Turquie ou Burundi juste parce que leurs parents avaient visité ces pays et s'y étaient sans doute mal comportés. Elle avait été conçue en Orient – conçue hors mariage et née au cœur même du violent scandale qui brisa le couple de son père et mit fin à sa carrière diplomatique – mais si c'était là une excuse suffisante, s'il avait été normal d'accrocher les lieux de naissance des gens autour de leur cou comme des boulets, alors le monde serait plein d'hommes et de femmes appelés Euphrate ou Pisgah ou Iztaccíhuatl ou Woolloomooloo. En Amérique, comme de bien entendu, cet usage n'était pas rare, ce qui grevait légèrement son argument et l'agaçait quelque peu. Nevada Smith, Indiana Jones, Tennessee Williams, Tennessee Ernie Ford : elle les maudissait en brandissant son majeur.

Mais « India » ne lui convenait pas, ça faisait exotique, colonial, et supposait l'appropriation d'une réalité qui lui était étrangère, et elle se répétait que de toute façon ce nom ne lui allait pas, elle ne se sentait pas une India, même si son teint était riche et soutenu, et ses longs cheveux d'un noir de jais. Elle n'avait pas envie d'être vaste ou sous-continentale ou excessive ou vulgaire ou explosive ou archipeuplée ou ancienne ou bruyante ou mystique, encore moins du tiers monde. Bien au contraire. Elle se considérait comme disciplinée, soignée, nuancée, secrète, irréligieuse, discrète, calme. Elle s'exprimait avec un accent britannique. Son comportement était froid et non torride. C'était la personne qu'elle voulait être, et qu'elle avait construite avec la plus grande détermination. C'était la seule version d'elle-même que quiconque en Amérique, hormis son père et les amants qui avaient été effrayés par ses bizarreries nocturnes, ait jamais vue. Quant à sa vie intérieure, son violent passé anglais, ses antécédents tumultueux, les années de délinquance, les événements secrets de sa brève vie mouvementée, il était hors de question de les évoquer, ça ne concernait pas (ou plus) le public. Désormais, elle s'était reprise. L'enfant à problèmes qui était en elle se sublimait dans les loisirs, les séances hebdomadaires de boxe au club de Jimmy Fish à l'angle de Santa Monica et Vine, où Tyson et Christy Martin s'étaient autrefois entraînés et où la froide fureur de ses coups forçait les boxeurs à s'arrêter pour regarder, les séances d'entraînement bihebdomadaires avec un sosie de Burt Kwouk attaquant Clouseau, un maître de wing chun, un art martial de close-combat, la solitude des murs noirs et écrus par le soleil du stand de tir Saltzman's Moving Target dans le désert à 29 Palms et, surtout, les séances de tir à l'arc dans le centre de Los Angeles près du lieu de naissance de la ville, dans Elysian Park, où sa maîtrise de soi récemment acquise, dans le but de survivre, de se défendre, pouvait être utilisée pour passer à l'attaque. Quand elle tendait son arc doré et olympique, sentant la pression de la corde contre ses lèvres, touchant parfois l'extrémité de la hampe avec la pointe de sa langue, elle sentait monter en elle l'excitation, acceptait cette fièvre qui s'emparait d'elle tandis que les secondes qui lui étaient accordées tendaient vers zéro, suite à quoi elle décochait sa flèche, libérant son venin silencieux, se délectant du bruit sourd et distant de l'arme touchant sa cible. La flèche était son arme de prédilection.

Elle s'efforçait également de maîtriser sa vision, laquelle était sujette à d'étranges et imprévisibles altérations. Quand ses yeux pâles transformaient les choses qu'elle voyait, son esprit endurci accomplissait le processus inverse. Elle n'avait aucune envie de s'attarder sur sa délinquance, ne parlait jamais de son enfance, et prétendait ne garder aucun souvenir de ses rêves.

Le jour de son vingt-quatrième anniversaire, elle reçut la visite de l'ambassadeur. Elle se pencha à son balcon du troisième étage et le vit qui attendait en plein soleil, vêtu de son absurde costume de soie, comme un vieux protecteur français. Mais muni d'un bouquet de fleurs. « Les gens vont penser que tu es mon amant », lança India à Max, le « tombeur des crèches ». Elle adorait quand l'ambassadeur était gêné, son front se plissait douloureusement, son épaule droite montait contre son oreille, sa main se levait comme pour parer un coup. Elle le vit se fragmenter dans les couleurs de l'arc-en-ciel à travers le prisme de son amour. Elle le vit reculer dans le passé alors qu'il se tenait en bas sur le trottoir, chaque instant successif de sa personne défilant sous ses yeux et disparaissant à jamais, ne survivant dans l'air ambiant que sous la forme de rais de lumière fuyants. C'était cela, la perte, cela, la mort : une fuite dans les ondulations lumineuses, dans l'ineffable vitesse des années-lumière et des parsecs, dans les confins éternellement repoussés du cosmos. À la frange de l'univers connu, une créature inconcevable collerait un jour son œil à la lunette d'un télescope et verrait Max Ophuls s'approcher, vêtu d'un costume de soie et muni d'un bouquet de roses, à jamais emporté par des vagues de lumière ondulantes. Il la quittait à chaque instant, devenant l'ambassadeur d'un ailleurs incroyablement lointain. Elle ferma les yeux puis les rouvrit. Non, il n'était pas à des milliards de kilomètres au sein de galaxies tourbillonnantes. Il était là, impeccable et présent, dans la rue où elle habitait.

Il avait retrouvé son assurance. Une femme en tenue sportive déboula au coin d'Oakwood et se dirigea vers lui au petit trot, l'évaluant, procédant aux jugements hâtifs de l'époque, des jugements sur le sexe et l'argent. Max, un des architectes du monde de l'après-guerre, de ses structures internationales, de ses usages économiques et diplomatiques. Son jeu au tennis était resté musclé malgré son âge avancé. Son coup droit était son arme secrète. Cette carrure filiforme en long pantalon blanc, lestée d'à peine cinq pour cent de graisse, était encore capable d'occuper un court. Il rappelait aux gens l'ancien champion Jean Borotra – enfin, aux rares anciens qui se souvenaient de Borotra. Il reluqua avec un plaisir européen non déguisé les seins américains de la fille, contenus dans une brassière de sport. Quand elle le dépassa, il prit une rose dans l'énorme bouquet et la lui tendit. Elle prit la fleur, puis, scandalisée par le charme de Max, par l'érotique proximité de cette énergie soudain bouillonnante, et par elle-même, s'éloigna d'une foulée inquiète et accélérée. 15-0.

Sur les autres balcons de l'immeuble, les vieilles dames d'Europe centrale et de l'Est observaient également Max, avec l'admiration et la franche convoitise de ceux qui n'ont plus de dents. Son arrivée était pour elles le point d'orgue du mois. Aujourd'hui, elles étaient sorties en nombre. D'ordinaire, elles se rassemblaient par petits groupes à un coin de rue ou s'installaient au bord de la petite piscine intérieure, pour tailler une bavette, à l'aise dans leurs maillots de bain aberrants. D'ordinaire, elles dormaient beaucoup et, quand elles ne dormaient pas, elles se plaignaient. Elles avaient enterré les maris avec lesquels elles avaient passé quarante, voire cinquante années d'une vie sans intérêt. Voûtées, courbées, dénuées d'expression, les vieilles dames se lamentaient sur la mystérieuse destinée qui les avait fait s'échouer ici, à l'autre bout du monde. Elles parlaient d'étranges langues qui pouvaient être du géorgien, du croate, de l'ouzbek. Leurs maris les avaient déçues en mourant. Ils étaient des colonnes qui s'étaient effondrées ; ils avaient exigé la confiance de leurs familles et avaient arraché leurs épouses à tout ce qui leur était connu pour les transplanter dans ce pays de Cocagne privé d'ombres où sévissait une jeunesse effrontée, cette Californie qui avait pour culte le corps et pour qui l'ignorance était une extase, mais ils s'étaient révélés indignes de confiance en tombant raides morts sur un terrain de golf ou tête la première dans un bol de soupe aux nouilles, révélant ainsi à leurs veuves à cette heure avancée de leurs vies l'impéritie de l'existence en général et des maris en particulier. Le soir, elles chantaient des comptines de la Baltique, des Balkans, des vastes plaines mongoles.

Les vieux messieurs du quartier vivaient seuls, eux aussi, certains occupant des corps aux contours affaissés sur lesquels la gravité avait bien trop pesé, d'autres exhibant des bajoues grisonnantes et se laissant aller, en maillot de corps sale et pantalon débraguetté, tandis qu'un autre contingent plus fringant s'habillait avec soin, affectant bérets et nœuds papillons. Ces vieux beaux s'efforçaient régulièrement d'engager la conversation avec les veuves. Leurs tentatives, ponctuées de l'éclat jaune de leurs fausses dents et d'aperçus mélancoliques de leurs vestiges capillaires gominés sous les bérets, étaient invariablement ignorées et méprisées. Aux yeux de ces dignes vieillards, Max Ophuls était un affront, et l'intérêt que lui portaient ces dames une humiliation. Ils l'auraient tué s'ils l'avaient pu, s'ils n'avaient pas été aussi occupés à retarder leur propre trépas.

India voyait tout cela, les vieilles femmes exhibitionnistes et lascives qui pirouettaient et flirtaient sur les vérandas, les vieux embusqués et rancuniers. L'antique concierge russe, Olga Simeonovna, une femme-samovar, bulbeuse et toute vêtue de jean, accueillit l'ambassadeur comme s'il s'agissait d'un chef d'Etat en visite. S'il y avait eu un tapis rouge dans l'immeuble, elle l'aurait déroulé pour lui.

« Elle vous fait attendre, monsieur l'ambassadeur, qu'est-ce que vous voulez, les jeunes. Je dis rien contre. Juste qu'une fille par ces temps c'est plus difficile, j'étais fille moi-même pour qui mon père était comme un dieu, le faire attendre pas pensable. Hélas, les filles aujourd'hui sont difficiles à élever et après elles vous plantent là. Moi monsieur j'ai été mère avant mais maintenant elles sont mortes pour moi, mes filles. Je crache sur leurs noms oubliés. C'est comme ça. »

Le tout débité en tournant une pomme de terre germée dans sa main. Ici, dans cet ultime port d'attache, elle était connue de tous sous le nom d'Olga Volga, et selon ses propres dires, la dernière descendante encore en vie des légendaires sorcières à patates d'Astrakhan, une enchanteresse de plein droit, sans chichis, qui par la subtile magie de la pomme de terre savait provoquer l'amour, la prospérité ou les furoncles. En ces lieux lointains et en ces temps reculés, elle avait suscité l'admiration et la peur des hommes ; aujourd'hui, grâce à l'amour d'un marin, décédé depuis, elle avait échoué à West Hollywood, portait des salopettes en jean trop grandes et un foulard cramoisi à pois blancs pour couvrir ses cheveux blancs clairsemés. Dans sa poche revolver, une clé et un tournevis cruciforme. Autrefois, elle pouvait jeter un sort à votre chat, vous aider à tomber enceinte, ou faire tourner votre lait. Maintenant elle changeait les ampoules, examinait les fours défaillants et encaissait les loyers.

« En ma concerne, monsieur, déclara-t-elle à l'ambassadeur, je vis aujourd'hui ni dans ce monde ni dans celui d'avant, ni en Amérique ni en Astrakhan. Egalement j'ajouterai ni dans ce monde ni dans le suivant. Une femme comme moi, elle vit quelque part entre. Entre les souvenirs et les choses quotidiennes. Entre hier et demain, dans le pays de la paix et du bonheur perdu, l'endroit du calme égaré. C'est ça notre destin. Avant je croyais que tout allait bien. Maintenant je ne le crois plus. Par conséquent aussi je n'ai pas peur de la mort.

– Je suis également un indigène de cette contrée, madame, interrompit-il gravement. Moi aussi j'y ai vécu assez longtemps pour me faire naturaliser. »

Elle était née quelques kilomètres à l'est du delta de la Volga, non loin de la mer Caspienne. Et dans le récit de sa vie passait l'histoire du vingtième siècle, façonnée par la magie des patates. « Bien sûr des temps difficiles, disait-elle aux vieilles dames sur leurs balcons, aux vieux messieurs près de la piscine, à India chaque fois qu'elle parvenait à la coincer, présentement à l'ambassadeur Max Ophuls le jour des vingt-quatre ans de sa fille. Bien sûr la pauvreté ; aussi l'oppression, la déportation, les armées, la servitude, les gosses d'aujourd'hui c'est facile pour eux, ils savent rien, je vois bien que vous êtes un homme de sophistication qui a vu plein de choses. La déportation bien sûr, la survie, la nécessité d'être malin comme un rat. Ai-je pas raison ? Bien sûr quelque part un homme, un rêve d'ailleurs, un mariage, des enfants, ils ne restent pas, leurs vies sont à eux, ils vous les prennent et s'en vont. Bien sûr la guerre, un mari perdu, ne me parlez pas du chagrin. Bien sûr la déportation, la faim, la tromperie, la chance, un autre homme, un homme bien, un homme de la mer. Puis un voyage sur l'eau, l'attrait de l'Occident, un voyage au bout du pays, un second veuvage, un homme ne dure pas, vous ici présent pas compris, un homme n'est pas fait pour durer. Dans ma vie les hommes ont été comme des chaussures. J'en ai eu deux et ils se sont usés tous les deux. Après ça j'ai appris on pourrait dire à aller nu-pieds. Mais je n'ai pas demandé aux hommes de fabriquer du miracle. Jamais j'ai demandé ça. Toujours c'est ce que je savais qui m'a apporté ce que je voulais. Mon art de la patate, oui. Que ce soit à manger, que ce soit des enfants, que ce soit des papiers pour voyager ou du travail. Toujours mes ennemis ont échoué et moi dans la gloire j'ai triomphé. La patate est puissante et toutes choses par elle peuvent être accomplies. Seulement maintenant les années elles pèsent et même la patate elle ne peut pas renverser le temps. Nous connaissons le monde, ai-je pas raison ? Nous savons comment il finit. »

Il demanda à son chauffeur de monter les fleurs chez India pendant qu'il l'attendait. Le nouveau chauffeur. Sans se départir de sa prudente impartialité, India remarqua que c'était un bel homme, et même un très bel homme, la quarantaine, grand, aussi gracieux dans ses mouvements que l'incomparable Max. Il avait une démarche de funambule. Son visage avait quelque chose de douloureux et il ne souriait pas, même si les coins de ses yeux étaient plissés par des rides d'expression. Il la dévisagea avec une intensité inattendue qui lui fit l'effet d'un choc électrique. L'ambassadeur n'imposait pas l'uniforme. Le chauffeur portait une chemise blanche ouverte et un pantalon de toile, l'anti-uniforme des bronzés en Amérique. Ils étaient beaux et arrivaient dans cette ville par immenses troupeaux misérables, pour souffrir, connaître l'humiliation, et subir la dévaluation de leur beauté comme s'il s'agissait du rouble russe ou du peso argentin ; ils travaillaient comme chasseurs dans les hôtels, hôtesses dans les bars, éboueurs, domestiques. La ville était une falaise et ils étaient ses lemmings en déroute. Au pied de la falaise s'étendait la vallée des poupées brisées.

Le chauffeur détourna les yeux et contempla le sol. Comme elle lui demandait d'où il venait, il répondit, non sans quelque hésitation : du Cachemire. Le cœur d'India se serra. Un chauffeur venu du paradis. Sa chevelure était un torrent de montagne. Des narcisses des rivières et des pivoines des hauts pâturages poussaient sur sa poitrine, dépassaient de son col ouvert. Autour de lui retentissaient les échos rauques du *swarnai*. Non, c'était ridicule. Elle n'était pas ridicule, ne céderait jamais aux puissances de l'imaginaire. Le monde était réel. Le monde était tel qu'il était. Elle ferma les yeux et les rouvrit et la preuve était là. La normalité était victorieuse. Le chauffeur, dûment déflorisé, attendait patiemment devant l'ascenseur, en tenant la porte. Elle inclina la tête pour le remercier. Elle remarqua que ses mains étaient nouées en poings tremblants. Les portes se refermèrent et ils entamèrent la descente.

Le nom qu'il utilisait, le nom qu'il déclina quand elle l'interrogea, était Shalimar. Son anglais était mauvais, à peine fonctionnel. Il n'aurait sans doute pas compris ces derniers mots, « à peine fonctionnel ». Ses yeux étaient bleus, sa peau plus claire que la sienne, ses cheveux gris avaient un vestige de blondeur. Elle n'avait pas besoin de connaître son histoire. Pas aujourd'hui. Un autre jour, peut-être, elle lui demanderait si c'étaient des lentilles de contact bleues, si sa couleur de cheveux était naturelle, s'il cherchait ainsi à affirmer un style personnel, ou si c'était un style que lui avait imposé un père qui avait su toute sa vie imposer ses diktats, et ce avec un charme tel que vous considériez ladite injonction comme votre propre idée. Sa mère à elle venait également du Cachemire. Elle ne savait quasiment rien d'autre sur elle (mais imaginait beaucoup). Son père américain n'avait jamais passé son permis de conduire mais adorait acheter des voitures. D'où les chauffeurs. Ces derniers défilaient. Ils voulaient être célèbres, bien sûr. Une fois, pendant une ou deux semaines, l'ambassadeur avait eu comme chauffeur une superbe jeune femme qui avait démissionné pour tourner dans des sitcoms. D'autres chauffeurs avaient fait de brèves carrières de danseurs dans des vidéos musicales. Au moins deux, une femme et un homme, avaient réussi dans l'industrie pornographique et elle était tombée par hasard sur eux à la télé tard la nuit, dans des chambres d'hôtel ici et là. Elle regardait les films porno dans les hôtels. Ça l'aidait à trouver le sommeil quand elle était loin de chez elle. Elle regardait également des pornos chez elle.

Shalimar du Cachemire l'escorta en bas. Etait-il en règle ? Avait-il des papiers ? Avait-il même le permis de conduire ? Pourquoi avait-il été embauché ? Avait-il un gros pénis, un pénis digne d'un visionnage tardif le soir dans un hôtel ? Son père lui avait demandé ce qu'elle voulait pour son anniversaire. Elle regarda le chauffeur et désira brièvement être le genre de femme qui aurait osé lui poser des questions pornographiques, là, dans l'ascenseur, quelques secondes après leur première rencontre ; qui aurait pu débiter des obscénités devant ce bel homme, en sachant qu'il n'en aurait pas compris un traître mot, qu'il aurait souri d'un sourire servile d'employé sans comprendre à quoi il acquiesçait. Se faisait-il enculer ? Elle voulait le voir sourire. Elle ne savait pas ce qu'elle voulait. Elle voulait réaliser des documentaires. L'ambassadeur aurait dû savoir, n'aurait pas dû poser la question. Il aurait dû lui apporter un éléphant pour qu'elle descende Wilshire Boulevard, lui offrir une séance de saut en chute libre, l'emmener à Angkor Vat ou au Machu Picchu ou au Cachemire.

Elle avait vingt-quatre ans. Elle voulait habiter les faits, pas les rêves. Les vrais croyants, ces rêveurs cauchemardesques, avaient essayé de s'emparer du cadavre de l'ayatollah Khomeiny, comme autrefois d'autres vrais croyants, en un autre lieu, dans cette Inde dont elle portait le nom, avaient arraché avec les dents des morceaux du cadavre de saint François Xavier. Un morceau échoua à Macao, un autre à Rome. Elle voulait des ombres, du clair-obscur, des nuances. Elle voulait voir sous la surface, dans le ménisque de lumière aveuglante, s'introduire dans l'hymen lumineux, jusque dans la vérité sanglante et cachée. Ce qui n'était pas caché, ce qui était manifeste, n'était pas vrai. Elle voulait sa mère. Elle voulait que son père lui parle de sa mère, lui montre ses lettres, des photos, transmette des messages de la morte. Elle voulait retrouver son histoire perdue. Elle ne savait pas ce qu'elle voulait. Elle voulait aller déjeuner.

La voiture la surprit. D'ordinaire, Max avait un penchant pour les grosses voitures anglaises classiques, mais celle-ci était tout autre, un bolide argenté et luxueux avec des portières en ailes de chauve-souris, le genre de machine futuriste dans laquelle on remontait le temps cette année dans les films. Avoir un chauffeur au volant d'une voiture de sport était une pose indigne d'un grand homme, songea-t-elle, déçue.

« Il n'y a pas de place pour trois personnes dans cette fusée », dit-elle tout haut. L'ambassadeur déposa les clés dans sa main. La voiture se referma sur le père et la fille, ostentatoire, puissante, incongrue. Le beau chauffeur, Shalimar du Cachemire, resta sur le trottoir, devint insecte dans son rétro latéral, ses yeux pareils à des épées luisantes. C'était un poisson d'argent, une sauterelle. Olga Volga, la sorcière des patates, se tenait à ses côtés et leurs corps qui rétrécissaient ressemblaient à des chiffres. Ensemble ils formaient le nombre 10.

Elle avait senti que le chauffeur voulait la toucher dans l'ascenseur, avait senti son désir douloureux. C'était intrigant. Non, ça n'avait rien d'intrigant. Ce qui était intrigant, c'était que ce désir ne paraissait pas sexuel. Elle s'était sentie transformée en abstraction. Comme si en voulant poser sa main sur elle il espérait toucher quelqu'un d'autre, situé dans les territoires inconnus du souvenir et de la perte. Comme si elle n'était qu'une représentante, une enseigne. Elle voulait être le genre de femme capable de dire à un chauffeur : Qui voulez-vous toucher quand vous voulez me toucher ? Qui, quand vous vous abstenez de me toucher, n'est pas touchée par vous ? Touchez-moi, voulait-elle dire à ce sourire ahuri, je serai votre intermédiaire, votre boule de cristal. Nous pouvons faire l'amour dans des ascenseurs et ne jamais en parler. Faire l'amour dans des zones de transit, dans des endroits comme les ascenseurs qui sont entre un endroit et le suivant. Faire l'amour dans des *voitures*. Les zones de transit associées traditionnellement au sexe. Quand tu me baiseras, ce sera elle que tu baiseras, et peu m'importe qui elle est ou était, je ne veux pas savoir. Je ne serai même pas là, je serai le vecteur, le médium. Et le reste du temps, laisse tomber, tu es l'employé de mon père. Ce sera une liaison style *Dernier Tango* mais sans le beurre, bien sûr. Elle ne dit rien à l'homme qui souffrait, qui n'aurait de toute façon pas compris, à moins bien sûr qu'il comprenne, elle n'avait aucune idée de son niveau d'anglais, pourquoi faisait-elle des suppositions, pourquoi inventait-elle toute cette histoire, elle était ridicule. Elle sortit de l'ascenseur, dénoua ses longs cheveux et s'avança sur le trottoir.

C'était le dernier jour que son père et elle passeraient jamais ensemble. La prochaine fois qu'elle le verrait, ce serait différent. C'était la dernière fois.

« C'est pour toi, dit-il. La voiture, tu ne peux pas être puritaine au point de ne pas la vouloir. » L'espace-temps est comme du beurre, pensa-t-elle en roulant vite, et cette voiture est le couteau tiède qui le fend. Elle n'en voulait pas. Elle voulait ressentir davantage. Elle voulait qu'on la secoue, qu'on lui crie au visage, qu'on la frappe. Elle était engourdie, comme si Troie était déjà tombée. Mais tout allait bien. Elle avait vingt-quatre ans. Il y avait un homme qui voulait l'épouser et d'autres hommes qui ne voulaient pas l'épouser, qui n'en voulaient pas tant. Elle tenait son premier sujet pour un film documentaire et il y avait de l'argent, assez pour se mettre au travail. Et son père était juste à côté d'elle sur le siège passager tandis que la DeLorean grimpait dans le canyon. C'était le premier jour de quelque chose. C'était le dernier jour d'autre chose.

Ils déjeunèrent de bon appétit dans un pavillon sur les hauteurs, observés par des rangées de têtes de cerfs aux bois imposants. Père et fille, semblables par leur appétit, leur taux métabolique élevé, leur amour de la viande, leurs corps minces et athlétiques. Elle choisit du gibier pour défier les regards inquisiteurs des cerfs morts.

« O bêtes, je vous bouffe le cul. »

Elle proféra cette invocation à voix haute, pour le faire sourire. Lui aussi choisit la venaison mais par respect, dit-il, pour donner sens à leurs corps absents. « Cette chair que nous mangeons n'est pas leur véritable chair, mais la chair de leurs semblables, à travers lesquels leurs dernières formes peuvent être invoquées et honorées. » Encore des substituts, pensa-t-elle. Mon corps dans un ascenseur et maintenant cette viande dans mon assiette.

« Ton chauffeur m'effraie un peu, dit-elle. Il me regarde comme si j'étais quelqu'un d'autre. Tu es sûr de lui ? Il est clean ? Qu'est-ce que c'est que ce nom, Shalimar ? On dirait le nom d'un club de La Brea avec des danseuses exotiques. On dirait une plage bon marché, ou un trapéziste dans un cirque. Oh, je t'en prie, fit-elle en levant une main impatiente avant qu'il essaie, non sans condescendance, de lui expliquer ce qui était évident, épargne-moi l'explication horticole. » Elle imagina l'autre Shalimar, le grand jardin moghol du Cachemire, avec ses terrasses liquides et verdoyantes descendant jusqu'à un lac scintillant qu'elle n'avait jamais vu. Le mot signifiait « demeure de joie ». Elle crispa la mâchoire. « Je trouve quand même que ça fait nom de confiserie. Et puis, à ce propos, à propos de noms, je voulais te le dire, le mien est un sacré fardeau. Ce pays étranger que tu m'as fait porter sur les épaules. Je veux un autre nom et rester tout aussi parfumée. Peut-être que je prendrai le tien, conclut-elle avant qu'il puisse répondre. Max, Maxine, Maxie. Parfait. A partir de maintenant appelle-moi Maxie. »

Il secoua la tête avec dédain et mangea sa viande, sans comprendre que c'était là sa façon à elle de le supplier d'arrêter de pleurer le fils qu'il n'avait jamais eu, de renoncer à cette tristesse obsolète qu'il trimballait partout où il allait et qui la blessait et la froissait, comment osait-il laisser ses épaules ployer sous le fardeau d'un fils inexistant qui se moquait de son échec, comment acceptait-il de se laisser torturer par cet incube malveillant alors qu'elle se trouvait là devant lui, pleine d'amour, et n'était-elle pas son portrait craché, n'était-elle pas une créature plus belle et plus digne que n'importe quel garçon inexistant ? Son teint et ses yeux verts étaient peut-être ceux de sa mère, ses seins, eux, l'étaient sûrement, mais presque tout le reste, se disait-elle, était le legs de l'ambassadeur. Quand elle parlait, elle n'arrivait pas à entendre son autre héritage, l'autre cadence inconnue, et n'entendait que la voix de son père, ses pics et ses creux, ses maniérismes et son ton. Quand elle se regardait dans la glace, elle refusait d'apercevoir l'ombre de l'inconnue et ne voyait que le visage de Max, son physique, ses gestes et ses mimiques, leur élégance pleine de langueur. Les miroirs sur les portes de penderie coulissantes occupaient tout un mur de sa chambre à coucher, et quand elle s'allongeait sur le lit pour admirer son corps nu, se tournant, prenant des poses pour son propre plaisir, elle était souvent excitée, sexuellement, par l'idée que c'était là le corps que son père aurait eu s'il avait été une femme. Ce menton ferme, ce cou pareil à une tige. Elle était grande et elle tenait sa taille de lui, c'étaient ses proportions à lui : torse relativement court, longues jambes. La scoliose vertébrale, la légère voussure qui penchait sa tête en avant, lui donnant un air de faucon, de prédateur : cela aussi venait de lui.

Après sa mort, elle continua de le voir dans son miroir. Elle était le spectre de son père.

Elle n'aborda plus jamais la question de son prénom. L'ambassadeur, par son comportement, lui laissa comprendre qu'il lui faisait une faveur en oubliant ce moment embarrassant, lui pardonnant en l'oubliant, comme on pardonne à un bébé qui fait pipi ou à un adolescent qui rentre ivre en vomissant à la maison après avoir passé un examen. Un tel pardon était agaçant ; mais elle non plus n'insista pas, calquant son comportement sur le sien. Elle n'aborda aucun sujet important ou contrariant, ne parla pas de son enfance en Angleterre pendant laquelle, à cause de lui, elle avait tout ignoré de sa propre histoire, n'évoqua pas la femme qui n'avait pas été sa mère, la femme coincée qui l'avait élevée juste après le scandale, ni la femme qui avait été sa mère, et dont il était interdit de parler.

Ils finirent de déjeuner et se promenèrent un moment dans les montagnes, progressant telles des divinités dans le ciel. Il n'était pas nécessaire de dire quoi que ce soit. Le monde parlait à leur place. Elle était l'enfant de sa vieillesse. Il avait presque quatre-vingts ans, dix ans de moins que ce siècle maudit. Elle admirait sa façon de marcher, cette démarche dépourvue de toute fragilité. Il savait être un beau salaud, l'avait été d'ailleurs plutôt deux fois qu'une, mais il était possédé par la volonté de transcendance, cette puissance intérieure qui permettait aux alpinistes chevronnés d'escalader des pics de huit mille mètres sans oxygène, ou à des moines d'entrer en catalepsie pendant un nombre improbable de mois. Il marchait comme un homme dans la fleur de l'âge ; comme si, par exemple, il avait cinquante ans. Si le frelon de la mort avait bourdonné dans les parages à ce moment-là, cette démonstration de prouesse physique atemporelle lui aurait sûrement fait sortir le dard. Il avait cinquante-sept ans à la naissance d'India. Il marchait comme s'il était encore plus jeune à présent. Elle aimait cette volonté, la sentait comme une épée en elle, enfournée dans son corps, aux aguets. Depuis aussi longtemps qu'elle s'en souvenait il avait été un beau salaud. Il n'était pas fait pour être père. Il était le grand prêtre du rameau d'or. Il avait habité son verger enchanté et avait été adoré, jusqu'à ce qu'il soit assassiné par son successeur. Pour devenir le prêtre, toutefois, il avait également dû assassiner son prédécesseur. Peut-être qu'elle aussi était une salope. Peut-être qu'elle aussi pouvait tuer.

Les histoires qu'il lui racontait pour l'endormir, les rares et imprévisibles fois où il avait été à son chevet, n'étaient pas vraiment des histoires. C'étaient des sermons comme ceux que Sun Tzu, le philosophe de la guerre, aurait pu délivrer à sa progéniture. « Le palais du pouvoir est un labyrinthe de salles toutes reliées entre elles », dit un jour Max à sa fille assoupie. Elle l'imagina en vrai, s'y promena, à moitié en rêve, à moitié éveillée. « Il n'y a pas de fenêtres, dit Max, et aucune porte apparente. Ta première tâche consiste à trouver le moyen d'y entrer. Quand tu auras résolu cette énigme, quand tu arriveras en suppliante dans la première antichambre du pouvoir, tu trouveras un homme avec une tête de chacal, qui essaiera de te chasser du palais. Si tu restes, il essaiera de te manger toute crue. Si tu réussis par la ruse à lui échapper, tu entreras dans une deuxième salle, gardée cette fois-ci par un homme avec une tête de dogue enragé, et dans la salle d'après tu seras face à un homme avec une tête d'ours affamé, et ainsi de suite. Dans l'avant-dernière salle, se trouve un homme à la tête de renard. Cet homme n'essaiera pas de t'empêcher d'entrer dans la dernière salle, où trône l'homme du pouvoir véritable. Bien au contraire, il essaiera de te convaincre que tu es déjà dans cette salle et qu'il est lui-même l'homme en question.

« Si tu réussis à déjouer les ruses de l'homme-renard, et si tu vas au-delà, tu parviendras dans la salle du pouvoir. Celle-ci n'a rien d'impressionnant et l'homme de pouvoir te regardera depuis un bureau vide Il a l'air petit, insignifiant, craintif ; car maintenant que tu as pénétré ses défenses il doit te donner ce que ton cœur désire. C'est la règle. Mais quand tu ressortiras, l'homme-renard, l'homme-ours, l'homme-chien et l'homme-chacal ne seront plus là. Désormais, les salles sont remplies de monstres ailés mi-humains, des hommes avec des têtes d'oiseaux, des hommes-aigles et des hommes-vautours, des cormorans-hommes et des hommes-faucons. Ils piquent sur toi et se jettent sur ton trésor. Chacun d'eux en dérobe dans ses griffes un petit morceau. Qu'arriveras-tu à emporter hors de la maison du pouvoir ? Tu leur donnes des coups, tu protèges ton trésor avec ton corps. Ils s'accrochent à ton dos avec leurs griffes scintillantes bleu blanc. Et quand tu as réussi à trouver la sortie et que tu clignes des yeux douloureusement dans la lumière vive en te cramponnant à ton pauvre vestige déchiqueté, tu dois persuader la foule sceptique – la foule envieuse, impotente ! – que tu es revenue avec tout ce que tu voulais. Sinon, tu seras considérée à jamais comme une ratée.

« Telle est la nature du pouvoir, lui dit-il tandis qu'elle sombrait dans le sommeil, et telles sont les questions qu'il pose. L'homme qui décide de s'avancer dans son palais est heureux d'en ressortir vivant. La réponse à la question du pouvoir, d'ailleurs, ajouta-t-il comme après réflexion, est la suivante : N'entre pas dans le labyrinthe en suppliante. Apporte de la viande et une épée. Donne au premier gardien la viande qu'il veut à tout prix, car il a toujours faim, et tranche-lui la tête pendant qu'il mange : pof ! Puis offre la tête tranchée au gardien de la deuxième salle, et quand il se met à la dévorer, décapite-le lui aussi. Baf ! *Et ainsi de suite* [1]. Mais quand l'homme de pouvoir acceptera de t'accorder ce que tu demandes, tu ne devras pas lui couper la tête. Surtout, n'en fais rien ! La décapitation des souverains est une mesure extrême, rarement requise, jamais recommandée. Elle instaure un fâcheux précédent. Assure-toi plutôt de demander non seulement ce que tu veux mais également un sac plein de viande. Avec cette réserve de viande fraîche, tu attireras les hommes-oiseaux vers leur fatal destin. Coupe-leur la tête ! Snick-snack ! Tranche, tranche, jusqu'à ce que tu sois libre. La liberté n'est pas une garden-party, India. La liberté c'est la guerre. »

Les rêves la visitaient comme quand elle était enfant : c'étaient des visions de batailles et de gloire. Dans son sommeil, elle s'agitait et se retournait, menant la guerre qu'il avait logée au fond d'elle. C'était le seul héritage dont elle était sûre, son avenir belliqueux, son corps à elle pareil à son corps à lui, son esprit semblable au sien, son esprit Excalibur, une épée arrachée à un roc. Il était tout à fait capable de ne lui laisser rien en espèces ou en biens, tout à fait capable d'expliquer que la dernière chose de valeur qu'il avait à lui donner c'était cette absence d'héritage, que c'était là la dernière chose qu'il avait à enseigner et elle à apprendre. Elle se détourna de ces pensées morbides et scruta au-delà des collines bleues le ciel orange de fin d'après-midi qui se fondait paresseusement dans la mer chaude et étale. Une brise fraîche jouait avec ses cheveux. En 1769, non loin de ce lieu, le frère franciscain Juan Crespi découvrit une source d'eau fraîche qu'il baptisa Santa Monica parce qu'elle lui rappelait les larmes versées par la mère de saint Augustin quand son fils abjura l'Eglise chrétienne. Saint Augustin retourna dans le giron de l'Eglise, bien sûr, mais en Californie les larmes de Santa Monica continuent de couler. India méprisait la religion, son mépris étant l'une des nombreuses preuves qu'elle n'était pas une India. La religion était de la folie, et cependant ses histoires l'émouvaient, voilà qui

1. Les mots et expressions en italique suivis d'un astérisque sont en français dans le texte. (*N.d.T.*)

était troublant. Sa défunte mère, en apprenant son impiété, aurait-elle pleuré pour elle, comme une sainte ?

A Madagascar, on arrachait régulièrement les morts à leurs tombes et on dansait avec eux toute la nuit. Il y avait des gens en Australie et au Japon pour qui les morts étaient dignes d'adoration, pour qui les ancêtres étaient des êtres sacrés. Partout où vous alliez, certains défunts étaient étudiés et leur mémoire entretenue, il s'agissait de la crème des morts, des moins morts, toujours vivants dans la mémoire du monde. Les moins célébrés, les morts les moins avantagés, se contentaient d'être maintenus en vie dans quelques seins aimants (ou haineux), même dans un unique cœur humain, à l'intérieur desquels ils pouvaient rire, bavarder, faire l'amour, mal se comporter, bien se comporter, aller voir des films de Hitchcock et partir en vacances en Espagne, porter des robes embarrassantes et prendre plaisir à jardiner, afficher des opinions contestables, commettre d'effroyables crimes et dire à leurs enfants qu'ils les aimaient plus que la vie. La mort qui entourait la mère d'India, toutefois, était de la pire sorte. L'ambassadeur avait enfoui son souvenir sous une pyramide de silence. India voulait l'interroger sur elle, le voulait désespérément chaque fois qu'ils se voyaient. Ce désir était comme une lance dans son ventre. Mais elle n'y parvint jamais. La double morte qu'était devenue sa mère restait enterrée dans le silence de l'ambassadeur, niée par ce silence. C'était une mort de pierre, la mort emmurée dans la chambre funéraire égyptienne de son silence avec ses objets et ses marottes et tout ce qui aurait pu lui donner droit à une petite dose d'immortalité. India aurait pu haïr son père à cause de ce refus. Mais elle n'aurait eu alors plus personne à aimer.

Ils regardèrent le soleil sombrer dans le Pacifique dans un crépuscule d'une merveilleuse saleté. L'ambassadeur marmonna des vers. Il avait été essentiellement américain mais la poésie française restait le soutien qu'il recherchait.

Homme libre, toujours tu chériras la mer ! La mer est ton miroir... Il avait orienté les lectures d'India ; désormais, elle savait ce qu'il avait voulu qu'elle sache. *Tu contemples ton âme / dans le déroulement infini de sa lame.* Ainsi donc, lui aussi pensait à la mort. Elle lui rendit Baudelaire pour Baudelaire. *Le ciel est triste et beau comme un grand reposoir ; / le soleil s'est noyé dans son sang qui se fige.* Et encore : *Le soleil s'est noyé dans son sang qui se fige... Ton souvenir en moi luit comme un... comme un...* Le premier vers, elle s'en souvenait aisément. Mais après ? *Ton souvenir luit comme un*, bon sang, un *ostensoir* ! Ah oui, c'était cela. Encore cette imagerie religieuse. Il était grand temps d'inventer de nouvelles images. Des images pour un monde sans dieu. Tant que le langage de l'impiété n'aurait pas rattrapé ces bondieuseries, tant qu'il n'y aurait pas suffisamment de poésie et d'iconographie impies, ces échos sanctifiés ne s'estomperaient jamais, conserveraient leur puissance problématique, même pour elle.

Elle récita le vers, en anglais : *Your memory shines in me.*

« Rentrons, murmura-t-il, en déposant un baiser sur sa joue. Il commence à faire frais. N'en faisons pas trop. Je suis un vieux bonhomme à présent. »

C'était la première fois qu'elle l'entendait mentionner sa faiblesse, la première fois dans son souvenir qu'il admettait l'emprise du temps. Et pourquoi l'avait-il alors embrassée, spontanément, sans raison apparente ? C'était là également un signe de faiblesse, une erreur de jugement, comme la voiture vulgaire qu'il lui avait offerte. Le signe d'un contrôle défaillant. Ils avaient perdu l'habitude de faire étalage de leur affection l'un pour l'autre, sauf machinalement. Une telle abstinence digne d'un samouraï était pour eux le seul moyen de donner à l'autre des preuves de son amour.

« Mon époque est en train d'être balayée, déclara l'ambassadeur. Il n'en restera rien. » Il prédit la fin imminente de la guerre froide, l'écroulement du château de cartes soviétique. Il savait que le Mur tomberait et que la réunification de l'Allemagne ne serait pas empêchée et se produirait plus ou moins en une nuit. Il devina l'invasion de l'Europe occidentale par les exaltés de l'Est venus chercher du travail en Trabant. La fin mussoliniesque de Ceaucescu, et les présidences des écrivains-poètes, de Václav Havel et d'Arpad Goncz, eux aussi il les vit venir. Il ferma son esprit à d'autres possibilités moins savoureuses. Il voulait croire que les organismes mondiaux qu'il avait aidé à bâtir, les voies de l'influence, de l'argent et du pouvoir, les alliances multinationales, les grands traités, les structures de coopération et de justice dont le but avait été de gérer une guerre chaude devenue froide, fonctionneraient encore dans cet avenir situé au-delà de ce qu'il pouvait prévoir. Elle sentait en lui un besoin désespéré de croire que la fin de son époque serait heureuse, et que le nouveau monde qui viendrait après serait meilleur que celui qui mourrait avec lui. L'Europe, libérée de la menace soviétique, et l'Amérique, affranchie du besoin de demeurer en permanence sur la ligne de front, bâtiraient ce nouveau monde dans l'amitié, un monde décloisonné, une terre neuve et sans frontière aux possibilités infinies. L'horloge du jugement dernier ne serait plus réglée à minuit moins sept. Les économies émergentes de l'Inde, du Brésil, et d'une Chine récemment entrouverte seraient les nouveaux générateurs du monde, les contrepoids à l'hégémonie américaine qu'il avait toujours, en tant qu'internationaliste, désapprouvée. Quand elle le vit céder à cette chimère utopique, au mythe de la perfectibilité de l'homme, India sut qu'il ne vivrait plus très longtemps. Il ressemblait à un funambule qui essaie de garder son équilibre alors même qu'il n'y a plus de corde tendue sous ses pieds.

Le fardeau de l'inexorable pesait sur elle, comme si la force de gravitation de la terre avait soudain augmenté. Quand elle était plus jeune, ils s'étaient souvent touchés. Il pouvait poser ses lèvres sur n'importe quelle partie de son corps, sa main, sa joue, son dos, et y trouver un oiseau qu'il faisait parler. Un chant d'oiseau jaillissait de sa peau sous la pression magique de sa bouche, s'élevait, plein de joie. Jusqu'à l'âge de huit ans, elle l'escaladait comme s'il était l'Everest. Elle avait appris l'histoire de l'Himalaya sur ses genoux, l'histoire des gigantesques protocontinents, quand l'Inde s'était détachée du Gondwana et avait dérivé sur les proto-océans vers la Laurasie. Elle fermait les yeux et voyait l'énorme collision, les puissantes montagnes se chiffonner dans le ciel. Il lui apprit une leçon sur le temps, sur la lenteur de la terre : la collision se produit toujours. Donc, s'il était un Himalaya, si lui aussi avait été créé par le heurt violent de vastes forces, par le choc des mondes, alors lui aussi continuait de croître. La collision avait encore lieu en lui. Il était son père-montagne, et elle son alpiniste. Il tenait ses mains dans les siennes et la voilà qui grimpait puis qui chevauchait ses épaules, son entrejambe contre son cou. Il embrassait son ventre et elle faisait la culbute en arrière pour retomber à terre. Un jour il dit, c'est fini, tout ça. Elle eut envie de pleurer mais elle se retint.

L'enfance était finie ? Soit, c'était fini. Elle mettrait de côté les enfantillages.

L'autoroute était déserte, terriblement déserte, comme si le monde finissait, et tandis qu'ils flottaient sur ce vide d'asphalte l'ambassadeur se remit à parler, redevint volubile, les mots s'échappaient de lui comme des bolides, s'efforçant de compenser l'absence d'autres voitures. La volubilité venait facilement à Max Ophuls, mais ce n'était là qu'une de ses nombreuses techniques de dissimulation, et il n'était jamais mieux caché que quand il paraissait le plus ouvert. Pendant presque toute sa vie, il avait été un homme des passages dérobés, un homme du secret, dont le travail consistait à exhumer les mystères des autres tout en protégeant les siens, et quand, par choix ou nécessité, il parlait, son déguisement préféré restait l'usage du paradoxe. Ils filaient sur l'autoroute à une telle vitesse qu'on aurait dit qu'ils étaient immobiles, avec l'océan à leur droite et la ville qui commençait à scintiller sur leur gauche, et c'était de la ville que Max décida de parler parce qu'il savait qu'il en avait déjà trop dit sur lui-même, trop dévoilé, tel un amateur. Aussi louait-il à présent la ville, vantant ses qualités qui étaient en général considérées comme ses plus grands défauts. Il prétendit admirer le fait que la ville n'ait pas de centre névralgique. L'idée d'un centre était selon lui démodée, oligarchique, c'était un anachronisme arrogant. Croire en une telle chose c'était consigner l'essentiel de la vie à la périphérie, marginaliser et, ce faisant, dévaluer. L'étendue hétérogène et décentrée de ce gigantesque *blob* invertébré, cette méduse de béton et de lumière, faisait d'elle la vraie ville démocratique du futur. Tandis qu'India naviguait sur des autoroutes vides, son père louait l'étrange anatomie de la ville, alimentée et entretenue par de nombreuses artères obstruées et fluides, une ville qui n'avait pas besoin de cœur pour diffuser son puissant flux. Le fait qu'elle fût un désert déguisé poussait l'ambassadeur à célébrer le génie des êtres humains, leur capacité à peupler la terre avec leurs conceptions, à faire venir l'eau dans le désert et repousser le vide ; le fait que le désert ait sa revanche sur le teint des conquérants, les desséchant, traçant rides et plis, donnait à ces triomphants mortels la leçon salutaire suivante : aucune victoire n'était définitive, la lutte entre les terriens et la terre ne pourrait jamais être tranchée en faveur des uns ou de l'autre, mais passerait de l'un à l'autre et ce de toute éternité. Le fait qu'il s'agisse d'une ville cachée, d'une ville d'étrangers, lui plaisait par-dessus tout. Dans la Cité interdite des empereurs chinois, seule la royauté avait le privilège de demeurer occulte. Mais dans cette radieuse cité, le secret était disponible à tous les nouveaux venus. L'obsession moderne de l'intimité, le fait de révéler sa nudité à l'autre, n'était pas du goût de Max. Une ville ouverte était une putain nue, langoureusement offerte et acceptant n'importe quel client ; tandis que cet endroit voilé et difficile, cette capitale érotique de l'obscur stratagème, savait avec précision comment exciter et augmenter nos désirs métropolitains.

Elle était habituée à ces monologues, à ses fugues sur tel ou tel thème ; habituée, également, à sa perversité en partie badine. Mais, à présent, ses louanges semblaient franchir une frontière et l'éloigner d'elle pour se réfugier dans l'obscurité. Quand il affirmait admirer les puissants gangs de la ville pour la force excitante et désinvolte de leur violence et les artistes taggeurs pour leurs graffiti éphémère et cryptés ; quand il louait les tremblements de terre pour leur majesté et les glissements de terrain parce qu'ils étaient un camouflet à la vanité humaine ; quand, apparemment sans la moindre ironie, il célébrait la malbouffe américaine et tressait des lauriers à la nouvelle banalité du Coca light ; quand il admirait les centres commerciaux pour leurs néons et les chaînes de magasins pour leur ubiquité ; quand il refusait de critiquer les produits vendus dans les marchés de fermiers, les pommes extérieurement délicieuses qui avait un goût de coton, les bananes en papier mâché, les fleurs inodores, les considérant comme des symboles de l'inévitable triomphe de l'illusion sur la réalité, qui était la seule et la plus évidente vérité sur l'histoire de la race humaine ; quand, lui qui avait été un modèle de probité dans sa vie publique (mais pas sexuelle), confessait une admiration secrète pour un fonctionnaire corrompu à cause de l'audace flamboyante de ses malversations, et, se contredisant, louait cyniquement un deuxième fonctionnaire corrompu pour la sournoise subtilité vieille de dix ans de ses crimes, alors India commençait à comprendre que, dans les profondeurs de la vieillesse dont il avait dissimulé si héroïquement les effets, même à ses yeux à elle, il n'avait plus prise sur la joie, que l'échec l'avait rongé de l'intérieur, érodant sa capacité à faire la part des choses et à prononcer des jugements moraux, et si les choses continuaient à se détériorer ainsi, il finirait par devenir incapable de faire le moindre choix, les menus des restaurants lui deviendraient mystérieux, et même choisir entre sortir du lit le matin et passer la journée au lit deviendrait impossible. Et quand l'ultime choix le coincerait, le choix entre respirer et ne pas respirer, alors il mourrait sûrement.

« Autrefois, je guettais toujours avec impatience tes avis éclairés, lui dit-elle, pour qu'il se taise. Mais maintenant, si je dois les accepter avec toutes ces conneries, je ne suis plus très sûre de les vouloir encore. »

Ils retournèrent devant son immeuble. Le chauffeur attendait dans la rue, les yeux encore enflammés, exactement là où elle l'avait laissé, comme s'il n'avait pas bougé de la journée. Des fleurs poussaient dans le béton à ses pieds et ses mains et ses vêtements étaient rouges de sang. Quoi ? Qu'est-ce que ça voulait dire ? Elle cligna les yeux et les plissa et bien sûr il n'en était rien, il était sans fleurs, sans tache, attendant patiemment comme il sied à un bon employé. Et puis, il n'avait pas chômé en leur absence. Il s'était rendu jusqu'à Woodrow Wilson Drive et avait ramené la Bentley de l'ambassadeur. Effectivement : elle était là, imposante. Pourquoi ne l'avait-elle pas tout de suite remarquée ? Que lui arrivait-il ? D'où venaient ces maudites hallucinations ? Avait-elle fâché Olga Simeonovna et mérité un sort-patate maléfique né dans le delta de la Volga des siècles auparavant, quand les lutins arpentaient la terre ? Mais elle ne croyait pas non plus aux patates magiques. Elle était surmenée, voilà tout. Les choses s'arrangeraient si seulement elle pouvait réussir à passer une bonne nuit de sommeil ininterrompue. Elle se promit un somnifère le soir. Elle se promit une vie propre et bien rangée. Elle se promit du repos, la fin de toutes les turbulences. Elle se promit de se satisfaire des banals réconforts du quotidien.

« Où l'as-tu trouvé, ton jardinier moghol ? demanda-t-elle à son père, qui n'avait pas l'air d'écouter. Shalimar, insista-t-elle. Le chauffeur avec le drôle de nom. Qui parle mal anglais. Il a passé le test écrit ? »

L'ambassadeur agita une main dédaigneuse. « Cesse de t'inquiéter à ce sujet », dit-il. Du coup elle s'inquiéta. « Joyeux anniversaire, dit-il, la congédiant. *Un bisou**. »

Après l'assassinat, India, qui regardait la télévision, vit Gorbatchev descendre d'un avion à Moscou, après avoir survécu au coup d'Etat communiste contre lui. Il paraissait ébranlé, imprécis, flou aux entournures, comme une aquarelle détrempée par la pluie. Quelqu'un lui demandait s'il avait l'intention d'abolir le parti communiste et dans sa stupeur face à la question, son trouble, son indécision, elle vit sa faiblesse. Le Parti avait été le berceau de Gorbatchev, sa vie. Et on lui demandait de l'abolir ? Non, disait tout son corps, tremblant, confus, comment pourrais-je, je n'en ferai rien ; et en cet instant il perdit toute raison d'être, l'histoire le dépassa, il se changea en auto-stoppeur ruiné sur les bords de l'autoroute qu'il avait aidé à construire du temps de sa gloire, à regarder les voitures folles, les Eltsine, filer devant lui vers le futur. Pour l'homme de pouvoir, aussi, la maison du pouvoir peut être traître. Il ressort les mains vides et la foule, la foule cruelle, rit. Gorbatchev faisait penser à Moïse, se dit-elle, le prophète incapable d'entrer dans la Terre promise. Et c'est alors qu'il se mit à ressembler à son père regardant le coucher de soleil.

Un autre jour, un de ces jours intemporels qui suivirent le meurtre de Max, elle eut une autre vision de lui. En Afrique du Sud, un homme sortait de prison après une vie entière passée à l'écart de la société. Personne ne savait vraiment à quoi allait ressembler ce Lazare. La seule photographie que les journaux reproduisaient datait de plusieurs décennies. L'homme sur cette photo avait les traits épais d'un *raging bull*, d'un clone de Mike Tyson. Un révolutionnaire à l'œil enflammé. Mais cet homme était grand et mince et marchait avec une douce grâce. Quand elle vit sa silhouette, longue et maigre comme un extraterrestre de Spielberg, s'avançant vers la liberté avec derrière elle les lampes à arc, elle sut qu'elle voyait son père, revenu d'entre les morts. L'émotion la submergea ; mais personne ne ressuscite, ça non, et ce n'était pas son père. Quand l'éclat des lumières cessa d'inonder l'objectif de la caméra, India comprit qu'elle regardait une allégorie du futur, le futur que son père avait refusé d'imaginer. Mandela, le brandon de discorde devenu conciliateur, avec cette chipie de Winnie à ses côtés. La morale et l'immoralité, le béatifié et la corrompue, s'avançaient vers les caméras, main dans la main, amoureux.

*

Dans la capitale milliardaire de l'industrie cinématographique, de la télévision et de la musique enregistrée, Max Ophuls n'allait jamais au cinéma, détestait les séries et comédies télévisées, ne possédait pas de chaîne stéréo, et prédisait gaiement la fin prochaine de ces perversions provisoires, qui, annonçait-il, seraient rapidement abandonnées par leurs partisans en faveur de l'attrait infiniment supérieur de l'immédiateté, de la spontanéité et de la continuité du spectacle en direct, de la puissance excitante de la présence physique du performer. En dépit de cette position mélancoliquement puriste, l'ambassadeur descendait fréquemment de sa tour d'ivoire pour emprunter cette route de montagne baptisée d'après ce président qui était mort en rêvant d'une ligue des nations unies, et tel l'Assyrien du poème qui s'était jeté comme un loup sur le troupeau, occupait, sous couvert de la nuit, la suite à deux niveaux qu'il conservait dans un des meilleurs hôtels de la ville. Il était de notoriété commune que de nombreuses femmes célèbres dans les arts mineurs y avaient été invitées. Quand elles lui demandaient pourquoi il refusait de voir leurs films, il répondait qu'il expérimentait la puissance excitante de leurs performances en direct, et que rien de ce qu'elles pouvaient faire à l'écran ne saurait rivaliser avec ce qu'elles faisaient avec une telle immédiateté, une telle spontanéité, une telle assiduité et une telle présence ici même dans le célèbre hôtel.

La veille de la mort de Max, le premier signe funeste se manifesta sous la forme d'un malentendu avec une vedette de cinéma indienne. Au début, Max ignorait même qu'elle fût actrice de cinéma. C'était une fille à la peau couleur de terre brûlée, au corps bien dissimulé, qui avait les manières pudiques d'un disciple marchant sur les pas d'un grand *rishi*. Elle se mit à le suivre dans le hall du grand hôtel jour après jour jusqu'à ce qu'il lui demande ce qu'elle voulait et qu'elle lui réponde de la voix basse d'un fan profond, d'un fan du cœur, qu'elle avait été attirée dans son champ gravitationnel de même que la planète Vénus avait été aspirée dans l'orbite du Soleil et elle ne demandait qu'à évoluer à distance respectable de lui le restant, peut-être, de ses jours. Son nom, Zainab Azam, ne lui disait rien, mais à son âge il n'allait pas examiner les dents de cette superbe jument qui se donnait à lui. Dans sa suite, après qu'ils eurent fait l'amour pour la première fois, elle lui parla soudain avec une connaissance détaillée et une admiration sans bornes de ses lointaines années d'ambassadeur en Inde, quand il avait forgé le dicton « L'Inde c'est le chaos fait sens », qu'on trouvait désormais dans tous les recueils de citations et qui était utilisé presque toutes les semaines par tel ou tel homme public indien, toujours avec fierté. Elle lui dit qu'il était le Rudyard Kipling des ambassadeurs, le seul de tous les diplomates de tous les temps à avoir véritablement compris l'Inde, et elle était sa récompense. Elle ne demandait rien, refusait ses cadeaux, disparaissait dans une dimension inaccessible la plupart de la journée mais revenait toujours, pudique et effacée jusqu'à ce qu'elle se déshabille, après quoi elle était le feu et lui son lent mais zélé combustible. Que fais-tu avec un vieux dépravé comme moi ? lui demanda-t-il, contraint par sa beauté à se dévaloriser. La réponse de Zainab était si clairement un mensonge que sa vanité reprit aussitôt le dessus et lui suggéra de l'accepter humblement comme la pure et simple vérité.

« Je suis là pour t'adorer », dit-elle.

Elle le faisait penser à une femme qui était morte à ses yeux depuis plus de vingt ans. Elle lui rappelait sa fille. Elle ne devait pas avoir plus de deux ou trois ans qu'India, soit quatre ou cinq ans de plus que la mère d'India quand il l'avait vue pour la dernière fois. Max Ophuls se laissa aller à imaginer que les deux jeunes femmes, sa fille et sa partenaire sexuelle, puissent se rencontrer et devenir amies, mais c'était une éventualité qu'il rejeta avec un frisson de dégoût. Zainab Azam était la dernière maîtresse de sa longue existence et baisait avec lui comme si elle s'efforçait d'effacer les nombreuses femmes qui l'avaient précédée. Elle ne lui raconta rien sur elle et le fait qu'il ne lui pose aucune question ne parut pas la déranger. Cet état de choses, que l'ambassadeur considérait proche de l'idéal, persista superbement jusqu'à la veille du dernier jour, quand Max fit son bref et malencontreux retour sur la scène publique.

La question à laquelle personne ne put répondre dans les semaines qui suivirent l'assassinat était : pourquoi, après toutes ces longues années vécues à l'abri des effets banalisants et vidants de l'œil public, Max Ophuls avait-il décidé de paraître à la télévision pour dénoncer la destruction du paradis, et ce dans le langage fleuri de la vieillesse ? Sur un coup de tête, il avait appelé une de ses relations, l'animateur du talk-show le plus célèbre de la côte Ouest, pour lui demander s'il pouvait passer dès que possible dans son émission. La grande vedette des médias avait été à la fois étonnée et ravie de lui donner satisfaction. L'animateur rêvait depuis longtemps que Max vienne à son émission, du fait de ses dons légendaires de raconteur. Un jour, dans la maison de Marlon Brando, la célèbre personnalité de la télévision avait été transportée par le génie anecdotique de Max Ophuls – par exemple, quand il expliquait que Orson Welles passait toujours par les cuisines des restaurants, pour entrer comme pour sortir, afin d'être sûr que pendant qu'il épatait ses convives en ne commandant qu'une simple salade verte, l'équipe en cuisine entassait dans sa limousine garée derrière des boîtes pleines de profiteroles et de gâteau au chocolat ; ou quand il décrivait le dîner de Noël offert par Chaplin aux hispaniques de Hollywood, pendant lequel Luis Buñuel avait solennellement, dans le plus pur esprit surréaliste, complètement défait le sapin de Noël de Chaplin ; une visite à Thomas Mann, exilé à Santa Monica et arborant l'air d'un homme qui se maintient comme s'il était un joyau de la Couronne ; une virée nocturne et imbibée avec William Faulkner ; la désespérante transformation de Fitzgerald en Pat Hobby le minable scénariste ; l'improbable liaison entre Warren Beatty et Susan Sontag, qui, paraît-il, avait eu lieu lors d'un rendez-vous sur le parking du fast-food La Tringlerie à l'angle de Sunset et d'Orange.

Après que l'ambassadeur, qui prisait l'histoire locale, se fut lancé dans le récit des vies souterraines du mystérieux peuple lézard qui évoluait soi-disant dans des tunnels sous Los Angeles, le présentateur de talk-show décida de convaincre ce reclus extraverti de passer à l'antenne, et il le harcela des années durant avec une constance qui n'était pas sans rappeler un amour non partagé. Qu'un homme qui méprisait les films fût également une encyclopédie vivante des coutumes hollywoodiennes, voilà qui était agréablement étrange ; mais quand l'homme en question avait également mené une vie aussi riche que celle qu'avait vécue Max Ophuls – Max, le héros de la Résistance, le prince philosophe, le décideur politique milliardaire, l'un des créateurs du monde ! –, voilà qui le rendait irrésistible.

L'émission avait été enregistrée en fin d'après-midi, mais les choses ne se passèrent pas comme l'avait prévu le célèbre présentateur. Refusant systématiquement de raconter ses anecdotes les plus délicieuses, Max Ophuls se lança dans une diatribe politique sur la prétendue « question du Cachemire », monologue dont la violence excessive et l'absence totale d'humour déprimèrent indiciblement son interlocuteur. Que Ophuls, lui, le brillant conteur au charme infini, quitte enfin l'ombre pour la lumière rédemptrice et valorisante de la télévision, mais se change soudain en un casse-pieds de l'actualité, un briseur d'Audimat, c'était inconcevable, insupportable, et pourtant cela se produisait, là, sous les yeux soudain somnolents du public du studio. Le présentateur télé avait l'impression d'assister au naufrage de la réalité, cette réalité en laquelle il croyait, engloutie par un flot surgi de l'autre bout du monde, un déluge interlope auquel ses chers téléspectateurs allaient réagir en formant leur propre déluge, et se répandre dans la chaîne voisine, où son amer rival, l'autre présentateur télé, le grand New-Yorkais osseux aux dents écartés, allait danser sous une pluie d'or.

« Nous qui vivons dans ces limbes luxueuses, ces purgatoires privilégiés de la terre, nous avons cessé de rêver au paradis, rugit Max dans son langage fleuri devant la caméra, mais moi je vous dis que je l'ai vu et que j'ai longé ses lacs riches en poissons. Quand des pensées du paradis nous viennent à l'esprit, nous pensons à la chute d'Adam, à l'expulsion d'Eden des parents de l'humanité. Je ne suis pas venu parler de la chute de l'homme, mais de l'effondrement du paradis lui-même. Au Cachemire, c'est le paradis lui-même qui disparaît ; le ciel sur terre est en train d'être transformé en enfer vivant. » S'exprimant dans la langue colorée du cracheur de feu évangéliste, qui était à mille lieues du verbiage voilé de la diplomatie et choqua tous ceux qui connaissaient et admiraient l'habituelle suavité de son discours, Max pesta contre le fanatisme et les bombes à une époque où le monde reprenait brièvement espoir et ne s'intéressait guère à ses sinistres révélations. Il déplora la noyade de femmes aux yeux bleus et le meurtre de leurs enfants aux cheveux dorés. Il fulmina contre l'arrivée de feux cruels dans une ville en bois. Il parla également de la tragédie des pandits, les brahmanes du Cachemire, qui étaient chassés de leur patrie par les assassins de l'Islam. Les jeunes filles violées, les pères immolés, brûlant comme des faisceaux annonçant le jugement dernier. Max Ophuls ne pouvait plus s'arrêter de parler. Une fois qu'il eut commencé, il fut clair qu'un raz de marée s'était levé en lui et ne se laisserait pas refouler. Le visage du célèbre animateur télé, qui voyait son émission envahie par la diatribe, et pour qui le passage télévisé de l'ambassadeur, célèbre pour sa phobie des médias, avait représenté l'apogée d'une traque longue de dix ans, se para d'un rougeoiement irascible, la furie de l'amant déçu se mêlant à la panique de l'animateur entendant l'avenir, le bruit des chaînes qu'on zappait partout en Amérique autour de minuit.

Après avoir enfin réussi à rompre le monologue de son invité, et conclu l'entretien, l'animateur envisagea brièvement à la fois le suicide et le meurtre. Il ne commit aucun de ces deux impairs, se contentant de la meilleure vengeance télévisée qui soit. Il remercia Max pour ses vues fascinantes, le raccompagna poliment jusqu'à la sortie, puis supervisa personnellement le montage de l'entretien avec Ophuls ; qu'il déchiqueta sans pitié, jusqu'à l'os.

Cette nuit-là, dans la suite d'hôtel de Max, l'ambassadeur et Zainab Azam regardèrent une version considérablement abrégée du monologue sur le paradis, et s'il était probable que les coupes sombres pratiquées dans l'interview avaient altéré le sens de ses propos, et que ce vestige tronqué avait perturbé l'équilibre du débat et déformé les intentions de l'ambassadeur, en tout cas, quand l'image de Max disparut de l'écran, sa maîtresse se leva de leur lit pour la dernière fois de sa vie, tremblant de colère, guérie et de son adoration et du désir. « Ça m'était égal que tu ne saches absolument rien de moi, dit-elle, mais quel dommage que tu aies eu besoin de prouver que tu étais ignare sur un sujet aussi grave. » Puis elle lâcha une bordée d'insultes qui lui valurent le respect de Max Ophuls, à tel point qu'il s'abstint de faire remarquer qu'il était étrange que quelqu'un prétendant soudain parler en musulman outré soit aussi ordurier ; pas plus qu'il ne fit remarquer que le comportement de Zainab au cours de ces dernières semaines n'avait en rien laissé penser que les questions dévotes figurassent régulièrement et de façon prédominante dans ses pensées. Il comprit que cette colère était causée par ses « préjugés » en faveur des hindous, et qu'il ne lui servirait à rien d'expliquer que l'horreur qu'il avait exprimée face au massacre d'innocents musulmans avait été supprimée de l'émission par les ciseaux vindicatifs des apparatchiks télévisuels – la rage de la religion s'était dressée en elle et la rareté même de son ardeur la rendait impossible à calmer.

Quant à la vérité sur Zainab, qu'elle pensait lui avoir si soigneusement dissimulée, il la connaissait parfaitement, ayant découvert son identité des semaines plus tôt grâce au chauffeur qui se faisait appeler Shalimar. Là-bas, en Inde, il y avait des dizaines de millions d'hommes qui se seraient coupé l'oreille droite ou le petit doigt pour avoir le privilège de passer cinq minutes en compagnie de Zainab Azam. Elle était la plus grande vedette du box-office dans ce lointain firmament, une divinité sexuelle telle que n'en avait jamais connu le cinéma indien, et de ce fait elle ne pouvait quitter son domicile de rêve du quartier de Pali Hill à Bombay sans une phalange de gardes du corps et un convoi de limousines blindées. En Amérique, où personne à l'époque ne savait que les films indiens existaient, elle avait trouvé sa liberté, et pendant sa liaison avec Max Ophuls elle avait savouré son somptueux anonymat, à son insu, et c'était pour cela qu'il ne lui avait jamais révélé qu'il savait toutes les choses essentielles, par exemple sur ce chagrin d'amour qu'elle soignait et pour lequel il n'était rien de plus qu'un palliatif provisoire, sur l'acteur aux manières de gangster qui lui avait brisé le cœur avec la même insouciance avec laquelle il cassait ses voitures américaines Vintage, Stutz Bearcats, Duesenbergs, Cords. La rupture consommée, le vieux et généreux Max Ophuls laissa Zainab croire à la tunique du secret sous laquelle elle s'était autorisée tant de choses qui avaient été si agréables au lit.

Il appela le chauffeur et lui demanda de raccompagner la jeune femme chez elle. Il est probable que ce coup de fil scella son destin, ou plutôt que ce qui devait se passer fut précipité par la colère que déversait Zainab Azam dans les oreilles du chauffeur. Après l'assassinat, lorsqu'elle fut brièvement soupçonnée d'être l'auteur d'un crime passionnel, la grande vedette de cinéma se rappela les derniers mots que lui avait dit Shalimar : « Pour chaque O'Dwyer, avait-il dit dans un excellent ourdou alors qu'elle sortait de la voiture, il y a un

Shaheed Udham Singh, et pour chaque Trotski un Mercader embusqué. »

Parce qu'elle se complaisait dans le mazout de sa propre rage, Zainab n'avait pas pris cette fanfaronnade au sérieux. Le nom de Mercader ne lui évoquait rien, de toute façon. L'histoire de la mort de Trotski ne faisait pas partie de son folklore personnel, mais l'histoire de l'homme qui assassina le lieutenant-gouverneur impérialiste ayant approuvé le massacre d'Amritsar, l'histoire d'Udham Singh qui alla en Angleterre et attendit six ans puis abattit O'Dwyer dans une réunion publique, était, elle, célèbre. Il ne vint pas à l'idée de Zainab que le chauffeur parlait sérieusement. Les hommes essayaient toujours de se faire bien voir d'elle, après tout, et oui, peut-être qu'elle avait dit que Max Ophuls était un salaud et qu'elle aurait voulu qu'il soit mort, mais c'était juste une façon de parler, c'était une artiste de la passion, une femme au sang chaud, et comment une telle femme pouvait-elle parler autrement d'un homme qui s'était révélé indigne de son amour ? Elle était elle-même incapable de meurtre, c'était une femme de paix et également, excusez-moi, une vedette, il fallait prendre en compte sa responsabilité envers son public, une personne dans sa position devait servir d'exemple. Sa déposition était si attendrissante, ses yeux si grands et si innocents, son horreur coupable à la pensée que l'assassin lui ait avoué son crime avant de le commettre si profonde – si elle avait fait attention à ses paroles elle aurait pu sauver une vie humaine, même s'il ne s'agissait que de la vie d'un vermisseau comme Max Ophuls –, son autocritique était si manifestement sincère que les inspecteurs de police enquêtant sur le crime, des hommes durs et cyniques immunisés contre les ruses des vedettes de cinéma américaines, devinrent ses plus fidèles fans et passèrent une grande partie de leur temps libre à apprendre l'hindoustani et rechercher les vidéos de ses films, même les épouvantables premiers longs métrages où elle était, pour être franc, un petit peu potelée.

Le deuxième mauvais présage arriva le matin du meurtre, quand Shalimar le chauffeur s'approcha de Max Ophuls au petit déjeuner, lui tendit son emploi du temps pour la journée, puis présenta sa démission. Les chauffeurs de l'ambassadeur ne restaient jamais longtemps à son service, souvent attirés par de nouvelles expériences, dans la pornographie ou la coiffure, et

Max était habitué au cycle de l'acquisition et de la perte. Cette fois-ci, toutefois, il fut ébranlé, même s'il ne voulut pas le montrer. Il se concentra sur les rendez-vous de la journée, en s'efforçant de ne pas faire trembler la fiche. Il connaissait le véritable nom de Shalimar. Il connaissait le village dont il était originaire, ainsi que l'histoire de sa vie. Il connaissait le lien intime qui unissait son propre passé scandaleux et cet homme sérieux et dénué de scandale qui ne riait jamais malgré les yeux plissés qui suggéraient un passé plus heureux, cet homme au corps de gymnaste et au visage de tragédien qui peu à peu était devenu plus un valet qu'un simple chauffeur, un serviteur silencieux et cependant profondément zélé qui comprenait ce dont Max avait besoin avant que celui-ci le sache – le cigare allumé qui se matérialisait quand il tendait la main vers la cave à cigares, les boutons de manchettes posés sur son lit chaque matin avec la chemise idéale, la température idéale de l'eau de son bain, l'art d'être absent, ou présent, au bon moment. L'ambassadeur avait l'impression de revivre ses années d'enfance à Strasbourg dans la demeure Belle Epoque près de la vieille synagogue désormais détruite, et ne pouvait que s'émerveiller de la renaissance, chez cet homme venu d'une lointaine vallée montagneuse, des traditions perdues de la culture alsacienne d'avant-guerre.

Il semblait n'y avoir aucune limite au zèle de Shalimar. Quand l'ambassadeur, pour l'éprouver, raconta qu'il avait entendu dire que le prince de Galles exigeait de son valet qu'il lui tînt le pénis pendant qu'il urinait, afin de diriger le jet, l'homme dont le véritable nom n'était pas Shalimar inclina la tête de quelques centimètres et murmura : « Je peux aussi, si vous souhaitez. » Plus tard, après que ce qui devait arriver fut arrivé, il apparut que l'assassin s'était délibérément approché de sa victime à la façon d'un amant, il avait effacé sa propre personnalité avec la discipline d'un grand guerrier afin d'étudier le véritable visage de l'ennemi et connaître ses forces et ses faiblesses, comme si ce tueur vicieux avait éprouvé le besoin de connaître aussi intimement que possible la vie qu'il comptait ravir si brutalement. On expliqua pendant le procès qu'un comportement aussi odieux prouvait que le meurtrier était une personne d'un sang-froid si inhumain, dotée d'un cœur calculateur si glacé et d'une âme si diaboliquement malade, que le rendre à la compagnie des hommes civilisés serait une terrible imprudence.

La fiche comportant l'emploi du temps de l'ambassadeur se mit à trembler dans la main de Max malgré tous ses efforts pour se contrôler. Autrefois, dans l'intermède d'un an entre le scandale qui l'avait privé de sa charge d'ambassadeur en Inde et sa nomination à un poste secret de même niveau dont sa fille ignora tout jusqu'après sa mort, Max Ophuls avait perdu pied. La soudaine amorphie de ses journées, après de longues années pendant lesquelles elles avaient été organisées et programmées par séquences d'un quart d'heure, l'ébranla et l'effraya, jusqu'à ce que son secrétaire ait l'idée géniale de réinstaurer le système de petites fiches quotidiennes auxquelles il s'était habitué. C'en était fini des rendez-vous avec les ministres et les capitaines d'industrie, des invitations aux conférences de haut niveau et des réceptions d'ambassade pour les notables en visite. Son nouvel emploi du temps était plus humble – huit heures du matin, se lever, faire sa toilette, huit heures vingt, promener le chien, huit heures trente, lire le journal – mais il restaurait un semblant de forme, et Max Ophuls s'en remit à ces bribes avec une intense détermination et s'arracha lentement à la dépression qui avait failli lui coûter la vie. Depuis qu'il avait réchappé à l'effondrement mental, Max Ophuls faisait en sorte qu'il y ait toujours une petite fiche blanche qui l'attendait le matin, une petite fiche blanche qui signifiait que l'univers n'avait pas sombré dans le chaos, que les lois établies par les hommes et la nature étaient toujours valables, que la vie avait un sens et un but, et que le vide ne risquait pas de l'engloutir.

Maintenant le vide était de nouveau béant. C'était l'arrivée de Shalimar dans la vie de Max qui avait réveillé le Cachemire en lui, avait fait resurgir le paradis d'où il avait été chassé de nombreuses années plus tôt. C'était d'une certaine façon pour Shalimar, ou plutôt pour l'amour qu'ils avaient eu autrefois en commun, que Max s'était rendu aux studios de télévision afin de prononcer sa dernière oraison. C'était à cause de Shalimar, donc, qu'il avait perdu Zainab Azam. Et maintenant, voilà que Shalimar lui aussi le quittait. Max eut une vision de sa tombe ouverte, d'un trou noir rectiligne creusé dans la terre, aussi vide que son existence, et sentit l'obscurité prendre ses mesures pour lui tailler un suaire. « Nous discuterons de cet enfantillage plus tard », dit-il, affectant la nonchalance alors même qu'une terreur soudaine lui montait à la gorge comme de la bile. Il déchira l'emploi du temps de la journée. « Je vais voir India. Va chercher la voiture, bon sang. »

Quand ils furent dans Laurel Canyon, les sommets de l'Himalaya commencèrent à se dresser tout autour d'eux, à grande vitesse, comme des effets spéciaux. Il s'agissait là du troisième présage. A la différence de sa fille et de sa mère, Max Ophuls ne possédait pas le don, ou la malédiction, de seconde vue, aussi, quand il vit les géants blancs de huit mille mètres se tamponner dans le ciel, emportant les maisons à deux niveaux du voisinage, les animaux stylés et les plantes exotiques, il trembla de peur. S'il avait des visions, ça signifiait que les ennuis arrivaient. Ils seraient d'une nature extrême et ne tarderaient pas à s'abattre sur lui. L'illusion meurtrière de l'Himalaya persista encore dix bonnes secondes, de sorte que la Bentley parut glisser le long d'une vallée de glace spectrale vers une destruction certaine, mais soudain, comme dans un rêve, un feu rouge jaillit de la neige et, guidée par ce phare écarlate, toute la ville réapparut, indemne. La gorge de Max était irritée, comme s'il avait pris froid dans l'air raréfié du Karakoram. Il sortit sa flasque d'argent, s'enfila une brûlante rasade de whisky et téléphona à sa fille.

Cela faisait des mois qu'India ne l'avait pas vu mais elle ne lui fit aucun reproche. Ces hiatus n'avaient rien d'inhabituel. Max Ophuls lui avait une fois sauvé la vie mais, ces temps-ci, son sens de la famille était fragile et son besoin de communiquer avec son propre sang était rare et aisément satisfait. Son plus grand bonheur, il le trouvait en s'immergeant dans des univers conçus ou découverts par lui, travaillant à la version revue et corrigée de son ouvrage classique sur la nature du pouvoir qu'India avait entendu sous la forme d'histoires contées le soir, et se lançant depuis peu dans une quête étrange – que sa fille considéra tout d'abord comme l'obsession d'un vieux bonhomme qui a trop de temps libre –, concernant les prétendus réseaux souterrains du peuple lézard apocryphe de Los Angeles dont il avait un jour évoqué l'existence lors du dîner avec le célèbre animateur télé, et qui l'entraîna à bord de ses coûteux véhicules dans des quartiers peu recommandables, l'obligeant, lui et Shalimar, au moins une fois à fuir à grande vitesse des gangs armés. L'ambassadeur avait toujours été d'une insatiable curiosité, doublée d'une croyance dangereuse en sa nature indestructible, au point qu'au cours de son odyssée dans South Central et la City of Industry, il ordonna à Shalimar d'arrêter la voiture près des grilles d'un lycée en difficulté devant lequel même les voitures de police passaient en accélérant craintivement à certaines heures de la journée ; vitre baissée, muni de jumelles, il commença à pronostiquer qui parmi les jeunes qui sortaient finiraient en prison et qui irait à la fac, jusqu'à ce que le chauffeur, apercevant les couteaux luisants comme des requins, les canons des armes à feu émergeant de leurs cachettes, appuie sur le champignon avant que les voyous puissent démarrer leurs motos pour les prendre en chasse.

Toutefois, quand India entendit la voix de son père au téléphone, elle comprit que l'homme qui venait lui rendre visite n'était pas le Max Ophuls confiant auquel elle était habitué, plongé à la naissance tel Achille dans les eaux magiques de l'invulnérabilité. Sa voix était fragile et rauque, comme si elle ployait enfin sous le poids de ses huit décennies, il y avait en elle une note nouvelle, une note si inattendue qu'il s'écoula un moment avant qu'India s'aperçoive que c'était de la peur. Elle-même était ce matin-là préoccupée. L'amour la poursuivait et elle détestait être poursuivie en général et par l'amour en particulier. L'amour la traquait sous la forme d'un jeune homme habitant sur le même palier qu'elle, littéralement le garçon d'à côté, une idée si comique qu'elle aurait été plaisante si India n'avait pas érigé des murs d'acier blindé contre le concept même d'amour. Elle avait commencé à se dire qu'elle allait devoir déménager pour échapper à ces assauts inévitablement claustrophobiques. Elle n'arrivait pas à se rappeler son nom bien qu'il lui répétât qu'il était facile parce qu'il rimait. « Jack Flack, dit-il. Tu vois ? Tu ne l'oublieras jamais. Tu ne pourras jamais te débarrasser de moi. Tu penseras à mon nom dans ton lit, dans ta baignoire, sur l'autoroute, à l'épicerie. Tu ferais mieux de m'épouser. C'est inévitable. Je t'aime. Regarde la réalité en face. »

Elle avait sans doute eu tort de faire l'amour avec lui mais il était indéniablement attirant avec son côté insipide de petit Blanc nourri au maïs et il l'avait surprise dans un moment sensible. Il était la médiocrité parfaite, l'ordinaire fait super-ordinaire, le voisin de palier élevé à l'idéal platonicien de voisin-de-palier-tude, et du coup on pouvait le voir sur les panneaux géants partout dans cette ville vouée à l'idéalisation, avec ses cheveux filasse et ses yeux innocents, son visage dépourvu d'histoire ou de souffrance. Il portait des polos avec alligator ici, des Stetson là, et des caleçons encore ailleurs, et sur tous les panneaux il arborait son sourire super-ordinairement séduisant et bêta, son corps scintillant comme celui d'un jeune dieu, *le dieu moyen** des gens moyens, qui n'était pas né, n'avait pas grandi, n'avait pas souffert, mais avait jailli complètement formé telle Athéna de la tête d'un Zeus médiocre.

Etre super-ordinaire en Amérique était un don qu'on pouvait changer en fortune, et le voisin de palier faisait ses premiers pas sur la piste dorée, se préparant au grand décollage. Elle comprit alors qu'elle n'aurait pas besoin de déménager. C'est lui qui déménagerait bientôt, il irait d'abord dans l'appartement luxueux de Fountain Avenue de sa glorieuse banalité, puis dans la demeure de Los Feliz, le palazzo de Bel Air, le ranch de mille arpents du Colorado que tous les super-voisins de palier méritaient. « C'est quoi déjà ton nom ? » lui demanda-t-elle après qu'ils eurent fait l'amour, et la question l'amusa à sa façon super-ordinaire. « Ha ! Ha ! Elle est bien bonne, celle-là ! » Si Clark Kent n'avait pas été secrètement Superman, voilà qui il aurait été. « Jock Flock, lui rappela-t-il quand il eut fini de rire. Ce nom est gravé au fer rouge dans ta mémoire. Ce nom se répète là-dedans, sans cesse, en boucle, comme une chanson que tu ne peux pas oublier. Il te rend folle. Tu le prononces sous la douche. Sans cesse. Jake Flake, Jake Flake. C'est plus fort que ta volonté. Tu n'as pas le choix. Cède tout de suite. »

Il voulait qu'elle l'épouse immédiatement. « La seule façon sensée d'aimer c'est d'aimer à certaines conditions, l'avertit-elle, refroidie. Ce que tu demandes me semble un peu trop inconditionnel à mon goût. » Quand il ne la comprenait pas il lui souriait niaisement, avec condescendance. Cela réveillait les instincts les plus violents d'India. « Réfléchis-y d'accord ? demanda-t-il. Réfléchis, madame Jay Flay. Avoue combien tu aimes ces sonorités. Tu en raffoles. Tu ne peux pas lutter contre ça si tu réfléchis bien. Fais-moi plaisir. N'agis pas sans réfléchir. » Des propos prononcés par un éminent praticien de la non-réflexion. Elle dut faire un grand effort pour s'empêcher de gifler son beau visage ordinaire.

Depuis la demande en mariage de Joe Flow, elle arpentait les couloirs de son immeuble dans un état confus d'agacement et de trouble. Elle tomba sur la grosse forme ovoïde en jeans de la sorcière Olga Simeonovna. « Quoi de neuf, ma belle ? demanda d'un ton bourru Olga Volga, en tripotant sa patate habituelle. On dirait que ton chat vient de mourir, sauf que tu n'as pas de chat. » India se força à sourire et dans sa perplexité avoua son dilemme à la gardienne russe. « C'est le voisin », dit-elle. Olga eut un air méprisant. « L'autre zizi panpan machin chose ? Rick Flick ? » India acquiesça. Olga Volga fourbit ses armes. « Il t'a fait des ennuis, poussin ? Dis-moi oui et son petit cul est viré, y a qu'à regarder l'affiche sur le Beverly Center en taille XXL. Mais bon, je suis désolée, garde ça pour toi, Dickie, personne veut voir. »

India secoua la tête, lâcha le morceau. « Il m'a demandé en mariage. » Olga trembla de la tête aux pieds, un séisme de faible intensité qui fit onduler sa chair. « Toi sérieuse ? Toi et Nick ? Nick et toi ? Ben dis donc. » India s'aperçut qu'elle prenait mal l'incrédulité dans la voix de la gardienne. « Eh, oh, n'ayez pas l'air aussi surprise. Pourquoi ne voudrait-on pas m'épouser ? » Olga posa un gros bras veiné de bleu sur l'épaule d'India. « Non, bien sûr pas à cause de toi, ma chérie, ma superbe. C'est juste ce Mick ? Toujours, jusqu'à aujourd'hui, je pensais complètement qu'il était homéo. » « Homéo ? » « Bien sûr, homéo. Comme tout le monde ici. Grand quartier homéo, bien ma chance, hein. Le Monsieur Softee sur l'autre trottoir, qui se fait appeler l'*Empereur de la Crème glacée*, pile là sur le côté de sa camionnette il l'a écrit, il croit qu'il trompe qui, tu le sais ? Complètement homéo. Des homéos qui promènent les chiens, des homéos qui servent dans les cafétérias, des homéos en salle de gym, une fille comme toi elle y va et personne la siffle, les ouvriers du bâtiment hispaniques homéos, des électriciens et des plombiers homéos, des facteurs homéos, des filles main dans la main sur le trottoir homéos, des homéos qui se font bronzer toute la journée sur des transats près de la piscine puis montent chez eux pour faire ça par-derrière comme des chiens et je suis censée pas être dans le courant. Des pervers partout seulement maintenant on doit les appeler des gens gais.

Qu'est-ce qui est gai dans la perversion, tu me l'expliques ? Ce crime contre le plan de Dieu en quoi c'est drôle, s'il te plaît ? »

India avait mal à la tête. L'insomnie était toujours son amant le plus attentif, le plus cruel, la réclamant et la possédant égoïstement dès qu'il le souhaitait. La légèreté n'était pas son lot aujourd'hui. Un homme de deuxième choix essayait de l'épouser et quelque chose clochait dans la voix de son père au téléphone. Elle n'avait pas de temps à perdre avec la fausse pruderie d'Olga Simeonovna. La concierge russe était aussi large d'esprit que son arrière-train, et ses imprécations rituelles étaient imbibées d'ironie européenne. Elle affirmait que dans l'intimité de son petit appartement elle essayait de modifier l'orientation sexuelle de ses voisins en jetant des sorts, mais en fait elle se désintéressait superbement de ce qui se passait derrière les portes fermées. Le sexe, par-devant ou par-derrière, à la missionnaire ou à la converti, ne faisait plus partie de ses préoccupations. Elle continuait toutefois de feindre quelque intérêt pour l'amour. « Dis-lui oui, ma superbe. Bien sûr, pourquoi pas. Tu seras très heureuse, dix pour cent de probabilité minimum, et sinon, bah. Le mariage je me souviens de quand c'était un grand sacrement de Dieu, la promesse incassable, mais je suis dinosaure russe éteint. Le mariage maintenant c'est quoi, de la location de voitures. Merci de faire appel à nos services, nous passerons vous prendre, quand vous aurez fini avec le véhicule nous vous ramènerons chez vous. Protégez-vous en souscrivant le plus d'assurances possible, garantie antibris de vitres, le risque il est zéro. Vous cassez la voiture, vous vous en sortez sans rien à payer. Fonce, ma belle, pour qui tu veux le mettre de côté ? Ils ne fabriquent plus de pantoufles en vair. L'usine est déjà fermée. Ils ne fabriquent plus de princes non plus. Ils ont abattu les Romanov dans une cave et Anastasia elle aussi est morte. »

Partout était désormais partout ailleurs. La Russie, l'Amérique, Londres, le Cachemire. Nos vies, nos histoires se déversaient les unes dans les autres, ne nous appartenaient plus, n'étaient plus individuelles, distinctes. Ces gens instables. Il y avait des collisions et des explosions. Le monde n'était plus calme. Elle pensa à Housman dans le Shropshire. *C'est là le pays de la satisfaction perdue*. Pour le poète, le bonheur c'était le passé. C'était cet autre pays où l'on faisait les choses autrement. L'Angleterre, l'Angleterre. *Un air qui tue.* Elle aussi avait eu une enfance anglaise, mais elle n'en avait pas gardé de souvenir magique. Elle n'avait connu que cette terre désenchantée. Il n'y avait rien d'autre. Etre content, se contenter : les formes variables de ses rêves. Si son prétendant pouvait lui offrir un tel rêve, ce serait alors peut-être un cadeau plus grand que l'amour. Elle retourna dans son appartement pour réfléchir à sa demande en mariage, bon sang, c'était quoi déjà son nom à la con. Judd Flood.

Une autre belle journée. La rue verdoyante où elle habitait serpentait dans la lumière indolente, lambinait, prenait son temps. La plus grande illusion de la ville était celle de la suffisance, de l'espace, du temps, de la possibilité. La porte située en face de chez elle, celle de l'appartement de M. Khadaffy Andang, était ouverte comme d'habitude, de soixante centimètres, offrant un aperçu d'un vestibule obscur. Le Philippin aux cheveux argentés vivait dans l'immeuble depuis plus longtemps que tous les autres. India l'avait aperçu un jour dans la buanderie alors qu'elle revenait d'une rare nuit blanche, et elle avait été surprise de voir qu'il était sur son trente et un à cette heure indue : peignoir de soie, fume-cigarette, parfum, cheveux gominés en arrière. Après ça, de temps en temps, ils discutèrent pendant que les machines tournaient. Il lui parla des Philippines, de sa province natale de Basilan, un mot qui signifiait « piste de fer ». Il y avait eu là-bas autrefois un dirigeant légendaire, le sultan Kudarat, mais les Espagnols étaient venus et l'avaient détrôné, puis les jésuites étaient venus eux aussi, exactement comme la découverte de la Californie. Il lui parla des mariages yakan et des maisons sur pilotis des pêcheurs samal, des canards sauvages de Malamawi. Il lui expliqua que c'était un endroit paisible mais qu'à présent il y avait des troubles entre musulmans et chrétiens et qu'il était parti loin de tout ça, sa femme et lui voulaient juste avoir une bonne vie, mais malheureusement tel n'avait pas été son destin. Cependant, en Amérique, la vie c'était la dolce vita, n'est-ce pas, même pour les gens pour qui elle ne l'était pas. Il acceptait son sort, disait-il, puis la lessive fut finie. Elle fut émue par ce gentleman doux et penaud et elle recherchait ces échanges, lui racontant même parfois sa propre vie, surmontant sa réserve naturelle.

Parfois, des catalogues de vente par correspondance vantant des produits à la mode attendaient Andang dans l'entrée. Mais, comme le confirma Olga Simeonovna, l'homme ne quittait que rarement l'immeuble sauf pour aller faire des courses. Sa femme, l'épouse qu'il avait emmenée en Amérique en quête d'une « bonne » vie, l'avait quitté quelques années plus tôt pour un huissier d'une compagnie de prêt. India imaginait la musique de la langue philippine, de ses insultes. Elle l'imaginait comme du japonais, mais en plus doux, plus fluide. Un langage d'injures roulantes et plantureuses comme des instruments à bois. « Il veut rester prêt, confia Olga, au cas où Mme Andang revient. C'est pour ça la politique de la porte ouverte. Mais elle ne reviendra pas. » L'huissier avait des amis dans les milieux de l'assurance. « Ils l'ont bien arrangé. Elle est couverte de dollars de la tête aux pieds. Santé, dents, accidents. Elle a maintenant sa zone de confort. Et ça, M. Andang était incapable de le four nir. A son âge ce genre de choses compte. » Mais, malgré cela, M. Andang laissait sa porte entrebâillée. La ville chantait ses chansons d'amour, le trompant, le faisant espérer.

La Bentley de l'ambassadeur s'engageait dans la rue. Il y avait des interdictions de se garer le long du trottoir d'India parce que c'était le jour où les camions-poubelle venaient ramasser les ordures. Le trottoir était large. L'immeuble d'India était doté d'interphones. Tout cela ralentissait les choses, augmentait la vulnérabilité de l'ambassadeur. Il y avait des procédures que Max Ophuls connaissait intimement, et qui remontaient à l'époque où il exerçait son métier secret, le métier dont on ne pouvait prononcer le nom, le métier qui n'existait pas sauf qu'il existait, mais l'ambassadeur ne songeait pas à ces procédures. Il songeait à sa fille et se disait qu'elle aurait désapprouvé sa liaison, désormais terminée, avec la femme qui lui ressemblait, qui ressemblait à sa mère autant qu'à elle. Les procédures exigeaient que des hommes viennent lui réserver une place devant le lieu de rendez-vous, qu'ils entrent en premier, par sécurité. N'importe quel professionnel dans ce domaine savait que le « principal » était une cible facile dans l'espace entre la portière de son véhicule et la porte de l'endroit où il comptait entrer. Mais la menace contre Max Ophuls n'était plus élevée désormais et l'évaluation du risque encore plus faible. Menace et risque n'étaient pas la même chose. La menace était un niveau général de danger présumé, tandis que le niveau de risque était relatif à une activité donnée. Il était possible que le niveau de menace soit élevé mais que le risque lié à une décision quelconque, par exemple un caprice de dernière minute, comme d'aller voir votre fille, puisse être bas. Ces choses avaient eu leur importance, autrefois. Maintenant, il n'était plus qu'un vieil homme enquêtant sur une histoire invraisemblable de peuple lézard souterrain, un individu sexuellement inactif, récemment répudié par sa maîtresse, un père rendant une visite non prévue à son enfant. Cela restait dans les paramètres de sécurité établis.

Comme n'importe quel professionnel dans ce domaine, Max savait que la sécurité absolue n'existait pas. La vidéo de l'attentat contre le président Reagan en était la meilleure illustration. On voyait le Président aller de l'immeuble à la voiture. On voyait les positions des membres du service de protection. Toutes ces positions étaient idéales. Puis venait l'agresseur. On voyait le temps de réflexe des policiers, leur rapidité était extraordinaire, excédant tout ce qu'on pouvait attendre d'eux. Le Président n'était pas touché à cause d'une erreur. Il n'y avait pas eu d'erreur. Mais le Président avait été touché. POTUS est à terre. L'homme le plus puissant du monde, entouré par l'élite de sécurité de la planète, n'était pas en sécurité entre la porte de son immeuble et la portière de la voiture blindée. La sécurité, c'était des pourcentages. Rien n'était jamais à cent pour cent.

Et rien sur terre ne pouvait vous protéger contre la taupe, le fidèle félon, le protecteur devenu assassin. L'ambassadeur Max Ophuls laissa Shalimar le chauffeur lui ouvrir le portière, traversa le trottoir et composa le code de sa fille. Là-haut dans son appartement, l'interphone sonna. India décrocha et entendit une voix qu'elle n'avait entendue qu'une seule fois avant dans sa vie, sur le magnétophone qui tournait sur sa table de chevet pour enregistrer les mots qu'elle prononçait la nuit dans son sommeil. Quand elle entendit ce bruit gargouillant, incohérent, étranglé, elle reconnut la voix de la mort et se mit à courir. Tout autour d'elle ralentit tandis qu'elle courait, le mouvement des arbres derrière les fenêtres, les bruits des gens et des oiseaux, même ses propres mouvements semblaient être au ralenti alors qu'elle se lançait dans les escaliers. Quand elle arriva devant les doubles portes vitrées donnant sur le monde extérieur, elle vit ce qu'elle savait qu'elle verrait, l'énorme éclaboussure de sang sur le verre, l'épaisse traînée de sang sur le sol, et le corps de son père l'ambassadeur Maximilien Ophuls, héros de guerre et détenteur de la Légion d'honneur, gisant inerte dans un lac écarlate qui s'assombrissait. Sa gorge avait été tranchée si violemment que l'arme, un de ses propres couteaux de cuisine Sabatier, qui avait été jeté à côté du corps, lui avait presque détaché la tête.

Elle n'ouvrit pas la porte. Son père n'était pas là, juste des saletés qu'il faudrait nettoyer. Où était Olga ? Quelqu'un devait prévenir la gardienne. C'était du travail pour une gardienne. Se déplaçant d'un pas ferme, le dos droit et la tête redressée, India appela l'ascenseur. Une fois dans la cabine, elle garda les mains jointes devant elle comme un enfant qui récite un poème. Quand elle fut de nouveau dans son appartement, elle ferma la porte d'entrée à clé. Dans le petit vestibule, sous un miroir rond, se trouvait une chaise en bois Shaker, et elle s'y assit, les mains toujours jointes et posées sur ses genoux.

Elle voulait que le bruit s'arrête, les cris, le braiment des sirènes. C'était un quartier calme. Elle ferma les yeux. Le téléphone sonnait mais ça n'avait pas d'importance. On frappa à la porte, de plus en plus fort, mais ça n'avait pas d'importance. Un couteau de cuisine avait sa place dans une cuisine et rien à faire sur le trottoir. Une enquête était nécessaire. Cela ne la regardait pas. Elle était juste la fille. Elle était juste l'enfant unique et illégitime. Elle ne savait même pas s'il y avait un testament. Il était important de rester assise. Si elle pouvait rester assise ici pendant un an ou deux, tout irait bien. Parfois la joie met longtemps à revenir.

C'était une journée importante. Un homme l'avait demandée en mariage. Le type sur l'affiche l'avait demandée en mariage. Bientôt il y aurait une alliance et tout le tralala. Pour l'instant, il était passé de son balcon au sien et se tenait derrière la baie vitrée, il criait chérie chérie. Chérie ouvre c'est moi c'est Jim. Cette affaire concernait la police. Elle avait des choses à faire. Quand ça se passait bien au boulot, vous preniez du recul, vous pouviez voir les choses telles qu'elles étaient, il y avait le minimum de distorsion, l'étrangeté disparaissait. Le chauffeur avec du sang sur les mains et des taches écarlates sur ses vêtements. Elle se souvenait l'avoir vu, s'était obligée à l'effacer. Elle aurait pu sauver son père et elle ne l'avait pas fait. Il y avait eu des présages. Elle avait vu des fleurs aux pieds de Shalimar, des fleurs pousser sur le trottoir là où il se tenait, et également sur sa poitrine, jaillissant de sa chemise entrouverte. Elle n'avait pas à croire à ce qu'elle voyait quand ses yeux la trahissaient. Ce n'était pas à elle de sauver son père. Son rôle consistait à rester parfaitement immobile jusqu'à ce que la joie revienne.

Alouette, gentille alouette,
Alouette, je te plumerai.

Elle était assise à califourchon sur les épaules de son père, elle lui faisait face et ils chantaient. *Et le cou ! Et le cou ! Et la tête ! Et la tête ! Alouette ! Alouette ! Ohhh* *... puis elle faisait un saut périlleux loin de lui, bondissait, ses mains à elle dans ses mains à lui, ses mains à elle dans ses mains à lui, ses mains à jamais et plus jamais dans les siennes.

Boonyi

Il y avait la terre et il y avait les planètes. La terre n'était pas une planète. Les planètes étaient les « ravisseurs ». On les appelait ainsi parce qu'elles pouvaient se saisir de la terre et fléchir son destin à leur guise. La terre n'avait jamais été des leurs. La terre était le sujet. La terre était ravie.

Il y avait neuf ravisseurs dans le cosmos : Surya le Soleil, Soma la Lune, Budha le Mercure, Mangal le Mars, Shukra la Vénus, Brihaspati le Jupiter, Shani le Saturne, et Rahu et Ketu, les deux planètes de l'ombre. Les planètes de l'ombre existaient vraiment sans vraiment exister. C'étaient des corps célestes sans corps. Elles étaient là mais une forme physique leur faisait défaut. C'étaient également les planètes dragons : deux moitiés d'un unique dragon coupé en deux. Rahu était la tête du dragon et Ketu la queue de l'animal. Un dragon était aussi une créature qui existait vraiment sans vraiment exister. Il était, parce que notre pensée l'avait fait tel.

Jusqu'à ce qu'il apprenne l'existence des planètes de l'ombre, Noman Sher Noman n'avait jamais su comment appréhender l'amour, comment donner un nom à sa force d'illumination morale, à ses effets de changement de marées et de gravitation. Dès qu'il entendit parler du dragon fendu, de nombreuses choses devinrent claires. L'amour et la haine étaient également des planètes de l'ombre, non corporelles mais présentes, là-haut, exerçant leur attraction sur son cœur et son âme. Il avait quatorze ans et venait de tomber amoureux pour la première fois dans le village de Pachigam où vivaient les comédiens itinérants. C'était son heure de gloire. Son stage était terminé et il avait pris un nom de scène. Il voulait remiser l'enfant Noman pour être son nouveau moi adulte. Il voulait que son père soit fier de Shalimar le clown, son fils. Son père Abdullah, le chef, le *sarpanch*, qui les tenait tous dans la paume de sa main.

C'était le pandit Pyarelal Kaul qui lui avait parlé des ravisseurs et c'était la fille aux yeux verts du pandit, Bhoomi, qu'il aimait. Le nom de Bhoomi signifiait « la terre », ce qui faisait de Shalimar un ravisseur, du moins le supposait-il, mais l'allégorie cosmologique ne pouvait pas tout expliquer, n'expliquait pas, par exemple, le fait que Bhoomi veuille le ravir à son tour. Hormis les jours de représentation quand le public pouvait l'entendre, elle ne l'appelait jamais Shalimar, préférant le nom qu'il avait reçu à sa naissance, bien qu'elle détestât son propre nom – « mon nom est boue », disait-elle « boue et terre et pierre et je n'en veux pas », et elle préférait qu'il l'appelle « Boonyi ». C'était le terme local pour désigner l'arbre céleste du Cachemire, le chinar. Noman allait dans les forêts de pins situées sur les hauteurs, derrière le village, et prononçait son nom à voix basse aux singes. « Boonyi », murmurait-il également aux huppes dans la prairie constellée de fleurs de Khelmarg, où il l'embrassa pour la première fois. « Boonyi », répondaient solennellement les oiseaux et les singes, honorant son amour.

Le pandit était veuf. Il vivait avec Bhoomi-qui-s'appelait-Boonyi à un bout de Pachigam dans la deuxième plus belle maison du village, une maison en bois comme toutes les autres maisons mais avec deux niveaux au lieu d'un (la plus belle maison, qui appartenait aux Noman, possédait un troisième niveau, une unique et vaste pièce où le panchayat se réunissait et où étaient prises toutes les grandes décisions concernant le village). Il y avait aussi un bâtiment distinct pour la cuisine et une cabane pour les toilettes au bout d'une étroite allée couverte. C'était une maison sombre et légèrement inclinée, avec un toit pentu en tôle ondulée, semblable à toutes les autres, mais en un peu plus grand. Elle était située près d'une petite rivière loquace, la Muskadoon, dont le nom signifiait « rafraîchissante » et dont l'eau était agréable à boire mais glaciale pour celui ou celle qui y nageait parce qu'elle dévalait des hautes neiges éternelles où les divinités hindoues, torse et seins nus, jouaient tous les jours aux jeux de l'éclair et du tonnerre.

Les dieux ne ressentaient pas le froid, expliquait Pandit Kaul, à cause de la chaleur divine de leur sang immortel. Mais dans ce cas, s'interrogeait Noman sans oser poser la question, pourquoi leurs mamelons étaient-ils toujours dressés ?

Pandit Kaul n'aimait pas non plus son nom. Il y avait déjà beaucoup trop de Kaul dans la vallée. Pour un homme sortant de l'ordinaire, il était avilissant de porter un nom aussi répandu, et personne ne fut surpris quand il annonça qu'il voulait qu'on l'appelle Pandit Kaul-Toorpoyni, Pandit Kaul de l'Eau froide. Ce nom était trop long pour être pratique, aussi il laissa tomber le Kaul honni. Mais Pandit Pyarelal Toorpoyn, autrement dit, Pandit Douce Rivière froide, ne faisait pas non plus l'affaire. Finalement, il renonça et accepta son destin patronymique. Noman appelait le pandit Oncle chéri, bien qu'ils ne fussent point reliés par le sang ou la foi. Les Cachemiriens étaient reliés par des liens plus profonds. Boonyi était l'enfant unique du pandit, et alors que Noman et elle approchaient de leur quatorzième anniversaire, tous deux découvrirent qu'ils avaient été amoureux depuis toujours et qu'il était temps de faire quelque chose, même si c'était là la décision la plus dangereuse au monde.

Ils se rendirent sur les rives de la Muskadoon avec le pandit, qui déblatéra sur le cosmos parce qu'il était un homme qui aimait parler et c'était pour eux une façon d'être ensemble, de se parler dans le langage prudent et silencieux du désir interdit tout en en écoutant Pyare son père parler sans discontinuer, avec la même fluidité que le cours d'eau babillard derrière lui. Les doigts de Noman se tendaient vers ceux de Boonyi et les siens languissaient après ceux de Noman. Plusieurs mètres les séparaient. Ils étaient assis sur des rochers lisses, baignant dans la clarté impitoyable du soleil de montagne, sous un ciel dégagé qui brillait au-dessus d'eux d'un bleu joyeux. Malgré la distance, leurs doigts ardents étaient invisiblement entrelacés. Noman pouvait sentir la main de Boonyi se refermer autour de la sienne, enfoncer ses ongles longs dans sa paume, et quand il la regardait à la dérobée il voyait à la lueur dans ses yeux qu'elle aussi sentait sa main, qui la réchauffait, frottait l'extrémité de ses doigts, car les extrémités de son corps étaient toujours froides, ses orteils et ses doigts et ses lobes et la pointe de ses jeunes seins et le bout de son nez grec. Ces endroits exigeaient toute l'attention de sa main tiède. Boonyi était la terre et la terre était le sujet, et il l'avait ravie et avait cherché à plier son destin à sa volonté.

Comme de nombreux hommes qui tiraient fierté de leur capacité à résister aux mascarades spirituelles et au charlatanisme verbeux de tout acabit, le père de Boonyi nourrissait une passion secrète pour le fabuleux et le fantastique, et l'idée des planètes de l'ombre l'intriguait énormément. Bref, il était entièrement sous le charme de Rahu et Keru, dont l'existence ne pouvait être démontrée que par l'influence qu'ils exerçaient sur la vie quotidienne des gens. Einstein avait prouvé l'existence des corps célestes invisibles par la faculté qu'ont leurs champs de gravitation à courber la lumière, et Oncle chéri pouvait prouver l'existence des moitiés de dragon céleste et fourchu par leurs effets sur les heurs et malheurs des humains. « Ils nous retournent les entrailles ! s'exclamait-il, et une petite excitation perçait dans sa voix. Ils tiennent sous leur coupe nos émotions et nous donnent plaisir ou douleur. Il existe six instincts, ajouta-t-il, qui nous rattachent aux buts matériels de la vie. Ils ont pour noms Kaam la Passion, Krodh la Colère, Madh le Grisant, par exemple l'alcool, la drogue, et cetera, Moh l'Attachement, Lobh la Cupidité, et Matsaya la Jalousie. Pour vivre une bonne vie, nous devons les contrôler, sinon c'est eux qui nous contrôleront. Les planètes de l'ombre agissent sur nous à distance et concentrent nos esprits sur nos instincts. Rahu est l'exagérateur, l'intensificateur ! Ketu est le bloqueur, le suppresseur ! La danse des planètes de l'ombre est la danse de la lutte en nous, la lutte interne du choix moral et social. » Il s'essuya le front. « Bien, dit-il à sa fille, allons manger. » Le pandit était un bon vivant. Pachigam était un village de gastronomes.

Shalimar le clown les regarda s'éloigner et dut se faire violence pour s'empêcher de les suivre. Ce n'était pas seulement les planètes de l'ombre qui tiraillaient ses sentiments. Boonyi aussi agissait sur lui, elle exerçait sa magie sur lui chaque minute du jour et de la nuit, le tirant, l'attirant, le caressant et le mordillant, même quand elle était à l'autre bout du village. Boonyi Kaul, sombre comme un secret, lumineuse comme le bonheur, son premier et unique amour. Bhoomi près de l'Eau froide, reine des baisers, experte en caresses, acrobate intrépide, merveilleuse cuisinière. Le cœur de Shalimar le clown battait gaiement car il était sur le point de se voir accorder son plus grand désir. Gardant un silence sensuel pendant le monologue du pandit, ils avaient décidé que le moment était venu de consommer leur flamme, et au cours d'un échange de signaux muets, ils avaient brusquement fixé l'heure et l'endroit. L'heure était venue de se préparer.

Ce soir-là, tandis qu'elle tressait ses longs cheveux pour son amant, Boonyi Kaul songeait à la bienheureuse Sita dans l'ermitage de Panchavati près de la rivière Godavari pendant les années d'errance du seigneur Ram, alors en exil loin d'Ayodhya. Ram et Lakshman étaient partis chasser des démons en ce jour fatidique. Sita était restée seule, mais Lakshman avait tracé une ligne magique sur le sol jusqu'à l'entrée du petit ermitage et lui avait interdit de la franchir ou de laisser quiconque faire de même. La ligne était puissamment enchantée et la protégerait. Mais à peine Lakshman fut-il parti que le roi démon Ravan arriva déguisé en mendiant errant, vêtu d'un tissu ocre tout déchiré, de sandales en bois, et muni d'une ombrelle misérable. Il ne s'exprima pas toutefois comme un saint mendiant, mais loua avec effusion, dans l'ordre, la peau de Sita, son parfum, ses yeux, son visage, ses cheveux, ses seins et sa taille. Il ne parla pas de ses jambes. Ses jambes étaient cachées au regard, bien sûr, et bien qu'un grand *rakshasa* comme Ravan dût certainement être capable de voir à travers le tissu il ne pouvait l'avouer, parce que, s'il avait loué la partie inférieure de son corps, sa nature salace dissimulée aurait été aussitôt révélée. Les jambes âgées de presque quatorze ans de Boonyi Kaul étaient déjà longues et fines. Elle voulait savoir ce qu'il en était des jambes de Sita Devi et elle était frustrée qu'elles ne fussent jamais décrites.

Elle voulait également savoir si c'était à cause de, ou grâce à ce discours flatteur et lascif que Sita invita Ravan déguisé à entrer et se reposer. C'était une question d'une certaine importance parce qu'une fois que Sita eut invité l'inconnu à franchir la ligne magique, son pouvoir fut brisé. Quelques instants plus tard, Ravan reprit sa véritable forme à plusieurs têtes et emporta Sita dans son royaume de Lanka, l'enlevant contre son noble vouloir dans le chariot volant tiré par les mules vertes. Le grand aigle Jatayu, vieux et aveugle, essaya de la sauver, tuant les mules dans l'air et faisant tomber sur terre le chariot, mais Ravan prit Sita dans ses bras et sauta sans encombre sur le sol et quand Jatayu, épuisé, l'attaqua, il coupa les ailes de l'aigle.

Assurément, ce conflit épique ne pouvait être la seule faute de Sita, se disait Boonyi Kaul. « Jatayu, tu es mort pour moi », s'écria Sita. C'était vrai. Mais comment tout ce qui suivit le rapt – la chute de l'aigle, les recherches dans tout le pays pour retrouver la princesse disparue, la guerre formidable contre Ravan, les fleuves de sang et les montagnes de mort – comment tout cela pouvait-il être mis sur le compte de l'épouse révérée de Ram ? Quelle étrange signification cela conférait à l'ancien récit – à savoir que la folie des femmes avait raison de la magie des hommes, que les héros devaient combattre et mourir à cause de la vanité écervelée d'une jolie femme. Ce n'était pas juste. La dignité, la force morale, l'intelligence de Sita n'étaient pas sujettes à caution et ne pouvaient être écartées aussi grossièrement. Boonyi donnait au récit une interprétation différente. Les membres de la famille de Sita eurent beau tout faire pour la protéger, le roi démon n'en existait pas moins, et il s'enticha désespérément d'elle, et tôt ou tard elle devrait l'affronter. Les démons d'une femme n'étaient pas loin, comme ses amants, et on ne pouvait la couver éternellement. Mieux valait en finir avec les lignes magiques et affronter son destin. Les lignes dans le sol étaient bien jolies, mais elles ne faisaient que retarder l'inévitable. Ce qui devait arriver devait arriver, sans quoi on ne pourrait jamais en triompher.

Aussi, qui donc était ce garçon, le fils du chef du village, le nouveau prince des clowns acrobates de la troupe de comédiens, l'amant qu'elle s'apprêtait à retrouver à minuit dans le pâturage au-dessus du village ? Etait-il son héros épique ou son roi démon, ou les deux ? S'exalteraient-ils l'un l'autre ou seraient-ils détruits par ce qu'ils avaient décidé de faire ? Avait-elle étourdiment porté son dévolu sur lui, ou sagement ? Car il ne faisait aucun doute qu'il l'avait invitée à franchir une ligne déterminante. Comme il était beau, songea-t-elle avec tendresse, comme son numéro de clown était drôle, sa voix pure quand il chantait, sa danse gracieuse et affranchie de toute gravité sur la corde tendue, et surtout comme il était merveilleusement affable. Ce n'était point là un démon guerrier ! C'était son doux Noman, qui se faisait appeler Shalimar le clown en son honneur, parce qu'ils étaient tous deux venus au monde le même soir dans le jardin de Shalimar quatorze ans plus tôt, mais ausi en l'honneur de sa mère, celle-ci étant morte la fameuse nuit des multiples disparitions lorsque le monde s'était mis à changer. Elle l'aimait parce que le choix de son nom était sa façon d'honorer sa défunte mère aussi bien que de fêter le lien magique de leur naissance. Elle l'aimait parce qu'il ne voulait pas – ne pouvait pas ! – blesser âme qui vive. Comment pouvait-il lui faire du mal, lui qui était incapable d'en faire à une mouche ?

Sa chevelure était tressée et son corps oint. Rahu l'intensificateur avait agi sur Kaam la Passion et son corps palpitait de désir. Elle était devenue une femme deux ans auparavant – tôt, bien sûr, pensa-t-elle ; depuis sa naissance prématurée elle avait toujours fait les choses en avance – et elle était assez forte pour affronter ce qui allait se passer. En cette nuit sans lune, le parfum des pêchers et des pommiers en fleurs alourdissait ses paupières. Elle était assise sur son lit, la tête posée sur le rebord de la fenêtre et les yeux clos. Sa mère ne tarda pas à venir la voir, comme elle s'y attendait. Sa mère était morte en couches mais lui rendait visite presque toutes les nuits en rêve pour lui confier des secrets de femme et l'histoire de la famille et lui prodiguer de bons conseils et un amour inconditionnel. Boonyi n'en parlait pas à son père parce qu'elle ne voulait pas le blesser. Le pandit avait essayé d'être à la fois son père et sa mère. En dépit de sa nature céleste, il la traitait comme si elle était un trésor inestimable, la perle de choix que sa bien-aimée épouse lui avait laissée en guise de cadeau d'adieu. Il avait appris à s'occuper des enfants grâce aux femmes du village, et dès le début il insista pour faire tout lui-même, préparant sa bouillie, lui torchant le cul et se réveillant pour s'occuper d'elle chaque fois qu'elle pleurait jusqu'à ce que les voisins le supplient de prendre un peu de sommeil, l'avertissant qu'il ferait mieux de les laisser lui donner un coup de main s'il ne voulait pas que la pauvre fille grandisse sans même un seul parent sur lequel compter. Le pandit céda, mais seulement en de rares occasions. Comme elle grandissait, il lui apprit à lire, écrire et chanter. Il sautait à la corde avec elle et la laissa découvrir le kohl et le rouge à lèvres et lui expliqua quoi faire quand elle eut ses premières règles. Il avait donc fait de son mieux, mais la mère d'une fille est sa mère même si elle existait sans réellement exister, sous la forme non corporelle d'un rêve, même si son existence ne pouvait être prouvée que par son effet sur l'unique être humain dont elle se souciait encore d'influencer le destin.

La défunte épouse du pandit avait reçu le nom de Pamposh, qui signifie fleur de lotus, mais, comme elle le confia à sa fille somnolente, elle préférait le surnom de Giri, qui signifie coquille de noix, et que Firdaus Begum, l'épouse au cheveux jaunes d'Abdullah Noman, Firdaus Butt ou Bhat, lui avait donné un jour en signe d'amitié. Un jour d'été, dans les champs safran de Pachigam, Firdaus et Giri cueillaient des crocus quand des trombes d'eau s'abattirent sur elles comme un sort de sorcière sous un ciel bleu et dégagé et les trempèrent toutes deux jusqu'à l'os. La femme du sarpanch n'avait pas sa langue dans sa poche et fit savoir à la pluie caquetante ce qu'elle pensait d'elle mais Pamposh dansa sous l'averse en criant gaiement : « N'en veux pas au ciel parce qu'il nous fait don de l'eau. »

C'en fut trop pour Firdaus. « Tout le monde pense que tu es d'une nature douce et affable, ouverte, accueillante, mais je ne suis pas dupe, dit-elle à Pamposh ou Giri alors qu'elles s'abritaient, ruisselantes, sous un vaste chinar. Bien sûr, je vois comme tu souris si facilement, et que tu n'as jamais une parole dure pour qui que ce soit, comme tu affrontes toutes les épreuves avec sérénité. Moi, je me réveille le matin et il faut que je commence à arranger tout ce que je vois, il faut que je secoue les gens, je veux que tout soit mieux, je veux nettoyer toute la merde qu'on doit se coltiner chaque jour de cette vie éreintante. Toi, par contraste, tu agis comme si le monde allait de soi et qu'il te convenait et tout ce qui se passe fait ton affaire. Mais tu sais quoi ? Je t'ai percée à jour. J'ai vu dans ton petit jeu angélique. C'est brillant, ça ne fait aucun doute, mais ce n'est qu'une coquille, ta coquille de noix, et à l'intérieur tu es une fille complètement différente et mon avis c'est que tu es loin d'être satisfaite. Tu es la femme la plus généreuse que je connaisse, si jamais je dis que j'aime ce châle-ci ou celui-là tu m'obligeras à le prendre, même si tu le tiens de ton arrière-grand-mère dans ton trousseau et qu'il s'agit d'un héritage vieux de cent cinquante ans, mais en secret, en dépit de toute ça, tu es avare de toi-même. »

C'était le genre de discours qui soit détruit une amitié à jamais soit la hisse à un nouveau degré d'intimité, et c'était typique de Firdaus que de tout miser sur un coup de dés. « Je crois l'avoir également percée à jour à cet instant, dit Pamposh Kaul à sa fille Boonyi qui rêvait, et j'ai aperçu la femme incroyablement loyale et aimante sous son jeu de franche salope. Et puis, elle était la seule femme du village qui était peut-être en mesure de comprendre ce que je voulais dire. » Aussi Pamposh confia-t-elle ses plus profonds secrets à Firdaus, qui fut stupéfaite. Jusqu'à ce jour, l'épouse du chef, comme tout le monde, avait considéré Pamposh comme une épouse idéale pour le pandit, parce qu'elle avait les pieds bien sur terre tandis que sa tête à lui se faisait toujours tremper au milieu de quelque nuage métaphysique. Et voilà que Firdaus découvrait que Pamposh possédait une nature secrète autrement plus fantastique que celle de son mari, que ses rêves étaient autrement plus radicaux et dangereux que tout ce que Firdaus avait jamais pu concevoir en dépit de toutes ses renversantes ambitions.

Pour ce qui était de faire l'amour, les Cachemiriennes n'avaient jamais été des mijaurées, mais ce que Pamposh confia à Firdaus lui fit chauffer les oreilles. L'épouse du sarpanch comprit que, dissimulée tout au fond de son amie, se trouvait une personnalité si intensément sexuelle qu'il était étonnant que le pandit fût encore capable de se lever le matin et de vaquer à ses occupations. La passion de Pamposh pour les excès sexuels les plus fous fit découvrir à Firdaus de nouveaux concepts qui tout à la fois l'horrifièrent et l'excitèrent, bien qu'elle eût peur que, si elle tentait de les introduire dans sa propre chambre à coucher, Abdullah, pour qui accomplir l'acte sexuel n'était rien d'autre que soulager des pulsions physiques et ne devait pas être indûment prolongé, la jetterait à la rue comme une simple putain. Bien que Firdaus fût plus âgée que Pamposh de quelques années, elle se retrouva dans la position inhabituelle de l'élève abasourdi, s'enquérant avec fascination du comment et du pourquoi de telle ou telle pratique. « C'est simple, répondit Pamposh. Si vous vous faites assez confiance, tu peux tout faire et lui aussi et crois-moi c'est très agréable. » Ce qu'il y avait d'encore plus remarquable dans les révélations de Pamposh, c'était le sentiment qu'elle ne se pliait pas aux désirs de son mari mais dirigeait ces derniers. Quand elle passa de la sexualité elle-même à la politique sexuelle et commença à exposer sa vision utopique d'une émancipation des femmes, et à parler de son tourment de devoir vivre dans une société qui avait au moins un siècle de retard sur les temps dont elle rêvait, Firdaus leva la main : « Tu m'as déjà assez bourré le crâne comme ça avec des idées qui vont me donner des cauchemars pendant des semaines, dit-elle. Ne me trouble plus aujourd'hui avec tes autres idées. Le présent est déjà trop pour moi. Je ne peux pas en plus me préoccuper de l'avenir. »

Dans les rêves de sa fille, Pamposh Kaul aborda toutes les choses que Firdaus Noman n'avait pas voulu entendre, elle lui parla de l'avenir émancipé qui brillait à l'horizon comme une terre promise sur laquelle elle ne pourrait jamais s'avancer, de cette liberté entraperçue qui l'avait rongée toute sa vie et avait détruit sa paix intérieure, même si personne ne l'avait su parce qu'elle ne cessait jamais de sourire, n'avait jamais baissé son masque mensonger de calme satisfait. « Une femme peut faire tous les choix qu'il lui plaît juste parce que ça lui plaît, et plaire à un homme est loin d'être la priorité, dit-elle. Aussi, si le cœur d'une femme est pur, alors ce que le monde pense n'a pas la moindre importance. » Cela fit une grosse impression sur Boonyi. « C'est facile à dire pour toi, dit-elle à sa mère. Les fantômes n'ont pas à vivre dans le monde réel.

– Je ne suis pas un fantôme, répliqua Pamposh. Je suis la mère dont tu rêves et que tu désires. Je te dis ce qui est déjà dans ton cœur, ce que tu veux que je te confirme.

– C'est vrai, dit Boonyi Kaul, qui commença à remuer et s'étirer.

– Va le retrouver », dit sa mère avant de disparaître.

*

Boonyi sortit furtivement de la maison et escalada la colline boisée jusqu'à Khelmarg, la prairie où elle allait parfois, à la lueur de la lune, faire du tir à l'arc, plantant ses flèches dans les arbres innocents. Elle était habile à l'arc mais ce soir elle recherchait un sport différent. Il n'y avait pas de lune. Quelques lumières brillaient dans le camp militaire indien au-delà des champs, quelques lanternes et des braises de cigarettes, mais la plupart des soldats dormaient. Son père dormait certainement en ronflant comme un buffle. Elle portait un fichu sur la tête et un long *phiran* noir par-dessus une longue chemise noire. L'air était frais mais la robe ample était assez chaude. Sous le phiran, son petit *kangri* de braises envoyait de longs doigts de chaleur sur son ventre. Elle ne portait nul autre vêtement ou sous-vêtement. Ses pieds nus connaissaient le chemin. Elle était une ombre en quête d'une ombre. Elle trouverait l'ombre qu'elle cherchait et il l'aimerait et la protégerait. « Je te tiendrai dans la paume de ma main, lui avait-il dit, tout comme mon père m'a tenu. » Noman, connu également sous le nom de Shalimar le clown, le plus beau garçon du monde.

Au même instant, le plus beau garçon du monde faisait ce qu'il faisait chaque fois qu'il avait besoin de se calmer et de se concentrer sur ce qui importait vraiment : il escaladait un arbre. Les arbres avaient occupé une place de choix dans son éducation professionnelle et dans sa vie intérieure. Un soir, Noman, alors âgé de onze ans, avait été incapable de dormir à cause de ses doutes quant à la nature de l'univers, un sujet à propos duquel ses parents avaient des disputes si formidables que tout le village se réunissait devant leur maison pour les écouter et prendre parti, des disputes sur le lieu précis du paradis céleste et si oui ou non un jour les hommes s'y rendraient en navette spatiale, et sur la probabilité et l'improbabilité qu'il y eût des prophètes et des livres saints sur d'autres planètes, et par conséquent si oui ou non c'était un blasphème que de supputer l'existence théorique de petits prophètes à la peau verte et aux yeux proéminents recevant la parole sacrée dans les langues incompréhensibles de Mars ou de la bouche des créatures qui vivaient sur la face cachée de la lune. Noman était incapable de choisir entre l'ouverture d'esprit moderne de son père et les menaces occultes de sa mère qui en général promettaient des charmes-serpents; aussi, alors même qu'une pluie torrentielle se préparait, il s'enfuit par la porte du fond et escalada le plus proche chinar du quartier de Pachigam pour réfléchir. Il ne commit pas la bêtise de s'aventurer sur la corde ce soir-là. Il resta là, secoué par le vent, battu par la pluie, tandis qu'autour de lui les branches s'agitaient et se brisaient. L'univers bandait ses muscles et démontrait son absence totale d'intérêt pour les querelles sur sa nature. L'univers était tout à la fois science et sorcellerie, ce qui était occulte et ce que l'on savait, et l'univers s'en contrefichait. La tempête redoubla de violence. Il vit des mains de morts voler devant lui, se tendre vers lui depuis leurs tombes aériennes. Le vent hurlait et voulait le tuer mais lui l'invectiva en retour et le maudit, et le vent ne put le vaincre. Des années plus tard, quand il devint un assassin, il déclara qu'il aurait été préférable qu'il ne survive pas, que sa vie ait été emportée ce soir-là entre les dents pourries de la tempête.

À l'orée du village se dressait un bosquet d'anciens chinars dont les branches griffaient gracieusement le ciel. Une corde était tendue entre deux des plus vieux arbres, et maintenant, en vue de son rendez-vous avec Boonyi, Shalimar le clown se promenait dessus, il trébuchait, pirouettait, caracolait avec tant de légèreté qu'on aurait dit qu'il marchait sur l'air. Il avait neuf ans quand il apprit à marcher sur l'air. Dans cette clairière verdoyante, sous le dôme de feuilles que perçait le soleil, il lâcha son père, s'avança pieds nus et vola. Lors de ce premier vol, la corde était située à peine à cinquante centimètres au-dessus du sol mais l'exaltation était aussi grande que tout ce qu'il ressentit plus tard dans sa vie professionnelle quand il partait d'une haute branche et regardait, six mètres plus bas, ses admirateurs qui applaudissaient bouche bée en retenant leur souffle. Ses pieds savaient quoi faire sans qu'on leur dise quoi faire. Ses orteils se refermaient autour de la corde, l'agrippant fermement. « Ne considère pas la corde comme une ligne rassurante courant dans l'espace, lui avait dit son père. Considère-la comme une ligne d'air ramassée. Ou considère l'air comme quelque chose qui se prépare à devenir corde. La corde et l'air sont la même chose. Quand tu sauras cela, tu seras prêt à voler. La corde se dissoudra et tu marcheras sur l'air en sachant que ce dernier te porte et t'emmènera partout où tu veux aller. » Abdullah Sher Noman initiait ainsi son fils à un mystère. Une corde pouvait devenir de l'air. Un garçon pouvait devenir un oiseau. La métamorphose était le cœur secret de la vie.

Après sa première expérience sur la corde, il devint impossible de l'en éloigner et progressivement il la hissa de plus en plus haut jusqu'à ce qu'il vole au niveau de la cime des arbres. Il s'exerçait par tous les temps et à toutes les heures du jour et de la nuit, et son père Abdullah ne l'en empêcha jamais, ne le brida jamais, même quand Firdaus Begum, l'épouse du grand homme et la mère féroce de Noman, menaça de les ensorceler tous deux, de les changer en serpents d'eau et de les emprisonner dans un bocal si elle devait en arriver là pour protéger son fils de son idiot de père qui se fichait que Noman tombe tête la première et se brise en mille morceaux comme un miroir. Les serpents occupaient une place de choix dans le monde visionnaire de Firdaus Begum et par conséquent dans celui de sa famille. « Quand le serpent s'agite, le monde gîte », aimait-elle à dire, signifiant par là que les grands serpents qui se tordaient sous les racines des montagnes causaient des tremblements de terre. Elle connaissait les nombreux secrets des serpents. Sous les Himalayas frissonnantes, disait-elle, se trouvait une cité oubliée où les serpents amassaient de l'or et des pierres précieuses. La malachite était la préférée des serpents et elle portait chance à son propriétaire ; mais seulement si l'on avait trouvé la pierre, pas si on l'avait achetée. « On n'achète pas la chance-serpent », disait-elle. En général, quand un serpent entrait dans la maison, on considérait l'incident comme bénéfique, un événement dont il fallait se réjouir, et pas seulement parce qu'il allait dévorer les souris. Il convenait de prendre un bâton et de s'en servir pour le jeter dehors par la porte ou la fenêtre, sans tarder, parce que la chance n'était pas quelque chose à prendre à la légère ; mais on devait le faire avec respect et sans essayer de lui écraser la tête. La protection du serpent était indispensable dans tous les foyers, et si on n'avait pas de serpent pour se protéger alors on avait intérêt à avoir à la place quelques pierres de malachite.

(La première fois que Noman entendit le pandit s'extasier sur les dragons célestes Rahu et Ketu, il s'étonna de la secrète affinité entre le père de sa bien-aimée et sa mère à lui, sa mère si froide et si distante. Dragons, lézards, serpents, vers sinueux à écailles de la terre et de l'air ; on aurait dit que le monde entier ne pensait qu'aux monstres magiques.)

Firdaus avait un œil plus faible que l'autre, ce qu'on appelle un « œil paresseux », et les gens disaient dans son dos qu'une fois qu'on avait été fixé par ce regard asymétrique on avait compris qu'elle devait être à moitié serpent elle-même. Noman songeait parfois que c'était à cause des préoccupations ophidiennes de sa mère qu'il glissait si bien le long des arbres comme le long des cordes. À présent, toutes ses pensées s'annelaient autour de cette fille, Boonyi, à qui il avait l'intention de porter chance pour le restant de leurs vies. Les mots *hindou* et *musulman* n'avaient pas de place dans leur histoire, se disait-il. Dans la vallée, ces mots étaient simplement des descriptions, non des divisions. Les frontières entre ces mots, leurs angles saillants, s'étaient estompées et brouillées. Et c'était bien ainsi. C'était le Cachemire. Quand il se disait ces choses, il les croyait de tout son cœur. En dépit de cela, il n'avait pas parlé à son père ou à sa mère de ses sentiments pour la fille du pandit. Il avait rarement eu des secrets pour son père – avec sa mère, il avait toujours été plus réservé, parce qu'elle l'effrayait d'une façon très différente de son père – et le grand secret qu'il serrait tout contre lui là-haut dans les arbres l'emplissait de culpabilité. Mais personne, pas même les trois autres clowns, qui étaient également ses frères aînés et ses plus proches amis, ne savait ce qu'il avait l'intention de faire ce soir-là.

Boonyi, dont le premier amour et le plus grand talent était la danse, était également une excellente funambule, mais pour elle la corde n'était qu'une simple corde. Pour le jeune Noman, c'était un espace magique. « Un jour je décollerai réellement, lui dit-il après leur premier baiser. Un jour je n'aurai plus besoin de la corde du tout. Je marcherai juste dans l'air vide et resterai suspendu comme un cosmonaute sans costume. Je me tiendrai sur les mains, sur les pieds, sur la tête, et il n'y aura rien sur lequel se tenir. » Elle fut impressionnée par son air d'absolue certitude et, même si elle savait que ses propos étaient absurdes, ils l'émurent. « Qu'est-ce qui te rend aussi sûr de toi ? demanda-t-elle. – Mon père m'a permis d'y croire, répondit-il. Il m'a élevé en me tenant au creux de sa main et mes pieds n'ont jamais touché le sol. »

La paume de la main de son père n'était ni douce ni douillette comme aurait pu l'être la main d'un riche, mais dure, usée et avertie. C'était une main qui savait ce qu'était le monde et qui ne vous dissimulait rien des épreuves à venir. Mais c'était aussi une main robuste capable de vous protéger de ses épreuves. Tant que Noman resta dans la vallée de sa paume, rien ne put l'atteindre et il n'eut rien à craindre. Son père l'éleva dans la paume de sa main car il était le joyau le plus précieux qu'eût jamais possédé Abdullah, du moins c'était ce que disait le sarpanch quand ses fils plus âgés, Hameed, Mahmood et Anees, n'écoutaient pas, parce qu'un homme dans sa position, un chef, ne devait jamais se laisser aller au favoritisme.

Mais Noman dans la paume de la main d'Abdullah connaissait le secret de son père, et le gardait. « Tu es mon porte-bonheur, lui disait Abdullah. Avec toi à mes côtés je suis invincible. » Noman se sentait lui aussi invincible, car s'il était le talisman magique de son père, alors son père était également son talisman magique. « L'amour de mon père a été la première étape, dit-il à Boonyi. Il m'a hissé aussi haut que la cime des arbres. Mais maintenant c'est de ton amour dont j'ai besoin. C'est lui qui me laissera m'envoler. »

Il n'y avait pas de lune. La fournaise blanche de la galaxie brûlait dans le ciel. Les oiseaux dormaient. Shalimar le clown grimpa en haut de la colline boisée jusqu'à Khelmarg et écouta couler la rivière. Il voulait que le monde demeure figé tel qu'il était en cet instant, pendant que lui était encore plein d'espoir et d'ardeur, jeune et amoureux, alors que personne ne l'avait encore déçu et que personne de sa connaissance n'était mort. En ce qui concerne la mort, sa mère croyait dans un au-delà sinueux comme un serpent, mais l'éternité de son père avait des ailes. Quand Noman était âgé de six ans, son irascible grand-père Farooq avait achevé sa longue existence de râleur dans une humeur inhabituellement joyeuse. « Au moins je n'aurai plus à craindre de vous voir tous tout rater autour de moi », dit-il. L'idée que se faisait Farooq de l'amour consistait à pincer la joue de Noman et à la tordre le plus cruellement possible.

« Babajan pense que je suis laid, se plaignit Noman.

– Bien sûr que non, répondit son père sur un ton peu convaincant.

– S'il ne pensait pas que j'étais aussi laid qu'un *bhoot*, dit Noman d'un ton définitif, il cesserait d'essayer de m'arracher le visage avec ses griffes. »

Malgré l'attitude cruelle de Grand-Père Farooq vis-à-vis de la physionomie de Noman, le garçon fut déconcerté par les rites funéraires. Grand-Père Farooq fut enterré à une vitesse stupéfiante, mis en terre six heures après son dernier souffle, mais il fut pleuré pendant une période incroyablement longue. Pour consoler et revigorer Noman, Abdullah lui expliqua qu'après la mort les âmes des membres de la famille se glissaient dans les oiseaux du coin et volaient autour de Pachigam en chantant les mêmes chansons qu'ils chantaient quand ils étaient des personnes. En leur qualité d'oiseaux, ils chantaient avec le même talent musical qu'ils avaient eu dans leur vie précédente, ni plus ni moins. Noman ne le crut pas et le lui fit savoir. Son père répondit gravement : « Attends que je meure et tu entendras une huppe avec une voix comme un pot d'échappement fêlé. Quand tu entendras cette huppe croasser et crisser, ce sera moi qui chante ma chanson préférée : " Je te l'avais bien dit. " » Abdullah éclata de rire, d'un rire qui rappelait effectivement le bruit que faisait le tuyau d'échappement fendu de son vieux camion, et sa voix quand il chantait était pire que quand il riait. Il était vrai aussi que « Je te l'avais bien dit » était le refrain préféré d'Abdullah, parce qu'il avait le don d'en savoir trop et ne pouvait s'empêcher de le faire savoir, même si du coup Firdaus Begum menaçait de le frapper sur la tête avec une pierre.

« Tu ne mourras pas, lui dit Noman. Tu ne mourras pas, jamais, jamais. »

Quand il était petit, son père savait trouver des oiseaux partout sur lui. Abdullah embrassait la joue de Noman, ou son ventre, ou son genou, et aussitôt l'enfant entendait un chant d'oiseau à l'endroit même où les lèvres plissées de son père avaient touché sa peau. « Je crois qu'il y a un oiseau sous ton aisselle », disait Abdullah, et Noman se tortillait de plaisir, essayant de l'arrêter, ne voulant pas qu'il arrête, et Abdullah glissait une main, et soudain, hop là boum, on entendait des cui-cui perçants sortant de l'aisselle de Noman. « Peut-être que cet oiseau veut s'enfuir par ton nez », disait son père en s'approchant de façon menaçante de son visage.

Abdullah Sher Noman était effectivement un lion, ainsi que le suggérait le *sher* honorifique qu'il avait fini par adopter comme deuxième nom. Depuis son plus jeune âge, les habitants de Pachigam avaient décrété qu'il existait deux lions aux Cachemire. L'un était Sheikh Abdullah, bien sûr, Sher-e-Kashmir en personne, le chef incontesté de son peuple. Tout le monde était d'accord pour dire que Sheikh Abdullah était le véritable prince de la vallée, et non ce maharaja Dogra qui vivait dans le palais situé sur les hauteurs au-dessus de Srinagar et qui devint plus tard l'hôtel Oberoi. L'autre lion était le chef de Pachigam, Abdullah Noman, que tout le monde admirait et redoutait, non seulement parce qu'il était le patron mais aussi parce qu'il possédait une présence scénique si forte et héroïque, si avide de vérité, que certains des membres les moins recommandables de leurs publics dans la vallée avaient, dit-on, avoué séance tenante des crimes insoupçonnés sans même attendre le final de la pièce.

Abdullah n'était pas grand mais il était costaud, avec des bras épais comme ceux d'un forgeron. Il était large d'épaules, avec une chevelure abondante, et les soldats indiens du camp le traitaient avec tout le respect dont ils étaient capables. C'était aussi un excellent directeur d'acteurs qui entraînait les comédiens itinérants partout où ils allaient, fort apprécié des femmes également, bien que Firdaus Begum fût amplement la lionne qu'il lui fallait. « Il m'a donné son deuxième nom léonin, écrivit Shalimar l'assassin de nombreuses années plus tard, mais je suis indigne de le porter. Ma vie devait suivre un chemin mais la mort en a fait autre chose. Le ciel clair a disparu au-dessus de moi et un sombre passage s'est ouvert. Je suis désormais fait d'obscurité, or un lion est fait de lumière. » Il nota ceci en prison sur une mince feuille de papier quadrillé. Puis il la déchira en petits morceaux.

Le nom officiel de leur village, Pachigam, n'avait en apparence aucun sens ; mais certains des plus anciens habitants prétendaient qu'il s'agissait d'une corruption tardive de Panchigam, autrement dit oiseau-ville. Dans le débat houleux pour savoir si oui ou non les oiseaux étaient des âmes d'humains transfigurées, cette rumeur étymologique ne prouvait rien ou bien tout, selon votre inclination. Toutefois, quand Shalimar le clown rejoignit Boonyi Kaul dans la prairie de Khelmarg, ce débat n'occupait plus une place de choix dans son esprit. Un autre débat y faisait rage. Devant lui, la peau ointe d'huiles, des fleurs sauvages parfumant les cheveux soigneusement tressés qui tombaient librement sur ses épaules, se tenait la fille qu'il aimait, attendant de lui qu'il fasse d'elle une femme et de lui un homme. Le désir monta en lui, mais il en alla de même d'une force contraire à laquelle il ne s'était pas attendu : la retenue. Les dragons de l'ombre, Rahu l'exagérateur et Ketu le bloqueur, se battaient pour le contrôle de son cœur.

Il plongea son regard dans celui de Boonyi et y décela une rêverie révélatrice : elle avait fumé du *charas* pour se donner du courage avant d'être déflorée. Il le vit également aux mouvements subtils et suggestifs de ses lèvres. « Boonyi, Boonyi, déplora-t-il, tu m'as chargé d'une responsabilité dont je ne sais comment m'acquitter. Allons, caressons-nous aux cinq endroits et embrassons-nous des sept façons et pelotons-nous dans les neuf positions, mais ne nous laissons pas emporter. » Pour toute réponse, Boonyi fit passer son phiran et sa chemise par-dessus sa tête et se tint nue devant lui à l'exception du petit pot de braises suspendu juste en dessous de son ventre, où il chauffait ce qui était déjà ardent. « Ne me traite pas comme une enfant, dit-elle d'une voix rauque qui prouvait qu'elle n'avait pas été économe dans son usage de la drogue. Tu crois que j'ai pris toutes ces peines juste pour une séance de touche-pipi ? » En entendant l'inattendue grossièreté de ses paroles, Shalimar le clown se dit qu'elle avait dû effectivement avoir très peur de ce à quoi elle s'était engagée, ce qui expliquait qu'elle ait eu besoin de se dérégler aussi radicalement. « Entendu, alors il ne va rien se passer », dit-il, et le conflit en lui prit de telles proportions, les deux moitiés du dragon remuèrent tellement ses entrailles, qu'il en fut malade physiquement. A ce spectacle, Boonyi éclata d'un rire hystérique. « Tu crois que cela va me refroidir ? lâcha-t-elle entre deux sanglots moqueurs, et elle l'attira sur elle. Monsieur, il faudra en faire nettement plus pour vous défausser. »

Par la suite, Boonyi Kaul n'exprima jamais le moindre regret ou la moindre critique concernant ce qu'elle avait fait dans la prairie de Khelmarg, même si les événements de cette nuit l'envoyèrent sur un chemin qui menait à une mort précoce. Elle ne se reprocha jamais leur choix, pas plus qu'elle ne le reprocha à Shalimar – d'ailleurs, c'était en vérité son choix à elle. Shalimar le clown s'était mépris là aussi sur ce point. Elle n'avait pas fumé le charas pour abdiquer toute responsabilité mais pour être sûre de saisir sa chance ; et elle n'avait pas peur de son engagement. La tête du dragon l'avait gagnée à sa cause depuis longtemps. La queue tueuse d'énergie n'avait aucun pouvoir sur elle.

« Bon sang, dit-elle quand ce fut fini, et c'est ça que tu ne voulais pas faire ?

– Ne me quitte pas, dit-il en roulant sur le dos, tout haletant de joie. Ne me quitte pas ou je ne te le pardonnerai jamais, et je me vengerai, je te tuerai et si jamais tu as des enfants d'un autre homme, je tuerai également les enfants.

– Quel romantique tu fais, répondit-elle sans réfléchir. Tu dis des choses si douces. »

*

Avant la naissance de Shalimar le clown et de Boonyi, il y avait eu les villages des comédiens et les villages des cuisiniers. Puis les temps avaient changé. Les Pachigamis qui jouaient dans ces spectacles traditionnels appelés *bhand pather* ou histoires de clown demeuraient les rois incontestés de la vallée, mais le génial Abdullah – le jeune Abdullah, alors dans la fleur de l'âge – les poussa à être aussi des cuisiniers. Dans la vallée, pendant les périodes de fête, les gens aimaient voir des spectacles, certes, mais ils cherchaient également des personnes qui sachent préparer le légendaire *wazwaan*, le banquet des Trente-Six Plats Minimum. Grâce à Abdullah, les villageois de Pachigam furent les premiers à proposer une soirée harmonieuse offrant à la fois de la nourriture pour le corps et des plaisirs pour l'âme. Par conséquent, ils n'avaient pas à partager les bénéfices de la fête avec quiconque. Il existait d'autres villages spécialisés dans le banquet des Trente-Six Plats Minimum, le plus célèbre étant Shirmal, situé à deux kilomètres en bas de la route, mais comme le fit remarquer Abdullah, il était plus facile d'apprendre les recettes que de tenir un public dans la paume de sa main.

Il n'instaura pas ce changement radical dans la vie du village sans rencontrer de résistance. Firdaus Begum lui dit que c'était un projet stupide qui causerait la ruine du village. « Regarde toutes les choses que nous devrons acheter – tous les haandis de cuivre, les grils, les fours tandoor portables, juste pour commencer ! – et puis ça coûte cher d'apprendre à bien cuisiner », protesta-t-elle. « Y a-t-il la moindre raison, sur le plan théorique, tonitrua philosophiquement Abdullah par une froide journée de printemps – il avait oublié depuis longtemps qu'il était possible de baisser le ton quand il parlait – pour que des comédiens ne soient pas capables de faire frire des épices ou cuire du riz sans obtenir autre chose qu'une bouillie collante ? » Firdaus Begum s'indigna devant son ton. « Y a-t-il la moindre explication valable, rétorqua-t-elle, au fait que les grues sarus ne volent pas à l'envers ? »

Toutefois, sa voix dissidente était minoritaire et, quand il apparut que l'idée nouvelle était un succès, le village de cuisiniers qu'était Shirmal prit modèle sur Pachigam et essaya de rehausser ses plats avec des représentations théâtrales. Mais leur spectacle amateur fut un échec. Puis, un soir, la guerre fut déclarée entre les deux villages rivaux. Les hommes de Shirmal organisèrent une razzia sur Pachigam, dans le but de voler les énormes chaudrons et de briser les fours dans lesquels les comédiens itinérants avaient appris à cuisiner les mets délicats les plus nobles de la région, le *roghan josh*, le *tabak maaz*, le *gushtaba*, mais les hommes de Pachigam repoussèrent les Shirmalis, lesquels rentrèrent chez eux la queue basse et le crâne bosselé. Après la guerre des marmites, il fut tacitement reconnu que Pachigam était au sommet de l'arbre du divertissement, et les autres ne furent embauchés que lorsque les conteurs et cuisiniers de Pachigam étaient trop occupés pour proposer leurs services.

La guerre des marmites horrifia tout le monde à Pachigam, même si le village en était sorti vainqueur. Ils avaient toujours considéré leurs voisins shirmalis comme étant passablement bizarres, mais personne n'avait imaginé qu'une telle chose fût possible, que des Cachemiriens attaqueraient d'autres Cachemiriens, sous le coup de motivations aussi mesquines que la jalousie, la malveillance et la convoitise. L'amie de Firdaus Begum, Nazarébaddoor, une Gujar sans âge, qui plus est prophétesse, sombra dans une mélancolie inhabituelle. Nazarébaddoor était la plus optimiste des prophétesses et les gens aimaient venir la voir dans sa cabane couverte de mousse en pleine forêt, et ce en dépit de l'odeur humide de bétail forniquant qui y régnait, parce qu'elle prédisait invariablement le bonheur, la prospérité, une vie longue et du succès. Après la guerre des marmites, sa vision s'assombrit. « C'est le premier caillou qui déclenche l'avalanche », dit-elle en secouant sa tête édentée. Puis elle entra dans sa petite cabane malodorante, tira un panneau en bois sur l'entrée, et renonça définitivement à l'art de la divination. Nazarébaddoor tenait son nom – « mauvais œil, fuis ! » – d'un personnage issu des anciens récits, une belle princesse qui était amoureuse du héros le Prince Hatim Tai et dont le contact pouvait détourner les sorts, et elle laissait croire aux villageois les plus naïfs qu'elle n'était en fait rien d'autre que la fabuleuse beauté immortelle, que la mort avait été incapable d'emporter parce que son contact enchanté ne cessait de la soustraire à ses griffes. « Tant que ça rend les gens heureux, confia-t-elle à Firdaus, je me fiche qu'ils croient que j'étais autrefois la reine de Saba. »

A dire vrai, Nazarébaddoor ne ressemblait guère à une reine d'on ne sait où. Avec son large turban et son unique dent de devant en or, elle ressemblait davantage à un corsaire abandonné sur une île déserte. Quand elle était jeune, disait-elle, elle avait la chance d'avoir une cascade ondulante de cheveux auburn, des dents blanches et étincelantes, et un œil gauche bleu, mais personne ne pouvait vérifier ces affirmations parce que personne dans le voisinage ne pouvait se rappeler que Nazarébaddoor ait jamais été jeune. Son mari l'avait offensée en mourant sans parvenir à lui laisser ne serait-ce qu'un fils pour s'occuper d'elle dans ses dernières années, ce qu'elle considérait comme le summum des mauvaises manières, et elle en avait gardé une piètre opinion des hommes en général. « S'il existe une façon de propager la race humaine sans faire appel aux hommes, dit Nazarébaddoor à Firdaus, montre-la-moi, parce que alors les femmes pourront avoir tout ce qu'elles veulent et se passer de tout le reste. » Mais le temps que la nouvelle de l'insémination artificielle arrive dans la vallée, elle avait dépassé depuis longtemps l'âge d'avoir des enfants, et n'aurait pu se payer l'opération même si elle avait été dans tout l'éclat roux, blanc et bleu de sa jeunesse.

Toute sa vie elle avait fait de son mieux, s'occupant du bétail, fumant la pipe, et survivant. La divination était une activité secondaire qui apportait un petit extra, mais la prophétie n'était pas la préoccupation première de Nazarébaddoor. En véritable Gujar, son premier amour était la forêt de pins. Sa phrase préférée était, en kashmiri : *Un poshi teli, yeli vun poshi*, ce qui signifiait : « D'abord les forêts, ensuite la nourriture. » Elle se considérait comme la gardienne des arbres de la forêt de Khel et avait besoin d'être apaisée chaque automne quand les villageois de Pachigam et Shirmal venaient s'approvisionner en bois avant l'arrivée des neiges hivernales. « Vous ne voulez pas que nos enfants meurent de froid », la suppliaient les villageois, et pour finir elle reconnaissait que les enfants étaient plus importants que le bois. Elle guidait les hommes du village vers les arbres dont la mort était imminente et c'étaient les seuls qu'elle laissait abattre. Ils faisaient ce qu'elle disait, craignant que dans le cas contraire elle les ensorcelle, anéantisse leurs récoltes et les afflige de tremblements ou de furoncles.

Elle gagnait sa vie en vendant du lait de bufflonne et du fromage, et son corps et ses vêtements sentaient en permanence les produits laitiers et le beurre clarifié. Cela lui conférait l'arôme d'une reine d'autrefois qui prenait des bains de lait et exigeait que ses esclaves la massent dans le beurre, bien qu'elle fût aussi pauvre que la boue des montagnes. Le monde hors de la forêt lui paraissait irréel et elle n'aimait pas s'y aventurer plus qu'il n'était nécessaire. « Nous avons fait beaucoup de chemin depuis Gujria, aimait-elle à dire, et quand on a parcouru un tel trajet il n'est plus utile de se balader. » Le fait que la prétendue migration des Gujars depuis Gujria ou la Géorgie ait eu lieu mille cinq cents ans plus tôt n'y changeait rien. Nazarébaddoor parlait de la longue marche comme si elle s'était produite la veille et qu'elle avait elle-même fait chaque pas du trajet, en partant de la mer Caspienne et en traversant l'Asie centrale, l'Irak, l'Iran et l'Afghanistan, franchissant la passe de Khyber et s'enfonçant dans le sous-continent indien. Elle connaissait les noms des villages qu'ils avaient laissés derrière eux, en Iran, en Afghanistan, au Turkménistan, au Pakistan et en Inde – Gurjara, Gujrabad, Gujru, Gujrabas, Gujdar-Kotta, Gujargarh, Gujranwala, Gudjarat. Elle parlait avec tristesse des terribles sécheresses qui s'étaient abattues sur le Gudjarat au sixième siècle de la prétendue Ere commune, chassant ses ancêtres hors de la forêt de Gir jusque dans les bois et prés verdoyants des montagnes du Cachemire. « Peu importe, dit-elle à Firdaus. D'un malheur il est sorti quelque chose de bon. Nous avons perdu le Gudjarat, mais regarde ! A la place, nous avons eu le Cachemire. »

Quand elle était jeune fille, Firdaus Butt ou Bhat prit une habitude qui devait durer toute sa vie, celle de grimper les pentes boisées derrière Pachigam pour s'asseoir aux pieds de la femme gujar, écouter les récits inépuisables de Nazarébaddoor, boire du thé rose salé et apprendre l'art de déconnecter son sens de l'odorat, jusqu'à ce qu'elle puisse l'éteindre comme une radio et, dans le silence fade de son absence, se noyer dans le son de la voix hypnotique de Nazarébaddoor sans que sa rêverie soit perturbée par l'odeur des crottes de mouton ou les pets de bufflonne, fréquents et extraordinaires, émis par Nazarébaddoor. La prophétesse lui révéla que c'est au moment de la puberté qu'elle s'était aperçue pour la première fois qu'elle pouvait prévenir des désastres à petite échelle en prophétisant des bonnes nouvelles. Toutefois, elle s'empêcha de faire le rapprochement en apparence évident avec ses règles. « Si cela avait le moindre rapport avec cette absurdité infligée aux femmes pour faire de leur vie un enfer, comme si le monde n'était déjà pas assez dur avec elles, se moqua-t-elle, alors ça aurait cessé quand j'ai cessé d'avoir des saignements, or ça s'est passé il y a si longtemps que ce n'est pas poli de demander quand. »

Nazarébaddoor se rappela qu'autrefois, alors qu'elle n'était encore qu'une fillette, elle s'était rendue en ville un jour avec son père pour des raisons dont elle était incapable aujourd'hui de se souvenir. En dépit de la beauté des rues de Srinagar, avec ses maisons de bois en saillie aux fenêtres desquelles les femmes pouvaient se pencher les unes vers les autres et échanger des potins, du linge, des fruits et peut-être même des baisers furtifs, en dépit du miroir brillant des lacs et de la magie des petits bateaux qui les fendaient comme des couteaux, la jeune Nazarébaddoor s'était sentie terriblement mal à l'aise. « Tant de gens si près, expliqua-t-elle. Je me sentais agressée. » Soudain, et de façon pour le moins inhabituelle, car elle était une enfant heureuse et d'un naturel doux, non une rebelle, la pression claustrophobique de la vie urbaine était devenue trop pour elle. Elle avait ramassé une pierre dans la rue et l'avait jetée de toutes ses forces vers la vitrine d'un marchand de tapis *numdah*. « J'ignore pourquoi j'ai fait cela, dit-elle à Firdaus des années plus tard. La ville me semblait une sorte d'illusion, et la pierre était une façon de la faire disparaître afin que la forêt puisse réapparaître. C'était peut-être ça, mais je ne peux vraiment pas l'affirmer. Nous sommes des mystères à nous-mêmes. Nous ne savons pas pourquoi nous faisons les choses, pourquoi nous tombons amoureux ou commettons un meurtre ou jetons une pierre dans une vitrine. »

La chose que la jeune Firdaus préférait chez Nazarébaddoor, c'était qu'elle parlait à une enfant exactement comme elle aurait parlé à un adulte, sans ménager son interlocuteur. « Tu veux dire, demanda-t-elle, songeuse, qu'un jour je pourrai trancher la tête de quelqu'un et que je ne saurai même pas pourquoi je le fais ? » Nazarébaddoor lâcha un pet retentissant sous son phiran. « Ne sois pas si sanguinaire, petite, la gourmanda-t-elle. Et d'ailleurs le sujet dont nous discutons en ce moment ce n'est pas toi. Il y a une pierre dans l'air, qui file vers sa cible. »

Du moment où la pierre quitta sa main, la jeune Nazarébaddoor le regretta. Elle vit le regard sidéré de son père qui la dévisageait et, pour la première fois de sa vie, elle entra en transe. Une forme de léthargie bienheureuse l'enveloppa comme si le monde avait ralenti au point de presque s'arrêter. « Elle ne se brisera pas ! la vitrine ne se brisera pas ! », s'entendit-elle crier au milieu de cette délicieuse stase, et pendant cet instant intemporel, alors que le monde était arrêté, elle vit la pierre dévier légèrement de sa trajectoire, de sorte que quand le mouvement revint à l'univers un instant plus tard le projectile heurta le cadre de bois de la vitre de la boutique numdah et tomba, inoffensif, par terre.

Après ça, elle découvrit l'étendue et les limites de ses pouvoirs à force de tâtonnements et d'erreurs. La même année, les pluies n'arrivèrent pas et l'inquiétude grandit à Pachigam. La jeune Nazarébaddoor entendit deux villageois qui parlaient en marchant dans la forêt. « Mais les pluies viendront-elles ? » demanda l'un d'eux, et une fois de plus la belle lenteur descendit sur Nazarébaddoor. « Oui, répondit-elle tout haut, étonnant les deux hommes. Elles seront là mercredi après-midi. » Et en effet, il se mit à pleuvoir à verse le mercredi peu après l'heure du déjeuner.

Les gens se mirent à regarder Nazarébaddoor du coin de l'œil, avec ce mélange de suspicion et d'admiration que les êtres humains réservent à ceux qui savent lire l'avenir. Le chemin menant à sa maison commença à être fréquenté assidûment par des amoureux désirant savoir si leur bien-aimée allait répondre à leurs vœux, par des joueurs se demandant s'ils gagneraient aux cartes, par les curieux et les cyniques, les crédules et les insensibles. Plus d'une fois des gens montèrent contre elle une campagne, des gens dont la réaction à l'anormal était de le chasser loin de chez eux. Elle fut sauvée par sa discrétion, par son refus de parler quand elle ne connaissait pas la réponse, car l'indolence visionnaire qui lui permettait d'orienter l'avenir dans la direction requise ne pouvait être invoquée ; cela lui venait quand ça lui plaisait, et sa propre volonté semblait n'y jouer qu'un faible rôle. Ce n'est que lorsqu'elle était certaine de sa capacité à garantir un dénouement heureux qu'elle murmurait doucement la bonne nouvelle dans l'oreille du suppliant.

Au fur et à mesure qu'elle devenait femme, son pouvoir commença à l'emplir de doutes. Le don d'affecter le cours des événements de manière positive, d'être capable de changer le monde, mais seulement pour le meilleur, aurait dû être une source de joie. Nazarébaddoor était toutefois affligée d'une tournure d'esprit philosophique et, en conséquence, même sa bonhomie innée n'était pas à l'abri de bouffées mélancoliques. Des questions délicates se mirent à la harceler. Etait-ce toujours une bonne chose que d'améliorer les choses ? Les êtres humains n'avaient-ils pas besoin de la douleur et de la souffrance pour grandir et progresser ? Un monde dans lequel il n'arriverait que des choses bonnes serait-il un monde bon, un paradis, ou serait-il en fait un endroit intolérable dont les citoyens, dispensés du danger, de l'échec, de la catastrophe et du malheur, deviendraient des raseurs insupportablement crâneurs et suffisants ? Nuisait-elle aux gens en les aidant ? Ne devrait-elle pas arrêter de fourrer son grand nez dans les affaires des autres et laisser le destin prendre le cours qu'il lui plaisait ? Oui, le bonheur était d'une grande et lumineuse valeur, et elle considérait qu'elle le défendait ; mais le malheur n'était-il pas tout aussi important ? Accomplissait-elle l'œuvre de Dieu, ou celle du diable ? Il n'existait pas de réponses à de telles questions, mais les questions elles-mêmes ressemblaient, de temps en temps, à des sortes de réponses.

En dépit de ses réserves, Nazarébaddoor continua d'employer ses dons, refusant de croire qu'on lui aurait accordé pareils pouvoirs s'il n'était pas bien de les utiliser. Mais ses craintes demeuraient. En apparence, elle continuait de se comporter avec une aisance gaie, franche, flatulente, mais en elle la tristesse gagnait du terrain ; lentement, il est vrai, mais continûment. Sa plus grande peur, dont elle ne parlait à personne, était que tout le malheur qu'elle détournait ne s'accumule quelque part. Elle craignait d'épuiser imprudemment la réserve de chance de Pachigam tandis que la mauvaise chance s'accumulait comme de l'eau derrière un barrage – un jour les vannes s'ouvriraient et le déluge de malheurs serait libéré et tout le monde périrait noyé.

Voilà pourquoi la guerre des marmites l'affecta aussi durement. Son pire cauchemar avait commencé à devenir réalité.

A cause de son amitié avec Nazarébaddoor, personne à Pachigam ne s'inquiétait de l'œil paresseux de la jeune Firdaus, et par conséquent l'épouse d'Abdullah fut capable de mettre sur pied un jolie petite affaire : la vente de charmes protecteurs, tels que des colliers de piments et de citrons, du maquillage pour les yeux, de la malachite, des serpentins noirs et des dents prélevées sur le féroce *sur*, le sanglier du Cachemire, qu'il était avisé de suspendre autour du cou de vos enfants. Les jours de mariage, les gens allaient chercher Firdaus pour qu'elle maquille les yeux du couple élu avec un khôl spécial et fasse brûler les graines propitiatoires de la fleur *isband* blanche, appelée également rue. Pendant la cérémonie, Firdaus, souvent en duo avec Nazarébaddoor, et avec le renfort d'une bande d'eunuques venus du village des castrats chanteurs, chantaient leurs chants magiques :

Regardez, la jeune fille sauvage a trouvé son doux jeune homme,
Protège-les, Seigneur, du mauvais œil.

Après que Nazarébaddoor se fut emmurée dans sa chaumière, elle cessa de manger et de boire. Firdaus, enceinte jusqu'aux dents de Noman, se rendit devant sa porte avec de la nourriture et de l'eau et la supplia de la laisser entrer. Elle n'osait pas repousser le panneau et entrer de force parce que cela attirerait sur elle la malchance. Les deux amies restèrent assises chacune d'un côté du panneau de bois, y appuyèrent leurs lèvres et entamèrent la dernière conversation de leur existence. « Vis, l'implora Firdaus, ou je vais me retrouver toute seule pour m'occuper de ce nouveau monde merdique plein de marmites et de rage. » Elle entendit Nazarébaddoor embrasser l'autre côté du panneau comme si elle prenait congé d'un amant. « L'ère de la prophétie touche à sa fin, murmura Nazarébaddoor, car ce qui vient est si terrible qu'aucun prophète n'aura les mots pour le prédire. »

Firdaus perdit son calme. « Très bien, meurs si c'est ce que tu veux, dit-elle farouchement, posant ses mains défensives sur son ventre ballonné, mais nous maudire tous juste parce que tu as décidé de partir, ce n'est vraiment pas correct. »

Pendant un moment, rien n'indiqua que la malédiction de Nazarébaddoor allait se réaliser. Pachigam était un village heureux, et ses deux grandes familles, les Noman et les Kaul, avaient hérité d'une bonne partie des richesses naturelles de la région. Pandit Pyarelal possédait les pommiers et Abdullah Noman possédait les pêchers. Abdullah avait les abeilles et les poneys et le pandit possédait le champ de safran, ainsi que de vastes troupeaux de moutons et de chèvres. Cet été-là, le temps fut clément et les fruits généreux sur les branches, le miel coula en abondance des rayons, la récolte de safran fut excellente, les animaux de boucherie engraissaient à merveille et les juments donnaient naissance à leurs précieux poulains. On faisait souvent appel aux comédiens pour jouer les pièces traditionnelles. L'adaptation théâtrale du règne de Zain-ul-abidin, le monarque du quinzième siècle appelé simplement Budshah, le « grand roi », était particulièrement demandée. Le seul nuage sombre à l'horizon venait de ce que les relations avec le village de Shirmal continuaient d'êtres médiocres. Abdullah Noman était persuadé que les siens continueraient de se défendre avec succès contre toute nouvelle attaque mais cette brouille l'attristait, même si c'est lui qui avait eu l'idée d'essayer de briser le monopole local des Shirmalis dans le marché des banquets. Il n'éprouvait à cet égard aucun sentiment de culpabilité. La vie continuait et toutes les entreprises devaient s'adapter si elles voulaient survivre. Toutefois, il regrettait la dégradation de son amitié avec le *waza* ou chef cuisinier de Shirmal, Bombur Yambarzal, et Firdaus à la langue sévère ne faisait rien pour le rassurer. « Faire passer les affaires avant l'amitié c'est déplaire à Dieu, le prévint-elle. Nous avions largement de quoi tenir mais à Shirmal ils en bavent ; s'ils ne se font pas engager pour nourrir d'autres gens ils mourront de faim. »

La grossesse de Firdaus lui était à cette époque un fardeau et elle passait la plupart de ses journées en compagnie de Pamposh, la femme du pandit, Giri la coquille-de-noix, dont la propre grossesse était moins avancée de deux mois, et parce que tous les rêves sont permis aux femmes enceintes elles rêvaient à la future amitié éternelle de leurs enfants à naître. La douceur de ces rêveries ne rendait que plus véhéments les reproches que faisait Firdaus à son mari au sujet de son comportement envers le chef cuisinier de Shirmal. Pamposh, toutefois, défendait doucement Abdullah. Tandis que les deux femmes se tenaient sur la véranda derrière la maison de Firdaus et contemplaient au loin les champs de safran qui les séparaient de Shirmal, Pamposh Kaul fit gentiment remarquer que le chef cuisinier n'était pas quelqu'un de facile à aimer. « Abdullah était le seul d'entre nous à continuer d'être son ami, dit-elle. Essayer d'aimer quelqu'un qui n'aime que soi – eh bien, cela ne fait que prouver quel homme généreux est ton mari. Maintenant que les choses ont été brisées entre eux, ce gros et gras waza n'a plus un seul camarade au monde. »

Comme le suggérait son nom, Bombur Yambarzal était à moitié bourdon noir, à moitié narcisse ; il pouvait piquer s'il le décidait, et il était extrêmement vaniteux. Il faisait la loi à Shirmal du fait de sa supériorité culinaire, mais il était largement détesté par ses aides cuisiniers à cause de sa façon de se pavaner comme un tyran de terrain de manœuvres et parce qu'il ne cessait d'exiger que toutes les marmites soient récurées jusqu'à ce qu'il puisse voir son reflet dedans. Tant que le village de Shirmal était le vainqueur incontesté du banquet des Trente-Six Plats Minimum, et que les Shirmalis fournissaient des quantités gargantuesques de nourriture à tous les mariages et fêtes importants, Bombur Yambarzal faisait la loi, et tout le monde supportait ses coups de dard et son narcissisme. Toutefois, son influence diminua au fur et à mesure que les revenus du village déclinèrent et, comme on va le voir, le pouvoir du nouveau mollah Bulbul Fakh commença à grandir. Tout cela, Yambarzal le mettait sur le compte d'Abdullah Noman.

Par admiration pour ses grands talents de cuisinier et par respect pour son statut de chef de village, Abdullah faisait depuis longtemps des efforts pour rester en termes cordiaux avec Bombur Yambarzal. A la suggestion d'Abdullah, les deux hommes étaient partis pêcher la truite de rivière ensemble de temps en temps, avaient passé quelques soirées à boire du rhum ambré, et fait plusieurs balades en montagne. Abdullah s'était mis à distinguer un autre Bombur, meilleur, sous la surface bouffie et pomponnée que Yambarzal offrait malheureusement au monde : un homme solitaire ayant pour seule passion la cuisine, l'abordant avec une ferveur quasi religieuse et exigeant des autres le même niveau de dévouement qu'il y mettait lui-même ; un homme qui, par conséquent, était en permanence déçu par la facilité avec laquelle ses semblables étaient détournés des dévotions extatiques des arts gastronomiques par des distractions aussi mesquines que la vie de famille, la fatigue et l'amour. « Si tu n'étais pas aussi dur avec toi-même, avait dit un jour Abdullah à Bombur, tu mettrais moins la pression sur les autres et dirigerais une équipe plus gaie. » Bombur se hérissa. « Je ne m'intéresse pas à la gaieté, dit-il sèchement. Je m'intéresse aux banquets. » Cette déclaration révélait la tendance mégalomane de la personnalité du waza, une particularité qu'il partageait avec le mollah Bulbul Fakh, ce fanatique dont les rêves devinrent les cauchemars des deux villages.

Après la guerre des marmites, les relations entre les deux chefs de village s'arrêtèrent brusquement, jusqu'à ce que des messagers du maharaja lui-même arrivent à Pachigam et à Shirmal, demandant, afin d'augmenter le personnel des cuisines du palais, qu'ils mettent de côté leurs querelles et regroupent leurs ressources pour préparer un festin (et un spectacle théâtral) lors d'une fête de Dassehra dans le jardin de Shalimar, festin d'une ampleur jamais vue dans la vallée depuis l'époque de l'empereur moghol Jehangir. Firdaus Noman, qui avait acquis un peu de la clairvoyance de Nazarébaddoor comme on attrape des démangeaisons au contact d'un chien plein de puces, en conclut aussitôt que de graves ennuis se préparaient et que le maharaja le savait. « Il fait la fête comme s'il n'y avait pas de lendemain, dit-elle à Abdullah. Espérons que ça n'est valable que pour lui, et non pour nous. »

Le matin de Dassehra, au terme des neuf nuits de Navrati passées à chanter des péans à Durga, Pandit Pyarelal Kaul se réveilla avec un immense sourire aux lèvres. « Qu'est-ce qui te rend aussi gai ? » demanda Pamposh, boudeuse. Sa grossesse, ce matin-là, lui était cause de grandes nausées, si bien qu'elle était d'humeur tout sauf joyeuse, d'autant plus que les hymnes que chantait sans discontinuer son mari, avec une vaillante persévérance, non seulement quand il officiait dans le petit temple du village, mais également à la maison, avaient gravement empiété sur son sommeil. « Peu importe le nombre de chants d'amour que tu adresses à la déesse, ajouta amèrement Pamposh, la seule femme dans ta vie est ce gros ballon. » Mais l'humeur insouciante du pandit ne pouvait être troublée, même par la mauvaise humeur de son épouse. « Réfléchis un instant !

s'écria Pyarelal. Aujourd'hui notre village musulman, au service de notre maharaja hindou, va cuisiner et jouer dans un jardin moghol, autrement dit un jardin musulman, pour fêter l'anniversaire du jour où Ram marcha contre Ravan pour aller sauver Sita. En outre, deux pièces doivent être jouées : notre *Ram Leela* traditionnel, et *Budshah*, l'histoire d'un sultan musulman. Qui ce soir sont les hindous ? Qui sont les musulmans ? Ici au Cachemire, nos histoires figurent gaiement côte à côte sur la même affiche, nous mangeons les mêmes plats, nous rions des mêmes blagues. Nous allons gaiement célébrer le règne du bon roi Zain-ul-abidin, et quant à nos frères et sœurs musulmans, pas de problème ! Ils aiment tous voir Sita être sauvée du roi-démon, et en outre, il y aura un feu d'artifice. » De gigantesques effigies de Ravan, de son fils Meghnath et de son frère Kumbhakaran allaient être érigées dans l'enceinte du Shalimar Bagh, et Abdullah Noman dans le rôle du seigneur Ram – un acteur musulman jouant le rôle d'un dieu hindou – décocherait une flèche à Ravan, après quoi les effigies seraient brûlées au cœur d'un immense feu d'artifice. « D'accord, d'accord, dit Pamposh, dubitative, mais je serai la baudruche dans un coin, qui vomit. »

A l'autre bout de Pachigam, Firdaus Noman se réveilla à l'aube et s'aperçut que ses cheveux jaunes avaient commencé à foncer. La naissance du bébé était imminente et d'étranges fluides coulaient dans ses veines et, parce qu'elle était pleine de sinistres pressentiments, l'ombre courant sur ses cheveux semblait un nouveau mauvais présage. Abdullah avait appris à se fier aux instincts de sa femme et alla même jusqu'à lui demander si la troupe de comédiens et la brigade culinaire de Pachigam devaient envoyer balader la représentation ordonnée par le roi et rester à la maison, mais elle secoua la tête. « Il se prépare quelque chose de merdique, comme l'a dit Nazarébaddoor, répondit-elle, en tapotant son ventre distendu. C'est certain, mais la personne qui me fait froid dans le dos en ce moment est encore là-dedans. » Ce fut la seule fois où Firdaus exprima ce qui devint le plus grand secret de sa vie, un secret pour lequel elle n'avait pas d'explication rationnelle et que, en conséquence, elle se refusait à formuler : à savoir qu'avant même de naître, son fils, que tous aimèrent à la seconde où il vit le jour, et dont la nature était la plus douce, la plus gentille et la plus ouverte de tout le village de Pachigam, avait commencé à lui fiche une frousse du diable.

« Tu n'as aucune raison de t'inquiéter, la rassura Abdullah, qui se méprit sur ses paroles. Nous ne serons absents qu'une seule nuit. Reste ici avec les garçons (c'est-à-dire les jumeaux Hameed et Mahmood, âgés de cinq ans, et Anees, alors âgé de deux ans et demi) et Pamposh attendra également à tes côtés notre retour... – Si tu crois que Giri Kaul et moi allons rester à la maison et manquer une telle soirée de gala, interrompit Firdaus, reportant son attention sur les affaires quotidiennes, alors les hommes sont encore plus ignorants que je ne le pensais. Qui plus est, si le bébé décide de naître, ne crois-tu pas que je préférerais être avec les autres femmes du village, plutôt que seule dans un village fantôme ? » Comme toutes les femmes de Pachigam, Firdaus avait une vision terre à terre de l'accouchement. La chose était douloureuse, certes, mais il fallait la supporter sans se plaindre. Il y avait des risques, mais mieux valait s'en moquer. Quant au terme, le bébé viendrait quand il viendrait, et l'imminence de sa naissance n'était pas une raison pour modifier leurs plans. « En plus, ajouta-t-elle en manière de conclusion, qui devrait diriger le spectacle dans un jardin des plaisirs moghol sinon une descendante en ligne directe du puissant Iskander le Grand ? » Abdullah Noman avait tout intérêt à ne pas renchérir une fois qu'Alexandre le Grand était entré dans la discussion. « Très bien, dit-il en haussant les épaules et en se détournant, si les deux poules veulent aller en se dandinant derrière un buisson pour pondre leurs enfants comme des œufs pendant que les sommités se délectent de poulet, il n'y a plus rien à dire. »

Le fantasme alexandrin de Firdaus Noman, qui la poussait à affirmer que ses cheveux blonds et ses yeux bleus étaient un legs macédonien royal, avait été cause de ses plus virulentes querelles avec son mari, qui faisait remarquer que les monarques étrangers conquérants étaient des pestilences aussi indésirables que la malaria, tout en se complaisant, sans concéder que son comportement était contradictoire, dans ses propres portraits théâtraux des dirigeants arrivistes pré-moghols et moghols du Cachemire. « Un roi sur scène est une métaphore, une idée de la grandeur incarnée, dit-il, redressant le chapeau de laine plat qu'il portait tous les jours comme une couronne, tandis qu'un roi dans un palais est en général un sot ou un personnage ennuyeux, et un roi sur un cheval de bataille – Firdaus se tendit à cette raillerie, comme il s'y attendait – est invariablement une menace pour la société décente. » Sur le sujet de l'actuel maharaja hindou du Cachemire, Abdullah avait réussi à maintenir une position d'une neutralité diplomatique. « Pour l'instant, peu me chaut qu'il soit un maharaja, un maharishi, un rustre mahalout ou une truite *mahaseer*, déclara-t-il aux villageois assemblés avant le banquet du Shalimar Bagh. C'est notre employeur, et les comédiens itinérants et les cuisiniers wazwaan de Pachigam traitent tous leurs employeurs comme des rois. »

La famille de Firdaus était arrivée à Pachigam du temps de son grand-père, montée sur de petits poneys robustes des montagnes, avec des sacs de toile remplis de la poussière d'or avec laquelle ses grands-parents avaient acheté les vergers et les pâturages qu'elle, en sa qualité de fille unique, apporta comme dot quand elle épousa le charismatique sarpanch. Avant cela, sa famille avait vécu dans les magnifiques collines de Peer Rattan à l'est de Poonch, collines par ailleurs infestées de bandits, dans un village baptisé Buffliaz d'après le légendaire coursier Bucéphale d'Alexandre le Grand, qui à en croire la légende était mort en ce lieu même des siècles auparavant. Dans cette ville à flanc de colline, comme le savait fort bien Abdullah Noman, Bucéphale était encore révéré à la manière d'un demidieu, et c'était le sang buffliazi de Firdaus qui lui était monté aux joues quand son mari s'était moqué des chevaux de bataille.

Il était également possible d'agacer Firdaus en parlant avec dédain des fourmis géantes. L'historien Hérodote a évoqué dans ses ouvrages les fourmis chercheuses d'or du nord de l'Inde et les savants d'Alexandre l'ont cru. Ces derniers n'étaient pas des sots crédules, quelle que primitive que fût la science à cette époque : par exemple, ils avaient très vite réfuté la légende grecque raciste selon laquelle le sperme des Indiens était noir. (Mieux vaut ne pas savoir comment.) Néanmoins, ils croyaient aux fourmis prospectrices, et il en allait de même pour les villageois du Peer Rattan. Alexandre lui-même, à en croire les anciens de Buffliaz, était venu dans ces collines mystérieuses après avoir entendu dire que des créatures géantes et poilues semblables à des fourmis avaient été vues dans le coin, plus petites que des chiens mais plus grosses que des renards, de la taille d'une marmotte, plus ou moins, et qu'en construisant leurs fourmilières démesurées elles déterraient de gros monticules de terre pleine d'or. Quand l'armée grecque, ou du moins ses généraux, découvrirent que les fourmis chercheuses d'or existaient vraiment, nombreux furent ceux qui refusèrent de rentrer chez eux, et préférèrent s'installer dans la région pour vivre une existence de riches oisifs, élevant des familles métissées au sein desquelles des enfants au nez grec, aux yeux verts ou bleus et aux cheveux jaunes coexistaient fréquemment avec des frères et des sœurs himalayens aux cheveux plus foncés et au nez différent. Alexandre lui-même y resta suffisamment longtemps pour réapprovisionner son trésor de guerre et laisser quelques rejetons derrière; il s'ensuivit quelques accidentels surgeons généalogiques, desquels descendait l'ancêtre vieux de deux mille ans de Firdaus.

« Mon peuple, issu d'Iskander, connaissait les endroits secrets des fourmilières pleines de trésor, raconterait un jour Firdaus à son fils Noman quand il grandirait, mais au cours des siècles les gisements d'or ont diminué. Quand ils se sont finalement épuisés, nous avons rempli nos sacs de toile avec les derniers vestiges poussiéreux de cette étrange fortune et nous avons émigré à Pachigam, contraints par la nécessité de jouer sur scène les propres rôles des grands seigneurs que nous avions été jadis. » Firdaus Noman était une Pachigami de la troisième génération et l'épouse d'un chef de village et, en dépit de son œil paresseux, des histoires de fourmis souterraines et des villes serpents, elle bénéficiait de la protection de Nazarébaddoor, de sorte que le village s'arrangea pour oublier ce que tout le monde savait du temps de son grand-père, à savoir que quand un M. Butt ou Bhat arrive en ville en pleine nuit après avoir quitté une région connue pour ses bandits et se fait une place dans la communauté en distribuant de l'argent et dort assis avec un fusil sur les genoux et utilise un nom que tout le monde soupçonne de n'être pas le sien parce qu'il ne sait pas comment l'écrire, il est inutile de croire aux fourmis velues comme des marmottes et chercheuses d'or pour comprendre ce qui s'est passé.

M. Butt ou Bhat ne parla guère une fois arrivé à Pachigam. Il se contenta de rester assis chaque nuit à veiller sur sa femme et son fils endormis, et pendant la journée ses yeux semblaient se fissurer sous l'effet d'une douleur silencieuse. Personne n'osait lui poser les questions évidentes, et au bout de cinq ou six ans il s'apaisa et commença à se comporter comme s'il pensait que ceux qu'il fuyait n'allaient plus le rattraper. Au bout de dix ans, il sourit pour la première fois. Peut-être le chef des bandits qui l'avait destitué là-bas à Buffliaz s'était contenté de son nouveau pouvoir et n'avait pas jugé bon d'en finir avec son rival évincé. Peut-être existait-il vraiment des fourmis géantes chercheuses d'or, mais dans ce cas elles l'avaient laissé partir. Les récits anciens disaient que les fourmis vous poursuivaient si vous leur voliez leurs richesses, et qu'il arrivait malheur à l'homme ou à la femme qui ne courait pas assez vite, ou pas assez loin. Se faire tuer par une horde de fourmis était un sort terrible. Mieux valait se pendre ou se trancher sa pauvre gorge. M. Butt ou Bhat avait sûrement eu peur que l'armée de fourmis parte à sa recherche, mais la chance avait joué en sa faveur, elles avaient perdu sa trace ou trouvé un nouveau filon et s'étaient désintéressées de ses quelques pauvres sacs de butin. Quoi qu'il en soit, quinze ans plus tard, les gens qui se souvenaient de l'arrivée de M. Butt ou Bhat finirent par s'éteindre et, quand le vieil homme lui-même expira vingt et un ans après son arrivée à Pachigam, dans son lit comme tout le monde, sans fusil à portée de main, les gens en restèrent là et cessèrent de déblatérer sur le passé trouble de la famille. Puis Firdaus fit un bon mariage et après ça l'affaire de l'or souterrain devint tabou et l'histoire des fourmis fut la seule qu'on raconta encore. Mettre en doute cette version c'était s'attirer l'ire langagière de Firdaus, or il s'agissait là d'un fouet auquel seul le sarpanch pouvait résister ; il lui arrivait même parfois de chanceler sous la férocité de ses attaques verbales. Mais quand Firdaus se réveilla le jour du banquet à Shalimar et vit que ses cheveux s'étaient mis à foncer, elle prononça des paroles attristées, disant qu'elle avait peur de son fils qui naîtrait plus tard la nuit sur ces pelouses terrifiantes. « Il me fait froid dans le dos », se répétat-elle avant et après la naissance, parce qu'elle vit quelque chose dans ses yeux récemment ouverts, un éclat doré de piraterie, l'avertissant que lui aussi aurait fort à faire dans sa vie avec les trésors perdus, la peur et la mort.

*

A l'entrée du jardin de Shalimar, près du somptueux lac sur lequel dansaient des bateaux qui ressemblaient à un public impatient guettant le début du spectacle, sous les chinars susurrants et les peupliers loquaces et sous l'égide silencieuse et éternelle des montagnes indifférentes, lesquelles étaient absorbées dans leur effort gigantesque pour s'élever très lentement de plus en plus haut dans le ciel virginal, les villageois de Pachigam rassemblèrent les bêtes qu'ils avaient amenées pour le banquet, toutes les poules, les chèvres et les agneaux dont le sang coulerait bientôt aussi librement que les célèbres cascades du jardin, déchargèrent leurs charrettes tirées par des bœufs et mirent sur leurs épaules leurs fardeaux, ustensiles de cuisine, accessoires de théâtre, effigies, feux de Bengale, tandis qu'un tout petit démagogue debout sur un baril d'huile vide faisait une étonnante déclaration, qu'il ponctuait en frappant avec un bâton aux couleurs vives sur un énorme tambour. « Il existe un arbre au paradis, s'écria le petit bonhomme, qui abrite et nourrit tous ceux qui sont dans le besoin. J'ai longtemps cru que là – juste là, dans notre paradis terrestre sans précédent ! que nous avons décidé, afin de ne pas avoir l'air de nous vanter devant des étrangers, d'appeler Cachemire ! – il existe un cousin de cet arbre tooba céleste. Si l'on en croit la légende, l'endroit de ce *tooba* terrestre a été révélé par des *pirs* sacrés à l'empereur Jehangir et il a construit autour le Shalimar Bagh. A ce jour, personne ne sait de quel arbre il s'agit. Ce soir, toutefois, par le truchement de ma magie, la vérité sera révélée. » C'était un personnage à la peau foncée, aux yeux pétillants, avec une moustache dansante qui semblait mener une vie gymnastique propre au-dessus de sa bouche pleine de dents blanches et souriantes, mais même monté sur un baril d'huile et avec l'absurde turban à cocarde sur sa tête, il n'arrivait guère plus haut qu'un adulte, et Abdullah Noman songea que c'était là un homme qui cherchait à se venger de la tragédie personnelle qu'était sa taille : il n'était jamais apparu en entier dans le monde et par conséquent désirait en dématérialiser des morceaux.

Firdaus se montra plus pénétrante. « Il est ridicule quand il frappe sur son tambour et crie comme ça, murmura-t-elle à son mari. Mais regarde-le dans ses brefs instants de repos. Tu ne trouves pas qu'il ressemble alors à un homme sûr de son autorité, calme, sans peur ? Si au moins il se taisait, il aurait une chance de nous convaincre qu'il n'est pas qu'un vil charlatan. »

« Je suis le Septième Sarkar, s'écria le petit homme, en tapant sur son tambour. Mesdames et Messieurs ! Vous avez devant vous l'Extraordinaire Auteur de l'Illusion, de l'Hallucination et de la Confusion de la Septième Génération ! – bref, de la Sorcellerie et du Jadoo de toutes sortes ! Et l'Unique Apôtre et Grand-Maître de la Plus Ancienne Forme de Magie, connue sous le nom d'Indrajal. » Là-dessus, il tapa si fort sur son tambour qu'il chancela sur le baril et que les gens se mirent, malheureusement, à rire. « Riez aussi fort que vous le voulez, tempêta le Septième Sarkar, mais ce soir, au plus fort des célébrations, après le banquet, après la représentation, les danses et les feux d'artifice, je ferai disparaître complètement le Shalimar Bagh pendant une période de trois minutes au minimum, et à cet instant, quand l'arbre du paradis sera révélé, car seul un arbre du paradis est à l'épreuve de ma ruse, alors ! – ah ! – nous verrons qui rira encore. » Sur ce, il sauta à bas de son baril d'huile et, frappant de toutes ses forces sur son tambour, fendit la foule des Pachigamis hilares.

Firdaus l'intercepta. « Nous ne pensons pas à mal, dit-elle. Nous sommes nous aussi des amuseurs et si vous réussissez ce tour, croyez-moi, c'est nous qui serons les premiers à applaudir, et le plus fort, et le plus longtemps. » Le Septième Sarkar fut grandement apaisé en entendant ces paroles, mais ne le montra pas. « Vous croyez que je n'ai encore rien fait ? dit-il avec mépris. Tenez ! Lisez. Etudiez. » Il sortit de sous sa chemise une liasse d'articles de journaux jaunis. Les villageois s'attroupèrent autour de lui. « LE SEPTIÈME SARKAR FAIT DISPARAÎTRE UN TRAIN EN MARCHE », lut-il fièrement, puis : « POUF ! LA FONTAINE FLORA DE BOMBAY DISPARUE PAR MAGIE. » Puis vint sa plus grande référence : « LE TAJ MAHAL DISPARAÎT COMME PAR ENCHANTEMENT. »

Ces coupures de presse modifièrent l'ambiance autour de lui. Bien qu'on pût à peine le distinguer au cœur de la foule, il avait grandi en stature. « Mais vous faites quoi, au juste ? demanda Abdullah Noman, un peu à contrecœur, car son rire incrédule avait résonné le plus fort. Je veux dire, c'est quoi la base de votre art ? Une sorte d'hypnotisme collectif ? » Le Septième Sarkar secoua la tête gaiement. « Non, non. Il n'est absolument pas question d'hypnotisme. Je suis simplement capable de dissimuler des choses à vos yeux. Rien de surnaturel ou d'occulte, mes amis ! Ce n'est que science, la Science de l'Illusion parfaite et du contrôle des esprits. » De nombreuses voix s'élevaient à présent pour exiger des détails, mais le Septième Sarkar tapa sur son tambour pour les faire taire. « *Bas !* Assez ! Dois-je révéler mes secrets en pleine rue avant de vous étonner tous ? Je dis seulement ceci : j'ai la volonté de créer un Equilibre Psychique avec le monde qui m'entoure, et cela rend mes Exploits possibles. Qu'est-ce que l'Indrajal ? C'est une représentation théâtrale du rêve idéaliste de vivre heureux – car quand vous vivez heureux, rien ne semble impossible. Mais tais-toi ma voix et cesse de babiller ! Déjà j'en ai trop dit. Jouez votre pièce, gens du bhand. Puis regardez un vrai maître de l'art du théâtre se mettre à l'œuvre. » Bang ! Bang ! Et il s'en alla pour gravir les pelouses en terrasses. Pandit Pyarelal Kaul dit à sa femme : « Attends un peu. D'ici la fin de la soirée j'aurai démasqué le secret de ce numéro de prestidigitation. » C'était une nuit de sombres prestidigitations. Giri Kaul elle-même serait parmi les premières personnes à être escamotées.

Dès l'instant où il pénétra dans le jardin et foula les amoncellements de feuilles dorées, Abdullah Noman commença à avoir de sérieux doutes sur l'événement. C'était un soir d'octobre exceptionnellement froid. La neige avait déjà commencé à tomber. « Le temps que les invités arrivent dans leurs plus beaux atours, nous serons en plein blizzard et les gens auront les poumons glacés. Y aura-t-il assez de braseros pour tenir chaud aux invités pendant qu'ils mangeront ? Et ensuite ? Un public gelé n'est pas facile à amuser. Ce n'est pas un temps pour une réception en plein air. Même *Ram Leela* et *Budshah* ne peuvent surmonter l'obstacle qu'est cette neige. »

Puis la magie du jardin commença à se manifester. Le paradis lui aussi était un jardin – Gulistan, Jannat, Eden – et là, devant lui, se trouvait son miroir sur terre. Il avait toujours aimé les jardins moghols du Cachemire, Nishat, Chashma Shahi et surtout Shalimar, et jouer en ces lieux était le rêve de sa vie. L'actuel maharaja n'était pas un empereur moghol, mais l'imagination d'Abdullah pouvait aisément changer ça, et alors qu'il se tenait sur la terrasse centrale et indiquait aux siens leurs positions, alors que la troupe théâtrale se dirigeait vers la plus haute terrasse pour installer la scène où *Budshah* serait représenté, tandis que les cuisiniers se dirigeaient vers leurs tentes et se lançaient dans leurs interminables préparatifs, tranchant, émincant, faisant frire et bouillir, le sarpanch ferma les yeux et imagina le créateur, mort depuis longtemps, de ce pays enchanteur aux arbres dansants, aux terrasses liquides et chantantes, le monarque horticulteur qui considérait la Terre comme une bien-aimée et voyait en ces jardins les chants d'amour verdoyants qui lui étaient adressés. Abdullah se laissa aller à un état de transe et se sentit devenir ce roi mort, Jehangir l'Encercleur de la Terre, et quelque chose de quasi féminin s'empara de son corps, une lassitude impériale, la langoureuse sensualité du pouvoir. Où donc était son palanquin ? se demanda-t-il rêveusement. On aurait dû le transporter dans le jardin sur un palanquin orné de pierreries, porté sur les épaules d'homme aux sandales tressées ; pourquoi donc était-il à pied ? « Du vin, murmura-t-il. Qu'on apporte du vin et que la musique commence. »

Il y avait des jours où les pouvoirs d'autosuggestion d'Abdullah effrayaient sa troupe de comédiens. Quand il s'y abandonnait, il était capable – en tout cas on l'aurait dit – de ressusciter les morts pour qu'ils habitent sa chair, et cet exploit occulte était nettement plus impressionnant, mais également beaucoup plus inquiétant, qu'une simple interprétation. Comme chaque fois que la chose se produisait, les acteurs de Pachigam allèrent chercher son épouse Firdaus pour qu'elle le fasse revenir du passé. « Les temps s'assombrissent tellement, lui dit-il d'un air absent, que nous devons faire de notre mieux pour retenir le souvenir de la clarté. » C'était l'empereur qui parlait, lors de son dernier voyage plusieurs siècles auparavant, l'empereur agonisant sur la route menant au Cachemire sans parvenir au havre tant désiré du paradis terrestre, cet hymne tout en terrasses et en oiseaux. Firdaus vit que l'heure des demi-mesures était passée, et, qui plus est, elle avait des nouvelles à annoncer. Elle se saisit vigoureusement de son mari et le secoua. De la neige jaillit mollement de son *chugha* et sa barbe. « Tu as fumé quelque chose ? s'écria-t-elle, en s'exprimant délibérément avec dureté. Ce jardin a de grands effets sur les petits hommes. Ils s'imaginent vite qu'ils sont des géants. » L'insulte s'insinua dans la rêverie d'Abdullah et il entreprit de revenir tristement à la banalité éveillée de lui-même. Il n'était pas l'empereur. Il était le serviteur. Firdaus, qui le comprenait mieux qu'il ne se comprenait lui-même, lut dans ses pensées et lui rit au visage. Cela augmenta sa tristesse et redonna de la couleur à ses joues. « Si tu veux jouer les rois, dit-elle avec un peu plus de douceur, pense au Zain-ul-abidin de la première pièce. Pense que tu es le Seigneur Ram dans la deuxième partie du programme. Mais pour l'instant il convient de s'occuper de vies plus importantes. Le bébé de Giri va naître plus tôt, sans doute parce que tu l'as prédit. »

Abdullah avait à présent les idées plus claires. La vie et la mort étaient omniprésentes autour de lui. *Au milieu du quinzième siècle, le sultan Zain-ul-abidin succomba à une maladie mortelle, à savoir un furoncle empoisonné sur la poitrine, et il serait certainement mort sans l'intervention d'un médecin, un pandit répondant au nom de Shri Butt ou Bhat. Après que le Dr Butt ou Bhat eut guéri le roi de sa maladie, Zain-ul-abidin lui annonça qu'il pouvait demander n'importe quel Cadeau précieux, car n'avait-il pas fait don au roi lui-même d'une nouvelle vie, le plus précieux de tous les Cadeaux ? « Je ne demande rien pour moi, répondit Dr Butt ou Bhat, mais, Seigneur, du temps de vos prédécesseurs mes Frères ont été persécutés inlassablement, et ils ont besoin d'un Cadeau au moins aussi précieux que la Vie. » Le roi accepta de mettre fin aussitôt à la Persécution des Pandits cachemiriens. En outre, il veilla personnellement à la réhabilitation de leurs familles décimées et éparpillées, et leur permit de prêcher et de pratiquer librement leur religion. Il fit rebâtir leurs Temples, rouvrir leurs Ecoles, abolir les Impôts qui pesaient sur eux, réparer leurs Bibliothèques et cessa de tuer leurs Vaches. Ensuite de quoi débuta un Age d'Or.*

Les mots se réveillaient en lui et se précipitaient comme des moutons paniqués. « Pamposh, hai ! hai ! Pamposh – où est-elle – que se passe-t-il – est-ce qu'elle va bien – le bébé, le bébé va-t-il vivre – où est Pyarelal, il doit être fou d'inquiétude – mon Dieu, est-ce que je ne t'ai pas dit de rester là-bas – *arré*, comment a-t-elle, quand est-ce que, que devrions-nous faire ? »

Sa femme posa sa main sur ses lèvres et, tout fort, à la cantonade, le railla d'un ton dédaigneux. « Ecoutez mon grand mari qui tient le village dans sa main, dit-elle. Voyez à quoi le réduit un nouveau-né – on dirait un petit garçon paniqué. » Puis, afin que personne d'autre n'entende, elle murmura à son oreille sur un tout autre ton. « Nous avons pris des draps et aménagé un endroit privé pour l'accouchement derrière les tentes des cuisines. Il y a suffisamment de femmes pour veiller à l'accouchement. Je peux m'occuper du bébé et les autres se chargeront des jumeaux et du petit Anees. Mais Giri ne va pas très bien, et le blizzard n'arrange rien. Il y a des médecins parmi les invités et certains n'habitent pas très loin de Srinagar. Pyarelal est allé en chercher un à la ville. Tout ce qui peut être fait est en train d'être fait. Laisse-moi m'en occuper. Tu as assez de travail comme ça pour l'instant. »

Abdullah ouvrit la bouche pour parler, et Firdaus vit les mots *Je te l'avais bien dit* qui tremblaient sur ses lèvres. « Ne le dis pas, ordonna-t-elle. N'essaie même pas. »

Abdullah Noman était redevenu lui-même. Oui, on était allé chercher un médecin et Pamposh et le bébé allaient être sauvés. *L'intervention d'un médecin sérieux, d'un pandit,* exactement comme dans *Budshah*. Entre-temps, il convenait de veiller aux préparatifs culinaires et de mettre en place les deux spectacles. Abdullah sortit d'un bon pas, il désigna et commanda, arrangeant certains détails avec les membres en livrée de la garde du maharaja, ainsi qu'avec le personnel militaire et l'équipe en cuisine. Le monde reprenait sa forme familière. Sur chacune des terrasses du jardin de Shalimar, de part et d'autre de la cascade centrale, des tentes *shamiana* aux couleurs riantes avaient été dressées, et le personnel de la maison royale étalait les *dastarkhans* dogra, les tapis traditionnels entourés de coussins sur lesquels serait servi le banquet aux hôtes assis par groupes de quatre. Abdullah était partout, s'assurant que tout se passait bien. La neige tombait verticalement en gros flocons plumeux. Il était difficile de dire s'il agissait là d'une bénédiction ou d'une malédiction.

Dans une tente située sur la plus basse terrasse, Bombur Yambarzal, le waza de Shirmal, l'attendait avec un visage aux traits tout sauf riants. Bien que le maharaja ait exigé qu'ils oublient leur rivalité, il n'avait rien d'un homme en paix avec son voisin. « C'est l'humiliation finale, lâcha-t-il. Nous – nous, qui sommes les incontestables wazwaanis, les virtuoses du *pulao*, les maestros du poulet *methi* et les artistes du *aab gosh !* – on nous a donné la terrasse subalterne, où les convives les moins importants viendront manger. Vous autres étrangers – vous les pickpockets –, vous les ignares qui croyez pouvoir cuisiner ces plats sans même un waza pour vous superviser, encore moins un *vasta waza*, un grand chef comme moi-même – on vous a placés au-dessus de nous. L'insulte saute aux yeux et ne sera pas oubliée. Je me console en me disant qu'au moins votre racaille n'a pas accès à la plus haute terrasse, car les cuisiniers du maharaja ont menacé de s'en aller si on ne les laissait pas servir les tables du haut. Manifestement, le maharaja a cherché à insulter le village entier de Shirmal mais il s'est senti obligé de passer la pommade à ses cuisiniers. »

Abdullah Noman se garda bien de répondre. Il était vrai que Pachigam devait nourrir le gradin du milieu, mais plus tard dans la soirée la troupe d'Abdullah allait jouer l'histoire de Zain-ul-abidin, puis le *Ram Leela* culminant dans l'incendie des effigies et les feux d'artifice, et ce devant le maharaja en personne. « Inutile d'enfoncer le pauvre Bombur dans son malheur », pensa-t-il, éprouvant l'un de ses périodiques accès de compassion coupable envers le waza de Shirmal ; il inclina la tête d'une manière qui confinait à la contrition ou du moins à la déférence, et continua son chemin sans rendre paroles dures pour paroles dures, ne se doutant pas un instant que ce qui l'attendait n'était pas une soirée culinaire et théâtrale mais un des grands moments charnières de son existence et également de celle de tous ceux qu'il aimait, une soirée après laquelle rien en ce monde ne poursuivrait son cours prévisible, les fleuves changeraient de lit, les étoiles apparaîtraient dans des endroits inattendus dans le ciel, le soleil pourrait fort bien se lever au nord ou au sud ou n'importe où, car toute certitude était perdue, et l'obscurité s'avançait, inaugurant le temps des horreurs, que la langue rêveuse d'Abdullah avait prophétisé sans en référer à son cerveau. Il vaqua à ses affaires, voûté sous la neige, écartant les congères de ses robustes bottes ; et il allait inspecter la scène qu'on était en train de construire quand Firdaus, titubant légèrement, le trouva près de l'étang sur la plus haute terrasse. Des fontaines jaillirent d'étonnement quand elle se cramponna à son bras, comme si le jardin était choqué par son changement d'attitude. Elle semblait nettement moins contrôler les choses qu'avant, son visage donnait des signes de fatigue et son œil paresseux divergeait encore plus. « Très bien, dit-elle, puis elle grimaça et serra les dents, transpirant en silence alors qu'une puissante contraction la secouait. Je le reconnais, la situation est devenue un peu plus compliquée qu'on ne le pensait. »

Deux femmes bloquées par la neige accouchèrent derrière les buissons, assistées par un célèbre philosophe soufi, Khwaja Abdul Hakim, expert en plantes et en médicaments, en médecine traditionnelle et moderne, orientale et occidentale. Mais ce soir-là, ses talents furent inutiles ; la vie arriva toute seule, et la mort refusa de s'éloigner. Un garçon, une fille, une naissance sans problème, une autre fatale. Firdaus Noman accoucha rapidement, recrachant Noman Noman comme un pépin. « Tu es bien pressé, dis donc, murmura-t-elle dans l'oreille du nouveau-né, négligeant de s'assurer que le premier mot qu'il entendait était celui de Dieu. Ton père est un magicien qui fait passer sa sorcellerie pour du théâtre, et la famille de desperados de ta mère est très louche, elle aussi, et rien n'est normal ce soir ; mais toi, grandis normalement, d'accord, et ne me donne aucune raison d'avoir peur. » Puis Giri poussa un cri et il fallut empêcher Firdaus de se précipiter au chevet de son amie. Les femmes de Pachigam s'occupèrent de la vivante, emmaillotèrent les deux bébés en bonne santé et couvrirent le visage de la morte. Ils emporteraient son corps pendant la nuit sur un chariot traîné par des bœufs couvert de fleurs du jardin et demain elle serait incinérée sur un bûcher de santal. Que penser de ce qui s'était passé ? Ça arrivait. Ça n'arrivait pas assez souvent pour menacer la survie de l'espèce, les statistiques s'amélioraient tout le temps, mais quand c'était votre tour, vous étiez mort à cent pour cent. Il conviendrait de pleurer la défunte, ce qui serait fait, aussi abondamment qu'il convenait. Le pandit et sa fille avaient besoin du soutien du village et ils l'auraient. Le village se refermerait sur eux comme une main. Le pandit vivrait. Sa fille vivrait. La vie continuait. La neige allait fondre et de nouvelles fleurs allaient pousser. La mort n'était pas la fin.

La naissance d'un quatrième fils fut annoncée à Abdullah, mais il dut mettre pour l'instant son orgueil de père de côté car il y avait fort à faire avant l'arrivée des invités ; et, en outre, il se préparait déjà pour le rôle de Zain-ul-abidin, se métamorphosant en ce Sultan qui représentait pour lui tout ce qu'il y avait de mieux dans la vallée qu'il aimait, sa tolérance, la fusion de ses religions. Les pandits du Cachemire, à la différence des brahmanes partout ailleurs en Inde, mangeaient volontiers de la viande. Les musulmans cachemiriens, jalousant peut-être les pandits pour leur variété de divinités, atténuaient l'austère monothéisme de leur foi en adorant les nombreux saints de la vallée, ses pirs. Etre cachemirien, avoir reçu un don divin aussi incomparable, c'était priser le partage nettement plus que la division. L'histoire de Budshah Zain était un symbole de tout cela. Abdullah ferma les yeux et s'enfonça toujours plus profondément dans son rôle préféré. Voilà pourquoi il ne put consoler son ami le pandit quand Pamposh Kaul mourut en couches sanglantes à la naissance prématurée de sa fille.

Une formation d'ombres ailées s'envola du jardin en même temps que son âme. Pyarelal pleura sous les arbres illuminés pendant que le philosophe soufi le tenait dans ses bras et l'embrassait, en pleurant aussi copieusement que lui. « La question de la mort, dit le *khwaja* à travers ses larmes, se pose chaque jour, n'est-ce pas, panditji. Combien de temps nous reste-t-il, la mort sera-t-elle douce ou cruelle quand elle viendra, quels travaux pouvons-nous encore accomplir, quelle part de la richesse de la vie connaîtrons-nous, combien d'années de la vie de nos enfants verrons-nous, et cetera. » Dans des circonstances normales, l'occasion de parler ontologie, pour ne rien dire des subtilités du mysticisme soufi et hindou, aurait rempli de joie Pyarelal Kaul. Mais rien n'était normal ce soir-là. « Elle connaît désormais la réponse, répondit-il en pleurant, et combien amère est la réponse. » Le khwaja en larmes caressa le visage du veuf en détresse. « Vous avez une fille ravissante, dit-il, la voix cassée. La question de la mort est également la question de la vie, panditji, celle de l'amour. Comment vivre ? C'est là la question à laquelle vous allez devoir répondre, à laquelle il n'existe point de réponse hormis dans la vie qui continue. » Puis c'en fut fini des paroles. Tous deux gémirent longtemps et bruyamment à la lueur de la lune gibbeuse et lugubre. Avant qu'il y ait ici un jardin moghol, l'endroit avait été infesté de chacals. Les pleurs des deux adultes ressemblaient aux hurlements des chacals.

La mort, la plus présente des absentes, était entrée dans le jardin, et dès lors les absences se multiplièrent. C'était le crépuscule et l'heure attendue était arrivée, les chaudes senteurs du banquet montaient des cuisines, et en dépit de la tragédie tout était prêt dans les temps ; mais où donc étaient les invités ? Il faisait froid, certes, et cela avait pu en dissuader certains ; les premiers arrivants étaient chaudement emmitouflés et ne ressemblaient absolument pas à des personnes venues s'amuser. Mais l'afflux de visiteurs attendu ne se matérialisa jamais, et, ce qui est pire, de nombreux membres du personnel de la maison royale commencèrent à s'éclipser discrètement, les porteurs, les gardes, mêmes les chefs de la terrasse supérieure, les propres cuisiniers du maharaja qui avaient préparé les plats pour son entourage personnel.

Comment sauver la situation ? Abdullah Noman courut dans le jardin en interpellant les gens mais n'obtint guère les réponses qu'il escomptait. Sous un pavillon moghol, il trouva le magicien Sarkar, qui se tenait la tête dans les mains. « C'est une catastrophe, déclara le Septième Sarkar. Les gens ont trop peur de sortir par cette tempête de neige – et d'après ce que j'ai entendu ce n'est pas seulement la neige qui les effraie ! – et donc mon plus grand exploit ne sera vu que d'une poignée de pitres provinciaux. »

Les tentes shamiana, dont les couleurs vives palpitaient à la lumière des grands braseros et des guirlandes lumineuses tendues d'arbre en arbre, étaient presque désertes alors que la nuit s'installait et se dressaient tels des fantômes sous la neige. Bombur Yambarzal, troublé par ce banquet spectral, alla demander conseil à Abdullah. « Que veut dire ce sorcier, ce n'est pas que la neige ? Si les gens ont trop peur de venir, dit-il, presque timidement, le changement dans son attitude dénotant la profondeur de son inquiétude, penses-tu qu'il soit avisé de rester ? » Le cœur d'Abdullah était troublé, car la joie apportée par la naissance de Noman luttait dans sa poitrine avec son désarroi à l'annonce de la mort de la douce Pamposh. Il se contenta de secouer la tête d'un air perplexe. « Attendons que ça passe, dit-il. Nous devrions tous les deux envoyer des gens à Srinagar pour en savoir plus. Il faut éclaircir tout ça. » Abdullah n'était plus lui-même. Il ne jouerait pas *Budshah* ce soir et il essayait de se défaire de l'ombre de Zain-ul-abidin, dont quelques vestiges adhéraient encore à sa psyché. C'était déroutant. C'était la deuxième fois aujourd'hui qu'il avait dû exorciser l'esprit d'un roi, et il était épuisé.

En l'absence de la grande majorité des invités, toutes sortes de rumeurs se répandirent dans le Shalimar Bagh, protégées de l'hiver par des capuches et des manteaux, et investirent les endroits déserts autour des dastarkhans : des rumeurs de bas étage aussi bien que des rumeurs se réclamant d'ascendance aristocratique – toute une hiérarchie sociale de rumeurs affalées sur les coussins, créées par le mystère qui enveloppait toutes choses comme un blizzard. Les rumeurs étaient voilées, obscures, polémiques, souvent malveillantes. On aurait dit une nouvelle espèce vivante, évoluant en fonction des lois établies par Darwin, se transformant de façon aléatoire et sujettes aux processus amoraux de la sélection naturelle. Les rumeurs les plus aptes survécurent, et commencèrent à se faire entendre par-dessus le brouhaha général; et dans les bruits susurrés ou murmurés par ces survivantes, les rumeurs les plus fortes, les plus persistantes, les plus aptes, le mot de *kabailis* fut entendu, revenant sans cesse. C'était un mot nouveau, que peu de gens connaissaient dans le Shalimar Bagh, qui les terrifia néanmoins. « Une armée de kabailis venue du Pakistan a franchi la frontière, pillant, violant, incendiant, tuant, disait la rumeur, et cette armée approche des abords de la ville. » Puis la plus sombre de toutes les rumeurs arriva et s'assit dans le fauteuil du maharaja. « Le maharaja s'est enfui, dit-elle, le mépris et la terreur se mêlant dans sa voix, car il a eu vent de l'homme crucifié. » L'autorité de cette rumeur était si grande qu'il sembla aux villageois horrifiés de Pachigam et Shirmal que l'homme crucifié se matérialisait aussitôt sur les pelouses du jardin moghol, cloué sur le sol blanc, et que la neige autour de lui rougissait de son sang. Le crucifié s'appelait Sopor et c'était un simple berger. A un lointain croisement à flanc de colline tout au nord, la horde kabaili avait croisé son troupeau de moutons et avait demandé à Sopor le chemin de Srinagar. Le berger leva un bras et désigna un point, envoyant délibérément les envahisseurs dans la mauvaise direction. Quand, après une longue journée passée à faire fausse route, ils s'aperçurent qu'on leur avait menti, ils revinrent sur leurs pas, le trouvèrent, le crucifièrent au croisement des chemins où il les avait trompés, le laissant crier quelques moments et implorer Dieu de lui apporter cette mort qui tardait selon lui à venir, et quand ils se furent lassés de ses cris, ils enfoncèrent un ultime clou dans sa gorge.

Tant de choses étaient nouvelles à cette époque, que seule la moitié en était comprise. Le « Pakistan » lui-même était une rumeur ancienne, un mot fantôme qui n'avait correspondu à un véritable territoire que pendant deux brefs mois. Voilà sans doute pourquoi – sa traversée de la frontière qui sépare le monde obscur des rumeurs du « réel » – la question de ce nouveau pays déclencha les passions les plus furieuses parmi les rumeurs grouillant dans le Shalimar Bagh. « Le Pakistan a le droit de son côté, disait une rumeur, car ici au Cachemire, un dirigeant hindou empêche une population musulmane de rejoindre ses coreligionnaires dans un nouvel Etat musulman. » Une deuxième rumeur rétorqua bruyamment : « Comment oses-tu parler de droit, alors que le Pakistan a lâché cette horde meurtrière sur nous ? Ignores-tu que les chefs du Pakistan ont dit à ces coupe-gorge que le Cachemire regorge d'or, de tapis et de belles femmes, et les ont envoyés ici pour piller, violer et tuer les infidèles ? Est-ce là un pays que tu désires rejoindre ? » Une troisième rumeur s'en prit au maharaja. « Cela fait des mois qu'il tergiverse. La Partition remonte à deux mois ! Et il ne sait toujours pas qui rejoindre, le Pakistan ou l'Inde. » Une quatrième s'en mêla. « L'idiot ! Il a jeté en prison Sheikh Abdullah, qui avait renoncé à toute politique commune, et écoute ce mollah, Moulvi Yousuf Shah, qui penche visiblement pour le Pakistan. » Aussitôt, de nombreuses rumeurs s'élevèrent de concert. « Cinq cent mille tribaux nous attaquent, avec des soldats de l'armée pakistanaise déguisés à leur tête ! – Ils ne sont qu'à quinze kilomètres ! – Huit kilomètres ! – Cinq mille femmes violées et assassinées sur la frontière du Jammu ! – Vingt mille hindous et sikhs massacrés ! – A Muzaffarabad, les soldats musulmans se sont mutinés et ont tué leurs homologues hindous ainsi que l'officier en charge ! – Le général de brigade Rajender Singh, un héros, a défendu la route de Srinagar pendant trois jours avec seulement cent cinquante hommes ! – Oui, mais il est mort à présent, ils l'ont assassiné. – Que son cri de guerre résonne partout ! *Hamla-awar khabardar, ham Kashmiri hain tayyar ! – Prenez garde, attaquants, nous autres*

Cachemiriens vous attendons de pied ferme ! – « Le Sheikh Abdullah a été libéré de prison ! – Le Maharaja a écouté son conseil et a choisi l'Inde ! – L'armée indienne va venir nous sauver ! – Arrivera-t-elle à temps ? » – Le Maharaja a tenu son dernier Dassehra Durbar au palais puis a déguerpi au Jammu ! – A Bombay ! – A Goa ! – A Londres ! – A New York ! – S'il a si peur, quelle chance avons-nous ? – Courez ! Sauvez-vous ! Fuyez ! »

Alors que la panique s'emparait des personnes présentes dans le jardin de Shalimar, Abdullah Noman courut rejoindre sa femme et ses fils dans la petite maternité de fortune que Firdaus avait aménagée dans un coin du Bagh avec des tentures. Il la trouva assise par terre, la mine lugubre, en train de bercer le bébé Noman, avec à ses côtés Pandit Pyarelal Kaul et Khawja Abdul Hakim, tous deux le visage incliné près du corps de Pamposh. Pyarelal chantait un hymne à voix basse. Abdullah fut incapable de parler pendant un moment. Il s'en voulait de sa propre ignorance. Il n'avait rien su, ou quasiment rien, des troubles qui s'abattaient sur eux. Il était le sarpanch et il aurait dû savoir ; comment pouvait-il protéger les gens s'il ignorait tout des dangers qui les menaçaient ? Il ne méritait pas son poste. Il ne valait pas mieux que Yambarzal. Les rivalités mesquines et l'égocentrisme orgueilleux les avaient aveuglés tous les deux, et ils avaient entraîné les leurs dans ce terrifiant conflit au lieu de les maintenir en un lieu sûr. Des larmes tombèrent de ses yeux. Il savait que c'étaient des larmes de honte.

« Pourquoi chantes-tu ces louanges ? » La voix de Firdaus le ramena à la réalité. Elle fusillait du regard Pyarelal. « Pourquoi est-ce que tu remercies Durga ? Tu l'as vénérée pendant neuf jours et le dixième elle a pris ta femme. » Le pandit reçut le reproche sans rancœur. « Quand tu demandes ce que tu désires le plus au monde, dit-il, son contraire arrive avec. On m'a donné une femme que j'aimais sincèrement et qui m'aimait sincèrement. L'envers d'un tel amour est la douleur de sa perte. Je ne peux ressentir une telle douleur aujourd'hui que parce que jusqu'à hier j'avais cet amour, et pour cela on peut assurément remercier la personne ou la chose qu'on vénère, que ce soit une déesse, le destin, ou juste ma bonne étoile. » Firdaus se détourna de lui. « Peut-être sommes-nous trop différents, après tout », marmonna-t-elle dans sa barbe. Khwaja Abdul Hakim prit congé. « Je ne pense pas que je vais rester au Cachemire, dit-il. Je n'ai pas envie de voir la tristesse détruire la beauté. J'ai l'intention de céder ma terre à l'université et d'aller dans le sud. En Inde ; toujours l'Inde ; jamais au Pakistan. » Firdaus tournait le dos au khwaja. « Tu as de la chance, murmura-t-elle sans se retourner pour lui dire au revoir. Tu fais partie de ceux qui ont le choix. »

Abdullah demanda son bébé emmailloté et le reçut. « Nous devons partir, dit-il calmement à Firdaus et Pyarelal. Les rumeurs qui circulent ici rendent les gens fous. » Toute la journée, songea-t-il, rois et reines se sont succédé dans ma tête. Alexandre, Zain-ul-abidin, Jehangir, Ram. Mais c'est l'indécision de notre propre prince qui a déchaîné cet holocauste, et personne ne peut dire si oui ou non l'Inde, cette terre désormais sans roi, peut nous sauver, ni même si être sauvés par l'Inde serait finalement une chose souhaitable.

Un tambour résonna alors dans la nuit, de plus en plus fort, exigeant toute l'attention. Si puissant était ce tambour qu'il figea les gens sur place et fit taire les rumeurs. Le petit homme, Sarkar le magicien, défilait dans l'avenue centrale du jardin, en martelant son puissant *dhol*. Finalement, quand tous les yeux furent sur lui, il leva un porte-voix à ses lèvres et brailla : « Eh merde ! Je suis venu ici pour faire quelque chose et je compte le faire. Le génie de ma magie triomphera de la laideur de l'époque. Au septième coup de tambour, le jardin de Shalimar disparaîtra. » Il tapa sur son tambour, une, deux, trois, quatre, cinq, six fois. Au septième boum, exactement comme il l'avait prédit, tout le Shalimar Bagh disparut. L'obscurité totale s'abattit. Les gens se mirent à crier.

Jusqu'à la fin de sa vie, le Septième Sarkar maudirait l'histoire qui lui avait volé la vedette dans l'exploit sans précédent consistant à « dissimuler au regard » tout un jardin moghol, mais la plupart des personnes présentes dans le jardin ce soir-là crurent qu'il avait réussi, car au septième coup de son tambour la centrale électrique de Mohra fut dynamitée par les forces irrégulières pakistanaises et toute la ville et la région de Srinagar furent plongées dans l'obscurité totale. Dans le Shalimar Bagh enveloppé de ténèbres, la version terrestre de l'arbre tooba paradisiaque demeura à jamais secrète.

Abdullah Noman éprouva l'étrange sensation de vivre une métaphore devenue réelle. Le monde qu'il connaissait disparaissait ; cette nuit d'un noir d'encre était le signe incontestable de l'époque.

*

Les dernières heures de la nuit résonnèrent des cris et des pas précipités. Abdullah avait réussi à faire partir sa famille sur une charrette tirée par un bœuf, que Firdaus dut partager avec la dépouille de son amie et, à côté de la défunte Pamposh, Pyarelal Kaul, qui berçait son bébé en chantant sans discontinuer des louanges à Durga. Puis la chance voulut qu'Abdullah croise de nouveau Bombur Yambarzal. Dans l'obscurité, Bombur semblait une épave tremblante, mais Abdullah parvint à le remettre debout. « Nous ne pouvons pas laisser nos affaires ici, dit-il à Yambarzal, ou nos deux villages seront définitivement infirmes. » Les deux hommes réussirent à rassembler quelques villageois, à la fois de Shirmal et de Pachigam, et les hommes dépenaillés démontèrent les fours *wuri* spéciaux et emportèrent des tas de dizaines de marmites remplies sur le bord de la route. Le théâtre portable dut être également démonté, et les accessoires emballés dans de grands paniers en osier puis descendus des terrasses jusqu'au bord du lac. Toute la nuit, les villageois de Shirmal et de Pachigam travaillèrent côte à côte, et quand l'aube se leva sur les collines au terme de cette sombre nuit et que le jardin réapparut, le waza et le sarpanch se donnèrent l'accolade, échangèrent des promesses d'amitié inébranlable et se jurèrent un amour éternel. Au-dessus d'eux, toutefois, les planètes de l'ombre, Rahu et Ketu, existaient sans vraiment exister, attirant et repoussant, intensifiant et supprimant, enflammant et étouffant, dansant la lutte morale qui avait lieu dans les êtres humains tout en restant invisibles dans les cieux qui s'éclairaient. Et quand acteurs et cuisiniers quittèrent le Shalimar Bagh, ils laissèrent derrière eux les gigantesques effigies du roi démon, de son frère et de son fils, tous remplis de feux d'artifice intacts. Ravan, Kumbhakaran et Meghnath rougeoyaient dans la vallée tremblante, sans se soucier qu'ils fussent hindous ou musulmans. Le temps des démons venait de commencer.

*

« Tous les maux de l'homme viennent de ce qu'il possède un sens moral, déclara Pandit Pyarelal Kaul, assis au bord de la loquace Muskadoon. Il suffit de songer à la chance qu'ont les animaux. Prenons les bêtes sauvages du Cachemire, au nombre desquelles, par exemple, Ponz le Singe, Potsolov le Renard, Shal le Chacal, Sur le Sanglier, Drin la Marmotte, Nyan et Sharpu les Moutons, Kail l'Ibex, Hiran l'Antilope, Kostura le Cerf porte-musc, Suh le Léopard, Haput l'Ours noir, Bota-khar l'Ane, Hangul le Cerf barasingha à douze bois, et Zomba le Yak. Certains d'entre eux sont dangereux, il est vrai, et plusieurs sont redoutables. Ponz menace les noisettes. Potsolov est rusé et menace les poules. Le hurlement de Shal est terrifiant. Sur est un fléau pour les récoltes. Suh est féroce et menace les cerfs. Haput menace les bergers. L'Ane, par contraste, est un poltron qui fuit le danger ; mais il convient de signaler à son crédit qu'il est un âne, tout comme un chacal est un chacal et un léopard un léopard, et qu'un sanglier n'a d'autre choix que d'agir comme un sanglier cent pour cent du temps. Ils ne connaissent ni ne façonnent leur propre nature ; c'est leur nature qui les connaît et les façonne. Il n'y a pas de surprises dans le royaume animal. Seul le caractère de l'homme est suspect et changeant. Seul l'Homme, qui connaît le bien, peut faire le mal. Seul l'Homme porte des masques. Seul l'Homme est une déception pour lui-même. Ce n'est qu'en cessant de désirer les choses de ce monde et en s'affranchissant des besoins du corps... »

Et ainsi de suite. Boonyi Kaul savait que quand son père, qui avait des tas d'amis à cause de sa générosité et un double menton à cause de son amour toujours plus perfectionniste et vorace de la nourriture, commençait à énumérer les défauts de la race humaine et à recommander des principes ascétiques en vue de son amélioration, c'est qu'il pensait à sa femme, qui ne l'avait jamais déçu, dont les surprises avaient empli son cœur, et que son corps après quatorze années désirait encore. Dans ces moments-là, Boonyi devenait en général très démonstrative, s'efforçant d'enfouir le chagrin de son père sous son amour. Mais aujourd'hui, elle était distraite et ne parvenait pas à jouer la fille affectueuse. Aujourd'hui, avec Noman, son bien-aimé Shalimar le clown, elle écoutait son père, et chacun restait sur son rocher habituel, sans toucher l'autre ni lui lancer des regards, tout en luttant pour contrôler les sourires entendus qui ne cessaient de se faufiler sur leurs lèvres.

C'était un matin, au lendemain du grand événement qui avait eu lieu dans la prairie de Khelmarg. Boonyi, grisée par l'amour de son amant, se prélassait avec une sensualité non dissimulée sur son rocher, et son corps cambré était une provocation aisément perceptible. Son père, perdu dans sa mélancolie, remarqua qu'elle ressemblait encore plus à sa mère que d'habitude, mais n'arrivait pas à comprendre, stupidité paternelle oblige, que c'était parce que le désir et la satisfaction de ce désir promenaient leurs mains sur son corps, l'accueillant dans la féminité. Shalimar le clown, toutefois, était doublement troublé par sa parade ; à la fois excité et inquiet. Il se mit à faire du bout des doigts de petits mouvements saccadés vers le bas, comme pour dire Calme-toi, sois plus discrète. Mais les fils invisibles qui reliaient le bout de ses doigts au corps de Boonyi ne fonctionnaient pas correctement. Plus il agitait les doigts, plus elle cambrait le dos. Plus ses mains réclamaient la passivité, plus elle se roulait avec langueur. Plus tard ce même jour, quand ils furent seuls dans la clairière où ils s'entraînaient, chacun se balançant au-dessus du sol sur l'illusion précaire d'un fil unique, il dit : « Pourquoi n'as-tu pas arrêté quand je te l'ai demandé ? » A ces mots, elle sourit légèrement et répondit : « Tu ne me demandais pas d'arrêter. Je te sentais me caresser ici, pressant et palpant, tu appuyais fort à cet endroit, fort, fort, ça me rendait folle, et tu savais très bien ce que tu faisais. »

Shalimar le clown commençait à comprendre que la perte de la virginité avait libéré quelque chose chez Boonyi, une insouciance sauvage et défiante, un soudain exhibitionnisme qui confinait à la folie – car l'étalage de leur amour consommé risquait de faire basculer leurs vies et de les réduire en mille morceaux. Il y avait là une certaine ironie, car l'audace de Boonyi était la qualité qu'il admirait le plus. Il était tombé amoureux d'elle en grande partie parce qu'elle avait rarement peur, parce qu'elle s'emparait de ce qu'elle voulait sans imaginer que la chose puisse se dérober. Et voilà que cette même qualité, intensifiée par leur rencontre, les mettait en danger. La signature de

Shalimar le clown sur le fil consistait à se pencher de profil, et à augmenter l'angle jusqu'à ce qu'on se dise qu'il allait tomber, puis, avec force gestes grotesques mimant la terreur et la maladresse, à se redresser avec une vigueur et un talent défiant la gravité. Boonyi avait essayé d'apprendre ce tour mais elle avait renoncé, en riant, après de nombreux échecs et moulinets. « C'est impossible, avoua-t-elle. – L'impossible, c'est ça que les gens paient pour voir », dit Shalimar le clown en s'inclinant sur le fil comme si on l'applaudissait, citant son père. « Commencez toujours votre spectacle par quelque chose d'impossible, aimait dire Abdullah Noman à sa troupe. Avalez une épée, faites un nœud avec votre corps, défiez la gravité. Faites ce que le public sait qu'il ne pourrait pas faire même s'il y mettait toute son énergie. Après ça, il vous mangera dans la main. »

Il y avait des fois, comprit Shalimar avec une inquiétude croissante, où les lois du théâtre ne s'appliquaient peut-être pas à la vraie vie. Pour l'instant, dans la vraie vie, c'était Boonyi qui se penchait par-dessus le fil tendu, étalant effrontément son nouveau statut d'amante et d'aimée, défiant toute convention et orthodoxie, et dans la vraie vie c'étaient là des forces qui exerçaient une attraction vers le bas au moins aussi puissante que la gravité. « Vole, lui dit-elle, en lui riant au nez. N'était-ce point ton rêve, Monsieur Impossible ? Se passer de la corde et marcher sur l'air. » Elle l'entraîna de plus en plus loin dans la forêt puis lui fit de nouveau l'amour et pendant un moment il se moqua de l'avenir. « Avoue, murmura-t-elle. Marié ou pas, tu as franchi la porte de pierre. » Les poètes disaient qu'une bonne épouse était comme l'arbre boonyi ombragé, un magnifique chinar – *kenchen renye chai shihiji boonyi* – mais en langage courant l'image était différente. Le mot désignant l'entrée d'une maison était *braand* ; pierre se disait *kany*. Pour des raisons comiques, les deux mots étaient parfois utilisés, ensemble, pour désigner la fiancée bien-aimée : *braand-kany*, la « porte de pierre ». « Espérons, pensa Shalimar sans le dire, que les pierres ne nous tombent pas sur la tête. »

*

Shalimar le clown n'était pas le seul homme de la région à être obsédé par Boonyi Kaul. Le colonel de l'armée indienne

Hammirdev Suryavans Kachhwaha avait l'œil sur elle depuis un bon moment. Le colonel Kachhwaha n'avait que trente et un ans mais il aimait se qualifier de rajput de l'ancienne école, un descendant spirituel – et, selon lui, un lointain parent – des princes guerriers, les Suryavan et les rajas et ranas Kachhwaha d'autrefois qui avaient donné à réfléchir aux Moghols comme aux Britanniques à la glorieuse époque des royaumes de Mewar et Marwar, quand le Rajputana était dominé par les deux puissantes forteresses de Chittorgarh et Mehrangarh, et que de redoutables manchots se lançaient dans la bataille en coupant en deux leurs ennemis avec des coutelas, en écrasant leurs crânes avec des masses, ou tranchant leurs armures avec un *chaunch*, une hache à long nez avec un bec cruel de cigogne. Quoi qu'il en soit, le colonel H.S. Kachhwaha, récemment revenu d'Angleterre, arborait une magnifique moustache de rajput, un port arrogant de rajput, une voix de molosse militaire britannique, et dirigeait désormais le camp militaire situé à quelques kilomètres au nord-est de Pachigam, le camp que tout le monde ici appelait Elasticnagar à cause de sa tendance avérée à s'étendre. Le colonel désapprouvait vigoureusement ce titre irrévérencieux, qui selon lui était loin d'être adapté à la dignité des forces armées. Un an plus tôt, lors de sa nomination, il avait insisté pour que le nom officiel du camp soit utilisé par tout le monde à tout moment, mais il avait vite renoncé quand il s'était aperçu que la plupart des soldats sous son commandement avaient oublié depuis longtemps le vrai nom du camp.

Le colonel s'était également choisi un surnom : « Armé », qui rappelait le nom de « Hammir ». Un beau nom de soldat. Il s'exerçait parfois quand il était seul. « Armé Kachhwaha. – Armé de nom, armé de nature. – Col. Armé Kachhwaha à votre service, monsieur. – Oh, je vous en prie, mon cher, appelez-moi tout simplement Armé. » Mais cette appellation échoua tout comme la bataille contre « Elasticnagar », parce qu'une fois que les gens apprirent son surnom, ils voulurent le raccourcir en « Kachhwa Karnail », autrement dit « Colonel Tortue ». Aussi devint-il le Colonel Tortue, et il fut contraint de se chercher des métaphores plus terrestres. « Qui va lentement et régulièrement gagne la course, euh, non ? » essaya-t-il ; et : « Tortue de nom, carapacé de nature. » Mais il n'arriva jamais à dire : « Mon cher ami, appelez-moi juste Tortue », ou : « On m'appelle surtout Tortue, vous savez – mais pour vous ça sera Torto. » Son destin testudien ne fit qu'aigrir davantage une humeur qui avait déjà été gâchée par son père le jour de ses trente ans, alors que le colonel fraîchement promu se trouvait en congé à Jodhpur avant de prendre ses quartiers au Cachemire. Son père était en fait le rajput de la vieille école que son fils aspirait à devenir, et le cadeau d'anniversaire qu'il fit à Hammirdev fut un lot de deux dizaines de mèches dorées. Des mèches de femme ? Hammir Kachhwaha ne comprenait pas. « Pourquoi, monsieur ? » demanda-t-il, et le vieil homme ricana en balançant les boucles au bout d'un doigt. « Si un guerrier rajput est encore vivant le jour de ses trente ans, grommela Nagabhat Suryavans Kachhwaha d'un ton dégoûté, nous lui donnons ces boucles de femme pour exprimer notre déception et notre étonnement. Porte-les jusqu'à ce que tu prouves qu'elles ne sont pas méritées. – En mourant, vous voulez dire ?, demanda son fils, en quête d'éclaircissement. Pour avoir grâce à vos yeux je dois me faire tuer. » Son père haussa les épaules. « Visiblement », dit-il, en négligeant d'expliquer pourquoi il n'y avait pas de boucles sur ses propres bras, et il expédia un copieux jet de bétel dans son crachoir.

Aussi le colonel Kachhwaha d'Elasticnagar avait-il la réputation de n'être pas un homme heureux. Les hommes sous son commandement redoutaient le martinet de sa langue, et les gens du coin, eux aussi, avaient appris qu'il valait mieux éviter de le fâcher. En même temps qu'Elasticnagar grandissait – les soldats se déversant au nord dans la vallée en apportant avec eux tout l'encombrant matériel de guerre, armes et munitions, artillerie à la fois lourde et légère, et des camions si nombreux qu'ils reçurent le nom local de « criquets » – sa soif territoriale augmentait, et le colonel Kachhwaha réquisitionnait ce dont il avait besoin sans donner d'explications ou d'excuses. Quand les propriétaires des champs saisis se plaignaient du peu de compensation qu'ils recevaient, il leur répondait d'un ton furieux, le visage soudain écarlate : « Nous sommes venus pour vous protéger, bandes d'ingrats. Nous sommes ici pour sauver votre pays – alors pour l'amour de Dieu ne cherchez pas à m'apitoyer si nous devons prendre le pouvoir. » La logique de cet argument était puissante, mais elle n'était pas toujours bien reçue. Finalement, ce n'était pas important. Outré par son échec continuel à mourir au combat, le colonel n'avait pas l'esprit en paix et demeurait comme écorché. Puis il vit Boonyi Kaul et les choses changèrent – ou auraient pu changer si elle ne l'avait pas repoussé, sèchement, et avec mépris.

Elasticnagar était impopulaire, et le colonel le savait, mais l'impopularité était illégale. La position officielle était la suivante : la présence militaire indienne au Cachemire avait le soutien total de la population, et prétendre autre chose c'était enfreindre la loi. Enfreindre la loi c'était devenir un criminel, or les criminels ne pouvaient être tolérés et il était légitime de les terrasser à coups de lois, de chaussures ferrées et de cannes *lathi*. L'expression permettant de comprendre cette position était celle de *partie intégrante*, et les concepts qui y étaient associés. Elasticnagar faisait partie intégrale de l'effort indien et l'effort indien consistait à préserver l'intégrité de la nation. L'intégrité de la nation était une qualité qu'il convenait d'honorer, et attaquer l'intégrité de la nation c'était attaquer son honneur, ce qu'on ne pouvait tolérer. Par conséquent il convenait d'honorer Elasticnagar. Toutes les autres attitudes étaient déshonorantes et en conséquence illégales. Le Cachemire faisait partie intégrante de l'Inde. Un entier était un tout et l'Inde était un entier et les fractions étaient illégales. Les fractions causaient des fractures dans l'entier et n'étaient donc pas intègres. Ne pas l'accepter, c'était manquer d'intégrité et contester, implicitement ou explicitement, l'intégrité incontestable de ceux qui l'acceptaient. Ne pas l'accepter c'était, de façon latente ou patente, soutenir la désintégration. C'était subversif. La subversion menant à la désintégration ne pouvait être tolérée et il convenait de la réprimer sévèrement que ça soit d'une façon ouverte ou secrète. La popularité légalement obligatoire et exécutoire d'Elasticnagar était donc une question d'intégrité, pure et simple, même si la vérité était qu'Elasticnagar était impopulaire. Quand la vérité et l'intégrité entrent en conflit, c'est à l'intégrité qu'il convient de donner la préséance. On ne pouvait laisser la vérité elle-même déshonorer la nation. Par conséquent, Elasticnagar était populaire bien qu'il ne fût pas populaire. C'était là une chose assez facile à comprendre.

Le colonel Kachhwaha se considérait comme un intello. Il était célèbre pour sa mémoire exceptionnelle et aimait en faire étalage. Il pouvait mémoriser deux cent dix-sept mots à la suite sans lien logique entre eux et vous dire également quels étaient le quatre-vingt-quatrième ou le cent cinquante-neuvième, et il y avait d'autres tests de ce genre qui impressionnaient le mess des officiers et lui conféraient une aura de supériorité. Sa connaissance de l'histoire militaire et des détails des batailles célèbres était encyclopédique. Il était fier de son stock d'informations et enchanté par la force conséquente et irréfutable de ses analyses. Le problème de l'accumulation des menus souvenirs quotidiens n'avait pas encore commencé à le tourmenter, bien qu'il fût lassant de se rappeler chaque jour de son existence, chaque conversation, chaque cauchemar, chaque cigarette. Il y avait des fois où il espérait l'oubli comme un condamné espère le pardon. Il y avait des fois où il se demandait ce que pouvait être l'effet à long terme d'une telle mémoire, où il se demandait si cela n'aurait pas des conséquences morales. Mais c'était un soldat. Repoussant de telles pensées, il vaquait à ses affaires.

Il se considérait également comme un homme profondément sensible et par conséquent l'ingratitude de la vallée lui pesait grandement. Quatorze ans plus tôt, à la requête du maharaja en fuite et du Lion du Cachemire, l'armée avait repoussé les maraudeurs kabaili sans les expulser du territoire cachemirien, leur laissant le contrôle de certaines des zones montagneuses les plus élevées au nord, Gilgit, Hunza, le Baltistan. La partition *de facto* qui résulta de cette décision pourrait être aisément qualifiée d'erreur s'il ne s'agissait là d'un jugement illégal. Pourquoi l'armée s'était-elle arrêtée ? Elle s'était arrêtée parce qu'elle avait décidé de s'arrêter, c'était une décision prise en fonction de la situation réelle sur le terrain, et il s'ensuivait que c'était la bonne décision, la seule décision, la décision intègre. C'était facile pour les experts en chambre de poser la question maintenant, mais ils n'avaient pas été sur le terrain, à l'époque. La décision était la bonne décision parce que c'était la décision qu'on avait prise. Les autres décisions qu'on aurait pu prendre n'avaient pas été prises et étaient par conséquent de mauvaises décisions, des décisions qu'on n'aurait pas dû prendre, qu'on avait eu raison de ne pas prendre. La ligne de partition *de facto* existait et il convenait donc d'y adhérer et la question de savoir si elle devait exister ou non n'était pas une question. Il y avait des Cachemiriens de part et d'autre qui traitaient avec mépris la ligne et traversaient les montagnes quand ça leur chantait. Ce mépris était un aspect de l'ingratitude cachemirienne parce qu'ils ne reconnaissaient pas les difficultés rencontrées par les soldats postés sur la ligne de démarcation, les épreuves qu'ils enduraient afin de défendre et maintenir cette ligne. Il y avait là-haut des hommes qui se les gelaient et qui mouraient sans cesse, mouraient de froid, mouraient parce qu'ils interceptaient une balle de sniper pakistanais, mouraient avant que leur père ne leur donne des boucles dorées, mouraient pour défendre une idée de la liberté. Quand des gens souffraient pour vous, quand ils mouraient pour vous, alors vous deviez respecter leur souffrance, et ignorer la ligne qu'ils défendaient était irrespectueux. Une telle attitude n'était pas adaptée à l'honneur de l'armée pour ne rien dire de la sécurité nationale et elle était donc illégale.

Il était possible que de nombreux Cachemiriens fussent naturellement subversifs, qu'ils le fussent tous, pas seulement les musulmans mais les pandits carnivores aussi. Il était possible qu'il s'agît là d'une vallée de subversifs. Dans ce cas, on ne pouvait les tolérer et il convenait de réprimer durement. Le colonel résistait à cette conclusion bien qu'elle fût la sienne, bien qu'il y eût quelque chose d'inéluctable dans le processus de réflexion y menant, quelque chose qui était presque beau. C'était un homme d'une grande sensibilité, un homme qui appréciait la beauté et la douceur, qui aimait la beauté, et qui en conséquence ressentait un grand amour pour le Cachemire, ou qui aurait voulu éprouver de l'amour, ou aurait éprouvé de l'amour s'il n'en avait été empêché à chaque tournant, qui aurait été un amant sincère et véritable si seulement il avait été aimé en retour.

Il était seul. Au cœur de la beauté, il était empêtré dans la laideur. S'il n'avait pas été subversif de dire qu'Elasticnagar était un trou perdu, alors il aurait déclaré que c'était un trou perdu. Mais ce ne pouvait être un trou perdu parce que c'était Elasticnagar et donc par définition et de par la loi et cetera et ainsi de suite. Il se réfugiait dans un coin de son esprit, un petit coin subversif qui n'existait pas parce qu'il ne devait pas exister, et il murmurait dans ses mains en coupe : Elasticnagar est un trou. Ce n'était que palissades et barbelés et sacs de sable et latrines. C'était le brasso, le crachat, la toile et le métal et l'odeur du sperme dans les baraquements. C'était une tache sur un manuscrit enluminé. C'était un débris flottant sur un lac lisse. Il n'y avait pas de femmes. Il n'y avait pas de femmes. Les hommes devenaient fous. Les hommes se masturbaient comme des fous et on parlait d'agressions sauvages sur les filles sauvages du coin et quand ils pouvaient se rendre dans les bordels fous de Srinagar les maisons de bois folles tremblaient de leur désir fou explosif. Il y avait maintenant de nombreux Elasticnagars et ils ne cessaient de grandir et certains d'entre eux se trouvaient dans les hauteurs où il n'y avait même pas de chèvres à baiser alors il n'aurait pas dû se plaindre, même dans le petit coin subversif de sa tête qui n'existait pas parce que par définition et cetera, il devrait être fier. Il était fier. C'était un homme intègre, plein d'honneur et de fierté mais où donc étaient les filles bon sang et pourquoi ne venaient-elles pas à lui, c'était un célibataire au teint pâle et de bonne famille qui personnellement n'avait pas de problèmes hindou-musulman de type communautaire, c'était un laïc à cent pour cent, et de toute façon ce n'était pas comme s'il voulait se marier, la question ne se posait pas, mais pourquoi ne pas câliner votre commandant, hein ? allons, un baiser ou une caresse, bon sang !

C'était comme dans cette scène des *Sept Mercenaires* quand Horst Buchholz découvre que les villageois ont caché leurs femmes aux gangsters qu'ils ont engagés pour les défendre. Sauf qu'ici les femmes n'étaient pas cachées. Elles se contentaient de vous regarder sans vous voir avec leurs yeux d'un bleu glacial leurs yeux dorés leurs yeux émeraude leurs yeux de créatures d'un autre monde. Elles glissaient devant vous sur les lacs, vêtues de foulards pourpre de foulard bordeaux de foulards cobalt dissimulant la flamme noire ou jaune de leurs cheveux. Elles étaient accroupies à la proue de leurs petits bateaux comme des rapaces et elles vous ignoraient comme si vous étiez du plancton. Elles ne vous voyaient pas. Vous n'existiez pas. Comment auraient-elles pu songer à vous câliner vous embrasser alors que vous n'existiez pas ? Vous viviez apparemment sur une planète de l'ombre. Vous étiez la créature d'un autre monde. Vous existiez sans vraiment exister. Votre existence ne pouvait être perçue que dans ses effets. Les femmes pouvaient voir Elasticnagar qui était un effet et parce qu'elles trouvaient le camp laid même s'il était illégal de penser une telle chose elles supposaient que les hommes invisibles qui vivaient là devaient être laids eux aussi.

Il n'était pas laid. Sa voix ressemblait à celle d'un bull-dog anglais mais son cœur était hindoustani. Il était encore célibataire à trente et un ans mais on ne devait rien en déduire. De nombreux hommes n'étaient pas disposés à patienter mais lui était résolu à le faire. Les hommes sous son commandement craquaient et allaient dans les bordels. Ils étaient d'une trempe inférieure. Il contenait sa semence, qui était sacrée. Cela exigeait de la discipline, il fallait demeurer dans les limites du soi et ne jamais s'épancher au-delà de ses propres frontières. Elever des digues intérieures, comme le Bund de Srinagar. Quand il marchait sur le Bund au bout du Jhelum il sentait qu'il marchait sur les défenses de son cœur.

Il se sentait prêt à exploser sous la pression de son désir, de son besoin profane et inassouvi, mais il n'explosait pas. Il se contenait et ne confiait son secret à personne. C'était son secret, qu'il attribuait à tout ce qui était refoulé en lui, tout ce qui était damné : *ses sens changeaient*. Il y avait un bug dans le système. Ses sens étaient des sables mouvants. Si l'on consacrait trop de ressources à fortifier une unique première ligne, alors on s'exposait à une attaque sur un autre front. Ses désirs avaient été bridés et donc ses sens lui jouaient des tours. Il n'avait presque pas de mots pour décrire ces illusions, ces mirages. Il voyait des sons désormais. Il entendait des couleurs. Il goûtait des sentiments. Il devait se contrôler pendant les conversations, de peur de demander : « Quel est ce bruit rouge ? » ou de critiquer le chant d'un camion camouflé. Il était en effervescence. Tout le monde le détestait. C'était illégal mais ça ne faisait rien. Les gens disaient des choses terribles sur les agissements de l'armée, sa violence, sa rapacité. Personne ne se souvenait des kabailis. Ils voyaient ce qui était sous leurs yeux, et ce qu'ils voyaient ressemblait à une armée d'occupation, qui mangeait leur nourriture, s'emparait de leurs chevaux, réquisitionnait leurs terres, frappait leurs enfants, et parfois il y avait des morts. La haine avait un goût amer comme le cyanure dans les amandes. Si on mangeait onze amandes amères on mourait, c'est ce qu'ils disaient. Il devait manger de la haine tous les jours et cependant il était encore en vie. Mais la tête lui tournait. Ses sens se mélangeaient. Leur nom n'avait plus de sens.

Que signifiait entendre ? Que signifiait goûter ? Il le savait à peine. Il était à la tête de vingt mille hommes et il trouvait que la couleur or résonnait comme un trombone. Il avait besoin de poésie. Un poète aurait pu lui expliquer qui il était mais il était un soldat et n'avait que faire des *ghazals* et des odes. S'il parlait de son besoin de poésie, ses hommes penseraient qu'il était faible. Il n'était pas faible. Il se contenait.

La pression augmentait. Où était l'ennemi ? Qu'on lui donne un ennemi et qu'on le laisse se battre. Il lui fallait une guerre.

Puis il vit Boonyi. On aurait dit la rencontre de Radha et Krishna sauf qu'il conduisait une Jeep de l'armée, qu'il n'avait pas la peau bleue et ne se sentait pas divin et qu'elle fit comme s'il n'existait pas. Hormis ces détails c'était exactement la même chose : un changement de vie, une altération du monde, quelque chose de mythique, de religieux. Elle ressemblait à un poème. La Jeep était enveloppée dans un nuage de bruit kaki. Elle était avec ses amies, Himal, Gonwati et Zoon, tout comme Radha avec les bergères. Kachhwaha s'était renseigné. Zoon Misri était la fille au teint olive qui prétendait descendre des reines d'Egypte même si elle n'était que la fille du charpentier du village, Misri le Colosse, et Himal et Gonwati étaient les filles dénuées d'oreille musicale de Shivshankar Sharga, lequel avait la plus belle voix de la ville. Toutes les quatre répétaient une danse d'une des pièces bhand. On aurait dit qu'elles jouaient des rôles de vachères, ce qui était parfait. Kachhwaha n'y connaissait pas grand-chose en danse mais cette danse n'était que parfum et Boonyi était émeraude. Il se rendait à Pachigam pour discuter avec le panchayat d'importantes et délicates questions concernant les ressources et la subversion mais son désir parla et il demanda au chauffeur de s'arrêter et sortit seul.

Les danseuses s'arrêtèrent et lui firent face. Il se sentit perdu. Il salua. C'était un faux pas. La chose fut mal prise. Il demanda à parler à Boonyi en privé. Sa requête sortit comme un ordre aboyé et ses amies s'égaillèrent comme du verre brisé. Elle lui fit face. Elle était tonnerre et musique. Sa voix à lui puait la merde de chien. Il avait à peine commencé à parler quand elle devina son propos, le vit nu. Les mains du colonel vinrent involontairement couvrir ses parties génitales. Tu es l'*afsar*, dit-elle, Kachhwa Karnail. Il rougit. Il ne savait pas comment ouvrir son cœur L'officier, oui *bibi*. L'officier qui – après une vie passée à attendre – à ériger des barrages – à se contenir – qui souhaite profondément. Qui espère – qui désire le plus ardemment... Il ne dit rien, et elle s'indigna. Es-tu venu pour m'arrêter, demanda-t-elle. Suis-je donc subversive. Faut-il me battre la plante des pieds, m'électrocuter, me violer. Faut-il protéger les gens de ma présence. Est-ce là ce que tu es venu m'offrir. La protection. Son mépris sentait la pluie de printemps. Sa voix pleuvait sur lui comme de l'argent. Non, *bibi*, pas comme ça, dit-il. Mais elle savait déjà la vérité, voyait son désir penaud et bourgeonnant. Va te faire foutre, dit-elle, et elle s'enfuit, dans la forêt, le long du ruisseau, n'importe où mais loin des abords de Pachigam où il se tenait, tandis que les digues s'effondraient autour de son âme.

De retour à Elasticnagar, il laissa la colère s'emparer de lui, et échafauda des plans pour envahir Pachigam. Pachigam allait payer pour l'attitude insultante de Boonyi Kaul, qui avait métaphoriquement giflé son supérieur. Le mouvement de libération était en pleine gestation, et il convenait de l'étouffer dans l'œuf par de fortes mesures préventives. Le Cachemire aux Cachemiriens, quelle idée stupide. Cette petite vallée enclavée avec à peine cinq millions d'habitants voulait contrôler son propre destin. Où vous menait ce genre de réflexion ? Pourquoi pas aussi l'Assam aux Assamiens, le Nagaland aux Nagas ? Et pourquoi s'arrêter là ? Pourquoi les villes ou les villages ne déclaraient-ils pas leur indépendance, ou les rues des villes, ou même les maisons individuelles ? Pourquoi ne pas demander la liberté pour une chambre à coucher, ou appeler ses toilettes une république ? Pourquoi ne pas tracer un cercle autour de vos pieds et appeler ce cercle le Bibistan ? Pachigam était comme tous les autres lieux de cette sournoise vallée. Il y avait là des tendances qu'il avait tolérées bien trop longtemps. Il avait des pistes : des suspects, des cibles. Oh oui. Il allait sacrément réprimer. Et il avait un informateur sûr dans le village, un espion subtil, impitoyable et adroit, qui prenait son petit déjeuner presque tous les jours dans la maison de Boonyi Kaul.

*

Pandit Gopinath Razdan, homme d'une extrême minceur avec un profond sillon entre les sourcils, les gencives rougies d'un accro au *paan*, et l'air de celui qui s'attendait à trouver beaucoup à redire partout où il allait, arriva devant la porte de Boonyi avec des lunettes à monture d'or et une expression coincée, muni d'un attaché-case rempli de textes sanskrits et d'une lettre du ministère de l'Education. Il portait l'habit occidental des villes, une veste en tweed bon marché avec le col relevé contre la brise vive, et un pantalon en flanelle gris avec une tache de café au-dessus du genou droit. C'était un homme jeune, guère plus âgé que le colonel H.S. Kachhwaha, mais qui se mettait en peine pour paraître plus vieux. Ses lèvres étaient pincées, ses yeux plissés, et il s'appuyait sur un parapluie dont au moins une des baleines était cassée. Boonyi le détesta au premier regard et avant qu'il ait détendu son visage osseux, elle lui dit : « Vous devez chercher quelqu'un d'autre ailleurs. Il n'y a rien ici pour vous. » Mais bien sûr il n'en était rien.

« Tout est en règle, soyez rassurée », dit Pandit Gopinath Razdan, en penchant brusquement la tête de côté et en émettant un long jet rouge de jus de bétel et de salive ; et il y avait quelque chose de hautain dans sa voix, quand bien même il s'exprimait avec l'étrange accent de Srinagar qui non seulement omettait les terminaisons de certains mots mais laissait également de temps en temps les syllabes du milieu. *Tout est en règue, soyez rass'rée.* « Je me présente – *je me pré'ente* – à la demande de votre cher père. » Pandit Pyarelal Kaul déboula de la cuisine dans des odeurs d'oignons et d'ail. « Cher cousin, cher cousin, fit Pyarelal, en lançant des regards fuyants à Boonyi. Je ne t'attendais pas avant la semaine prochaine au plus tôt. Je crains que tu n'aies pris ma fille à l'improviste. » Gopinath huma l'air d'un air désapprobateur. « Si j'étais naïf, dit-il de sa voix squelettique, je pourrais croire que c'est d'une cuisine musulmane que tu sors. » *Si jt'étaisi na'f. Cui'ine mu'ulmane.* Boonyi sentit une énorme montée de rire enfler dans ses narines. Puis un grand agacement se dressa en elle et l'envie de rire disparut.

Pyarelal appliqua une claque chaleureuse dans le dos de Gopinath ; sur quoi le citadin tressaillit, on aurait même pu dire qu'il se tassa. « Ha ! Ha ! mon vieux, expliqua le père de Boonyi. Nous sommes tous pêle-même ici à Pachigam. Depuis que j'ai été pris du démon de la cuisine j'ai lentement introduit la cuisine pandit dans le wazwaan – un changement radical, mais d'une grande importance symbolique, je suis sûr que tu en conviendras ! – en ce moment par exemple nous proposons à nos clients le *kabargah* de côtes sans ail, et il y a même des plats avec de l'ase fétide et du lait caillé ! – et comme tout le monde a bien voulu accepter mes innovations, je me suis dit que ce n'était que justice que de commencer à intégrer des oignons et de l'ail dans certains de mes plats, tout comme les aiment nos frères musulmans. » Un léger frisson parcourut le squelette étiolé de Gopinath. « Je vois, dit-il d'une voix faible, que de nombreuses barrières – *de n'breuses ba'ières* – sont tombées ici. De quoi donner à réfléchir – *réflé'ir* – à un homme comme moi. »

Boonyi avait suivi cette conversation avec une impatience et un ahurissement croissants. Et soudain elle explosa : « Réflé'ir, dites-vous ? Papa, qui est cet homme qui vient de la ville et immédiatement se met à réflé'ir à notre sujet ? »

On apprit alors que Gopinath était le nouveau maître d'école. Pyarelal, redoutant la réaction de Boonyi, lui avait dissimulé sa décision de renoncer au rôle traditionnel d'éducateur du pandit pour se consacrer plutôt à la cuisine. Au fil des ans, l'art culinaire avait pris de plus en plus de place dans sa vie. Dans la cuisine où régnait autrefois Pamposh, il se sentait en communion avec sa beauté, sentait leurs âmes se fondre dans les sauces en ébullition, leur joie disparue s'exprimer dans les légumes et la viande. Boonyi s'en rendait parfaitement compte : cuisiner était pour lui une façon de garder Pamposh en vie. Quand ils mangeaient les plats de Pyarelal, ils absorbaient également l'âme de Pamposh. Ce que Boonyi n'avait pas remarqué, en revanche, les enfants ayant besoin que leurs parents restent égaux à eux-mêmes, et du coup ils font moins attention qu'ils ne le devraient aux rêves de leurs aînés, c'était que cuisiner était devenu petit à petit plus qu'une thérapie pour Pyarelal. La cuisine révélait en lui un talent insoupçonné et, dans ce village de comédiens pour qui cuisiner était dorénavant une activité secondaire, sa maîtrise grandissante lui conférait un nouveau rôle central. De plus en plus, quand les habitants de Pachigam se rendaient à un mariage pour préparer le Banquet des Trente-Six Plats Minimum, le travail du pandit était essentiel. Son pulao parfumé au safran était un miracle, ses boulettes de viande gushtaba étaient attendries jusqu'à ce qu'elles aient le moelleux d'une joue de bébé. Les invités à la noce réclamaient à grands cris son *dum aloo*, son poulet aux amandes, son fromage blanc aux tomates parfumé au fenugrec, ses pousses de lotus en sauce, son *korma* aux piments rouges, et la douceur délicieuse et finale du *firni*, et du thé à la cardamome. Les femmes venaient le voir et lui demandaient sournoisement ses recettes pour le wazwaan, sur quoi le pauvre naïf, toujours prêt à rendre service, entreprenait de les leur dévoiler jusqu'à ce que ses aides-cuisiniers lui crient de se taire. Après ça, il mit au point une réponse standard pour toutes les requêtes concernant les secrets de sa sorcellerie culinaire. « Du beurre clarifié, mesdames, disait-il en souriant. Rien d'autre. Utilisez plein, plein de vrai beurre clarifié *asli*. »

Boonyi avait bien sûr conscience de l'importance croissante que prenait dans la vie de son père la préparation des Trente Six Plats Minimum, mais il ne lui était jamais venu à l'esprit que cela le pousserait à un changement de carrière aussi spectaculaire. Gravement déstabilisée, elle perdit complètement la tête. « Si enseigner n'est pas si important que ça pour toi, lança-t-elle au pauvre Pyarelal, alors apprendre n'est pas si important pour moi. Si mon père le grand philosophe veut se transformer en cuisinier tandoori, alors moi aussi je me transformerai en quelque chose. Qui a envie d'être ta fille ? Je préférerais être l'épouse de quelqu'un. »

C'était sa furie qui parlait, cette pulsion incontrôlée que Shalimar le clown avait commencé à redouter. Quand elle vit le visage de Pyarelal se décomposer et les oreilles de Gopinath se dresser, elle regretta aussitôt d'avoir blessé l'homme qui l'avait tant aimée depuis le jour de sa naissance, ainsi que d'en avoir trop dit en présence d'un étranger. Ce qu'elle ignorait c'était que Pandit Gopinath Razdan, le lointain cousin de Pyarelal, était également un agent secret, et qu'on l'avait dépêché à Pachigam pour repérer certains éléments subversifs dans ce village d'artistes – car les artistes étaient naturellement subversifs, après tout. Ses ordres étaient de signaler ses découvertes au colonel H.S. Kachhwaha à Elasticnagar, lequel jugerait de la valeur des renseignements puis déciderait des mesures nécessaires à prendre. Personne à Pachigam ne se doutait que Gopinath avait une identité secrète parce que l'identité qu'il mettait en avant était si insupportable qu'il était impossible de croire qu'il dissimulât un moi encore plus problématique que celui-ci. Les enfants auxquels il faisait la classe avec une rudesse et une sévérité qui était l'exact opposé du gai babillage de Pyarelal le surnommèrent « Batta Rasashud ». *Batta* était un autre terme pour désigner un pandit et la *rasashud* était une herbe extrêmement amère qu'on donnait aux enfants qui avaient des *aam*, autrement dit des vers. Quand il apprit la chose, car les enseignants apprennent toujours les noms grossiers qu'on leur donne, son humeur ne fit que s'aggraver. Il vivait dans une chambre située au-dessus de la salle de classe et le soir les villageois entendaient chez lui toutes sortes de fracas et de jurons, de sorte qu'ils étaient nombreux à soupçonner le coléreux pandit d'être possédé par un démon qui sortait de son corps la nuit et voletait dans tous les coins comme un oiseau pris au piège.

Pyarelal se sentait responsable de son lointain cousin et croyait, naïvement, qu'un peu de camaraderie et de sentiment familial améliorerait le caractère de Gopinath. Boonyi divergeait fortement sur ce point. « Une fois que le lait a tourné, dit-elle, il n'a plus jamais bon goût. » En dépit de ses objections, Pyarelal Kaul assura Gopinath qu'il était toujours le bienvenu à leur table. Ainsi Boonyi devait-elle prendre son petit déjeuner et souvent dîner avec l'espion, ce qui convenait très bien à Gopinath, car l'intérêt que le colonel portait à Boonyi faisait d'elle un sujet de premier ordre dans ses rapports réguliers. Et inévitablement, étant donné l'exceptionnelle proximité dont il jouissait, il ne s'écoula guère de temps avant que le pandit colérique s'amourache lui aussi de Boonyi Kaul. Sa consommation de paan augmenta de façon spectaculaire, mais l'addiction à la noix de bétel ne parvint pas à dissimuler sa nouvelle et profonde dépendance à l'égard d'une fille de quatorze ans. Dans la petite école où il faisait la classe à des enfants de tous les âges dans la même salle, il s'aperçut rapidement que Boonyi Kaul était une élève paresseuse, intelligente mais oisive, dont le peu de goût pour l'éducation était en partie une réaction délibérément anti-intellectuelle au fait qu'elle était la fille d'un père instruit, en partie une façon de protester contre le départ de l'école de Pyarelal, et surtout la conséquence d'une croyance immature, enracinée dans l'image hautement érotisée qu'elle avait d'elle-même, selon laquelle elle savait déjà tout ce qu'il lui faudrait savoir pour pousser les hommes à faire tout ce qu'elle désirait. Il était facile de comprendre pourquoi une fille aussi sûre d'elle sexuellement avait enflammé les passions du pauvre colonel Tortue, mais Gopinath s'était cru fait d'une étoffe plus solide. La rapidité avec laquelle il avait succombé à ses charmes engendra en lui les mêmes sentiments de dégoût qu'il réservait normalement aux malades et aux estropiés. Et les sentiments évidents qu'elle éprouvait pour Noman Sher Noman, qui se faisait appeler Shalimar le clown, écœuraient le maître d'école encore plus que son propre béguin, et le détournaient de son but premier à Pachigam, à savoir la surveillance secrète du frère de Shalimar le clown, le troisième fils d'Abdullah et Firdaus. Gopinath réduisit temporairement sa mission et se concentra sur le quatrième et plus jeune fils du sarpanch, qu'il décida en son for intérieur de détruire.

A l'âge de dix-neuf ans, les deux jumeaux d'Abdullah et Firdaus Noman, Hameed et Mahmood, étaient de jeunes sots doux et grégaires qui n'avaient d'autre intérêt dans la vie que de rire ensemble. En conséquence, ils s'étaient abandonnés avec ravissement aux fictions comiques du bhand pather, et ils étaient tellement absorbés par leur monde imaginaire, tellement occupés à créer des versions burlesques de princes culbuteurs et de dieux maladroits, de géants pleutres et de démons amoureux, que le monde réel perdait pour eux ses attraits, et c'étaient peut-être les seuls Cachemiriens à être indifférents à sa beauté naturelle. Le troisième garçon, Anees, était replié sur lui-même et morose, comme s'il n'attendait guère de bonnes choses dans sa vie. Il faisait les cabrioles de clown qu'on attendait de lui avec un visage impassible et mélancolique qui divisait le public. La plupart des spectateurs réagissaient par l'hilarité devant son air affligé, mais une minorité, inopinément touchés par sa tristesse en un coin d'eux-mêmes qu'ils pensaient à l'abri d'une simple histoire de clown, en un lieu cadenassé dans lequel ils conservaient la propre tristesse de leur vie assiégée, étaient troublés par lui, et soulagés quand il quittait la scène. Alors que son dix-septième anniversaire approchait, Anees commença à faire preuve d'une habileté croissante avec ses mains, créant nonchalamment d'extraordinaires miniatures, des silhouettes découpées dans des chaînes en papier et des créatures fantastiques avec du papier argenté et tordu, récupéré dans les paquets de cigarettes. Il taillait dans le bois de minuscules chefs-d'œuvre, par exemple des hiboux au corps treillagé dans lesquels on pouvait voir d'autres hiboux encore plus petits. Ce fut ce don qui lui valut l'attention du commandant du front de libération du coin, et par une nuit étoilée Anees fut conduit par deux combattants avec des écharpes autour de la tête dans la colline boisée où pourrissait la vieille chaumière de Nazarébaddoor, désormais vide. Là, un homme qu'il ne vit pas lui demanda s'il voulait apprendre à fabriquer des bombes. Entendu, dit Anees en haussant les épaules. Cela signifiait au moins que son existence mélancolique serait de brève durée. Disant cela, il arborait une mine des plus lugubres, et le commandant du front de libération qui se tenait dans l'ombre fut mystérieusement saisi d'une envie de rire, qu'il réussit tant bien que mal à refouler.

Le jour où elle fut dénoncée, Boonyi se trouvait avec ses amies en train de répéter des danses sur les rives de la Muskadoon. « Regarde, dit Zoon, la fille du charpentier, en désignant un affleurement de rocher depuis lequel Gopinath les observait. Mais c'est monsieur Herbe-amère. » L'espion se fraya un chemin entre les rochers, en mâchant son paan, son parapluie choquant la pierre, et Boonyi perça soudain à jour son attitude de vieux schnock. « Finalement, ce n'est pas un petit nul ronchon, mais un homme très dangereux », se dit-elle, mais il était trop tard. Gopinath avait déjà vu tout ce qu'il voulait voir. Il avait suivi Shalimar le clown et Boonyi jusque dans les bosquets et les prés éclairés par la lune. Un film tourné en huit millimètres avait été développé et des photos avaient été prises aussi. Ils n'avaient jamais soupçonné sa présence, n'avaient jamais entendu le bruit de ses pas. Lui, par contraste, en avait vu plus qu'assez. Il se campa devant Boonyi, cracha son jus de bétel et jeta son masque. Son corps se raidit, sa voix s'affermit et son visage changea – son front plissé se lissa de lui-même, son expression ne fut plus sévère et pincée mais calme et autoritaire, et il n'avait visiblement pas besoin de ses lunettes (qu'il enleva donc) ; il paraissait plus jeune et plus menaçant, un homme qu'il valait mieux ne pas contrarier. « Ce garçon est un bon à rien – pas digne de toi, dit-il, haut et fort. Et les choses sales que tu as faites avec lui sont indignes d'une fille convenable. » *In'ignes, conv'nables.* L'accent au moins était authentique. Zoon, Gonwati et Himal se figèrent, à la fois curieuse et horrifiées. « Tu vas m'en vouloir sur le moment, continua l'espion, mais plus tard, quand nous serons mariés, tu seras sûrement contente d'avoir à tes côtés un homme doté d'un vrai courage, et non un jeune débauché. » La fille secoua la tête d'un air incrédule. « Qu'as-tu fait ? demanda-t-elle. – J'ai mis fin au péché », répondit l'espion. Les pensées de Boonyi s'emballèrent. Ses amies avaient formé un cercle autour d'elle et pressaient leurs corps contre le sien, dressant une muraille contre l'agression étrangère. La catastrophe était imminente.

« Le panchayat se réunit en ce moment même en séance exceptionnelle, afin d'examiner les preuves que je lui ai apportées, dit Gopinath. Le sarpanch, ton père et les autres décideront bientôt de ton sort. Tu t'es déshonorée, bien sûr, ton visage est terni et ton nom est souillé, et tu es la seule responsable ; je leur ai fait savoir que j'étais prêt néanmoins à rétablir ton honneur en t'épousant. Quel choix a ton père ? Quel autre homme se montrerait aussi généreux envers une femme déchue ? Repens-toi maintenant et tu me remercieras plus tard, quand tu auras recouvré la raison. C'en est fini de ton amant, bien sûr, il sera à jamais considéré comme un lâche et un voyou, mais je lui fais la nique comme tu devrais le faire – comme tu le feras, quand tu accepteras ton seul destin possible, à savoir ta vie inévitable avec moi. »

Repens-toi et rem'cie-moi quand tu au'as ret'vé ta raï'on. C'était une incroyable demande en mariage et, sur ce, le nouveau Gopinath n'attendit pas la réponse de sa bien-aimée, mais s'éloigna le long de la Muskadoon pour aller s'asseoir une centaine de mètres plus loin, en faisant mine de n'être pour rien dans tout cela. En réalité, il savait que ça allait chauffer pour lui avec ses supérieurs, car il avait dévoilé ses talents d'espion à tout Pachigam et était devenu du même coup l'homme le plus détesté du village. Ses objectifs secrets étant connus, il allait devoir quitter immédiatement son poste d'enseignant et le village et les autorités auraient du mal à implanter un second agent dans une communauté qui se méfierait désormais des traîtres et espions éventuels. Gopinath avait tout misé sur Boonyi, il était prêt à sacrifier sa carrière secrète afin de capturer une épouse qui ne lui rendrait jamais son amour et même le détesterait pour l'avoir marquée au fer rouge de la honte et avoir brisé ses rêves d'amour. Il scruta les eaux vives et médita sur la tragédie du désir.

Un vent de calamité souffla bientôt sur le village. Les vergers, les champs de safran et les rizières furent désertés car ceux qui s'en occupaient habituellement posèrent leurs outils et se réunirent devant la demeure des Noman où siégeait le panchayat. Aucun plat ne fut préparé dans les cuisines des villageois cet après-midi-là. Les enfants couraient pieds nus ici et là, en colportant gaiement des rumeurs infondées où il était question de bannissement et de suicide. Bras dessus bras dessous, Boonyi et ses trois amies formaient un cercle d'où s'échappaient constamment de longs gémissements et des sanglots d'inquiétude. Même les animaux avaient deviné que quelque chose n'allait pas ; les chèvres et les vaches, les chiens et les oies faisaient preuve du genre d'agitation instinctive ou prémonitoire qu'on remarque parfois dans les heures qui précèdent un tremblement de terre. Les abeilles piquaient les apiculteurs avec une férocité inhabituelle. L'air lui-même semblait chatoyer d'inquiétude et un grondement résonnait dans le ciel vide. Firdaus Noman courut chercher Boonyi, d'une démarche disgracieuse et maladroite, en haletant fort et en injuriant le judas Gopinath qui était toujours assis calmement sur la rive. « Furoncle ! cria-t-elle. Pied fourchu ! Derrière nauséabond ! Petit pénis ! *Brinjal* séché ! » L'objet de sa colère, le *zaharbad*, le *pedar*, le propriétaire d'un *mandal* nauséabond, le petit *kuchur*, le *wangan hachi*, ne se retourna ni ne tressaillit. « *Wattal-nath Gopinath !* » hurla Firdaus – autrement dit, mesquin, louche, dégradé Gopinath – et les amies de Boonyi rompirent leur cercle pour reprendre la litanie. « Wattal-nath Gopinath ! Gopinath Wattal-nath ! » Le cri résonna un peu partout, repris par les enfants, jusqu'à ce que tout le village, dont presque tous les habitants se trouvaient désormais devant la maison du sarpanch, crie : « Wattal-nath Gopinath ! Petit pénis, derrière nauséabond, brinjal séché, pied fourchu ! Gopinath Wattal-nath, va-t'en ! »

« Et toi aussi va au diable, dit Firdaus à Boonyi sur le ton de la conversation. Allez, stupide enfant obsédée. Je te ramène à la maison de ton père et tu y resteras jusqu'à ce que ce qui doit être fait soit fait et que ton sort soit connu. » « Nous venons aussi, s'écrièrent Zoon, Himal et Gonwati. Firdaus haussa les épaules. – Ça vous regarde. Mais je vais vous enfermer toutes les quatre, misérables. » Boonyi ne discuta pas et se rendit chez elle, chaperonnée par la mère furieuse de son bien-aimé. « Où est Noman ? demanda-t-elle à Firdaus d'une faible voix. – Tais-toi, répondit tout fort Firdaus. Ça ne te regarde pas. » Puis à voix basse elle ajouta rapidement : « Ses frères l'ont emmené à Khelmarg, pour l'empêcher de trancher la grosse tête de Pandit Gopinath Razdan. » Boonyi répondit avec plus de chaleur, et assurément plus d'obscénité, que ne l'autorisait la situation. « De toute façon, ils ne devraient pas m'obliger à épouser ce serpent. Dès qu'il dormira je lui trancherai son kuchur et le lui fourrerai dans sa méchante petite bouche. » Firdaus lui flanqua une gifle. « Tu feras ce qu'on te dit, lança-t-elle. Et c'était pour tes gros mots, que je ne tolérerai pas. » Confrontées à la fureur incandescente de Firdaus Noman, ni Boonyi ni ses amies n'osèrent lui rappeler qui avait prononcé en premier les gros mots entendus aujourd'hui.

Quand elles furent dans la maison de Boonyi, Firdaus cessa de feindre la colère et prépara du thé rose et salé pour les filles. « Ce garçon t'aime, dit-elle à Boonyi, et bien que tu te sois comportée comme une répugnante souillon, son amour m'importe. » Une heure plus tard, un garçon vint frapper à leur porte pour leur annoncer que le panchayat avait pris sa décision et que leur présence était requise. « Nous venons aussi », dirent de nouveau Himal, Gonwati et Zoon, et de nouveau Firdaus n'éleva aucune objection. Elles se hâtèrent jusqu'aux marches de la résidence du sarpanch où les membres du panchayat se tenaient, le visage empreint de solennité. Shalimar le clown était présent, en compagnie de ses frères, et le cœur de Boonyi battit la chamade quand elle le vit. Il y avait sur son front une ombre assassine qu'elle n'avait encore jamais vue. Cela l'effraya et, pire, cela le rendit peu séduisant à ses yeux pour la première fois de sa vie. Tous les villageois étaient réunis autour de ce petit tableau et, quand ils virent Firdaus s'approcher avec Boonyi et ses amies, le silence se fit. Pandit Pyarelal se tenait aux côtés d'Abdullah Noman et les visages des deux pères étaient on ne peut plus rébarbatifs. « Mon compte est bon, songea Boonyi. Ils vont me livrer à ce salaud qui campe près de la rivière comme un poisson mort et qui attend qu'on m'apporte à lui sur un plateau – moi, Boonyi Kaul, qu'il n'aurait sans cela jamais pu avoir. »

Elle se trompait. Abdullah Noman le sarpanch parla le premier, suivi par Pyarelal. Les trois autres membres du panchayat, Misri le Colosse charpentier, Sharga le chanteur, et le fragile maître de danse Habib Joo, firent également de brèves remarques, et leur verdict fut unanime. Les amants étaient leurs enfants et avaient besoin de leur soutien. Leur comportement appelait un blâme sévère – il avait été licencieux, grossier et plein d'inconvenances qui étaient une déception pour leurs parents – mais c'étaient de bons enfants, comme tout le monde le savait. Abdullah parla alors du *kashmiriyat*, la kashmiritude, le fait qu'au cœur de la culture cachemirienne gisait un fonds commun qui transcendait toutes les différences. La plupart des villages bhands étaient musulmans mais Pachigam était mixte, avec des familles d'origine pandit, les Kaul les Misri, et la famille à long nez du baryton – *sharga* étant un surnom du coin pour ceux dont l'appendice nasal était long – et même une famille de danseurs juifs. « Aussi avons-nous non seulement la kashmiritude pour nous protéger, mais aussi la pachigamitude. Nous sommes tous frères et sœurs ici, dit Abdullah. Il n'y a pas de problème hindou-musulman. Deux jeunes Cachemiriens – deux Pachigamis – souhaitent se marier, c'est tout. Un mariage d'amour convient aux deux familles et donc il y aura mariage ; les coutumes hindous et musulmanes seront toutes les deux respectées. » Quand ce fut son tour, Pyarelal ajouta : « Défendre leur amour c'est défendre ce qu'il y a de mieux en nous. » La foule poussa des hourras et Shalimar le clown eut un large sourire de joie incrédule. Firdaus s'approcha d'Abdullah et lui murmura : « Si tu avais pris une autre décision je t'aurais chassé de mon lit. » (Plus tard ce soir-là, alors qu'ils étaient couchés dans ce même lit, elle se montra d'une humeur plus pensive. « Les temps changent, dit-elle doucement. Nos enfants ne sont pas comme nous. Nous avons été une génération simple et honnête, les deux mains sur la table à la vue de tous et à tout moment. Mais ces jeunes-là sont plus retors, il y a des ombres à la surface et des secrets en dessous, et ils ne sont pas toujours ce qu'ils ont l'air d'être, peut-être pas toujours même ce qu'ils croient être. Je pense que c'est inévitable, car ils vont vivre des temps plus trompeurs que ceux que nous avons pu connaître. »)

Deux membres du panchayat, Misri le charpentier et Sharga le baryton, les deux hommes les plus grands et, avec le sarpanch, les plus costauds de Pachigam, furent dépêchés sur les rives de la Muskadoon pour chasser Gopinath Razdan du village – Abdullah le sarpanch, redoutant les débordements, interdit à ses fils enragés de participer à l'éviction – mais le temps que les deux hommes arrivent à la rivière, l'espion s'était déjà éclipsé, et on ne le revit jamais à Pachigam. Six mois plus tard, passé une période de disgrâce professionnelle, on lui confia de nouvelles tâches dans le village de Pahalgam, et un beau matin on le retrouva mort dans la prairie de Baisaran. Une bombe artisanale lui avait arraché les jambes et un unique coup de lame avait détaché sa tête de son corps. Le meurtre ne fut jamais résolu, et aucun indice ne permit de remonter à qui que ce fût dans le village de comédiens. L'enquête finit par s'essouffler d'elle-même et on referma le dossier officiel. Mais le colonel H.S. Kachhwaha nourrissait de forts soupçons, et sa frustration augmenta. Non seulement il avait été insulté par Boonyi Kaul, mais l'échec de la mission de son espion ne lui avait donné aucune bribe de prétexte pour la « descente musclée » qu'il prévoyait sur Pachigam. Les couleurs de son monde continuèrent de s'assombrir, et il décida que le village de comédiens méritait toujours sa plus grande attention, une décision dont les conséquences à moyen et long terme seraient graves.

Toutefois, après le départ de l'espion, l'humeur fut à la célébration. Pandit Pyarelal Kaul accepta de réintégrer son poste d'enseignant, endossant le double fardeau de l'éducation et de la gastronomie aussi longtemps qu'il en aurait la force ; et les préparatifs pour les noces de Boonyi et Shalimar le clown commencèrent. Mais les détails de la noce se révélèrent plus problématiques qu'Abdullah, avec son projet d'une cérémonie idéaliste et plurireligieuse, ne l'avait prévu. La raison en était la présence des familles. Venus de Poonch, de Baramulla, de Sonamarg, de Tangmarg, de Chhamb, d'Aru, d'Uri, d'Udhampur, de Kishtwar, de Riasi, du Jammu, les deux clans se réunirent ; tantes, cousins, oncles, autres cousins, grands-tantes, grands-oncles, neveux, nièces, encore des cousins, et pièces rapportées convergèrent sur Pachigam jusqu'à ce que toutes les maisons du village fussent bondées et que de nombreux autres membres des familles dussent dormir sous les arbres fruitiers et s'en remettre à la chance pour ce qui était de la pluie et des serpents. Presque tous les nouveaux arrivants avaient des idées précises sur la façon de s'y prendre, et une bonne partie affichait ouvertement son mépris pour le projet œcuménique du sarpanch. « Quoi, elle refuse de se convertir à l'islam ? » demandèrent les sceptiques du côté du promis, et ceux de la promise rétorquèrent : « Quoi, on servira de la viande au banquet ? » Partout dans le village et dans les champs et les prés environnants, la discussion faisait rage. La seule chose admise de façon unanime était que la traditionnelle cérémonie musulmane thap, quand le jeune couple se présentait dans un endroit public pour décider s'ils voulaient conclure le mariage, était inutile. « Ils se sont thapés depuis longtemps », fit la mauvaise langue d'une tante, et des rires fusèrent chez les malicieux oncles, cousins, grands-tantes, grands-oncles, autres cousins et cetera.

Puis vint la dispute concernant les cérémonies livun des hindous ; d'après les Kaul, les maisons des deux familles devraient être purifiées rituellement. « Laissons les Kaul purifier leur demeure idolâtre s'ils en ont besoin, déclara une intransigeante mémé musulmane, mais notre maison à nous est déjà impeccablement pure. » Personne ne s'opposa aux nombreux banquets wazwaan, bien sûr, et les controverses végétarien/non-végétarien furent résolues avec une relative facilité quand Pandit Pyarelal Kaul, en dépit de son amour éternel pour la viande, accepta d'en bannir toute trace de sa cuisine, tandis que les Noman, qui avaient construit un nouveau four wuri de briques et de boue dans leur jardin, proposèrent des menus quotidiens qui étaient des régals pour carnivore. Au cours du mariage, il fut admis, après moult négociations, que des groupes distincts de cuisiniers s'occuperaient des deux styles de plats, poulet à gauche, lotus à droite, viande de chèvre d'un côté, fromage de chèvre de l'autre. Le choix des musiques, lui aussi, fut arrêté sans trop de disputes. Le *santoor*, la *sarangi*, le *rabab*, l'harmonium étaient des instruments non confessionnels, après tout. Des chanteurs et des musiciens *bachkot* professionnels furent engagés et on leur demanda d'alterner les *bhajans* hindous et les hymnes soufi.

La question des vêtements de la mariée fut autrement plus épineuse. « Naturellement, dit le clan du marié, quand le *yenvool*, le cortège nuptial, arrivera devant la maison de la mariée, nous nous attendons à être accueillis par une fille en *lehenga* rouge, et plus tard, quand elle aura été baignée par les

femmes de sa famille, elle portera un *shalwar-kameez*.
– Absurde, rétorquèrent les Kaul. Elle portera un phiran tout comme nos autres mariées, brodé au col et aux manches. Sur sa tête se trouvera le couvre-chef *tarang* amidonné et parcheminé, et la large ceinture *haligandun* serrera sa taille. » Cette impasse dura trois jours jusqu'à ce qu'Abdullah et Pyarelal décrètent que la mariée porterait bel et bien le costume traditionnel, mais qu'il en irait de même pour Shalimar le clown. Pas de phiran en tweed pour lui ! Pas de turban à plume de paon ! Il porterait un élégant *sherwani* et un *topi karakuli* sur la tête et voilà tout. Une fois que la question vestimentaire fut réglée, la cérémonie *mehndi*, une coutume commune, fut rapidement établie. Puis vint la question du mariage lui-même et à ce stade l'entente cordiale manqua capoter. Pour de nombreuses oreilles musulmanes, les suggestions de l'autre camp étaient consternantes. Soufflez dans un coquillage si ça vous chante, s'écrièrent les tantes, grandes-tantes et les cousins islamiques, échangez tous les cadeaux de muscade que vous désirez, mais un *purohit*, un prêtre, pour accomplir le *puja* devant des idoles ? Feu sacré, lien sacré ? Les nouveaux mariés, traités comme Shiva et Parvati et adorés comme tels ? Hai-hai ! Une telle superstition était inacceptable. Les Kaul se retirèrent, indignés et furieux. Tout dialogue entre les deux maisons cessa. « Les familles, soupira une Firdaus Noman désespérée, sont la cause bornée et inférieure de tout le mécontentement sur terre. »

Ce soir-là, la lune fut pleine. Pachigam s'était divisé en deux camps, et de longues années d'harmonie collective furent menacées. Puis, sur un coup de tête, le baryton Shivshankar Sharga sortit dans la grand-rue et commença à chanter des chansons d'amour, des chansons qui parlaient de la tendresse des dieux pour les hommes, et des hommes pour les dieux, des chansons qui parlaient de l'amour entre pères et filles, mères et fils, des chansons d'amour partagé et non retourné, courtois et passionné, sacré et profane. Ses filles Himal et Gonwati, le duo dépourvu d'oreille musicale, restèrent à ses pieds avec ordre strict de ne pas ouvrir la bouche même si la musique les émouvait. Quand il commença à chanter, le village était encore la proie de la mauvaise humeur, et l'on entendit des cris tels que « Tais-toi, on essaie de dormir » et « Personne n'est d'humeur à entendre ces maudites rengaines sentimentales ». Mais lentement sa voix fit son effet magique. Des portes s'ouvrirent, des lampes s'allumèrent, des dormeurs quittèrent les champs. Abdullah et Pyarelal se retrouvèrent devant le chanteur et s'étreignirent. « Nous aurons deux jours de mariage, dit Abdullah. D'abord nous ferons tout à votre façon et ensuite nous ferons tout de nouveau à la façon qui est la nôtre. » Une tante acariâtre lança : « Pourquoi eux en premier ? » mais son cri mesquin fut rapidement suivi d'un gargouillement étouffé alors que son mari posait sa main sur sa bouche malveillante et l'entraînait vers le lit.

Tout était arrangé. Pandit Pyarelal Kaul déterra la boîte en aluminium contenant les bijoux de mariage de son épouse – il les avait enterrés dans le jardin peu après sa mort – et les apporta à Boonyi qui ne dormait pas. « Voici tout ce qu'il reste d'elle, dit-il à sa fille. Ces bijoux dans cette boîte et le magnifique bijou qui se trouve dans ce lit. » Il posa la boîte sur les draps, l'embrassa sur la joue et s'en alla. Boonyi resta tout éveillée à fixer furieusement le plafond nocturne, elle aurait voulu que les murs de la maison se dissolvent afin qu'elle puisse s'élever dans le ciel étoilé et s'enfuir. Car à l'instant précis où le village avait décidé de les protéger, elle et Shalimar le clown, de les défendre en les obligeant à se marier, les condamnant du coup à une peine de prison à vie, Boonyi avait été envahie par un sentiment claustrophobique et avait vu clairement ce qu'elle avait été trop profondément amoureuse de Shalimar le clown pour comprendre auparavant, à savoir que cette vie d'épouse, cette vie de village, cette vie avec son père déblatérant au bord de la Muskadoon et ses amies dansant leur danse gopi, cette vie avec tous ces gens parmi lesquels elle avait passé chacune de ses journées, était loin de lui suffire, loin de satisfaire sa faim, son désir vorace de quelque chose qu'elle ne pouvait pas encore nommer, et qu'en vieillissant l'insuffisance de sa vie ne ferait qu'augmenter et devenir plus douloureuse.

Elle sut alors qu'elle ferait n'importe quoi pour quitter Pachigam, qu'elle passerait chaque moment de chaque journée à guetter une occasion, et quand celle-ci se présenterait elle n'hésiterait pas à la saisir, elle agirait plus vite que la fortune, ce feu follet insaisissable, parce que si vous aperceviez une force magique – une fée, un djinn, une bribe de chance unique entre toutes – et si vous l'immobilisiez au sol, elle vous accordait ce que désirait votre cœur ; elle prononcerait alors son vœu : *Emmène-moi loin d'ici, loin de mon père, loin de cette mort lente et de cette vie plus lente encore, loin de Shalimar le clown.*

*

Deux ans plus tard, un homme émacié avec une longue barbe en bataille, de beaux yeux pâles qui semblaient voir à travers ce monde jusque dans le suivant, et dont la peau avait la couleur du métal rouillé, apparut soudain dans le village de Shirmal, vêtu d'un long manteau en laine élimé et d'un turban noir noué négligemment, avec toutes ses affaires terrestres dans un balluchon comme ceux qu'en portent les vagabonds, et il commença à prêcher les feux de l'enfer et la damnation. Il s'exprimait avec rudesse, comme un étranger, comme quelqu'un qui n'a pas du tout l'habitude de parler. Les mots semblaient arrachés de sa gorge comme des lambeaux de peau à vif, lui causant une grande douleur physique. Les Shirmalis, comme tous les habitants de la vallée, n'avaient pas l'habitude des prêcheurs mélodramatiques de ce genre, mais ils décidèrent de l'écouter, à cause des légendes qui circulaient à cette époque sur les mollahs d'acier.

Les Cachemiriens aimaient les saints en tout genre. Quelques saints bénéficiaient même d'associations militaires, comme le Bibi Lalla ou Lalla Maj, la fille du commandant des armées du Cachemire au quatorzième siècle. De nombreux saints faisaient des miracles. L'histoire qui circulait le plus était à la fois militaire et miraculeuse. L'armée indienne avait déversé du matériel de guerre de toutes sortes dans la vallée, et partout des entrepôts de ferrailleurs apparurent, défigurant la beauté virginale de la vallée, comme de petites chaînes montagneuses composées de tuyaux d'échappement de camion en panne, d'armes enrayées, et de chenilles de chars cassées. Puis un jour, par la grâce de Dieu, la ferraille se mit à remuer. Elle s'anima et prit forme humaine. Les hommes qui naquirent miraculeusement de ces métaux guerriers rouillés, qui s'avancèrent dans la vallée pour prêcher la résistance et la vengeance, étaient des saints d'un genre entièrement nouveau. C'étaient les mollahs d'acier. On disait que si vous osiez cogner sur leur corps vous entendiez un tintement métallique et creux. Parce qu'ils étaient faits d'armure on ne pouvait les abattre mais ils étaient trop lourds pour nager et s'ils tombaient dans l'eau ils se noyaient. Leur haleine était brûlante et enfumée, comme des pneus calcinés, ou le souffle des dragons. Il convenait de les honorer, de les redouter et de leur obéir.

Ce jour-là à Shirmal, Bombur Yambarzal, le vasta waza, fut le seul homme à oser interrompre la tirade du prêcheur mendiant. Il fit face au *faqir* étranger et lui demanda son nom et son métier. « Mon métier est le métier de Dieu », répondit l'homme. Au cours de ce premier échange, le nouveau venu ne se montra guère disposé à décliner la moindre identité. Finalement, sous l'insistance de Bombur, il dit : « Appelez-moi Bulbul Shah. » Bulbul Shah, et ça même Bombur le savait, était un saint légendaire qui était venu au Cachemire au quatorzième siècle (à l'époque de Bibi Lalla). C'était un soufi de l'ordre des Suhrawardy du nom de Syed Sharafuddin Abdul Rehman, appelé Bilal d'après le muezzin du Prophète – un titre honorifique qui s'était altéré en « Bulbul », ou rossignol. Ses origines étaient contestées. Il venait peut-être du Tamkastan, dans l'ancien Iran, ou de Bagdad, ou, plus probablement, du Turkestan ; c'était peut-être un réfugié fuyant les Mongols, ou peut-être pas. Toutefois, le fait est qu'il réussit à convertir à l'islam l'usurpateur ladakhi Rinchin ou Renchan ou Rencana, qui s'était emparé du trône du Cachemire en 1320, et entama le processus de conversions par lequel le Cachemire devint un Etat musulman. Quoi qu'il en soit, il était mort depuis six cents ans, et ne se trouvait certainement pas devant Yambarzal à dégager une odeur d'haleine de dragon.

« Balivernes, dit Bombur au vagabond de son air habituellement hautain. Dégage de là. Nous ne voulons pas d'ennuis, et toi, qui te tiens là au milieu de notre petit village à pérorer à tue-tête sur les châtiments de l'enfer – tu m'as tout l'air d'un sacré ennui. – Il existe de grands infidèles, répondit calmement l'inconnu, qui nient Dieu et son prophète ; et puis il existe de petits infidèles comme toi, dans le ventre duquel la chaleur de la foi s'est depuis longtemps éteinte, qui prennent à tort la tolérance pour une vertu et l'harmonie pour la paix. Tu dois me laisser rester ou me tuer, je te laisse le choix. Mais comprends bien ceci : je suis le soufflet qui ranimera votre feu. »

« Bien sûr que nous ne te tuerons pas, dit Yambarzal, déconcerté. Pour qui nous prends-tu ? – Pour des mauviettes », répondit l'étranger de sa voix rauque et inquiétante. Bombur s'empourpra et interpella la foule grandissante. « Donnez un peu de nourriture à ce mendiant et il s'en ira très vite. » C'était le sous-estimer. La prétendue réincarnation de Bulbul Shah avait l'intention de rester, et nombreux étaient ceux qui désiraient entendre ce qu'il avait à leur dire, d'autant plus qu'en réponse à la remarque dédaigneuse de Yambarzal il ôta son turban, serra son poing droit et choqua vivement ses phalanges sur le dôme chauve de son crâne. Toutes les personnes présentes entendirent le tintement métallique et sec, et de nombreuses femmes et plusieurs hommes se mirent aussitôt à genoux.

Après ça, il y eut un nouveau pouvoir à Shirmal. Le mollah d'acier fut hébergé dans plusieurs maisons, et au bout d'une année le caractère du village avait changé, et les cuisiniers dans le cœur desquels crépitaient de nouvelles passions s'étaient regroupés afin de construire une mosquée pour cet influent Bulbul. Le mollah d'acier ne parla jamais de ses origines, ne précisa jamais dans quel séminaire ou aux pieds de quel maître il avait reçu son enseignement religieux ; de fait, il ne parla jamais de sa vie avant qu'il arrive à Shirmal et change tout à tout jamais. Il permit même aux enfants du village de le rebaptiser. L'amour des Cachemiriens pour les surnoms et leur penchant pour la franchise candide firent que les enfants le surnommèrent bientôt « Bulbul Fakh », Bulbul nauséabond, en raison de son odeur sulfureuse. Il devint donc Maulana Bulbul Fakh, acceptant ce nom sans hésiter, comme s'il était juste venu en ce monde, à la fois innocent et féroce, créé particulièrement pour ce village, et les villageois avaient le droit de l'appeler comme bon leur chantait, comme des parents qui donnent un nom à un nouveau-né.

Les relations entre Shirmal et Pachigam avaient été bonnes depuis que Bombur Yambarzal et Abdullah Noman s'étaient étreints la nuit de la débâcle du Shalimar Bagh. Leurs parties de pêche avaient repris, et lorsqu'un client aux ressources suffisantes commandait la version exceptionnelle du wazwaan, le « super-wazwaan » ou Banquet des Soixante Plats Maximum, les deux villages mettaient en commun leurs ressources et coopéraient. Abdullah offrit même d'envoyer quelques-uns des siens pour donner aux Shirmalis des leçons d'art dramatique s'ils voulaient continuer à proposer leurs services de fournisseurs de théâtre ambulants, mais Yambarzal déclina l'offre, allant jusqu'à dénigrer leur propre talent. « Nous ne pouvons faire comme si nous étions ce que nous ne sommes pas, dit-il, aussi resterons-nous ce que nous sommes. » Il y avait quelque chose d'un peu équivoque dans ce compliment mais Abdullah décida de ne pas le relever, en partie parce que c'était une belle journée et que les poissons bondissaient, et en partie parce qu'il avait fini par comprendre que Yambarzal n'était guère plus nerveux ou égotiste que de nombreux artistes – y compris certains de sa propre troupe d'acteurs – mais était indubitablement expert ès gaffes. Mais il est vrai que Bombur s'adoucissait. Récemment, il était même parvenu à louer « ton nouveau pandit waza » pour « avoir le goût au bout des doigts », ce qui était un compliment si élevé que quand Abdullah le répéta à Pyarelal, le pandit ne put s'empêcher de rougir de fierté.

Les deux villages étaient toujours rivaux dans la course au banquet, aussi demeurait-il quelque tension, et il arrivait que des paroles acérées fussent parfois prononcées. Dans ses pires moments, Bombur Yambarzal reprochait encore à Abdullah Noman d'avoir détourné une partie des revenus du wazwaan dont dépendaient le bien-être économique de Shirmal et son niveau de vie à lui, Bombur. « Sans Pachigam et ce cuisinier hindou, murmurait la voix de la malveillance dans son oreille, tu serais de nouveau le vasta waza incontesté et ce serait toi, et non Bulbul Fakh, le maître indiscuté de Shirmal. » Le déclin général des occasions festives avait durement atteint Pachigam et Shirmal. Les Cachemiriens avaient nettement moins envie de faire la fête à cette époque. Il y avait des semaines, voire des mois où Abdullah Noman se disait que les jours du bandh pather étaient comptés, que personne ne voulait plus des traditionnelles histoires de clowns, et qu'il serait impossible de rivaliser avec les camions qui allaient jusque dans les villes et les villages les plus reculés, avec à leur bord des projecteurs, des écrans et les bobines des films les plus récents. De la même façon, Bombur Yambarzal redoutait que la gourmandise cachemirienne ne soit pas transmise à la nouvelle génération. Mais si les intervalles entre les représentations s'allongeaient, les réservations pour les pièces de théâtre bhand de Pachigam continuaient d'affluer ; et, quant aux immenses banquets, ils étaient encore recherchés. Même l'armée indienne ne pouvait empêcher des familles d'arranger des mariages, et il y avait également de temps en temps un mariage d'amour, puisqu'on était dans les années soixante, après tout, et donc, grâce à l'obstination optimiste de la race humaine en général à célébrer des unions, même dans les périodes difficiles, et grâce à l'espoir tenace des Cachemiriens qui tenaient à ce que lesdits mariages fussent célébrés par une semaine de gigantesque gloutonnerie, quiconque était affecté au Banquet des Trente-Six Plats Minimum était pour l'instant à l'abri de la misère. Toutefois, dix-huit mois après l'apparition de Bulbul Fakh le mollah d'acier, dix-sept années de coopération à peu près harmonieuse entre Shirmal et Pachigam connurent une fin laide et abrupte.

L'été 65 fut une mauvaise saison. L'Inde et le Pakistan s'étaient déjà livré bataille, brièvement, dans le Rann de Kutch tout au sud, mais à présent on ne parlait plus que de la guerre au Cachemire. On entendait le grondement des convois et celui, plus distant, des avions à réaction. Des menaces fusaient – *nous répondrons à la force par une force supérieure !* – qui trouvaient aussitôt une réplique – *aucune agression ne sera tolérée ni ne pourra réussir !* Il y avait dans l'air des martèlements, des hurlements, des nuages noirs. Dans les cours de récréation, les enfants prenaient des poses, menaçaient, attaquaient, défendaient, prenaient la fuite. Cette saison-là, la peur fut la récolte la plus abondante. Elle pendait aux branches des arbres à la place des pommes et des pêches, et les abeilles fabriquaient de la peur et non du miel. Dans les rizières, la peur poussait, dense, sous la surface des eaux basses, et dans les champs de safran, la peur étranglait les plantes délicates tel du liseron. La peur bouchait les rivières comme de la jacinthe d'eau, et les moutons et les chèvres dans les hauts pâturages mouraient sans raison apparente. Le travail se faisait rare pour les comédiens comme pour les cuisiniers. La terreur décimait le bétail, comme la peste.

La nouvelle mosquée construite pour Bulbul Fakh à Shirmal était un édifice assez modeste. Le toit était en bois et les murs en terre chaulée. Il y avait deux pièces simples sans fenêtre dans le fond, là où il vivait désormais. Aucune disposition n'avait été prise pour que les femmes assistent à la prière. Le seul détail marquant trônait dans la salle principale de la mosquée, où, en l'honneur de Bulbul Fakh, avait été érigée une chaire en ferraille à l'aspect effrayant, avec une batterie de phares de camion (qui ne marchaient pas), des ailes froissées de voiture qui se dressaient en l'air comme des cornes, et une grille de radiateur édenté. Le sol était recouvert plus traditionnellement de tapis numdah. Fin août – c'était un vendredi –, le mollah d'acier monta dans son inquiétante chaire et fit sa propre déclaration de guerre. « Il y a l'ennemi du dehors, déclara-t-il de sa voix froide et rouillée, et puis il y a l'ennemi qui se cache parmi nous. » L'ennemi intérieur c'était Pachigam, un village dégénéré où, en dépit d'une majorité musulmane importante parmi les habitants, un seul membre du panchayat était de la vraie foi, tandis que trois anciens attitrés – trois ! – étaient des idolâtres, et le cinquième un juif. En outre, un hindou avait été nommé chef waza du wazwaan, et avait commencé à utiliser du lait caillé dans les plats. Et surtout – ô preuve définitive et irréfutable de la perfidie morale de Pachigam ! – il y avait le soutien sincère apporté par le village à la liaison impudique, lascive, putassière, débauchée, impie, idolâtre, qui durait depuis quatre ans entre Bhoomi Kaul, plus connue sous le nom de Boonyi, et Noman Sher Noman, alias Shalimar le clown.

A Elasticnagar, le colonel Kachhwaha entendit bientôt parler du sermon. Un tel sermon était pire qu'indécent. Il était séditieux. Un tel sermon appelait la riposte la plus sévère : une arrestation, une peine de prison de sept ans minimum. Le colonel Kachhwaha avait eu vent des histoires absurdes concernant les prétendus mollahs d'acier et ces récits avaient besoin d'être cognés sur la tête, et au diable ces sons creux et métalliques. Ce Fakh n'était pas un miracle mais un homme et il convenait de lui rabattre le caquet. Ce Fakh était une saloperie de communautariste propakistanais qui osait parler dans son prêche d'ennemis au sein de l'Etat alors que lui-même était l'incarnation de ce péril. Oui, des mesures énergiques étaient nécessaires. Une poigne de fer contre un prêtre d'acier. Absolument. Et pourtant, et pourtant.

Le Hammirdev Kachhwaha d'août 1965 était une personne très différente du benêt taiseux qui avait laissé Boonyi Kaul le narguer de façon aussi scandaleuse quatre ans plus tôt : d'un côté il était un commandant chevronné, préparant avidement la bataille, et d'un autre côté il était la proie de troubles mnémoniques et sensoriels qui s'aggravaient. Son père était décédé, aussi n'incombait-il plus au fils de mourir pour mériter l'approbation parentale. Le jour d'automne 1963 où il apprit le décès de Nagabhat Kachhwaha, le colonel Tortue ôta les boucles dorées de l'humiliation, demanda à son chauffeur de le conduire jusqu'au Bund de Srinagar, se tint le dos tourné aux grands magasins de la ville, Jean Bon Marché, Moïse-Souffrant et Subhana le Pire, et jeta les bandeaux scintillants loin dans les eaux brunes et boueuses de la Jhelum. Il avait l'impression d'être sir Bedivere rendant Excalibur au lac, sauf que les boucles avaient été un symbole de faiblesse, non de force. Quoi qu'il en soit, dans le cas présent aucun bras enveloppé de samite blanc, mystique, merveilleux, n'émergea pour recevoir ce qui était lancé. Les boucles s'éparpillèrent en silence à la surface du fleuve et sombrèrent rapidement. De hauts peupliers oscillaient doucement et les feuilles rougeâtres des chinars émettaient des bruissements en guise d'adieu. Le colonel Kachhwaha salua brièvement et sèchement, exécuta un preste demi-tour et se dirigea vers un avenir plus neuf et plus confiant.

Le nombre d'hommes placés sous son commandement avait augmenté. Elasticnagar s'était tellement étendu que les gens commençaient à l'appeler Elasticnagar Cassé. Les tambours de la guerre résonnaient, les avions de transport militaires faisaient la navette en permanence et les *jawans* aux yeux scintillants et avides affluaient en masse. Kachhwaha était un des superviseurs en chef de la vaste opération à échelle nationale qui envoyait des centaines de milliers de soldats sur le front. Il avait reçu à présent sa propre feuille de route. Le patron d'Elasticnagar partait en guerre. Il allait écraser l'ennemi avec une force maximale, et on avait le droit de rentrer vivant. Rentrer en héros de guerre décoré et goûter les attentions de jeunes femmes excitées était non seulement autorisé mais activement encouragé. Le colonel Kachhwaha, vêtu de jodhpurs, fouettait impatiemment sa cuisse avec une cravache. Depuis le décès de son père, il s'était mis à rêver qu'il rentrait chez lui, triomphal, adulé des femmes, les belles femmes rajput aux yeux pétillants bordés de khôl, les splendides femmes jodhpuri attendant dans leurs vestibules plein de miroirs, ouvrant leurs bras pour accueillir leur héros, enveloppées dans des nuages d'organza et de dentelle. Ces femmes étaient des femmes dignes de lui, des roses du désert, des femmes qui savaient apprécier les guerriers, des femmes à l'opposé de ces sottes Cachemiriennes. A l'opposé, par exemple, de Boonyi. Il s'empêchait à l'époque de penser à Boonyi Kaul bien que les rumeurs de sa beauté extraordinaire parvinssent à ses oreilles. A dix-huit ans, elle avait dû largement s'épanouir, et se parer des pleins éclats de la féminité, mais il se refusait à l'imaginer. Sa retenue était louable. Il s'en félicitait. En dépit de nombreuses provocations, il n'avait pas persécuté son village de bohémiens et de types louches bien qu'elle eût insulté son honneur. Il ne voulait pas qu'on dise que H.S. Kachhwaha faisait passer la vengeance avant le devoir, que sa conduite avait été en quoi que ce soit inconvenante. Il avait montré qu'il était audessus de tout cela. Seule comptait la discipline. Seule comptait la dignité. Boonyi ne comptait pas pour lui, n'était rien en comparaison des filles rajput qui l'attendaient, même s'il ne connaissait pas leurs noms, n'avait pas vu leur visage, ne les avait croisées qu'en rêve. Ces femmes rêvées étaient celles qu'il voulait. N'importe laquelle d'entre elles valait dix Boonyi.

C'était un soldat, aussi essayait-il de compartimenter, de mettre ses troubles dans une boîte dans un coin de la pièce et de fonctionner normalement. Quand ils sortaient de leur boîte, c'était dommage, mais ses hommes s'étaient habitués à la pagaille de ses sens, à l'étrangeté de ses descriptions. Désormais, les autres officiers réagissaient normalement quand il leur disait que leurs voix étaient raides et vermillon, et les soldats à la parade ne pipaient mot quand il les félicitait de sentir le jasmin en fleur, et les cuisiniers d'Elasticnagar se contentaient d'opiner sagement quand il leur disait que l'agneau korma n'était pas assez pointu. On estimait que la situation était sous contrôle. Le problème de la mémoire, du souvenir excessif, ne l'était pas. L'accumulation devenait chaque jour plus oppressante et dormir se révélait de plus en plus difficile. Il lui était impossible d'oublier le cafard qui était sorti du tuyau de la douche six mois plus tôt, ou tel cauchemar, ou n'importe quelle partie de cartes à laquelle il avait participé dans sa vie de militaire. Les journées de beau temps comme de mauvais temps s'empilaient en lui, les noms et les visages se pressaient, avides d'espace, et la surcharge de mots et d'actes mémorisés le laissait les yeux écarquillés d'horreur. Le temps était censé soulager tous les maux n'est-ce pas mais la lame de la désapprobation de son défunt père refusait de s'émousser au fil des mois. Il pensait désormais que les deux problèmes, les deux bugs dans le système, étaient d'une certaine façon liés. Il ne chercha pas d'assistance médicale car un diagnostic psychiatrique, même bénin, aurait certainement suffi à lui valoir le retrait de ses responsabilités. Il voulait rentrer chez lui en héros, pas en barjot. Car alors il n'y aurait pas de filles de rêve. Et la mémoire n'était pas la folie n'est-ce pas, même quand les souvenirs du passé s'entassaient à tel point que vous aviez peur que les dossiers d'hier se voient dans le blanc de vos yeux. La mémoire était un don. Elle était positive. C'était une ressource professionnelle.

Et donc, pour revenir à nos moutons, ce mollah, ce Bulbul Fakh, dénonçait de façon inacceptable un village voisin pour son intolérance, il faisait mousser les choses, incitant à la violence, et prônant un islam de discorde qui était absolument non cachemirien aussi bien que non indien. Mais il toucha juste lorsqu'il condamna la traînée et son bellâtre, ce couple qui avait choisi de défier toutes les conventions sociales ou religieuses et qui avait été défendu par des gens qui auraient dû y réfléchir à deux fois, des gens parmi lesquels se cachaient probablement des subversifs. Ces wallahs du front de libération étaient des subversifs nationalistes plutôt que des fanatiques religieux, et entre eux et les mollahs d'acier ce n'était pas l'amour fou. Alors pourquoi ne pas garder ses distances, tout simplement ? Les ressources n'étaient pas infinies, le temps pressait, on ne pouvait pas être partout à la fois et il y avait une guerre à faire. Il ne s'agissait pas tant de fermer les yeux que d'établir une hiérarchie correcte des objectifs. Pourquoi ne pas laisser deux sortes de subversifs s'éliminer entre eux, et laisser la jeune putain récolter la tempête de ses forfaits ? Si une opération de nettoyage était par la suite requise, les troupes restées derrière pour surveiller le coin seraient tout à fait capables de gérer la situation. Le tour de Maulana Bulbul Fakh viendrait. Oui, oui. Ce qu'il fallait faire, c'était ne rien faire. C'était un choix digne d'un homme d'Etat.

Dans son bureau, le colonel Hammirdev Kachhwaha posa les pieds sur son bureau, ferma les yeux, et s'abandonna un temps au tourbillon intérieur du système, submergeant sa conscience dans l'océan des sens, écoutant comme un petit garçon avec un coquillage contre l'oreille le babil incessant du passé.

*

Il s'était écoulé presque dix-huit ans depuis la mort de la prophétesse gujar Nazarébaddoor, mais cela n'empêchait pas cette dernière d'intervenir dans les affaires locales quand le besoin s'en faisait sentir. De nombreux habitants de la région signalaient ses visites, lesquelles avaient lieu d'habitude dans les rêves, et dont le but était en général préventif (« Ne marie pas ta fille à ce garçon – ses cousins dans le Nord sont des nains », conseilla-t-elle à un chevrier somnolent sur une colline près d'Anantnag) ou autoritaire (« Prends cette fille pour ton fils avant que quelqu'un d'autre ne le fasse, car son premier-né sera un jour un grand saint », ordonna-t-elle à un pêcheur qui dormait dans son *shikara* sur le lac Gandarbal, le réveillant du coup brusquement et le faisant tomber par-dessus bord.) Morte, Nazarébaddoor semblait plus enjouée qu'elle ne l'avait été au cours des derniers jours de son existence, et elle confessait volontiers à ceux qui l'avaient vue en transe que la mort lui convenait.

« Les horaires sont plus agréables, disait-elle, et on n'a pas à s'inquiéter pour les animaux. » Mais quand elle apparut à Bombur Yambarzal, elle avait retrouvé son caractère sombre. Le gros waza se réveilla dans le noir et vit son visage orné d'une dent unique se pencher au-dessus du sien, et il sentit le souffle froid de la mort sur sa joue. « Si tu n'agis pas très rapidement, lui dit-elle, la guerre civile de Bulbul Fakh réduira en cendres vos deux villages. » Puis elle se fondit dans l'obscurité et il se réveilla de nouveau, seul dans son lit et en nage. Quelques secondes plus tard, il entendit la voix du Maulana s'élever dans l'*azaan*. L'appel à la prière, ce matin-là, était également un appel à prendre les armes.

Partout où l'information est strictement contrôlée, la rumeur devient une source de renseignements alternative très prisée et, à en croire la rumeur, l'entière tribu des mollahs d'acier sommait les Cachemiriens de s'armer ce jour-là, les enjoignait à se révolter et à débarrasser le pays des troupes indiennes ainsi que des pandits. Mais Bombur Yambarzal n'avait pas entendu une telle rumeur. Pour lui, il ne s'agissait pas d'une question nationale mais personnelle. Il s'arracha à son lit et courut, en titubant, pantelant et transpirant, jusqu'aux cuisines principales du village où l'on préparait le wazwaan. Là, il se harnacha pour le combat. Quand il fut prêt, et qu'il eut retrouvé son souffle, il descendit d'un pas résolu la rue principale de Shirmal en direction de la mosquée située à l'autre extrémité du village, d'une démarche qu'on aurait presque pu qualifier de royale si ce n'est que ce roi-là avait des couteaux et des hachoirs de cuisine glissés sous la ceinture, avec des bouilloires et des marmites suspendues sur son corps en guise d'armure, et une grosse casserole sur la tête. Le sang frais des poulets tués dégoulinait sur lui, il en avait étalé sur ses mains et son visage ainsi que sur toute sa batterie culinaire, et il avait emporté une petite outre à vin pleine de sang, afin d'anticiper l'effusion. Il paraissait à la fois effrayant et ridicule, et les femmes et les enfants du village, qui attendaient avec inquiétude que les hommes sortent de la mosquée et fassent part de leur décision concernant l'attaque sur Pachigam, se mirent à rire et à crier en même temps, ne sachant trop quelle était la réaction appropriée. Bombur Yambarzal raidit le dos, redressa la tête fièrement et entraîna derrière lui une théorie d'enfants et de femmes étonnés jusque devant la porte de la mosquée.

Parvenu devant, il sortit de sa ceinture, comme s'il s'agissait d'épées, deux grandes cuillers métalliques, et commença à en frapper son armure, en faisant un raffut qui aurait réveillé les morts si les morts n'avaient préféré demeurer paisiblement sous terre et ignorer cet épouvantable vacarme. Les hommes de Shirmal sortirent précipitamment de la mosquée, le regard fanatique ; derrière eux se tenait, considérablement agacé, Maulana Bulbul Fakh. « Regardez-moi, s'écria le waza Bombur Yambarzal. Le crétin obtus, comique et assoiffé de sang que vous avez devant les yeux est ce que vous avez tous décidé de devenir. »

Pendant des années, les hommes de Shirmal parlèrent de l'exploit étrangement désintéressé de Bombur Yambarzal. En métamorphosant leur univers familier de casseroles et de poêles en une horrible effigie, en sacrifiant sa dignité et sa fierté pourtant chéries, en les insultant avec l'arme de lui-même, il les réveilla de leur étrange état somnambulique, brisa le puissant charme hypnotique tissé par la langue rude et séduisante de Bulbul Fakh. Non, ils ne se dresseraient pas contre leurs voisins, lui dirent-ils, ils resteraient eux-mêmes, et les seules créatures qu'ils tueraient seraient les animaux destinés aux tables où les gens fêtaient d'heureux événements. Quand Bulbul Fakh vit qu'il avait perdu, que sa clarté tranchante avait été émoussée par le numéro déconcertant de Yambarzal, d'un comique grotesque, il se rendit sans dire un mot dans ses quartiers et en ressortit avec le ballot élimé qu'il portait le jour de son arrivée à Shirmal. « Idiots, vous n'êtes pas encore prêts pour moi, dit-il. Mais la guerre qui commence sera longue, et nécessaire, aussi, car son ennemi est l'impiété, l'immoralité et le mal, et à cause du cœur corrompu de l'homme en général et des *kafirs* incroyants en particulier, c'est une guerre qui ne peut facilement connaître de dénouement. Quand vos cœurs s'ouvriront à moi, alors peut-être reviendrai-je. »

Bombur Yambarzal ne s'était jamais marié et maintenant qu'il avait la cinquantaine il ne s'attendait plus à trouver d'épouse. Mais dans les yeux et les visages de certaines des mères de famille qui le virent retourner aux cuisines en cliquetant et dégoulinant de sang pour ôter la stupide armure de vertu et de paix, il vit quelque chose qu'il n'avait pas vu auparavant dans les yeux et sur les visages des femmes : c'est-à-dire, de l'affection. La veuve d'un sous-waza récemment décédé, Hasina Karim, connue sous le nom de Harud, « Automne », à cause de ses cheveux aux reflets roux, une belle femme avec deux fils en âge de subvenir à ses besoins matériels mais sans personne pour remplir son lit, l'accompagna sans qu'on lui demande rien et l'aida à ôter ses poêles et ses casseroles et à laver le sang de poulet. Quand ils eurent fini, Bombur Yambarzal essaya pour la première fois de sa vie de séduire un membre du sexe opposé. « Harud n'est pas le nom qui vous convient », lui dit-il, avec l'intention d'ajouter · « On devrait vous appeler Sonth, car vous paraissez aussi jeune que le printemps. » Mais la nervosité lui fit fourcher la langue, et *sonth*, à sa grande déconvenue, se changea en *sonf*. « Car vous paraissez aussi anisée » était une remarque idiote, manifestement. Embarrassé, il rougit. « Ça me plaît que vous soyez malhabile aux compliments, le rassura-t-elle, d'un ton sérieux, en touchant sa main.

Je n'ai jamais fait confiance aux hommes qui sont trop à l'aise avec les mots. »

En dépit de l'audace du waza, il y eut ce jour-là une tragédie. A l'insu de tous sauf de Bulbul Fakh, trois jeunes hommes, les frères Gegroo au poil rare, Aurangzeb, Alauddin et Abulkalam, un trio de jeunes rongeurs fainéants auxquels Bombur ne permettait lors des banquets que de laver la vaisselle, étaient sortis de la mosquée par l'arrière et se dirigeaient vers Pachigam, pour y chercher la bagarre, et se donnaient du courage avec une bouteille de rhum brun qu'aurait très certainement désapprouvé Bulbul Fakh. Bien plus tard la même nuit, à la faveur de l'obscurité, ils revinrent discrètement à Shirmal et s'enfermèrent dans la mosquée déserte. Ils arrivèrent à temps. Avant que l'aube pointe, l'immense silhouette de Misri le Colosse déboula à cheval dans Shirmal, avec des haches sous la ceinture et des fusils sur les épaules. « Les Gegroo ! s'écria-t-il en entrant au galop dans la ville, réveillant tous les habitants qui dormaient encore. Vous avez fait la connaissance de ma fille, maintenant vous allez faire celle de Dieu. »

Zoon Misri avait été violée. Elle se rendait à Khelmarg pour cueillir des fleurs quand ils l'avaient entraînée hors du sentier à flanc de colline jusque dans les bois, où ils l'avaient maintenue par terre et brutalisée, et bien qu'ils lui eussent passé un sac sur la tête elle avait aisément identifié ses agresseurs à leurs voix de Gegroo geignardes et nasales, sur lesquelles on ne pouvait pas se méprendre bien qu'ils fussent terriblement soûls. « Si on ne peut pas mettre la main sur cette putain blasphématoire, déclara Aurangzeb, alors sa plus jolie amie fera l'affaire. – La bonne affaire, avait renchéri Alauddin, elle a toujours été trop prétentieuse pour nous rendre nos regards », et le plus jeune, Abulkalam, conclut : « Eh bien, Zoon, nous te voyons enfin. » Après le viol, ses agresseurs s'enfuirent en ricanant. Elle trouva la force de descendre la colline, meurtrie et déchirée, jusqu'à Pachigam, où d'une voix horriblement posée elle raconta tous les détails de l'agression à Boonyi, Gonwati et Himal, n'osant pas en parler à son père (sa mère était morte depuis quelques années), mais elles eurent beau la consoler, lui donner un bain et lui dire qu'elle n'avait aucune raison d'avoir honte, elle ne se voyait pas continuer à vivre avec eux en elle, avec le souvenir de leur intrusion, avec leur semence. Boonyi, accablée par l'idée que Zoon avait souffert à cause d'elle, que les blessures infligées à son amie étaient destinées à elle-même, alla informer le charpentier. Misri ne chercha guère à la décharger de ce fardeau. Tout en sellant son cheval, il lui dit : « Vous trois, veillez à ce qu'elle reste en vie. Vous en êtes responsables. Compris ? Si elle meurt, je vous demanderai des comptes. » Puis il disparut dans la nuit aussi vite que son cheval pouvait l'emmener.

Quand les frères Gegroo dessoûlèrent, ils s'aperçurent qu'à cause de leur stupidité leurs vies ne valaient soudain pas cher, et leur seul espoir était de rester dans l'enceinte de la mosquée jusqu'à ce que l'armée ou la police arrive et empêche le père de Zoon de les crucifier, de les découper en morceaux, ou tout autre sort qu'il leur réservait en matière de vengeance. Misri le Colosse avait effectivement en tête un certain nombre de sorts horribles pour chacun des trois Gegroo, et quand il informa les Shirmalis réunis de la nature du crime des frères rongeurs, personne n'eut le cœur de le dissuader. Toutefois, l'opinion commune était que le charpentier ne devait pas violer le sanctuaire de la mosquée. Misri le Colosse attacha la longe de son cheval à un arbre et lança aux frères Gegroo : « Je vous attendrai ici jusqu'à ce que vous vous décidiez à sortir, même si ça doit prendre vingt ans. »

Aurangzeb, le plus âgé des Gegroo, voulut jouer les matamores. « Nous sommes trois contre un et nous sommes armés jusqu'aux dents, répliqua-t-il. Tu ferais mieux de faire attention à toi. – Si vous sortez un par un, dit Misri d'un air songeur, je vous découperai en tranches comme des kebabs. Si vous sortez tous ensemble, j'en aurai sûrement deux avant que vous m'ayez, et vous ne savez pas lesquels ça sera. – En outre, ajouta Bombur Yambarzal, avec colère, vous n'êtes pas trois contre un. Vous êtes trois petites merdes contre tous les hommes du village. » Les hommes de Shirmal avaient encerclé le bâtiment pour rendre toute fuite impossible. Quelques heures plus tard, une jeep de la police militaire arriva et ils prévinrent tout le monde qu'ils ne toléreraient pas la violence, avertissement que tout le monde ignora. « Au fait, lança Bombur aux Gegroo terrifiés, on ne vous apportera ni à manger ni à boire. Alors voyons combien de temps vous allez tenir. »

Le ciel cria tandis que d'invisibles avions le déchiraient de leurs féroces lignes blanches. Des combats faisaient rage derrière la frontière près d'Uri et de Chhamb, où le colonel Kachhwaha, ignorant tout du siège de Shirmal, gagnait ses galons. La guerre entre l'Inde et le Pakistan venait de commencer. Elle dura vingt-cinq jours. Chaque minute de ces jours, hormis les petits intervalles nécessaires à la satisfaction de ses besoins naturels derrière un buisson, Misri le Colosse les passa tel un roc devant la porte de la mosquée de Bulbul Fakh avec sa selle à côté de lui. On allait lui chercher à manger dans les cuisines de Shirmal, et un jeune et gentil syce du village s'occupait de son cheval, le nourrissait et le faisait courir. Un filet régulier de visiteurs venus de Pachigam lui apportait des nouvelles de Zoon, qui vivait chez les Noman, se comportait calmement et docilement, avec même de temps en temps un sourire. Les hommes de Shirmal venaient s'asseoir à tour de rôle avec Misri, et la police, elle aussi, prenait son quart. Et progressivement les voix émanant de l'intérieur de la mosquée se turent. Les Gegroo avaient menacé, gémi, tergiversé, pleuré, déliré, râlé, présenté des excuses et supplié, mais ils n'étaient pas sortis.

Au bout de vingt-cinq jours, le ciel cessa de hurler. « La paix », dit Bombur Yambarzal à Hasina Karim, mais c'était une paix ensanglantée : le ciel silencieux au-dessus de Shirmal évoquait la mort. « Sont-ils encore en vie ? Qu'en penses-tu ? » demanda Bombur à Misri le Colosse, et le charpentier se leva lentement en oscillant d'épuisement, comme un soldat qui rentre chez lui de la guerre. « Ils ont toujours été des guimauves, dit-il, sachant qu'il prononçait l'épitaphe des Gegroo. Ils sont morts comme des rats pris au piège. »

Misri s'assura que toutes les sorties du bâtiment étaient soigneusement cadenassées avant de renoncer à monter la garde, et emporta les clés. La police militaire – c'est-à-dire, l'officier de service dans sa Jeep poussiéreuse – protesta mollement. « Rentre chez toi, lui dit le Colosse. Aucun crime n'a été commis par aucune personne vivante. – Et s'ils sont vivants ? demanda l'officier. – Dans ce cas, répondit le Colosse, ils n'ont qu'à frapper. » Mais on n'entendit pas frapper. La petite mosquée au bout du village demeura fermée à double tour. Les grands événements de cette journée exceptionnelle – la défaite de Bulbul Fakh, Bombur Yambarzal et ses casseroles, le crime des frères Gegroo, leur décision de s'enfermer dans ce bâtiment jusqu'à ce qu'ils meurent – avaient en quelque sorte effacé la mosquée de la conscience des villageois, comme si elle s'était littéralement éloignée de leurs maisons. La nature la revendiqua. Les arbres sortirent de la forêt et s'en emparèrent ; les plantes grimpantes et les buissons épineux s'unirent pour la protéger. Elle disparut tel un château ensorcelé de conte de fées, le toit de bois finit par pourrir et s'affaisser, les verrous rouillèrent, les cadenas tombèrent, et le souvenir des frères Gegroo fut à son tour englouti, laissant derrière lui une superstition si puissante que personne ne mit jamais le pied dans ce lieu où ils étaient morts de couardise et de faim ; et c'est ainsi qu'il en fut jusqu'au jour où les frères morts revinrent. Mais ce jour-là n'adviendrait pas avant une vingtaine d'années, et dans l'intervalle Zoon Misri continua de vivre tranquillement, elle retrouva lentement quelque chose qui ressemblait à sa personnalité d'avant, même si une certaine légèreté d'esprit avait été perdue à jamais. Aucun homme ne vint jamais la demander en mariage. Il en allait ainsi. Personne ne l'interdisait mais personne non plus ne pouvait rien y changer. Et personne ne comprenait que la seule chose qui maintenait Zoon en vie était la disparition des frères Gegroo dans leur tombe effacée, qui lui permettait de se dire qu'ils n'avaient jamais existé et que l'acte qu'ils avaient commis n'avait jamais été commis. Le jour où ils revinrent du royaume des morts serait le dernier jour de sa vie.

*

Quand il retourna à Elasticnagar après la guerre de 1965, le colonel Hammirdev Kachhwaha était devenu une fois de plus un autre homme. La mort de son père l'avait brièvement libéré de la prison des attentes déçues, mais l'expérience de la guerre l'avait de nouveau emprisonné, et c'était là un cachot dont il ne s'échapperait jamais. L'action militaire avait été une déception pour le colonel Tortue. La guerre, dont le but suprême était la création de la clarté là où il n'y en avait pas, la noble clarté de la victoire et de la défaite, n'avait rien résolu. Il y avait eu fort peu de gloire et beaucoup de morts inutiles. Aucun camp n'avait pu faire valoir son droit sur cette région, ou s'emparer d'autre chose que d'une infime parcelle de territoire. La paix laissa les choses dans un état pire qu'avant les vingt-cinq jours de bataille. C'était la paix avec davantage de haine, la paix avec une plus grande amertume, la paix avec un mépris mutuel plus profond. Mais pour le colonel Kachhwaha, la paix n'existait pas, parce que la guerre faisait rage interminablement dans sa mémoire, chaque instant se rejouant à chaque moment de chaque jour, l'humidité vert livide des tranchées, la balle de golf étouffante de la peur dans la gorge, les éclats d'obus comme des frondes de palmiers mortelles dans le ciel, la grimace aigre des balles qui fusaient, l'iridescence des plaies et des mutilations, l'incandescence de la mort. De retour à Elasticnagar, il s'enferma dans ses quartiers et baissa les stores mais la guerre refusait de cesser, l'intense ralenti du corps à corps dans lequel la fragilité de verre de sa propre vie misérable et puante pouvait être brisée à n'importe quel moment par cette baïonnette ce couteau cette grenade ce visage hurlant enduit de graisse, où cette torsion de la cheville ce tour de hanches ce plongeon de la tête ce coup du bras pouvaient faire surgir les ténèbres de la terre déchiquetée, l'obscurité léchant les corps des soldats, leur dérobant leurs forces leurs jambes leur espoir leurs jambes leurs jambes incolores qui se dissolvaient. Il devait rester dans l'obscurité, dans sa propre obscurité confortable, pour que l'autre obscurité, l'obscurité inconfortable, ne vienne pas. Rester dans l'obscurité confortable et être toujours en guerre.

Ses soldats étaient à cran. Ils comptaient leurs morts et soignaient leurs blessés et le haut voltage de la guerre continuait de passer dans leurs veines. Ils avaient mené une guerre pour des gens ingrats, qui ne méritaient pas qu'on se soit battu pour eux. Une chimère inventée par l'ennemi se répandait dans la communauté majoritaire de la vallée, le rêve d'une vie idyllique de l'autre côté, dans l'Etat religieux. On ne pouvait pas expliquer les choses à ces gens. On ne pouvait pas expliquer les mesures prises pour leur protection en temps de paix comme en temps de guerre. Par exemple, les Cachemiriens n'avaient pas le droit de posséder de terres ici. Cette loi éclairée n'existait pas de l'autre côté où de nombreuses personnes s'installaient et dont la culture n'était pas la culture cachemirienne. Des montagnards bourrus, des fanatiques, des étrangers venaient ici. Ici, les lois protégeaient les citoyens contre de tels éléments mais les citoyens demeuraient ingrats, continuaient de réclamer l'autodétermination. Sheikh Abdullah le disait une fois de plus. Le

Cachemire aux Cachemiriens. Ce slogan stupide était répété partout, peint sur les murs, collé sur les poteaux télégraphiques, suspendu dans l'air comme de la fumée. Peut-être que l'ennemi avait raison. La population ne convenait pas. Il fallait fonder une nouvelle population. La vallée devrait être vidée de tous ses habitants et remplie d'autres, qui seraient reconnaissants d'être ici, contents d'être défendus. Le colonel Kachhwaha ferma les yeux. La guerre explosait sur l'écran de ses paupières, ses formes se fondaient et se brouillaient, et ses couleurs s'assombrirent jusqu'à ce que le monde soit noir sur noir.

Agissant sur ses ordres, l'armée organisa régulièrement des descentes dans les villages. Même lors de ces opérations de routine, il convient de signaler que des accidents pouvaient arriver. Et, de fait, le niveau de violence s'éleva accidentellement. On parlait d'exécutions accidentelles, de passages à tabac accidentels, d'usage accidentel du bâton électrique, d'une ou deux morts accidentelles. A Shirmal, où Bulbul Fakh avait établi sa base, tout le monde était suspect. Il y eut de longs interrogatoires et ces séances ne se distinguaient pas par la douceur des enquêteurs. Il y eut également des problèmes à Pachigam, même si la présence de trois pandits dans le panchayat avait son importance. Abdullah Noman, qui pendant des années avait tenu le village dans la paume de sa main, se retrouva dans la position inhabituelle de devoir dépendre de Pyarelal Kaul, de Misri le Colosse et de Shivshankar Sharga pour intercéder en faveur de sa famille et de lui-même. Les Noman figuraient sur une liste. L'union éhontée du plus jeune fils d'Abdullah et de Boonyi Kaul était fortement désapprouvée dans les plus hauts cercles. En outre, Anees Noman avait disparu. Firdaus déclara aux soldats qu'il était allé voir des parents dans le nord mais on ne crut pas à son explication. Le nom d'Anees Noman figurait sur une autre liste.

Boonyi Kaul Noman et Shalimar le clown habitaient chez Abdullah et Firdaus. La nuit où Anees partit, ses frères eurent une violente dispute. Vers la fin, Anees déclara : « Le problème chez toi, c'est ce mariage qui t'empêche d'y voir clair. » Boonyi et Shalimar le clown n'avaient pas d'enfant parce que Boonyi prétendait qu'elle était trop jeune pour fonder une famille. Anees, qui ne reculait pas devant les vérités blessantes, fit remarquer que ce comportement était louche. Puis, comprenant qu'il en avait trop dit, il ouvrit la porte du fond et disparut dans la nuit. « Il devrait rester là-bas, dit Shalimar le clown, sans s'adresser à personne en particulier. Il n'est plus en sécurité ici. » Plus tard ce soir-là, alors que tout le monde était couché, Abdullah et Firdaus Noman parlèrent entre eux du désenchantement. Jusqu'à présent ils s'étaient efforcés de croire que leur chère kashmiritude avait tout à gagner dans l'association avec l'Inde, puisque c'était en Inde qu'il se passait des choses, que ceci et cela se mélangeaient, l'hindou et le musulman, de nombreux dieux et un seul. Mais l'atmosphère avait changé. L'union de Boonyi, la fille de leurs amis, et de Shalimar le clown, leur fils chéri, cette union qu'ils avaient brandie aux yeux de tous comme une banderole, ressemblait à un symbole faussement optimiste, et son ardente défense commençait à ressembler à une ultime et vaine bataille. « Les choses se délitent, dit Firdaus. Maintenant je sais pourquoi Nazarébaddoor redoutait l'avenir et ne voulait pas vivre pour le voir arriver. » Incapables de dormir, ils contemplaient le plafond et avaient peur pour leurs fils.

La même nuit, à l'autre bout du village, dans sa maison déserte près de la Muskadoon, Pandit Pyarelal Kaul était lui aussi éveillé, lui aussi éploré, lui aussi effrayé. Mais quand la foudre s'abattit sur Pachigam, ce ne fut pas les troubles hindous-musulmans qui furent à l'origine de la tempête. Le problème n'était pas causé par la folie larvée du colonel Tortue ou la menace latente du mollah d'acier ou la cécité de l'Inde ou les raids accidentels ou l'ombre en forme de croissant du Pakistan. L'hiver approchait quand la chose se produisit. Les arbres étaient presque dénudés, les nuits rallongeaient et un vent froid soufflait. Plusieurs femmes du village s'étaient mises aux travaux hivernaux, à la laborieuse broderie des châles. Mais, alors même que les bhands de Pachigam remisaient leurs accessoires et leurs costumes jusqu'au printemps, un émissaire du gouvernement à Srinagar vint les informer qu'un spectacle supplémentaire aurait lieu cette année.

L'ambassadeur américain, M. Maximilien Ophuls, venait en visite au Cachemire. C'était un érudit qui de toute évidence s'intéressait grandement à tous les aspects de la culture cachemirienne. Il s'installerait avec son entourage dans la maison réservée aux hôtes du gouvernement de Dachigam, un spacieux pavillon situé au pied d'une colline pentue où les cerfs barasingha se promenaient en rois. (Mais à cette époque de l'année, les cerfs auraient perdu leurs bois majestueux et se prépareraient à l'hiver comme tout le monde.) M. Edgar Wood, le conseiller personnel de l'ambassadeur Ophuls, avait demandé à ce qu'ait lieu une soirée de festivités pendant laquelle le Banquet des Soixante Plats Maximum serait servi, un joueur santoor de Srinagar jouerait de la musique cachemirienne traditionnelle, des auteurs locaux en vue réciteraient des extraits des poésies mystiques de Lal Ded ainsi que leurs propres vers, un conteur lirait des extraits du gigantesque recueil cachemirien *Katha-sarit-sagar*, à côté duquel *Les Mille et Une Nuits* arabes faisaient figure d'historiette; enfin, les célèbres bhands de Pachigam joueraient. La guerre avait sévèrement réduit les revenus de Pachigam et cette commande tardive était une aubaine. Abdullah décida de proposer un choix de scènes extraites du répertoire de la compagnie, dont, ainsi le voulut le sort, le numéro de danse tiré de *Anarkali*, une nouvelle pièce conçue par la troupe après l'immense succès du film *Mughal-e-Azam*, film qui racontait les amours du prince héritier Salim et de l'humble mais irrésistible danseuse *nautch* Anarkali. Le prince Salim était une personnalité célèbre au Cachemire, non pas parce qu'il était le fils du Grand Moghol, Akbar le Grand, mais parce qu'une fois qu'il fut monté sur le trône en tant qu'empereur Jehangir, il fit clairement savoir que le Cachemire était sa seconde Anarkali, son autre grand amour. Le rôle de la belle Anarkali serait interprété comme d'habitude par la meilleure danseuse de Pachigam, Boonyi Kaul Noman. Dès qu'Abdullah Noman eut fait part de sa décision, les dés furent jetés. Les planètes invisibles fixèrent toute leur attention sur Pachigam. Le scandale imminent commença à siffler et murmurer dans les chinars, comme un vent de mousson. Mais les feuilles des arbres restaient immobiles.

Quand Boonyi croisa le regard de Maximilien Ophuls pour la première fois, il applaudissait frénétiquement et la fixait d'un regard perçant alors qu'elle saluait, comme s'il voulait voir au fond de son âme. A cet instant, elle sut qu'elle avait trouvé ce qu'elle attendait. « J'ai juré de saisir ma chance quand elle se présenterait, se dit-elle, et la voilà, qui me dévisage et bat des mains comme un idiot. »

Max

A Strasbourg, une ville aux vieux quartiers charmants, avec d'agréables jardins publics, près du charmant parc des Contades, juste après la vieille synagogue dans ce qui est aujourd'hui la rue du Grand-Rabbin-René-Hirschler, au cœur d'un bel îlot à la mode peuplé de gens délicieux et charmants, se dressait l'immense et, oui, indéniablement charmante résidence – un petit palais de la Belle Epoque – dans laquelle l'ambassadeur Maximilien Ophuls, un homme célèbre doté de ce qu'un éditorialiste avait décrit un jour comme « des quantités dangereuses, voire mortelles » de charme, grandit au sein d'une famille de juifs ashkénazes très cultivés. Max Ophuls lui-même s'accordait avec le jugement jaloux du journaliste. « Etre strasbourgeois, aimait-il à dire, c'est apprendre à ses dépens la nature trompeuse du charme. »

Quand il fut nommé par Lyndon Johnson pour succéder à John Kenneth Galbraith au poste d'ambassadeur en Inde presque deux ans après l'assassinat de Kennedy, Max Ophuls alla même jusqu'à déclarer – il parlait à un banquet Rashtrapati Bhavan donné en son honneur par le président-philosophe Sarvepalli Radhakrishnan peu après la présentation par Ophuls de ses lettres de créance – que c'était parce qu'il venait d'Alsace qu'il espérait être en mesure de comprendre un peu l'Inde, puisque la partie du monde où il avait grandi avait également été bouleversée par de nombreux siècles de frontières mouvantes, de soulèvements et de déchirements, de fuites et de retours, de conquêtes et de reconquêtes, l'empire Romain laissant la place aux Alamans, les Alamans aux Huns d'Attila, les

Huns de nouveau aux Alamans, les Alamans aux Francs. Avant même le premier millénaire, Strasbourg avait déjà appartenu à la Lotharingie puis à la Germanie, avait été démolie par d'anonymes Hongrois puis reconstruite par des Saxons nommés Otto. La réforme et la révolution étaient dans le sang de ses citoyens, que la contre-réforme et la réaction firent gicler dans ses charmantes rues. Après que la guerre de Trente Ans eut affaibli l'Empire germanique, les Français intervinrent. La francisation de l'Alsace, entreprise par Louis XIV, mena à son tour à la défrancisation en 1871, après que les Prussiens eurent affamé et incendié la ville au cours du brutal hiver de 1870. Il y eut donc la germanisation, mais moins de quarante ans plus tard il y eut également la dégermanisation. Puis vint Hitler, et le gauleiter Robert Wagner, et l'histoire cessa d'être théorique et surannée pour devenir personnelle et nauséabonde. De nouveaux noms de lieux entrèrent dans l'histoire de Strasbourg aussi bien que dans celle de la famille de Max Ophuls : Schirmeck, Struthof. Le camp de concentration, le camp d'extermination. « Nous savons ce que c'est que d'appartenir à une ancienne civilisation, dit l'ambassadeur, et nous aussi nous avons eu notre part douloureuse de massacres et d'effusion de sang. Nous aussi nous avons perdu nos grands dirigeants, et nos mères et nos enfants. » Il inclina la tête, momentanément incapable de parler, et le président Radhakrishnan se pencha et lui prit la main. Tout le monde fut soudain plongé dans une grande émotion. « La perte d'un rêve, d'un foyer, des droits d'un peuple, de la vie d'une femme, reprit l'ambassadeur Maximilien Ophuls, est la perte de toutes nos libertés : de chaque vie, chaque foyer, chaque espoir. Chaque tragédie appartient en même temps à elle-même et à tout le monde. Ce qui diminue chacun de nous nous diminue tous. » A l'époque, peu de gens prêtèrent vraiment attention à ces paroles un peu trop générales; ce furent ces deux mains serrées qui marquèrent les esprits. Ces quelques secondes de contact humain permirent à Max Ophuls d'être considéré comme un ami de l'Inde, et admis dans le giron national avec encore plus d'enthousiasme que ne l'avait été son prédécesseur pourtant admiré. Du moment où grimpa la popularité de Max, quand il devint évident qu'il était un grand partisan de presque tout ce qui était indien, cette relation s'approfondit et finit par ressembler à de l'amour. C'est pour cette raison que la tempête du scandale, quand elle se déchaîna, fut aussi horrible. Le pays ressentit davantage qu'une simple déception vis-à-vis de Max Ophuls ; il se sentit abandonné. Telle une maîtresse dédaignée, l'Inde s'en prit à ce charmant goujat et tenta de le briser en charmants petits morceaux. Et après son départ, son successeur Chester Bowles, qui tenta pendant de nombreuses années de faire pencher la politique américaine vers l'Inde, reçut néanmoins un traitement encore plus sévère.

Comme la plupart des gens originaires de cette région, le jeune Max Ophuls avait été élevé dans la méfiance de Paris. Ses parents, Anya Ophuls et Max père, possédaient un appartement au 8, avenue Foch, mais ils n'y habitaient guère, sauf quand les affaires exigeaient ce fâcheux déplacement dans l'ouest, et ils revenaient invariablement chez eux le plus tôt possible, les sourcils arqués par le dédain. Max fils avait lui-même passé quelques années à Paris après être sorti de l'université de Strasbourg avec de brillants diplômes en économie et en relations internationales, et il avait presque été séduit. A Paris, il ajouta des études de droit à ses exploits, se fit une réputation de dandy et de séducteur, arbora des guêtres et une canne, et fit preuve d'une étonnante maîtrise comme peintre amateur, peignant des Dali et des Magritte d'une si subtile qualité qu'ils bernèrent le marchand de tableaux Julien Lévy quand celui-ci se rendit dans l'atelier de Max après une longue soirée d'ivresse à la Coupole. « Pourquoi perdez-vous votre temps avec le droit et l'argent alors que vous devriez consacrer votre vie à faire des faux ? » s'écria Lévy quand il découvrit la supercherie. Il était l'amant de Frida Kahlo et exposait Tchelitchew, et à cette époque il pestait en permanence parce que son projet de bâtir un pavillon surréaliste en forme d'œil au cœur de l'Exposition universelle de New York venait juste d'être refusé. « Ce ne sont pas des faux, dit Max Ophuls, car il n'y a pas d'originaux. » Lévy se tut et examina plus attentivement les peintures. « Il ne leur manque qu'une seule chose, dit-il. Je demanderai un jour aux artistes de venir les signer, et alors ils seront achevés. » Max Ophuls fut flatté, mais il savait que l'art n'était pas son domaine. Il avait raison sur ce point ; mais quant à sa future appartenance au monde des faussaires, il se trompait. L'histoire, qui était son vrai métier, la véritable profession à laquelle il consacrerait sa vie, placerait un temps ses talents de faussaire au-dessus de ses autres talents.

Paris n'était pas non plus un endroit pour lui. Peu après la visite de Lévy, incroyablement, il déclina une place d'associé dans un des cabinets juridiques les plus en vue de la ville et annonça qu'il rentrait chez lui pour travailler avec son père. Il s'agissait là d'un refus aussi absurde que la proposition elle-même, décrétèrent ses amis parisiens, étonnés d'être pour une fois d'accord avec ses ennemis jaloux : tout d'abord, il était bien trop jeune pour qu'on lui fasse un tel honneur, et ensuite il était évidemment trop stupide ou – pire encore – trop provincial pour accepter. Il rentra à Strasbourg, où il partagea son temps entre enseigner l'économie à l'université – le président de l'université, le grand astronome André-Louis Danjon, fut « hautement impressionné » par Max, et le définit ainsi : « Un des types du futur, un gars qui comptera » – et aider son père qui souffrait de phtisie à diriger l'imprimerie familiale. Un an plus tard, la catastrophe européenne détruisit cet univers.

Plusieurs décennies s'étaient écoulées depuis cette époque, mais Paris persistait dans la mémoire américanisée de l'ambassadeur en une suite d'images vacillantes. La ville était présente dans la façon qu'il avait de tenir une cigarette, ou dans le lent panache de fumée se reflétant dans un miroir. Paris était son premier coup de poing sur une table de café pour souligner un propos politique ou philosophique. C'était un verre de cognac à côté de son café du matin et de sa brioche tiède. Cette ville innocente/non innocente était une prostituée, un gigolo, l'infidélité raffinée au cours des après-midi coupables/non coupables. Elle était trop belle, étalait sa beauté comme si elle suppliait qu'on la balafre. C'était un mélange précis de tendresse et de violence, d'amour et de douleur. *Tout le monde ici-bas a deux patries, la sienne et Paris,* lui avait dit un jour un cinéaste parisien. Mais il n'y croyait pas. Cela semblait... il chercha le mot juste... faible. La faiblesse de Paris était la faiblesse de la France, qui rendrait possible la sombre métamorphose qui se préparait, l'escamotage de la subtilité au profit de la grossièreté, la victoire mesquine de la médiocrité sur la joie.

Mais, visiblement, Paris n'était pas la seule à changer. Son bien-aimé Strasbourg se métamorphosait lui aussi et, de joyau rhénan, devenait vile pacotille. Il se changeait en pain noir insipide, trop de rutabagas et de disparitions d'amis. C'était aussi désormais le rictus de la conquête au-dessus du col d'un uniforme gris, le regard de mort-vivant dans les yeux collabos des entraîneuses, le requiem puant et sordide des morts. Ce fut alors la capitulation rapide et la lente résistance. Strasbourg, comme Paris, avait été métamorphosé. Ce fut le premier paradis qu'il perdit. Mais dans son cœur, il accusait la capitale, lui reprochait son arrogante faiblesse, lui en voulait de s'être présentée au monde – à lui – comme l'incarnation d'une haute civilisation qu'elle n'avait pas la force de défendre. La chute de Strasbourg était un chapitre dans l'histoire changeante de ses frontières. La chute de Paris était la faute de Paris.

Quand Boonyi Noman dansa pour lui dans le pavillon de chasse Dachigam au Cachemire, il pensa aux yeux morts des *girls* emplumées, derrière les volutes de fumée des cigares nazis, exhibant leurs jarretières. Les atours étaient différents mais il reconnut la même avidité dans son regard dur, l'empressement du survivant à effacer tout jugement moral en présence d'une possible opportunité. Mais je ne suis pas un nazi, pensa-t-il. Je suis l'ambassadeur américain, le type au chapeau blanc. Bon sang, je suis l'un des juifs qui ont survécu. Elle balançait ses hanches pour lui et il songea, et je suis également un homme marié. Elle balança de nouveau ses hanches et il cessa de penser.

C'était un Français avec un nom allemand. Les presses de sa famille opéraient sous le nom de Art & Aventure, un nom qu'elles avaient emprunté, en traduction française, à Jean Gensfleisch de Mayence, le génie du quinzième siècle dont l'atelier strasbourgeois s'appelait Kunst und Aventur quand, en 1440, il inventa la presse typographique et devint célèbre dans le monde entier sous le nom de Gutenberg. Les parents de Max Ophuls étaient riches, cultivés, conservateurs, cosmopolites ; Max apprit à parler le haut allemand aussi facilement que le français, et finit par croire que les grands écrivains et penseurs de l'Allemagne lui appartenaient aussi naturellement que les poètes et les philosophes de France. « En matière de civilisation, les frontières n'existent pas », lui apprit Max père. Mais quand la barbarie déboula en Europe, les frontières furent également effacées. Le futur ambassadeur Ophuls avait vingt-neuf ans quand Strasbourg fut évacué. L'exode commença le

1er septembre 1939; cent vingt mille Strasbourgeois se réfugièrent en Dordogne et en Indre. La famille Ophuls ne partit pas, bien que sa domesticité disparût un soir sans préavis, fuyant en silence l'ange exterminateur, tout comme les serviteurs du palais cachemirien abandonneraient le banquet royal Dassehra dans le jardin de Shalimar huit ans plus tard. Les ouvriers des presses commencèrent eux aussi à déserter leur poste.

L'université alla s'installer à Clermont-Ferrand, en zone libre, et le président Danjon encouragea son jeune génie en économie à le suivre. Mais Max fils refusait de partir à moins de trouver également un endroit sûr pour ses parents. Il fit tout pour les convaincre de se joindre à l'évacuation. Secs et gracieux, avec leurs cheveux blancs coupés court, leurs mains qui ressemblaient plus à des mains de pianistes que d'imprimeurs, leurs corps qui se penchaient en avant pour écouter l'absurde proposition de leur fils, Max père et son épouse Anya évoquaient davantage de vrais jumeaux qu'un couple marié. La vie avait fait de chacun le miroir de l'autre. Leurs personnalités, aussi, s'étaient épanchées l'une dans l'autre, créant un moi unique et bicéphale, et leur unanimité en toutes choses, grandes ou petites, était si complète qu'il n'était plus nécessaire à l'un de demander à l'autre ce qu'il désirait manger ou boire, ou quelle pouvait être son opinion sur tel ou tel sujet. Pour l'heure, ils étaient assis côte à côte sur des chaises en bois sculpté dans un restaurant vieux de six siècles près de la place Kléber – un lieu historique tout ce qu'il y avait de charmant – et faisaient honneur à une choucroute au Riesling et à une épaule d'agneau caramélisée nappée d'une sauce à la bière et au miel de pin, en contemplant leur fils brillant, leur unique enfant chéri, avec un mélange d'amour profond et de mépris léger mais sincère. « Max fils ne mange pas », dit Max père d'un air étonné et songeur, et Anya répondit : « Le pauvre garçon a perdu son appétit à cause de la situation politique. » Leur fils les pressa d'être sérieux et ils arborèrent aussitôt une expression des plus sérieuses avec toute l'apparence (et rien de la substance) de l'obéissance. Max inspira profondément et se lança dans un discours préparé. La situation était désespérée, dit-il. Ce n'était qu'une question de temps avant que l'armée allemande attaque la France et si la frontière du pays subissait le sort de la Pologne, le nom allemand de la famille ne les protégerait pas. Leur nom était celui d'une célèbre famille juive dans un quartier à forte dominante juive ; le risque de délation était réel et devait être envisagé. Max père et Anya devaient se rendre chez leurs bons amis les Sauerwein, près du site de Cro-Magnon. Lui-même irait enseigner à Clermont-Ferrand. Ils allaient devoir fermer leur maison strasbourgeoise ainsi que les presses, et espérer que tout se passe au mieux. La chose était-elle entendue ?

Ses parents sourirent à leur fils avocat et à ses arguments adroitement mobilisés – c'étaient des sourires identiques, légèrement relevés sur la gauche, des sourires qui ne dévoilaient rien de leurs dents vieillissantes. Ils posèrent leurs couverts à l'unisson et croisèrent leurs mains de pianistes sur leurs genoux. Max père jeta un rapide coup d'œil à Anya et Anya lui rendit brièvement son regard, chacun proposant à l'autre de répondre en premier. « Fils, commença enfin Max père, en pinçant les lèvres, on ne connaît jamais la réponse aux questions de la vie avant qu'on vous les pose. » Max était habitué à la pensée périphrastique de son père et attendit qu'il en vienne à l'essentiel. « Tu comprends ce qu'il veut dire, Maxi, reprit sa mère. Tant que tu n'as pas de douleur dans le dos tu ne connais pas ta tolérance aux douleurs dans le dos. Comment tu supporteras le fait de n'être plus aussi jeune, ça tu ne le sauras qu'en vieillissant. Et tant que le danger n'est pas là, une personne n'est pas tout à fait certaine de ce qu'elle pense du danger. » Max père ramassa un gressin et mordit dedans, le cassant bruyamment en deux. « A présent que la question du danger a été posée, dit-il en dirigeant le bout de gressin qui restait vers son fils et en plissant les yeux, je connais la réponse. »

Anya Ophuls se redressa dans une rare manifestation d'indépendance. « C'est là aussi ma réponse, Maximilien, dit-elle en corrigeant doucement son mari. Je pense que la chose t'a momentanément échappé. » Max père grimaça. « Bien sûr, bien sûr, dit-il. Sa réponse également, je connais sa réponse aussi bien que je connais la mienne, et la chose, comme tu dis, ne m'a pas échappé. Mon esprit, excuse-moi, est une poigne de fer. » Max fils se dit qu'il était temps de se montrer plus insistant. « Et quelle est cette réponse ? » demanda-t-il le plus délicatement possible, et son père parti d'un bref et bruyant éclat de rire, oublia son agacement et battit des mains aussi fort qu'il put. « J'ai découvert que j'étais une tête de mule ! s'écria-t-il en toussant. J'ai découvert en moi un caractère de cochon doublé d'un entêté ! Je n'irai pas chez les Sauerwein pour aller regarder les peintures de ce vieux bonhomme tremblant et manger des quenelles de brochet. Je resterai dans ma maison et dirigerai mes presses et tiendrai tête à l'ennemi. A qui croient-ils avoir affaire ici ? A un va-nu-pieds aux doigts souillés d'encre ? Peut-être que je suis sur le point de tomber, jeune homme, mais je représente quelque chose dans cette ville. » Sa femme tira sur la manche de son veston. « Ah, oui, ajouta-t-il, se tassant de nouveau légèrement dans son fauteuil en tapotant son front avec une serviette. Et ta mère. Elle aussi c'est une tête de mule ». Puis quelques toussotements et expectorations dans un mouchoir en soie vinrent clore le débat.

« Dans ce cas, je n'aborderai plus la question avec vous, dit Max fils, en reconnaissant sa défaite. A une condition. Si le jour arrive où je dois venir vous voir pour vous dire, aujourd'hui il faut fuir, ce jour-là je veux que vous partiez sans discuter, en sachant que je ne vous redirai jamais une telle chose à moins que ce ne soit la pure vérité. » Sa mère rayonna d'une fierté inconditionnelle. « Tu vois comme il est dur en affaires, Maximilien, tu ne trouves pas ? s'écria-t-elle. Il ne nous laisse aucun choix honorable sinon celui d'accepter. »

Le professeur Max Ophuls informa le président d'université Danjon que des responsabilités familiales l'obligeaient à demeurer à Strasbourg. « Quel gâchis, répondit Danjon. Si jamais vous décidiez de rester en vie avant qu'ils vous tuent, venez nous voir. Bien qu'il soit possible que nous aussi nous ne soyons pas épargnés. Je crains que ce ne soit une éclipse L = 0. » Dans les années vingt, André Danjon avait conçu une échelle de luminosité, dite échelle de Danjon, pour décrire l'obscurité relative de la lune pendant l'éclipse lunaire. L = 0 signifiait l'obscurité totale, une absence complète de la lumière terrestre reflétée qui pouvait conférer à la lune éclipsée une couleur résiduelle allant du gris prononcé au rouge vif cuivré voire à l'orange. « Si j'ai bien compris, dit Danjon à Max, vous et moi choisissons simplement de mourir dans des villes différentes pendant le black-out général. »

A compter de ce jour, chacun des trois Ophuls garda une petite valise dans un placard, mais autrement vaqua à ses affaires. En l'absence de domesticité, une grande partie de la vaste demeure était fermée, les meubles recouverts de draps. Ils prirent leurs repas ensemble dans la cuisine, installèrent des bureaux supplémentaires dans la bibliothèque de Max père pour y travailler tous les trois, continuèrent de faire le ménage dans leurs chambres, et conservèrent un unique petit salon pour recevoir leurs invités en nombre toujours décroissant. Quant à Art & Aventure, deux des trois presses strasbourgeoises de la fameuse firme furent immédiatement fermées. La troisième, située quai Mullenheim, un atelier de livres d'art plus modeste – à la fois typographie et photogravure – où pendant de nombreuses générations on avait imprimé avec la plus haute exigence des volumes consacrés aux meilleurs artistes d'Europe, fut le théâtre de la dernière bataille d'Ophuls. Au début, tous les trois s'y rendaient chaque jour pour faire fonctionner les machines. Mais les contrats étaient constamment annulés, si bien que très vite les parents furent obligés avec colère de « prendre leur retraite » et Max fils se rendit seul à l'imprimerie. Chaque appel d'un grand éditeur de la capitale augmentait le mépris de Max pour la faiblesse de Paris. Il se rappelait sa mère qui criait au téléphone : « Comment ça, le moment n'est pas à l'art ? Si ce n'est pas maintenant, alors quand ? » – puis fixait, l'œil en feu, le combiné silencieux dans sa main comme s'il s'agissait d'un traître. « Il a raccroché, dit-elle à la cantonade. Après vingt années de relations, sans le moindre au revoir. » La mort de la politesse parut la déprimer davantage que l'effondrement de l'affaire familiale. Son mari phtisique s'empressa de la consoler. « Regarde un peu les étagères, dit-il. Tu vois cette armée de volumes ? Cette armée survivra à tous les hommes de fer qui défileront bruyamment dans nos vies. »

Quand Max fils, caché derrière un camion calciné à peine un an plus tard, vit les trésors du fonds Art & Aventure jetés sur un bûcher devant la synagogue en flammes, les paroles de son père lui revinrent. S'il avait pu parler des livres qu'on brûlait avec Max père, le vieil homme aurait sûrement haussé les épaules et cité Boulgakov : *Les manuscrits ne brûlent pas*. Eh bien, peut-être que oui et peut-être que non, pensa Max orphelin dans la nuit incandescente ; mais les gens, bien sûr, se consumeront joliment, si l'occasion se présente.

Strasbourg était devenue une ville fantôme, ses rues déchirées par les absences. La ville demeurait charmante, naturellement, avec ses colombages, ses ponts couverts, ses façades agréables et ses jardins au bord du fleuve. Alors qu'il arpentait les ruelles largement désertes du quartier de la Petite France, le futur ambassadeur Max Ophuls se disait : « On a l'impression que tout le monde est parti pour le mois d'août, ça sera bientôt la rentrée et l'endroit sera de nouveau animé. » Mais pour croire cela, il convenait d'ignorer les vitres brisées, les traces de pillage, les chiens errants dans les rues, certains rendus fous par l'abandon. Il fallait ignorer le désastre de sa propre existence. Il existait des façons traditionnelles, consacrées par l'usage, de survivre, et au cours de cette année pendant laquelle sa famille perdit tout, Max Ophuls n'ignora pas la tradition. Il fréquenta les rares bordels et les bouges qui fonctionnaient encore; ces derniers l'accueillaient, heureux de cette clientèle, et lui proposaient leurs meilleures marchandises à des prix avantageux. La tendance mélancolique qui avait été en sommeil dans sa personnalité se réveilla au cours de ces mois, avec des périodes de dépression churchillienne au cours desquelles il envisagea plus d'une fois de se suicider, et n'y renonça qu'en sachant qu'il aurait profondément dégoûté ses parents. Tandis que l'année 1940 avançait, une année pendant laquelle toutes les nouvelles furent mauvaises, il déambulait dans les rues et les places, les allées et les quais, d'un pas pressé, heure après heure, la tête baissée, les mains enfoncées dans les poches d'un pardessus en serge croisé, un béret bleu nuit enfoncé sur son front plissé. S'il se déplaçait suffisamment vite, comme un superhéros de comic-book américain, comme l'Eclair, comme un Superman juif, peut-être arriverait-il à créer l'illusion que les Strasbourgeois étaient encore là. S'il se déplaçait suffisamment vite, peut-être pourrait-il sauver le monde. S'il se déplaçait suffisamment vite, peut-être pourrait-il passer dans un autre univers où tout n'était pas aussi pourri. S'il se déplaçait suffisamment vite, peut-être pourrait-il oublier sa peur et sa colère. S'il se déplaçait suffisamment vite, peut-être pourrait-il ne plus se sentir bête et impuissant.

Ces pensées furent interrompues un après-midi de mai par une violente collision. Comme d'habitude, il ne regardait pas où il allait, or il y avait quelqu'un sur son chemin, une femme étonnamment petite, si petite qu'au début il crut qu'il avait renversé un enfant. Un paquet ficelé enveloppé dans du papier marron tomba des mains de la petite femme, et le papier marron se déchira. Son compagnon, un grand type à la démarche traînante, aussi démesuré qu'elle était minuscule, l'aida à se relever et se hâta de récupérer le paquet déchiré, ôtant soigneusement son imperméable pour en envelopper le colis. Il ramassa également et épousseta le chapeau de sa compagne, avec son unique plume dressée, le posa soigneusement, voire amoureusement, sur la tête aux cheveux noirs et ondulés. La femme n'avait pas crié en tombant, et l'homme ne chercha pas à reprocher à Ophuls sa maladresse. Ils se ressaisirent tout simplement et continuèrent leur chemin. On aurait dit des fantômes, des fantômes mal assortis et surpris de posséder encore solidité, masse et volume, surpris que les gens puissent encore les bousculer et les renverser, plutôt que de traverser leurs corps sans éprouver davantage qu'un petit frisson glacé de reconnaissance inconsciente.

Mais après avoir fait une dizaine de pas, ils s'arrêtèrent et regardèrent par-dessus leurs épaules sans se retourner. Voyant que Max les fixait, ils se couvrirent d'une sorte de gêne spectrale. Les fantômes étaient sans doute toujours surpris d'être vus, supposa Max. La femme hocha frénétiquement la tête et l'homme, comme dans un rêve, se retourna et se dirigea vers Max. Finalement, il va me frapper, pensa Max, et il se demanda s'il devait détaler. Puis l'homme fut devant lui et parla, d'une voix basse et posée : « Vous êtes l'imprimeur ? » Avec ces quatre mots, il redonna un sens à la vie de Max.

Vous êtes l'imprimeur. Avant même la chute de la ligne Maginot, les premières manifestations de ce qui allait devenir la résistance se faisaient sentir. Le couple au paquet enveloppé de papier marron, qu'il ne connaîtrait que sous les noms de « Bill » et « Blandine », fut son premier lien avec ce monde. Leur groupe se ferait appeler par la suite la Septième Colonne d'Alsace, mais pour l'instant c'était juste Bill et Blandine et quelques autres associés, qui faisaient ce qu'ils pouvaient pour se préparer au chaos à venir. Oui, il était l'imprimeur, affirma Max. Oui, il était juif. Oui, il les aiderait. « Le temps presse, dit Bill. Des itinéraires de fuite sont mis en place. Il faut imprimer des papiers d'identité. Le plus grand nombre. La demande est très grande. Vos parents y compris. Vous y compris. » Max regarda le paquet. « Ceux-ci sont corrects, dit Bill en grimaçant. Mais ce n'est pas sûr qu'ils passent. On a besoin d'un travail de tout vol. » Les manières de Bill étaient toujours courtoises et déférentes. C'était Blandine qui n'avait pas sa langue dans sa poche. « Est-ce que vous savez vraiment faire ce dont nous avons besoin ? demanda-t-elle à Max cette première fois, en le fixant sans ciller, ou est-ce que vous êtes juste un milord aux goûts de luxe qui sous-paie ses employés et dépense son argent avec les prostituées ? »

Son amant colossal parut déconfit et piétina sur place. « Mais non ma chérie, sois gentille, le monsieur va nous aider. Veuillez l'excuser, monsieur, dit-il à Max. Le communisme brûle en elle, la guerre des classes et l'autonomie et tout ça. » Depuis que la IVe Armée de Gouraud avait placé Strasbourg sous contrôle français en novembre 1918, les communistes locaux avaient été partisans de l'autonomie de l'Alsace, tandis que les socialistes étaient pour une assimilation rapide à la France. Comme ces deux positions paraissaient dépassées à présent, comme les passions qu'elles avaient si récemment déclenchées semblaient pathétiques. Max fusilla Blandine du regard. « Oui, dit-il, sans savoir s'il disait la vérité, soudain déterminé à se montrer indigne de son mépris. Je peux imprimer n'importe quel truc que vous voulez. » Il cracha dans le caniveau. « Parfait, dit-elle. Alors le travail ne manque pas. »

S'il se déplaçait suffisamment vite, peut-être pourrait-il passer dans un autre univers. Son souhait avait été exaucé. Julien Lévy avait eu raison. Max se révéla doté d'un vrai talent pour la contrefaçon, d'un zèle minutieux de moine miniaturiste illuminant la Bible, qui lui permettait de créer des copies crédibles de tout ce qu'on lui demandait. Quand les matériaux fournis par Bill et Blandine n'étaient pas adéquats – quand le papier n'avait pas la bonne qualité rêche ou que l'encre était n'était pas tout à fait de la bonne teinte – il fouinait sans relâche jusqu'à ce qu'il trouve ce qui convenait. Un jour, il entra par effraction dans un magasin d'art désaffecté et prit ce dont il avait besoin, en se promettant que si jamais un jour la Libération avait lieu il y reviendrait payer le propriétaire, une promesse, comme il le consigna dans son livre de souvenirs de guerre, qu'il tint fidèlement. En falsifiant et imprimant les documents – un par un, à un rythme d'escargot, toujours la nuit, seul dans l'imprimerie, avec les volets clos, et à la seule lumière d'une petite lanterne – il sentait qu'il se forgeait également une nouvelle personnalité, une personnalité qui résistait, qui repoussait le destin, rejetant la fatalité, choisissant de recréer le monde.

Souvent, alors qu'il travaillait d'arrache-pied, il avait le sentiment d'être un médium, et non un créateur : le sentiment qu'une puissance supérieure œuvrait à travers lui. Il n'avait jamais été quelqu'un de religieux, et s'efforçait de rationaliser ce sentiment afin de s'en débarrasser; ce dernier subsistait néanmoins. Un but se manifestait à travers lui. Il n'arrivait pas à lui donner de nom, mais ses frontières étaient bien plus vastes que les siennes propres. Quand il voyait Bill ou Blandine pour leur remettre les papiers d'identité et les passeports falsifiés, il parlait en termes volubiles et optimistes de ce qu'ils faisaient. Bill répondait à ces épanchements au mieux par des monosyllabes, jusqu'à ce que Max tire la leçon de ses silences et fasse son possible pour se dominer. Blandine, elle, se montrait caustique comme à son habitude. « Oh, taisez-vous, disait-elle. A vous écouter, on pourrait croire que vous êtes sur le point de renverser le IIIe Reich, alors que nous espérons tout juste piquer le derrière de la bête et sauver, qui sait, quelques pauvres hères. »

Il était quatre heures du matin en ce 15 juin 1940. Paris était tombé. Le commandement militaire français avait cru que les chars seraient incapables de traverser la région fortement boisée des Ardennes et que l'avancée allemande pourrait être contrée par le système de défense de l'immense ligne Maginot en Lorraine. C'était une erreur. Le long de la ligne se trouvaient des forces fin prêtes, avec un réseau souterrain étendu de tunnels, voies ferrées, hôpitaux, cuisines et centres de communication. En attendant l'assaut allemand, les soldats français occupaient leurs journées souterraines en peignant des trompe-l'œil sur les murs des tunnels – des paysages tropicaux, des pièces au papier peint tape-à-l'œil et des fenêtres ouvertes donnant sur un extérieur printanier et bucolique, des armoiries héroïques portant des devises comme *Ils ne passeront pas*. Malheureusement, ils n'eurent pas besoin de passer. Les divisions Panzer commandées par Rommel et d'autres passèrent par les Ardennes soi-disant infranchissables et atteignirent Dinant et

Sedan dans la Meuse le 12 juin. Le 13 mai, le gouvernement français abandonna la capitale à l'ennemi. Débordées et inadaptées, les forces françaises de la ligne Maginot se rendirent quelques semaines plus tard. Quatre ans après, le cours de l'histoire changerait et le débarquement en Normandie commencerait, mais ces quatre années allaient durer un siècle.

« Il faut que j'y aille », dit Blandine, en rassemblant les papiers que Max lui avait préparés, sans un mot de remerciement et sans un compliment pour la qualité de son travail. Elle était comme ça. Mais sur le seuil de la porte du fond, alors qu'il lui ouvrait, elle vit les premières lueurs de l'aube se faufiler dans le ciel, trembla et s'appuya contre lui. « L'aube avant la nuit », dit-elle, et elle se tourna et l'embrassa. Ils rentrèrent en titubant dans la pièce de l'imprimerie et firent l'amour contre une des grosses machines vert foncé, sans se déshabiller. Il dut la soulever pour la pénétrer et pendant un moment les pieds de Blandine et ses hauts talons dodelinèrent maladroitement. Mais elle referma prestement ses jambes autour de ses reins et l'enserra. Il comprit que sa taille était une question sensible. Pour la compenser, elle entretenait une rigidité féroce. Même durant leur rapport sexuel, le chapeau avec la plume demeura fermement enfoncé sur sa tête. Quatre jours plus tard, le drapeau nazi flottait sur la cathédrale et les ténèbres s'étendaient.

Le charme de la ville n'était d'aucun secours. Il s'enfonçait profondément, il y avait des galeries de charme souterraines, des hôpitaux de charme et des cantines de charme souterrains en cas de besoin, et donc certains se plaisaient à croire que rien ne changerait vraiment, les Allemands étaient déjà venus, après tout, et cette fois-ci comme lors des occasions précédentes la cité les ensorcellerait et les façonnerait à sa guise. Max père et Anya Ophuls succombèrent lentement à cette chimère d'une ligne Maginot du charme, et leur fils désespéra d'eux. Le gauleiter Wagner, leur fit-il remarquer, n'était pas un homme charmant. Ses parents arborèrent un air sérieux et hochèrent gravement la tête. Tout d'un coup, pendant qu'il regardait ailleurs, ils étaient devenus très vieux et fragiles, se détériorant avec la même simultanéité dans laquelle ils avaient vécu la plus grande partie de leur vie de couple. Ils avaient toujours minimisé leurs difficultés, mais autrefois leur légèreté se doublait d'une sagesse ironique. Celle-ci avait disparu. A la place, il ne restait plus une sorte de sottise, faite de joie et d'oubli. Ils riaient beaucoup et passaient leurs journées à jouer aux cartes et à des jeux de société dans leur maison aux meubles recouverts de draps, se comportant comme si l'époque n'était pas chamboulée, comme si c'était une excellente idée d'avoir condamné en partie la maison, que la population ait fui et que les noms des rues fussent germanisés et que parler le français et le dialecte alsacien fût désormais interdit. « Allons, chéri, nous parlons tous le hochdeutsch, n'est-ce pas, alors il n'y a pas de problème, n'est-ce pas », dit Anya quand Max fils l'informa de la nouvelle. Et quand les sous-fifres de Wagner interdirent le port du béret, le traitant d'insulte au Reich, le vieux Max dit à son fils : « Je n'ai jamais trouvé qu'il t'allait, de toute façon ; porte plutôt un chapeau mou, ça sera plus raisonnable », et il retourna à son jeu de solitaire.

Certains jours, Max se disait que ses parents pensaient pouvoir rayer les nazis de leur existence, les faire disparaître en les traitant simplement comme s'ils n'étaient pas là. A d'autres moments, il était clair qu'ils perdaient leur emprise sur les choses et dérivaient dans un univers onirique, glissaient de façon charmante et sans se plaindre vers la sénilité et la mort.

Le quartier universitaire était aussi désert que le reste de la ville mais quelques cafés avaient réussi à rester ouverts. L'un deux s'appelait *Le Beau Noiseur*, et alors que le désir de résistance grandissait parmi les derniers habitants de la ville, il devint l'un des endroits où se retrouvaient les gens concernés. Bill, Blandine, Max et quelques autres faisaient partie des habitués. Plus tard, l'innocence et la franchise de ces premiers jours frapperaient tout le monde comme le summum de la folie. Le groupe se faisait appeler les *noiseurs*, les « chamailleurs ». Mais en dépit d'une telle témérité, ses membres réussirent d'étonnants exploits. Après la reddition française, Blandine, par exemple, devint conductrice d'ambulance et se rendit dans plusieurs camps d'internement près de Metz, où les soldats français étaient interrogés avant d'être relâchés et renvoyés chez eux. Personne ne prêtait attention à cette petite femme en uniforme, et du coup, tout en distribuant médicaments et nourriture, elle fut capable de rassembler une quantité d'informations sur les mouvements des troupes allemandes et du ravitaillement. Le problème, c'était qu'elle ignorait à qui donner ces informations ; ce qui ne fit rien pour adoucir son tempérament. Son irritabilité était plus grande que jamais, sa langue plus acérée, et la plupart de ses piques les plus aiguisées étaient destinées à Max. L'épisode précipité et maladroit à l'imprimerie ne se répéta jamais, et elle n'y fit jamais allusion. Il était évident à présent que Bill et elle étaient mariés, même si ni l'un ni l'autre ne portaient d'alliance. Max remisa le souvenir de leur rapport sexuel, et finit par l'oublier complètement. Puis, vingt ans plus tard, alors qu'il faisait des recherches sur cette période en vue d'un livre, il découvrit par hasard que dans l'agonie vicieuse de la phase nazie, quand les Alliés se déployaient sur la France après les débarquements victorieux du jour J, Blandine – de son vrai nom Suzette Trautmann – avait été capturée dans le sous-sol d'un garage réaménagé alors qu'elle essayait d'envoyer des messages à l'armée de libération sur un radioamateur, et avait été exécutée sur-le-champ. Dans la poche de sa chemise se trouvait la photographie d'identité d'un inconnu. La photographie n'avait pas survécu.

Supposons que ce soit moi sur cette photo, pensa soudain Max. Supposons que toutes ces piques soient des signes d'amour inversés, des suppliques codées et adressées à ma personne pour que je fasse ce qu'elle ne pouvait pas faire elle-même : l'arracher à son mariage et l'emmener dans quelque impossible Eden en ces temps de guerre. Il essaya de mettre de côté ces spéculations, qui n'étaient selon lui qu'une forme de vanité. Mais la possibilité d'un amour incompris continua de le ronger. Blandine, Blandine, pensa-t-il. Les hommes sont bêtes. Pas étonnant qu'on te rendît aussi furieuse. Cet après-midi-là dans les archives, quand il apprit le sort de Suzette Trautmann, il se promit que si jamais une femme lui adressait de nouveau ce genre de signaux, si une femme essayait de lui dire *je t'en prie*, partons d'ici, je t'en prie fuyons et soyons à jamais ensemble et tant pis pour la damnation de nos âmes, je t'en prie, il ne manquerait pas de déchiffrer le code secret.

Il ne sut jamais ce qu'il advint de Bill.

A l'automne 1940, les camps situés à l'extérieur de la ville furent aménagés et, juste à temps, les citoyens de Strasbourg se mirent à revenir en ville, conformément aux instructions allemandes. Des dizaines de milliers de jeunes gens, les *malgré-nous*, furent rapidement incorporés en première ligne dans l'armée allemande. Max Ophuls comprit que, paradoxalement, maintenant que tout le monde était rentré, même temporairement, il était temps pour lui et sa famille de partir. Les camps qu'on aménageait près de Schirmeck à Natzweiler-Struthof, destinés aux homosexuels, aux communistes et aux juifs, ressemblaient à une descente aux enfers. (La chambre à gaz construite à côté de Struthof était encore un secret.) Depuis un certain temps, il était impossible de se rendre aux presses du quai Mullenheim, et le manque d'argent obligea Max à mettre en gage et vendre des quantités de bijoux et de l'argenterie appartenant aux Ophuls. Il n'en resterait bientôt plus rien, et c'en serait fini de leur chance de s'enfuir, car l'opération coûterait sûrement très cher. L'argent était ce qu'il y avait de plus facile à recéler ; fondu et anonyme, il restait muet sur sa provenance. Les bijoux, eux, vous plaçaient dans la position plus risquée d'être désigné comme pilleur, une accusation passible de la peine de mort ; aussi en ces jours confus avant que le trafic ne se réorganise, même des bijoux spectaculaires, offerts en échange d'une pitance, pouvaient être refusés par les prudents prêteurs sur gages, ces éternelles girouettes sujettes aux vents du changement. Quand les bijoux pouvaient être recélés – des bijoux dont la vraie valeur aurait pu faire vivre une famille pendant des décennies – les prix étaient si bas qu'ils permettaient tout juste d'acheter le nécessaire pour une semaine. Ce qu'on possédait était du passé, et l'avenir arrivait rapidement, et personne n'avait ni le temps ni les moyens d'entretenir les traces d'hier.

Jusqu'ici, Art & Aventure avait échappé aux descentes organisées par les nouvelles autorités de la ville, mais ce n'était qu'une question de temps. Max fit de son mieux pour dissimuler son matériel de faussaire, trouvant un nombre de cachettes ingénieuses à la fois quai Mullenheim et chez lui, mais une fouille approfondie risquait aisément de dénicher quelque cachette incriminante, et après ça... eh bien, il préférait ne pas imaginer ce qui pourrait se passer après ça. Cette situation de plus en plus précaire dura jusqu'au printemps 41. Puis, un soir, au *Beau Noiseur*, Bill expliqua à Max d'une voix feutrée qu'un itinéraire de fuite avait été mis au point, et que ses parents et lui avaient été désignés pour la première tentative. Des membres de la faculté et des étudiants de l'université de Strasbourg – les *non-jamais* – avaient refusé de rentrer dans la « Mère Patrie », le Grand Reich, et étaient restés en exil à Clermont-Ferrand, encourant le risque d'être déclarés déserteurs par les Allemands. Le président de l'université, un certain M. Donjon, avait réussi à persuader l'administration de Vichy de maintenir l'université de Strasbourg dans ce « campus externe », et pour l'instant les Allemands étaient disposés à laisser les sbires de Pétain agir à leur guise. Un professeur d'histoire du nom de Zeller, aidé par des enseignants et des étudiants volontaires, et avec l'aide du gouverneur militaire de Clermont-Ferrand, avait passé l'été à bâtir une « maison de campagne » à Gergovie, près des excavations gallo-romaines bien connues sur lesquelles Bill ne savait rien sinon qu'elles étaient connues. « Vous partez ce soir, dit Bill en lui tendant un bout de papier. Si votre famille réussit à atteindre Gergovie, vous serez contactés là-bas et vous recevrez de nouveaux ordres. » Max Ophuls resta impassible pendant toutes ces directives, ne disant à Bill rien d'autre que ce qu'il avait besoin de savoir, gardant pour lui ses relations universitaires. Gaston Zeller, songea-t-il. Ça sera agréable de revoir sa sale trombine.

Il quitta le café sans se retourner. Chez lui, ses parents avaient ôté les housses du piano à queue dans le salon principal et Anya jouait de mémoire, en souriant extatiquement, bien que l'instrument fût cruellement désaccordé. Max père se tenait derrière elle, ses mains posées sur ses épaules, les yeux clos, son air était lointain et serein. Leur fils interrompit leur rêverie. « Il est temps pour nous de fuir », dit-il. Le vieux couple réagit comme si l'univers avait vaguement frissonné ; puis sa mère arbora son plus doux sourire. « Oh, mais c'est hors de question, mon chéri, dit-elle. Tu sais que Charles, le fils de notre cher ami Dumas, reçoit demain son *bachot**. Nous reparlerons de partir quand ça sera fait. »

C'était là une horrible déclaration. Charles Dumas avait trente ans, le même âge que Max fils, et ne se trouvait pas à Strasbourg. Le jour de leur baccalauréat était passé depuis longtemps. « Mais vous aviez promis, dit Max, en plein désarroi. Vous m'aviez dit que si jamais je venais vous voir avec cet avertissement, vous feriez comme je vous le demande. » Son père inclina la tête. « Et tu as à juste titre souligné l'importance de notre parole donnée. Ainsi deux grands principes sont ici en conflit : l'honnêteté et l'amitié. Nous préférons êtres de bons amis, et rester ici pour ce jour important, même si cela nous rend malhonnêtes à tes yeux. – Mais bon sang s'écria Max fils, il n'y aura aucune cérémonie de ce genre – vous savez parfaitement que toutes les écoles et collèges ont été fermés depuis l'évacuation, et même si ça n'était pas le cas, ce n'est pas le bon moment de l'année... » Anya Ophuls parut vouloir se remettre à jouer. « Allons, allons, mon chéri, je t'en prie, le réprimanda-t-elle. Il ne s'agit que d'un jour. Après-demain nous ferons nos bagages et nous filerons où bon te semble. »

Il n'y avait rien d'autre à faire qu'acquiescer. Sur le bout de papier que Bill avait donné à Max était noté le lieu du rendez-vous, une étable dans un coin reculé du domaine Bugatti dans le village de Molsheim, et le mot *Finkenberger*, que Max avait toujours considéré comme étant le nom d'un vin local, et non celui d'un individu. Il supposa que c'était le pseudonyme du *passeur**, l'homme chargé de faire fuir la famille Ophuls de l'autre côté des lignes ennemies. Ce soir-là, par une nuit sans lune, certainement choisie pour son obscurité, Max parcourut à bicyclette les vingt kilomètres de ladite « route du vin » jusqu'à Molsheim pour informer M. Finkenberger qu'il y aurait un retard de vingt-quatre heures dans le plan. Le choix du rendez-vous était risqué car l'usine Bugatti était maintenant aux mains des Allemands ; mais après tout il n'y avait pas d'endroits sûrs cet automne. Molsheim, un beau village aux rues anciennes et pavées avec des maisons penchées à la Gepetto, était si charmant qu'on s'attendait à voir des fées bleues derrière ses vitres et le célèbre grillon parlant du nouveau film de Disney dans ses cheminées. Cette nuit-là, toutefois, la tragédie de la famille Bugatti planait sur l'endroit comme un linceul, assombrissant l'obscurité sans lune au point qu'on avait l'impression d'avoir les yeux bandés. Plus Max se rapprochait du vaste domaine et plus ce dernier devenait sombre, jusqu'à ce qu'il descende de sa bicyclette et avance en aveugle.

En l'espace d'une seule année, le légendaire concepteur automobile Ettore Bugatti, *le Patron**, avait subi la perte d'abord de son fils Jean – dans un accident de voiture – puis de son père Carlo, qui mourut juste avant l'invasion allemande, comme s'il refusait de faire partie de cet avenir. Ettore avait vécu à Paris, et bien qu'il demeurât le génial ingénieur de la société, Jean était depuis plusieurs années chargé de la conception de la carrosserie, les fameuses ailes incurvées, les formes futuristes. Après la mort de son fils, Ettore revint dans le domaine-usine quasi baronnial de Molsheim, où tous les bâtiments – même la salle de dessin, l'atelier de pièces détachées, la fonderie, la salle d'assemblage – arboraient de vastes portes polies en chêne et en bronze. Les Bugatti avaient vécu dans une splendeur féodale. Il y avait un musée de sculptures, un musée des charrettes, des dépendances luxueuses pour les pur-sang, une école d'équitation. Ils avaient des terriers de concours, du bétail d'excellente qualité, des pigeons voyageurs de compétition. Ils possédaient leur propre distillerie et hébergeaient leurs clients dans une résidence spectaculaire, l'hôtel du Pur-Sang. La grandeur de ce monde privé qu'il avait bâti ne faisait que retourner davantage le couteau dans le cœur d'Ettore, amplifiant le vide soudain de son existence. Quelques mois après son retour, il vendit le domaine aux Allemands – fut contraint de le vendre – et quitta Molsheim avec l'air d'un homme émergeant de la tombe. Il installa ses usines à Bordeaux, mais aucune Bugatti ne fut plus jamais construite. Ettore fabriquait à présent des vilebrequins pour les moteurs d'avion Hispano-Suiza. Moins connu était son travail avec la résistance, dans lequel nombre de ses anciens employés suivirent leur patron bienveillant mais tyrannique. L'un d'eux, le vieux dresseur de chevaux, que Max Ophuls connaissait sous le nom du passeur Finkenberger, attendait maintenant au bout d'une petite impasse boisée derrière l'écurie, assis sur un piquet de clôture, en fumant. Max descendit l'allée en titubant, se cognant à d'autres piquets de clôture et à des arbres sadiques, en essayant de ne pas pousser de cris. L'extrémité embrasée de la cigarette de Finkenberger était son phare, et il nageait dans sa direction à travers l'obscurité totale tel Alexandre dans l'Hellespont. Quand le palefrenier parla, ce fut comme si le rideau de la nuit se déchirait. Autour de ses paroles, Max Ophuls commença à pouvoir distinguer ou du moins imaginer un visage, lequel à sa grande surprise se révéla familier. « Merde alors, furent les premières paroles de l'homme qui attendait. Je vous connais, non ? Merde. »

Max Ophuls avait été en proches termes avec Jean Bugatti, il avait appris à voler avec lui, accomplissant des acrobaties dans le ciel d'avant-guerre. Ils avaient également traversé en tous sens cette campagne naguère bénie sur des étalons au cours d'après-midi d'été lumineux. Ce soir-là, épuisé, tout tremblant, Max se retrouva plongé dans cette époque heureuse par le truchement du langage obscène et caractéristique du passeur. « Ophuls, Max, dit-il. Et bien sûr je te connais, Finkenberger. Comment oublier. » L'autre tendit une cigarette, que Max refusa. « C'est un vrai merdier, confia l'entraîneur de chevaux. Les nazis veulent se servir de la fabrique pour construire des armes, évidemment. Couillons. Mais ils aiment les chiens et les chevaux et bien sûr ils veulent conduire ces foutues voitures. Quand je vois une 57-5 avec une putain de croix gammée peinte sur le capot, j'ai envie de gerber, bordel. Ces saloperies de rats d'égout qui jouent aux aristos. Foutues raclures d'étang. Et cet hôtel, j'ai toujours trouvé que le nom était une erreur. Ils adorent cet endroit. L'hôtel du Pur-Sang. C'est un putain de bordel maintenant. Mais dis-moi, pourquoi t'es venu seul ? On m'avait parlé de trois personnes. »

Max expliqua le problème et il y eut un brutal changement d'humeur. L'obscurité elle-même parut se resserrer, se condenser en une paire de poings serrés. Finkenberger jeta sa cigarette et, à en juger par sa respiration, parut faire un effort pour maîtriser sa colère. Il finit par parler : « Le Patron, il a quitté Molsheim et s'est barré à Paris parce qu'il croyait que les ouvriers étaient pas reconnaissants. Vieille école, le bonhomme. Faut ôter ta casquette quand il passe, faire des courbettes, plier le genou, tu vois ce que je veux dire. Et ouais, peut-être qu'il y en avait qui étaient pas contents d'avoir la chance de se comporter comme des putains de serfs, même s'ils avaient droit à des maisons et des avantages et tout ça. Il y en avait certains qui étaient pas du tout reconnaissants. Monsieur Jean était différent. Côté simplicité, il en avait à revendre. Tu peux t'estimer heureux d'avoir été son pote. Si t'étais pas son pote, avec ce que tu viens de me sortir je t'aurais dit d'aller te faire foutre. Si t'étais un des connards prétentieux du Patron je t'aurais dit ce que tu pouvais en faire de ton putain de retard de vingt-quatre heures. T'as une idée de comment c'est coton de mettre sur pied ce truc, le danger d'utiliser la radio, le nombre de personnes qui t'attendent en bas de la route qu'il faut renvoyer et faire revenir demain, t'as une idée du putain de danger que tu leur fais courir ? Les putains de foireux dilettantes comme toi pensent à personne d'autre. Mais t'as de la chance, mon salaud, que je te dis, à cause de Monsieur Jean, à cause de son putain de bon souvenir. Soyez ici à l'heure demain tous les trois ou vous pouvez allez vous faire foutre et crever dans votre putain de synagogue le jour de votre putain de sabbat. »

A Strasbourg il y avait des foyers d'incendie, et des milices casquées dans la rue. Max Ophuls avançait prudemment, à pied, en poussant sa bicyclette, se cachant dans les ombres. Quand il vit les flammes lécher la façade d'Art & Aventure, la peur se mit à palpiter en lui, à le pétrir comme de la pâte. Bien avant d'atteindre sa maison, il sut ce qu'il trouverait, la porte défoncée, le saccage gratuit, la merde sur les Biedermeier, les slogans barbouillés, l'urine dans le vestibule. Si la maison n'avait pas été incendiée, ce ne pouvait être que parce qu'un nazi haut placé la voulait pour lui. Toutes les lumières étaient allumées et il n'y avait personne. Il inspecta les pièces les unes après les autres, les éteignant, les rendant à l'obscurité, les laissant à leur deuil. Dans la bibliothèque aux trois bureaux, la destruction était immense, les livres éparpillés et déchirés, un monticule d'ouvrages calcinés trônait au centre du tapis, une grosse masse carbonisée de sagesse qu'on avait éteinte en pissant dessus. Les tiroirs des bureaux béaient. Des tableaux lacérés pendaient de travers dans leurs cadres brisés. Il avait apporté avec lui les faux papiers de ses parents et avait commis l'erreur de les laisser à la maison quand il s'était absenté pour ce rendez-vous qui lui avait momentanément sauvé la vie. La découverte de ces documents mettait en péril ses parents et le condamnait, lui. Il n'y avait personne dans la maison mais d'ici la fin de cette nuit de pillage, la maison serait entre les mains ennemies, comme l'hôtel du Pur-Sang. Les putains nazis se prélasseraient là où naguère sa mère s'assoupissait. Il fallait qu'il parte. Il aurait dû partir sans plus attendre. Il n'y avait personne mais cela ne durerait pas. Il trouva une bouteille de cognac qui, étrangement, avait été épargnée. Elle gisait intacte dans un coin, près d'une chaise entre les rideaux soulevés par le vent. Il la déboucha et but. Les minutes s'écoulèrent. Non, elles ne s'écoulèrent pas. Le temps restait immobile. La beauté passait, l'amour passait, l'acharnement et l'entêtement passaient. Le temps restait immobile, les mains levées. Les crétins têtus disparaissaient.

Après la guerre, il apprit comment s'était achevée leur histoire. Il apprit les chiffres gravés sur leurs avant-bras, les mémorisa et ne les oublia jamais. Le dossier montrait qu'ils avaient été utilisés à des fins d'expérimentation médicale. Ils étaient vieux et perdaient la raison et n'étaient bons à rien et il fallait donc leur trouver une utilité. Après une vie entière vécue principalement dans leur esprit désormais affaibli, ils avaient fini comme de simples corps, des corps qui réagissaient de telle façon à la douleur et de telle autre à une plus grande douleur, de telle façon à la plus grande douleur imaginable, des corps dont les réactions suite à l'injection de maladies étaient intéressantes, extrêmement intéressantes d'un point de vue scientifique. Ainsi donc ils aimaient se cultiver ? Fort bien. Ils avaient contribué à l'avancée du savoir d'une façon pratique et précieuse. Ils n'allèrent jamais jusqu'à la chambre à gaz. Le savoir les tua avant.

Ivre, à deux doigts de l'effondrement, Max Ophuls remonta sur sa bicyclette et parcourut les vingt kilomètres de la route du vin pour la troisième fois cette nuit. Quand il arriva à Molsheim, il s'aperçut qu'il ignorait comment trouver le passeur, ignorait laquelle des nombreuses maisons d'ouvriers sur le domaine Bugatti était la sienne, ne se rappelait même plus son véritable nom. La nuit n'était plus complète ; une nuance colorée commençait à adoucir l'obscurité. Plus par chance que guidé par le souvenir, il retrouva son chemin jusqu'à la petite écurie à l'extrémité du domaine, une sorte d'endroit de passage, une étape pour cavaliers fatigués, et y pénétra avec sa bicyclette puis s'écroula sur le sol boueux d'une des stalles et perdit connaissance. C'est là que le trouva Finkenberger quelques heures plus tard, en pleine lumière, et le secoua rudement, lâchant des jurons dans l'oreille du dormeur. Max se réveilla tout effrayé et vit un cheval le renifler comme s'il se demandait s'il était comestible. A côté de la tête du cheval il y avait la tête de Finkenberger. A la lumière du jour, Finkenberger était un gnome de la taille d'un jockey avec un visage caustique plein de dents abîmées qui devaient le faire souffrir. « T'en as de la chance, mon con, dit-il à Max. Gauleiter Wagner, la grande salope elle-même, comptait faire du cheval ici aujourd'hui, mais on dirait que tout le monde veut des délais de vingt-quatre heures. » Puis il vit l'expression sur le visage de Max et son attitude changea. « Merde, dit-il. Merde. Je suis désolé. Oh merde, merde, merde, merde, merde, merde. Je me chie dessus pour mon insensibilité, je chie sur les tombes de leurs grands-mères fascistes, je leur souhaite d'avoir de la merde à bouffer en enfer pour l'éternité. » Il s'assit dans la boue et passa un bras autour de Max, qui était incapable de pleurer. Puis soudain le passeur se mit étudier les options. L'itinéraire de fuite en zone sud avait été rétabli, il y avait veillé avant d'aller se coucher, mais si les rafles avaient commencé alors le facteur risque avait augmenté et était peut-être inacceptable. Oui, bien sûr, il avait confiance dans l'itinéraire, mais autant que la chose était possible, parce que c'était la première fois et la première fois n'est jamais sûre. Et si ces fumiers préparaient une grosse opération alors il ne pouvait y avoir de garanties mais bien sûr tout le monde ferait de son mieux. « Ça me semble très bien, dit Max avec amertume. Entendu, faisons comme ça. » Ce fut à ce moment que Finkenberger le passeur eut l'idée qui allait faire de Max Ophuls un des grands héros romantiques de la Résistance : le juif volant.

Au début de la guerre, Ettore Bugatti, avec l'aide du célèbre ingénieur en aéronautique Louis D. de Monge, dessina un avion – le Modèle 100 – afin de battre le record de vitesse mondiale, qu'un Messerschmitt Me209 allemand avait hissé à 755,138 kilomètres-heure le 26 avril 1939. Alors que la menace de la guerre augmentait, Bugatti reçut un contrat pour construire une version militaire du Racer, avec deux mitraillettes, des cylindres à oxygène et des réservoirs de carburant hermétiques. L'avion fut construit en grand secret au premier étage d'une fabrique de meubles parisienne, mais il n'avait pas encore eu l'occasion de voler. Comme les armées allemandes marchaient sur Paris, Ettore Bugatti fit descendre l'avion dans la rue, le chargea sur un camion et l'envoya hors les murs dans une cachette. « Le Racer, murmura Finkenberger à Max Ophuls, en souriant de son sourire tout en dents saillantes. Je sais où il est. Si tu peux le piloter, il est à toi. »

L'avion était caché sous le nez de l'ennemi, dans une grange à foin sur le domaine. Il pouvait voler à plus de huit cents kilomètres-heure, du moins c'est ce que pensaient ses concepteurs. Il possédait deux moteurs de voiture de course Bugatti T50B, avait des ailes à volet et un système révolutionnaire de géométrie variable, un système de volets hypersustentateurs de bord de fuite fendus qui réagissait à la vitesse de l'air et à la pression d'admission puis les réglait automatiquement dans n'importe laquelle des six positions différentes : décollage, croisière, grande vitesse, descente, atterrissage, roulement au sol. Il était rapide, rapide, rapide, et peint d'un bleu Bugatti. Finkenberger conduisit Max à la grange à la faveur de la nuit, et les deux hommes s'activèrent en silence pendant une heure et demie pour ôter le camouflage de foin et le filet et révéler le Bugatti Racer dans toute sa splendeur. Il était toujours entreposé sur le camion qui l'avait sorti de Paris, tel un lévrier dans son box. Finkenberger dit qu'il connaissait une portion de route droite pas très loin qui servirait de piste. Max Ophuls s'émerveilla devant la beauté aérodynamique du Racer. « Il ira jusqu'à Clermont-Ferrand sans problème, mais ne fais pas l'idiot, hein ? Inutile d'essayer de battre le record de vitesse, dit Finkenberger. Maintenant regarde et retiens. » Il était donc davantage qu'un dresseur de chevaux, comprit Max. Finkenberger lui expliqua le système de démarrage peu orthodoxe de l'avion, ses moteurs penchés, ses hélices contrarotatives. Le système de refroidissement, le correcteur d'assiette ; là aussi, il s'agissait d'innovations. « On n'a jamais rien construit de pareil, dit Finkenberger. Un putain d'oiseau. »

« On a le droit de faire ça ? demanda Max Ophuls, la voix chargée d'étonnement, ses pensées prenant déjà leur essor vers le ciel. – Son baptême de l'air sera un acte de résistance, répondit Finkenberger, son langage cru disparaissant tandis qu'il manifestait un vibrant patriotisme jusque-là caché. Le Patron n'aurait pas voulu qu'il en soit autrement. Prends-le, d'accord ? Prends-le avant qu'ils le trouvent. Lui aussi a besoin de s'enfuir. »

Le vol de nuit du Bugatti Racer de Molsheim à Clermont-Ferrand allait devenir un des grands mythes de la Résistance et, une fois répété à voix basse, il acquit rapidement la force surnaturelle d'une fable : la vitesse incroyable de l'avion propulsé dans le ciel noir ; la fuite à basse altitude vers la liberté que seul le pilote le plus doué et le plus audacieux aurait pu accomplir ; la barrière des huit cents kilomètres-heure battue pour la première fois dans l'histoire alors que le record mondial était officieusement mais indubitablement pulvérisé, et, surtout, repris par la France aux Allemands, devenant ainsi une métaphore de la Libération ; le décollage audacieux depuis une route de campagne et l'atterrissage encore plus dangereux privé de la lune sur la plaine qu'avaient descendue les légions de Jules César vers l'oppidum de Gergovie, où Vercingétorix, le chef des Arvernes, les avait battues.

Une part de tout cela était certainement vraie, mais plus tard Maximilien Ophuls lui-même parut disposé à laisser le mythe embellir la vérité. Avait-il réellement battu le record en dépit de l'avertissement de Finkenberger concernant le carburant ? Avait-il vraiment volé au niveau des toits tout du long, ou avait-il eu de la chance d'échapper à la détection, la surprise jouant un rôle non négligeable dans sa fuite ? Dans ses propres mémoires des années de guerre, Max Ophuls ne clarifia rien, parlant plutôt avec une modestie de héros de sa bonne fortune et des nombreuses personnes qui l'avaient aidé et sans qui et cetera et cetera. « J'ai pensé à Saint-Exupéry, écrivit-il. En dépit de la situation inquiétante, j'ai compris ce qu'il voulait dire quand il parle dans *Vol de nuit* du vol comme d'une forme de méditation : *cette profonde méditation du vol, où l'on savoure une espérance inexplicable*. Oui, oui. C'était bien cela. »

Ici, à nouveau, un lecteur mesquin pourrait croire à la fusion délibérée de la propre histoire de Max avec celle d'une autre personnalité adulée. En 1940, l'écrivain et pilote Antoine de Saint-Exupéry joua un rôle héroïque dans la bataille de France, puis partit avec son escadron pour l'Afrique du Nord, et atteignit plus tard New York. Il était déjà célèbre comme l'auteur de *Vol de nuit*, mais quand Max Ophuls fit référence ensuite dans ses mémoires à un livre ultérieur de Saint-Exupéry, il se montra coupable d'anachronisme. A l'époque de son propre vol jusqu'à Gergovie, *Pilote de guerre*, publié en anglais sous le titre *Flight to Arras*, était encore en cours d'écriture, et même après sa publication un an plus tard et son succès américain considérable, il fut interdit par le gouvernement de Vichy et l'édition Gallimard de 1942 fut retirée de la vente. Il était donc impossible pour Max Ophuls d'avoir eu alors connaissance de son contenu. En dépit de ces détails maladroits, Max Ophuls consigna sans vergogne ses réflexions aéroportées sur un texte dont il ne pouvait avoir eu connaissance. « *La guerre, pour nous, signifiait un désastre. Mais était-il vrai que la France, pour s'épargner une défaite, avait refusé de combattre ? Je ne le crois pas.* » Max revivant son propre vol de nuit ajouta d'un ton approbateur : « Alors que je filais au-dessus des têtes de mes concitoyens endormis, je ne le croyais pas non plus. La France n'allait pas tarder à se réveiller. » L'erreur n'était pas importante. Personne ne la lui reprocha. Même les critiques qui repérèrent la bourde expliquèrent qu'elle était dans les limites de la licence poétique. Un héros était un héros ; il était autorisé à quelques aménagements. Le livre de Max fut encensé et devint un succès commercial, surtout en Amérique. Après tout, à la fin de la guerre, Saint-Exupéry était mort, mort au combat au-dessus de la Corse, tandis que Max Ophuls était un as de l'aviation vivant et un géant de la résistance, un homme à l'allure de vedette de cinéma et aux exploits universels, et en outre il s'était installé aux Etats-Unis, choisissant les attraits rehaussés du Nouveau Monde plutôt que les manières affectées et déclinantes de l'Ancien.

Une fois qu'il eut atterri, l'avion fut rapidement dissimulé dans la forêt voisine par une petite équipe de volontaires surnommés les Gergoviens et dirigés par le redoutable Jean-Paul Cauchi, l'organisateur de Combat universitaire, également connu sous le nom de Combat étudiant, le groupe de Résistance basé à l'université en exil de Strasbourg et responsable devant Henri Ingrand, le chef de Combat de la région six. Max fut conduit jusqu'à la demeure en forêt où ses collègues, le président Danjon et l'historien Gaston Zeller, l'attendaient avec une bouteille de vin. Comme ses papiers fabriqués par lui-même étaient au nom de « Sébastien Brant », son arrivée en tant que professeur strasbourgeois nécessitait quelque explication. Il serait présenté comme un chercheur venu du sud, et Danjon, qui exerçait un pouvoir quasi hypnotique sur les collaborateurs nazis de Vichy, arrangerait la paperasserie. « Mais vous avez pris un risque stupide en vous donnant un nom connu, le gourmanda Danjon. On pourrait même dire que vous avez voyagé jusqu'ici sur une nef des fous volante. » Le vrai Brant était l'auteur, au quinzième siècle, de *Stultifera Navis*, ou *Das Narrenschiff* (1494), une satyre des folies humaines illustrées en partie par le jeune Albrecht Dürer. Ophuls écarta les mains pour s'excuser : oui, c'était vrai, il avait fait un choix stupide.

« Ça devrait passer, le rassura Zeller. Ceux qui seraient susceptibles de vous causer des ennuis ne lisent pas. »

Peu après son arrivée à Gergovie, Max se dota d'une seconde fausse identité. Avide de vengeance, il rejoignit la section action de Combat étudiant sous le nom de « Niccolò » et apprit le maniement des explosifs. La première et unique bombe qu'il jeta fut fabriquée par un assistant du nom de Guibert à l'institut de Chimie, et sa cible était la maison de Jacques Doriot, un laquais de Vichy qui dirigeait l'Association Doriot, un groupe pronazi. L'explosion – une incroyable excitation due à la puissance libérée, suivie presque aussitôt d'une réaction physique aussi violente qu'involontaire, un jaillissement concomitant de vomi – lui apprit deux leçons qu'il n'oublia jamais : que le terrorisme était excitant et que, aussi profondément justifiée que fût sa cause, il ne pouvait pas surmonter ses propres scrupules afin d'accomplir de façon régulière ce type d'action. Il fut muté à la section propagande et, au cours des deux années suivantes, s'occupa de ce qu'il connaissait : la création de fausses identités. « La réinvention du moi, ce thème américain classique, écrirait-il dans ses mémoires, commença en ce qui me concerne en plein cauchemar, celui de la conquête de la vieille Europe par le mal. Que le moi puisse être aussi aisément transformé est une découverte dangereuse, grisante. Une fois que vous avez commencé à prendre cette drogue, il n'est pas facile de s'en passer. »

La contrefaçon était devenue la tâche la plus importante de la section. Comme la Résistance gagnait en unité et en organisation, et que le nombre d'hommes et de femmes engagés augmentait, les faux papiers étaient essentiels pour toute action sérieuse. Combat étudiant noua progressivement des alliances plus solides avec les réseaux de renseignement d'Auvergne, le réseau Alibi de Georges Charaudeau, l'organisation Kléber du colonel Rivet, et la Phalange de Christian Pineau ; ainsi qu'avec d'autres commandos d'action, les Ardents, dont le symbole était la flamme de Jeanne d'Arc, le Mithridate et l'ORA. Ce travail éloigna Cauchi de Clermont-Ferrand pendant de longues périodes, et un type hargneux et hautain nommé Georges Mathieu devint la tête agissante de Mithridate. Mathieu était un homme très grand, tout en os et en dents. Ses yeux bleus étaient quelque peu proéminents et sa chevelure blonde lissée par de l'huile mascara. Il insistait pour porter un béret en signe de défi, et était respecté en raison de ses manières glaciales et militaires. Sa petite amie Christiane travaillait dans les bureaux de Vichy, comme secrétaire d'un certain capitaine Burcez. On tenait là, apparemment, une source d'information non négligeable. Quoi qu'il en soit, pour tout un tas de raisons, personne ne remit en question le droit de Mathieu à diriger.

A cette époque, il fallait faire circuler de nombreux colis tandis que les attaques de commando augmentaient en fréquence et en force, et que la Résistance était de plus en plus traquée par les Allemands. Max Ophuls se résolut à ne plus se demander ce que contenaient ces colis. Les coursiers avaient besoin de documents pour s'assurer un passage et c'était son boulot de les leur fournir. Puis, après la rafle des juifs de Paris, environ mille enfants juifs échappèrent aux trains de la mort pour Auschwitz ; des faux papiers devaient être fournis de toute urgence si on voulait les faire passer au sud, en sécurité. Max Ophuls, dont le travail était loué par son supérieur immédiat Feuerstein ainsi que par les personnalités plus prestigieuses mais de plus en plus lointaines de Cauchi et Ingrand, créa un bon nombre de ces nouvelles identités, qu'il faisait parvenir à leurs nouveaux propriétaires via des points de chute secrets où il étaient récupérés par des intermédiaires anonymes. Mais peut-être la plus grande contribution qu'apporta Max Ophuls à la Résistance fut d'ordre sexuel ; même s'il dut, afin de mener à bien cet exploit, se forger de nouveau un moi d'opérette et l'endosser pleinement et, hélas, non sans douleur. Il fut l'homme qui séduisit la Panthère, Ursula Brandt.

En novembre 1942, les Allemands envahirent la zone sud et la donne changea sensiblement. Jusque-là, les étudiants de l'université de Strasbourg en exil pouvaient jouer à la résistance, mais avec les Allemands établis à Clermont-Ferrand ce jeu devint autrement plus dangereux. En tout, cent trente-neuf étudiants et membres de la faculté allaient mourir en raison de leur engagement dans des activités de résistance. En ce mois de novembre, le capitaine SS Hugo Geissler installa une antenne de la Gestapo à Clermont-Ferrand. Son directeur s'appelait Paul Blumenkampf, et il feignait d'être quelqu'un de bon enfant et de cordial. Sa très influente assistante, elle, ne feignait rien de tel. Elle avait été surnommée la Panthère parce qu'elle portait un manteau en peau de panthère qu'elle n'ôtait jamais, même aux jours les plus chauds de l'année. Son domaine de prédilection était l'infiltration, la démolition de l'intérieur ; et sa taupe n'était autre que Georges Mathieu. De nombreux groupes résistants – le Mithridate, l'ORA – furent écrasés et leurs chefs appréhendés grâce à la trahison de Mathieu. Au cours d'une série de raids sur ces organisations, plusieurs étudiants furent arrêtés, et le Reichsführer-SS Himmler fut enfin en mesure d'autoriser l'attaque sur l'université, qui avait été empêchée depuis longtemps par l'influence de Danjon auprès de Vichy, et par la répugnance du ministre étranger Ribbentrop à renverser les pions qu'il avait installés.

L'attaque de l'université, qui fut connue sous l'appellation de Grand Raid, eut lieu le 25 novembre 1943. Le professeur de lettres Paul Collomp, un bon ami de Max Ophuls, fut abattu alors qu'il essayait d'empêcher les agresseurs d'entrer dans le secrétariat où se trouvaient les adresses des enseignants. Un professeur de théologie, Robert Eppel, avec lequel Max s'était également lié d'amitié, reçut une balle dans le ventre, chez lui. Le traître Georges Mathieu désigna de nombreux étudiants détenteurs de fausses cartes d'identité. Il y eut plus de mille deux cents arrestations. Max Ophuls n'en réchappa que grâce à l'instinct de survie qui l'avait poussé à n'avoir que le minimum de rapports avec Mathieu. Par conséquent, le traître ne pouvait établir le moindre lien entre les noms de Sébastien Brant et de Max Ophuls et la personne du faussaire de la Résistance ne pouvait être reliée par le traître à l'agent de la Résistance et grand contrefacteur Niccolò. Par précaution, toutefois, il quitta la maison de Zeller, se mit en ménage avec une jeune et jolie étudiante en droit du nom d'Angélique Strauss, une de ces jeunes femmes énamourées dont il n'y aurait jamais pénurie dans sa vie, se forgea une identité supplémentaire (« Jacques Wimpfeling », d'après un autre humaniste du Moyen Age), et prit un congé exceptionnel de ses devoirs universitaires.

Le lendemain de l'attaque, André Danjon adressa une lettre de protestation véhémente au Premier ministre Laval, tirade dans laquelle presque chaque phrase était une invention. Il mentit sur le nombre de juifs inscrits à l'université, et sur l'engagement des étudiants et de la faculté dans la Résistance. En ces années d'éclipse, sa détermination était comme un

« clair de terre » ; elle dispensait la seule lumière disponible. A la suite son indignation fort bien feinte, l'université eut le droit de rester ouverte. Danjon téléphona alors personnellement à Max. « C'est le dernier acte, dit-il. Le rideau a déjà entamé sa descente. Vous devez songer à quitter la France. » Durant son séjour dans la maison de Gergovie, Max Ophuls avait passé son temps à discuter histoire militaire avec Gaston Zeller et à rédiger des articles sur les relations internationales, articles que lui-même trouvait excessivement utopiques, et dans lesquels il spéculait sur la construction d'un ordre mondial plus stable après la défaite du nazisme, aussi improbable que la chose parût alors. Ces articles, dans lesquels il évoquait la nécessité d'instances semblables à celles qui seraient mises sur pied plus tard, telles que le Conseil de l'Europe, le Fonds monétaire international et la Banque mondiale, suscitèrent l'admiration de Danjon, qui lui révéla qu'il avait réussi à les faire parvenir clandestinement jusqu'au quartier général de la France Libre à Londres, où ils avaient impressionné de Gaulle. « Vous pourrez faire plus pour votre pays aux côtés du Général qu'ici, dit Danjon. Préparez-vous et nous mettrons au point votre fuite. J'ai peur que vous ne puissiez prendre l'avion cette fois-ci. Ce serait forcer la chance.

– Avant de partir, répondit Max, il faut que je fasse une dernière chose. »

Le deuxième exploit légendaire de Max Ophuls au cours de ses années de Résistance fut connu par la suite sous l'appellation « Mordre la Panthère ». Quand les gens en parlaient, leurs voix adoptaient ce ton feutré qu'on réserve aux exploits impossibles, magnifiquement absurdes. L'agent Niccolò, qui était désormais une figure majeure dans la Résistance unifiée connue sous le nom de MUR – laquelle avait été créée par la fusion de Combat avec les deux autres grandes forces de la Résistance, Franc-Tireur et Libération –, disparut tout simplement de la circulation. C'était comme si lui, et Sébastien Brant, et Jacques Wimpfeling, et Maximilien Ophuls, avaient tous cessé d'exister. A leur place surgit un officier allemand, Sturmbahnführer Pabst, transféré de Strasbourg pour aider l'équipe d'Ursula Brandt dans ses enquêtes, avec des documents signés par Heinrich Himmler en personne, dont l'antipathie pour l'université en exil ne datait pas d'hier. Il revient au talent d'imposteur de

« Pabst » de n'avoir éveillé aucun soupçon : seule la force implacable de sa volonté empêcha quiconque de songer un seul instant qu'il pût ne pas être ce qu'il disait être. Il parlait un allemand impeccable, se distinguait par son profond dévouement au Reich, ses papiers étaient parfaitement en ordre, et il était inconcevable de douter de l'authenticité de la signature du Reichsführer-SS. C'était également un homme d'un charme immense et au physique séduisant, ainsi que le remarqua la Panthère quand il la complimenta sur cette qualité féline qui justifiait son surnom. Ursula Brandt était une femme de petite taille, courtaude, à laquelle le terme de « panthère » ne pouvait sincèrement être appliqué, mais elle accepta le compliment sans sourciller. Quelques semaines plus tard, le Sturmbahnführer et elle étaient amants.

Au lit, Brandt prouva qu'elle tenait de la panthère au moins par un aspect : elle adorait se servir de ses dents et de ses griffes. Son amant prétendit stoïquement apprécier la chosc, et l'encouragea à lâcher la bride à tous ses penchants sexuels, aussi extrêmes fussent-ils. Après leurs étreintes, les draps étaient souvent maculés de sang, et Brandt demeurait dans un état d'hébétude honteuse qui la rendait inhabituellement malléable. En échange de toutes ces cicatrices nocturnes, le faux Sturmbahnführer obtint un accès quasi illimité aux secrets du bureau de la Panthère. Au cours du mois de leur liaison, il fut capable de transmettre un flot de renseignements inestimables aux MUR. Puis, quand le signal convenu avec le maquis – un petit cercle de craie avec un point au centre, signifiant « ils commencent à vous soupçonner : partez » – apparut un matin sur la porte de son domicile, il disparut tranquillement de nouveau.

Ce fut le seul exemple connu dans toute la Seconde Guerre mondiale d'une « infiltration à l'envers » réussie au sein d'une équipe d'espionnage de la Gestapo, et quand la chose se sut, la position d'Ursula Brandt devint intenable, et elle aussi, à l'instar de son amant imaginaire, disparut de la circulation. Le Reichsführer-SS Himmler n'était pas du genre à pardonner.

Dans ses mémoires, Maximilien Ophuls se pencha sur les événements du Grand Raid et sur le sort qui fut réservé à l'un de ses architectes. « Dans la nouvelle Résistance, chaque moment de joie, chaque victoire, était gâché par la nouvelle d'autres tragédies. Nous avons eu la chance de réussir dans l'opération Panthère, mais quand je repense à ces journées, ce n'est pas la victoire mais mes camarades disparus qui remontent à mon souvenir. Je pense, par exemple, à Jean-Paul Cauchi, notre fondateur, notre chef, qui fut arrêté à Paris deux mois avant les débarquements du Jour J et envoyé à Buchenwald. Le 18 avril 1945, au moment même où les troupes américaines s'approchaient de Buchenwald, il fut abattu lâchement par les infâmes gardes allemands du camp. Je pense en revanche avec satisfaction au procès de Georges Mathieu, qui fut arrêté en septembre 1944, prétendit qu'il avait trahi parce que Ursula Brandt avait menacé de tuer sa petite amie enceinte s'il refusait, fut jugé coupable et exécuté par un peloton d'exécution le 12 décembre. J'ai toujours été opposé à la peine de mort, mais dans le cas de Mathieu je dois avouer que mon cœur gouverne ma tête. »

Il écrivit également : « Entrer dans la Résistance fut, pour moi, une sorte d'envol... On quittait son nom, son passé, son avenir, on s'élevait loin au-dessus de sa propre vie et on n'existait que dans le continuum du travail, porté dans les airs par la nécessité et le destin. Oui, une sorte d'exaltation s'emparait parfois de moi, tempérée par le fait de savoir que je pouvais m'écraser ou me faire abattre à tout moment, sans avertissement, et crever comme un chien. »

*

Ce n'est qu'après son arrivée sans encombres à Londres que Max Ophuls comprit à quel point il avait été privilégié en obtenant un sauf-conduit à la Ligne Pat, ce réseau d'évasion basé à Marseille, créé par le capitaine Ian Garrow et dirigé, après la trahison et capture de Garrow, par le mystérieux « commandant Pat O'Leary », un médecin belge dont le véritable nom était Albert-Marie Guérisse. Ce réseau, contrôlé par la Section DF du Bureau des opérations spéciales britanniques, avait été mis sur pied au départ dans le but de récupérer les aviateurs anglais et les agents de renseignements abandonnés derrière les lignes ennemies, et en dépit des dangers constants de trahison et de capture, il avait un actif spectaculaire, ayant fait passer plus de six cents combattants en terrain sûr. Toutefois, à la lumière des tensions croissantes entre le général de Gaulle et Churchill comme Roosevelt, il n'était pas dans les habitudes des services de la Ligne de s'occuper d'un civil juste parce que de Gaulle voulait qu'il rejoigne les Forces françaises libres au quartier général de Carlton Gardens. Cet arrangement exceptionnel était dû à l'arrivée récente au QG des FFL de l'épouse du nouvel aide-de-camp du général, Mme François Charles-Roux, née Fanny Zafiri ; sa tante Fanny Vlasto Rodocanachi et son mari le Dr Georges Rodocanachi avaient accepté que leur appartement marseillais servent de quartier général et d'abri à la Ligne Pat. Max Ophuls, trimballé sur des routes secondaires cahoteuses à l'arrière d'un camion sous une montagne de betteraves, ignorait tout de ces arcanes. Il se demandait si cette équipée allait échouer car les cahots, les chocs et le poids des sacs de betteraves lui brisaient son foutu dos. La seule chose qui ne lui traversa jamais l'esprit fut qu'il était sur le point de rencontrer la femme extraordinaire qui deviendrait son unique épouse.

On l'appelait la Ratte Grise. Son vrai nom était Margaret « Peggy » Rhodes, mais quand sa compatriote anglaise Elisabeth Haden-Guest la présenta à Max dans le salon de Georges et Fanny Rodocanachi, ce fut son célèbre surnom qui fut utilisé – un nom que les Allemands lui avaient donné à cause de son caractère insaisissable. « Niccolò, le grand faussaire, dit d'un ton taquin Haden-Guest, je vous présente le rat que les dératiseurs n'arrivent pas à attraper. » Max Ophuls fut surpris par l'atmosphère détendue et gaie, parfois hilare, qui régnait dans l'appartement transformé en QG des Rodocanachi, et il comprit très vite que le chef d'orchestre de cette plaisante soirée n'était autre que la Ratte Grise. La beauté de cette dernière sautait aux yeux, même si elle faisait de son mieux pour la dissimuler. Sa tignasse blonde donnait l'impression de ne pas avoir été lavée depuis un mois et partait en arrière comme un goupillon. Elle arborait une chemise d'homme à carreaux trop large qui n'avait pas vu de fer à repasser depuis des jours et qu'elle boutonnait jusqu'au col. Les manchettes, elles aussi, étaient boutonnées. Elle portait un pantalon en velours trop large et des chaussures de toile. Elle ressemblait à un vagabond, pensa Max, à un hobo au col serré qui se serait égaré dans les méandres secrets de la guerre. Mais ses yeux étaient d'immenses lacs sombres et son corps, à peine perceptible sous ce camouflage, était grand et mince. Surtout, elle possédait une énergie si exubérante que la pièce semblait trop petite pour la contenir.

« Vous avez de la chance de partir avec elle, dit Fanny Rodocanachi à Max. Quand ça chauffe, elle vaut cinq hommes. » La Ratte Grise rugit de rire. « Bon sang, ma chère Fanny, tu sais vraiment comment recommander une fille à un type, s'esclaffa-t-elle. Qu'est-ce que vous en dites, Niccolò ? Etes-vous prêt à ramper dans les buissons d'épines de la frontière espagnole avec une fille qui a tué un homme à mains nues ? »

Elle avait vingt-quatre ans, presque dix ans de moins que lui, et elle avait déjà été mariée une fois, à un homme d'affaires marseillais du nom de Maurice Liota, qui avait été torturé et tué par la Gestapo un an après leur mariage pour avoir refusé de révéler où elle était, et qu'elle qualifia devant Max Ophuls avant, pendant et après leur mariage comme l'« amour de sa vie ». Elle avait fui un jour à skis, et une autre fois en conduisant une voiture si vite et si habilement que l'avion qui la chassait ne put l'arrêter. Elle avait également sauté d'un train en marche. Un jour, à Toulouse, on l'incarcéra, mais elle imita une innocente femme au foyer provençale avec une telle conviction qu'au bout de quatre jours les Allemands la libérèrent et ne surent jamais qu'ils avaient eu entre leurs mains la Ratte Grise. « Je déteste la guerre, dit-elle à Max lors de leur première entrevue dans l'appartement de Marseille, mais elle existe, non ? Alors je n'ai pas l'intention d'agiter mon mouchoir pour les hommes qui partent et de rester à la maison à leur tricoter des passe-montagnes. »

Leur fuite fut un succès – une fuite terrifiante, ponctuée d'étranges moments, quasi irréels, où ils s'en sortirent comme par miracle. Barcelone, Madrid, Londres. Dans le regard des passeurs des deux côtés de la frontière, derrière leur expression neutre et étudiée, Max pensait parfois deviner un étrange mélange de ressentiment et de mépris. *Vous partez et nous nous restons* alternait avec *Vous fuyez et nous non.* Il était trop occupé pour se formaliser : le temps qu'ils arrivent à l'aéroport de Northolt dans un avion militaire britannique, Maximilien Ophuls était tombé amoureux. Northolt était balayé comme toujours par le vent glacial de l'hiver londonien et n'échappait pas davantage au cliché de la neige fondue qui tombait. François Charles-Roux avait été chargé d'accueillir Max, et un officier des renseignements dont l'identité était inconnue attendait la Ratte Grise. Les deux réfugiés se tenaient emmitouflés dans leurs manteaux sur le tarmac sous une pluie glaciale et la Ratte Grise essaya de prendre congé, mais avant qu'ils n'aillent chacun de leur côté Max lui demanda s'il pouvait la revoir. La demande troubla Peggy, elle piétina sur place, rougit, se tordit les mains et lâcha de petits éclats de rire hystériques entrecoupés de remarques débitées *staccato*. « Ha ! Ha ! Mais c'est que je n'en ai absolument aucune idée ! Pourquoi vous voudriez une telle chose ! Mais, hum ! Aha ! Si c'est vraiment ce que vous, je veux dire ! Sérieux, n'est-ce pas ? On n'a pas envie de ! ahahaha ! s'imposer ! Non que ça serait désagréable, j'imagine ? Eh, eh, haha ? Vu que c'est vous qui l'avez demandé en premier ! Vu que vous êtes, euh, assez gentil, eh *merde*, je suis tellement nulle à ce jeu ! Oh, au secours, maman, d'accord. » Puis, s'avançant pour l'embrasser maladroitement sur la joue, elle lui écrasa le pied.

Leur premier rendez-vous galant, au Lyons Corner House à Piccadilly, fut une catastrophe. Margaret était dans tous ses états, les yeux rougis, le nez qui coule et incapable de retenir ses larmes. La Ligne Pat avait été trahie. Un homme en qui ils avaient confiance, Paul Cole, un sergent dont le vrai nom était Harold Cole, et qui utilisait le pseudo de Delobel, se révéla un fraudeur et un agent double qui dénonça tous les membres du groupe de Marseille. Fanny Vlasto et Elisabeth Haden-Guest en réchappèrent, mais « Pat O'Leary » – Guérisse – fut capturé par la Gestapo et envoyé à Dachau. Chose étonnante, il allait survivre à la torture ; il retrouverait une vie meilleure et vieillirait dans la nouvelle Europe qu'il avait tant fait pour libérer. Le Dr Georges Rodocanachi n'eut pas autant de chance. Il mourut à Buchenwald quelques mois après sa capture. « Je vais y retourner, vous savez, dit la Ratte Grise, en se mouchant furieusement. Je vais y retourner dès que je pourrai les forcer à me laisser partir. » Max voulut la supplier de rester, mais demeura sans rien dire, et lui tint les mains. Trois mois plus tard, elle eut le droit de repartir. Le vent de la guerre avait tourné, et la vie de Maximilien Ophuls avait également pris un autre cours, qui l'entraînait vers cette femme belle, gauche, intrépide, sexuellement peu épanouie – l'entraînant loin de la France et en Amérique, à cause de l'aversion inattendue mais vive, proche de l'hostilité, que lui manifesta le général de Gaulle.

Cet hiver-là, Londres était un cœur crevassé. Les balafres du Blitz étaient visibles partout, les rues sectionnées, les maisons éventrées, les trous, le manque, le manque. Il n'y avait guère de voitures dans les rues. Mais les gens vaquaient à leurs affaires comme si de rien n'était, comme s'il ne s'était rien passé, comme s'ils n'allaient pas passer la nuit sur un quai de métro sans vêtements de rechange, comme si le bien-être de leurs enfants évacués ne les tourmentait pas. Carlton Gardens était relativement épargné. Charles-Roux conduisit Max jusqu'au Général. De Gaulle se tenait devant une fenêtre dans un bureau lambrissé de bois, de profil, comme une silhouette découpée, et il accueillit Max sans se retourner. « Voici donc le jeune génie de Danjon, dit-il. Laissez-moi vous dire ceci, monsieur. Je ne remets pas en question le jugement de mon ami le doyen. Vos exploits et vos talents sont sans nul doute remarquables, quoique les propositions qu'on trouve dans vos articles soient pour la plupart intenables. Une espèce d'association européenne, très bien. Il faudra oublier ce qui s'est passé et devenir amis avec l'Allemagne. Ça, oui. Tout ce que vous proposez à part ça, ce sont des âneries barbares qui nous livreraient, pieds et poings liés, dans les mains des Américains, autrement dit une nouvelle captivité succédant immédiatement à une autre. Cela, je ne le tolérerai jamais. » Max ne dit rien. De Gaulle en resta là également. Au bout d'un moment, Charles-Roux prit Max par le coude et l'entraîna hors du bureau. Comme ils partaient, de Gaulle, toujours posté devant la fenêtre et les mains jointes dans le dos, proféra la remarque suivante : « Ah, quand on saura avec quels bouts d'allumettes cassées j'ai dû libérer la France ! »

« Vous devez comprendre que Roosevelt l'a traité comme un moins que rien, lui dit Charles-Roux devant la porte du Général. Quant à Churchill, il lui montre un respect insuffisant. Ils sont nombreux, même dans le corps diplomatique français, à avoir déconseillé de trop se rapprocher des FFL. Roosevelt se débarrasserait du Général s'il le pouvait. Il préfère, par exemple, Giraud. » Max n'eut guère de rapports avec de Gaulle après ce jour. On lui trouva un travail à la section propagande, où il devait rédiger des tracts qui seraient lâchés sur la France, traduire des textes allemands, attendre son heure, attendre le soir, et la Ratte.

A Bayswater, Porchester Terrace, une fois dépouillé par l'industrie de l'armement de ses grilles et balustrades traditionnelles, comme toutes les rues dénudées de Londres, cachait sa nudité dans le brouillard de l'hiver. Max habitait le sous-sol d'une maison appartenant au frère de Fanny Rodocanachi, Michel Vlasto. Une grande partie de la cage d'escalier avait été détruite par une bombe au phosphore et la maison sentait le brûlé. Pour accéder à l'étage, il fallait se cramponner au mur. Partout la vie présentait des béances, était un livre aux pages arrachées, froissées, jetées au vent. « Z'en faites pas, hein », dit la gouvernante indienne de Vlasto, Mme Shanti Dickens, une femme forte qui arborait un béret vert, un pardessus vert trop large et des bottes à lacets. Mme Dickens était dotée d'un tel appétit qu'elle mâchait jusqu'au langage lui-même. « Personne n'a été b'essé, c'est le princ'pal, pas v'ai. » Elle désigna un seau de sable. « Y en un à chaque étage. Au cas où. » Mme Dickens était capable de réciter de mémoire les faits divers des torchons du dimanche. « L'a découpée en p'tits morceaux, vous vous r'dez compte, disait-elle avec soulagement. Très très horrible, monsieur, n'est-ce pas. Peut-être qu'il la fait bouillir pour son goûter. »

La Ratte venait le voir chaque fois qu'elle le pouvait, se frayant un chemin dans le black-out et le brouillard vert, en prenant soin de garder sa lampe torche dirigée vers le bas. Les soirs où elle ne venait pas, Max restait seul dans son pardessus devant un radiateur électrique à une seule résistance, en maudissant le sort. La dépression qui guettait toujours dans les recoins de son cerveau surgissait au centre de la pièce, usant du froid et de la solitude comme carburant. La trahison était la monnaie courante de l'époque. Les Américains méprisaient les Forces françaises libres parce qu'ils pensaient que l'organisation était infiltrée par les traîtres vichyssois et les Anglais réagissaient en infiltrant des informateurs britanniques à Carlton Gardens. Georges Mathieu, Paul Cole. Vos amis devenaient vos assassins. Si vous faisiez trop confiance, trop facilement, vous mouriez. Mais quelle sorte de vie était possible sans confiance, comment pouvait-il y avoir profondeur ou joie dans les relations humaines sans confiance ?

Nous emporterons tous ce préjudice dans l'avenir, songea Max. La méfiance, l'attente de la trahison : tels étaient les cratères dans chaque cœur.

« Si nous survivons à tout ça, la Ratte, je ne te trahirai jamais », jura-t-il tout haut dans sa chambre, en attendant Peggy. Mais il n'en fit rien, bien sûr. Il ne la tua pas mais il passa sa vie à enfoncer le couteau de son infidélité dans son cœur. Puis vint Boonyi Kaul.

La pénible vérité, c'est que Margaret « Peggy » Rhodes était une piètre amante. Son cœur n'y était pas. Elle avait été façonnée par la Résistance et ignorait tout des joies de l'abandon. Maximilien Ophuls essaya prudemment, et sans paraître didactique, de l'instruire, et pendant de brèves périodes elle parut disposée à apprendre, mais elle n'en avait pas la patience, elle voulait juste en finir pour qu'ils puissent parler, se câliner, et se comporter nus exactement comme des gens habillés de pied en cap : pas comme des amants, mais comme des amis. Elle avait toujours eu une faible libido, avoua-t-elle. Elle affirma, toutefois, qu'elle l'aimait. Tout en l'étreignant sous les couvertures écossaises, cet hiver-là dans le sous-sol, elle jura qu'elle n'avait jamais été aussi heureuse, et qu'en conséquence elle découvrait la peur de mourir. Elle lui dit également qu'elle était stérile. « Mais est-ce que ça change quelque chose ? Est-ce que tout est fichu ? Parce que avec des tas de types ça serait fini, tu sais ? Pas de marmaille, hein, et tout le truc part à l'égout. Ah aha ! hahaha ! » Il répondit, se surprenant lui-même, que ça n'avait pas d'importance. « OK, mon joli, dit-elle. On change de sujet ? Ça t'embête pas ? Le type qui m'a accueillie à Northolt, tu te souviens de lui ? Le gusse du MIG ? Il veut te parler. Je veux dire je transmets juste le message. Aucun problème de toute façon. Mais je pourrais arranger ça. »

L'entrevue avec l'officier des renseignements, qui s'appelait Neave, eut lieu une semaine plus tard au Metropole Hotel dans Northumberland Avenue. « J'ai moi-même été sauvé par la Ligne Pat, vous savez, dit l'Anglais en matière de présentation. Nous sommes donc diplômés de la même école, pour ainsi dire. » Max Ophuls se dit qu'il faisait chaud au Metropole, et qu'on serait prêt à faire quasiment tout pour rester ainsi au chaud. Aurait-il refusé la proposition que lui fit Neave ce jour-là si l'entrevue avait eu lieu dans un pièce froide et venteuse ?

Etait-il aussi vain que ça ? « ... En bref, nous vous voulons à bord, acheva Neave. Mais ça veut dire que vous devez changer de barque. Grosse décision, je sais. Vous avez sûrement besoin de réfléchir. Allez-y. Prenez cinq minutes. Prenez-en dix. » Au moment où il entendit la proposition, Max Ophuls sut qu'il ne la refuserait pas. L'Anglais, qui s'exprimait avec le soutien et le savoir américain, *le voulait à bord*. Ses thèses avaient mis *pile dans le mille* et la communauté mondiale se mettait au pas, même si le général bourru au gros nez rechignait. Les Allemands allaient perdre la guerre. L'avenir se déciderait dans le New Hampshire, en juillet, dans un endroit appelé Bretton Woods. Des délégués d'une quarantaine de pays allaient travailler avec leurs « têtes chercheuses », leurs « intellos », leurs « rêveurs », pour façonner la convalescence d'après-guerre de l'Europe et pour traiter les problèmes des taux d'échange instable et des politiques de commerce protectionnistes. Maximilien Ophuls était une *pièce maîtresse du puzzle*. Un poste universitaire l'attendait, à Columbia, très certainement, ainsi qu'un poste de chercheur à Oxbridge. « Mains tendues au-dessus de l'océan, dit Neave. Nous voyons en vous un des hommes clés. Vous n'avez pas besoin d'être affilié à une délégation nationale. Nous avons besoin de vous pour présider des groupes de travail, faire le travail de fond, nous donner des structures solides. »

L'avenir naissait et on lui demandait d'en être l'accoucheur. Au lieu de la faiblesse de Paris, du château de cartes décadent de la vieille Europe, il allait édifier le gratte-ciel de métal et d'acier de l'avenir. « Je n'ai pas besoin d'y réfléchir, dit-il, vous pouvez compter sur moi. » Il eut l'impression d'avoir reçu, et accepté, une proposition de mariage émanant d'une prétendante inattendue mais infiniment désirable, et savait que la France, la fiancée choisie pour lui par la lignée et le sang, la France avec laquelle un mariage avait été arrangé le jour de sa naissance, ne lui pardonnerait sans doute jamais de l'abandonner sur l'autel. Charles de Gaulle ne le lui pardonnerait pas, c'était certain. Cette nuit-là, pelotonné avec Peggy Rhodes sous les couvertures, sur un matelas posé à même le sol légèrement penché de Porchester Terrace, il fit sa propre demande en mariage. « Veux-tu m'épouser, la Ratte ? » A quoi elle répondit : « Ooh. Ooh. Ooh. Ooh, oui, zut, je veux bien. »

Il revit Neave encore une fois, au début des années quatre-vingt, date à laquelle Max Ophuls avait rejoint le monde secret tandis que l'ancien officier des renseignements était devenu membre du Parlement et proche confident de Margaret Thatcher. Ils prirent un verre sur la terrasse du palais de Westminster et parlèrent d'autrefois. Peu après cette conversation, Airey Neave fut déchiqueté par une bombe de l'IRA alors qu'il sortait du parking de la Chambre des communes. La trahison était sans fin. Vous surviviez à un complot et succombiez au suivant. Le cycle de la violence n'avait pas été brisé. Peut-être était-il endémique à la race humaine, une manifestation du cycle de la vie. Peut-être la violence nous montrait-elle ce que nous signifions, ou, du moins, faisait-elle simplement partie de nos actes.

En avril 1944, la Ratte Grise, désormais l'épouse de Max Ophuls, fut parachutée en Auvergne. Elle avait pour mission de localiser les groupes de maquis et de les conduire jusqu'aux armes et aux munitions larguées par la RAF. Puis elle devait les aider à s'organiser en vue du soulèvement armé qui devait coïncider avec les débarquements en Normandie. Dans le cadre de ce projet, elle mena un raid contre les quartiers généraux de la Gestapo à Montluçon et attaqua également une usine d'armements allemande. Puis ce fut le 6 juin, le jour J, l'heure H, la minute M, et elle resta sur place pour se battre aux côtés des MUR, dont l'heure tant attendue était venue. Quand Maximilien Ophuls se rendit à la conférence de Bretton Woods à la fin du mois de juin, il n'avait aucun moyen de savoir si la Ratte était vivante ou morte. Comme il l'avait redouté, les FFL avaient reçu ordre de leur chef de le traiter en paria, voire en traître. Sa déloyauté ne serait jamais pardonnée. Aucune information émanant de ce bord ne lui parviendrait. A la fin ce fut Mme Shanti Dickens qui se manifesta, au téléphone. « Monsieur ! Monsieur ! Monsieur Max, c'est bien ça ? Oui, monsieur ! OK ! Une lettre, Monsieur Max, de Mme Max ! Je l'ouvre, monsieur ? Oui, monsieur ! OK ! Mme Max va bien, monsieur ! Elle vous aime, monsieur ! Hourra ! Elle vous demande, monsieur, bon sang où c'est que vous êtes ? OK, monsieur ! Hourra ! »

Le 26 août, le lendemain de la libération de Paris, de Gaulle descendit les Champs-Elysées avec des représentants des FFL ainsi que des membres de la Résistance. Une Anglaise descendit avec les Français ce jour-là. Et le 27 août, Mme Max, Margaret Rhodes, la Ratte Grise, prit l'avion pour New York et les Ophuls commencèrent leur vie d'époux américains.

*

Vingt et un ans plus tard ou presque, la veille de son départ avec son mari pour New Delhi, Mme Margaret Rhodes Ophuls rêva qu'après de longues décennies d'infertilité elle tombait enfin enceinte et accouchait en Inde d'un enfant. Le bébé était beau et velu avec une longue queue recourbée mais elle était incapable de l'aimer et, quand elle le portait à son sein, il lui mordait sauvagement le téton. C'était une fille et, bien que ses amis fussent horrifiés de la voir bercer une ratte noire, ça lui était égal. Elle avait elle-même été une ratte mais elle était devenue un jour un être humain, n'est-ce pas, à présent elle se lavait les cheveux et portait des vêtements chics et ne remuait presque jamais le museau et ne fouillait pas dans les ordures ni ne faisait quoi que ce soit de rongeur, et il en irait certainement de même pour sa fille, sa Ratetta. Elle était mère à présent et si elle se comportait simplement comme si elle aimait Ratetta alors l'amour finirait sans doute par jaillir, c'était juste une sorte de blocage temporaire. Certaines mères avaient du mal à produire du lait, le lait refusait de couler, et elle avait le même genre de problème avec l'amour. Après tout, elle avait passé la quarantaine et elle avait eu son bébé sur le tard, aussi fallait-il s'attendre à quelques problèmes inhabituels. Il n'y avait là rien de grave. *Ratetta, douce Ratetta,* chantait-elle dans son rêve, *que souhaiter de mieux que toi ?*

Elle ne parla pas à son mari de cette vision. A l'époque, l'ambassadeur Maximilien Ophuls et elle menaient des existences assez distinctes. Toutefois, une façade publique était maintenue. Le livre de souvenirs de Max avait fait de leur histoire d'amour en temps de guerre un bien public, n'est-ce pas, et le livre était resté sur la liste des best-sellers pendant deux ans et demi, alors comment auraient-ils pu ne pas continuer à jouer les personnages qui leur avaient permis d'aspirer à l'immortalité ? Car ils étaient, et ce depuis deux décennies, « Ratty et Moley », le couple béni dont le baiser new-yorkais à la fin de la grande bataille était devenu un symbole pour toute une génération, l'emblème de l'amour conquérant tout, du combat contre les monstres et des bénédictions du sort, du triomphe de la vertu sur le mal et de la victoire de ce qu'il y avait de mieux dans la nature humaine sur le pire. « Si nous essayions de rompre – ha ! hoho ! – nous serions certainement, n'est-ce pas, lynchés, lui dit-elle un jour, dissimulant son cœur brisé sous un stoïcisme nerveux. Encore heureux, franchement, que je ne croie pas – heh-heh-heh ! – mais pas du tout au divorce. »

La fiction d'un amour éternel fut donc entretenue, de façon impeccable par Peggy, de façon tout sauf impeccable par lui. Elle l'avait néanmoins à l'œil. C'était désormais une femme fortunée. A la mort de ses parents, elle avait hérité d'impressionnantes parts de terres cultivables dans le Hampshire ainsi que de caves de porto dans le Douro. Elle eut ainsi les moyens de financer ses enquêtes, lors des rares occasions où ses vieux contacts dans le monde de l'espionnage revenaient les mains vides. Par conséquent, elle connaissait le nom de toutes les femmes que son époux avait séduites, la moindre lycéenne adorable, la moindre assistante désireuse d'être assistée, la moindre dévergondée de la haute société et la moindre salope de soirée mondaine, toutes les interprètes trilingues présentes à ses conférences internationales, chaque putain de l'East End qu'il avait sautée l'été dans leur maison de South Fork perchée sur les hauteurs boisées abandonnées par les glaciers en retraite, les plateaux de la moraine terminale. Dans la plupart des cas, elle s'était également procuré leurs adresses personnelles et leurs numéros de téléphone sur liste rouge. Elle n'avait jamais contacté aucune de ces femmes mais elle se disait qu'elle aimait posséder ces informations, qu'elle préférait savoir. C'était là un mensonge, une illusion. Les noms des femmes remuaient en elle comme des couteaux, leurs adresses, le numéro de leurs appartements, les codes postaux et les numéros de téléphone laissaient des trous dans sa mémoire comme autant de petites bombes au phosphore.

Mais elle savait que Max n'était pas le seul responsable dans l'affaire. Ses pulsions érotiques à elle avaient rejoint le passé en même temps que la guerre. Son goût pour ces choses-là, toujours superficiel et intermittent, semblait avoir flétri sur la branche. « Laissons le pauvre homme aller voir ailleurs s'il en éprouve le besoin, se disait-elle sombrement, tant qu'il ne me frotte pas le nez dedans. Comme ça, je peux me consacrer à mes lectures et à mon jardinage et ne pas m'embêter avec ces gluantes bagatelles. » De la sorte, elle s'aveuglait sur ses vrais sentiments avec une telle efficacité que quand la tristesse s'emparait d'elle, ce qui était le cas régulièrement, quand soudain sans prévenir elle se mettait à pleurer à chaudes larmes et, en proie à d'étranges tremblements, elle n'arrivait pas à comprendre pourquoi elle était à ce point malheureuse. Dans l'avion qui les conduisait en Inde, avec le grand homme à ses côtés, elle finit par se dire : « Et puis zut, c'est une histoire d'amour vraiment sensas que la nôtre. Pas conventionnelle, je l'accorde; mais bon, qu'est-ce qui est conventionnel quand on y regarde de près ? Soulevez le couvercle de n'importe quelle vie et il en jaillira des bulles étranges ; derrière chaque porte tranquille sont tapies le singulier et le bizarre. La normalité, voilà le mythe. Les êtres humains ne sont pas normaux. Nous sommes de drôles de zozos, voilà la vérité vraie : tous un peu déglingués. Mais on se débrouille. Regardez, nous sommes ici, Max et moi, en plein ciel, et nous nous tenons toujours la main au bout de vingt ans. Pas si moche que ça. » Puis elle ferma les yeux et la vision revint, le rat nocturne qui dansait sur ses pattes arrière, quémandant de l'amour, appelant sa mère de sa voix aiguë de Ratetta. En Inde, décida-t-elle, elle allait beaucoup s'occuper des orphelins. Oui : les petits Indiens sans mère allaient découvrir qu'ils avaient une bonne amie en elle. C'était peut-être ça la signification de son rêve.

*

« Ils aimaient bien Galbraith, aurait dit Lyndon Johnson à Dean Rusk, alors allez-y, envoyez-leur un autre professeur de gauche, mais ne laissez pas celui-ci se faire bouffer par les indigènes. » Quand le secrétaire d'Etat Rusk appela Maximilien Ophuls juste après le conflit indo-pakistanais de 1965 et lui proposa l'ambassade indienne, Max s'aperçut qu'il avait attendu cet appel, attendu sans savoir qu'il attendait, et que l'Inde, où il n'avait jamais été, se révélerait peut-être, sinon sa destinée, du moins le lieu où menait naturellement le périple tortueux de son existence. « Nous avons besoin de vous immédiatement, lui dit Rusk. Ces braves Indiens ont besoin d'une bonne vieille fessée américaine et nous pensons que vous êtes l'homme de la situation. » Dans son essai devenue un classique, *Pourquoi les pauvres sont pauvres*, Max Ophuls avait pris l'Inde, la Chine et le Brésil comme cas d'études, et dans le dernier chapitre très discuté du livre, il avait expliqué comment réveiller ces « géants endormis ». C'était sans doute la première fois qu'un important économiste occidental avait analysé sérieusement ce qu'on en vint à appeler « la collaboration sud-sud », et Max, reposant le téléphone en cette humide soirée à Manhattan – on était fin septembre mais l'été refusait de s'effacer –, se demanda tout haut pourquoi un universitaire qui avait publié un modèle théorique expliquant comment les économies du tiers monde pourraient prospérer en apprenant à contourner le dollar américain devrait être choisi pour représenter les Etats-Unis dans un de ces pays du Sud. Son épouse la Ratte connaissait la réponse à cela. « Le prestige, mon cher, le prestige. Ha ! Mais tu ne comprends donc pas, nigaud ! Les gens raffolent des vedettes. »

L'Amérique ne savait pas quoi faire de l'Inde. Johnson aimait bien le dictateur du Pakistan, le maréchal Mohammed Ayub Khan, à tel point qu'il était même disposé à fermer les yeux sur l'intimité croissante entre le Pakistan et la Chine. « Une femme peut comprendre que son mari la trompe un samedi soir, tant qu'elle reste sa femme », dit-il à Ayub à Washington. Ayub éclata de rire. Bien sûr que l'Amérique était l'épouse, comment le Président pouvait-il en douter ? Puis il rentra chez lui et noua des liens encore plus étroits avec la Chine. Pendant ce temps, le secrétaire d'Etat Rusk se montrait ouvertement hostile aux intérêts indiens. C'était la période pendant laquelle la dévaluation de la roupie indienne et la crise alimentaire nationale avaient mis l'Inde dans une position humiliante de dépendance vis-à-vis de l'aide alimentaire américaine. Mais cette aide était longue à venir, et B.K. Nehru, l'ambassadeur de l'Inde aux Etats-Unis, dut confronter Rusk sur ce point : « Pourquoi essayez-vous de nous affamer ? » La réponse fut tout aussi brutale : parce que l'Inde recevait des armes de l'Union soviétique. Avant que Max ne s'envole pour New Delhi, il rendit visite à Rusk à Foggy Bottom et eut droit à une longue tirade anti-indienne, dans laquelle le secrétaire d'Etat condamna non seulement la position indienne sur le Cachemire mais critiqua également les annexions de Hyderabad et de Goa, et le soutien énergique apporté par plusieurs dirigeants indiens au gouvernement nord-vietnamien. « Professeur Ophuls, nous sommes en guerre avec ce monsieur Hô Chi Minh, et vous aurez la bonté de faire savoir clairement aux autorités indiennes que l'ami de notre ennemi ne peut être que notre ennemi. » Voilà pourquoi Max Ophuls dit à Margaret, après que Radhakrishnan lui eut publiquement pris la main, que sa soudaine popularité se révélerait sans doute de courte durée. « Si je fais le jeu de Rusk, dit-il, ils ne tarderont pas à nous lapider. »

Quand il fit part de son désir de se rendre immédiatement au Cachemire, le ministre de l'Intérieur Gulzarilal Nanda s'y opposa fortement : la situation était trop explosive, sa sécurité ne pouvait être garantie. Alors, pour la première fois de sa vie, Max Ophuls exerça le pouvoir des Etats-Unis d'Amérique. « La nature du pouvoir absolu, écrivit-il plus tard dans *L'Homme de pouvoir*, est telle que l'homme de pouvoir n'a pas besoin de faire allusion à sa puissance. Sa réalité est présente dans la conscience de chacun. Ainsi le pouvoir agit-il à la dérobée, et les puissants peuvent-ils en conséquence nier avoir utilisé la force. » Quelques heures plus tard, le bureau du Premier ministre Shastri prévalait sur Nada et sa visite au Cachemire recevait le feu vert.

Cinq jours plus tard, l'ambassadeur Maximilien Ophuls, avec des cache-oreilles en fourrure, un pardessus, un gilet pare-balles et un casque, se tenait sur ce qu'on appelait alors la ligne de cessez-le-feu, et qu'on désignerait plus tard sous l'appellation de Ligne de contrôle. Toute sa vie lui parut soudain absurde. La demeure strasbourgeoise Belle Epoque, la maison de Gergovie, le sous-sol de Porchester Terrace, le sommet économique dans le New Hampshire, l'appartement au dixième étage de Riverside Drive, et même Roosevelt House, la résidence tentaculaire de l'ambassadeur, récemment achevée par Edward Durrell Stone, architecte loué autant que raillé, demeure située dans l'enclave diplomatique de Chanakyapuri dans la capitale indienne... toutes ces choses s'estompèrent. Pendant un long moment Max se dépouilla de toutes ses différentes personnalités : le jeune économiste brillant, l'avocat spécialiste en relations internationales, le faussaire de renom de la Résistance, l'as du pilotage, le survivant juif, le génie de Bretton Woods, l'auteur de best-sellers, et l'ambassadeur américain choyé dans la maison du pouvoir. Il se tenait là, seul et comme nu, écrasé par les sommets de l'Himalaya et dépassé par l'échelle de la crise, ces deux armées figées qui se faisaient face de part et d'autre de la frontière explosive. Puis il retrouva ses marques et réendossa ses oripeaux familiers – en particulier l'histoire de sa ville natale, et les oscillations de la frontière franco-allemande. Il venait de loin mais peut-être pas de si loin que ça. Deux endroits pouvaient-ils être aussi différents ? se demanda-t-il. Deux endroits pouvaient-ils être aussi semblables ? La nature humaine, cette grande invariable, persistait certainement en dépit de toutes les différences de surface. Une frontière mouvante avait fait de lui ce qu'il était, se surprit-il à penser. Etait-il venu ici, en cette autre zone instable et crépusculaire, pour être défait ?

Le ministre indien des Affaires étrangères, Swaran Singh, lui toucha le bras. « Cela fait assez longtemps, dit-il. Il n'est pas prudent de s'attarder ici. »

Max Ophuls se souviendrait toute sa vie de cet instant pendant lequel le conflit au Cachemire lui avait paru trop vaste et étranger pour que son esprit occidental puisse l'appréhender, et de ce sentiment impérieux qui l'avait poussé à s'envelopper de son expérience comme d'un châle. Avait-il essayé de comprendre, ou de fermer les yeux sur son incompréhension ? L'esprit découvrait-il le semblable dans le dissemblable afin de clarifier le monde, ou pour masquer l'impossibilité d'une telle clarification ? Il ne connaissait pas la réponse. Mais c'était là une sacrée question.

Il avait commencé à se chercher des alliés à Washington et il en avait trouvé quelques-uns : McGeorge Bundy, le conseiller à la Sécurité nationale, son futur successeur Walt Whitman Rostow, et l'homme qui suivrait Max à New Delhi après le scandale, Chester Bowles. Bundy apprit que les relations entre Ayub et la Chine étaient « plus étroites » que ne voulaient l'admettre les deux parties, et il avertit Johnson que l'Inde, « la nation asiatique non communiste la plus grande et potentiellement la plus puissante », était « la carte la plus importante à jouer en Asie », et comme, les Etats-Unis avaient apporté sept cents millions de dollars en aide militaire au Pakistan, cet atout risquait de leur filer sous le nez. La queue fouettait le chien. Rostow en convint : « L'Inde est plus importante que le Pakistan. » Et Bowles fit remarquer que le refus de l'Amérique d'armer l'Inde avait jeté le défunt Jawaharlal Nehru, et à présent Lal Bahadur Shastri, dans les bras des Russes. « Ce n'est que lorsqu'il est apparu que nous n'étions pas disposés à apporter notre soutien aux Indiens qu'ils se sont tournés vers les Soviétiques comme source principale d'équipement militaire. » Johnson rechignait néanmoins à favoriser l'Inde. « Nous devrions supprimer l'aide militaire à l'Inde comme au Pakistan », répondit-il. Toutefois, les contacts de Max Ophuls à Washington le pressèrent d'examiner urgemment et prioritairement ce que l'Inde voulait le plus : à savoir acheter des avions de combat supersoniques américains en quantité significative et à des tarifs avantageux. Assis sur des tapis et des coussins dans le pavillon de chasse de Dachigam, riant et buvant pendant les interludes entre les actes de la pièce que jouaient les bhands de Pachigam, l'ambassadeur Maximilien Ophuls, le « juif volant », l'homme qui avait ramené le Bugatti Racer à bon port, s'entretint à voix basse avec la délégation indienne du ministère des Affaires étrangères des différentes façons de mettre sur pied un accord pour les avions à réaction. Puis Boonyi Kaul Noman vint danser et Max s'aperçut que son destin indien aurait peu de chose à voir avec la politique, la diplomatie ou les ventes d'armes, et beaucoup à voir avec les impératifs nettement plus anciens du désir.

De même qu'Anarkali dansant sa danse de sorcière dans le Sheesh Mahal, le hall aux miroirs de la cour moghole, avait ravi le cœur du prince Salim, de même que l'actrice Madhubala dansant dans le film du même nom avait ensorcelé des millions d'hommes, de même Boonyi dans le pavillon de chasse de Dachigam comprit que sa danse allait changer sa vie, que ce qui naissait dans les yeux ravis de l'ambassadeur américain n'était rien d'autre que son avenir à elle. Quand il se leva pour l'applaudir longuement et vigoureusement, elle sut qu'il trouverait le moyen de la faire venir jusqu'à lui, et qu'elle n'avait qu'une seule chose à faire, dire oui ou non. Puis les yeux de Boonyi rencontrèrent ceux d'Ophuls et lui répondirent, et le point de non-retour fut dépassé. Oui, l'avenir viendrait la trouver, un messager descendu des cieux pour informer une simple mortelle de la décision des dieux. Elle n'avait qu'à attendre de voir quelle forme prendrait le messager. Elle joignit les paumes, toucha son menton avec la pointe de ses doigts, regarda l'homme de pouvoir puis inclina la tête, et eut le sentiment en partant qu'elle ne quittait pas la scène mais faisait son entrée sur la plus grande scène qu'elle eût jamais connue, elle sentit que son rôle ne s'achevait pas mais commençait, et ne prendrait fin que lorsque la mort viendrait. Il ne tiendrait qu'à elle de faire en sorte que son histoire connaisse une fin plus heureuse que celle de la courtisane. Pour avoir osé aimer un personnage royal, Anarkali avait été emmurée vivante. Boonyi avait vu le film dans lequel les réalisateurs avaient trouvé un moyen de laisser la vie sauve à l'héroïne : l'empereur Akbar, revenant sur sa décision, faisait construire un tunnel sous sa tombe afin qu'Anarkali puisse s'enfuir et aller vivre en exil avec sa mère. Une vie d'exil ne valait guère mieux que la mort, songea Boonyi. C'était comme d'être emmurée, dans une tombe plus vaste. Mais les temps avaient changé. Peut-être que dans la seconde moitié du vingtième siècle une danseuse avait le droit de mettre le grappin sur un prince.

L'attaché d'ambassade Edgar Wood était grand, pâle et maigre, il avait des cheveux raides, un gros bouton sur la joue droite rappelant sa ridicule jeunesse, et l'ombre fragile d'une moustache à la Zapata pour la confirmer. C'était un ancien étudiant diplômé en relations internationales de l'université de Columbia qui avait suivi Max en Inde sur l'insistance particulière de l'ambassadeur. La raison à cela n'était pas le zèle consciencieux de Wood (dont il était largement doté, d'où son surnom d'Aide Wood, qui datait de Columbia et qu'il conserva dans l'ambassade). Non, la raison pour laquelle Wood était indispensable, c'était qu'il faisait tout ce que l'ambassadeur voulait sans piper mot. Il n'était pas facile de trouver le factotum idéal, le fidèle intermédiaire, mais sans une telle personne il était impossible pour un homme exposé au regard public de mener le genre de vie que Max Ophuls, par sa nature, était poussé à vivre. Ce dernier lui avait trouvé un surnom : « Garde-à-Wood » ; mais bien sûr il ne lui dit jamais. La première fois qu'il aborda la question de ses rendez-vous galants avec des femmes et son besoin d'un assistant discret, Garde-à-Wood se proposa immédiatement. « Juste une question, monsieur, dit-il à Max. Avez-vous des problèmes de dos ? » Max resta interdit. Non, répondit-il, son dos allait très bien. Wood opina du chef, apparemment soulagé. « Excellent, dit-il. Parce que trop de sexe et des douleurs au dos ont coûté la vie au président Kennedy. »

C'était étrange, pensa Max, et ça prouvait également que Wood était un type plus intéressant que ne le laissait deviner sa jeunesse mal dégrossie. « Le bandage herniaire, monsieur, expliqua Wood. Le dos de Kennedy était mal en point depuis le début, mais ça n'a fait qu'empirer à force de baiser à droite et à gauche si bien qu'il a dû porter un bandage herniaire en permanence. Il le portait à Dallas et c'est pour ça qu'il ne s'est pas écroulé après que la première balle l'a atteint. Il a été blessé et il a basculé en avant et le bandage herniaire l'a redressé d'un coup, boïng, puis la deuxième balle lui a explosé l'arrière du crâne. Vous me suivez, professeur, peut-être que s'il avait moins baisé, peut-être qu'il n'aurait pas porté le bandage, et alors pas de boïng, il se serait écroulé après avoir été blessé ; la première balle n'était pas fatale, souvenez-vous, et il n'aurait pas été comme qui dirait *disponible* pour la deuxième, et Johnson ne serait pas président. Il y a là une morale, je crois, mais comme vous n'avez pas de problème de dos, professeur, ça ne vous concerne pas »

Dans le pavillon de chasse de Dachigam, Max Ophuls, allongé sur des tapis et des coussins, se pencha en arrière, à l'écart du ministre des Affaires étrangères indien, et murmura à Edgar Wood : « Renseignez-vous sur elle. » Wood répondit : « Monsieur, elle est prétendument enterrée à Lahore, au Pakistan, et son vrai nom était soit Nadira Begum ou Sharf-un-Nissa. Le prince Salim lui a donné le doux nom d'Anarkali, qui signifie “ fleur de grenade ”, monsieur. » Max fronça les sourcils. « Pas le personnage, bon sang, Wood. Pas la figure historique apocryphe, bon sang. » Wood sourit. « J'ai compris, monsieur. Je vous faisais juste une petite blague. » Max tolérait ce genre d'impertinence. C'était un faible prix à payer pour les services que lui rendait Wood sans se plaindre et toujours avec enthousiasme. Il se retourna vers Swaran Singh, un homme à la voix douce et aux manières simples dont le charme et l'érudition étaient aussi vastes que ceux de Max, et que Max s'était mis à vraiment apprécier. Swaran voulut faire part de sa réaction après la danse. « Vous savez, Akbar était remarquablement tolérant vis-à-vis de l'hindouisme, dit-il. D'ailleurs, sa propre épouse Jodhabai, la mère de Salim, demeura une hindoue pratiquante tout au long de leur mariage. Intéressant que, pour lui, l'essentiel était la différence de classe. Laisse supposer qu'en tant que peuple l'ordre social nous importe plus que la croyance religieuse. Comme chez les Anglais, hein ? Pas étonnant qu'on s'entende aussi bien. » Max rit obligeamment. « Au fait, ajouta Swaran Singh, qui était connu pour sa rectitude morale, mais passait aussi pour quelqu'un de perspicace qui aimait recourir à la surprise, auriez-vous par hasard remarqué les seins de cette jeune femme ? » Il s'esclaffa bruyamment, et Max, dans l'intérêt des relations indo-américaines, se sentit obligé de renchérir. « Trésors nationaux », répondit-il gravement, en se resaisissant pour dissimuler ses sentiments profonds, inquiet à l'idée que Swaran ait remarqué la réaction involontaire qu'il avait provoquée. « Partie intégrante de l'Inde », ajouta-t-il pour la bonne mesure. Cela fit rire de plus belle Swaran Singh. « Ambassadeur, glousse le ministre des Affaires étrangères, je vois bien qu'avec vous pour guide, la nouvelle Inde va devenir plus pro-occidentale que jamais. »

Quand Peggy Ophuls, seule dans son appartement new-yorkais, décrocha le téléphone et apprit par un de ses informateurs qu'Aide Wood était désigné pour aller en Inde, son cœur s'emballa et elle jeta le grand verre de San Pellegrino qu'elle tenait aussi fort qu'elle put en direction de *ZOOMMM ! ! ! !*, le portrait panoramique qu'elle avait commandé à Roy Lichtenstein et qui montrait son mari volant à bord du Bugatti Racer. C'était un cadeau d'amour de sa part, et lorsqu'il n'était pas prêté à tel ou tel musée important, le tableau était supendu sur l'un des longs murs de leur salon, dans le vaste appartement de Riverside Drive. Son trouble était tel que le verre manqua sa cible et alla se fracasser sur le mur blanc à droite de la toile. Elle laissa les débris où ils étaient, serra les poings et se ressaisit. Mieux vaux un maquereau que tu connais, se dit-elle furieusement. Si Wood était resté en Amérique, son mari aurait sûrement trouvé un autre larbin, et pendant un moment Margaret n'aurait pas su qui organisait les parties de plaisir sans lesquelles Max apparemment ne pouvait pas vivre, et qu'elle-même, à cette époque, se refusait à fournir. Ni Max ni Edgar ne se doutaient qu'elle savait tout sur eux – absolument *tout* – qu'elle savait où était le corps du délit – non pas enterré – ha ! aha ! – c'était quoi déjà le terme – oui ! vautré, qu'elle savait dans le détail où tous ces foutus foutus corps se faisaient foutre, qu'elle en avait fait son métier, qu'elle était en position de, qu'un de ses jours nom de Dieu elle aurait... que n'importe quelle femme dans sa situation – et elle avait tué un homme, un jour – avait le droit de, de.. *De prendre sa foutue revanche.*

La séduction de Boonyi Kaul Noman – ou, plus exactement, la séduction de Max Ophuls par Boonyi – prit du temps. Même pour un homme aux talents aussi exceptionnels qu'Edgar Wood, il n'était pas facile d'arranger un entretien privé entre l'ambassadeur américain et une danseuse cachemirienne mariée. Quand les festivités dans le pavillon de chasse de Dachigam furent terminées, Wood fit part du désir de l'ambassadeur de remercier personnellement tous ceux qui lui avaient permis de passer une soirée aussi délicieuse, et ils vinrent tous en masse, les poètes et les joueurs de santoor, les comédiens et les cuisiniers. Max se promena parmi eux avec un interprète et l'authenticité de son intérêt toucha tous ceux à qui il parla. A un moment, l'air de rien, comme si ce n'était pas là le but de toute cette manœuvre, il se tourna vers Boonyi et la félicita pour son talent. « Un talent comme le vôtre, dit-il, doit certainement chercher à se perfectionner et prendre son envol. » L'interprète traduisit, et Boonyi, le regard modestement baissé, sentit une brise sur sa joue, comme si une porte s'ouvrait et que l'air du monde extérieur se voyait autorisé à entrer. Elle se dit : la patience est essentielle, à présent. Contente-toi de croiser les mains sur tes genoux et d'attendre ce qui doit venir.

« Demandez-lui son nom, demanda Max Ophuls à l'interprète. – Boonyi, répondit l'homme. Elle dit que c'est son nom préféré, comment dire... son nom d'élection. En fait son vrai nom est Bhoomi, la terre, mais ses amis l'appellent par ce surnom de Boonyi qui, monsieur, évoque l'arbre bien-aimé du Cachemire. – Je vois, dit Max, un nom pour les étrangers et un nom familier pour ses amis. Demandez donc à Bhoomi la terre ou Boonyi l'arbre bien-aimé – en tant que danseuse, dans sa carrière d'artiste, que souhaite-t-elle ? » Il n'y avait rien de personnel dans sa voix ou ses manières, pas le moindre soupçon d'inconvenance. La réponse fut tout aussi courtoise et neutre. « Boonyi dit qu'avant tout elle est Boonyi, traduisit l'interprète, et ensuite que vous plaire suffit à sa joie. » Max Ophuls vit que Swaran Singh observait la foule avec un léger sourire aux lèvres, un sourire des plus innocents, un sourire doux, dépourvu de toute malice.

Max s'éloigna de Boonyi et ne regarda plus dans sa direction de toute la soirée. Toutefois, il s'entretint longuement avec

Abdullah Noman, l'interrogeant sur les conditions économiques de la vallée, se renseignant sur le déclin des fortunes du bhand pather, exprimant une fascination pour leurs talents ancestraux qu'il n'eut pas besoin de feindre. Très vite, Abdullah mordit à l'hameçon, comme Max s'y était attendu. « Lui, le chef de Pachigam, monsieur, il dit que ce serait l'honneur d'une vie si un jour vous veniez dans son village, dit l'interprète. Ce serait un privilège insigne pour lui que de vous offrir des spectacles entiers de pièces traditionnelles et modernes et si vous avez l'intérêt, également vous pouvez voir comment leurs techniques et cetera sont raffinées. La cuisine aussi il y a, les chefs wazwaan viennent ce soir de cet endroit seulement. » Edgar Wood intervint aussitôt : « L'emploi du temps de l'ambassadeur ne lui permet pas présentement de... » Max tapota le bras de son assistant plein d'égards. « Edgar, Edgar, nous discutons, c'est tout, dit-il. Qui sait ? Il se peut qu'un jour même l'ambassadeur américain ait quelque loisir. »

Après une rencontre aussi parfaitement chorégraphiée, Max Ophuls retourna à Delhi, dans le frais et tentaculaire palazzo néo-formaliste où il vivait, dont le modernisme décoré était enchâssé dans un réseau mosaïque de pierres blanches. Il passa devant son bassin miroitant bordé de fontaines, et, comme Boonyi Noman, attendit. Edgar Wood lui arrangea discrètement des cours particuliers d'hindi et de kashmiri. L'épouse de l'ambassadeur, pendant ce temps, ne resta guère dans la résidence. Réincarnée dans son nouveau personnage de Peggy-Mata, la mère des orphelins, elle s'était embarquée dans une tournée nationale non-stop des orphelinats indiens, et envoyait de temps à autre un message à Max pour dire des choses comme *Ces enfants sont si beaux que je voudrais tout simplement en embarquer quelques-uns et les ramener à la maison.* Après qu'elle eut réussi à lever des fonds en Amérique et en Europe pour améliorer les conditions dans les orphelinats partout en Inde, la popularité du couple grimpa en flèche. « Peut-être devrions-nous considérer Peggy-Mata comme le véritable ambassadeur des Etats-Unis, suggéra un éditorialiste, et M. Ophuls comme son charmant et fringant conjoint. » L'article était accompagné d'une photographie montrant Peggy Ophuls aux côtés d'un beau jeune prêtre catholique, le père Ambroise, entourée des jeunes filles souriantes de son orphelinat, l'Orphelinat Evangalactique des Filles de l'Amour Sacré de l'Inde pour les Filles des Rues Handicapées Sans Ressources de Mehrauli. « A Calcutta, les moribonds ont Mère Teresa, aurait dit le père Ambroise, mais pour les vivants nous avons ici Peggy-Mata. »

Pendant ce temps, le mariage Ophuls continuait de se détériorer. Six mois après la première visite de l'ambassadeur au Cachemire, la chose que Peggy Rhodes Ophuls avait craint le plus se produisit. Au lieu de jouer le jeu et de coucher avec toutes les femmes qui succombaient à son célèbre charme, son salopard de mari était devenu obsédé par une seule fille, une rien du tout, quel fumier. Il s'était rendu au printemps dans le village des acteurs ambulants qui, de l'avis général, avaient mis le paquet – drame, comédie, numéros de funambules et bien sûr danse – et peu après Max avait décidé de donner un banquet en l'honneur de quelques « amis indiens » à Roosevelt House, un endroit qui était la résidence non seulement du lubrique ambassadeur mais également de la malheureuse épouse de l'ambassadeur, il avait sûrement eu cette idée pour faire venir la garce à New Delhi avec le prétexte de fournir un divertissement après le dîner – un divertissement après le dîner, ben voyons ! –, la manœuvre portait partout les empreintes de ce jeune Edgar machinchose, et le pire dans tout ça, le pire du pire, c'était que lui, son mari, l'ambassadeur – l'homme qu'elle aimait encore, à sa façon, de la seule façon qu'elle connaissait, qui ne lui apportait pas ce dont il avait besoin mais ça ne voulait pas dire que ce n'était pas de l'amour – son Max lui avait demandé à elle, Peggy, d'interrompre sa tournée des orphelinats pour jouer les maîtresses de maison et regarder cette fille danser pour lui, est-ce qu'il croyait qu'elle était aveugle, elle n'avait pas besoin d'espions pour voir ce que faisait cette fille, l'effronterie de ses hanches, l'impudence de son regard, c'était comme s'ils étaient nus et faisaient l'amour là devant Peggy, devant tout le monde, quelle humiliation, elle avait connu son lot de cruauté humaine, tous deux y avaient eu droit, alors il fallait qu'elle relativise, ce n'était pas aussi grave que ça, mais quand même c'était sacrément cruel, sacrément dur à avaler, ouais, presque impossible à gober.

Ils avaient fait tout ce chemin ensemble, la Ratte et sa Taupe, ils avaient bel et bien survécu, tout ça pour échouer au final sur le rocher de cette beauté cachemirienne croqueuse de diamants. Si la liaison durait, Peggy Ophuls devrait bien sûr le quitter, après tout ce temps et la démonstration de tant d'amour et de tolérance il lui faudrait redevenir Margaret Rhodes et apprendre à vivre sans lui le restant de ses jours. « L'heure de la citrouille, Cendrillon », se dit-elle. Le charme magique était rompu, sa robe de soirée allait une fois de plus se changer en haillons, ses valets redevenir des souris, la belle fiction de son mariage devrait finalement céder devants les faits peu ragoûtants. Le soulier de vair ne lui allait plus. Un autre pied de femme l'avait chaussé.

*

Le gouvernement de l'Inde était le GOI. Le gouvernement du Pakistan le GOP. Peu après la conférence de paix de Tachkent (CPT) entre les deux pays, durant la période de vide politique partiel créé par la crise cardiaque fatale du Premier ministre indien Lal Bahadur Shastri (LBS) le lendemain de la signature de la Déclaration de Tachkent (DT), Max Ophuls lança une nouvelle grande initiative américaine. Dans cet interrègne, le conflit amer entre les potentats du Parti du Congrès s'acheva quand les faiseurs de roi Kumaraswami Kamaraj (KK) et Morarji Desai (MD) élevèrent Indira Priyadarshini Gandhi (IPG) au rang de Premier ministre en pensant à tort qu'elle serait leur docile marionnette. Durant cette période de lutte sauvage entre partis, seul le président Sarvepalli Radhakrishnan s'éleva au-dessus de la tempête. Sa stature nationale et son air de saint-philosophe lui conférèrent une influence inhabituelle sur toutes les questions gouvernementales, même si les auteurs de la Constitution indienne avaient clairement conçu le rôle du président pour être largement cérémonial. Les liens étroits entre Max et cette personnalité révérée (PSR) permirent l'éclosion dudit Plan Ophuls.

L'idée de l'ambassadeur était la suivante : s'il pouvait persuader les deux gouvernements à travailler ensemble sur des projets multilatéraux (PM-GOI/GOP), ceux-ci pourraient commencer à s'habituer à l'interdépendance au lieu du conflit. Maîtrisant la langue des imprononçables acronymes qui était la véritable lingua franca de la classe politique sous-continentale, il proposa un programme d'échange de carburant, ou PEC : le Pakistan exporterait son gaz (GP) en Inde et l'Inde enverrait du charbon (CI) au Pakistan. Il proposa ensuite que les deux pays coopèrent sur des projets hydroélectriques et d'irrigation (PHEI) du système fluvial Ganges-Brahmapoutre-Tista (SFGBT, ou, plus familièrement, SYFLUGABT). Il s'adressa au ministre du gouvernement indien du Planning et du travail social (MGOIPTS ou MINPLASOC) Asoka Mehta, et l'assura du soutien de la Banque mondiale. Il encouragea son vieil ami le ministre des Affaires étrangères, MAEGOI Swaran Singh, à tâter le terrain auprès de son homologue du GOP concernant l'éventualité de conversations sur la limitation des armes (CLA). Indira Gandhi s'installait comme PMGOI, ou MADAME, et Max la pressa de s'engager sur le chemin de la réconciliation. Le résultat de toutes ces manœuvres fut la Déclaration Commune d'Islamabad, la prétendue DECONISLA ou DECOGOIGOP(ISL)66. Max reçut les messages personnels de félicitations de la part de POTUS et du SGNUUT. Récemment, l'Amérique avait été touchée par une épidémie acronymique dans le style sud-asiatique. JFK, RFK, MLK étaient morts mais le POTUS, bien sûr, était LBJ et le SGNUUT était le secrétaire général des Nations unies, U Thant.

La laideur de la terminologie bureaucratique, avec son désintérêt agressif pour l'euphonie, la désignait comme la langue du pouvoir. Le pouvoir se moquait pas mal d'enjoliver les choses, de les faciliter. En montrant son mépris pour les sonorités agréables, il se révélait tel qu'il était, nu et sans atours. La main de fer ôtait son gant de velours.

L'euphorie qui suivit les accords d'Islamabad se révéla de brève durée. L'appétit commun des nations étrangères pour le charabia acronymique ne signifiait pas qu'elles s'étaient prises de goût pour la paix. MADAME fit venir Max pour lui faire part de sa colère suite à l'annulation de tous les projets communs. Les propositions sur l'armement avaient concerné des ajustements territoriaux le long de la ligne de cessez-le-feu ; l'Inde pourrait dédommager le Pakistan pour la perte de zones stratégiques. Dans le cas où le Pakistan ne trouverait pas la chose acceptable, l'Inde lui avait suggéré d'accepter des garanties de contrôle plus adéquates par les NU. Mme Gandhi donna à Max le nombre réel des pertes humaines dans les deux camps. Ce chiffre était nettement plus élevé que celui qui avait été rendu public. « Nous ne pouvons pas continuer à laisser périr nos garçons comme ça, dit-elle. Et les Pakistanais sont d'accord, vous savez. Les généraux sont furieux contre Zulfy – le MAEGOP Sulfikar Ali Bhutto – qui les a entraînés dans une bataille pour une étendue de terre désolée et glaciale. *Quelques arpents de neige**, n'est-ce pas. » En dépit des inquiétudes communes des deux nations, aucun geste marquant ne serait fait en vue d'une plus grande compréhension transfrontalière. Deux hommes puissants se liguèrent pour saboter le plan Ophuls. Le vieux manitou du Congrès Vengalil Krishnan Krishna Menon – le grand orateur, l'esprit de gauche qui s'était livré autrefois en plein Conseil de sécurité à de l'obstruction parlementaire pendant huit heures sans texte préparé sur la question du droit inaliénable de l'Inde à posséder et conserver le Cachemire; qui se qualifiait lui-même d'« abstheme » parce qu'il ne consommait pas d'alcool mais buvait un total de trente-six tasses de thé par jour, et du coup parlait plus rapidement que n'importe qui d'autre en Inde; dont la grossièreté était légendaire; et qu'Indira Ghandi considérait comme un ennemi bien qu'il ait été l'ami de son père – avait œuvré assidûment pour saboter la détente. Il s'était trouvé un allié zélé en la personne du ministre de l'Intérieur Gulzarilal Nanda, qui avait été Premier ministre intérimaire deux fois, chaque fois pendant seulement quelques jours, d'abord après le décès de Jawaharlal Nehru puis après celui de Shastri, dont le ressentiment à l'égard de ceux qui décrochaient le poste pour de bon était amer et absolu, et qui en voulait encore à Shastri d'avoir laissé Max Ophuls visiter la zone en guerre du Cachemire. Ensemble, Nanda et Krishna Menon travaillèrent d'arrache-pied pour s'opposer à Ophuls au sein du cabinet et du parlement indiens, tout en appuyant simultanément la mainmise de l'armée indienne sur la vallée du Cachemire. A ce stade précoce dans sa carrière, Mme Ghandi fut obligée de reconnaître qu'elle s'était laissé manipuler. « Vous aussi, monsieur Ophuls, dit-elle. Le MIGOI Nanda et VKKM vous ont berné. Honnêtement ! Quel enfoiré. » ENFOIRÉ, se demanda Max. Euh... Entreprise Négative... de... Falsification Odieuse et Irresponsable Relative aux Elections ? Le Premier ministre indien lui caressa doucement le bras. « Ce n'est pas un acronyme », dit-elle.

*

Boonyi quitta Pachigam sans son mari, les Américains n'ayant demandé à Abdullah Noman qu'un seul numéro de danse. Boonyi devait refaire son numéro d'Anarkali, afin d'éblouir les manitous de la capitale sur une scène spécialement construite dans l'atrium central de la résidence, sous une lanterne pyramidale. Himal et Gonwati étaient avec elle, pour danser derrière et à côté d'elle, satisfaites de leurs rôles d'assistantes, heureuses de briller un peu dans son reflet. Habib Joo, le vieux professeur de danse, vint lui aussi, avec un trio de musiciens. « Pachigam qui envoie une troupe à New Delhi, à l'ambassade américaine, dit avec joie Abdullah Noman à l'arrêt du car, en serrant chacun dans ses bras. Quel honneur tu nous amènes à tous. »

Shalimar le clown était venu lui dire au revoir. Quand le car arriva, en faisant son vacarme infernal habituel, peinturluré d'avertissements destinés aux automobilistes comme aux piétons, Noman grimpa sur le toit avec le tapis de couchage de Boonyi et s'assura que tout était solidement attaché. Quand Boonyi prit congé de Shalimar, elle savait que c'était la fin. Il ne comprit rien, ne sentit pas que son cœur allait être brisé. Il l'aimait trop pour la soupçonner d'avoir une âme traîtresse. Mais il n'était qu'un clown, et son amour ne menait nulle part, ne changerait rien, ne l'emmènerait pas où son destin lui disait d'aller. Comme elle montait dans le car, elle se retourna et vit Shalimar le clown qui se tenait à côté de son amie Zoon Misri, vague silhouette à la dérive, mi-humaine mi-fantôme, dont la présence à ses côtés était comme un signe avant-coureur des blessures que Boonyi allait bientôt infliger à Shalimar. Elle lui décocha son plus beau sourire lumineux, et il s'illumina en retour, comme toujours. Ce serait l'image qu'elle garderait de lui, sa beauté illuminée par l'amour. Puis le car démarra avec une secousse, prit de la vitesse, tourna au coin de la rue, et Shalimar disparut. Elle commença alors à se préparer à ce qui allait arriver. *Que veux-tu ?* lui avait demandé l'ambassadeur. Elle savait ce que *lui* voulait. Il voulait ce que veulent les hommes. Mais avoir une réponse à sa question était important. Savoir exactement ce qu'elle voulait et ce qu'elle était disposée à donner en échange.

Quand il vint à elle, elle était prête. Edgar Wood, cet étrange jeune homme, avait tout arrangé à la perfection. Les danseuses eurent droit à des chambres confortables dans l'aile réservée aux invités de Roosevelt House, et Wood prit soin d'avoir l'approbation de Mme Ophuls quant à ces dispositions. La suite privée de Mme Ophuls était située à l'extrémité du bâtiment – l'ambassadeur et elle préféraient ne pas dormir dans la même chambre – et Garde-à-Wood avait trié sur le volet les Marines surveillant les couloirs menant aux quartiers du couple éminent, ainsi que ceux positionnés dans le couloir devant les chambres des danseuses. (Dès son arrivée à New Delhi, Wood s'était chargé en priorité d'établir la liste des membres du personnel de sécurité de l'ambassade sur lesquels il pouvait compter, ceux qui comprenaient que leur fidélité absolue devait aller à l'ambassadeur et non aux valeurs morales et conservatrices de leurs parents du Middle-West ou même à Dieu.) Le règlement de l'ambassade, expliqua Wood aux jeunes femmes, stipulait qu'afin d'assurer leur sécurité les couloirs de la résidence seraient interdits jusqu'à l'heure du petit déjeuner, même pour elles. Himal et Gonwati n'élevèrent aucune objection, d'autant plus que leurs chambres étaient pleines de rouleaux de tissu, de flacons de parfum, de colliers et de bracelets en argent ancien, de corbeilles débordant de bonnes choses à manger et à boire. Elles se jetèrent en poussant des cris de joie sur leurs cadeaux. Pendant ce temps, Habib Joo et son trio de musiciens furent conduits à l'hôtel Ashoka, où pour la première fois de leur vie ils firent connaissance avec les minibars et décidèrent que leur religion fermait exceptionnellement l'œil sur ces soirées tous frais payés dans un hôtel de luxe cinq étoiles.

Dans sa chambre de Roosevelt House, Boonyi n'examina pas les saris, ne huma pas les parfums, ne mangea pas de bonbons. Toujours vêtue du costume d'Anarkali, un haut corsage écarlate moulant qui soulignait la finesse de son torse et son ventre plat et musclé, une large jupe de danseuse à plis en soie vert émeraude bordée d'or, des collants blancs en dessous pour protéger sa pudeur quand la jupe s'évasait pendant qu'elle tournoyait, et des bijoux d'apparat, un pendant à rubis autour de son cou, un anneau de nez doré, des tresses de fausses perles dans les cheveux, elle restait parfaitement immobile sur le bord de son lit, ne quittant pas son personnage, jouant le rôle de la grande courtisane qui attend l'héritier du trône moghol. Les mains jointes sur ses genoux, elle attendait, sans se plaindre. Il était trois heures du matin quand elle entendit un coup unique et discret frappé à sa porte.

Il avait préparé une déclaration en kashmiri, qu'il avait récemment appris, mais elle posa un doigt sur ses lèvres. Comme il était beau, que de choses ses yeux avaient vues, que de choses savait son corps. « Je sais parler un peu d'anglais », dit-elle – elle n'était pas pour rien la fille de Pyarelal Kaul ! – et elle rit en voyant Max se détendre, soulagé et surpris. Elle avait préparé un discours, elle aussi, y travaillant dans son esprit agité alors qu'elle n'arrivait pas à trouver le sommeil au petit matin à côté de son mari qui ne se doutait de rien. C'était sa scène et le moment de son monologue. « S'il vous plaît, je veux être une grande danseuse, lui dit-elle. Aussi je veux un grand professeur. Aussi je veux s'il vous plaît recevoir une haute éducation. Et je veux un bel endroit où vivre – s'il vous plaît – pour que je n'aie pas honte de vous y recevoir. Enfin (et ici sa voix trembla), parce que je vais renoncer à beaucoup pour ça, s'il vous plaît, monsieur, je veux entendre de vos propres lèvres que vous veillerez à ma sécurité. »

Il fut à la fois ému et amusé. « Je serai guidé en cela par toi, répondit-il gravement. *Meh haav tae sae wath.* Montre-moi le chemin, s'il te plaît. » Là-dessus, pendant une heure, ils mirent au point le traité de leur partenariat comme s'il s'agissait d'une négociation en sous-main ou d'un accord d'armement international, chacun reconnaissant en l'autre des besoins qui complétaient les siens. Max Ophuls était réellement excité par le pragmatisme de la jeune femme. Sa remarquable franchise concernant ses ambitions indiquait, qui sait, une franchise similaire dans l'acte amoureux. Il avait hâte de découvrir ce qu'il en était. Les négociations étaient plaisantes en soi. Les détails de l'Accord, comme ils décidèrent tous deux de l'appeler – même si Max en privé préférait le terme DCA/BKN/MO (C), qui résumait parfaitement la déclaration commune (confidentielle) entre Boonyi Kaul Noman et lui-même –, furent rapidement établis. De même que l'intérêt personnel mutuel était la seule véritable garantie d'un accord durable entre nations, de même le fait que Boonyi considérât cette liaison comme sa meilleure chance de mener à bien ses propres objectifs constituait une garantie fiable de son sérieux et de sa discrétion futurs. Que la clause la plus délicate dans ce contrat tacite ne fût point un obstacle fournissait à Max une garantie nécessaire supplémentaire. « Et toi, si je fais ce que tu demandes ? » demanda-t-il – la question qu'elle attendait qu'il pose, et pour laquelle, dans ses pensées, elle avait préparé sa réponse mille et une fois. Elle le regarda dans les yeux. « En ce cas je ferai tout ce que vous voulez, quand vous le voudrez, répondit-elle dans un anglais impeccable. Mon corps sera à vous et vous obéira avec joie. »

Ainsi, toutes les exigences importantes de Max étaient respectées : non seulement la discrétion et le sérieux mais également une docilité totale, un acquiescement absolu, une attention maximale, un désir exceptionnel de plaire et un accès illimité, tout cela alimentés par la détermination de la jeune femme à progresser, à quitter son village pour entrer dans le monde, à se donner l'avenir qu'elle croyait mériter. Son clown de mari était un problème, mais elle expliqua à Max qu'il n'avait pas à s'inquiéter de cet aspect des choses car c'était là une question qu'elle pouvait régler facilement. Tout était acceptable. Edgar Wood, qui était très fort pour anticiper, avait déjà trouvé l'appartement, au type-1 numéro 22 Hira Bagh sud-est, un deux pièces roses avec des néons crus bleu blanc et pas de balcon, situé dans un bunker de béton vert sauge au cœur d'une résidence bon marché au sud du centre-ville. Elle habiterait au-dessus du gourou de danse Odissi Jayababu au visage violet – Pandit Jayanta Mudgal – qui serait grassement payé pour lui apprendre tout ce qu'il savait et pour rester sourd et aveugle à tout ce qu'il ne devrait pas savoir. Max et Boonyi conclurent leur accord par une poignée de mains. A l'âge de cinquante-cinq ans, l'ambassadeur Max Ophuls se voyait offrir un jardin des délices terrestre. Il y avait toutefois quelque chose d'étrange. En dépit du cynisme de l'Accord, il sentit quelque chose s'agiter en lui, quelque chose en sommeil depuis longtemps et qui n'aurait pas dû se réveiller. Le désir était inévitable, car il avait été rarement en présence d'une femme aussi belle. Mais le ver qui remuait en lui était différent du désir.

« Ne fais pas ça, se dit-il. Tomber amoureux mettrait fin au traité – il ne peut en sortir que des ennuis. » Mais la créature secrète en lui s'étirait et bâillait, se hissait hors de sa grotte vers la lumière. Il commença à sourire comme un idiot chaque fois qu'il pensait à elle, à lui rendre visite plus souvent qu'il n'était prudent, et à la combler de présents. Elle convoitait les produits mirifiques réservés aux diplomates : le fromage américain en boîte, les nouvelles chips américaines qui ressemblaient à de minuscules champs labourés, les 45 tours célébrant les joies du surf et les bolides, et surtout les friandises. Les chocolats et les bonbons, qui seraient sa ruine, firent pour la première fois partie de son quotidien. Elle raffolait également de la mode vestimentaire de l'année 66, non pas l'ennuyeux style Jackie Kennedy à chapeau et perles, mais les tenues qu'elle voyait dans les revues, les bandeaux à la Pocahontas, les robes droites à motif orange, les vestes en cuir à franges, les carrés à la Mondrian de Saint Laurent, les robes cerceaux, les combinaisons-pantalons style ère spatiale, les minijupes, le vinyl, les gants. Elle ne les portait que dans l'intimité de sa bonbonnière, s'habillant avec empressement pour son amant, gloussant de sa propre audace, et le laissant la déshabiller comme il lui plaisait : il prenait son temps ou bien déchirait ses habits en lambeaux. Edgar Wood, à qui incombait la tâche d'acheter puis d'offrir ces cadeaux de façon à ne pas éveiller les soupçons sur l'ambassadeur, accomplissait sa mission avec une hostilité grandissante, ce que Boonyi ignorait royalement. Il prit sa revanche en insistant pour être là quand elle prenait la pilule contraceptive quotidienne qui avait été jugée essentielle à l'accord.

S'étant inopinément amouraché de Boonyi, qui se montrait en tous points attentionnée comme elle l'avait promis, Max ne perçut pas ce qu'elle lui avait dit silencieusement depuis le début, et qui faisait implicitement partie de leur accord impitoyable : *Ne me demande pas mon cœur, parce que je l'arrache et le déchire en petits morceaux et le jette pour être sans cœur, mais tu ne le sauras pas parce que je serai la contrefaçon parfaite d'une femme aimante et tu recevras de moi le simulacre parfait de l'amour.*

Il y avait donc deux clauses tacites dans l'Accord, l'une concernant le don de l'amour et l'autre concernant le déni de l'amour, des codicilles qui se contredisaient gravement et étaient impossibles à réconcilier. Le résultat fut, comme l'avait prévu Max, une cascade d'ennuis ; le pire chambard diplomatique indo-américain de l'histoire. Mais pendant un temps le génial faussaire fut berné par le faux qu'il avait acheté, à la fois trompé et satisfait, aussi content de le posséder qu'un collectionneur d'art qui découvre un chef-d'œuvre dans une montagne de déchets, aussi content de le dissimuler aux regards qu'un collectionneur qui n'a pu s'empêcher d'acheter ce qu'il savait être un bien volé. Et c'est ainsi qu'il arriva qu'une épouse infidèle venue d'un village de bhand pather commença à influencer, à compliquer et même à façonner l'activité diplomatique américaine concernant la question controversée du Cachemire.

*

Pachigam était un piège, se répétait-elle tous les soirs, mais la Muskadoon coulait toujours dans ses rêves, et sa fraîche et enjouée musique résonnait dans ses oreilles. C'était une fille des montagnes et le climat des plaines l'affectait gravement. Quand c'était l'été à Delhi, les climatiseurs tombaient invariablement en panne suite aux coupures de courant dites de délestage aux heures les plus chaudes de la journée. La chaleur était comme un marteau, comme une pierre. Ecrasée par elle, Boonyi se laissait tomber sur sa couche illégitime et pensait à Chandanwari, à Manasbal et Shishnag, au tapis de fleurs de Gulmarg et aux neiges éternelles, aux glaciers et aux sources bouillonnantes, aux temples de glace haut perchés où vivaient les dieux. Elle entendait le doux clapotis d'un aviron en forme de cœur dans l'eau du lac, le bruissement des feuilles des chinars, les chansons des bateliers, et le doux battement des ailes, des ailes de grives, des ailes de mainates, des ailes des mésanges bleues et des huppes, et les bulbuls à toupet pareils à des jeunes filles à chignon. Quand elle fermait les yeux, elle revoyait invariablement son père, son mari, ses compagnes, sa place désignée sur terre. Non pas son nouvel amant mais son ancienne vie perdue. *Mon ancienne vie pareille à une prison*, se disait-elle, mais son cœur la traitait d'idiote. Elle avait tout faux, disait sévèrement son cœur. Ce qu'elle considérait comme son ancienne prison avait été une liberté, tandis que cette prétendue libération n'était rien d'autre qu'une cage dorée.

Elle songea à Shalimar le clown et fut une fois de plus horrifiée par la facilité avec laquelle elle l'avait abandonné. Quand elle avait quitté Pachigam, aucun de ses proches ne se doutait de ce qu'elle faisait. Quels balourds. Personne n'essaya de la sauver d'elle-même, et comment pouvait-elle le leur pardonner ? Quels idiots ils étaient tous ! Son mari était le super idiot numéro un, son père était le super idiot numéro deux et tous les autres n'étaient pas loin derrière. Même après que Himal et Gonwati étaient revenues à Pachigam sans elle et que les ragots avaient commencé, Shalimar le clown lui avait envoyé des lettres confiantes, des lettres hantées par le fantôme de leur amour assassiné. *Je tends ma main vers toi et te touche sans te toucher comme sur le bord de la rivière autrefois. Je sais que tu poursuis tes rêves mais ces rêves te ramèneront toujours à moi. Si l'Amrikain peut t'aider tant mieux. Les gens diront toujours des mensonges mais je sais que ton cœur est vrai. Je reste les mains jointes et attends ton retour.* Elle gisait sur le lit, en nage, retenue prisonnière par les chaînes de sa servile solitude, et déchirait les lettres en morceaux de plus en plus petits. Ces lettres humiliaient à la fois leur auteur et leur destinataire, ces lettres n'avaient aucune raison d'être, n'auraient jamais dû être envoyées. De telles pensées n'auraient jamais dû exister, et n'auraient pas existé, sans l'esprit affaibli de cet homme dépourvu d'honneur qu'à sa grande honte elle avait épousé.

Les bouts de papier tombaient de sa main alanguie et choyaient tels des flocons de neige sur le sol de la chambre, et de fait les messages écrits dessus n'avaient pas plus de rapport avec sa nouvelle vie que la neige. Quel genre d'époux était-il, de toute façon, ce clown ? Prenait-il d'assaut la capitale comme un conquérant musulman d'autrefois, un Tughlaq ou un Khilji, à défaut d'un Moghol, ou, comme le Seigneur Ram, envoyait-il au moins Hanuman le dieu-singe pour la trouver avant de lancer son attaque mortelle sur son ravisseur, le Ravan américain ? Non, il rêvassait devant son portrait et mêlait ses larmes aux eaux de la stupide Muskadoon comme un idiot impuissant, acceptant son sort en vrai pleutre cachemirien, se laissant piétiner par ceux qui aimaient piétiner, un âne buté qui se disputait avec son frère Anees, lequel au moins avait le cran de prendre les choses en main et de faire exploser des choses inutiles. Il se comportait comme le chien savant qu'il était, une créature qui imitait la vie pour faire rire les gens mais qui ne comprenait rien à la façon dont devrait vivre un homme.

Le premier soir où elle avait couché avec lui, il l'avait menacée amoureusement, jurant de la poursuivre et de la tuer, elle et ses enfants, si jamais elle refaisait ce qu'elle venait de faire aussi cyniquement. Quelles paroles vaines prononçaient les hommes quand ils avaient obtenu ce qu'ils voulaient d'une femme. C'était un dindon qui se pavanait, un sot. A sa place, elle se serait traquée elle-même et assassinée dans le caniveau, comme un chien, afin que sa honte lui survive.

Les lettres cessèrent. Mais chaque nuit dans ses rêves il vint la voir, en marchant sur la corde, en sautant dans le ciel, en bondissant sur le vide comme s'il s'agissait d'un trampoline, en jouant à saute-mouton avec ses frères sur la haute corde fine, feignant de glisser sur une peau de banane invisible, battant des bras, retrouvant son équilibre, puis glissant sur une seconde peau de banane imaginaire et tombant dans une cascade chaotique et habile jusqu'au sol, un finale qui déclenchait toujours un tonnerre d'applaudissements. Dans ses rêves, elle souriait à son génie mais quand elle se réveillait le sourire flétrissait et mourait.

Bref, elle n'arrivait pas à oublier son cocu de mari, et parce qu'il était impossible de parler à son amant américain de quoi que ce soit d'important, elle parla avec fougue du Cachemire. Chaque fois qu'elle disait « Cachemire », elle pensait secrètement à son mari, et cette ruse lui permit de déclarer son amour pour l'homme qu'elle avait trahi à son complice dans l'acte de trahison. De plus en plus souvent elle parlait de son amour pour ce « Cachemire » crypté, n'éveillant aucun soupçon, même quand il arrivait qu'elle se trompe et dise parfois les montagnes *de* Cachemire, au lieu des montagnes *du* Cachemire. Les vallées de Cachemire, les jardins, les cours d'eaux, les fleurs, les cerfs de Cachemire... Son amant américain était manifestement trop bête pour déchiffrer le code, et attribuait l'erreur à sa maîtrise approximative de la grammaire. Toutefois, lui, l'ambassadeur, prenait bonne note de sa passion, et était fort ému quand elle s'emportait, quand elle réprimandait « Cachemire » pour sa lâcheté, pour sa passivité face aux crimes horribles commis contre lui. « Ces crimes, demanda-t-il en se prélassant sur les oreillers, en caressant son dos nu, en embrassant ses hanches découvertes, en pinçant son mamelon, s'agit-il d'actes commis par les forces armées indiennes ? » Elle décida que le terme « forces armées indiennes » désignerait en secret l'ambassadeur lui-même. Oui, elle se servirait de la présence indienne dans la vallée comme substitut à l'occupation américaine de son corps. « Oui, c'est cela !, s'écria-t-elle, les “ forces armées indiennes ” qui violent et pillent. Comment peux-tu l'ignorer ? Comment peux-tu ne pas comprendre l'humiliation que c'est, la honte de voir tes bottes qui piétinent mes champs privés ? » Une fois de plus, ces lapsus révélateurs. *Tes* bottes, *mes* champs. Une fois de plus, distrait par sa beauté enflammée, il ne releva pas ces fautes. « Oui, ma très chère, dit-il, d'une voix assourdie entre ses cuisses. Je crois que je commence à comprendre, mais serait-il possible de reporter à plus tard cette discussion ? »

Le temps passait. Max Ophuls savait que Boonyi Noman ne l'aimait pas mais au début il ferma les yeux, s'aveuglant sur les conséquences de ce savoir, car elle avait élu temporairement résidence dans un tendre recoin de son cœur. Il savait qu'elle lui cachait une grande partie d'elle-même, n'exposant que son corps, comme une vraie courtisane, comme toute putain, mais il décida de ne pas y prêter attention et s'obligea à croire qu'elle lui rendait ce qu'il était heureux d'appeler son amour. Et il laissa ses diatribes sur l'occupation de Cachemire troubler ses pensées, sans jamais soupçonner qu'elle fulminait en secret contre lui et contre le mari incapable qui n'était pas venu à son secours. Il commença à critiquer, en privé et lors de discours publics, la militarisation de la vallée du Cachemire, et quand le terme *oppresseurs* franchit ses lèvres pour la première fois la bulle de sa popularité finit par éclater.

Les commentateurs des journaux l'éreintèrent. Là, dirent-ils, derrière la posture indianophile bidon, se trouvait une autre « cigarette » bon marché (un terme argotique pour désigner un Pak-Américain, un Américain avec des sympathies pakistanaises, par allusion à la Pak-American Tobacco Company), encore un gringo qui ne comprenait rien. L'Amérique piétinait l'Asie du Sud-Est, les cadavres des enfants vietnamiens brûlaient sous le napalm insatiable, et cependant l'ambassadeur américain avait l'outrecuidance de parler d'oppression. « L'Amérique devrait faire le ménage dans sa propre maison, tonnèrent les éditorialistes indiens, et cesser de nous dire comment nous devons nous occuper de notre pays. » Ce fut alors qu'Edgar Wood, identifiant avec justesse la source des problèmes de l'ambassadeur, décida que Boonyi Noman devait partir.

Observez-le, ce mammifère mielleux, Garde-à-Wood, toujours plein d'égards, huilant les rouages dans l'ombre, trafiquant le visible par en dessous, cet homme-lézard, ce serpent sapant la montagne ! Un souteneur de sa trempe, un flatteur de cette eau pourrait sembler mal équipé pour la tâche fastidieuse de l'indignation morale. Il n'est pas facile de regarder les autres de haut quand votre position manque de grandeur. Cependant le forfait fut accompli par l'ingénieux et duplice Wood, qui procéda entièrement par inversions. Fils d'un prélat bostonien (et par conséquent une espèce de brahmane lui-même), il s'était détourné de la religion à un âge précoce. Ayant rejeté les pratiques religieuses, il n'en continuait pas moins d'abriter un amour secret pour le prêche et la pompe. Etant secrètement pompeux et prêcheur, il affectait l'humilité et la tolérance. Etant humble, il dissimulait au fond de lui un orgueil démesuré. Etant orgueilleux, il se présentait devant Max Ophuls comme un dévot désintéressé, sourd à ses propres besoins, un homme sans qualités qui faisait tout et ne voyait rien, un serviteur, un tabouret sous le pied de son maître. Ainsi, bien que bas de nature, il était encore capable de se considérer haut d'esprit. Regardez-le à présent, courant dans les rues de la capitale indienne dans un petit scooter rickshaw pout-pout, sa kurta blanche volant dans le vent. Voyez les *chappals* simples à ses pieds. Regardez-le arriver dans ses quartiers résidentiels et notez, je vous prie, les objets et souvenirs indiens qui s'y trouvent, les peintures madhubani, l'art tribal warli, les miniatures des écoles Cachemire & Cie. N'est-ce point là l'image même d'un Occidental devenu autochtone ? Cependant, ce même Wood était convaincu de la supériorité innée de l'Occident, et rempli d'un vague mépris pour la nation dont il cherchait si assidûment à singer le style. Certes, reconnaissons qu'il était tourmenté. De telles tergiversations de l'âme, de telles torsions dans la psyché, de telles contradictions tortueuses entre l'apparent et le réel, devaient assurément être douloureuses, on ne saurait le nier.

Un homme-serpent aussi tordu et tirebouchonné aurait dû être un adversaire redoutable pour une jeune femme lourdement compromise et largement sans défense, mais la vérité c'était qu'elle lui facilita plus la tâche qu'il ne s'y attendait ; tout comme, à la fin, le fit Max. Les choses ne s'étaient pas passées à Delhi comme Boonyi Kaul Noman l'aurait souhaité. Le rose, dans ses deux petites pièces solitaires, devint rapidement la couleur de son isolement et de son dégoût de soi. Le bleu-blanc du néon devint la couleur du jugement, un éclat cru et méprisant qui effaçait les ombres ne lui laissant aucune place où se cacher. Et quant à la couleur vert sauge des murs de l'appartement de son gourou de danse, eh bien, elle devint la couleur de son échec. Le maître odissi Pandit Mudgal s'était montré méprisant avec elle depuis le début. Il était le gourou de Sonal Karnaa et de Kumkum Segal ! Il avait formé Alarmel Mansingh ! Il était le maître de Kiran Qunango ! Aucun homme n'avait fait plus que lui pour populariser la danse odissi ! Où seraient-elles toutes sans lui – Aloka Panigrahi, Sanjukta Sarukkai, Protima Mahapatra, Madhavi Mohanty ? Et voilà qu'à l'heure de sa vieillesse tavelée débarquait cette villageoise paresseuse et mal dégrossie, cette femme entretenue, cette rien du tout. Elle était le jouet d'un riche Américain, et il la méprisait pour cela; d'une certaine façon, il se méprisait, lui qui acceptait les dollars yankee et se faisait complice de l'arrangement, mais cela, aussi, il le lui reprocha. Les leçons avaient mal commencé; et il n'y avait pas eu beaucoup d'amélioration par la suite. Finalement, Pandit Mudgal, un homme épais avec la physionomie – et toute la sensualité – d'une aubergine géante, lui dit : « Oui, madame, le sex-appeal vous l'avez, cela nous le voyons tous. Vous bougez et les hommes vous regardent. Ce n'est qu'une seule chose. La grande maîtrise exige une grande âme et votre âme, madame, est damnée. » Elle s'enfuit en pleurant et le lendemain l'ambassadeur envoya Edgar Wood dire à Mudgal que son salaire serait augmenté – doublé ! – s'il persévérait. Tel Charles Foster Kane essayant de faire de sa femme à la voix discordante une chanteuse, Max Ophuls essayait d'acheter ce qui ne s'achète pas, et échoua. Jayababu, naguère long, mince et beau, et désormais un sombre brinjal d'homme, une aubergine mal lunée, refusât l'argent.

« J'aime les défis, dit-il à Edgar Wood. Mais cette fille n'est pas pour moi. Elle n'est pas de haute mais de basse vocation. »

L'attention de Max commença à s'étioler après ça, bien que pendant longtemps il refusât d'admettre ce changement en lui. Il restait loin de Boonyi pendant de plus longues périodes. Une ou deux fois, il dîna en privé avec son épouse. Peggy Ophuls s'en voulut d'être aussi contente. Elle était connue pour son âpreté mais avec lui elle était toujours faible. Comme elle revenait aisément à lui, comme elle lui ouvrait pathétiquement ses bras et le laissait rentrer tout penaud à la maison ! Il lui parlait à voix basse du passé, de la Ligne Pat ou du Lyons Corner House, et aussitôt des bouffées d'émotion refoulée s'emparaient de son corps. Il imitait la façon de parler de Mme Shanti Dickens, à Porchester Terrace, quand elle savourait les faits divers du jour : « *Très très horrible, monsieur, n'est-ce pas. Peut-être qu'il la fait bouillir pour son goûter !* » et des larmes de rire brillaient dans les yeux de la Ratte Grise. Cette liaison avait été la pire de toutes pour Peggy. Elle avait perdu Max si longtemps qu'elle avait eu peur de ne jamais le récupérer. Mais il était de nouveau auprès d'elle, après un long détour. Voilà ce qu'ils avaient entre eux, se dit-elle, cette chose inévitable. Ils étaient faits pour durer. Elle leva son verre en le regardant et un sourire trembla aux commissures de ses lèvres. Je suis la femme la plus dupée du monde, pensa-t-elle. Mais regardez-le, c'est lui. C'est mon homme.

Aucune des aventures de Max Ophuls n'avait jamais duré très longtemps avant son séjour en Inde. Boonyi avait été différente. Il s'agissait cette fois d'amour, et l'amour consistait, n'est-ce pas, à supporter. Ou n'était-ce là qu'une des erreurs que commettaient les gens au sujet de l'amour, se demanda Max. Revêtait-il une chose profondément sauvage et irrationnelle des atours de la civilisation, l'attifant de la chemise à col cassé de l'endurance, du pantalon à plis de la constance, de la redingote de la sollicitude et du haut-de-forme du désintéressement ? Comme Tarzan l'homme singe quand il se rendait à Londres ou New York : le naturel rendu artificiel. Mais sous le costume élégant couvait une réalité indomptable et cruelle, une férocité plus proche du gorille que de l'homme. Il était moins question de douceur, de tendresse et d'attention que de piste, de territoire, d'apparence, de domination et de sexe. Un état provisoire, quels que soient les traités conclus, les contrats de mariage signés, les accords secrets passés.

Quand il commença à parler de ces choses, le matador Wood comprit que le taureau se fatiguait, et il envoya les picadors, ou pour être précis, les picadoras. Les beautés qu'il dirigeait vers Max étaient soigneusement sélectionnées dans les échelons supérieurs de la société de Delhi et de Bombay afin de déprécier Boonyi. C'étaient des femmes riches, cultivées, accomplies, extraordinaires. Elles tournaient autour de lui à distance, puis se rapprochaient. Les lances de leurs œillades, leurs mouvements gracieux, leur contact, ne cessaient de le transpercer. Il tombait à genoux. Il était presque prêt pour l'épée.

Ce fut donc peut-être son incapacité à être aussi exceptionnelle que belle qui causa la perte de Boonyi, à moins que seul le passage du temps en fût la cause. Recluse dans sa honte rose, et pendant parfois des jours (car l'ambassadeur était un homme de plus en plus occupé), avec l'opprobre de son professeur de danse pour seule compagnie, elle se laissa aller, lentement au début puis de plus en plus vite. Delhi la dérangeait, avec ses excès en tout, ses odeurs fécales, son vacarme infernal, son anonymat, ses foules indifférentes toutes à leur combat désespéré pour survivre. Elle devint dépendante du tabac à chiquer et en gardait un petit bout niché entre ses molaires inférieures et sa joue. Pour passer le temps, elle se laissait souvent gagner par une torpeur faussement phtisique, souffrant plutôt de stress, de dépression, d'hypertension, de maux d'estomac et de tous les autres symptômes hystériques, et ainsi, au fil des mois, elle se familiarisa avec les médicaments, découvrit quels cachets permettaient de modifier le monde, de le rendre plus rapide, plus lent, plus excitant, plus calme, plus heureux, plus paisible, plus doux, plus fou, meilleur. Le *hamal* âgé de treize ans de Pandit Mudgal, le garçon de maison avec qui couchait régulièrement le professeur de danse, à tout seigneur tout honneur, escorta Boonyi plus avant dans la jungle psychotropique, l'initiant à l'*afim* : l'opium. Après ça, elle se replia dans la fumée métamorphique chaque fois qu'elle le pouvait, rêvant confusément de la joie perdue pendant que le temps, cruellement, s'écoulait.

Mais son narcotique de prédilection se révéla la nourriture. Au début de la deuxième année de sa captivité émancipée, elle se mit, avec un grand sérieux et une aptitude à l'excès héritée de la cité diabolique elle-même, à manger. Si son univers ne pouvait grandir, son corps, lui, le pouvait. Elle se lança dans la gloutonnerie avec le même enthousiasme inépuisable qu'elle mettait autrefois à faire l'amour, détournant son appétit sexuel pour l'adapter aux choses de la table. Elle mangeait sept fois pas jour, engouffrant un petit déjeuner conséquent, puis une collation en milieu de matinée, puis un déjeuner complet, puis en milieu d'après-midi un assortiment de pâtisseries, puis un solide dîner, puis un deuxième dîner à l'heure de se coucher, et enfin se livrait à une descente sur le frigidaire juste avant l'aube. Oui, elle était une putain, admettait-elle avec un serrement de cœur, mais au moins elle serait une putain extrêmement bien nourrie.

Son geôlier Edgar Wood avait pleinement conscience de tout cela, et se comportait en parfait complice. Après tout, se dit-il, si elle s'engageait sur le chemin de l'autodestruction, pourquoi l'en empêcher ? Il n'aurait pas besoin de la pousser pour qu'elle tombe. Et donc, sans en référer à son maître, il lui achetait le tabac à chiquer qui détruisait son sourire, remplissait sa petite armoire de pharmacie avec des cachets, embrumait son esprit avec l'opium, et surtout s'arrangeait pour qu'on lui apporte toutes sortes de plats, en quantité phénoménale, livrés par une voiture banalisée ou un coursier-traiteur poussant une lourde charrette à deux roues. Tout cela, Edgar le fit avec une élégance et une sobriété qui la dupèrent complètement. Elle ne lui avait jamais fait confiance jusque-là, mais l'impeccable courtoisie d'Edgar et le nombre croissant de dépendances de Boonyi créaient l'apparence de la confiance, ou du moins écartait la question de la confiance. Le pragmatisme l'emporta ; il était le seul aujourd'hui à pouvoir la contenter. En un sens, il était devenu son amant, supplantant l'ambassadeur. C'était lui qui lui donnait ce dont elle avait besoin.

Wood était bien trop convenable pour faire une pareille suggestion. Il était simplement là pour l'aider, disait-il. Rien n'était trop bon pour la femme que l'ambassadeur avait choisi d'aimer. Elle n'avait qu'à demander. Et elle ne s'en privait pas. C'était comme si le souvenir nostalgique du « super-wazaan » cachemirien, le Banquet des Soixante Plats Maximum, l'avait possédée et rendue folle. Une fois qu'elle comprit qu'Edgar était disposé à satisfaire ses moindres caprices, elle se montra de plus en plus immorale et péremptoire dans sa gourmandise. Elle voulait des plats cachemiriens, bien sûr, mais également les spécialités tandoori et mughlai du nord de l'Inde, des *boti kebabs*, du *murgh makhani*, et des poissons de la côte malabar, des *dosas masala* de Madras et les légendaires citrouilles de la côte de Coromandel, les curries pimentés de Hyderabad, le *kulfi* et le *barfi* et le *pista-ki-lauz*, et le doux *sandesh* bengali. Son appétit avait pris des dimensions sous-continentales. Il franchissait les frontières de la langue et de la coutume. Elle était végétarienne et non végétarienne, mangeait du poisson et mangeait de la viande, elle était chrétienne et musulmane, une omnivore séculaire et démocratique.

Ailleurs sur la planète c'était l'été de l'amour.

Inévitablement, sa beauté déclina. Ses cheveux perdirent leur éclat, sa peau s'épaissit, ses dents pourrirent, son odeur corporelle devint aigre, et sa masse – ah ! sa masse – augmenta régulièrement, semaine après semaine, jour après jour, presque heure par heure. Sa tête était pleine de cachets, ses poumons pleins de la fumée du pavot. Elle arrêta de prendre des cours. Les études qu'elle avait demandées dans le cadre de son accord avec l'ambassadeur avaient cessé depuis longtemps ; de toute façon, elle avait toujours été trop paresseuse pour être bonne élève, même à Pachigam. Pandit Mudgal restait en bas avec son jeune hamal, et Boonyi vivait en haut dans une brume perpétuelle, la tête prise dans un étau chimique et le ventre plein. Edgar Wood, son confiseur/confesseur, se demandait vaguement si ce comportement incroyablement autodestructeur n'était pas une tentative de suicide délibérée, mais très franchement il ne s'intéressait pas suffisamment à sa vie intérieure pour approfondir cette idée. Ce qui l'intéressait davantage c'était la constance des sentiments de l'ambassadeur pour elle. Max continua à lui rendre visite pendant un temps considérable après qu'elle eut dépassé ce que Wood qualifiait de « point de répugnance ». Ce devait être comme de dormir non seulement *sur* mais *avec* un matelas en mousse puant, songea-t-il avec un frisson de dégoût : *beurk*. A en croire le giton de Mudgal, un jeune porté sur le voyeurisme à qui Wood soutirait des informations, l'ambassadeur aimait l'usage que faisait la Cachemirienne pendant l'amour de ses dents et de ses ongles acérés. Bien sûr, Wood avait lu le récit honnête qu'avait fait Max Ophuls de ses exploits en temps de guerre. Aussi trouvait-il étrange que le célèbre antinazi soit encore excité par le souvenir des penchants sexuels de la fasciste Ursula Brandt, la Panthère, qu'il avait baisée pour la cause. Et encore plus étrange qu'une Cachemirienne bouffie vienne clore ce cercle sexuel, car il continua à réclamer ses faveurs longtemps après qu'elle eut cessé d'être séduisante. Mais la rupture finit par avoir lieu ; l'ambassadeur cessa de rendre visite à Boonyi. « Ce n'est plus possible, dit-il à Edgar Wood. Veille à ce qu'on s'occupe d'elle, la pauvre. Quelle épave elle est devenue. »

Quand l'homme de pouvoir retire sa protection à une concubine, elle devient comme une enfant abandonnée dans des collines infestées par les loups. L'adoption de Mowgli par la meute seeonee est atypique ; ce n'est pas ainsi que se déroule d'ordinaire ce genre d'histoire. Quand Boonyi Noman, prostrée sur son lit, suffoquant sous le poids de son propre corps, vit Wood entrer chez elle tel un prédateur, sans prendre la peine de frapper un coup à sa porte ou de la saluer, avec le meurtre dans ses yeux, elle comprit que la crise était imminente. Il était temps pour elle de lui confier son secret.

Edgar Wood apprit alors la nouvelle de sa grossesse et reconnut qu'il avait été berné par plus malin que lui. Il était venu pour mettre un terme à l'Accord, pour donner à Boonyi un dernier versement en espèces, un billet pour l'oubli et pour la mettre en garde contre les dangers de futures indiscrétions, et il s'y prit de façon désagréable parce que sa mission était désagréable, parce que l'homme qui aurait dû l'accomplir n'avait pas la décence de venir ici lui-même. Mais avant qu'il puisse transmettre son message, elle joua son atout. Il lui avait apporté chaque jour une pilule contraceptive et l'avait regardée la mettre dans sa bouche, prendre une gorgée d'eau et avaler, mais manifestement elle l'avait berné, elle avait mis de côté la pilule avec la langue, la dissimulant sous les omniprésentes boulettes de chique, et elle était enceinte de plusieurs mois. Elle était devenue si obèse que sa grossesse avait été invisible, restant terrée quelque part dans sa graisse, et il était trop tard pour envisager un avortement, elle était bien trop avancée, les risques étaient trop grands. « Félicitations, dit Edgar Wood. Nous vous avons sous-estimée. – Je veux le voir, dit Boonyi. Dites-lui de venir tout de suite. »

Dans une des versions de l'histoire de la danseuse Anarkali, l'empereur Akbar s'adressait lui-même à la jeune beauté et lui expliquait que la liaison avec le prince Salim devait cesser, qu'elle devait lui faire croire qu'elle ne l'aimait plus afin qu'il puisse l'oublier et revenir sur son chemin tout tracé jusqu'au trône ; et de même que dans *La Traviata* Violetta renonce à Alfredo après la visite de son père Germont, elle acceptait. Mais Boonyi n'était plus Anarkali, elle avait perdu sa beauté et ne pouvait plus danser, et l'ambassadeur n'était le fils de personne mais l'homme de pouvoir lui-même. Et Anarkali ne tombait pas enceinte. Les histoires étaient les histoires, et la vraie vie était la vraie vie, nue, laide, et finalement impossible à embellir avec le fard du conte. Max Ophuls se rendit ce soir-là dans la chambre rose de Boonyi. Il se tint devant son lit dans l'obscurité, se pencha légèrement en avant en tenant entre ses deux mains tremblantes le bord de son chapeau de paille. La vue de ce corps ballonné de cétacé avait encore le pouvoir de le troubler. Ce qui reposait dedans, ce qui grandissait chaque jour dans son ventre, le choqua encore plus. Son enfant prenait forme là-dedans. Ce serait son premier enfant. « Que veux-tu ? », demanda-t-il à voix basse, tandis que de sombres pensées et de folles émotions se livraient bataille dans les places et les rues de son for intérieur.

« Je veux te dire ce que je pense de toi », dit-elle.

Son anglais s'était amélioré et lui aussi avait appris à parler sa langue. Au plus fort de leur intimité ils avaient parfois oublié quelle langue ils parlaient ; les deux langues se mêlaient pour n'en faire qu'une. Quand ils s'éloignèrent, il advint de même pour leurs langues. Maintenant elle parlait sa propre langue et lui la sienne. Chacun comprenait suffisamment l'autre. Il s'était douté qu'il y aurait des injures et il y eut des injures. Il eut droit à des menaces creuses et des accusations de trahison. Cela ne le surprit pas. Regarde-moi, disait-elle. Je suis ton œuvre faite chair. Tu as pris la beauté et créé la laideur, et de cette monstruosité naîtra ton enfant. Regarde-moi. Je suis la signification de tes actes. Je suis le sens de ton prétendu « amour », ton amour destructeur, égoïste, capricieux. Regarde-moi. Ton amour ressemble à de la haine. Je n'ai jamais parlé d'amour, disait-elle. J'ai été honnête et tu as fait de moi un mensonge. Ce n'est pas moi. Ce n'est pas moi. C'est toi.

Puis vint une autre forme d'agression, plus ancienne. J'aurais dû m'en douter, disait-elle. Je n'aurais pas dû commettre la bêtise de coucher avec un juif. Les juifs sont nos ennemis et j'aurais dû me méfier.

Le passé réapparut. Il revit brièvement l'armée des juifs tombés. Il repoussa ce souvenir. La roue avait tourné. En cet instant de son histoire, il n'était pas la victime. En cet instant, elle, et non lui, avait le droit de réclamer la parenté avec les vaincus. Au moins je n'ai jamais parlé d'amour, disait-elle. J'ai gardé mon amour pour mon mari même si mon corps t'a servi, juif. Regarde ce que tu as fait du corps que je t'ai donné. Mais mon cœur m'appartient toujours.

« Tu ne m'as donc jamais aimé », dit-il, en baissant la tête, quand elle eut fini. Lui-même se trouvait ridiculement faux et hypocrite. Elle se moquait de lui, vicieusement. Un rat aime-t-il le serpent qui l'avale, demandait-elle. Il frémit devant la violence de ses mots, devant la véhémence qui enflait en elle. « On s'occupera bien de toi. Tu auras tout ce dont tu as besoin », dit-il et il se tourna pour partir. Une fois sur le seuil, il s'arrêta. « J'ai aimé une Ratte autrefois, dit-il. Peut-être es-tu le serpent qui l'a engloutie. »

Le scandale éclata une semaine plus tard. Un bébé changeait les choses. Une grossesse ne pouvait pas être prise à la légère. Max Ophuls ne sut jamais qui avait donné l'information aux journaux – Boonyi elle-même, ou le professeur de danse aubergine en bas, ou son jeune giton, ou l'un des chauffeurs et vigiles triés pour leur prétendue discrétion par Wood, ou même Wood lui-même, Wood se lavant les mains après tant d'années au service salissant de son maître – quoi qu'il en soit, quelques jours après la dernière entrevue de Max et Boonyi, chaque journaliste de la ville avait l'info.

Ce ne fut pas le plus gros scandale de l'époque, mais il alimenta naturellement d'autres histoires. Le groupe de travail de la conférence nationale du Jammu-et-Cachemire avait fait passer à l'unanimité une résolution appelant une fusion permanente de l'Etat avec l'Inde. On avait demandé à Indira Gandhi, et on lui en avait donné les moyens, de mettre hors la loi les groupes qui remettaient en cause la souveraineté de l'Inde sur la vallée. Une jeune Cachemirienne détruite par un puissant Américain, voilà qui permit au gouvernement indien d'adopter la posture de celui qui défendait les Cachemiriens contre les malfrats de toutes sortes – qui défendait l'honneur du Cachemire aussi vaillamment qu'il défendrait celui de n'importe quelle partie intégrante de l'Inde. La tête de Max sur un plateau suffirait. Son ami Sarvepalli Radhakrishnan s'était retiré de ses fonctions ; le nouveau président, Zakir Hussain, faisait en privé des déclarations furieuses sur l'exploitation par l'Américain impie d'une innocente hindoue. Personne n'avait encore prononcé les mots « agression sexuelle » mais Max savait qu'ils ne tarderaient pas à franchir les lèvres des gens. Il n'était plus l'amoureux chéri de l'Inde, mais son ravisseur sans cœur. Et Indira Gandhi voulait que le sang coule.

La guerre du Vietnam était à son point culminant et il en allait de même pour l'impopularité américaine en Asie. On brûlait des ordres d'incorporation à Central Park, Martin Luther King menait une marche de protestation sur les Nations unies et en Inde ce foutu ambassadeur américain baisait apparemment la paysannerie locale. L'Amérique en guerre se retourna également contre Max, et sa prétendue oppression de Boonyi devint une sorte d'allégorie du Vietnam. Dans un article, Norman Mailer parla de Boonyi et de Max comme si elle était la campagne de Saigon et lui l'opération Cedar Falls. Joan Baez écrivit une chanson sur eux. Ces interventions n'étaient pas tendres avec Max Ophuls. C'était comme si ses moi précédents avaient été effacés en une nuit – le héros de la Résistance, l'auteur de best-seller, le génie en économie, le célèbre époux de sa femme héroïque, et le juif volant – et à sa place se dressait ce Barbe-Bleue, cet ogre, ce prédateur sexuel qui ne méritait que la castration. Le goudron et les plumes, c'était trop bon pour des gens comme lui. Che Guevara fut assassiné à la même époque, et c'est à peu près la seule chose qu'on ne reprocha pas à Max.

*

En ce temps-là, il n'y avait pas de « siège médiatique » au sens moderne. All-India Radio dépêcha un reporter pour faire le pied de grue devant l'immeuble vert sauge du type-1 numéro-22 Hira Bagh sud-est, en tendant son micro comme s'il s'agissait d'une sébile. Doordarshan, alors la seule chaîne télévisée, envoya un cameraman et un ingénieur du son. Le commentaire qu'ils auraient le droit de lire serait certainement transmis plus tard par le bureau du Premier ministre, aussi était-il inutile d'envoyer un journaliste. Il y avait un type de l'agence PTI et deux ou trois grouillots de la presse écrite. Ils virent aller et venir les divas de la danse odessi, et le giton de Jayababu faire des courses. Les occupants anonymes des autres appartements n'avaient rien vu, ne savaient rien et fuyaient les caméras et les micros comme une menace. Juste une fois, le grand Jayababu lui-même sortit gaiement pour reprocher à la presse de faire trop de bruit et de perturber le cours de danse, sur quoi les reporters confus commencèrent à parler à voix basse. Des principaux acteurs du drame, il n'y avait aucun signe. Aux heures des repas, les observateurs se dispersaient pour aller se sustenter, et ils se lassèrent vite de la situation. L'hiver, Delhi était froid comme un fantôme et le brouillard s'abattait le matin et le soir, enfonçant ses mains moites dans votre peau et vous gelant les os. Il ne servait à rien de rester. Les nouvelles étaient ailleurs. L'ambassadeur américain était mis en disgrâce. C'était à l'ambassade des Etats-Unis qu'il fallait être. Hira Bagh n'était qu'une note en bas de page. Dans la brume hivernale, l'endroit ressemblait à un monde irréel.

Par une nuit blanche de brouillard, vers les trois heures du matin, longtemps après que ces messieurs de la presse étaient partis, une silhouette encapuchonnée arriva à l'appartement rose de Boonyi. Quand la femme enceinte échouée sur son lit tel un monstre marin entendit tourner la clé dans la porte, elle crut que c'était Edgar Wood qui lui apportait ses repas nocturnes. Ces jours-ci, il ne lui rendait visite qu'en pleine nuit, arrivant tout essoufflé, chargé d'énormes quantités de nourriture. Elle n'avait aucune sympathie pour lui. Il était un effet secondaire indissociable d'une maladie, comme du vomi. « J'ai faim, lança-t-elle. Tu es en retard. » Il entra dans la chambre en grimaçant comme un écolier à qui une brute fait une clé, un enfant à qui une tante autoritaire tire l'oreille. La silhouette encapuchonnée le suivit dans la pièce, se dévoila, et regarda Boonyi avec une brusque compassion de nounou. « Oh mon Dieu, dit-elle. Mon Dieu, quelle terrible... ha ! Le croirez-vous, ma chère, j'ai presque été jalouse – ahah ! – oh, oubliez ça. Mais il y a tout de même ça. Je lui ai presque pardonné. Vous pouvez croire ça ? Extraordinaire. Mais j'ai failli, malgré tout. Malgré, ma chère, vous... Mais regardez-vous. Aucune discipline. Nous ne pouvons laisser cela. Hum. Edgar, vile créature gluante, avez-vous pris les dispositions ?... Bien sûr que oui, c'est ce que vous faites. C'est ce qu'il fait, ma chère... Oui, vous aussi vous le détestez, bien sûr que oui, comme tout le monde. Harrumph. Nous allons vous sortir de là, ma chère. On va s'occuper de vous. On va vous aider... Oh je vois. Vous vous méprenez. Non, ce n'est pas mon mari qui m'envoie. Il a quitté le pays. Il a quitté le service diplomatique. Mais laissez-moi être claire, il ne m'a pas quittée. Vous suivez ? Hum ? C'est moi qui l'ai quitté après tout et en dépit de tout et à la fin de tout ça... Oh, laissez tomber. L'important c'est de vous emmener quelque part. Plus de regards inquisiteurs et un endroit avec de bons soins médicaux. Hmm ? Vous en êtes où ? Sept mois ?... Plus ? Huit ? Aha. Huit. Bien. Ça ne sera pas long, alors. Oh, finissez-en, Edgar, bon sang. Edgar a été viré, ma chère, je pensais que vous aimeriez le savoir. Je ferai en sorte que cette petite merde ne travaille plus jamais pour son pays, je vous le promets. Ce soir c'est votre dernier hourrah, n'est-ce pas, Edgar ? Vous avez fait votre temps, je dirais. Pauvre Edgar. Qu'allez-vous faire ?... Ha ! Non, à la réflexion, je ne pense pas que nous allons nous inquiéter pour vous, n'est-ce pas, mon cher ? Non. Eh bien, Edgar : où est cette fichue camionnette ?

– Au coin de la rue marmonna Wood entre ses dents. Mais je vous ai prévenue, elle risque d'être trop grosse pour passer par la porte. » Margaret Rhodes Ophuls pivota pour lui faire face, le fusillant de son regard de dragon. « Tout à fait raison, Edgar, dit-elle doucement. Bien dit. Alors dépêchez-vous et ramenez une masse. »

Boonyi accoucha d'une fille dans une chambre propre et simple de l'Orphelinat Evangalactique des Filles de l'Amour Sacré de l'Inde pour les Filles des Rues Handicapées Sans Ressources du père Joseph Ambrose, situé au 77-A, aile 5, à Mehrauli, une institution qui avait grandement bénéficié des talents de leveuse de fonds et des largesses personnelles de l'épouse de l'ex-ambassadeur. En dépit de l'affection et de l'admiration que tout un chacun à l'Orphelinat Evangalactique réservait à Peggy-Mata, la nouvelle résidente qu'elle avait imposée ne fut pas populaire au début. Le moindre détail de l'histoire de Boonyi devint très vite connu de presque tout l'orphelinat. Certaines avaient été arrachées aux bordels du Vieux Delhi à l'âge de neuf ans, et ces adolescentes se rassemblaient devant la porte de Boonyi pour parler tout fort de la traînée du riche déchu qui avait choisi de son plein gré l'existence avilissante qu'elles avaient réussi à fuir. Il y avait des filles qui ressemblaient à des araignées géantes à cause de leurs problèmes de colonne vertébrale qui les obligeaient à marcher à quatre pattes, et elles se joignaient aux anciennes prostituées pour railler cette nouvelle sorte d'handicapée, qui s'était presque rendue immobile à force de gloutonnerie. Il y avait des filles de la campagne venues dans la grande ville pour fuir les vieux salaces auxquels elles avaient été fiancées – ou plutôt, vendues en fiançailles – et ces filles, elles aussi, s'ajoutaient à la foule agglutinée devant la porte de Boonyi pour exprimer leur incrédulité : comment cette femme avait-elle pu quitter l'homme bon qui l'avait vraiment aimée ?

La situation était sur le point de déraper, quand le père Ambrose, encouragé par Peggy Ophuls, s'adressa aux filles et parvint à faire naître quelque chose comme de la compassion. « L'amour sacré de l'Inde vous a conduites jusqu'ici dans ce havre de paix, les tança le père Ambrose, un prêtre certes jeune mais charismatique qui avait grandi dans un village de pêcheurs du Kerala et raffolait du coup des métaphores maritimes. L'amour divin a lancé ses filets sur vous par-dessus les mers croupies dans lesquelles vous nagiez. Dieu a repêché vos âmes hors des eaux noires et a révélé votre brillante lumière. Montrez-moi, donc, que vous aussi pouvez être des pêcheurs de l'esprit. Lancez les filets de votre compassion et ramenez sur la terre ferme cette nouvelle âme qui appelle votre amour de ses cris. »

Après le petit discours de père Ambrose, Peggy Ophuls parvint à trouver quelques personnes pour l'aider, non seulement un médecin et une sage-femme mais également des filles pour faire la cuisine à Boonyi, la laver et l'oindre et peigner ses cheveux emmêlés. Mme Ophuls ne chercha pas à brider la voracité de la femme dégradée. « Que l'enfant naisse tranquillement, dit-elle au père Ambrose et aux orphelines (qui marmonnèrent quelque chose mais ne firent aucune objection). Ensuite nous pourrons nous occuper de la mère. »

Le bébé naquit à terme. Boonyi, son enfant dans ses bras, lui donna le nom de Kashmira. « Tu m'entends ? murmura-t-elle à l'oreille de la fillette. Tu t'appelles Kashmira Noman, et je vais te ramener à la maison. »

C'est alors que les traits de Peggy Ophuls se durcirent et qu'elle révéla le sombre dessein qu'elle avait dissimulé jusqu'à cet instant sous le manteau d'un altruisme apparemment infini. « Jeune dame, dit-elle, il est temps d'affronter la réalité. Tu veux rentrer chez toi, dis-tu ? » Oui, répondit Boonyi, c'est la seule chose que je veux à présent dans ce monde. « Hmm, fit Peggy Ophuls. Chez toi, auprès de ton mari à Pachigam. Celui qui n'est jamais venu te chercher. Celui qui a cessé de t'écrire. Le clown. » Les yeux de Boonyi se remplirent de larmes. « Oui, ma chère, je m'arrange pour tout savoir... Ha ! je vois !... C'est l'homme vers lequel tu veux revenir avec le bébé d'un autre dans tes bras ? Mmm ? Et tu t'imagines que c'est le type qui donnera son nom à cette petite fille – *Kashmira Noman* – et l'acceptera comme la sienne, et après tout ce petit monde s'en va dans le soleil couchant pour jouir un peu du bonheur éternel ? » Les larmes ruisselaient sur le visage de Boonyi. « C'est voué à l'échec, ma chère, dit Peggy Ophuls sans la moindre émotion, se préparant à donner le coup de grâce. Noman, tiens donc ! Ce n'est pas son nom. Et qu'as-tu dit ? Kashmira ? Non, non, ma chérie. Ça ne peut pas être son avenir. » Quelque chose de nouveau dans le ton de sa voix fit que Boonyi ravala ses larmes.

« Mais tu sais quoi, ajouta Peggy Ophuls, comme si l'idée venait juste de surgir, voici une espèce de plan. Est-ce que tu m'écoutes ? Tu ferais bien d'écouter. » Elle avait à présent toute l'attention de Boonyi. « C'est l'hiver. La route qui traverse le Pir Panjal est fermée. Impossible d'accéder à la vallée par voie de terre. Peu importe. Je peux te fournir ce qu'il te faut. Je peux affréter un avion pour t'y transporter. Tu prendras sûrement plus d'une place. On peut en tenir compte. Tu n'as pas à te soucier d'allaiter l'enfant. J'ai une nourrice à disposition. Tu pourras sûrement voyager d'ici, quoi ? une semaine. Disons une semaine. Je vais faire en sorte qu'un véhicule confortable t'attende là-bas à l'arrivée pour te ramener à Pachigam avec style. Qu'en dis-tu ? Hmm ? Plutôt bien, je crois. Ha ! Bien sûr que oui. »

Les larmes de Boonyi ne coulaient plus. « S'il vous plaît, je ne comprends pas, dit-elle enfin. A quoi sert une nourrice ? » Comme ces mots franchissaient ses lèvres, elle vit la réponse à sa question dans les yeux de sa bienfaitrice.

« Est-ce que tu connais l'histoire de Rumplestiltskin ? demanda Peggy Ophuls d'un air songeur. Non, bien sûr que non. Je vais faire court. Il était une fois la fille d'un meunier à qui un de ces rois de conte de fées déclara : *Si tu n'as pas changé ce tas de paille en or d'ici demain matin, tu mourras.* Tu vois le genre de type dont je parle, ma chère... Ils vous baiseront ou vous trancheront la tête, ces princes tueurs, l'amour et la mort c'est du pareil au même pour eux. Ils vous baiseront ou vous couperont la tête. Ils vous baiseront pendant qu'ils vous couperont la tête... Désolée. Je reprends où j'en étais. En pleine nuit, alors qu'elle était là impuissante à pleurer, enfermée dans une tour du château, on frappa un coup à la porte, et un homoncule entra, qui demanda : *Que me donneras-tu si je le fais pour toi ?* Et il le fit, tu sais, trois nuits durant il fila la paille en or, et la fille du meunier survécut, et bien sûr elle épousa le roi capricieux, et eut un enfant. L'idiote ! Epouser l'homme qui l'aurait tuée aussi facilement qu'on cligne de l'œil... Eh bien ! Schéhérazade épousa le meurtrier Shahryar, aussi. Côté stupidité, les femmes sont imbattables, non ? Moi, par exemple. J'ai épousé mon prince capricieux, le meurtrier de mon amour. Mais tu sais tout de lui, bien sûr, je suis navrée. Donc, où en étais-je ?... Oui. Pour conclure. Un soir l'homoncule revint. *Tu sais pour quoi je suis revenu*, dit-il. Il s'appelait Rumplestiltskin. »

Elles étaient seules dans la pièce ; seules avec leurs besoins désespérés. Le silence était terrible : un silence sombre et sans espoir, inéluctable. Mais l'expression du visage de Margaret Rhodes Ophuls était pire encore, à la fois féroce et heureuse. « Ophuls, dit Peggy-Mata. C'est le nom de son père. Et India c'est un joli nom, un nom qui contient, n'est-ce pas, la vérité. La question des origines est une des deux grandes questions. India Ophuls est une réponse. A la deuxième grande question, la question éthique, elle devra trouver elle-même les réponses.

– Non ! s'écria Boonyi. Je refuse. » Peggy Ophuls posa une main sur la tête de la jeune mère. « Tu as ce que tu veux, dit-elle. Tu es en vie et tu rentres chez toi. Mais nous sommes deux ici, ma chère. Tu ne le vois pas ? Deux à satisfaire. Oui. Tu sais, la veille de partir pour l'Inde j'ai rêvé que je ne rentrerais pas sans un enfant qui serait à moi. J'ai rêvé que je tenais une petite fille dans mes bras et que je lui chantais une chanson que j'avais inventée spécialement. Et ensuite pendant tout ce temps avec tous ces autres enfants je me suis demandé quand est-ce que mon enfant viendrait. Tu me comprends, j'en suis sûre. On veut que le monde soit ce qu'il n'est pas. On se cramponne à l'espoir. Puis finalement on relève la tête. Regardons le monde tel qu'il est, veux-tu ? Je ne peux pas avoir d'enfant. C'est clair. Une raison en plus à présent... Biologie et divorce. Et toi ? Tu ne peux pas garder cette fillette. Elle t'entraînera par le fond et elle causera ta mort et ça sera aussi la sienne. Tu me suis ? Tandis qu'avec moi elle vivra comme une reine.

– Non, dit Boonyi, en serrant sa fille. Non, non, non.

– Je suis ravie, dit Peggy Ophuls. Hmm ? Oui. Vraiment ! Peux pas être plus ravie. Je savais que tu serais raisonnable une fois que tout serait expliqué correctement. » Et en quittant la chambre elle fredonnait sa chanson de rêve. *Ratetta, douce Ratetta*, chantait-elle, *comment trouver mieux que toi ?*

*

Et voici l'ambassadeur Maximilien Ophuls, disparaissant, pour l'instant, de la scène. Le voilà en disgrâce, plongeant dans les eaux turbulentes de 1968, dépassant le Printemps de Prague et le Magical Mystery Tour et l'offensive du Têt et les événements de Paris et le massacre de My Lai et les cadavres du Dr King et de Bobby Kennedy, dépassant Grosvernor Square et Baader-Meinhof et Mrs Robinson et O.J. Simpson et Nixon. L'océan houleux des événements, puissants et implacables, se referme sur Max comme il le fait toujours sur les perdants. Voici Max noyé, l'homme invisible. Max souterrain, piégé dans un monde à la Edgar Wood, le monde des laissés-pour-compte, du peuple lézard et du peuple serpent, des prostituées arrêtées et des amants éconduits et des dirigeants perdus et des espoirs écrasés. Voici Max errant parmi les monticules de cadavres des rejetés, les chaînes de montagne des vaincus. Mais même dans cela, même sans son invisibilité nouvellement acquise, il est en avance sur son temps, parce que dans ce sol occulte les graines du futur sont plantées, et le temps d'un monde invisible viendra, le temps de la dialectique altérée, le temps de la dialectique devenue souterraine, quand les armées fantômes et anonymes se battront en secret pour le sort de la terre. Un homme bon n'est jamais longtemps écarté. On trouve toujours un usage à un tel homme. Max l'invisible trouvera une nouvelle fonction. Il sera l'un des acteurs de cette nouvelle ère, jusqu'à ce que la vieillesse enfin sonne le baisser de rideau, et que la Mort vienne devant sa porte sous la forme d'un bel homme, un Mercader, un Udham Singh, jusqu'à ce que la Mort réclame, au nom de la femme qu'ils ont tous deux aimée, du travail.

Shalimar le clown

L'air était plein de particules gelées. Chaque inspiration qu'elle prenait lui écorchait la gorge avant de fondre, mais pour Boonyi, debout sur la piste militaire d'Elasticnagar, cette sensation cuisante était la douce morsure du foyer. « O, beauté glacée, se lamenta-t-elle en silence, comment ai-je pu jamais te laisser ? » Elle frissonna, et ce frisson marqua le retour de son moi ancien. Depuis le jour de son départ, sa mère ne l'avait pas visitée en rêves. « Même son fantôme est plus raisonnable que moi, pensa-t-elle, avec presque l'envie de s'allonger sur le tarmac, de s'endormir et de renouer ses liens avec Pamposh. Ma mère, aussi, m'attend à la maison. » Le Fokker Friendship affrété, baptisé *Yamuna* d'après le grand fleuve, avait reçu la permission spéciale d'atterrir ici, loin des yeux inquisiteurs. Peggy-Mata avait de nombreux amis. Boonyi était montée à bord de l'avion dans un coin discret du secteur militaire à Palam, après avoir été mise sous sédation pour calmer son hystérie, mais quand le petit avion s'envola pour le nord le vide entre ses bras lui parut un fardeau intolérable. Le poids de son enfant manquant, ce vide bercé, était trop lourd à porter. Mais il devait s'envoler.

L'avion atteignit le Pir Panjal et entama une spirale ascendante pour gagner de l'altitude ; puis, sans prévenir, il chuta de deux mille pieds dans un trou d'air, et elle poussa un cri de terreur. Par deux fois il remonta en spirale, par deux fois il chuta, par deux fois elle cria. Le Pir Panjal était le point de passage dans la vallée, et Boonyi eut l'impression que cette porte se refermait à son approche. Le poids de sa fille absente était devenu tel que l'avion n'arrivait pas à le soulever au-dessus des pics. Les montagnes la repoussaient, lui disaient d'emporter au loin son puissant fardeau. Mais en vain. Elle avait abandonné son bébé pour pouvoir rentrer chez elle et elle ne laisserait pas les montagnes se mettre en travers de son chemin. A la troisième tentative de l'avion, elle rassembla tout ce qui lui restait de volonté et laissa partir le bébé fantôme. Elle rentrait chez elle auprès de son mari et il n'y avait pas de vide lesté entre ses bras noués. Elle sentit le poids invisible diminuer, sentit l'avion s'élever. Elle lança au loin son bébé perdu et força l'avion à s'élever et passer au-dessus des cimes. Cette fois-ci la spirale ne finit pas en chute et les montagnes passèrent sous le ventre du petit avion, enveloppées dans la tempête. Puis la vallée se déroula sous elle, recouverte de son hermine hivernale. Quand l'avion descendit vers Elasticnagar, elle crut apercevoir Pachigam. Tous les villageois se tenaient dans la rue principale, les yeux levés, et ils poussaient des hourras.

Le *Yamuna* ne servait pas à manger et le petit repas empaqueté qui avait fait partie des cadeaux d'adieu de Peggy Ophuls avait été englouti depuis longtemps. Il n'y avait pas de médicaments à bord et son fournisseur avait disparu lui aussi. Elle avait faim et paniquait. Il n'y avait pas de tabac à chiquer. Elle avait envie de déchets d'animaux. Un cri résonnait dans son sang. Des forces invisibles l'attiraient. Les planètes de l'ombre étaient en guerre. Les villageois n'avaient pas accueilli son retour par des cris, bien sûr. C'était une illusion. Elle était vulnérable aux illusions en tout genre, elle le savait. Ses dépendances la punissaient. Elle ne savait pas si elle pourrait vivre sans les substances dont elle avait besoin, celles en flacons et celles cuisinées. Elle ne savait pas si elle pourrait vivre sans sa petite fille. A peine eut-elle cette pensée que le poids revint sur ses genoux et la trajectoire de l'avion s'affaissa violemment. Elle ferma les yeux et repoussa son enfant. Il n'y avait pas de Kashmira. Il n'y avait que le Cachemire.

« Madame, veuillez vous asseoir. » Un jeune soldat avec un nom du sud à s'emmêler la langue et un sourire plein de grandes dents innocentes l'attendait devant la petite aérogare en bois, au volant d'une jeep militaire. Boonyi portait le phiran sombre et le foulard bleu que Peggy Ophuls lui avait donnés la veille. Le châle *shahtush* était plié dans son sac. Elle ne voulait pas paraître prétentieuse. Elle avait demandé à ce qu'un kangri de charbons ardents soit prêt pour elle et le chauffeur y avait veillé. Quand elle sentit la chaleur familière contre sa peau, son moral remonta. Le monde retrouvait sa forme prescrite. Son aventure dans le sud s'estompait. Peut-être n'avait-elle jamais eu lieu. Peut-être son innocence était-elle encore impollue. Non, la chose avait eu lieu, mais peut-être que les souillures partiraient facilement, sans laisser de marque permanente. Boonyi Kaul était de retour. Elle avait échangé son bébé contre un phiran, un foulard, un châle, un panier-repas, un vol dans un Fokker Friendship et un trajet en jeep. Quand elle pensa à cela, la force de gravitation de la terre augmenta soudainement et elle fut incapable de bouger. Elle serra les dents. *Il n'y a pas de Kashmira.* « Aidez-moi », dit-elle, et posant sa main dans celle du chauffeur elle se hissa douloureusement sur le siège passager de la jeep. Le chauffeur était courtois et il lui parla comme si elle était un dignitaire en visite mais elle ne s'abusait pas au point de se considérer comme tel.

Elle n'avait pas de projet hormis celui d'implorer le pardon. Elle irait dans le village, laissant derrière elle le monde de privilèges auquel elle avait eu brièvement accès, et elle jetterait son moi bouffi aux pieds de son mari, dans la neige. Aux pieds de son mari et aux pieds de ses beaux-parents et aux pieds de son père. Elle supplierait jusqu'à ce qu'ils la relèvent et l'embrassent, jusqu'à ce que le monde redevienne ce qu'il avait été et que la dernière marque qui subsiste de sa transgression soit l'empreinte de son corps prostré dans la blancheur omniprésente, un moi-ombre qui serait vite dissimulé par la prochaine chute de neige ou un soudain dégel. Comment pourraient-ils ne pas la reprendre alors qu'elle avait sacrifié sa propre fille juste pour avoir une chance d'être acceptée ? Quand elle eut cette pensée, le poids immense, le poids croissant de l'enfant perdu, se manifesta de nouveau, la jeep fit une embardée à gauche et cala. Le chauffeur fronça les sourcils, intrigué, jeta un rapide coup d'œil à sa passagère, s'excusa, et remit le contact. Boonyi se répéta son mantra magique, en boucle, *il n'y a pas de Kashmira, il n'y a que le Cachemire*. La jeep démarra et avança.

L'armée était partout. Boonyi avait eu le droit d'utiliser des moyens militaires afin de quitter un monde pour un autre, de laisser derrière elle le public pour retourner au privé. Il était possible de douter qu'un tel passage fût encore possible. Comme elle franchissait les grilles d'Elasticnagar, caressée par les ombres des peupliers et des chinars qui bordaient la route menant à Pachigam via Gargamal et Grangussia, elle se rappela une dispute entre Anees Noman et ses frères, dispute qui débuta quand son beau-frère l'artificier se mit à répéter pendant le dîner que la frontière, la ligne de cessez-le-feu entre la vie privée et l'arène publique n'existait plus. « Tout est politique maintenant, dit-il. La vieille époque confortable n'est plus. » Ses frères se mirent à le taquiner. « Et la soupe ? demanda le premier-né des jumeaux, Hameed. Est-ce que la soupe au poulet de ta mère a été politisée elle aussi ? » Et son frère jumeau Mahmood ajouta, d'un air songeur : « Il y a aussi la question des poils. Nous deux nous sommes de gros gaillards poilus qui devrions nous raser deux fois par jour, mais toi, Anees, tu es aussi lisse qu'une fille et le rasoir a à peine besoin de toucher ta joue. Les poils sont-ils donc conservateurs ou radicaux ? Qu'en disent les révolutionnaires ?

– Tu verras, rétorqua Anees, en donnant du poing sur la table familiale, se rendant ridicule en tombant dans le piège de ses frères. Un jour, même les barbes seront le sujet de disputes idéologiques. »

Hameed Noman tordit les lèvres judicieusement. « D'accord, d'accord, concéda-t-il. Tu marques un point. Mais ils ont intérêt à laisser tranquille ma soupe au poulet. »

Sur la grand-route, Boonyi revit en esprit la maison d'Abdullah Noman, rehaussée par l'éclat doré du souvenir. Le patriarche présidait la tablée familiale, les lèvres serrées, en fixant le lointain avec une lueur amusée dans l'œil et en faisant mine d'avoir des préoccupations supérieures pendant que ses fils se houspillaient et se disputaient. Firdaus posa alors brutalement une assiette pleine devant lui comme pour le défier. Une flamme jaune scintillait dans les lanternes de fer. Les tambours, les santoors et les pipeaux étaient entassés dans un coin près d'un râtelier de costumes royaux et un crochet sur lequel étaient suspendus une demi-douzaine de masques peints. L'algarade des jumeaux continua comme à l'accoutumée et Anees à la contenance douloureuse en fut irrité. Cet agacement, lui aussi, était habituel. La famille était éternelle et ne changerait pas, ne devait pas changer, et en revenant dans son sein elle la rendrait à cette forme éternelle, elle guérirait même la dispute entre Anees et son mari Shalimar le clown, et, attablés tous ensemble, ils goûteraient le joyeux dénouement de ces repas, bénis par l'immense générosité gastronomique de l'épouse du sarpanch.

Comme ils approchaient de Pachigam, il se mit à neiger. « Déposez-moi à l'arrêt du car, dit-elle au chauffeur. – Le temps est rigoureux, madame, répondit-il. Mieux vaut vous laisser devant chez vous. » Mais elle demeura inflexible. C'était à l'arrêt du car qu'elle avait quitté cette vie et c'était à l'arrêt du car qu'elle la retrouverait. « Entendu, madame, dit le chauffeur d'un air sceptique. Dois-je attendre qu'ils viennent vous chercher ? » Mais elle ne voulait pas être vue avec un militaire. Il neigeait lourdement quand ils passèrent le dernier virage. L'arrêt du car était là. Il n'y avait pas de panneau mais ça n'avait pas d'importance. La boutique à laquelle son père et le sarpanch vendaient les fruits de leurs vergers était fermée par des planches à cause de la tempête. « Je vous en prie, madame, dit le chauffeur. Je crains pour votre santé. » Elle savait encore comment répondre à un blanc-bec avec tout le dédain d'une villageoise robuste. « Le froid est chaud pour nous, dit-elle. La neige est pour moi ce qu'une douche chaude est pour vous. Vous n'avez pas à vous inquiéter. »

Elle se tenait donc seule ici dans la tempête de neige quand les villageois la virent, immobile à l'arrêt du car, avec de la neige sur les épaules et des congères escaladant ses jambes. La vue d'une morte qui s'était matérialisée aux abords de la ville avec son tapis de couchage et son sac à côté d'elle fit sortir tout le village, malgré la neige. Tout le monde était sidéré par le spectacle de ce cadavre immobile qui semblait n'avoir rien fait d'autre dans l'au-delà que manger. On aurait dit une bonne femme de neige fabriquée par un enfant, une bonne femme de neige avec le corps de la défunte Boonyi à l'intérieur. Personne n'adressa la parole à la femme de neige. Il pouvait être dangereux de parler à un spectre. Mais tout le village savait que l'un d'entre eux devrait tôt ou tard parler, car Boonyi ignorait qu'elle était morte.

Elle les aperçut tous à travers la tempête de neige, tournant autour d'elle comme des corbeaux, gardant leur distance. Elle les appela, mais personne ne lui répondit. Les uns après les autres, ils s'approchèrent d'elle – Himal, Gonwati et Shivshankar Sharga, Misri le Colosse, Habib Joo – et un par un ils reculèrent. Puis les acteurs principaux firent leur entrée, avec de la neige sur les sourcils et sur leurs barbes. Hameed et Mahmood Noman arrivèrent bras dessus bras dessous, en ricanant bizarrement, comme si elle avait fait quelque chose d'étrange en revenant, quelque chose qui n'était pas vraiment drôle. Et il y avait Firdaus Noman, l'amie de sa mère, Firdaus qui tendit une main vers elle, puis la laissa retomber et s'enfuit. Boonyi crut comprendre. On la punissait. On la jugeait en faisant des signes, on l'ostracisait selon un rituel. Mais ils ne pouvaient tout de même pas continuer à agir ainsi, pas dans cette tempête ? Quelqu'un allait lui prendre la main, la gronder, puis la serrer dans ses bras et lui donner quelque chose de chaud à boire.

Quand son père chéri arriva en sautillant maladroitement dans la neige, elle fut certaine que le sort serait brisé. Mais il s'arrêta à deux pas d'elle et pleura, et ses larmes gelèrent sur ses joues. Elle était sa fille unique. Il l'avait aimée plus que sa propre vie, jusqu'à ce qu'elle meure. S'il ne parlait pas maintenant, le regard mort de Boonyi le maudirait. Une enfant éconduite peut jeter le mauvais œil sur le parent qui la repousse, même après sa mort. A voix basse, une voix qu'elle entendit à peine dans le sifflement du vent, il murmura des paroles superstitieuses : *Nazaré-bad-door*. Mauvais œil, va-t'en. Puis, lentement, comme s'il se débattait dans des chaînes, ses pieds s'éloignèrent peu à peu d'elle, la neige l'engloutit, il était parti. A sa place vint enfin son mari, Noman Noman, Shalimar le clown. Que signifiait l'expression sur son visage ? Elle ne lui avait jamais vu une telle expression. Elle songea humblement que c'était l'expression qu'elle méritait, dans laquelle la haine et le mépris se mêlaient avec le chagrin et la douleur et un terrible amour brisé. Et autre chose, quelque chose qu'elle ne comprenait pas. Le père de Noman, le sarpanch, était avec lui, il lui tenait le bras. Ce père qui les tenait tous dans la paume de sa main. Abdullah Noman semblait retenir son fils, l'entraîner loin d'elle. Et il y avait également son propre père à elle, de nouveau, qui s'interposait entre son mari et elle. Pourquoi agissait-il ainsi ? Shalimar le clown tenait quelque chose dans son poing. C'était peut-être un couteau, serré dans la poigne de l'assassin, la lame dissimulée dans la manche de son chugha, le manche dans sa main. Peut-être allait-elle mourir ici sous la lame de son mari. Elle était prête à mourir. Elle tomba à genoux dans la neige, les bras tendus, et attendit.

Zoon Misri, la fille du charpentier, s'agenouilla à ses côtés. La beauté égyptienne de Zoon, sa peau couleur d'olive, semblait appartenir à un autre lieu et une autre époque, le monde chaud et sec du désert, des serpents dans des paniers à figues et des énormes lions à tête de roi. Autrefois, elle avait rehaussé son air exotique avec des lignes de khôl spectaculairement retournées au coin des yeux, mais depuis l'agression des frères Gegroo elle ne portait plus d'ornements. Elle avait minci ; ses yeux vifs étaient deux lampes brûlant dans un visage osseux et poli. « Pas mal de gens dans la région voient en moi un fantôme, dit-elle d'un ton distant, sans regarder Boonyi. Ces gens pensent que quand il arrive quelque chose à une femme comme ce qui m'est arrivé, la femme devrait aller en silence dans la forêt et se pendre. » Elle eut un faible sourire. « Je n'ai pas fait cela. » Boonyi se sentit mieux. Son amie était avec elle. La loyauté existait encore en ce monde, même pour une traîtresse comme elle-même. Par ses actes, par son repentir et ses bonnes actions, elle regagnerait la loyauté des autres. L'amitié de Zoon était la seule amorce dont elle avait besoin. Elle tendit une main. Zoon fit un petit mouvement négatif de la tête. « C'est parce que j'ai été traitée comme ça que je peux parler, dit-elle. Les morts vivants peuvent se parler entre eux, n'est-ce pas ? Sinon ça ne serait pas juste. » Et voilà qu'elle regardait Boonyi en face pour la première fois. « Ils t'ont tuée, dit-elle. Après ce que tu as fait. Ils ont dit que tu étais morte pour eux et ils ont annoncé ta mort et ils nous ont tous fait prêter serment. Ils sont allés voir les autorités et ils ont rempli un formulaire qu'ils ont fait signer et tamponner et donc te voilà morte, et tu ne peux pas revenir. Ils t'ont pleurée comme il sied pendant quarante jours avec tous les rites religieux et sociaux requis et donc bien sûr tu ne peux pas réapparaître comme ça. Tu es une morte. Ta vie a été interrompue. C'est officiel. » Zoon contrôlait les muscles de son visage, et sa voix, elle aussi, était sévèrement maîtrisée. « Qui m'a tuée ? demanda Boonyi. Dis-moi leurs noms. » Le silence de Zoon dura si longtemps que Boonyi crut qu'elle refusait de répondre. Puis la fille du charpentier parla : « Ton mari. Le père de ton mari. La mère de ton mari. Et... » D'une voix tremblante, Boonyi implora son amie de continuer. « Qui d'autre ? la supplia-t-elle. Tu dis qu'il y a quelqu'un d'autre. »

Zoon détourna le visage. « Et ton père », répondit-elle.

Il neigeait plus fort que jamais et le froid resserrait sa poigne sur son corps, en dépit de ses couches de graisse protectrice, et du kangri de charbons ardents niché contre son ventre. La tempête les encerclait, elle et Zoon ; le reste de Pachigam était un nuage blanc. Boonyi se releva et réfléchit à sa nouvelle situation, au fait d'être morte. « Est-ce qu'une morte peut s'abriter de la tempête ? se demanda-t-elle à voix haute, ou faut-il qu'elle meure de froid ? Une morte peut-elle avoir à manger et à boire, ou une morte doit-elle mourir de nouveau, de faim et de soif ? Je ne demande même pas si une morte peut être ramenée à la vie. Je me demande juste, si les morts parlent, peut-on les entendre, ou est-ce que les gens font la sourde oreille. Conforte-t-on les morts s'ils pleurent, ou leur pardonne-t-on s'ils se repentent ? Les morts sont-ils condamnés à tout jamais ou peuvent-ils se racheter ? Mais peut-être que ces questions sont trop importantes pour qu'on y réponde dans une tempête de neige. Je dois me montrer plus modeste dans mes demandes. Alors voilà, ça se résume à ça pour l'instant. Une morte peut-elle dormir au chaud ou doit-elle trouver une pelle et creuser sa propre tombe ?

– Essaie de n'être pas amère, dit Zoon. Essaie de comprendre le chagrin qui t'a tuée. Quant à ta question, mon père dit que tu peux hanter sa cabane à bois pour cette nuit. »

La cabane était étanche, au moins, et bien qu'elle fût morte les Misri firent en sorte qu'elle soit le plus à l'aise possible, remédiant à l'inconfort de l'appentis avec des tapis et des couvertures. Ils suspendirent une lanterne à huile à un clou. La tempête diminua avec la tombée de la nuit et Boonyi se retira dans ce lieu provisoire pour affronter sa première nuit en tant que morte, ou, pour être précis, en tant que femme consciente de n'être plus, parce qu'il se trouvait que son existence avait été interrompue depuis plus d'une année. Les morts n'ont pas de droits, elle le savait, et donc tout ce qui lui avait appartenu auparavant, depuis les bijoux de sa mère jusqu'à la main de son mari, n'était plus à elle. Et il y avait peut-être aussi un danger à craindre. On lui avait parlé de personnes déclarées mortes, d'entités décédées qui essayaient de retourner à la vie pour réclamer leurs biens. Elles étaient parfois de nouveau assassinées, de façon à clore toute discussion sur leur statut. Mais les autres membres de la confrérie des morts vivants, les *mritak*, étaient tués par la convoitise de leurs parents. Sa mort à elle n'était imputable qu'à elle-même.

Au petit matin, elle entendit soudain une voix familière. Son père était adossé contre le mur extérieur de la cabane, emmitouflé dans le plus grand nombre de vêtements qu'il avait pu trouver, car c'était un homme très frileux. Pandit Pyarelal Kaul s'adressa à la cabane avec familiarité, comme s'il s'agissait d'une personne vivante, ou du moins d'un membre des morts vivants. « Parlons un peu de l'Océan de l'Amour, dit Pandit Pyarelal Kaul à la cabane, ses dents s'entrechoquant. C'est-à-dire de l'*Anurag Sagar*, le grand œuvre du poète K-K-K-Kabir. » Même dans sa misérable mort, Boonyi enterrée dans la cabane ne put réprimer un sourire. « Un des grands personnages de l'*Anurag Sagar* s'appelle Kal, dit son père à la cabane. Kal, dont le nom signifie hier et demain, autrement dit le T-T-T-Temps. Kal était l'un des seize fils de Sat Purush dont le nom signifie Pouvoir Positif, et après sa chute il devint le père de Brahma, Vishnou et Shiva. Cela ne veut pas dire que notre monde est né du mal. Kal est un personnage fautif mais il n'est ni mauvais ni b-bon. Mais il est vrai qu'il préconise la vengeance et que ce qu'il exige de nous nous empêche de devenir ce que nous pourrions être. »

Son cœur bondit de joie et la flamme de sa lanterne brûla encore plus vivement parce que la flamme et le cœur savaient que c'était la façon qu'avait le père de Boonyi de revenir vers elle, de la ramener à lui. Sa phrase suivante, toutefois, laissa une fois de plus se refermer les ténèbres. « Selon Kabir, dit le pandit à la cabane, seul le *m-m-m-mritak*, le Mort Vivant, peut se débarrasser de la douleur de Kal. Qu'est-ce que ça signifie ? Certains disent qu'on devrait comprendre la chose ainsi : seuls les braves peuvent atteindre le Bien-Aimé. Mais on peut aussi faire cette autre lecture : seuls les morts vivants sont af-f-f-franchis du Temps. »

Entendez, ô saints, la nature du mritak. J'ai été absente plus longtemps que je ne le pensais, se dit-elle. Mon père l'homme de raison, mon père le prosaïque, a cédé à son penchant mystique, sa planète de l'ombre, et il est devenu une sorte de sadhu. L'érudition, à laquelle le pandit avait toujours ajouté une once d'ironie, dispensant ses versions des idées anciennes avec un petit sourire malicieux, était maintenant transmise, apparemment, sans le moindre recul. La plus haute aspiration humaine, s'exclama Pandit Pyarelal Kaul, était de vivre dans le monde et cependant de ne pas y vivre. D'éteindre le feu qui brûlait dans l'esprit et de vivre la vie sainte du détachement absolu. « Le Mort Vivant sert le S-S-S-Satguru. Le Mort Vivant manifeste l'amour en lui ; et en recevant l'amour son esprit de vie est libéré. » Boonyi eut droit à l'exemple de la terre. « La terre ne fait de mal à personne. Sois comme elle. La terre ne hait personne. Sois également ainsi. » Elle eut droit à l'exemple de la canne à sucre et du bonbon. « La canne à sucre est coupée et broyée et bouillie pour donner le j-j-jaggery. Le jaggery est bouilli pour donner le sucre grossier. Le sucre est brûlé pour donner des cristaux de sucre. Et avec ces cristaux, on fait le sucre candi, et tout le monde aime ça. De la même façon le Mort Vivant porte ses souffrances et traverse l'Océan de la vie v-v-vers la joie. » Elle comprit que son père lui apprenait comment elle devait vivre maintenant, mais elle détestait cet enseignement et la colère monta en elle. Pourtant, elle la refoula. Il avait raison, tout comme Zoon avait eu raison. Elle devait oublier sa colère et parvenir à l'humilité. Elle devait tout abandonner pour n'être rien. Ce n'était pas l'amour de Dieu qu'elle cherchait, mais l'amour d'un homme bien précis ; toutefois, en adoptant la posture du renoncement devant le Divin, en s'effaçant elle-même, elle pourrait peut-être également effacer son crime et faire d'elle un être de nouveau aimable aux yeux de son mari.

Seule une âme courageuse peut y parvenir. Le Mort Vivant doit contrôler ses sens, expliqua le pandit à la cabane. Il contrôle l'organe de la vue et pour lui « beau » et « laid » sont synonymes. Il contrôle l'organe de l'ouïe et peut supporter les bonnes comme les mauvaises paroles. Il contrôle l'organe du goût et cesse de faire la différence entre ce qui a du goût et ce qui n'en a pas. Il ne s'excite pas même si on lui apporte les Cinq Nectars. Il ne refuse pas la nourriture sans sel, et accepte tendrement tout ce qu'on lui sert. Le nez, aussi, il le contrôle. Les odeurs agréables et désagréables ne font qu'un pour lui.

« L'organe du désir lui aussi est contrôlé. » Pandit Pyarelal Kaul fut particulièrement ferme sur ce point, comme pour s'assurer que la cabane comprenait que ses coupables envies devaient cesser. « Le d-d-d-dieu du désir est un voleur. Le désir est une puissance dangereuse, douloureuse, négative. La femme concupiscente est la proie favorite de Kal. Le Mort Vivant s'est illuminé avec la lampe de la connaissance. Il a bu le nectar du Nom et s'est fondu dans le Non-élément. Quand il aura agi ainsi, le désir sera f-f-f-fini. » Au début elle essaya de chercher son vrai message dans les mots eux-mêmes. A un certain point, toutefois, elle commença à entendre les mots sous les mots. L'âge de raison était fini, lui disait-il, tout comme l'âge de l'amour. C'était le règne de l'irrationnel. Des stratégies de survie allaient sans doute être nécessaires. Elle se rappela ce qu'il avait dit quand il l'avait vue debout à l'arrêt du car, recouverte de neige. *Nazarébaddoor*. Elle avait cru à tort qu'il détournait le mauvais œil alors qu'en fait il lui avait donné un conseil, lui disant où aller. La vieille prophétesse gujar s'était retirée du monde avant qu'elle, Boonyi, soit née, et elle avait maudit l'avenir dans ses dernières paroles. *Ce qui vient est si terrible qu'aucun prophète ne trouvera les mots*. Des années plus tard, les frères Gegroo s'emmureraient dans une mosquée pour se protéger de l'ire du colosse Misri ; mais Nazarébaddoor s'était recluse parce qu'elle craignait Kal, le passage du temps lui-même. Elle s'était assise en tailleur dans la position *samadhi* et avait simplement cessé d'être. Quand les villageois trouvèrent enfin le courage de regarder dans sa cabane, son corps avait acquis la fragilité d'une feuille racornie et la brise, en s'engouffrant, l'emporta comme de la poussière. Maintenant c'était au tour de Boonyi. Une morte qui désirait triompher de Kal ferait bien de suivre le chemin de sa prophétesse. Et il y avait un autre précédent, dont Boonyi l'ancienne danseuse ne manqua pas de se souvenir. Anarkali, elle aussi, avait été enfermée pour s'être complu dans le désir interdit. Et le passage secret par lequel elle avait fui ? C'était seulement au cinéma. Dans la vraie vie, de telles échappatoires n'existaient pas.

Va en haut de la montagne et meurs comme il faut. Si c'était là le message que lui adressait son père alors elle n'avait d'autre choix que d'obéir. Il n'était plus devant la cabane. La tempête de neige avait cessé et elle était seule. Elle était une grosse vache mais elle se hisserait en haut de cette colline jusqu'à la cabane de la prophétesse et attendrait que la mort vienne. La liste des choses qu'elle désirait de tout son cœur et ne pouvait plus avoir était sans fin. Nourriture, cachets, tabac, amour, paix. Elle ferait sans eux. L'impossible poids de sa fille absente la jeta à terre. Comme si tous les rondins de la cabane avaient roulé sur son corps. Elle resta écrasée et pantelante à même le sol. Elle sentit les amarres de sa raison se détendre et accueillit la folie réconfortante. Une belle journée commença.

Quand elle émergea de la cabane, elle se retrouva dans la neige jusqu'aux genoux. La colline boisée se dressait devant elle telle une menace. La prairie de Khelmarg était là-haut, avec ses souvenirs amoureux. Et dans une autre direction, au cœur de la forêt toujours verte, se trouvait Nazarébaddoor, la mort attendant la mort. Chaque pas était un exploit. Elle portait son tapis de sol et son sac. Ses pieds ses genoux ses hanches poussaient tous des cris de protestation. La neige résistait à ses efforts pour avancer. Mais elle continuait son lent progrès à pas lourds. Plus d'une fois elle tomba contre les congères, et se relever ne fut pas facile. Ses vêtements étaient humides. Elle ne sentait plus ses orteils. Des pierres cachées sous la neige entaillaient ses pieds et des aiguilles de pin enfouies la piquaient. Mais elle se voûtait sur la pente et forçait ses jambes à avancer. La vitesse importait peu. Seul comptait le mouvement.

Elle vit Zoon qui l'observait de loin. La fille du charpentier restait à une vingtaine de mètres, et ne dit pas un mot ; mais elle gravit la colline en même temps que Boonyi. Elle prenait parfois de l'avance puis l'attendait, pareille à une sentinelle, un bras levé pour indiquer le chemin le plus facile. Leurs regards ne se croisèrent pas, mais Boonyi, reconnaissante, suivit les conseils de sa vieille amie. Ses pensées avaient perdu toute cohérence, et c'était tant mieux. Il lui aurait été impossible d'escalader la montagne avec le poids de Kashmira sur son dos, mais sa fille s'était retirée pour l'instant, quelque part dans le fatras de l'esprit de sa mère. Boonyi prenait de pleines poignées de neige et les jetait avidement dans sa bouche pour étancher sa soif.

A mi-chemin du sommet, elle trouva un paquet enveloppé de papier marron sur le sentier. Il contenait le miracle de la nourriture : un cercle épais de pain *lavas* non levé, une quantité de dum aloo dans une petite boîte en fer-blanc, et deux morceaux de poulet dans une autre boîte semblable. Elle engouffra tout, sans poser de questions. Puis elle reprit son ascension, la chaleur du soleil la punissant par en haut, le froid de la neige par en bas. Elle inspirait en longues goulées sifflantes. La forêt l'encerclait, tourbillonnant tout autour d'elle. Elle trébuchait à présent, titubait, sans trop savoir si elle montait ou descendait la pente boisée. Les arbres tournaient autour d'elle de plus en plus vite, puis ce fut l'inconscience, comme un cadeau. Quand elle se réveilla, elle était adossée contre la porte d'une cabane gujar.

Dans les jours qui suivirent, sa raison continua de décliner, et du coup elle eut l'impression que c'était elle qui était vivante et que tous les autres étaient morts. L'intérieur de la cabane de Nazarébaddoor avait été nettoyé et balayé, comme si une présence fantomatique avait su qu'elle venait, et une nouvelle natte avait été posée sur le sol. Un feu avait été préparé et allumé et il y avait du bois sec à côté de l'âtre. Une marmite de ragoût fumant, des pousses de lotus dans du jus de viande, frémissait au-dessus du feu, couverte par une assiette en aluminium. Il y avait de l'eau dans un *surahi* en terre dans un coin. Le toit de mousse et d'herbe était en mauvais état, et de la neige fondue ne cessait de goutter, mais elle se réveillait la nuit pour entendre les pas pressés des fantômes qui couraient sur le toit comme des souris, et le matin il y avait de nouvelles mottes à la place des vieilles, et le toit ne fuyait plus. Elle appela sa mère. « *Maej.* » Sa mère Pamposh, dont le surnom signifiait « coquille de noix », était revenue d'entre les morts pour veiller sur son enfant nouvellement mort.

Quand elle passa la tête dehors, elle crut voir des ombres bouger entre les arbres et elle se rappela l'histoire que son père lui avait racontée sur Haput l'ours noir, Suh le léopard, Shal le chacal et Potsolov le renard. Ces créatures étaient dangereuses et peut-être s'approchaient-elles pour la tuer mais on ne pouvait le leur reprocher parce qu'elles étaient fidèles à leur nature. *Seul l'Homme porte des masques. Seul l'Homme est une déception pour lui-même. Ce n'est qu'en cessant de désirer les choses de ce monde et en s'affranchissant des besoins du corps*, et cetera. Son corps souffrait de la faim et de pas mal d'autres choses, et elle n'avait plus tout à fait sa tête mais pour une raison inconnue elle n'avait pas peur. Pour une raison inconnue elle voyait des gardiens dans la forme des arbres. Pour une raison inconnue il y avait toujours de l'eau fraîche dans le surahi quand elle se réveillait et de la nourriture devant sa porte ou, quand elle se sentit assez bien pour faire de courtes promenades, sur le feu. Pour une raison inconnue, elle n'avait pas été abandonnée. Il ne fallait pas s'attendre à retourner de l'enfer directement au paradis, se dit-elle. Une période de purgatoire dans un endroit intermédiaire était nécessaire. Lentement les dépendances quitteraient son corps et son esprit commencerait à s'éclaircir. En attendant, elle avait sa mère à ses côtés. La neige fondit et elle alla jusqu'à Khelmarg et les fleurs sauvages avaient éclos. Elle cueillit des bottes de *krats*, qu'on pouvait manger en guise de légumes et qui étaient bons pour les yeux, et du *shahtar*, qui produisait un effet rafraîchissant quand on le mélangeait avec le petit-lait qu'on lui laissait dans un pot devant sa porte. Sur les pentes de la montagne, elle trouva l'arbuste *kava dach*, qui l'aida à purifier son sang, et elle mangea, aussi, les fruits et les feuilles du *wan palak*, ou ansérine. Les fleurs blanches de la bourse-à-pasteur ou *kralamond* étaient partout. Elle en cueillit et les mangea crues. Elle ramassa du *phakazur*, du fenouil, du daphné, qu'on appelait *gandalun*. Comme elle mangeait la chicorée *won-hand* aux fleurs bleues, allongée dans un champ de pissenlit *maidan-hand*, elle sentit sa vie et son esprit revenir. Les fleurs du Cachemire l'avaient sauvée. Dans les vergers de son père, les fleurs d'amande devaient éclore. Le printemps était venu.

*

Quand il apprit l'infidélité de Boonyi avec l'Américain, Shalimar le clown affûta son couteau préféré et partit vers le sud avec le meurtre en tête. Heureusement, le car dans lequel il quitta Pachigam tomba en panne sous un petit pont à Lower Munda près de la source du Jhelum à Verinag. Ses frères Hameed et Mahmood, dépêchés par leur père, le rattrapèrent au dépôt, où il attendait avec impatience le prochain transport disponible. « T'as cru que tu pouvais nous échapper, hein, petit *boyi*, lança Hameed, le plus tapageur des jumeaux. Raté. Avec nous, c'est la guerre sur tous les fronts. » Les véhicules de transport de troupes faisaient le plein tout autour d'eux et un groupe de soldats qui fumaient des cigarillos regardèrent vaguement, puis plus si vaguement – le mot « guerre » n'avait pas été bien choisi – les trois frères qui se chamaillaient. L'armée était sur les nerfs. Deux dirigeants nationalistes, Amanullah Khan et Maqbool Butt, venaient de former un groupe armé appelé le Front de libération national du Jammu-et-Cachemire et avaient traversé la ligne de cessez-le-feu depuis ce qu'ils appelaient l'Azad Cachemire dans le secteur indien pour lancer plusieurs raids surprise sur les positions militaires. Ces trois jeunes querelleurs pouvaient fort bien être des membres du FLN qui cherchaient la bagarre. Mahmood Noman, le plus prudent des jumeaux, dit rapidement à Shalimar le clown : « Si ces salauds découvrent la dague que tu portes, *boyi*, nous allons tous nous retrouver en prison. » Ce fut cette phrase qui sauva la vie à Boonyi Noman. Shalimar le clown éclata d'un rire gras et feint, et ses frères l'imitèrent, en se donnant des claques dans le dos. Les soldats se détendirent. Plus tard dans l'après-midi, les trois Noman rentrèrent chez eux en car.

Quand ses frères eurent ramené Shalimar le clown, Firdaus Noman dévisagea son fils trahi et cocu et fut tellement horrifiée qu'elle décida de ne plus jamais hausser le ton. Ses célèbres prises de bec avec son illustre époux sur la nature de l'univers, les traditions du Cachemire et leurs penchants détestables avaient amusé le village pendant des années, mais Firdaus voyait aujourd'hui les effets de sa nature irritable. « Regarde-le, murmura-t-elle à Abdullah. Il a en lui une colère qui détruirait le monde si elle le pouvait. »

Le sarpanch était dans tous ses états. Sa santé avait commencé à se détériorer. Il ressentait des tiraillements douloureux dans ses mains, lesquelles finiraient par devenir des griffes inutiles qui lui rendraient difficile les tâches quotidiennes : manger, manier des outils, se laver le derrière. Comme la douleur augmentait, son mécontentement augmentait aussi. Il se sentait pris entre deux choses, entre le passé et l'avenir, la maison et le monde. Ses propres besoins étaient en conflit. Certains jours, les applaudissements du public lui manquaient et il regrettait le lent déclin du bhand panther, tandis qu'à d'autres moments il aspirait à une vie paisible, assis près du feu à fumer la pipe. Encore plus grand était le conflit entre ses exigences personnelles et les besoins des autres. Peut-être devrait-il renoncer à sa position de chef de village. Peut-être pouvait-on être désintéressé pendant un certain temps, et après cela on avait droit à un peu d'égoïsme. Il ne pouvait pas éternellement tenir chacun dans sa main. Il avait mal aux mains. L'avenir était sombre et sa lumière déclinait. Il avait besoin d'un peu de douceur.

« Sois gentille avec lui, dit Abdullah à Firdaus d'un air absent, en pensant surtout à lui-même. Peut-être que ton amour pourra éteindre la flamme. »

Mais Shalimar le clown se retira en lui-même, parlant à peine pendant des jours sauf lors des répétitions dans la clairière. Tout le monde dans la troupe d'acteurs remarqua que son style avait changé. Sur le plan physique, il était toujours aussi dynamique, mais il y avait désormais chez lui une sauvagerie qui pouvait facilement effrayer les gens au lieu de les faire rire. Un jour, il expliqua que la scène dans laquelle Anarkali était arrêtée par les soldats serait plus percutante si les soldats portaient des uniformes américains et si Anarkali revêtait le chapeau en paille conique des paysannes vietnamiennes. L'arrestation d'Anarkali-Vietnam par des Américains serait, selon lui, immédiatement comprise par le public comme une métaphore de la présence étouffante de l'armée indienne au Cachemire, présence qu'ils n'avaient pas le droit de faire figurer sur scène. Une armée en représenterait une autre et la scène aurait une connotation plus contemporaine. Himal Sharga, qui avait repris l'ancien rôle de Boonyi, n'apprécia guère la proposition. « Je sais que je ne suis pas une grande danseuse, dit-elle avec irritation, mais pourquoi as-tu besoin de changer ma grande scène dramatique en une stupide mascarade juste parce que tu as une raison de haïr les Américains ? » Shalimar le clown s'en prit à elle si sauvagement que pendant un moment les comédiens assemblés crurent qu'il allait la frapper. Puis il se dégonfla soudain, se détourna et alla s'accroupir dans un coin, l'air abattu. « Oui, mauvaise idée, marmonna-t-il. Oublie ça. Je n'ai pas les idées claires en ce moment. » Himal était la plus jolie des deux filles de Shivshankar Sharga, le baryton du village. Elle alla voir Shalimar le clown et posa une main sur son épaule. « Essaie juste d'y voir clair, dit-elle. Ne cherche pas ce qui n'est pas ici, mais regarde ce qui est là. »

Après la répétition, Gonwati, la sœur d'Himal, avertit cette dernière, l'amande amère de la malveillance aigrissant ses paroles, que sa cause était désespérée. « Quand tu es à côté de Boonyi, tu disparais complètement, dit-elle, une lueur malveillante derrière les verres épais de ses lunettes. Tout comme je disparais quand je suis à côté de toi. Et dans la tête de Shalimar tu seras toujours à côté d'elle, un peu plus petite, un peu plus laide, avec un nez qui est un peu trop long, un menton qui est un peu trop mou, et une silhouette qui est trop mince là où elle devrait être trop généreuse, et trop généreuse là où elle devrait être mince. » Himal s'empara de la longue tresse noire de sa sœur, la tordant au plus près de son crâne, et tira dessus. « Arrête de faire ta jalouse, bigleuse, dit-elle doucement, et aide-moi à l'attraper comme devrait le faire une bonne *ben.* »

Le reproche fit mouche et Gonwati cessa de nourrir ses propres espoirs dans la cause familiale. Les sœurs Sharga jetèrent leur dévolu sur le cœur brisé de Shalimar le clown. Gonwati lui demanda quel était son plat préféré. Il lui répondit qu'il avait toujours eu un faible pour le gushtaba. Himal se mit aussitôt au travail, pleine de bonne volonté, et martela la viande gushtaba pour l'attendrir, et quand elle lui présenta le résultat afin de lui « remonter le moral », il enfourna immédiatement une boulette de viande dans sa bouche. Quelques secondes plus tard, l'expression sur son visage lui annonça la mauvaise nouvelle, et elle avoua que sa famille la considérait comme la pire cuisinière qu'ils eussent jamais connue. Puis Gonwati suggéra à Shalimar le clown de remplacer Boonyi par Himal dans le numéro de corde raide qu'ils avaient mis au point, et qu'il ne pouvait réaliser sans une aide féminine. Shalimar le clown accepta d'apprendre à Himal à marcher sur la corde, mais après quelques leçons, alors que la corde n'était encore qu'à trente centimètres au-dessus du sol, elle avoua qu'elle avait toujours eu le vertige, et que si jamais elle s'avançait dans les airs même son désir de lui plaire ne l'empêcherait pas de faire une chute mortelle. La troisième approche fut plus directe. Gonwati dit à Shalimar le clown que sa sœur avait elle aussi connu récemment un chagrin d'amour, qu'un goujat du village de Shirmal dont elle ne daignait pas prononcer le nom avait joué avec ses sentiments puis l'avait éconduite. « Vous pourriez vous consoler tous les deux, proposa-t-elle. Toi seul sais combien elle souffre, et elle seule peut saisir la dimension de ton terrible chagrin. » Shalimar le clown se laissa fléchir et accompagna Himal dans une promenade au clair de lune près des eaux de la Muskadoon. Mais sous la double influence du clair de lune et de la beauté de cet homme, la pauvre Himal perdit la tête et avoua que le gredin de Shirmal n'existait pas, que lui, Shalimar le clown, avait toujours été l'homme qu'elle aimait, qu'il n'y avait que lui à ses yeux dans tout le Cachemire. Après cette troisième catastrophe, Shalimar le clown garda ses distances avec les sœurs Sharga qui continuèrent néanmoins à espérer.

Ce fut Gonwati Sharga qui eut l'idée de génie de déclarer Boonyi morte. Les lunettes de Gonwati lui conféraient un air de vertu studieuse qui dissimulait sa nature vicieuse et manipulatrice. « Il n'oubliera jamais cette femme tant qu'elle sera vivante, dit sa sœur avec tristesse après le désastre de la promenade au clair de lune. Bon sang, j'aimerais parfois qu'elle soit morte. » Gonwati répondit spontanément : « Tiens bon, *ben*. Les souhaits peuvent se réaliser. » Dans les jours qui suivirent, elle conçut son projet, puis elle entreprit de faire croire aux autres que c'étaient eux qui avaient eu cette idée. Au cours d'un dîner en famille, elle ressortit à sa sœur ses propres propos. « Si cette Boonyi était morte et non simplement à Delhi avec son Américain, dit-elle, alors peut-être que le pauvre Shalimar pourrait recommencer une nouvelle vie. » Son père Shivshankar Sharga émit un profond grognement de baryton. « A Delhi avec un Américain, dit-il en abattant le poing sur la table, voilà qui pour moi revient à être morte. » Gonwati posa ses grands yeux de myope sur Shivshankar. « Tu fais partie du panchayat, dit-elle. Ne pourrais-tu pas officialiser la chose ? »

Avant la prochaine réunion du panchayat, Shivshankar soumit à Habib Joo, le professeur de danse, l'idée de déclarer Boonyi décédée. « Elle est morte pour moi », répondit-il, puis il avoua son propre sentiment de culpabilité à l'égard des méfaits de Boonyi. « L'art que je lui ai enseigné, elle s'en est servi pour nous trahir tous. » Cela en faisait deux sur cinq. Ensemble, ils allèrent voir Misri le Colosse. « Je ne sais pas, dit le charpentier d'un ton dubitatif. Zoon l'aimait, après tout. » Shivshankar Sharga plaida sa cause avec emportement. « Ne veux-tu pas qu'il devienne difficile pour les hommes de s'enfuir avec nos filles ? demanda-t-il. Après ce qui est arrivé dans ta maison, j'aurais cru que tu serais le premier à te rallier à notre plan. » Cela en faisait trois sur cinq ; restaient donc les deux pères, Pyarelal et Abdullah, à persuader. « Le sarpanch a trop la main sur le cœur, il ne sera pas facile à fléchir, dit Gonwati quand son père rapporta leurs premiers succès quelques soirs plus tard. Fais-moi confiance, le père de Boonyi dira bientôt oui. »

Gonwati avait confiance car elle était devenue récemment intime avec Pandit Pyarelal Kaul. Après la fuite de sa fille dans le sud, le pandit s'était abîmé pendant de nombreux mois dans la contemplation. Sa négligence vis-à-vis de ses devoirs de waza de Pachigam était devenue si évidente que les jeunes cuisiniers finirent par lui demander, gentiment, de rester chez lui les jours de wazwaan jusqu'à ce qu'il se sente mieux. Pyarelal baissa la tête et renonça au monde des marmites et des banquets. Toute sa vie, il avait aimé cuisiner, mais cela semblait maintenant hors de propos. Seul chez lui, il mangeait sommairement ce qui était nécessaire pour vivre, sans y prendre le moindre plaisir. Il méditait onze heures par jour. Le monde extérieur lui était devenu trop douloureux. La disparition de sa fille était comme la seconde mort de sa femme. Même la beauté du Cachemire ne pouvait adoucir la souffrance d'une perte qui n'était pas seulement physique mais morale. L'absence de son épouse était déjà pénible, mais son immortalité était pire encore. Cela faisait d'elle une étrangère à ses yeux. Il se sentait s'effriter, comme s'il était un vieux bâtiment dont les fondations avaient pourri. Il sentait un courant l'entraîner et il savait qu'il risquait de se noyer. A force de méditer, il parvint à repousser ces sensations et trouva un refuge dans la lumière de la philosophie. Au cours de ses méditations, il songea à Kabir.

On prétendait que Kabir était le fils d'une vierge, né vers 1440, mais Pyarelal ne s'intéressait pas à ces sornettes. Ce qu'on savait c'était que Kabir avait été élevé par des tisserands musulmans et que le seul mot qu'il savait écrire était *Rama*. Là encore, rien de très passionnant. Non, ce qui était intéressant, c'était la conception que se faisait Kabir de l'âme. Selon lui, il existait deux âmes, l'âme personnelle ou âme-vie, *jivatma*, et l'âme supérieure divine, *paramatma*. Le salut s'obtenait en procédant à l'union de ces deux âmes. L'important, c'était d'oublier le personnel et de s'absorber dans le divin. Et s'il s'agissait là d'une forme de mort dans la vie, ce n'était qu'une perception externe. La perception interne d'un tel exploit était une joie extatique.

Un jour, Pyarelal émergea de ses méditations et vit une jeune femme assise sur un rocher près de la Muskadoon. Pendant un moment, troublé, il crut que Boonyi était revenue. Quand il comprit que c'était Gonwati Sharga, la fille du chanteur, il réprima sa déception et alla lui tenir compagnie. « Panditji, dit-elle au bout d'un moment. Autrefois, je voyais Boonyi et Shalimar le clown assis ici et, pardonne-moi, panditji, mais j'étais un peu jalouse. Moi aussi, je voulais entendre tes brillantes paroles. Mois aussi je souhaitais profiter de ta sagesse. Mais je n'étais pas ta fille et je devais accepter mon sort. » Pandit Pyarelal Kaul fut profondément ému. Il ignorait tout de cela ! Il avait parfois senti que sa fille se contentait de lui faire plaisir quand elle s'asseyait avec son galant pour écouter ses radotages. Mais cette fille-ci voulait vraiment apprendre ! La confession de Gonwati mit un sourire sur le visage de Pandit Pyarelal pour la première fois depuis des mois. Dans les semaines qui suivirent, elle vint s'asseoir à ses pieds aussi souvent qu'elle put et son sérieux et sa concentration étaient tels qu'il se déchargea du fardeau de ses pensées les plus intimes. Finalement, elle se leva de son rocher, s'approcha, prit la main de Pyarelal dans la sienne et lui donna sa propre version du conseil que sa sœur avait donné à Shalimar le clown.

« Ne te reproche pas ce qui est mort, dit-elle, mais remercie Dieu de ce qui est en vie. »

Abdullah Noman ne pouvait s'opposer à la solution *mritak* si le propre père de Boonyi la préconisait. « Es-tu sûr ? » demanda-t-il à Pyarelal au cours de la réunion du panchayat. Ils buvaient du thé rose salé dans la salle de réunion à l'étage de la maison des Noman. La tasse de Pyarelal cliqueta sur sa soucoupe alors qu'il prononçait la sentence de mort. « Pendant onze heures par jour, dit le pandit à son vieil ami, j'ai médité sur la question de vivre dans le monde tout en n'y vivant pas. Beaucoup de choses se sont éclaircies pour moi quant au sens de cette énigme. Bhoomi a choisi la voie de la mort dans la vie. Dès lors qu'elle a fait ce choix, je ne dois pas la retenir. Je choisis de la laisser partir. Et puis, ajouta-t-il, il s'agit également de brider la fureur de ton fils. »

« Ils t'ont tuée, déclara Zoon Misri à Boonyi dans la tempête de neige. Ils t'ont tuée parce qu'ils t'aimaient et que tu es partie. »

Juste derrière Pachigam, la Muskadoon coulait un temps à l'abri des regards indiscrets, protégée par les feuillages. Quand elles étaient petites, l'été, les quatre filles inséparables, les sœurs Sharga, Zoon Misri et Boonyi Kaul, s'y précipitaient après l'école, se déshabillaient rapidement et plongeaient dans la rivière. La morsure de l'eau était délicieuse, voire excitante. Elles criaient et riaient tandis que les mains froides du dieu de la rivière caressaient leur peau. Puis elles se séchaient en se roulant sur l'herbe de la berge et se frottaient les cheveux entre les paumes de leurs mains et ne rentraient chez elles que lorsque toute trace de leur transgression s'était évaporée. Et les soirs d'hiver, les quatre filles s'entassaient avec les autres enfants du village dans la pièce chaude du panchayat au-dessus de la cuisine des Noman et les adultes leur racontaient des histoires. La mémoire d'Abdullah Noman était une bibliothèque regorgeant de contes, une bibliothèque fabuleuse et inépuisable, et chaque fois qu'il finissait un récit les enfants en réclamaient un autre à grands cris. Les femmes du village racontaient tour à tour des anecdotes familiales. Chaque famille de Pachigam avait son stock d'histoires, et parce que toutes les histoires de toutes les familles étaient racontées à tous les enfants, c'était comme si chacune appartenait à tous. C'était ce cercle magique qui avait été brisé à jamais quand Boonyi avait fui à Delhi pour devenir la putain de l'ambassadeur américain.

Quand elle revint à Pachigam, obèse, handicapée par ses dépendances, recouverte de neige, ses amies d'autrefois, Himal et Gonwati, tournèrent autour d'elle dans la tempête et les sentiments qu'elles ressentaient ne comportaient pas la moindre trace de leur amour d'enfance. Si Gonwati Sharga éprouvait la moindre culpabilité quant aux froides machinations qui avaient conduit à l'assassinat de Boonyi, elle la dissimula sous sa colère. « Comment ose-t-elle revenir ici, siffla-t-elle à sa sœur, après tout le mal qu'elle a fait ? » Mais Himal, elle, fut ravie par la métamorphose physique de Boonyi, qui compensait largement l'outrage qu'était le retour à la vie de cette morte. « Non mais regarde-la, murmura-t-elle à Gonwati. Comment peut-il l'aimer à présent ? »

La terrible vérité, toutefois, était que l'échec d'Himal Sharga à séduire Shalimar le clown n'avait absolument rien à voir avec l'immuable sentiment amoureux de ce dernier pour sa fourbe d'épouse. La vérité, c'était que Shalimar le clown avait cessé d'aimer Boonyi dès l'instant où il avait appris son infidélité, il s'était arrêté net comme un automate qu'on débranche, et l'immense cratère laissé par la destruction de cet amour avait aussitôt été rempli par un lac de haine jaune comme la bile. La vérité, c'était que même s'il avait été ramené de Lower Munda par ses frères, il avait juré dans le bus qu'il la tuerait si jamais elle revenait à Pachigam, il lui trancherait sa tête de menteuse, et si elle donnait des bâtards à cet obsédé sexuel américain, il n'aurait aucune pitié à leur égard, il leur couperait également la tête. La raison principale pour laquelle Pyarelal avait entériné l'acte de décès de sa fille par un décret officiel, la raison pour laquelle Abdullah Noman avait été d'accord avec ce plan, c'était que la mise à mort bureaucratique de Boonyi était la seule façon d'empêcher Shalimar le clown de commettre un horrible crime. Les deux pères s'étaient efforcés de convaincre le mari abandonné que si une personne était déjà décédée il était inutile d'envisager la décapitation. Au début, Shalimar avait jugé douteuse la solution *mritak*. « Si nous acceptons tous de mentir, avait-il protesté, alors en quoi valons-nous mieux qu'elle ? » Abdullah et Pyarelal discutèrent avec lui pendant deux jours et trois nuits, et quand tous les trois furent épuisés, les deux pères finirent par faire accepter le compromis à Shalimar le clown, et il dut s'engager solennellement à le respecter, mais au fond de lui il savait que le jour viendrait où ses deux serments entreraient en conflit, ses deux planètes de l'ombre, le serment-Rahu à tête de dragon qui l'obligeait à la tuer et le serment-Ketu à queue de dragon qui l'obligeait à la laisser vivre, dans la mesure où la chose était possible pour les morts. Il ignorait toutefois laquelle des deux promesses il romprait.

Afin de piéger Boonyi et lui-même, il entreprit de lui écrire des lettres, ces mêmes lettres qui l'avaient rendue furieuse et poussée à le mépriser pour sa faiblesse, des lettres dont le but était de lui faire croire à tort qu'il était prêt à pardonner et oublier, et dont le projet secret était de la faire revenir et de le forcer, lui, à choisir entre ses deux serments, afin qu'il puisse savoir quelle sorte d'homme il était vraiment. Et puis voilà qu'elle était à l'arrêt du car sous une tempête de neige, enveloppée de tissus adipeux et recouverte de neige. Il se précipita vers elle, son couteau à la main, mais les deux pères lui barrèrent le chemin, l'empoignèrent par la queue du dragon et lui rappelèrent sa promesse. Ils l'encerclèrent dans la neige dense qui tombait, et Pyarelal Kaul dit à Shalimar le clown : « Si tu tentes de revenir sur ta parole il te faudra me tuer avant de la tuer, elle ». Et Abdullah Noman renchérit de la sorte : « Tu devras également me tuer. » C'est alors que Shalimar le clown résolut l'énigme des deux serments. « D'abord, dit-il, le serment que je vous ai fait à tous deux était une promesse personnelle, et je la respecterai aussi longtemps qu'au moins l'un d'entre vous sera en vie. Mais le serment que je me suis fait était aussi une promesse personnelle, et quand vous serez tous deux morts vous ne pourrez plus me retenir. Et deuxièmement, conclut-il, s'apprêtant à partir sans même saluer de la tête sa femme morte, éloignez de ma vue cette putain. » La neige continuait de tomber, épaisse, sur les vivants et les morts.

*

Le printemps était une illusion de renouveau. Les fleurs s'épanouissaient, les veaux et les cabris naissaient et les œufs se fendillaient dans leurs nids, mais l'innocence du passé ne revenait pas. Boonyi Kaul Noman ne retourna jamais vivre à Pachigam. Elle vécut le reste de sa vie dans cette cabane sur la colline boisée où une prophétesse avait un jour décidé que l'avenir était une perspective trop horrible et avait attendu, jambes croisées, la mort. Elle se débrouilla peu à peu dans les activités quotidiennes, mais son emprise sur la réalité devint à proportions égales plus irrégulière, comme si quelque chose en elle refusait de comprendre que le monde où elle avait trouvé son autonomie ne redeviendrait jamais celui qu'elle voulait, celui dans lequel elle pourrait s'envelopper de l'amour de son mari tout en l'enveloppant lui dans le sien. Sa mère fantôme était désormais sa compagne quotidienne, et comme le fantôme de Pamposh ne vieillissait pas, les deux défuntes devinrent de plus en plus comme des sœurs. Quand Pyarelal Kaul rendit visite à sa fille pour lui déconseiller de se rendre au village, parce que Abdullah et lui faisaient déjà tout leur possible pour retenir Shalimar le clown, et qu'il était impossible de garantir sa sécurité si jamais elle venait à Pachigam, elle répondit avec la gaieté de la folie : « Je suis très bien ici avec Pamposh. Personne ne peut poser le doigt sur moi tant qu'elle est à mes côtés. Tu devrais rester avec nous. Ni elle ni moi n'avons le droit d'aller au village, apparemment, mais tous les trois nous pourrions bien nous amuser ici. »

Quand il comprit que sa fille bien-aimée perdait la raison, Pandit Pyarelal Kaul s'enfonça dans sa nuit personnelle. Il grimpait en haut de la montagne tous les jours pour s'occuper d'elle et écouter ses délires et n'était pas capable de lui parler de la désillusion qui s'était emparée de son propre optimisme en l'étouffant quasiment. L'amour de Boonyi et Shalimar le clown avait été défendu par tout Pachigam, avait mérité qu'on le défende, en tant que symbole de la victoire de l'humain sur l'inhumain, et la terrible issue de cet amour faisait que Pyarelal remettait en question, pour la première fois de sa vie, l'idée que les êtres humains étaient profondément bons, que si on aidait les hommes à se débarrasser de leurs imperfections, leurs moi idéaux se révéleraient et brilleraient en plein jour, visibles de tous. Il remettait même en question les principes de tolérance incarnés par la notion de *kashmiriyat*, et commençait à se demander si la discorde n'était pas un principe plus puissant que l'harmonie. Partout, la violence collective était un crime d'ordre privé. Quand elle éclatait, on n'était pas assassiné par des inconnus. C'était vos voisins, les gens avec lesquels vous aviez partagé les hauts et les bas de l'existence, les gens dont les enfants avaient joué avec vos enfants propres pas plus tard qu'hier. C'étaient ces gens dont les yeux brillaient soudain de haine qui frapperaient à votre porte au milieu de la nuit avec des torches enflammées dans leurs mains.

Peut-être que le *kashmiriyat* était une illusion. Peut-être que tous ces enfants qui apprenaient les histoires des autres dans la salle du panchayat en hiver, tous ces enfants formant une unique famille, étaient une illusion. Peut-être que le règne tolérant du bon roi Zain-ul-abidin devrait être considéré – comme certains pandits tendaient à le faire – comme une aberration, et non un symbole d'unité. Peut-être que la tyrannie, les conversions forcées, la mise à sac des temples, l'iconoclastie, la persécution et le génocide étaient la norme, et la coexistence pacifique une illusion. Il recevait de plus en plus de circulaires politiques enragées allant dans ce sens, de la part de diverses organisations officielles. *Sikander l'iconoclaste est celui qui a le plus opprimé les hindous.* Les crimes du quatorzième siècle avaient besoin d'être vengés au vingtième. *Saifuddin a franchi toutes les limites de la cruauté.* Saifuddin avait été le Premier ministre du fils de Sikander, Alishah. *De nombreux brahmanes se pendirent ou avalèrent du poison, d'autres se noyèrent volontairement. D'innombrables brahmanes se jetèrent du haut des montagnes. L'Etat était plein de haine. Les partisans du roi ne réussirent pas à empêcher une seule personne de se suicider.* Et ainsi de suite, jusqu'à aujourd'hui. La paix était peut-être un rêve opiacé, auquel cas Pyarelal était aussi drogué à sa façon que sa pauvre fille, et lui aussi avait besoin d'en passer par une douloureuse guérison.

Il remisa ces mauvais présages dans un coin reculé de son esprit et soigna sa fille. Le délire causé par le sevrage s'aggrava, et pendant de longues périodes elle fut secouée de convulsions et recouverte d'une sueur glacée, sa bouche était pleine d'aiguilles et sa voracité était comme une bête sauvage qui allait l'avaler si on ne lui donnait pas ce qu'elle voulait vraiment. Puis, lentement, la crise passa, jusqu'à ce qu'elle ne soit plus à la merci des médicaments interdits ; sa dépendance au tabac, elle aussi, fut brisée. Livrée à ses hallucinations, elle sut que les gardiens dans les arbres prenaient soin d'elle. Ils émergèrent peu à peu des ombres, et dans son état d'hébétude elle imagina que sa mère Pamposh les menait auprès d'elle, sa mère audacieuse, indépendante, qui ne jugeait pas les gens parce qu'ils écoutaient leurs besoins sexuels. Le fantôme de Pamposh lui paraissait au moins aussi tangible que les spectres qui lui rendaient visite, et bien qu'elle reconnût parmi ses anges gardiens avant tout son propre père, ainsi que Firdaus Noman, Zoon et Misri le Colosse, elle voulait croire que sa mère bien-aimée menait la danse.

Pyarelal se reprochait l'obésité de Boonyi. « La pauvre fille a hérité mon physique et non celui de sa svelte mère, se disait-il en secret. Même enfant elle était bien en chair. Pas étonnant que Shalimar le clown soit tombé amoureux d'elle quand elle était encore petite. Manger était sa faiblesse et cela aussi, je le lui ai transmis. » Mais le corps de Pyarelal avait changé à la suite de son nouveau régime ascétique, et le corps de Boonyi changea également. Sa beauté revint lentement, tout comme sa santé physique s'améliora. Les mois se changèrent en années et la graisse fondit – personne n'allait venir lui apporter sept repas par jour ! – et elle ressembla de nouveau à elle-même. Elle garda néanmoins des séquelles. Elle souffrait de maux de dos. Des veines noires saillaient sur ses jambes et, à certains endroits, la peau était plus relâchée qu'elle n'aurait dû l'être. La décoloration de ses dents, due au tabac, ne disparut jamais tout à fait, même si elle usait avec assiduité des bâtons de *neem* que son père lui fournissait régulièrement. Elle comprit, suite à des crises d'arythmie, que son cœur avait lui aussi été abîmé. Peu importe, se dit-elle. Il n'était pas dans son destin de vieillir. Son destin était de vivre parmi les fantômes comme un demi-fantôme jusqu'à ce qu'elle apprenne à traverser la frontière. Elle le formula à voix haute et son père éclata en pleurs.

Elle dut lutter pour acquérir son autonomie. La dépendance à la nourriture fut aussi pénible à briser que la dépendance chimique, mais peu à peu son attitude envers toutes choses comestibles devint moins vorace. Pendant longtemps, son père et plusieurs villageois continuèrent de lui fournir le nécessaire, et elle se débrouilla pour le compléter. Elle fit pousser ses propres légumes. Un jour, elle trouva deux jeunes chèvres attachées à un piquet devant la cabane. Elle apprit à les élever et, avec le temps, son troupeau augmenta. Elle put vendre le lait de ses chèvres, ainsi que d'autres choses. Son père rapportait un pot de lait au magasin tous les jours, et des tomates quand c'était la saison. Il s'agissait là d'une modeste réhabilitation. Les gens acceptaient l'idée d'acheter des choses à une morte. Ses journées étaient occupées par des travaux physiques et, tant qu'elle faisait marcher son corps, la folie restait à distance. Son corps se renforça. Les muscles refirent leur apparition dans ses fesses, ses bras et ses jambes. Ses épaules durcirent et son ventre redevint plat. La Boonyi de la phase trois était belle à sa façon, mais d'une façon imparfaite, en femme adulte meurtrie et endurcie par la vie. C'était sa raison qui avait été meurtrie le plus profondément et, la nuit, ces blessures lui faisaient encore mal. Le soir, quand le travail de la journée était fini, quand il était temps pour l'esprit de reprendre le dessus sur le corps, ses pensées partaient dans tous les sens. Certaines nuits d'été, elle en était sûre, Shalimar le clown rôdait dans la forêt autour de la cabane. Ces nuits-là, elle sortait d'un pas assuré et ôtait tous ses vêtements, le défiant de l'aimer ou de la tuer. Elle pouvait se le permettre parce que tout le monde savait qu'elle était folle. Sa mère Pamposh sortait avec elle et elles dansaient nues sous la lune comme des louves. Qu'un homme s'approche d'elles ! Qu'il l'ose seulement ! Elles le réduiraient en lambeaux avec leurs crocs.

Elle avait raison ; Shalimar le clown grimpait parfois en haut de la colline, son couteau à la main, et il l'observait, caché derrière un arbre. Ça le réconfortait de savoir qu'elle était là, que quand il serait libéré de son serment elle serait là pour qu'il la tue, sans défense, tout comme sa vie à lui avait été sans défense quand elle l'avait ruinée, sans défense et vulnérable tout comme l'avait été son cœur, sans défense et vulnérable et fragile tout comme sa défunte capacité à faire confiance. Danse, ma femme, lui disait-il en silence. Je danserai de nouveau avec toi un jour, une dernière fois.

Shalimar le clown décida d'assassiner l'ambassadeur américain peu de temps après la fin de la guerre du Bangladesh, à peu près à l'époque où les bhands de Pachigam allèrent jouer au nord près de la ligne de cessez-le-feu qui s'appelait désormais la Ligne de contrôle ; quand l'Inde et le Pakistan signèrent l'accord de Simla stipulant que le statut du Cachemire serait décidé bilatéralement à une date future ; quand l'armée indienne resserra son emprise sur la vallée – car le lendemain, c'était pour les politiciens et les rêveurs, mais l'armée, elle, contrôlait l'instant présent – et se montra encore plus dure avec la population majoritaire ; et quand la femme de Bombur Yambarzal acheta la première télévision de la ville et l'installa dans une tente au milieu de Shirmal. Dès le début des transmissions télévisées, au début des années soixante, le panchayat de Pachigam avait été d'avis que le nouveau médium détruisait la façon traditionnelle de vivre en érodant le goût des gens pour les spectacles vivants. Le monstrueux cyclope devait être banni du village. Mais le waza de Shirmal fut dépassé par l'esprit audacieux de sa fiancée, la veuve rousse Hasina « Harud » Karim, une femme avide de progresser, mère de deux cachottiers, Hashim et Hatim, qui avaient appris le métier d'électricien à Srinagar et voulaient faire entrer le village dans l'ère moderne. « Que chacun ait droit à une séance gratuite pendant deux mois, exigea Hasina Karim de son nouveau mari, et ensuite tu pourras faire payer l'entrée et personne n'y trouvera à redire. »

Pour financer l'achat du poste en noir et blanc, elle vendit quelques bijoux qu'elle tenait de son premier mariage. Ses fils qui, comme elle, avaient une tournure d'esprit pratique, n'émirent aucune objection. « On ne peut pas regarder de feuilletons télé sur un collier », fit remarquer à raison l'aîné, Hashim. Les deux frères n'étaient pas proches de Bombur Yambarzal mais n'étaient pas non plus opposés au nouveau mari de leur mère. « Si nous savons que tu n'es plus seule alors ça nous rend libres de suivre notre propre chemin, au sujet duquel il vaut mieux que tu en saches le moins possible », expliqua Hatim, le cadet. C'était un grand gaillard mais sa mère tendit la main et le décoiffa tendrement comme s'il s'agissait d'un gamin. « J'ai donné à mes fils un peu de sens commun, disait-elle fièrement à Bombur Yambarzal. Tu vois comme ils savent calculer les risques de l'existence ? »

Dès que les séances télé des Yambarzal commencèrent à Shirmal, les soirées ne furent plus les mêmes à Shirmal. Et les habitants de Pachigam se révélèrent on ne peut plus désireux d'oublier leurs querelles avec leurs voisins, car ils voulaient eux aussi regarder les comédies, les récitals de musique et de chant, et les chorégraphies exotiques des films de Bombay. A Pachigam ainsi qu'à Shirmal, il devint possible d'aborder tous les sujets interdits, à voix haute, au milieu de la rue, sans peur de représailles ; on pouvait prôner le blasphème, la sédition, ou la révolution, on pouvait avouer un meurtre, un incendie ou un viol, et personne ne prêtait attention à ce que vous disiez parce que les rues étaient désertes – presque toute la population des deux villages était entassée dans la tente bondée du waza Bombur pour regarder les stupides programmes sur l'écran loquace et lumineux de « Harud » Yambarzal. Abdullah Noman et Pyarelal Kaul furent parmi les rares personnes à refuser d'y aller, Abdullah pour des questions de principe et Pyarelal à cause de la dépression qui s'était étendue de sa personne physique à son entourage immédiat, flottant dans l'air confiné de sa maison déserte comme une mauvaise odeur. Certains jours, son marasme flétrissait les fleurs au bord de la rivière quand il passait devant. Certains matins il faisait tourner ses réserves de lait.

Firdaus avait hâte de voir la nouvelle merveille mais depuis le retour de Boonyi elle avait fait d'énormes efforts pour modifier son comportement et évitait de se disputer avec Abdullah, quelle que fût l'ampleur de ses provocations. Aussi, après les corvées de la journée, demeurait-elle à la maison, maussade, mais sans se plaindre. Après quelques jours, toutefois, Abdullah ne put plus supporter la pression nocturne de sa silencieuse frustration. « Bon sang, femme, vitupéra-t-il, faisant violemment bouillonner l'eau dans sa pipe à eau, si tu veux marcher deux kilomètres pour vendre ton âme au diable, je ne veux pas t'en empêcher. » Firdaus se leva d'un bond et s'habilla pour sortir. « Ce que tu veux dire, répliqua-t-elle avec un sang-froid majestueux, c'est " chère femme, après tout ton dur labeur, tu mérites de sortir et de t'amuser un peu, même si je suis un vieux ronchon qui a oublié ce que c'est que de s'amuser. " » Abdullah lui décocha un regard mauvais. « Exactement », acquiesça-t-il d'une nouvelle voix glaciale, et il détourna le visage.

En se rendant à Shirmal, Firdaus pensait à cette nouvelle voix et à sa froideur choquante. Elle avait donné sa vie à cet homme à cause de ses manières douces et du souci qu'il avait du bien-être de chacun. Il lui avait été égal, ou du moins elle avait appris à ne pas se formaliser, qu'il ne l'eût jamais dorlotée, ne se rappelât jamais son anniversaire, ne lui rapportât jamais de bouquet de fleurs sauvages cueillies de sa propre main. Elle avait appris à accepter la solitude de sa couche conjugale, s'était résignée aux nuits passées à dormir à côté d'un homme dont l'exploit le plus prolongé et le plus enthousiaste avait duré moins de deux minutes. Elle avait admiré l'intérêt qu'il portait à leurs enfants et à la communauté dont il était le berger, et avait ignoré ou du moins tenté de comprendre son manque symétrique d'intérêt pour les besoins et les désirs de sa femme. Mais quelque chose avait changé en lui depuis que la maladie s'était mise à abîmer ses mains ; sa compassion pour les autres avait diminué tandis qu'il s'apitoyait de plus en plus sur son sort. Certes, il avait empêché Shalimar le clown de commettre un crime abominable ; mais peut-être s'agissait-il là du dernier sursaut de la personnalité agonisante du vieil Abdullah, l'Abdullah dont les plus grands dons étaient la tolérance, la rectitude morale et une grande chaleur que le nouvel Abdullah invalide semblait remplacer peu à peu. Dans un pays froid, aucune femme ne devrait vivre avec un homme froid, se disait-elle en arrivant à Shirmal, et son étonnement d'avoir envisagé la possibilité de quitter son mari fut si grand qu'elle ne réussit à s'intéresser au miracle télévisé, elle qui avait fait tout ce chemin pour le regarder, que lorsque les infos commencèrent.

Le journal du soir, le programme le moins intéressant de la soirée en raison des effets abrutissants et souvent mensongers de la pesante censure gouvernementale, vidait en général la tente. Les gens sortaient fumer des beedis, plaisanter et échanger des ragots. Bien qu'hommes et femmes fussent assis ensemble dans l'auditorium des Yambarzal tels les membres égaux du vaste public télévisé national, ils se séparaient en sortant et formaient des groupes distincts. Mais Firdaus Noman ne se joignit à aucun groupe ; c'était sa première fois et elle resta assise dans son coin. Le *Gange,* un Fokker Friendship d'Indian Airlines, avait été détourné par des terroristes à la solde des Pakistanais, deux cousins répondant au nom de Qureshi, qui avaient fui au Pakistan. Les cousins Qureshi avaient laissé descendre les passagers, puis avaient fait sauter l'avion et s'étaient rendus aux autorités pakistanaises qui avaient feint de les jeter en prison tout en refusant de répondre aux demandes d'extradition indiennes. Il était évident que le grand terroriste Maqbool Butt, désormais basé au Pakistan avec l'accord tacite et la complicité des dirigeants pakistanais, était derrière cet exploit. Zulfikar Ali Bhutto avait rendu visite aux terroristes à Lahore, les avait décrits comme des combattants de la liberté, et avait déclaré que leur « acte héroïque » montrait qu'aucune puissance sur terre ne pouvait arrêter la lutte des Cachemiriens. Il avait promis en outre que son parti contacterait le Front de libération national cachemirien pour lui proposer sa coopération et son aide, qui seraient également proposées aux pirates de l'air eux-mêmes. Ainsi, la collusion du régime pakistanais avec le terrorisme était prouvé aux yeux du monde entier. Après un simulacre de procès, expliquait-on aux infos, les scélérats seraient sûrement libérés et fêtés comme des héros. Toutefois, la détermination du gouvernement indien ne faiblirait jamais. L'Etat du Jammu-et-Cachemire faisait partie intégrante, et cetera et cetera, fin. Quand le public revint en masse dans la tente à la fin des infos, Firdaus se leva et leur parla du détournement d'avion, sur quoi il se produisit quelque chose d'extraordinaire. Des membres de la communauté minoritaire condamnèrent unanimement les cousins traîtres Qureshi et la volonté de leur chef Maqbool Butt de déstabiliser la situation au Cachemire, tandis que des membres de la majorité applaudirent bruyamment les terroristes, étouffant les protestations des hindous furieux. Il n'y avait pas de trace d'une fracture Shirmal-Pachigam, aucune distinction entre opinion masculine et féminine, seulement cette profonde faille communautaire. La majorité musulmane regarda ses opposants pandits hindous avec une soudaine méfiance qui frôla dangereusement la franche hostilité. Et pourtant quelques minutes plus tôt ils fumaient et bavardaient ensemble devant la tente. Il était soudain oppressant de faire partie de cette foule. Sans dire un mot, comme si une sorte de vote avait eu lieu, chaque membre de la communauté pandit se leva et quitta la tente. Firdaus se rappela la dernière prophétie de Nazarébaddoor – « ce qui vient est si terrible qu'aucun prophète n'aura les mots pour le prédire » – et son appétit pour les distractions télévisées disparut.

La route de Shirmal à Pachigam était un humble chemin de campagne, avec de grossières ornières courant le long d'un *bund* ou talus, derrière lesquels s'étendaient de chaque côté des champs; et elle était bordée de peupliers. Shalimar le clown attendait Firdaus à mi-chemin de chez elle. Il n'était pas allé dans la tente de télévision; en fait, il avait été absent quelques semaines, car les bhands de Pachigam avaient été engagés par les autorités culturelles du gouvernement afin de divertir une des zones les moins diverties du monde, les villages et bases militaires situés juste au sud de la frontière *de facto*, en plein cœur brisé du Cachemire. Abdullah avait frotté ses mains endolories l'une contre l'autre et demandé à son fils talentueux de s'occuper de la troupe. « Tu devras bien le faire un jour, avait décrété le sarpanch d'une voix saccadée et dépouillée de toute émotion, alors autant commencer tout de suite dans cette partie misérable du monde, devant nos concitoyens brutalisés et ces soldats indiens pour lesquels je ne trouve pas de mots, sauf à recourir à un langage que je ne souhaite pas employer devant mes enfants. » La politique d'Abdullah était en train de changer comme le reste de sa personne. Ces temps-ci, il était déçu par le gouvernement indien qui ne cessait de mettre en prison son homonyme, le chef Sheik Abdullah, puis passait des accords secrets avec lui, puis le réinstallait au pouvoir à la condition qu'il soutienne l'union avec l'Inde, puis s'énervait de nouveau quand il commençait à parler d'autonomie en dépit de tout. « Le Cachemire aux Cachemiriens et tous les autres, partez gentiment, dit Abdullah Noman, en citant son héros. Parce que si nous continuons à être protégés par cette armée, nous allons être fichus pour de bon. »

C'était une nuit sans lune et Shalimar le clown portait des vêtements sombres. Il était resté en contrebas dans les champs et il bondit devant Firdaus comme un peuplier qui prend vie, l'effrayant. « Je dormais », dit-il. Elle comprit aussitôt que son fils ne disait pas cela de façon littérale mais lui signifiait qu'il était arrivé à un tournant dans sa vie, et c'est pour ça qu'elle ne l'interrompit pas bien qu'il fût en feu, et qu'il s'adressât à elle dans le langage grossier que son père avait refusé d'utiliser, s'exprimant comme un homme qui a commencé à rêver de la mort. Un vent froid cisailla le cœur de Firdaus. « J'ai perdu mon temps, continua Shalimar le clown. Tout ce que j'ai appris à faire c'est marcher sur un fil et tomber comme un idiot pour faire rire quelques personnes qui s'ennuient. Tout cela devient inutile et pas seulement à cause de la stupide télévision. Je vois des choses laides depuis si longtemps que j'ai cessé de les voir, mais maintenant je ne dors pas et je vois les choses telles qu'elles sont : les véritables cauchemars commencent quand on se réveille, les hommes dans les chars qui se cachent le visage pour ne pas qu'on les reconnaisse et les femmes qui torturent et qui sont pires que les hommes et les gens en fils de fer barbelé et les gens électriques dont les mains vous rôtiraient les couilles si elles vous les attrapaient et les gens faits de balles et les gens faits de mensonges, ils sont tous ici pour faire quelque chose d'important, à savoir nous baiser jusqu'à ce qu'on crève. Et maintenant que je suis réveillé il faut que je fasse quelque chose d'important aussi et je ne sais pas comment m'y prendre. Il faut que tu me dises comment entrer en contact avec Anees. »

Leurs phirans sombres battaient dans la nuit comme des suaires. « Sois heureux de n'être pas une mère par les temps qui courent, lui répondit-elle. Parce que si tu en étais une, tu serais heureuse que tes deux fils querelleurs soient sur le point d'être réunis, mais en même temps tu aurais très peur que tes deux enfants finissent par se faire tuer, et le dilemme de ce bonheur et de cette terreur serait trop lourd à porter pour toi.

– Sois heureuse de n'être pas un homme, répliqua-t-il, parce qu'une fois qu'on a cessé de dormir, on découvre qu'il n'y a que des ennemis pour nous dans ce monde, les ennemis qui prétendent nous défendre, qui sont faits d'armes et de kaki et de cupidité et de mort, et derrière eux les ennemis qui prétendent nous sauver au nom de notre propre Dieu sauf qu'ils sont faits de mort et de cupidité eux aussi, et derrière eux les ennemis qui vivent parmi nous et portent des noms impies, qui nous séduisent puis nous trahissent, des ennemis pour qui la mort serait un châtiment trop clément, et derrière eux les ennemis que nous ne voyons jamais, ceux qui tirent les ficelles de nos vies. Le dernier ennemi, l'ennemi invisible dans la pièce invisible dans le pays étranger tout là-bas : c'est lui que je dois affronter, et si je dois me farcir tous les autres pour arriver jusqu'à lui alors je le ferai. »

Firdaus voulut plaider, le supplier d'oublier les monstres de son rêve éveillé, de faire une croix sur l'Américain disparu, et de pardonner à sa femme et de la reprendre et de se contenter des bienfaits de la vie, tels qu'ils étaient. Mais cela aurait fait d'elle une ennemie et elle ne voulait pas de ça. Aussi accepta-t-elle de faire ce que Shalimar le clown exigeait, et le lendemain soir après avoir travaillé toute la journée dans les vergers elle se rendit de nouveau à pied jusqu'à Shirmal et cette fois-ci quand le journal télévisé commença elle se leva et suivit Hasina Yambarzal dehors, en tirant sur son châle pour lui signaler qu'elle voulait lui parler en privé. Au début, quand Firdaus expliqua à la femme du waza ce qu'elle voulait, Hasina feignit l'effroi, mais Firdaus leva la paume droite pour indiquer que le temps du subterfuge était passé. « Harud, excuse-moi, dit-elle, mais épargne-moi, s'il te plaît, tes bobards. Je ne te connais pas aussi bien que je le devrais, mais je te connais déjà mieux que ton mari ne te connaît, lui qui est trop abruti par l'amour pour te voir telle que tu es. Je reconnais la douleur dans tes yeux parce j'ai la même douleur dans les miens. Alors dis à tes fils les électriciens cachottiers que la prochaine fois qu'ils croiseront mon fils le tailleur de bois, mon garçon qui a toujours été si habile avec ses mains, ils devront l'informer que son frère veut de nouveau être ami avec lui. » Les autres femmes étaient réunies autour d'un brasero de charbons ardents et commençaient à leur jeter des coups d'œil curieux, aussi elles se mirent à rire et glousser comme si elles échangeaient des confidences scabreuses sur leurs époux le waza et le sarpanch. Mais les yeux de Hasina Yambarzal ne riaient pas. « La résistance n'est pas une garden party », dit-elle en gloussant, et elle posa ses mains sur sa bouche et élargit ses yeux calculateurs comme si on venait de lui dire quelque chose de vraiment horrible. « Je ne suis pas stupide, madame, dit Firdaus avec un rire grave. Et Anees comprendra sûrement ce que je veux dire. » Elle avait un œil paresseux mais l'éclat de ce dernier était sans conteste très vif. Hasina se tut aussitôt, hocha la tête et retourna dans la tente regarder la télévision.

Le lendemain matin, Firdaus demanda à Abdullah de l'accompagner dans le champ de safran où, de nombreuses années auparavant, elle s'était amusée avec la jeune Pamposh Kaul. Là, loin des oreilles imprudentes, elle dit à son mari qu'un méchant démon s'était emparé de leur fils Shalimar le clown là-haut dans le nord glacial, près de la Ligne de contrôle. « Il veut juste tuer tout le monde maintenant, dit-elle à Abdullah Noman, sa femme, d'accord, c'était un problème avant, mais à présent il y a aussi l'ambassadeur coureur de jupons, et toute l'armée, et je ne sais plus qui d'autre. Alors, soit un djinn s'est emparé de lui, soit il se cachait en lui depuis tout ce temps, comme s'il était une bouteille attendant que quelqu'un la débouche, et soit c'est ce que Boonyi a fait quand elle a quitté l'Américain ou quelque chose lui est arrivé quand il était loin de la maison. *Hai-hai!* se lamenta-t-elle. Quel mal a pu commettre mon fils pour être ainsi capturé par le diable ?

– Ce n'est pas le diable qui parle, c'est sa virilité, répondit sèchement Abdullah Noman. Il est encore assez jeune pour s'imaginer qu'il peut changer le cours de l'histoire, tandis que moi je m'habitue à l'idée que je suis inutile, et un homme qui se sent inutile cesse de se sentir comme un homme. Aussi, s'il brûle de la possibilité d'être utile, n'éteins pas ce feu. Peut-être que tuer des salauds est ce que l'époque réclame. Peut-être que si mes mains étaient encore valides j'en étranglerais moi-même quelques-uns. »

La discorde s'était abattue sur Pachigam et n'en partirait jamais. Abdullah Noman ne confia pas à son épouse que ses rapports avec Shalimar le clown étaient au plus bas, en partie parce que le sarpanch n'avait pas apprécié l'expression avide dans les yeux de son fils quand l'occasion de remplacer son père comme chef des bhands s'était présentée, mais surtout parce qu'il sentait avec effroi que Shalimar le clown attendait qu'Abdullah et Pyarelal Kaul meurent, afin d'être délivré de son serment. Ces temps-ci, les deux sexagénaires n'étaient guère loquaces. Abdullah s'était mis à prononcer le mot *azadi*. Pour Pyarelal ce mot ne signifiait pas liberté mais plutôt danger, et cela posait un problème entre les deux vieux amis. Ils vaquaient à leurs tâches, remuaient leurs pensées et se rendaient ensemble aux réunions du panchayat, après quoi Pyarelal retournait chez lui au bout du village et restait devant l'âtre, fixant les cônes de pin qui se consumaient. Mais Abdullah Noman savait que le pandit s'inquiétait comme lui du regard vigilant de Shalimar le clown ; c'était comme d'être observé par un vautour ou un corbeau charognard. C'était comme d'être observé par la Mort elle-même. Aussi, si Shalimar le clown voulait partir dans les montagnes avec Anees et les combattants du front de libération, peut-être que ce n'était pas une si mauvaise idée, laissons-le partir et faire ce qu'il a à faire, même si le front de libération n'était encore qu'une bande de comédiens s'efforçant d'être dignes de leur réputation.

Deux semaines plus tard, Shalimar le clown se rendit à Shirmal pour regarder la télévision et, pendant la pause cigarette du bulletin d'informations, il se posta devant un brasero, le dos tourné aux électriciens cachottiers, et obtint les instructions qu'il avait attendues. Hatim et Hashim faisaient mine de commenter entre eux les charmes du pâturage de Tragbal situé à trois mille huit cents mètres au-dessus du niveau de la mer et donnant sur le lac Wular, et reconnaissaient qu'il serait magnifique après minuit le lendemain. Shalimar le clown s'éloigna d'eux sans faire de commentaire, et retourna dans la tente de Bombur Yambarzal pour se joindre à la furieuse dispute qui avait éclaté après que Hasina Yambarzal eut annoncé qu'à partir de maintenant un prix d'entrée serait exigé, un petit prix, une somme on ne peut plus symbolique, parce que la vie ce n'était pas la charité, après tout. Les gens devaient respecter ce que les Yambarzal faisaient pour eux, et les billets seraient une preuve de ce respect. Quand elle eut dit cela, tous se mirent à crier d'une façon qui n'avait rien de respectueux, sur quoi la taulière incisive et pragmatique se pencha, s'empara du câble électrique et coupa la connexion. Cela fit taire immédiatement tout le monde, comme si elle les avait débranchés eux aussi, et ses fils raisonnables arrivèrent avec des bols de cuivre et passèrent dans le public pour ramasser de la menue monnaie. Shalimar le clown paya son écot, mais quand le feuilleton mièvre revint sur l'écran il partit sans regarder ce qui arrivait à l'héroïne en pleurs dans les griffes de son vicieux tonton. Il en avait fini avec les héroïnes en pleurs. Il allait se rendre au lac Wular pour entrer dans le monde des hommes.

Shalimar le clown quitta Pachigam le lendemain matin avec sur lui ses seuls habits et le couteau glissé sous sa ceinture, et on ne le revit plus dans le village pendant quinze ans. Au-dessus du bouclier brillant du lac Wular, juste en dessous du pâturage de Tragbal, il rencontra son avenir sur un flanc de colline parsemé de rochers. Cet avenir prit la forme de deux hommes avec des bonnets de laine baissés sur leurs yeux et des écharpes nouées autour du visage. Un de ces hommes sculptait un oiseau dans le bois. L'autre était le beau-fils de Bombur Yambarzal, Hashim Karim. Un troisième homme se tenait derrière un rocher, et c'était l'homme important. « Tu as souhaité voir ton frère, dit l'homme derrière le rocher. Ton frère est ici. » Le couteau d'Anees continua de sculpter le bois. « Ce serait touchant, dit l'homme derrière le rocher, si nous nous préoccupions d'émouvoir les gens. Ou peut-être ce serait drôle, si nous essayions de les faire rire. Et si tu me disais ce que je fais ici à écouter un minable acteur qui veut jouer pour de vrai le rôle d'un héros, et peut-être bien aussi celui d'un martyr ? » Shalimar le clown resta de marbre. « J'ai besoin d'apprendre un nouveau métier, dit-il. Et tu vas avoir besoin de gens doués dans les temps à venir. » L'homme derrière le rocher réfléchit à tout cela. « Ce que j'entends, dit-il, c'est que tu n'as pas arrêté de clamer haut et fort à quiconque voulait bien t'écouter que tu avais l'intention d'éliminer des tas de gens, y compris l'ancien ambassadeur américain. Pour moi, c'est là une attitude de clown. » Les traits de Shalimar se durcirent. « A partir de maintenant et jusqu'à ce que la liberté triomphe, je tuerai qui tu me diras de tuer, fit-il, mais oui, un de ces jours je veux tenir l'ambassadeur américain à ma merci. »

Un grognement monta de derrière le rocher. « Et moi je veux être roi d'Angleterre », dit l'homme invisible. Puis il y eut un long silence. « Entendu », dit l'homme derrière le rocher. Un silence encore plus long s'ensuivit. Shalimar le clown se tourna vers son frère, qui secoua la tête. « Dans quelques minutes, dit Anees Noman, ce sera notre tour de partir. – Est-ce que je viens avec vous ? » demanda Shalimar le clown. Le couteau de sculpteur de son frère marqua une courte pause.

« Oui, dit-il. Tu viens avec nous. »

Avant de quitter cette colline, Shalimar le clown alla derrière un rocher pour se soulager. Ce n'est que lorsque le jet brûlant se fut tari qu'il baissa les yeux et vit l'énorme serpent, le cobra royal, enroulé sous le rocher, à deux centimètres de la flaque. Lors de ses exploits avec le front de libération, il repensa souvent à ce serpent endormi, qui lui rappelait les superstitions de sa mère Firdaus. « Serpent de la chance, dit-il un jour à son frère alors qu'ils étaient tapis derrière un rocher près de Tangmarg à attendre qu'un convoi militaire passe sur les mines qu'ils avaient disposées sur la route pentue. Je dois avoir le serpent de la chance de mon côté. C'est un bon signe. » L'habituelle mélancolie d'Anees Noman fut avivée par ce souvenir exhumé d'une mère qu'il craignait de ne jamais revoir, mais il déguisa sa tristesse et tordit ses traits en un sourire plein de regret. « Enfin quoi, murmura Shalimar le clown, c'est ce que nous faisons. Je veux dire, on pisse sur un serpent. Si ce serpent s'était réveillé cette nuit-là, je serais mort à l'heure qu'il est. Mais ce serpent, celui sur lequel nous n'arrêtons pas de pisser, il est bel et bien réveillé, réveillé, mouillé et furieux. »

Anees mâchonnait le bout d'un beedi d'un air sinistre. « Vise juste ses yeux de salaud », dit-il. Son vocabulaire avait été endurci par les années. « Si tu pisses assez fort peut-être que tu foreras un trou dans sa tête d'enculé de sa sœur. »

A cette époque, avant que les fous se mettent de la partie, le front de libération était raisonnablement populaire et *azadi* était le cri universel. Liberté ! Une petite vallée d'à peine cinq millions d'âmes, enclavée, préindustrielle, riche en ressources mais pauvre en liquidités, perchée à des milliers de mètres dans les montagnes telle une friandise verte et délicieuse entre les dents d'un géant, voulait être libre. Ses habitants en étaient arrivés à la conclusion qu'ils n'aimaient pas trop l'Inde et se moquaient pas mal du Pakistan. Donc : liberté ! Liberté d'être des brahmanes carnivores ou des musulmans adorateurs de saints, de faire des pèlerinages jusqu'au lingam de glace dans les neiges éternelles ou de s'incliner devant les cheveux du prophète dans une mosquée en bordure de lac, d'écouter le santoor et de boire du thé salé, de rêver de l'armée d'Alexandre et de décider de ne plus jamais revoir de soldats, de faire du miel et de sculpter des animaux et des bateaux dans des coquilles de noix et de regarder les montagnes s'élever, centimètre par centimètre, siècle après siècle, toujours plus haut dans le ciel. Liberté de choisir la folie plutôt que la grandeur mais sans être les fous de personne. *Azadi !* Le paradis voulait être libre.

« Mais libre ne signifie pas gratis, dit Anees Noman à son frère, sur un ton vulgaire. Le seul paradis qui est libre ainsi est un endroit de conte de fées peuplé de cadavres. Ici parmi les vivants, la liberté coûte cher. Il faut faire des collectes. » Bien qu'il l'ignorât, il avait exactement le même ton que Hasina Yambarzal annonçant aux villageois de Shirmal et Pachigam qu'ils allaient devoir payer pour regarder la télévision.

Dans la première phase de son initiation au monde du front de libération, Shalimar le clown participa aux activités de collecte de fonds du groupe. Le premier principe de ce travail était que les personnes travaillant dans le domaine financier ne pouvaient pas être renvoyées dans leurs propres localités, car la collecte de fonds n'était pas toujours une partie de plaisir et leur absence d'humour n'était guère appréciée des personnes sollicitées. Selon le second principe, étant donné qu'il était largement établi que les pauvres se montraient plus généreux que les riches, il convenait de se montrer pour ainsi dire plus persuasif quand on avait affaire aux riches. Il n'était pas nécessaire de préciser la nature d'une telle persuasion. On pouvait faire confiance à chaque collecteur pour imaginer les tactiques les mieux adaptées à la situation. Shalimar le clown, en tant que membre de l'équipe financière de son frère, et homme récemment éveillé à la rage et enclin aux mesures extrêmes, se prépara à menacer, trancher et incendier.

Toutefois, Abdullah et Firdaus Noman avaient élevé leurs fils afin qu'ils soient courtois en toutes circonstances, et bien que Shalimar le clown eût été possédé par un démon, ce n'était pas le cas de son frère Anees. Quand ils arrivèrent, au crépuscule, devant une vaste demeure en bordure de lac à l'extrémité de Srinagar dont l'allure sinistre entrait en parfaite résonance avec l'humeur d'Anees, la maîtresse de maison, une certaine Mme Ghani, les informa que son mari l'influent propriétaire n'était pas à la maison ; là-dessus Anees décida qu'il serait inconvenant pour une demi-douzaine d'hommes armés d'entrer dans la demeure d'une femme respectable alors que l'homme de la maison était absent, et il annonça que ses collègues et lui attendraient dehors le retour de son mari M. Ataullah Ghani. Ils attendirent quatre heures, accroupis devant l'entrée de service avec leurs fusils emmitouflés dans des écharpes, et Mme Ghani leur fit porter du thé et des en-cas. Finalement, Shalimar le clown perdit patience et fit part de son inquiétude. « Le niveau de risque est inacceptable, dit-il. Cette Ghani a eu de nombreuses fois l'occasion de téléphoner aux forces de sécurité. » Anees Noman cessa de sculpter des formes de hiboux dans le bois et leva un doigt sentencieux. « Si l'heure de mourir est venue pour nous, alors nous mourrons, répondit-il. Mais nous mourrons comme des hommes cultivés, pas comme des barbares. » Shalimar le clown s'enferma dans un silence maussade, tripotant le tranchant de sa lame enfouie dans les plis de son manteau. Le plus dur, pour devenir un combattant de la liberté, c'était d'accepter la supériorité de son frère cadet dans l'organisation.

Quatre heures et demie plus tard, M. Ghani revint chez lui et sortit fumer une cigarette pensive avec le comité financier installé sur les marches derrière la maison. « Cette maison, dit-il, appartenait à feu mon oncle paternel Ghani, le célèbre Andha Sahib, le philanthrope aveugle qui vécut jusqu'à l'âge avancé de cent un ans, Dieu soit loué, et qui est mort il y a juste trois ans. Peut-être avez-vous entendu parler de lui ? Sa vie personnelle fut une grande tragédie, une maigre récompense eu égard à sa générosité, car il a perdu sa fille bien-aimée, son unique enfant, laquelle est parti vivre au Pakistan et y a péri en 1965 suite au bombardement aérien indien pendant cette stupide guerre. Avant d'appartenir à Andha Sahib, cet endroit a été la résidence d'autres membres éminents de ma famille pendant encore cent un ans. Nous possédons une collection de peintures européennes de qualité. Il y a un tableau de Diane chasseresse qui est particulièrement réussi. Si vous désirez le voir, je me ferai un plaisir de vous guider. Et naturellement il y a mon épouse et il y a mes filles. Je vous remercie d'avoir respecté le caractère sacré de la maison et l'honneur de mes femmes. Pour vous exprimer ma gratitude, et en mémoire de Naseem Ghani, l'enfant de cette maison et ma cousine personnelle que les forces aériennes indiennes ont tuée au cours d'un bombardement dans sa propre cuisine de Rawalpindi le 22 septembre 1965, je vous promets la somme suivante, payable à intervalles trimestriels. »

La somme en question était si importante que les combattants de la liberté eurent du mal à rester impassibles. Il y eut des cris ahuris, étouffés par leurs bonnets de laine. Après cela, comme ils se retiraient dans les ombres, Shalimar le clown repensa avec honte à ses craintes premières, mais Anees Noman eut l'élégance de ne pas y revenir. « Srinagar ne ressemble pas à chez nous, dit-il. Il faut du temps pour connaître la région. Où est le soutien, où il n'est pas, où il a besoin d'un peu d'encouragement comme celui que tu as hâte de fournir. Tu t'y reconnaîtras bien assez tôt. »

Il n'était pas possible de rentrer à la maison. Un système de cantonnement était en vigueur. Les frères Noman logèrent temporairement dans une succession de familles qui parfois les accueillaient bien, parfois devaient être contraintes à abriter des hôtes potentiellement dangereux et les traitaient avec un mélange de colère et de peur, leur parlant à peine sauf quand c'était absolument nécessaire, enfermant à double tour leurs filles en âge de se marier, et envoyant leurs plus jeunes enfants vivre ailleurs en attendant que le péril soit passé. Anees et Shalimar le clown restèrent un temps chez une famille amicale qui travaillait dans les élevages de truites de Harwan, et avec des partisans passionnés dans l'industrie de la soie à Srinagar ; puis dans une maison hostile de *poney-wallahs* et d'ouvriers agricoles près de la célèbre source de Bawan, consacrée à Vishnu, avec son réservoir sacré grouillant de poissons affamés, et dans un campement encore plus menaçant de mineurs de calcaire près de la carrière de Manasbal, un bivouac qu'ils abandonnèrent après une seule nuit, tous deux ayant fait le même rêve, un cauchemar où on les tuait dans leur sommeil, où des hommes en colère leur écrasaient le crâne à coups de pierres. Ils dormirent pendant une saison dans un grenier, chez la famille d'un camionneur terrorisé à Bijbehara près du village touristique de Pahalgam. C'était le coin où l'espion Gopinath Razdan avait été assassiné quelques années plus tôt, après avoir ébruité l'histoire de la liaison entre Boonyi et Shalimar le clown. C'était donc une région que les Noman connaissaient déjà un peu. Shalimar le clown y ressentit bizarrement le mal du pays. Le flot rapide de la Liddar lui rappela celui de la plus modeste Muskadoon, et la belle prairie de montagne de Baisaran au-dessus de Pahalgam, où Razdan avait été tué, lui rappela le tapis de fleurs de Khelmarg, où son grand et mortel amour avait été consommé. Le démon en lui fut excité par le souvenir de son épouse infidèle, et de nouveau le meurtre remplit toutes ses pensées.

Un autre été, les frères résidèrent chez des gens chaleureux, les passeurs des tribus Hanji et Manji qui manœuvraient leurs embarcations dans la myriade de voies d'eau de la vallée, cueillant du *singhare*, ou châtaignes d'eau, sur le lac Wular, travaillant pour les marchés près du lac Dal, pêchant, draguant les rivières pour trouver du bois flottant. Quand un passeur prenait des passagers à son bord, les frères Noman s'entassaient à l'arrière de l'embarcation, leurs visages enveloppés dans des châles. D'autres fois, sur les gros bateaux, ils donnaient un coup de main et travaillaient aussi dur que leurs hôtes. Faire avancer à la perche un bateau charriant sept mille livres de céréales de lac en lac n'était pas une tâche aisée. La nuit, après une journée bien remplie, les frères se réunissaient avec les familles des passeurs dans le coin cuisine à l'extrémité d'un des gigantesques bateaux couverts et mangeaient des poissons épicés et des racines de lotus. Le passeur avec lequel ils restèrent le plus longtemps était le patriarche officieux de la tribu hanji, Ahmed Hanji, qui non seulement ressemblait à un prophète de l'Ancien Testament mais croyait que son peuple était le descendant de Noé, et que leurs bateaux étaient les enfants pygmées de l'Arche. « Un bateau est le meilleur endroit où se trouver en ce moment, philosophait-il. Un nouveau déluge se prépare, et Dieu seul sait combien d'entre nous périront noyés cette fois. »

« C'est le problème avec ce maudit pays, marmonna Anees Noman à son frère quand ils allèrent se coucher ce soir-là. Tout le monde est prophète. »

Tous les hommes du front de libération avaient peur presque tout le temps. Ils n'étaient pas en nombre suffisant, les forces de sécurité les traquaient, et dans chaque village couraient des histoires de familles exterminées parce que soupçonnées d'avoir accueilli des insurgés, des histoires qui faisaient qu'il était plus difficile de recruter de nouveaux membres ou d'obtenir le soutien et l'aide de la population effrayée et opprimée. *Azadi !* Le mot ressemblait à une chimère, à une fable pour enfant. Même les combattants de la liberté peinaient parfois à croire en l'avenir. Comment l'avenir pourrait-il commencer quand le présent étouffait tous et tout ? Ils redoutaient la trahison, la capture, la torture, leur propre lâcheté, la légendaire folie du nouvel officier responsable de toute la sécurité intérieure dans le secteur du Cachemire, le général Hammirdev Kachhwaha, l'échec, la mort. Ils redoutaient l'assassinat de leurs proches en représailles à leurs rares succès, un pont explosé, un convoi militaire touché, un officier de la sécurité notoire abattu. Ils redoutaient, par-dessus tout, l'hiver, quand leurs campements dans les hauteurs devenaient inutilisables, quand la route d'Aru qui traversait les montagnes devenait impraticable, quand leurs fournitures d'armes s'épuisaient, quand il n'y avait plus rien d'autre à faire qu'attendre de se faire arrêter, frissonner dans des mansardes sans amour, et rêver de l'inaccessible : les femmes, le pouvoir et la richesse. Quand Maqbool Butt lui-même fut arrêté et mis en prison, le moral tomba à zéro. L'ancien associé de Butt, Amanullah Khan, se retrouva en exil en Angleterre.

La résistance changea de nom et devint le FLJC, quatre initiales au lieu de cinq. « Front de libération du Jammu-et-Cachemire », sans le « national », mais cela ne changea rien. Les Cachemiriens d'Angleterre, à Birmingham, Manchester et Londres, pouvaient continuer de rêver à la liberté. Les Cachemiriens du Cachemire tremblaient, sans dirigeant et à deux doigts de la défaite.

*

Dans les récits anciens, l'amour rendait possible une sorte de contact spirituel entre des amants séparés depuis longtemps par la nécessité ou le hasard. A l'époque précédant les télécommunications, le véritable amour lui-même suffisait. Une femme laissée au foyer fermait les yeux et la puissance de son désir lui permettait de voir son homme sur son bateau dans l'océan, en train de combattre des pirates avec un coutelas et un pistolet, son homme dans le plus fort de la bataille avec son épée et son bouclier, se dressant victorieux parmi les cadavres sur quelque terre étrangère, son homme traverser un lointain désert dont les sables étaient en feu, son homme au milieu de pics montagneux, buvant la neige fondue. Tant qu'il vivait, elle le suivait dans son périple, connaissait son quotidien, heure par heure, ressentait son euphorie et son chagrin, combattait avec lui la tentation et avec lui se réjouissait de la beauté du monde ; et s'il mourait, une lance d'amour traversait le monde pour venir percer le cœur omniscient de cette femme qui attendait. Il en allait de même pour lui. Au milieu du désert torride, il sentait la fraîcheur de sa main sur sa joue et dans le feu de la bataille elle murmurait des mots d'amour à son oreille : *vis, vis*. Il connaissait également sa vie quotidienne, ses humeurs, ses maladies, ses travaux, sa solitude, ses pensées. Leur lien ne se romprait jamais. C'était là ce que disaient les histoires à propos de l'amour. C'était ce que les êtres humains savaient de l'amour.

Quand Boonyi Kaul et Shalimar le clown tombèrent amoureux l'un de l'autre, ils n'eurent pas besoin de lire des livres pour comprendre ce qu'il leur arrivait. Ils pouvaient se voir avec les yeux fermés, se toucher sans le moindre contact physique, entendre les mots doux de l'autre même quand aucun mot n'était prononcé, et chacun savait toujours ce que l'autre faisait et ressentait, même quand ils étaient chacun à un bout différent de Pachigam, ou dansaient ou cuisinaient ou jouaient loin l'un de l'autre dans des villes perdues et lointaines. Une voie de communication avait été alors ouverte, et bien que leur amour fût mort, la voie fonctionnait toujours, maintenue en existence par une sorte d'anti-amour, une force qu'alimentaient de puissants sentiments qui étaient les sombres opposés de l'amour ; sa peur à elle, sa colère à lui, le fait de savoir que leur histoire n'était pas finie, qu'ils étaient chacun le destin de l'autre, et qu'ils savaient tous deux comment tout cela finirait. La nuit, dans une masure, ou sur une couche de paille dans une grange de campagne puante, ou à bord d'un bateau qui tanguait, coincé entre des sacs de blé, Shalimar le clown allait en esprit à la recherche de Boonyi, il maraudait dans l'obscurité et la trouvait, et aussitôt les feux de sa propre colère se hérissaient et lui tenaient chaud. Il entretenait cette chaleur, les charbons ardents de sa fureur, comme dans un kangri collé contre sa peau, et même quand le combat pour la liberté semblait menacé, cette sombre flamme avivait sa volonté, parce que ses propres objectifs étaient personnels aussi bien que nationaux, et ne fléchiraient pas. Tôt ou tard, deux décès le libéreraient de son serment et rendraient possible un troisième. Tôt ou tard il retrouverait la trace de l'ambassadeur américain et son honneur serait vengé. Ce qui arriverait après ne comptait pas. L'honneur se situait au-dessus de toute le reste, au-dessus des vœux sacrés du mariage, au-dessus de l'injonction divine contre le meurtre de sang-froid, au-dessus de la décence, au-dessus de la culture, au-dessus de la vie elle-même.

Tu es là, lui disait-il chaque soir. *Tu ne peux m'échapper.*

Mais il ne pouvait pas non plus lui échapper. Il lui parlait en silence comme si elle était couchée à ses côtés, comme si son couteau était contre sa gorge et qu'il lui confessait ses secrets avant qu'elle les emporte dans la tombe, il lui disait tout, sur le comité de défense, les cantonnements, l'impuissance, la peur. Il s'avéra que la haine et l'amour n'étaient guère éloignés. Le degré d'intimité était le même. Les gens l'entendaient murmurer dans l'obscurité, ses compagnons de lutte et également ses hôtes, mais les mots demeuraient indéchiffrables, et de toute façon n'intéressaient personne, parce que tous les autres combattants murmuraient eux aussi, ils s'adressaient à leurs mères ou à leurs filles ou à leurs épouses et ils écoutaient leurs réponses. La furie meurtrière de Shalimar le clown, sa possession par un démon, brûlait férocement en lui et le poussait en avant mais dans les murmures de la nuit ce n'était qu'une histoire parmi d'autres, un petit conte particulier dans une foule de contes identiques, une minuscule portion de l'histoire non écrite du Cachemire.

Il disait : *Ne quitte pas cette cabane, le lieu de ton exil, ou tu me libéreras de mon serment et je reviendrai, je le saurai certainement et je reviendrai certainement.*

Elle disait : *Je resterai ici et j'attendrai et je sais que tu reviendras.*

Il disait : *Le temps terrible, l'intermède pendant lequel nous sommes tous morts à force de ne rien faire, arrive à son terme. Je vais traverser les montagnes. Me voici dans les montagnes. J'emprunte le col de Tragbal. Au-dessus de moi se dresse le puissant sommet de Nanga Parbat qui se voile la face dans les nuages de la tempête et crache des éclairs sur tous ceux qui osent passer devant lui. A l'autre bout des montagnes se trouve la liberté, la partie du Cachemire qui est libre. Gilgit, Hunza, le Baltistan. Nos lieux perdus. J'irai voir à quoi ressemble le Cachemire quand il sera libre, quand son visage ne sera plus voilé par les larmes.*

Il disait : *Je me suis disputé une fois de plus avec Anees. J'ai parlé de nos alliés pakistanais et je lui ai dit que je leur ferais confiance à eux et à notre dieu commun et il m'a traité de menteur et de putain qui veut se faire baiser par les deux bouts, par-derrière et par-devant en même temps. Il est très grossier en ce moment. Il est contre le Pakistan et ne veut pas parler de religion. Il m'a ri au nez quand j'ai parlé de ma foi et m'a dit que je ne savais pas ce qu'était la foi puisque j'étais déloyal envers mon frère. J'ai dit qu'il existait une allégeance supérieure et de nouveau il m'a ri au nez et m'a dit que je pouvais berner tout le monde mais que je ne pouvais pas lui faire croire que j'étais soudain devenu une sorte de fou de Dieu. Il parle comme un vieillard. Les anciennes façons de faire ne m'intéressent plus. Je veux chasser ces salauds de soldats, et l'ennemi de notre ennemi est notre ami. Il a dit non, l'ennemi de notre ennemi est aussi notre ennemi. Mais il sait aussi bien que moi que nombre de nos compagnons traversent les montagnes. Son propre patron l'a laissé tomber et est venu avec moi. Il est avec moi en ce moment. Je suis dans les montagnes en ce moment. J'ai laissé mon frère derrière moi mais je suis avec mes frères. Anees et moi nous nous sommes séparés en mauvais termes et je le regrette. Il dit qu'il sait qu'il ne vivra pas vieux mais qui a envie d'être vieux en enfer. Je porte des bottes en caoutchouc vert foncé et dedans j'ai enveloppé mes jambes dans une couverture de laine déchirée en deux. Je porte tout ce que j'ai pu trouver de chaud mais il n'y a pas de braises pour mon kangri. Ils m'ont donné un manteau et un pantalon en plastique pour mettre par-dessus. Derrière les montagnes il y a des camps d'entraînement. Derrière les montagnes il y a des camarades et des armes et de l'argent et un soutien politique. Derrière les montagnes je trouverai l'autre bout de l'arc-en-ciel.*

Il disait : *Nous sommes six à franchir le col. Le commandant invisible, le patron d'Anees, dit qu'il n'a pas de regrets. Nous avons laissé Anees derrière nous, l'avons laissé à ses façons de faire démodées, et faisons route vers l'avenir. L'insurrection est divisée; fort bien, elle est divisée. Nous nous rallions aux radicaux qui sont derrière les montagnes, le commandant invisible s'appelle Dar, mais il y a dix mille Dar au Cachemire. Il dit que sa famille était originaire de Shirmal. Je ne connais aucun Dar à Shirmal. Nous nous réinventons tous maintenant, nous n'avons plus besoin d'être nous-mêmes. Il a appris la cuisine, dit-il, mais il est avec la résistance quasiment depuis le début, presque depuis l'enfance. Il a appris tôt l'invisibilité et maintenant personne ne le voit à moins qu'il décide de se laisser voir. Je vois ses vêtements emmitouflés, ses lunettes de protection, le givre qui forme une croûte sur sa barbe. Son visage est un mystère. Il est plus jeune que moi, dit-il. Dans les montagnes les gens se confient entre eux. Nous nous murmurons nos mensonges secrets. Nous pouvons mourir à n'importe quel moment, du froid, d'une balle. D'une balle gelée. Je l'appelle Passage, Dar-waza, mets son nom à côté de son ancien métier et voilà ce que ces mots veulent dire. Je l'appelle Montagne Nue parce que comme le Nanga Parbat il ne montre jamais son visage. On dit que les rares jours où la montagne se dévoile elle est si belle qu'elle aveugle tous ceux qui la voient. Peut-être que mon Passage-Darwaza, mon chef Montagne Nue, est également un homme d'une rare beauté, dont la beauté aveugle. Quoi qu'il en soit, il sera ma porte sur un autre monde. Derrière les montagnes on m'entraînera et ma puissance sera augmentée. J'apprendrai les arts subtils de la duperie dont tu es déjà experte et je perfectionnerai l'art de la mort. Le temps de l'amour est passé. Nous pouvons mourir n'importe quand. Les troupes indiennes connaissent les itinéraires que nous empruntons et peut-être nous attendent-elles, embusquées. Nous entrons dans le cœur de l'hiver où seuls les fous s'aventurent parce qu'on ne les verra peut-être pas. Il fait trop froid. Il est impossible de traverser les montagnes. Nous traversons les montagnes. Nous sommes impossibles. Nous sommes invisibles et impossibles et nous traversons les montagnes pour trouver la liberté.*

Boonyi parlait toute seule elle aussi, elle évoquait les cols de montagne et le danger et le désespoir. Zoon Misri vint la voir et entendit son amie parler à voix basse du retour du mollah d'acier et de la survie des frères violeurs, et elle se mit à trembler. Le panier qu'elle avait apporté à Boonyi, plein de pains cuits et de kebabs enveloppés dans une serviette, tomba de sa main. Elle dévala la colline jusqu'à la maison de Pyarelal près de la rivière. « Plus elle reste là-haut dans la cabane de Nazarébaddoor, plus elle se met à ressembler à une vieille prophétesse folle du Gudjarat, dit-elle en pleurant. Sauf qu'elle se transforme en une Nazarébad qui jette des sorts, juste le mauvais œil sans le vœu de le voir disparaître. »

Pyarelal s'efforça de la consoler. « Les gens qui passent beaucoup de temps seuls commencent à parler à voix haute, dit-il. Ça ne veut rien dire. Elle ne s'en rend probablement pas compte. » Zoon continua de sangloter. « Non, elle est folle, elle est vraiment folle, insista-t-elle, sa langue déliée par l'émotion. Elle parle à Shalimar le clown comme s'il était assis à côté d'elle, lui parle de la façon dont il va la tuer – comme si c'était un chose sans importance, tu comprends ? – comme une confidence amoureuse, tu te rends compte ? – de doux petits riens sur la mort. *Hai-hai !* Elle demande où il va la poignarder en premier et combien de fois et tout ça – comment une personne peut-elle poser de pareilles questions et réagir comme si les réponses l'excitaient, comme si excuse-moi si c'était érotique ? – et maintenant elle s'est mise à dire des choses encore plus horribles, des choses qui causeront non seulement sa mort mais également la mienne. » De quelles choses s'agissait-il, voilà ce que Pyarelal essayait de découvrir, mais Zoon se contentait de secouer la tête et de pleurer. Il y avait des mots qu'elle ne pouvait pas prononcer, des noms qu'elle ne pouvait se résoudre à dire. *Les frères Gegroo sont vivants, ainsi que Bulbul Fakh.* C'était la phrase qui mettrait un terme à sa vie si elle la prononçait à Pachigam. Tant que cette phrase se contentait de flotter dans l'air de la cabane à flanc de colline d'une folle, il était possible pour Zoon Misri de survivre. « Je ne peux plus aller la voir, dit-elle à Pyarelal. Ne me demande pas pourquoi. C'est trop dangereux pour moi là-haut, c'est tout. »

*

Boonyi dit : « Ils ont traversé le col de Tragbal. Aucun soldat indien ne les attendait et ils sont passés sains et saufs. Des hommes viennent à leur rencontre et un de ces hommes est Maulana Bulbul Fakh. Le mollah d'acier les a placés sous sa protection. Il vit à Gilgit et prépare son retour triomphal. Les trois Gegroo sont avec lui. Ils étaient enfermés dans la mosquée de Shirmal comme Anarkali mais il y avait un passage secret exactement comme dans *Mughal-e-Azam*. Ils se sont échappés dans les bois et ont traversé les montagnes et attendu leur heure. »

Pyarelal lui demanda : « Comment sais-tu tout cela ? » C'était l'hiver, aussi étaient-ils assis devant le feu dans sa cabane. Les chèvres étaient dans la grange qu'il avait aidé à construire. Il entendait le tintement des clochettes de cuivre autour de leur cou. Sa fille était dans un état proche de la transe. Elle était à la fois ici dans la cabane et ailleurs. Elle entendait ce qu'il disait mais elle écoutait également ailleurs. Elle dit : « Mon mari me parle. Il a traversé les montagnes pour retrouver le mollah d'acier. Le mollah d'acier dit qu'on ne peut répondre à la question de la religion qu'en étudiant la condition du monde. Quand le monde est en pleine confusion, alors Dieu n'envoie pas une religion d'amour. Dans de tels moments, il envoie une religion martiale, il exige que nous chantions des hymnes guerriers et écrasions l'infidèle. Le mollah d'acier dit qu'à la racine de la religion est ce désir, le désir d'écraser l'infidèle. C'est la pulsion fondamentale. Quand l'infidèle a été écrasé alors peut-être peut-on aimer, bien que selon l'opinion du mollah d'acier ce soit d'une importance secondaire. La religion exige l'austérité et l'abnégation, dit Bulbul Fakh. Elle n'a pas de temps à consacrer à la douceur du plaisir ou à la faiblesse de l'amour. Dieu doit être aimé mais il s'agit d'un amour viril, d'un amour de l'action, pas d'une sotte affliction du cœur. Le mollah d'acier prêche à des centaines et des centaines d'hommes venus de tous les coins du monde. Ils se préparent à la guerre. »

Pyarelal demanda : « Comment ton mari te dit-il ces choses ? »

Elle répondit : « Il me parle comme tu me parles. Il est plein de désir et de mort. Quand le sarpanch et toi serez morts, il viendra ici pour venger son honneur.

– Cela fait donc partie des choses qu'il te dit ? eut besoin de savoir son père.

– C'est la raison pour laquelle nous pouvons parler, répondit-elle. C'est là notre lien qui ne peut être brisé. » Elle tomba sur le côté, inconsciente. Pyarelal la prit dans ses bras et la déposa doucement sur sa couche. « Alors je ne mourrai jamais, murmura-t-il à sa fille endormie. Je vivrai à jamais et il ne sera jamais délivré de son serment »

*

Ce n'est pas ainsi que devaient se passer les choses, à en croire l'ancien récit. Dans l'ancien récit, Sita la pure était kidnappée et Ram livrait bataille pour la reconquérir. Dans le monde moderne, tout avait été mis sens dessus dessous. Sita, ou plutôt Boonyi dans le rôle de Sita, avait librement choisi de s'enfuir avec son Ravan américain et était devenue de son plein gré sa maîtresse et lui avait donné un enfant ; et Ram – le clown musulman, Shalimar, jouant de travers le rôle de Ram – ne livrait aucune bataille pour la récupérer. Dans le vieux conte, Ravan mourait plutôt que de restituer Sita. Dans la version contemporaine expurgée, l'Américain s'était détourné de Sita et avait laissé la reine voler sa fille et renvoyer Sita chez elle dans la honte. Dans le conte ancien, quand Sita revint à Ayodhya après avoir défendu sa chasteté pendant ses années de captivité, Ram la renvoya en exil dans la forêt car son long séjour dans la demeure de Ravan avait rendu suspecte sa pureté aux yeux des gens ordinaires. Dans l'histoire de Boonyi, elle aussi avait été exilée dans la forêt, mais c'était les petites gens – son amie Zoon, son père, et même son beau-père – qui l'avaient aidée et lui avaient sauvé la vie, détournant le couteau vengeur de son mari, l'obligeant à prêter serment ; après quoi, et au mauvais moment, son mari était parti en guerre, et elle savait que pour lui la bataille était une forme d'attente, qu'il combattrait d'autres ennemis, tuerait d'autres adversaires, jusqu'à ce qu'il soit libre de revenir et de lui ôter sa vie d'infidèle.

Mais il y avait plus. C'était également une façon d'être avec elle. Pendant qu'il était loin, ses pensées revenaient à elle et ils pouvaient tout partager comme ils l'avaient fait autrefois. Et même si ses pensées étaient meurtrières, cette communion prolongée ressemblait souvent, ressemblait fortement, à ses yeux, à de l'amour. Tout ce qui restait entre eux était mort, mais l'ajournement de la mort était la vie. Tout ce qui restait entre eux était peut-être la haine, mais cette ardente haine-à-distance était sûrement aussi un des nombreux visages de l'amour, oui, son visage le plus laid. Elle commença à s'illusionner, croyant qu'elle pourrait gagner son pardon et récupérer son cœur. Dans le conte ancien, Sita avait invoqué les dieux pour défendre sa vertu, traversant un brasier et en émergeant indemne ; et elle avait demandé aux enfers de s'ouvrir pour qu'elle puisse quitter ce monde où son innocence ne suffisait pas, les grilles des enfers s'étaient ouvertes et elle s'était enfoncée dans les ténèbres. Si elle, Boonyi, mettait le feu à elle-même, aucun dieu ne la protégerait. Elle brûlerait et la forêt brûlerait avec elle. En conséquence, elle n'alluma aucun feu. Une fois, désespérée, elle demanda aux portes de l'enfer de s'ouvrir, à la terre de béer sous ses pieds, mais aucun abîme n'apparut. Elle était déjà en enfer.

*

Le mollah d'acier Maulana Bulbul Fakh était leur supérieur désigné. Son haleine était toujours l'haleine soufrée de dragon qui lui avait valu ce surnom puant, *fakh*, et il parlait toujours de sa façon heurtée, comme si la parole humaine lui était douloureuse, mais il était plus grand que dans le souvenir de Shalimar le clown, un géant d'un mètre quatre-vingts et quelques, également plus mince et plus beau qu'à l'époque de Shirmal. Etait-il possible qu'il ait grandi et embelli avec les années ? Quant au fait qu'il fût fait d'acier, c'était désormais indéniable. Il y avait des endroits sur ses tibias et ses épaules où les chocs de la vie avait arraché la peau protectrice et où le métal terne était devenu visible, endurci par la bataille, indestructible. Ces preuves d'une nature miraculeuse conféraient à Bulbul Fakh une grande autorité sur les campements situés derrière les montagnes. Il transportait en permanence un morceau de pierre de sel. « C'est du sel pakistanais, dit-il au commandant du front de libération et à ses hommes. Et nous l'emporterons au Cachemire quand nous irons le libérer. » Il enveloppa le sel dans un mouchoir vert et le rangea dans un sac. « Le vert est pour notre religion qui rend toutes choses possibles. Gloire à Dieu, dit-il. – Avec la bénédiction de Dieu », répondirent-ils.

Le mollah d'acier conduisit les islamistes-djihadistes jusqu'à un « campement avancé », connu sous le nom de CA-22, un poste de combat du centre Markaz Dawar pour les activités mondiales islamistes-djihadistes installé par l'ISI, les services secrets pakistanais. A cette époque reculée, CA-22 était une porcherie. Il n'y avait que peu de bâtiments pukka – les seuls dortoirs étaient des tentes rapiécées et crasseuses – et pas assez de nourriture ou de chauffage. Toutefois, il y avait des quantités ahurissantes d'armes disponibles, et il y avait du personnel ISI à disposition pour leur apprendre le maniement de ces armes, y compris un entraînement pour devenir tireur d'élite. Il y avait des stands de tir avec des cibles mobiles et des instructeurs qui poussaient les nouvelles recrues dans le dos ou faisaient bouger leurs coudes tout en leur ordonnant de tirer, et ils ne devaient pas rater leur cible, parce que c'était ça qu'on leur apprenait, atteindre une cible mobile quand on était déséquilibré. Chaque semaine, il y avait des séminaires et des entraînements en temps réel, sous la forme d'opérations éclairs de style guérilla de l'autre côté de la Ligne de contrôle. Il y avait une usine de bombes et un cours sur les techniques d'infiltration, et surtout il y avait la prière.

Les cinq prières quotidiennes dans le *maidan* du camp étaient obligatoires pour tous les combattants et le seul livre autorisé sur place – hormis les manuels d'entraînement – était le Coran. Entre les prières formelles, il y avait beaucoup de discussions sur Dieu, organisées par des étrangers parlant des langues que Shalimar le clown ne comprenait pas, et où seul le nom de Dieu ressortait. Maulana Bulbul Fakh était son guide pour les armes comme pour les étrangers. Mais avant qu'il soit prêt à s'embarquer dans la grande mission, sa conscience devait être modifiée. On demanda à Shalimar le clown de procéder à quelques révisions dans sa conception du monde. « Il n'est pas possible de viser juste, dit sèchement Bulbul Fakh, si la façon dont on voit les choses est faussée. »

L'idéologie était primordiale. L'infidèle, obsédé par les biens terrestres et la richesse, ne comprenait pas cela, il croyait que les hommes étaient avant tout motivés par leurs intérêts personnels, sociaux et matériels. C'était l'erreur commise par tous les infidèles, et également leur point faible, qui permettait de les vaincre. Le véritable guerrier n'était pas motivé en premier par les désirs terrestres, mais par ce qu'il croyait être vrai. L'économie n'était pas primordiale. L'idéologie était primordiale.

Le mollah d'acier se chargea de rééduquer tous les nouveaux venus. Il le faisait à la fois pour la révolution, et pour Dieu. Shalimar le clown s'asseyait sur un rocher au bord d'un torrent de montagne gelé et écoutait le mollah d'acier comme il avait autrefois écouté Pandit Pyarelal Kaul tout en désirant le simple bonheur du contact de Boonyi. Mais ce bonheur s'était révélé une illusion, une duperie, et le souvenir qu'avait Shalimar le clown d'avoir été trompé rendait les leçons du mollah d'acier plus faciles à accepter.

Tout ce qu'ils pensaient savoir sur la nature de la réalité, sur la façon dont fonctionnaient les choses et ce qu'elle étaient, était faux, leur expliqua le mollah d'acier. C'était la première chose que devait comprendre le véritable guerrier. – *Oui, pensa Shalimar le clown, c'est exact, tout ce que je croyais savoir d'elle était une erreur.* – Le monde visible, le monde de l'espace, du temps, de la sensation et de la perception dans lequel ils avaient cru vivre, était un mensonge. – *Oui, c'est cela.* – Tout ce qui semblait être n'était pas. – *Oui.* – En traversant les montagnes, ils avaient franchi un rideau et se tenaient désormais sur le seuil d'un monde de vérité, qui était invisible à la plupart des hommes. – *Merci mon Dieu, pensa Shalimar le clown. La vérité. Enfin. La vérité éternelle. La vérité qui ne deviendra jamais un mensonge.* – Dans le monde de la vérité, prêchait le mollah d'acier, il n'y avait pas de place pour la faiblesse, la tergiversation, ou les demi-mesures ; devant la puissance de la vérité, chaque genou devait plier, et alors la vérité vous protégerait. La vérité garderait votre âme sauve dans la paume de sa puissante main. – *Dans la paume de sa main.* – Seule la vérité peut être votre père à présent, mais par la vérité vous serez les pères de l'histoire. – *Seule la vérité peut être mon père.* – Seule la vérité peut être votre mère à présent, mais quand la vérité aura remporté sa victoire toutes les mères béniront vos noms. – *Seule la vérité peut être ma mère.* – Seule la vérité peut être votre frère, mais dans la vérité vous serez un frère pour tous les hommes. – *Seule la vérité peut être mon frère.* – Seule la vérité peut être votre épouse. – *Seule la vérité peut être mon épouse.*

Le temps lui-même était le serviteur de la vérité, leur dit le mollah d'acier. Des années pouvaient s'écouler en un instant, ou un moment pouvait être indéfiniment prolongé, si la vérité était mieux servie de cette façon. La distance, aussi, n'était rien au regard de la vérité. Un trajet d'un millier de kilomètres pouvait être accompli en une seule journée. Et si le temps et la distance pouvaient être bouleversés, si ces grandes choses étaient les disciples malléables de la vérité, alors ô combien plus malléable était l'âme humaine ! Si les prétendues lois de l'univers étaient une illusion, si ces fictions n'étaient rien d'autre que le tissu du voile derrière lequel la vérité était dissimulée, alors la nature humaine était également une illusion, et les désirs humains et l'intelligence humaine, le caractère humain et la volonté humaine, s'inclineraient tous devant les impératifs de la vérité une fois le voile ôté. Personne ne pouvait affronter la vérité nue, la défier, et survivre.

Les nouvelles recrues qui écoutaient le mollah d'acier sentirent leurs anciennes vies se racornir dans la flamme de sa certitude. Le commandant invisible qui se faisait appeler Dar de Shirmal bien qu'il n'y eût aucun Dar à Shirmal se leva d'un bond, jeta son bonnet genre passe-montagne, ses habits en plastique, son gilet de laine, ses bottes en caoutchouc, les bandes de couverture en laine qui enveloppaient ses pieds, son pull en V sans manches gris, son long kurta de laine kaki, ses chaussettes et ses sous-vêtements, et alla se planter devant Bulbul Fakh, nu et prêt à l'action. « Je n'ai pas de nom, s'exclama-t-il, sinon celui de la vérité. Je n'ai pas de visage sinon le visage que tu m'as choisi. Je n'ai pas de corps sinon celui qui mourra pour la vérité. Je n'ai pas d'âme sinon l'âme qui appartient à Dieu. » Le mollah d'acier s'approcha de lui et, doucement, comme l'aurait fait un père, l'aida à se rhabiller. « Ce guerrier, annonça tendrement Bulbul Fakh quand l'homme que Shalimar le clown considérait comme Montagne Nue fut de nouveau habillé, a jeté les habits du mensonge et revêtu ceux de la vérité. Il est prêt pour la guerre. »

En voyant le commandant invisible nu, Shalimar le clown avait compris combien il était jeune : probablement à peine dix-huit ou dix-neuf ans, assez jeune pour être prêt à se fondre dans une cause, assez jeune pour devenir une feuille blanche sur laquelle un autre homme pouvait écrire. Pour Shalimar le clown, l'abnégation totale de la personnalité était une exigence plus problématique, un point de désaccord. Il était une partie, il voulait faire partie de la guerre sainte, mais il avait également des affaires privées à régler, des serments personnels à honorer. La nuit, le visage de sa femme emplissait ses pensées, et derrière lui le visage de l'Américain inconnu. Renoncer à lui-même serait renoncer également à eux ; il s'aperçut qu'il ne pouvait ordonner à son cœur de libérer son corps.

« L'infidèle croit au caractère immuable de l'âme, dit Bulbul Fakh. Mais nous, nous croyons que toutes choses vivantes peuvent être transformées afin de servir la vérité. L'infidèle dit que la personnalité d'un homme décidera de son destin ; nous disons que le destin d'un homme façonnera sa personnalité. L'infidèle prétend que l'image du monde qu'il dessine est une image que nous devons tous reconnaître. Nous disons que cette image ne signifie rien pour nous, car nous vivons dans un monde différent. L'infidèle parle de vérité universelle. Nous savons que l'univers est une illusion et que la vérité se trouve au-delà de l'illusion, là où ne peut la voir l'infidèle. L'infidèle croit que le monde lui appartient. Mais nous le chasserons de ses forteresses, nous le jetterons dans les ténèbres, nous vivrons au paradis et nous nous réjouirons quand il plongera dans la fournaise. »

Shalimar le clown se leva et déchira ses vêtements. « Prends-moi ! s'écria-t-il. Vérité, je suis à ta disposition ! » Il était un acteur chevronné, un comédien de premier ordre dans la meilleure troupe de bhand pather de la vallée, et donc naturellement il pouvait rendre ses gestes plus convaincants, et rendre plus crédible son voyage vers la nudité qu'un jeune de dix-huit ans. Il arracha sa chemise et exprima son acceptation – « Je me purifie de tout sauf de la lutte ! Sans la lutte je ne suis rien ! » Il renchérit – « Prends-moi ou tue-moi sur-le-champ ! » et ôta ses sous-vêtements. Sa déclaration enflammée fit grande impression sur le mollah d'acier. « Nous savions que ceux qui ont décidé de faire en hiver la pénible ascension du col de Tragbal ont obéi à une force intérieure, dit-il. Mais en toi le désir brûle plus ardemment que je ne le pensais. » Il aida Shalimar le clown à se rhabiller. Shalimar le clown se prosterna alors aux pieds de Bulbul Fakh, et crut presque à sa propre performance, crut presque qu'il n'était plus ce qu'il était et pouvait réellement laisser le passé derrière lui.

Mais plus tard le même jour il fut accosté à la table du mess par un petit homme d'allure extrême-orientale, au visage étrangement innocent, la quarantaine mais qui en faisait plutôt trente, un homme qui semblait briller d'une sorte de lueur intérieure démente, et qui parlait un hindi bancal. Le petit homme demanda poliment : « D'accord ? je m'assois ? D'accord ? » Shalimar le clown haussa les épaules et le petit homme s'assit. « Moro, dit-il, en tapotant sa poitrine. Musulman philippin. De Basilan, Mindanao. Vous pouvez dire ça ? » Shalimar le clown répéta : « Basilan, Mindanao », dit-il. Le petit homme applaudit. « Etais pêcheur là-bas, fils de pêcheur, dit-il. Janjalani, Abdurajak Abubakar. Ça aussi vous pouvez dire ? – Janjalani, répéta Shalimar le clown. – Pas pêcher longtemps. Poisson puer. Poisson pourrit par la tête. Etat philippin pue comme poisson pourri. Rejoint le Front Moro de libération nationale, dit Janjalani dans son hindi déficient. Mais suis parti. Rejoint le Tabligh al-islamique, bon mouvement. Argent d'Arabie Saoudite, aussi Pakistan. M'envoie à l'école Asie de l'Ouest. C'est, comme vous dites, Orient Moyen. » Shalimar le clown tordit la bouche pour montrer qu'il était impressionné. « Vous êtes loin de chez vous, dit-il. – Etudier. Apprendre, dit le petit homme. Arabie Saoudite. Libye. Afghanistan. Etudier à la Base. Vous connaissez la Base ? Frère Ayman, frère Ramzi, Sheik Ousama. Appris plein bonnes choses. Fusil d'assaut, j'apprends. Embuscade j'apprends. Apprendre aussi kidnapper. Extorsion, bombe, assassinat. Combattre Russes, tuer Russes. Bonne éducation. » Il rit de bon cœur. « Connaissance dans le caractère des gens, j'ai déjà. Aussi je vois dans vous, monsieur. Je vois dans vous comme dans fenêtre. Vous pas être homme de Dieu. » Le corps de Shalimar le clown se raidit et il calcula la vitesse à laquelle il pouvait sortir son couteau et attaquer si ça s'avérait nécessaire. « Non, non, monsieur, répondit le petit homme en feignant la panique. Allons, allons. Moi être ici en simple observateur. Statut non-combattant. Ha ! Ha ! Grand respect, allons. Homme de Dieu à sa place, tueur combattant à sa place. Homme de Dieu inspire. Homme de guerre aussi. Combinaison de personnes dans le style Bulbul Fakh très rare. Vous pas personne combinaison je pense. Vous jouer personne combinaison pour faire plaisir à Bulbul acier mais en vrai vous être tueur combattant. Pas de problème. Moi être personne combinaison comme Bulbul, pareil pareil. Combattant, aussi *ustadz*. Prêcheur. C'est destin à moi. »

L'histoire de chacun faisait partie de l'histoire de tous. Dans le camp avancé 22, Shalimar le clown se lia d'amitié avec le petit homme lumineux qui avait combattu avec les Afghans et al-Qaeda contre l'Union soviétique, qui avait accepté l'aide américaine mais qui détestait les Etats-Unis parce que les soldats américains avaient jadis soutenu l'installation des catholiques à Mindanao contre les vœux des musulmans locaux. La population musulmane majoritaire – sept millions de personnes – avait été repoussée dans des zones de plus en plus étroites pour faire de la place. A Basilan, la petite île située au sud-ouest de l'île principale de Mindanao, il régnait une misère noire et la loi des armes avait commencé à faire rage. Les chrétiens contrôlaient l'économie et les musulmans étaient réduits à la pauvreté. « Dans les années soixante-dix grosse guerre. Cent mil', cent vingt mil' morts. Puis accord de paix, puis scission FMLN, FMLN-FMLI, puis de nouveau combat. Déteste gouvernement philippin. Déteste aussi Etats-Unis. Ambassadeur secret US venir à la base pour donner armes et soutien. Je retiens mon feu mais dans mon cœur j'ai envie de tuer cet homme. » Quand Shalimar le clown entendit le nom de l'ambassadeur, il se redressa d'un bond à la table du réfectoire. « Abdurajak, mon ami, dit-il, la voix toute tremblante suite à cette découverte, je veux moi aussi tuer cet homme.

– Dis-moi si je peux t'aider », répondit le révolutionnaire philippin.

*

Désormais il lui arrivait de ne plus entendre sa voix pendant des semaines, voire des mois. La nuit, elle le cherchait mais ne trouvait que le vide. Il était hors de sa portée et elle se contentait d'attendre qu'il vienne, sans savoir si elle voulait qu'il revienne pour qu'elle puisse entretenir son rêve d'une fin heureuse, ou si elle souhaitait qu'il soit mort parce que sa mort la libérerait. Mais il finissait toujours par revenir, et quand il revenait on aurait dit qu'il ne s'était écoulé dans sa vie qu'une seule nuit, ou au maximum deux ou trois. Des années entières de sa vie à elle disparaissaient mais dans l'endroit d'où il l'appelait le temps s'écoulait à une vitesse différente, l'espace autour de lui prenait une forme différente. Elle ne savait pas comment lui dire tout ce qui se passait à Pachigam. Le temps faisait défaut. Mais il semblait de plus en plus ne vouloir que lui envoyer le message de lui-même, au sujet du feu qui continuait à brûler en lui, et la seule question à laquelle il exigeait une réponse était la vieille question macabre : sont-ils enfin morts ? Mais Abdullah Noman et Pyarelal Kaul étaient vivants, même si les ans défilaient également pour eux à grande vitesse. Dans son temps à lui, il n'aurait pas longtemps à attendre.

*

Les Russes étaient en Afghanistan et du coup de nombreux Afghans avaient fui au Pakistan, on en trouvait même dans le camp avancé 22, dans le secteur « libre » – azad – du Cachemire. En dépit du grand nombre de réfugiés vivant dans des camps vastes comme des villes dans le nord-ouest pakistanais, les Afghans n'étaient pas pauvres. Il y avait d'immenses champs de pavots à proximité des camps et les chefs des réfugiés se firent une place dans le marché de l'opium, grâce à l'or et aux bijoux qu'ils avaient emportés avec eux et en recourant à la menace et aux armes. Quand ils eurent pris le contrôle des champs de pavots, ils instituèrent un système de double récolte afin de pouvoir produire autant d'héroïne que d'opium. L'héroïne rapportait suffisamment pour soudoyer les autorités pakistanaises et entretenir les camps de réfugiés. Les autorités faisaient mine de ne pas voir ce qui se passait dans les champs de pavots car ce trafic évitait que les réfugiés deviennent un fardeau pour l'Etat, et en outre il y avait les pots-de-vin, qui étaient substantiels.

Les Afghans avaient leurs propres combattants de la liberté, et les Etats-Unis décidèrent d'aider ces combattants dans la lutte contre leur grand ennemi, qui avait occupé leur pays. Les agents en place – les agents de la CIA, et des Unités spéciales et du Contre-Terrorisme – prirent l'habitude de désigner ces combattants sous le nom de Muj, un mot mystérieux et excitant qui dissimulait le fait que le mot *moudjahid* voulait dire la même chose que le mot *djihadi*, à savoir « guerrier saint ». Les armes, les couvertures et l'argent liquide affluèrent dans le nord du Pakistan, et une partie de cette aide parvint jusqu'aux Muj. L'essentiel était englouti par les marchés d'armes de la zone frontalière, et une partie arrivait jusqu'au Cachemire azad. Au bout d'un temps, les combattants réunis au Cachemire sous contrôle pakistanais se mirent à s'appeler entre eux les Muj cachemiriens. L'ISI leur fournit des missiles puissants à longue portée qui étaient au départ destinés au front afghan, mais qui avaient malheureusement été détournés en chemin. D'autres armes de pointe commencèrent également à apparaître au CA-22 : des lance-grenades automatiques d'origines chinoise et soviétique, des paniers à roquettes avec dispositif de mise à feu alimenté par énergie solaire qui permettaient des tirs de barrage à retardement, des mortiers de 60 mm. Par la suite, des missiles Stinger, des SAM, furent également mis à disposition des Muj cachemiriens. Ces derniers passaient l'essentiel de leurs journées à apprendre le maniement des armes. L'instructeur en chef était un Afghan, un compagnon de guerre du Philippin Janjalani, un guerrier à turban noir originaire de Kandahar qui se faisait appeler simplement Talib, autrement dit l'« étudiant ». Le mot désignant le savoir était *taleem.* Ceux qui acquéraient un savoir étaient des étudiants : des *taliban.* Talib l'étudiant était une sorte de mollah ou, du moins, avait reçu un enseignement dans une école religieuse, une madrasa. Mais, comme le mollah d'acier Bulbul Fakh, il ne cita jamais le nom de son séminaire. Talib l'Afghan avait perdu un œil au combat et portait un cache noir. En conséquence, il avait été temporairement rappelé du front, mais il était résolu à y retourner dès que possible. « En attendant, disait-il, l'œuvre de Dieu peut être accomplie ici aussi. »

L'unique œil de Talib l'Afghan sonda Shalimar le clown et parut lire dans ses pensées, parut voir le simulateur en lui comme l'avait fait Janjalani, ce secret muet, interdit. Janjalani comprenait ses raisons mais Shalimar le clown avait peur que Talib, lui, ne les comprenne pas. Il se faisait l'effet d'un imposteur et redoutait en permanence d'être démasqué. Il n'avait pas renoncé à son moi comme on le lui avait demandé, il l'avait caché profondément sous une fausse abnégation. C'était son plus grand rôle. Il avait ses propres objectifs et n'y renoncerait pas. *Je suis prêt à tuer, mais je ne suis pas prêt à cesser d'être moi-même*, se répétait-il souvent en son for intérieur. *Je tuerai volontiers, mais je ne renoncerai pas à moi.* Mais ses objectifs n'existaient pas officiellement, pas dans cet endroit dangereux. « Tu a été un acteur, lui dit Talib l'Afghan avec mépris dans un mauvais ourdou, avec un accent prononcé. Dieu crache sur les acteurs. Dieu crache sur la danse et le chant. Peut-être que tu joues la comédie maintenant. Peut-être que tu es un traître et un espion. Tu as de la chance que ce ne soit pas moi qui dirige ce camp. J'ordonnerais immédiatement l'exécution de tous les amuseurs. Dieu crache sur la danse et le chant. Dieu crache sur le divertissement. J'ordonnerais également l'exécution des dentistes, des enseignants, des sportifs et des prostituées. Dieu crache sur l'intellectualisme, la licence et les jeux. Si tu tiens le lance-roquettes comme ça tu te casseras l'épaule. Voilà comment on s'y prend. »

Shalimar le clown crut au début qu'il comprenait la rage de Talib n'a-qu'un-œil, crut que c'était la colère du guerrier blessé écarté du combat, de l'homme d'action contraint d'enseigner. Plus tard, il révisa cette opinion. La colère de Talib n'était pas un effet secondaire. C'était sa raison d'être. L'époque qui s'annonçait était une époque de rage, et seul un enragé pourrait la façonner. Talib l'Afghan ne faisait qu'un avec sa colère. C'était un étudiant, un étudiant de la colère. Il méprisait tous les autres enseignements mais il était doué dans les arts de la colère. Elle avait brûlé en lui et maintenant voilà tout ce qui restait : la rage, et son attachement à Zahir, le garçon qu'il avait emmené avec lui de Kandahar, son protégé, disciple et amant. Un guerrier de Kandahar, tel un ancien Grec, prenait un garçon pendant un temps, faisait de lui un homme, puis le laissait partir. Le jeune Zahir dormait dans la tente de Talib, veillait sur ses armes et s'occupait de ses besoins nocturnes normaux. Mais ce n'était pas de l'homosexualité. C'était de la virilité. Talib l'Afghan était partisan de l'exécution des homosexuels, ces efféminés contre nature sur lesquels Dieu expectorait avec le plus de violence.

Shalimar le clown noua une sorte d'amitié avec Zahir, qui paraissait souvent seul et effrayé, et dont le besoin de se confier était grand. Zahir parlait de Kandahar, des siens et de ses amis, de son école fermée, détruite, de sa passion pour le cerf-volant et les chevaux, des effusions de sang et des morts qu'il avait vus. Ce fut grâce au jeune Zahir que Shalimar eut, par le plus pur des hasards, des nouvelles de l'homme qu'il désirait tuer plus que n'importe quel autre homme sur terre. « Les Américains nous donnent des armes pour tuer les Russes, dit Zahir. Ainsi, même l'infidèle peut en venir à accomplir l'œuvre de Dieu. Ils envoient leurs émissaires pour traiter avec nous et nous considèrent comme des alliés. C'est amusant. » L'ambassadeur Max Ophuls, qui à cette époque aidait les activités terroristes tout en se considérant comme un ambassadeur du contre-terrorisme, avait été chargé des rapports avec la branche des Muj de Talib l'Afghan. Un tigre bondissait en Shalimar le clown chaque fois qu'il entendait ce nom, et le remettre en cage n'était pas aisé. L'œil unique de Talib aurait pu voir ce bond et nourrir aussitôt des soupçons, mais le jeune Zahir était trop absorbé par le passé pour voir ce qui se passait sous son nez.

Nos vies se touchent à nouveau, dit en silence Shalimar à l'ambassadeur. *Peut-être l'arme que je tiens a-t-elle été introduite dans cette région par tes soins. Peut-être qu'un jour elle sera dirigée vers toi et fera feu.* Mais il savait qu'il n'abattrait pas l'ambassadeur. Son arme de choix avait toujours été le couteau.

Il était prêt à livrer bataille. L'hiver se dissolvait dans le printemps et les sentiers de montagne devenaient praticables. Les bases avancées se remplissaient d'hommes. Le CA-22 grouillait de combattants semblables à des chiens d'attaque grondant et bavant qui tiraient sur leurs laisses. De nouveaux groupes apparaissaient chaque jour, du moins on l'aurait dit : Harakats, Lashkars, Hizbs de ceci ou cela, du martyre, de la foi ou de la gloire. On racontait qu'Amanullah Khan avait quitté l'Angleterre et était arrivé au Pakistan pour assurer le commandement du FLJC. Shalimar le clown vaquait à ses occupations quotidiennes – gymnastique, entraînement du commando, maniement des armes – et se demandait quel effet cela ferait de tuer un homme. Puis le mollah d'acier lui demanda s'il voulait aller à l'étranger.

*

Le poids de sa fille perdue se faisait encore violemment sentir presque tous les jours, et tandis que sa fille grandissait dans cet autre monde auquel Boonyi l'avait livrée, ce poids augmentait. Désormais, quand Boonyi pensait à Kashmira, c'était comme si une maison l'écrasait. C'était comme si la force de gravitation de la terre augmentait, l'entraînant vers le bas. La pression sur sa poitrine était si grande que ses poumons pouvaient à peine fonctionner. Si tu comptes me tuer, mon mari, pensait-elle, rentre et agis vite, sinon ma fille, dont je ne connais pas le nom, dont je ne peux pas voir le visage, te battra d'une longueur. Mais son mari ne revint pas la voir avant longtemps. Quand enfin il revint, il y avait d'étranges mots dans ses messages, des noms d'endroits dont elle connaissait à peine l'existence : Tadjikistan, Algérie, Egypte, Palestine. Quand elle entendit ces noms, elle sut seulement que l'ancien Shalimar était mort. A sa place, portant son nom, se dressait une nouvelle créature, baignée d'étrangeté, et tout ce qui restait de Shalimar le clown était un désir meurtrier. Elle renonça à son rêve d'une fin heureuse et attendit son retour.

*

Et soudain il eut quarante ans. Endurci par la bataille, il n'avait plus besoin de se demander à quoi pouvait ressembler le meurtre. A un coin de rue devant un parking, quelque part en Afrique du Nord, un agent du FIS avait donné quelques dinars à un vendeur de cigarettes pour qu'il lui laisse son plateau et s'absente pendant une heure. Puis on l'avait fait venir. Shalimar le clown était rasé de près et portait des vêtements occidentaux ; un barbu en *khamis* qui sentait le musc lui passa la sangle du plateau autour du cou et laissa dessus un pistolet enveloppé dans un linge blanc puis disparut. Shalimar le clown se sentit étrangement puissant, il avait l'impression d'être Superman, parce qu'ils avaient planté une aiguille dans son bras et injecté dedans un liquide d'un blanc cassé. Il ne parlait pas la langue des gens pour lesquels il allait tuer, mais Talib avait envoyé le jeune Zahir pour lui servir d'interprète. Talib lui expliqua que le jeune Zahir parlait parfaitement l'arabe et qu'il était temps qu'il devienne un homme. Ils avaient montré à Shalimar le clown la photo d'un homme et l'avaient conduit ici dans une camionnette sans fenêtre puis lui avaient fait une piqûre et l'avaient déposé dans la rue avec l'arme. Dans la camionnette, le jeune Zahir avait traduit ce que disait le barbu. L'homme qu'il allait tuer était un impie, un écrivain blasphémant Dieu, qui parlait le français et avait vendu son âme à l'Occident. Il ne devait pas poser de questions. C'était un travail facile.

Shalimar le clown était posté au coin de la rue, entouré d'Arabes, et quand des hommes venaient lui acheter des cigarettes le jeune Zahir faisait le travail et Shalimar le clown souriait bêtement en désignant ses oreilles et sa bouche ouverte, pour dire *Je suis sourd et muet, je ne peux pas vous parler, je n'ai aucune idée de ce que vous dites*. Puis l'homme sur la photographie apparut, avec des lunettes de soleil aux verres teintés en bleu, une chemise blanche ouverte, un pantalon crème, un journal plié à la main. L'homme se dirigea d'un pas rapide vers le parking et Shalimar le clown ôta son plateau de vendeur, s'empara du linge avec la main gauche mais n'en sortit pas l'arme parce qu'il voulait savoir quel effet ça ferait quand il placerait la lame du couteau contre la peau de l'homme, quand il presserait l'horizon affûté et rutilant du couteau contre la frontière de la peau, violant la souveraineté d'une autre âme humaine, allant au-delà du tabou, droit vers le sang. Quel effet ça ferait quand il trancherait la gorge de ce salaud pour que sa tête parte en arrière et de côté et que le sang jaillisse comme un arbre. Quel effet ça ferait quand le sang coulerait sur lui. Il s'écarterait du cadavre, dominerait cette chose tremblante et inutile, ce bout de viande mis à mal. Zahir arriva en courant, la camionnette sans fenêtre déboula au coin de la rue et l'homme qui sentait le musc le tira à l'intérieur, claqua la portière, la camionnette s'éloigna rapidement pendant que l'homme qui sentait le musc lui gueulait dessus un très long moment. Le jeune Zahir traduisit : « Il dit que tu es fou. L'arme avait un silencieux et aurait été rapide et propre. Tu as désobéi aux ordres et il devrait te tuer pour ça. » Mais Shalimar le clown ne fut pas tué. Le jeune Zahir traduisit ce que l'homme qui sentait le musc dit après qu'il se fut calmé. « Pour un homme comme toi, un crétin complètement fêlé, il y aura toujours plein de travail. »

Il connaissait donc la réponse à sa question et avait appris quelque chose de nouveau sur lui-même. Les années passèrent et effectivement il y eut plein de travail. Il devint une personne de valeur et d'importance, comme le sont les assassins. Il avait cinq passeports différents, parlait correctement l'arabe, le français de base et un mauvais anglais, et s'était ouvert des voies, des voies dans le monde réel, le monde invisible, qui le conduiraient où il avait besoin d'aller quand viendrait l'heure de l'ambassadeur. Il repensa à son père lui apprenant à marcher sur un fil, et s'aperçut qu'emprunter les chemins secrets du monde invisible était exactement la même chose. Les voies étaient de l'air condensé. Une fois que vous aviez appris à les utiliser vous aviez l'impression de voler, comme si le monde illusoire où la plupart des gens vivaient disparaissait et que vous voliez dans les cieux sans même avoir besoin de monter à bord d'un avion.

Le CA-22 avait changé quand il y revint : plus grand, plus solide. Il ne ressemblait plus à un repaire de brigands. De nombreuses maisons en bois avaient été construites, et des baraquements préfabriqués avaient été installés. Talib l'Afghan avait repris du service dans l'armée et le jeune Zahir était parti lui aussi. Maulana Bulbul Fakh était là, toutefois, et il accueillit Shalimar le clown avec ces mots : « Tu arrives juste à temps. Le soulèvement approche. » Il avait été absent trop longtemps. Sheikh Abdullah, le Lion du Cachemire, était mort depuis cinq ans. Il y avait eu des affrontements entre Indiens et Pakistanais sur le glacier de Siachen, à six mille mètres au-dessus du niveau de la mer. Mais ce furent les élections qui changèrent tout. On était en 1987, et le gouvernement indien avait organisé une consultation au Cachemire. Farooq Abdullah, le fils du Sheikh, était le candidat de choix du gouvernement. Le parti de l'opposition, le Front uni musulman, désigna comme candidat un certain Mohammad Yousuf Shah, décrit par le général Hammirdev Kachhwaha comme « le militant le plus recherché » par le gouvernement. Officieusement, alors que les résultats étaient connus, il devint évident que c'était le mauvais homme qui allait l'emporter. Aussi l'élection fut-elle truquée. Les partisans et les agents électoraux du FUM furent arrêtés et torturés. Mohammad Yousuf Shah passa dans la clandestinité, et comme Syed Salahuddin devenait le chef du groupe militant Hizb-ul-Mujaheddin, ses plus proches aides, le groupe HAJY (Abdul *H*amid Shaikh, *A*shfaq Majid Wani, *J*aved Ahmed Mir et Mohammad *Y*asin Malik) franchit les montagnes et rejoignit le FLJC. Des milliers de jeunes hommes auparavant respectueux de la loi prirent les armes et rejoignirent les militants, désillusionnés par le processus électoral. Le Pakistan était généreux. Il y avait des AK-47 pour tout le monde.

Abdurajak Janjalani était rentré chez lui et avait mis sur pied un nouveau groupe, les « Frères de l'Epée », ou faction Abu

Sayyaf. Il avait souvent parlé de ce projet, et plus d'une fois tenté de recruter Shalimar le clown. « Frères venus de partout, avait-il dit. Tu vas voir. Ce sera le triomphe pour notre internationale. » Voyant que Shalimar le clown avait d'autres choses en tête, Janjalani n'avait pas insisté, mais lui avait assuré qu'il y aurait toujours une place pour lui dans la lutte. « Si tu veux venir à Basilan, dit-il, cette personne, appelle-la. Tout réglé très vite et bien. Frère Ramzi venir. Il y a très beaucoup argent. » Le nom sur le bout de papier ne signifiait rien pour Shalimar le clown mais quand les Frères de l'Epée firent rapidement la une avec une campagne d'attentats à la bombe et de kidnappings avec demandes de rançon, les réseaux visibles et invisibles du monde se mirent à bourdonner et divers noms firent alors surface, comme celui de Mohammed Jamal Khalifa, un cousin du cheikh Ousama qui dirigeait un grand nombre d'organismes de bienfaisance islamiques dans le sud des Philippines et dont on parlait comme du principal financier du nouveau groupe. Le président libyen, Kadhafi, condamna Abu Sayyaf mais les organismes de bienfaisance libyens dans le sud des Philippines furent également soupçonnés d'être d'éventuelles filières pour l'argent de l'Etat libyen. De même, les noms de certaines personnalités malaisiennes se mirent à revenir dans la même phrase que les mots « Abu Sayyaf ». Le nom et le numéro de téléphone qui figuraient sur le bout de papier de Shalimar le clown étaient tous deux malais, mais aucun des deux n'apparut dans la presse. Bien sûr, le bout de papier avait existé pendant moins d'une heure. Shalimar le clown avait mémorisé le nom et le numéro puis il avait brûlé le papier.

Les frères Gegroo étaient partis, eux aussi. Les idées nationalistes séculaires des militants du FLJC ne leur avaient jamais plu, et l'instructeur Talib les avait orientés (avant de partir lui aussi) en direction du plus « afghan » des nouveaux groupes, le Lashkar-e-Pak ou Armée des Purs. Le LeP avait des buts moraux autant que politiques. Un mois avant que Shalimar le clown ne revienne au CA-22, les Gegroo avaient pris part à un raid du LeP sur le village de Hast dans le district de Rajouri du Jammu-et-Cachemire. Des affiches du LeP étaient apparues dans le village, ordonnant à toutes les femmes musulmanes de revêtir le burkha et de respecter les principes vestimentaires et les règles du comportement établis par les Taliban en

Afghanistan. Les Cachemiriennes n'avaient pas l'habitude du voile et ignorèrent cette injonction. La nuit en question, le groupe du LeP, au nombre duquel les Gegroos, usa de représailles. Ils firent irruption dans la maison de Mohammed Sadiq et tuèrent sa fille âgée de vingt ans, Nosen Kausar. Dans la maison de Khalid Ahmed, ils décapitèrent Tahira Parveen, vingt-deux ans. Chez Mohammed Rafiq, ils tuèrent la jeune Shehnaaz Akhtar. Et ils décapitèrent Jan Begam, quarante-trois ans, dans son propre logis.

Dans les mois qui suivirent, le LeP se montra encore plus audacieux et commença à agir à Srinagar. Les enseignantes furent aspergées d'acide parce qu'elles n'avaient pas respecté le code vestimentaire islamique. Des menaces furent proférées et des ultimatums prononcés, et de nombreuses Cachemiriennes revêtirent, pour la première fois, le voile que leurs mères et leurs grands-mères avaient toujours fièrement refusé. Puis, à l'été 87, les affiches du LeP apparurent à Shirmal. Les hommes et les femmes ne devaient plus s'asseoir ensemble pour regarder la télévision. Il s'agissait d'une pratique obscène et licencieuse. Les hindous ne devaient pas s'asseoir avec les musulmans. Et bien sûr toutes les femmes devaient immédiatement porter le voile. Hasina Yambarzal fut outrée. « Arrachez toutes ces affiches et annoncez la séance télé comme d'habitude, ordonna-t-elle à ses fils. Je n'ai pas l'intention de regarder mes programmes télé par un trou dans une minitente pour femmes, pas plus que je n'ai l'intention d'être “ libérée ” dans une autre sorte de prison. »

Le dernier spectacle jamais donné par les bhands de Pachigam eut lieu l'année suivante, au début de la saison touristique, le jour où commença l'insurrection nationale. Abdullah Noman, à l'âge avancé de soixante-seize ans, conduisit sa troupe d'acteurs dans un auditorium de Srinagar pour jouer devant les Indiens de la vallée et les visiteurs étrangers, desquels dépendait l'économie. Ses vedettes étaient parties. Il n'y avait pas de Boonyi pour danser Anarkali et foudroyer le public de sa beauté, pas de Shalimar le clown au talent vertigineux sur une corde tendue sans filet, et quant à lui il s'aperçut qu'il était très douloureux de dégainer et brandir une épée royale avec ses mains infirmes. Les jeunes d'aujourd'hui avaient d'autres centres intérêts et on devait les obliger à jouer. La raideur morne de ces jeunes acteurs était une insulte à l'art ancien. Abdullah les regardait répéter, la mort dans l'âme. C'étaient des bouts d'allumettes cassées qui feignaient d'être de puissants arbres. « Qui va regarder de telles âneries maladroites ? se demandait-il tristement. Ils vont nous bombarder de fruits et de légumes et nous huer hors de la scène. »

Il présenta à l'avance des excuses à son ami septuagénaire, son allié de longue date, le fonctionnaire culturel sikh en retraite, le célèbre horticulteur Sardar Harbans Singh qui avait soutenu le bhand pather pendant toute sa carrière et qui avait persuadé ses jeunes successeurs – qui étaient aussi intolérants avec les arts anciens que les jeunes de Pachigam – de laisser un peu souffler les vieux acteurs. « Après ce soir, Sardarji, déclara Abdullah Noman à l'élégant vieux gentleman, les organisateurs

voudront sûrement nous souffleter, pas nous laisser souffler.
– Ne t'en fais par pour ça, mon ami, répondit Harbans avec flegme. Les touristes ont fui la vallée par troupeaux entiers la semaine dernière, et la plupart d'entre eux n'ont même pas pointé le bout du nez ici. C'est une catastrophe, un naufrage, et je crains que ton boulot ne consiste à fournir un divertissement pendant que tout part à vau-l'eau. »

Firdaus n'avait pas accompagné la troupe à Srinagar. Abdullah savait qu'elle était malheureuse, parce qu'elle parlait de sorts-serpents en grommelant. Quand sa femme se mettait à voir à des formes-serpents dans les nuages, dans les branches des arbres, dans l'eau, cela signifiait invariablement qu'elle ressassait les malheurs de l'existence. Récemment, elle avait affirmé que de vrais serpents avaient débarqué dans le village, qu'elle les voyait partout où elle allait, dans les granges où on nourrissait les animaux et dans les vergers et dans les échoppes et les maisons. Ils n'avaient pas encore commencé à mordre, on n'avait pas pour l'instant signalé d'animaux ou d'êtres humains tués par des serpents, mais ils rassemblaient leurs forces, disait Firdaus, comme une armée d'envahisseurs ils formaient leurs rangs et si l'on ne faisait rien ils attaqueraient et ce serait la fin. Autrefois, Abdullah Noman aurait exprimé à grands cris son incrédulité et le village se serait rassemblé avec délice devant la maison pour écouter la dispute, mais Abdullah ne fulminait plus, même s'il savait qu'elle aurait préféré qu'il le fasse. Il s'était retiré en lui-même. La vieillesse et la déception l'avaient poussé dans un endroit froid et il ne savait pas comment en sortir. Il vit sa femme qui le regardait parfois avec un regard interrogateur et triste qui disait *où es-tu allé, qu'est-il arrivé à l'homme que j'aimais*, et il voulait lui répondre, *je suis toujours là-dedans, sauve-moi, je suis coincé à l'intérieur de moi,* mais il était enveloppé d'une couche de glace et les mots ne parvenaient pas à la percer.

« Si le spectacle se passe aussi mal que je le crains, lui dit-il avec raideur, alors je compte arrêter. Au diable tout ça ! Je n'ai pas l'intention de passer mes dernières années à jouer dans des pièces pour lesquelles je ne paierais pas moi-même. » Pachigam était plus pauvre qu'il ne l'avait jamais été dans leurs souvenirs communs. Les réservations étaient rares et, depuis que Pandit Pyarelal Kaul n'était plus vasta waza, chef cuisinier, la réputation du wazwaan de Pachigam avait décliné. Firdaus répondit par quelques mots secs bien à elle : « Donc, puisque nous allons être encore plus fauchés que nous ne le sommes maintenant, il est heureux que je n'aie jamais rêvé d'une vie de luxe. » Abdullah savait qu'elle lui reprochait son comportement, mais les paroles qui auraient adouci son cœur restèrent coincées dans sa gorge et il partit pour Srinagar sans rien dire, après un sobre hochement de tête. « Absolument. Les pauvres ne devraient jamais succomber au rêve d'une vie confortable. »

Le car qui amenait les acteurs et les musiciens à Srinagar ne put arriver jusqu'au dépôt à cause des attroupements dans les rues de la ville, sous l'œil nerveux de l'armée et de la police. Les bhands durent descendre du véhicule, porter leurs accessoires et marcher. Il y avait déjà plus de quatre cent mille personnes agglutinées sur les chaussées. Abdullah Noman demanda au chauffeur du bus ce qui se passait. « C'est un enterrement, répondit-il. Ils sont venus pleurer la mort de notre Cachemire. »

Le rideau se leva sur l'histoire du bon roi Zain-ul-abidin, et Abdullah s'avança sur scène en brandissant une épée dans une main et une lance dans l'autre, tenant fermement ses armes, ignorant les élancements douloureux qui fusaient le long de ses doigts. Il montrait l'exemple pour la dernière fois de sa vie, envoyant un message à la troupe lasse et prête à se rebeller. *Si je peux m'élever au-dessus de ma douleur alors vous pouvez vous élever au-dessus de votre indifférence.* Mais l'auditorium était aux trois quarts vide, et les rares touristes qui étaient assis là n'écoutaient pas vraiment, car à travers les murs du théâtre on percevait le son assourdi du début du soulèvement, une foule d'un million de personnes défilant dans les rues en brandissant des torches enflammées et braillant *Azadi !* Sardar Harbans Singh était assis avec son fils Yuvraj, un très beau jeune homme dont le visage glabre et l'absence de turban sikh disaient assez les penchants modernisants, au milieu du septième rang par ailleurs désert. Avec le sentiment d'un homme qui se jette du haut d'une falaise, Abdullah Noman posa sur son vieux camarade son regard le plus féroce et pétillant et s'immergea dans son rôle de ses toutes dernières forces. Pendant l'heure qui suivit, dans la tombe silencieuse de l'auditorium, les bhands de Pachigam racontèrent une histoire que personne n'avait envie d'entendre. Plusieurs membres du public partirent pendant le spectacle. A l'entracte, le fils de Sardar Harbans Singh, Yuvraj, un homme d'affaires qui malgré l'inquiétante situation politique exportait avec succès dans le reste de l'Inde et en Occident des boîtes en papier mâché, des tables en bois sculpté, des tapis numdah et des châles brodés, qui le soutenait, « animé par un optimisme ridicule, vu que la région est sur le point de basculer dans la folie », avertit Abdullah Noman que les choses risquaient de déraper dans la rue et que les manifestants pourraient même faire irruption dans le théâtre. « Tu tiens une épée et une lance, lui rappela Yuvraj Singh. S'ils réussissent à entrer ici, un conseil ? Oublie la pièce. Jette tes accessoires et cours. » Lui-même allait devoir rater le deuxième acte, s'excusa-t-il. « La situation, tu comprends, expliqua-t-il, d'un ton vague. Chacun a ses propres obligations. »

Dans la coquille vide du théâtre, Abdullah Noman vit sa troupe de jeunes révoltés donner le spectacle de leurs jeunes existences, comme s'ils avaient soudain compris un secret que personne ne leur avait expliqué auparavant. Les battements des tambours de la manifestation résonnaient autour d'eux avec insistance, les phrases scandées étaient comme un chœur annonçant la fin des temps, la menace de la foule toujours grandissante crépitait autour des sièges vides comme un courant électrique. Mais les bhands de Pachigam continuèrent de jouer, dansant, chantant, faisant les clowns, racontant leur histoire de tolérance et d'espoir. A un moment, Abdullah Noman se laissa bercer par l'illusion que leurs voix, leurs instruments étaient devenus inaudibles, que, même s'ils déclamaient leurs vers et chantaient leurs chansons et jouaient leur musique avec une passion qu'ils n'avaient pas ressentie depuis longtemps, le silence était total dans le théâtre, les rares spectateurs regardaient en silence un spectacle muet, tandis que dehors dans la rue le bruit était déjà immense et de plus en plus fort à chaque moment, et voilà qu'une autre couche de bruits se superposait à la première, le bruit des transports de troupes, des jeeps et des chars, des bottes défilant au pas, des fusils chargés qu'on armait, puis des détonations, des coups de feu, le crépitement des armes automatiques. Les chants se changèrent en cris, les battements de tambour en tonnerre, la manifestation devint débâcle, et alors que l'auditorium commençait à trembler, le conte du roi Zain-ul-abidin parvint en silence à son heureux dénouement, les acteurs joignirent les mains et saluèrent, mais bien que Sardar Harbans Singh, la seule personne encore présente, applaudît aussi chaleureusement qu'il put, vu les circonstances, ses mains ne faisaient aucun bruit.

Pendant un temps, il fut impossible de rentrer au village. Quarante manifestants avaient été tués. La situation dans les rues était très instable, il y avait des barrages, des troupes et des véhicules blindés partout, et les transports publics n'étaient pas une priorité. Les bhands de Pachigam se barricadèrent dans le théâtre et attendirent. Sardar Harbans Singh ne voulut pas rester avec eux. « Je vais aller dormir dans mon lit, mes amis, déclara-t-il. Mon épouse est très soupçonneuse. » La propriété de Harbans était une des merveilles secrètes de la ville, et certains croyaient qu'elle avait été enchantée par un *pari* de Pari Mahal, qu'on lui avait jeté un sort magique qui la protégeait, elle et ceux qui y habitaient, de tous les maux. Mais Harbans n'avait pas l'air d'avoir besoin du concours des fées. Il réussit à rentrer à pied malgré la folie ambiante. Harbans était un vieux renard intrépide, il connaissait la ville comme sa poche, et rentrait chez lui chaque jour sans problème, vêtu d'une veste et d'un pantalon *achkan* immaculés, sa barbe et sa moustache argentée entretenue et pommadée, rapportant chez lui la nourriture et les provisions nécessaires. Il était parfois escorté par son fils, mais le plus souvent il se déplaçait seul, à cause des « obligations » de Yuvraj, à savoir l'engagement d'une milice privée censée protéger le lieu de son travail et ses entrepôts contre les pilleurs et les incendiaires. Sardar Harbans Singh secoua tristement la tête. « Mon fils est une personne aux idéaux élevés et aux nobles croyances, dit-il à Abdullah, que l'époque oblige à traiter avec des voyous, des hooligans et des mercenaires qu'il engage pour protéger nos biens d'autres hooligans, et qu'il doit en conséquence surveiller tel un faucon au cas où ils commettraient eux-mêmes le larcin. Le pauvre garçon ne dort jamais, mais ne se plaint jamais. Il fait le nécessaire. Comme nous devons tous le faire. » Sardar Harbans Singh portait une canne-épée en noisetier à pointe d'argent et marchait d'un pas vif dans les rues peu sûres, en se moquant des risques. « Je suis un vieillard, dit-il. Qui aurait l'idée de m'embêter alors que le Temps fait déjà largement son œuvre ? » Abdullah secoua la tête d'un air dubitatif. « On peut connaître un homme depuis cinquante ans, dit-il, et ne savoir toujours pas ce dont il est capable. » Harbans haussa les épaules. « On ne connaît jamais la réponse aux questions de la vie tant qu'on ne vous les a pas posées », dit-il.

Le service de car pour Pachigam fonctionna de nouveau cinq jours après ces événements. Quand Abdullah Noman arriva devant chez lui, Firdaus ne put se retenir de pleurer copieusement de joie. Abdullah tomba à genoux sur le seuil et lui demanda pardon. « Si tu peux encore m'aimer, dit-il, alors je t'en prie aide-moi à trouver le courage d'affronter la tempête qui s'annonce. » Elle le releva et l'embrassa. « Tu es le seul grand homme que j'aie jamais connu, dit-elle, et je serai fière de me tenir à tes côtés et de repousser la mort, le diable ou l'armée indienne. »

*

Bombur Yambarzal avait fait un jour quelque chose de courageux, quand il avait tenu tête au mollah d'acier Maulana Bulbul Fakh devant la porte de la mosquée de Shirmal, mais maintenant que la vie posait à nouveau des questions difficiles dans son grand âge, maintenant qu'il craignait pour la sécurité de sa femme, il s'égarait. Il n'était plus le vasta waza bedonnant d'autrefois. Les années l'avaient racorni, avaient tavelé ses mains et abîmé ses yeux, il offrait une silhouette décharnée et peu impressionnante alors qu'il se demandait non sans appréhension s'il vivrait jusqu'à sa quatre-vingtième année. C'est un Bombur affaibli qui émit l'opinion que le Lashkar-e-Pak considérerait plus favorablement Shirmal et serait moins enclin à « leur chercher des noises » si les habitants abordaient la campagne d'affichage dans un esprit de compromis, et non de confrontation. « Nous devrions accepter au moins une des choses qu'il propose, Harud, dit-il, ou c'est nous qui aurons l'air déraisonnables et intransigeants. »

Hasina Yambarzal, cette femme à la puissante carrure que l'âge n'avait en rien affaiblie et qui continuait de teindre ses cheveux au henné afin de justifier son surnom rubicond – « Harud » –, était en train de préparer la tente de télévision pour la séance du soir. « Que proposes-tu ? dit-elle d'une voix intransigeante. Je t'ai exposé mes vues sur la burkha et si tu essaies d'empêcher les femmes de venir ici ça sera l'enfer. » Le waza de Shirmal lui concéda ce point. « En ce cas, dit-il, ne pourrions-nous pas dire à nos frères et sœurs hindous que suite à l'intervention du LeP, et eu égard à la gravité de la situation régionale après avoir pesé les options disponibles, et seulement pour le temps présent, et dans ce climat peu propice, et jusqu'à ce que les choses se calment, et pour leur bien comme pour le nôtre, et uniquement par mesure de précaution, et sans penser à mal du tout, et en prenant toute chose en considération, et en dépit de notre profonde répugnance, et avec le cœur lourd, et tout en étant pleinement conscients de leur déception bien compréhensible, et en espérant sincèrement des jours meilleurs, et avec l'intention de revenir sur cette décision à la première occasion raisonnable, il serait préférable pour toutes les personnes concernées que. » Il se tut parce qu'il ne parvenait pas à prononcer à voix haute les derniers mots. Hasina Yambarzal hocha la tête d'un air entendu. « Il y a quelques familles pandit de Pachigam à qui ça ne va pas plaire, bien sûr, dit-elle, mais ici à Shirmal il n'y a aucune raison pour que les gens soient contrariés. »

Quand Pachigam apprit que la tente de télévision était désormais uniquement accessible aux musulmans, Firdaus ne put plus se contenir. « Cette Hasina, excuse-moi si j'en parle, dit-elle à Abdullah, les gens prétendent que c'est une dame très pragmatique mais moi je le dirais d'une autre façon. Selon moi elle coucherait avec le diable si c'était dans l'intérêt de son commerce, et elle a tellement emberlificoté ce nigaud de Bombur qu'il doit penser que c'est sa bonne idée à lui. »

Deux soirs plus tard, la tente des Yambarzal était pleine de téléspectateurs exclusivement musulmans en train de regarder une série dans laquelle le prince légendaire yéménite Hatim Tai, au cours de sa quête pour résoudre les énigmes mystérieuses posées par le méchant Dajjal, se retrouvait dans le pays de Kopatopa à l'occasion des célébrations du nouvel an. La phrase signifiant « bonne et heureuse année » en kopatopan – *tingi mingi took took* – ravit tellement les spectateurs fascinés que la plupart d'entre eux bondirent sur leurs pieds et se mirent à se saluer les uns les autres en répétant à qui mieux mieux : « Tingi mingi took took ! Tingi mingi took took ! » Ils étaient tellement occupés à se souhaiter une bonne et heureuse année en kopatopan qu'ils ne remarquèrent pas tout de suite qu'une ou plusieurs personnes avaient mis le feu à la tente.

Fort heureusement, personne ne périt calciné dans l'incendie. Après un temps de cris, de panique, de bousculade, de terreur, de piétinements, de colère, de fuite, d'effroi, de rampements, de lâcheté, de pleurs et d'héroïsme, bref de tous les phénomènes habituels qu'on peut observer chaque fois que des gens se retrouvent prisonniers dans une tente en feu, la congrégation des fidèles s'en sortit, plus ou moins indemne, souffrant de brûlures ou n'en souffrant pas, sifflant et haletant à cause de l'inhalation de fumée, ou alors ne haletant ni ne sifflant, contusionnés ou pas contusionnés, allongés par terre à quelque distance de la tente désormais incandescente, ou alors (et plus utilement) allant chercher de l'eau pour faire en sorte que l'incendie, qui entre-temps s'était mis à dévorer la tente si férocement qu'on ne put l'éteindre avant qu'il ait entièrement consommé sa proie, ne s'étende pas au reste du village.

En conséquence de quoi, tout le monde rata la scène où Hatim Tai rencontrait la princesse immortelle Nazarébaddoor dont le contact pouvait non seulement détourner le mauvais œil mais également la mort elle-même. A l'instant précis où Nazarébaddoor essaya d'embrasser le prince Hatim – il refusait vaillamment ses avances, lui rappelant qu'il en aimait une autre « plus que sa propre vie » – le poste de télévision de la famille Yambarzal implosa bruyamment et mourut, emportant avec lui une source importante du revenu familial, mais en contrepartie, une des causes principales de la discorde.

Le lendemain matin, les trois frères Gegroo – Aurangzeb, Alauddin et Abulkalam – revinrent à Shirmal sur de petits poneys de montagne, tout hérissés d'armes et festonnés de cartouchières. C'était une belle journée de printemps. La rosée du matin scintillait sur les toits de tôle ondulée des petites maisons en bois et les fleurs s'épanouissaient devant chaque pas de porte. La beauté de la journée ne faisait que rehausser la laideur du cercle d'herbe et de terre brûlées qui marquait l'endroit où l'incendie avait consumé la tente des Yambarzal, et les Gegroo s'arrêtèrent devant les vestiges encore fumants et tirèrent des coups de feu en l'air. Quelques villageois sortirent de chez eux et virent trois fantômes du passé, plus âgés, mais toujours ricanant et mal rasés. Leur ancienne demeure se dressait encore, fermée à clé et vide comme une maison hantée, mais les frères n'avaient pas l'air de s'en soucier. Ils s'étaient juste arrêtés pour dire bonjour de la part de leur employeur actuel, le LeP. « C'est vous qui nous avez fait ça ? » demanda Hasina Yambarzal. Ils ricanèrent. « Si le LeP avait allumé l'incendie, cria Aurangzeb Gegroo de sa voix fluette, alors chaque âme dans cette tente aurait rencontré son créateur. » C'était peut-être vrai, peut-être pas. Désormais, visiblement, les gens ne savaient plus qui s'en prenait à eux et pourquoi.

Alauddin Gegroo s'avança vers Hasina Yambarzal, descendit de poney et lui cria au visage. « Tu ne sais donc pas, stupide femme désobéissante qui agite sous mon nez l'impudence de ton visage dévoilé, que c'est uniquement grâce à nous que le Lashkar ne vous a pas encore punis ? Ne sais-tu pas que nous avons protégé notre propre village natal de la sainte colère du Lashkar ? Pourquoi vous autres misérables ignorants ne comprenez pas qui sont vos véritables amis ? » Mais il était également fort possible que seul le désir de vengeance des frères Gegroo eût poussé le LeP à prendre le risque d'envoyer des hommes dans un coin aussi reculé que Shirmal. Quoi qu'il en soit, l'heure n'était manifestement pas à la discussion.

Abulkalam Gegroo compléta longuement l'harangue de son frère, dévoilant une série de dents gâtées en un rictus exagéré qui le désignait comme la pire espèce de faible, le genre de type capable de vous tuer pour prouver sa force. « Vous êtes les mêmes stupides villageois qui ont renvoyé le grand Maulana Bulbul Fakh. Les mêmes stupides villageois qui refusent d'observer les plus simples convenances islamiques qu'on vous a poliment demandé de respecter et pourtant vous espérez être à l'abri des conséquences de votre refus. Les mêmes stupides villageois qui nous ont considérés comme de la poussière, nous, les indignes frères Gegroo que vous étiez prêts à laisser mourir de faim dans une mosquée, dont les vies à vos yeux ne valaient pas deux paisas, les pathétiques Gegroo qui ne pouvaient pas compter sur les leurs pour échapper aux meurtriers hindous – vous êtes les mêmes personnes qui sont en vie aujourd'hui uniquement parce que ces fameux frères Gegroo ne cessent d'intercéder en votre faveur. Arré, comment des gens déjà stupides peuvent-ils être encore plus stupides ? Parce que même ces inutiles Gegroo morts que vous aviez l'intention de jeter comme des cadavres de chiens crevés se doutent que les gens qui ont brûlé votre tente sont sûrement les mêmes que vous avez chassés de la tente, vos frères et sœurs hindous, que vous aimez au point que vous regrettez ce que vous leur avez fait même si vous n'aviez rien à fiche de ce que vous avez cru nous faire, et vous ne comprenez toujours pas, vous ne voyez pas que les hindous qui ont mis le feu, vos copains pandit, auraient été ravis de vous voir tous allongés dans la rue ici, carbonisés comme des sikh kebabs trop cuits.

– Il a raison, dit soudain Hashim Karim, prenant sa mère au dépourvu.

– Il a sans doute raison, reconnut son frère Hatim. Misri le Colosse aimait regarder la télé, et il a toujours été porté sur la vengeance. »

*

Un charpentier trouvait toujours facilement du travail au Cachemire pendant le printemps, quand les maisons et les palissades de bois de toute la vallée avaient besoin de réparations, aussi Misri le Colosse était-il un des rares citoyens de Pachigam à être immunisé contre la dépression économique ambiante. Il sillonnait les routes de campagne sur un petit scooter avec sa sacoche d'outils sur le dos et souvent, quand il passait devant un verger qui était situé juste hors de vue de son village après un coude de la Muskadoon, il garait son scooter, se cachait derrière les arbres, posait sa sacoche et dansait.

Misri avait toujours estimé que ses talents terpsichoriens avaient été jugés trop sévèrement par les bhands de Pachigam, et qu'il pouvait sauter aussi haut et tournoyer avec autant de prestance que n'importe qui. Abdullah Noman lui avait dit gentiment mais fermement que le monde n'était pas encore prêt pour un danseur géant. Misri le Colosse était donc obligé de pratiquer son art en secret, pour l'amour de l'art, et souvent les yeux fermés, afin de pouvoir imaginer les visages extatiques du public qu'il n'aurait jamais le droit d'avoir. Le dernier jour de sa vie, il bondissait et pirouettait dans ses bottes des surplus de l'armée quand il entendit le bruit d'applaudissements insincères. Ouvrant les yeux, il vit qu'il était cerné par les trois frères

Gegroo, lourdement armés sur leurs poneys de montagne, et il comprit que son heure était venue. Un couteau était glissé dans chacune de ses bottes. Posant un genou en terre, il les supplia de l'épargner en prenant la voix la plus pitoyable et la plus poltronne qu'il put, ce qui amusa grandement les frères, ainsi qu'il s'y attendait. J'aurais pu être acteur aussi bien que danseur, se dit-il brièvement, et au même instant, alors que les Gegroo riaient en secouant la tête au lieu de se concentrer sur leur victime, il s'empara de ses deux couteaux et les lança. Abulkalam Gegroo en reçut un dans la gorge et Alauddin Gegroo un dans l'œil gauche, et ils tombèrent de leurs montures sans apporter d'autre contribution aux événements. Aurangzeb Gegroo, troublé par le sort que venaient de subir ses frères, fut assez lent à réagir pour permettre au charpentier de se jeter sur lui. Misri, le colosse danseur, fit le plus grand saut de sa vie, ses mains tendues vers Aurangzeb Gegroo, mais l'aîné et seul survivant des trois frères se ressaisit juste à temps et tira à bout portant avec ses deux AK-47 sur le Colosse. Misri était déjà mort quand son corps heurta Aurangzeb, le faisant tomber à la renverse et lui brisant son maigre cou.

Le même soir, après que le cadavre de Misri le Colosse eut été découvert gisant sur Aurangzeb Gegroo comme s'il s'agissait de deux amants ayant conclu un pacte mortel, avec les deux autres frères à leurs côtés, Zoon Misri grimpa la colline jusqu'à la limite de la prairie de Khelmarg et se pendit à un majestueux chinar, le seul arbre de son espèce à avoir pris racine et survécu à cette altitude, parmi les arbres aux feuilles persistantes. Ce fut Boonyi Noman qui la découvrit, et qui comprit aussitôt le sens de cet ultime et éloquent message adressé par sa tendre amie. L'horreur était sur eux maintenant, c'était indéniable.

*

Le général Hammirdev Suryavans Kachhwaha s'aperçut, en songeant à son cinquante-neuvième et imminent anniversaire, que la raison pour laquelle il ne s'était jamais marié était la suivante : pendant presque trente ans le Cachemire avait été sa femme. Pendant plus de la moitié de sa vie, il avait été marié à cet Etat montagneux, ingrat et acariâtre où la déloyauté était un signe d'honneur et l'insubordination une façon de vivre. Cette union avait été glaciale. Maintenant les choses arrivaient à leur terme. Il voulait en finir avec cette épouse une bonne fois pour toutes. Il voulait apprivoiser la mégère. Puis il voulait divorcer.

La guerre à l'insurrection qui s'annonçait, se disait le général Hammirdev Suryavans Kachhwaha, serait un conflit dénué de toute noblesse. Le véritable soldat voulait une guerre noble. Mais la lutte à venir était un combat à mains nues contre de sales rats d'égout et il n'y avait rien là susceptible d'exalter l'âme martiale. Le général Kachhwaha n'était pas partisan de la guerre sale mais quand on était aux prises avec des terroristes, toute tentative pour rester propre était condamnée à une défaite ignoble. Ce n'était pas son genre d'enlever ses gants mais il y avait un temps et un lieu pour les gants, le Cachemire n'était pas un ring de boxe et les règles de la marquise de Queensberry ne s'appliquaient pas à la situation. Voilà ce qu'il avait répété à l'échelon politique. Il avait informé l'échelon politique que si on lui donnait le droit d'ôter ses gants, si ses hommes avaient le droit de ne plus tergiverser et gnangnanter, finauder et mignarder, s'ils avaient le droit de sévir contre les mécréants en recourant à tous les moyens nécessaires, alors il pourrait faire le ménage, sans problème, il pourrait broyer les testicules de l'insurrection dans son poing jusqu'à ce que des larmes de sang coulent au coin de ses yeux.

Pendant de nombreuses années, l'échelon politique avait rechigné à de telles mesures. Pendant trop longtemps il avait dit oui et non en même temps. Mais maintenant les choses bougeaient enfin. La nature de l'échelon politique avait changé. Son nouveau système de croyance était appuyé par d'importants membres de la classe intellectuelle et des strates économiques, et selon lui l'introduction de l'Islam à la période classique avait été uniformément délétère, une calamité culturelle, et il convenait de procéder à certaines corrections après tous ces siècles de relâchement. Les poids-lourds de la classe intellectuelle évoquèrent un renouveau de l'énergie culturelle bridée des masses hindoues. Des huiles des strates économiques investirent massivement dans le monde rutilant de la nouvelle tolérance zéro. L'échelon politique réagit positivement à de tels encouragements. A la suite de l'instauration de la « férule présidentielle », la célèbre *President's Rule*, les forces de sécurité reçurent les pleins pouvoirs. Le code modifié de la procédure criminelle protégeait tous les fonctionnaires, y compris les soldats, contre les poursuites qu'auraient pu justifier certains actes commis dans le cadre de leur mission. La définition de ces actes était vaste et comprenait la destruction de la propriété privée, la torture, le viol et le meurtre.

La décision, prise au niveau politique, de déclarer le Cachemire « région perturbée » fut également très appréciée. Dans une région perturbée, les mandats de perquisition n'étaient pas nécessaires, pas plus que les mandats d'arrestation, et l'exécution sommaire des suspects était acceptable. Les suspects qui restaient en vie pouvaient être arrêtés et emprisonnés pour une durée de deux ans, pendant lesquels aucune inculpation ou comparution devant un tribunal n'était nécessaire. Pour les suspects plus dangereux, l'échelon politique prévoyait des représailles plus sévères. Les personnes qui commettaient le crime ultime de défier l'intégrité territoriale de l'Inde ou qui de l'avis des forces armées tentaient de la perturber pouvaient être emprisonnées pour une durée de cinq ans. L'interrogatoire desdits suspects serait conduit derrière des portes closes et les aveux arrachés par la force au cours de ces interrogatoires secrets seraient recevables comme preuves pourvu que l'officier chargé de l'interrogatoire ait des raisons de croire que la déclaration avait été faite de plein gré. Les aveux faits après que le suspect avait été battu ou pendu par les pieds, ou après qu'il eut subi un traitement électrique ou qu'on eut écrasé ses mains ou ses pieds, seraient considérés comme de plein gré. La charge de la preuve serait déplacée, et ce serait à ces personnes de prouver leur innocence. S'ils n'y arrivaient pas, la peine de mort pourrait être appliquée.

Plongé dans l'obscurité, le général Kachhwaha éprouvait une sensation de satisfaction lisse et ovoïde. Sa vieille théorie, selon laquelle la population musulmane cachemirienne *in toto* était d'une nature essentiellement sournoise et subversive, cette théorie qu'il avait mise de côté à contrecœur par le passé, était de nouveau d'actualité. L'échelon politique s'était enfin prononcé. *Tous les musulmans du Cachemire doivent être considérés comme des militants. La seule solution est la force.* Tant qu'on n'aurait pas abattu les militants, la vallée ne pourrait pas revenir à la normalité. Le général Kachhwaha sourit. C'étaient là des instructions qu'il pouvait suivre.

Il avait quitté Elasticnagar pour le QG du corps d'armée de Badami Bagh, à Srinagar. En dépit de son nom, il ne s'agissait pas d'un jardin d'amandes odorantes mais d'un pur centre de pouvoir. Dès son arrivée à la gigantesque base, le général Kachhwaha avait donné des ordres pour qu'on lui construise un logement identique à celui d'Elasticnagar et il se retrouva bientôt de nouveau dans l'obscurité, au centre de la toile. Il n'avait plus besoin de voir quoi que ce soit lui-même. Il savait tout et n'oubliait rien. Il n'allait nulle part et était partout. Il restait dans l'obscurité et voyait la vallée, la moindre de ses crevasses, baignée d'une lumière crue. Il sentait le ballonnement des souvenirs gonfler son corps, il était tout distendu, rempli du babel de l'inoublié, et la confusion de ses sens augmentait gravement. L'idée de violence avait à présent une douceur veloutée. On ôtait ses gants et on sentait le doux parfum de la nécessité. Les balles pénétraient la chair comme des notes de musique, le martèlement des matraques était le rythme même de la vie, et puis il convenait de prendre en compte la dimension sexuelle, la démoralisation de la population via le viol des femmes. Dans cette dimension, chaque couleur était vive et avait un goût exquis. Il fermait les yeux et détournait la tête. Ce qui doit être doit être.

L'insurrection était pitoyable. Elle luttait contre elle-même. La moitié combattait pour ce vieux conte de fée, le Cachemire aux Cachemiriens, tandis que l'autre moitié voulait le Pakistan, voulait faire partie de la terreur islamiste internationale. Les insurgés s'entretuaient sous ses yeux. Mais lui aussi les tuerait, afin d'accélérer les choses. Il se fichait de ce qu'ils voulaient. Il les voulait morts. Dans l'obscurité, il avait peaufiné la philosophie et la méthodologie de l'imminente répression. La philosophie de la répression était : *défoncer le cul de l'ennemi.* La méthodologie de la répression pouvait être exprimée techniquement comme suit : encerclement-perquisition. Des couvre-feux seraient imposés et les soldats iraient de maison en maison. On pouvait également l'exprimer familièrement comme suit : *et ensuite on leur défonce de nouveau le cul.* Ville par ville, hameau par hameau, chaque partie de la vallée recevrait la visite de sa colère, sous la forme d'hommes qui avaient ôté leurs gants, ses guerriers, ses impitoyables, ses poings. Il verrait alors à quel point ces gens aimaient leur insurrection, quand l'armée indienne viendrait leur défoncer le cul.

Il savait tout et n'oubliait rien. Il lisait les rapports, fermait les yeux et savourait avec délice les scènes qu'il imaginait, tirant son nectar des détails. Le village de Z connut la répression et le directeur de l'école fut désigné, un salaud du nom de A. On l'accusa d'être un militant. Il eut l'impudence de mentir et de nier, d'affirmer qu'il n'était pas un militant mais un directeur d'école. On lui demanda d'identifier lesquels de ses élèves étaient des militants et cet homme, ce directeur d'école d'après son propre aveu, eut le cran de prétendre que non seulement il ne savait rien mais également qu'il ne connaissait aucun militant. Mais tous les Cachemiriens étaient des militants ainsi qu'en avait décidé l'échelon politique et donc ce menteur mentait et avait besoin qu'on l'aide à trouver la vérité. Il fut battu, visiblement. Puis on mit le feu à sa barbe. Puis on appliqua l'électricité à ses yeux, à ses parties génitales et à sa langue. Après ça, il prétendit qu'on lui avait crevé un œil, ce qui était un mensonge patent, une tentative pour mettre un état déjà existant sur le compte des enquêteurs. Il n'avait aucune fierté et supplia les hommes d'arrêter. Il répéta son mensonge, à savoir qu'il n'était qu'un professeur, ce qui les offensa. Pour l'aider, ils le conduisirent jusqu'à un petit ruisseau aux eaux sales qui contenait du verre brisé. Le menteur fut poussé dans le ruisseau et dut y rester pendant cinq heures. Les hommes le piétinaient avec leurs bottes, pressant sa tête contre les rochers dans l'eau. Il perdit connaissance pour éviter l'interrogatoire, et quand il se réveilla ils le corrigèrent de nouveau. Finalement, on jugea correct de le laisser partir. On le prévint que la prochaine fois il serait tué. Il s'enfuit en criant *Je jure que je ne suis pas un militant. Je suis un professeur.* On ne pouvait pas sauver ces gens-là. Il n'y avait pas d'espoir pour eux.

La ville de Y connut la répression et un homme d'une cinquantaine d'années du nom de B fut désigné ainsi que son fils âgé de seize ans, C. La porte de sa maison, nid de guêpe d'un supposé terroriste, fut défoncée. Pour lui montrer que l'affaire était sérieuse, le Coran de son père fut jeté par terre et on y appliqua des bottes boueuses. Il n'y aurait plus de traitement de faveur pour les musulmans. Il fallait que la chose soit entendue. Sa fille fut consignée dans la pièce du fond mais elle se faufila par une fenêtre et s'enfuit, ce qui était regrettable mais prouvait qu'il s'agissait bien d'une famille de sales terroristes notoires. Le fils de seize ans fut officiellement accusé de terrorisme. Il eut le culot de nier. De nouveau on l'accusa et de nouveau il nia. *Idem* une troisième fois. Il dit qu'il était écolier et pareil subterfuge enflamma les sentiments des hommes. On l'emmena dehors et on appliqua des crosses de fusil à sa personne. Le père, B, essaya d'intervenir et il nécessita également une vigoureuse attention physique. Quand le jeune terroriste, C, perdit connaissance, on le mit à l'arrière d'un camion et on l'emmena se faire soigner, pour son bien. Plus tard, son père, B, prétendit qu'il avait été jeté dans un fossé, nu, une balle dans le dos. Ce n'était pas le fait des soldats. Après avoir reçu une assistance médicale et avoir été autorisé à rentrer chez lui, le jeune homme avait dû tomber sur des terroristes d'une faction rivale qui s'étaient occupés de lui.

Le village de X, situé dans les hauteurs près de la limite des neiges éternelles et de la Ligne de contrôle, connut la répression parce que des militants traversaient souvent la frontière dans son voisinage, aussi était-il évident que des villageois les abritaient et leur donnaient à manger. On avait signalé la présence dans la localité du prétendu « mollah d'acier », Maulana Bulbul Fakh, que le général Kachhwaha avait commis un jour l'erreur de tolérer, du temps de la faiblesse tolérante. Cette époque était révolue, ainsi qu'allaient le découvrir bien assez tôt le célèbre prêtre et sa bande de desperados, comme l'avaient déjà appris leurs suppôts de X – le malveillant jeune D, qui n'embêterait plus jamais les forces de sécurité, les gâteux E (sexe masculin) et F (sexe féminin) dont la maison avait été démolie pour les punir, et les femmes G, H, et I, sur lesquelles la colère virile des forces indiennes avait été puissamment lâchée. Le passage à la baïonnette de la femme enceinte J était une allégation calomnieuse : de la pure fiction. Aucun membre du personnel en mission ce jour-là n'avait porté de baïonnette ; uniquement des armes automatiques, des grenades, des couteaux. Les ennemis de l'Etat ne s'arrêtaient devant rien pour calomnier ses protecteurs militaires. Cela n'empêcherait pas les forces de sécurité de faire le nécessaire. La manifestation de la colère virile des protecteurs contre la population féminine était un outil psychologique important. Elle décourageait les hommes de mener à bien des actions subversives qu'il était dans leur nature d'accomplir. Par conséquent, le danger encouru par les forces de sécurité diminuait. C'étaient là des questions stratégiques et tactiques qui devaient être débattues avec le plus grand sang-froid.

Ce n'était que le début. Les choses allaient s'accélérer à présent. Il n'était plus le colonel Tortue. Il était le Colonel Armé du Cachemire.

*

Ce sombre été après la mort des Misri, les pommes des vergers de Pandit Pyarelal Kaul furent amères et immangeables, mais les pêches de Firdaus Noman étaient aussi délicieuses que d'habitude. Le safran du champ de Pyarelal était plus pâle et moins fort, mais le miel des ruches d'Abdullah était plus sucré que jamais. Ces choses étaient difficiles à comprendre ; mais quand Pyarelal entendit à la radio que le célèbre chef pandit Tika Lal Taploo avait été abattu, la nature de ces mauvais présages devint évidente. « A l'époque de Sikandar But-Shikan, Sikander l'Iconoclaste, dit-il à sa fille dans sa cabane gujar au fond des bois, les raids musulmans contre les hindous du Cachemire furent décrits comme la descente d'essaims de sauterelles sur les impuissantes récoltes de riz. Je crains qu'à côté de ce qui est en train de se passer l'époque de Sikandar ne paraisse paisible. » Dans les semaines qui suivirent, sa prophétie devint réalité et il dit à Boonyi : « Maintenant que tout ce pour quoi j'ai œuvré est en ruine, je suis prêt à mourir, mais je continuerai de vivre pour protéger ton existence de la folie de ton mari, même si toi et moi n'avons plus aucune raison de vivre. » Les cadres radicaux du parti Jamaat-i-Islami avaient de nouveaux termes pour « pandit » : *mukhbir, kafir*. Autrement dit : espion, infidèle. « On nous traite donc à présent de cinquième colonne, déplora Pyarelal. Cela signifie que l'assaut final approche. »

Peu après l'insurrection musulmane contre la férule indienne, un autre pandit fut assassiné à Tangmarg. Des affiches apparurent sur la route allant de Srinagar à Pachigam, demandant que tous les pandits abandonnent leurs maisons et quittent le Cachemire. Les premiers hindous à réagir à la campagne d'affichage furent les dieux, qui commencèrent à se volatiliser. La célèbre statue de pierre noire de Maha-Kali fut une des vingt divinités à quitter son emplacement dans le fort d'Hari Parbat et elle disparut à jamais. Une divinité inestimable datant du neuvième siècle quitta le Lok Bhavan à Anantnag et on ne la revit plus jamais. Le Shiva-lingam du temple de Dewan s'en alla tout aussi mystérieusement. Ces départs tombaient à point nommé car, peu après, les bombardements commencèrent. L'ensemble de temples shaïvites à Handwara, près du célèbre sanctuaire de Kheer Bhawani, fut ravagé par un incendie. Pyarelal s'assit près de Boonyi et enfouit son visage dans ses mains. « Notre histoire est finie, lui dit-il, il ne s'agit plus de nous mais de la peste qui se répand, des bubons vont apparaître sous nos aisselles, et nous allons mourir d'une mort impure et nauséabonde. Nous ne sommes plus des protagonistes, seulement des agonisants. » Quelques jours plus tard, dans le district d'Anantnag, ce fut pendant une semaine une orgie de violences injustifiées contre les maisons et commerces pandit, les temples et les personnes physiques des familles pandit. Nombre d'entre eux prirent la fuite. L'exode des pandits du Cachemire venait de commencer.

Firdaus Noman alla trouver Pyarelal pour lui assurer que les musulmans de Pachigam protégeraient leurs frères hindous. « Mon sage et doux ami, dit-elle. N'ayez crainte, nous prendrons soin de nos voisins. Le meurtre de Misri le Colosse et le suicide de Zoon étaient déjà assez graves, et nous empêcherons que ça se reproduise. Vous êtes trop précieux pour qu'on vous perde. » Pyarelal secoua la tête. « Ce n'est plus de notre ressort, dit-il. Notre nature n'est plus un facteur critique dans nos destinées. Quand les assassins viendront, quelle importance que nous ayons vécu bien ou mal ? Les choix que nous avons faits affecteront-ils notre destin ? Epargneront-ils les bons et les gentils parmi nous et ne prendront-ils que les égoïstes et les malhonnêtes ? Il serait absurde de le penser. Les massacres ne font pas dans la dentelle. Que je sois précieux ou inutile, peu importe désormais. » Il ne quittait presque plus sa radio. Tandis que les pommes amères tombaient de leurs arbres et pourrissaient sur le sol, Pyarelal demeurait chez lui, à écouter la BBC. Pillage, incendie, meurtres, exode ; ces mots revenaient sans cesse, jour après jour, ainsi qu'une expression venue d'une autre partie du monde qui avait franchi des milliers de kilomètres pour se trouver un nouveau domicile au Cachemire.

« Nettoyage ethnique. »

« Tuez-en un, effrayez-en dix. Tuez-en un, effrayez-en dix. » Des maisons, des temples et des lieux de rassemblement hindous, ainsi que des quartiers entiers étaient détruits. Pyarelal répétait, comme une prière, les noms des endroits frappés par la calamité. « Trakroo, Uma Nagri, Kupwara. Sangrampora, Wandhama, Nadimarg. Trakroo, Uma Nagri, Kupwara. Sangrampora, Wandhama, Nadimarg. Trakroo, Uma Nagri, Kupwara. Sangrampora, Wandhama, Nadimarg. » Il fallait se souvenir de ces noms. Les oublier serait criminel à l'égard de ceux qui enduraient l'incendie « intégral » de leurs quartiers, ou la confiscation de leur maison, ou la mort, précédée par des violences telles qu'on ne pouvait ni les imaginer ni les décrire. *Tuez-en un, effrayez-en dix*, clamaient les foules musulmanes, et dix, effectivement, étaient effrayés. Plus de dix. Trois cent cinquante mille pandits, soit quasiment l'entière population pandit du Cachemire, quitta ses foyers et se dirigea vers les camps de réfugiés dans le sud où ils allaient moisir, comme des pommes amères gisant sur le sol, comme les morts vivants haïs qu'ils étaient devenus. Dans les marchés bangladeshi du quartier du parc Iqbal et d'Hazuri Bagh de Srinagar, les objets volés dans les temples et les maisons étaient achetés et vendus ouvertement. Les acheteurs fredonnaient la chanson la plus populaire de l'époque tout en acquérant de beaux objets du Cachemire hindou, une chanson chantée par le bien-aimé Mehjoor : « Je donnerai ma vie et mon âme pour l'Inde, mais mon cœur va au Pakistan. »

Il y avait six cent mille soldats indiens au Cachemire mais ils n'empêchaient pas le pogrom des pandits, on se demande pourquoi. Trois lakhs et demi d'êtres humains arrivèrent au Jammu en tant que personnes déplacées et pendant de nombreux mois le gouvernement ne leur fournit ni abri ni soutien ni même n'enregistra leurs noms, on se demande pourquoi. Quand le gouvernement construisit enfin des campements, cela ne permit qu'à six mille familles de rester dans l'Etat, les autres étant dispersées dans tout le pays où elles resteraient invisibles et impuissantes, on se demande pourquoi. Les camps de Purkhoo, Muthi, Mishriwallah et Nagrota furent édifiés sur les rives et les lits des nullahas, des voies d'eaux sèches saisonnières, et quand l'eau revint les campements furent inondés, on se demande pourquoi. Les ministres du gouvernement parlèrent dans leurs discours de nettoyage ethnique mais les fonctionnaires échangèrent des mémos disant que les pandits étaient simplement des migrants intérieurs qui s'étaient déplacés de leur plein gré, on se demande pourquoi. Les tentes fournies aux réfugiés étaient rarement inspectées, elles fuyaient, les pluies de mousson les inondèrent, on se demande pourquoi. Quand les minuscules taudis appelés ORT furent construits en remplacement des tentes, ils fuyaient tout autant, on se demande pourquoi. Il y avait un cabinet pour trois cents personnes dans de nombreux camps on se demande pourquoi et les dispensaires médicaux manquaient de produits de première nécessité on se demande pourquoi et des milliers de personnes déplacées moururent à cause d'une alimentation et d'un abri inadéquats on se demande pourquoi peut-être cinq mille morts à cause de la chaleur et de l'humidité intense à cause des morsures de serpents et de la gastro-entérite et de la dengue et du stress et du diabète et de maux de reins et de la tuberculose, et de la psychonévrose et il n'y eut pas une seule étude de santé menée par le gouvernement on se demande pourquoi et les pandits du Cachemire restèrent à pourrir dans leurs campements-taudis pendant que l'armée et l'insurrection se battaient pour la vallée ensanglantée et brisée, à rêver de retour, à mourir en rêvant de retour, à mourir après que le rêve de retour fut mort et qu'ils ne purent même plus rêver de retour, on se demande pourquoi on se demande pourquoi on se demande pourquoi on se demande pourquoi on se demande pourquoi.

*

Elle savait où il était. Il était dans le nord avec le mollah d'acier sur la Ligne de contrôle. Il faisait partie du « commando d'acier » d'élite. Elle savait ce qu'il faisait. Il tuait des gens. Il tuait le temps. Il tuait tous ceux qu'il pouvait trouver à tuer afin de pouvoir supporter le temps qui devait s'écouler jusqu'à ce qu'il puisse la tuer. Elle se reprochait leurs morts. Viens et finissons-en, lui dit-elle. Viens : je te libère de tes entraves. Peu importe ce que tu as promis à mon père et au sarpanch. Mon père a raison, nous tous n'avons plus aucune raison de vivre. Viens et fais ce que tu dois faire, ce que tu as besoin de faire dans un endroit si profond que cela te fait mal. Je n'ai que toi et mon père, son amour et ta haine, et son amour est détruit à présent, sa capacité à aimer est endommagée, sa vision du monde a été brisée et quand un homme n'a pas de vision du monde il devient un peu fou, c'est ce qui arrive à mon père. Il dit que la fin du monde approche parce que ses pommes ont un goût trop amer. Il dit qu'un tremblement de terre gronde sous terre et qu'il a commencé à croire aux histoires de serpents de l'épouse du sarpanch, il s'est mis à croire que les serpents vont se réveiller, par dégoût pour l'humanité ils vont sortir et nous tuer tous et la vallée connaîtra la paix, la paix du serpent, la paix que les êtres humains ne sont pas en mesure d'obtenir. Il dit que la terre est imbibée de sang et va se dérober sous nos pieds et qu'aucune maison ne pourra tenir dessus. Il dit que les montagnes vont jaillir de tous côtés, elles vont s'élever dans le ciel et la vallée disparaîtra, il dit que c'est ce qui doit arriver, nous ne méritons pas une telle beauté, nous étions les gardiens de la beauté et nous n'avons pas su faire notre travail. Je dis que nous sommes ce que nous sommes et que nous faisons ce que nous faisons et je suis au-delà de l'orgueil je suis juste une chose qui vit et respire et si je cessais de respirer ou de vivre ça ne changerait rien sauf à ses yeux, sauf, en dépit de tout, et pendant encore quelques moments, à ses yeux. Viens si tu le veux. J'attends. Tout m'est égal à présent.

Il dit : *Tout ce que je fais me prépare pour toi et pour lui. Chaque coup que je donne te frappe, toi ou lui. Les gens qui nous conduisent là-haut se battent pour Dieu ou pour le Pakistan mais moi je tue parce que c'est ce que je suis devenu. Je suis devenu la mort.*

Il dit : *Je serai bientôt là.*

*

La situation actuelle comportait de nouvelles caractéristiques qui se prêtaient à une exploitation avantageuse par les forces armées. Le général Hammirdev Suryavans Kachhwaha ferma les yeux et laissa défiler les images. Déjà l'armée avait pris contact avec des militants renégats dans tout le pays et quand des actions extrajudiciaires seraient requises ces renégats pourraient être utilisés afin de tuer d'autres militants. Après les exécutions, les militants renégats se verraient attribuer des uniformes et emporteraient les cadavres dans la maison d'untel ou untel et y disposeraient lesdits cadavres avec des armes dans leurs mains. Les renégats partiraient ensuite et seraient dépouillés de leurs uniformes tandis que les forces armées attaqueraient la maison, la feraient exploser et assassineraient les militants morts une nouvelle fois pour satisfaire l'appétit collectif. Si le propriétaire et sa famille s'y opposaient, ils pourraient être accusés d'abriter de dangereux militants et les conséquences de ces accusations seraient graves. Le propriétaire, sachant cela, ne risquait pas d'ouvrir le bec.

Ces plans n'étaient pas sans beauté, ni sans élégance. Le général Kachhwaha se demandait si les militants renégats pourraient ou non être utilisés contre d'autres catégories de personnes, comme les journalistes et les activistes des droits de l'homme. Il était aisé de démentir de telles opérations ; c'était un gros avantage. Ces possibilités devaient être explorées.

La bataille contre les mauviettes du FLJC serait remportée bien assez tôt. Le général Kachhwaha méprisait les fondamentalistes, les djihadis, le Hizb, mais il méprisait encore plus les nationalistes laïques. Quelle sorte de Dieu était donc le nationalisme laïque ? Les gens ne mourraient pas très longtemps pour cette cause. Déjà la répression portait ses fruits. Bientôt les deux factions dirigeantes du FLJC demanderaient la paix. Yasin Malik, du groupe HAJY, allait craquer, tout comme Amanullah Khan lui-même. Des accords seraient passés. Ce mois-ci, le suivant, cette année, l'an prochain. Peu importait. Il pouvait attendre. Il pouvait resserrer son poing sur les testicules de l'insurrection et la laisser venir à lui. La rumeur lui parvint, d'au-delà des montagnes, flottant sur les calottes glaciaires et papillonnant jusque dans ses oreilles, que les services secrets pakistanais avaient la même intuition que lui concernant le FLJC. L'ISI finançait de moins en moins le FLJC et c'était le Hizb qui récupérait l'argent. Le Hizb était fort, peut-être dix mille membres, et ça il le respectait. Il pouvait les mépriser et les respecter simultanément. Ça ne lui posait aucune difficulté.

Les rivalités entre groupes jouaient en sa faveur. Déjà, il y avait eu le cas d'un commandant de région du FLJC assassiné par le Hizb. Une fois que le FLJC serait défait, les djihadis se retourneraient les uns contre les autres. Il y veillerait. Le Lashkar de ceci et le Harkat de cela. Il s'occuperait d'eux, ça oui. Ainsi que du redouté « commando d'acier » de Maulana Bulbul Fakh. Il aurait bientôt ces salauds dans sa ligne de mire.

*

Anees Noman avait pris la direction de son groupe de militants itinérants du FLJC après le départ du commandant invisible Dar, de l'autre côté des montagnes. Ses héros étaient le Cubain Guevara et le FSLN du Nicaragua et il aimait cultiver le look guérillero. Quand le groupe était en mission, il portait un béret, des treillis de combat occidentaux et des bottes noires, et voulait qu'on l'appelle Comandante Zero, d'après un célèbre combattant sandiniste, mais ses soldats, qui le respectaient moins qu'il ne l'aurait souhaité, l'appelaient Bébé Che. Peu après le début de l'insurrection, ses talents de poseur de mines avaient été couronnés de quelques succès notables contre les convois militaires, et la réputation du groupe de Bébé Che grandit. Son existence parvint jusqu'aux oreilles du général Kachhwaha à Badami Bagh et, bien que l'identité de Bébé Che fût incertaine, les autorités militaires avaient depuis longtemps des soupçons. Mais les autorités avaient mis à plusieurs reprises leur veto à la proposition de sévir contre Pachigam afin de débusquer efficacement ses groupes subversifs. Toute atteinte aux arts traditionnels du Cachemire, à ses traditions théâtrales et gastronomiques, risquait fort de faire la une des journaux. Même dans sa retraite, Sardar Harbans Singh soutenait son vieil ami le sarpanch de Pachigam. Même dans son grand âge aux doigts perclus, Abdullah Noman pouvait toujours prétendre protéger son village, comme il l'avait toujours fait.

Mais le travail manquait. L'argent manquait. Les pêches et le miel de la famille Noman étaient distribués gratuitement parmi les villageois. Pachigam avait de la chance, ses champs étaient fertiles, ses troupeaux abondants, mais tout le monde savait que de rudes épreuves les attendaient. Si la crise continuait, il était fort probable que la famine s'étendrait à tout le pays. « Nous affronterons la famine si elle vient, dit Firdaus Noman à son mari. Pour l'instant j'en ai tellement marre des pêches et du miel que je préférerais presque mourir de faim. » Ses fils Hameed et Mahmood étaient d'accord. « De toute façon, dit gaiement Hameed, nous ne vivrons peut-être pas assez longtemps pour en arriver à mourir de faim. » Mahmood acquiesça. « Quelle chance ! Nous pouvons choisir tellement de façons différentes de mourir... »

Firdaus Noman se réveilla une nuit avec son mari qui ronflait à ses côtés et la main d'un autre homme sur sa bouche. Quand elle reconnut la silhouette hirsute à bonnet du fils qu'elle n'avait pas vu depuis de nombreuses années, elle fondit en larmes, et quand il ôta sa main elle s'en saisit et la couvrit de baisers. « Ne le réveille pas tout de suite, dit-elle à Anees, en jetant un coup d'œil à Abdullah. Je te veux pour moi encore un moment. Et à quoi crois-tu que tu ressembles avec cette tignasse ? Avant de te présenter devant ton père tu ferais mieux de te mettre à ressembler à son fils, et non à un homme des bois. » Elle l'emmena dans la cuisine, le fit asseoir sur un tabouret, et lui coupa les cheveux. Anees n'émit aucune objection, ne lui dit pas qu'il était dangereux pour lui de rester trop longtemps, ne la pressa pas ni n'insista pour qu'elle réveille ses frères ou son père. Il resta assis sur le tabouret de bois, ferma les yeux et se laissa aller en arrière contre elle, sentit son corps se déplacer lentement contre son dos alors que les boucles noires tombaient de sa tête. « Tu te souviens, *maej*, dit-il, quand j'étais le clown le plus triste de Pachigam, et que les gens poussaient des hourras quand je quittais la scène ? » Elle émit un petit son dédaigneux du bout des lèvres. « Tu étais le plus profond de mes enfants, dit-elle fièrement. J'avais peur que tu t'enfonces si profondément en toi-même au point de disparaître complètement. Mais regarde-toi : tu es là. »

Quand les hommes de la maison furent réveillés, la famille tint un conseil de guerre dans la cuisine. « Parce que Misri le Colosse nous a à tous rendu service en débarrassant le monde de ces vauriens de Gegroo avant de mourir, le Lashkar-e-Pak a maintenant Pachigam dans le collimateur, bien plus que Shirmal, dit calmement Anees. C'est très inquiétant. Même sans les Gegroo, ces fêlés du LeP ont peut-être quarante ou cinquante soldats dans la région et il ne fait aucun doute qu'ils vont choisir leur moment et attaquer. » Firdaus Noman secoua la tête. « Comment le visage d'une femme peut-il être l'ennemi de l'Islam ? » demanda-t-elle, très en colère. Anees prit ses mains dans les siennes. « Pour ces idiots, il ne s'agit que de sexe, *maej*, excuse-moi. Ils pensent qu'il est établi scientifiquement que les cheveux d'une femme émettent des ondes qui excitent les hommes et les poussent à commettre des actes de dépravation sexuelle. Ils pensent que si les jambes nues d'une femme se frottent l'une contre l'autre, même sous une robe qui descend jusqu'à terre, la friction de ses cuisses va générer une chaleur sexuelle qui sera transmise par ses yeux dans les yeux des hommes et les enflammera d'une façon impie. » Firdaus écarta les mains en un geste de résignation. « Donc, parce que les hommes sont des animaux, selon eux, les femmes doivent payer. C'est une vieille histoire. Rien de surprenant. » Anees hocha gravement la tête. « C'est la raison de ma présence ici, dit-il. Mon unité a décidé de défendre Pachigam ainsi que Shirmal, si besoin est. Ne vous inquiétez pas. Nous avons une centaine d'hommes fiables et pouvons obtenir l'aide de quelques amis en plus. Mais vous devez vous préparer. Cachez des armes dans toutes les maisons mais n'essayez pas de vous battre quand ils arriveront. Soyez patients et laissez-les vous insulter à leur guise. Quand nous commencerons à nous battre, alors et alors seulement vous pourrez nous aider à leur foutre une belle raclée, excuse-moi, *maej*. Je parle en soldat. » Firdaus abattit doucement son poing sur la table. « Mon petit, dit-elle, tu n'as pas idée de ce que peut être une foutue raclée tant que tu ne m'as pas vue à l'œuvre. »

Les cavaliers du Lashkar-e-Pak entrèrent dans Pachigam trois semaines plus tard, en plein jour, sans s'attendre à la moindre résistance. Leur chef, un fou criminel afghan à turban noir âgé de quinze ans, convoqua tous les habitants dans la rue et annonça que puisque les femmes de Pachigam étaient trop impudiques pour se voiler elles-mêmes comme l'exigeait l'Islam, elles devaient ôter tous leurs habits afin que le monde puisse voir les putains qu'elles étaient en réalité. Un grand murmure monta des villageois mais Firdaus Noman s'avança, ôta son phiran et commença à se déshabiller. Suivant son exemple, les autres femmes et filles du village commencèrent également à se dévêtir. Un silence s'abattit. Les combattants du LeP étaient incapables de détourner leurs regards des femmes, qui se déshabillaient lentement, de façon aguichante, en remuant leur corps de façon rythmique, les yeux fermés. « Aide-moi, mon Dieu, gémit en arabe un des combattants étrangers du LeP, en se tortillant sur son cheval. Ces diablesses aux yeux bleus dérobent mon âme. » Le fou criminel de quinze ans dirigea sa Kalachnikov sur Firdaus Noman. « Si je te tue maintenant, dit-il sombrement, aucun homme dans tout le monde musulman ne pourra dire que j'ai agi sans raison. » Au même instant, un petit trou rouge apparut sur son front et l'arrière de son crâne explosa. Le groupe de Bébé Che commençait à être connu pour l'habileté de ses tireurs autant que pour ses mines, et il avait une réputation à entretenir.

La bataille de Pachigam ne dura pas longtemps. Les hommes d'Anees avaient été bien positionnés et ils avaient hâte de se battre. Les militants du LeP furent encerclés, assaillis et, en quelques minutes, éliminés. Firdaus Noman et les autres femmes se rhabillèrent. Firdaus s'adressa avec tristesse au cadavre du jeune commandant du LeP. « Tu as découvert que les femmes sont dangereuses, mon garçon, dit-elle. Dommage que tu n'aies pas eu l'occasion de devenir un homme et de découvrir que nous sommes aussi agréables à aimer. »

*

L'extermination du groupe d'extrémistes du LeP ne rassura pas tous les villageois. Le vieux maître de danse Habib Joo était mort paisiblement dans son lit quelques années plus tôt, mais ses fils et sa fille, tous âgés de vingt ans ou plus à présent, des jeunes gens posés ayant hérité l'amour de la danse de leur père, vivaient encore au village. L'aîné, Ahmed Joo, vint informer Abdullah Noman que son frère cadet, Sulaiman, sa sœur Razia et lui avaient décidé de partir dans le sud avec les réfugiés pandit. « Combien de temps Anees pourra-t-il nous protéger ? demanda-t-il, avant de poursuivre : Nous ne pensons pas que ce soit une bonne idée d'être juif quand les islamistes reviendront ici. » Abdullah savait que les enfants Joo étaient des danseurs doués comme leur père, ils étaient l'avenir des bhands de Pachigam même si les bhands de Pachigam semblaient avoir peu d'avenir. Il n'essaya pas de les retenir. Le lendemain, la troupe de danse du village fut encore plus décimée quand les filles Sharga vinrent annoncer qu'elles aussi partaient. Himal et Gonwati avaient été terrorisées par les récits d'attaques de familles pandit et avaient convaincu leur père le grand baryton de les accompagner. « L'heure n'est plus aux chants, décréta Shivshankar Sharga, et de toute façon, je suis trop vieux pour chanter. »

Malheureusement, les Joo et les Sharga ne furent pas sauvés par leur décision de fuir. Le car bondé dans lequel ils se dirigeaient vers le sud eut un accident au pied des montagnes, pas très loin du col de Banihal. Le chauffeur, terrifié à l'idée d'être arrêté, que ce soit par les forces de sécurité ou des militants, avait roulé le plus vite possible. Il prit un certain virage trop rapidement et découvrit alors qu'un des énormes tas d'ordures qui s'accumulaient partout dans la vallée depuis que le système sanitaire ne fonctionnait plus avait glissé au milieu de la route. Il essaya frénétiquement de l'éviter, mais le car bascula sur le côté dans un fossé. Le chauffeur et la plupart des passagers furent gravement blessés et un des plus vieux passagers, le célèbre chanteur Shivshankar Sharga, fut tué sur le coup.

Il s'ensuivit une longue attente à l'envers dans le car accidenté. L'air était plein d'odeurs d'essence. Tout ceux qui pouvaient crier ou pleurer le faisaient. (Himal criait, tandis que Gonwati pleurait.) Certains, moins doués vocalement, se contentaient de gémir (les enfants Joo entraient dans cette catégorie), tandis que d'autres (par exemple le baryton décédé) étaient incapables d'émettre le moindre son. Finalement les secours arrivèrent et les passagers blessés furent recueillis dans un hôpital voisin. La salle des urgences était crasseuse. Les draps des lits tout tachés. Des marques de rouille maculaient les murs. Il n'y avait pas beaucoup de lits et les matelas à même le sol étaient sales et déchirés. Les passagers furent placés sur les lits, sur les matelas sur le sol et le long du couloir, dehors. Le seul médecin sur place, un jeune homme épuisé avec une fine moustache et une expression engourdie, s'adressa aux victimes de l'accident, qui continuèrent de crier (Himal), de pleurer (Gonwati) et de gémir (Ahmed, Sulaiman, Razia Joo) pendant qu'il parlait. « Avant de commencer, j'ai le pénible devoir, dit le jeune médecin, de vous adresser nos serviles excuses et de vous demander quelques précisions obligatoires. Il s'agit là d'une formalité odieuse mais indispensable. Des excuses sincères vous sont tout d'abord présentées pour le manque de personnel. De nombreux employés pandit se sont enfuis et la politique n'autorise pas leur remplacement. De nombreux chauffeurs d'ambulance sont également accostés par les forces de sécurité et sont brutalement punis et par conséquent ne sont plus en état de venir travailler. Des excuses vous sont ensuite présentées pour le manque de médicaments. Les médicaments contre l'asthme ne sont pas disponibles. Les traitements contre le diabète ne sont pas disponibles. Les réserves d'oxygène ne sont pas disponibles. En raison du délestage, certains médicaments ne sont pas réfrigérés et l'état desdits médicaments est douteux. Les remplacements, toutefois, sont indisponibles. Des excuses vous sont en outre présentées pour le manque de toutes machines à radiographier, les instruments de stérilisation, et les ustensiles servant à analyser le sang. Des excuses vous sont également présentées vis-à-vis des stocks de sang non testés pour le VIH. Une dernière excuse vous est présentée concernant la présence d'une épidémie de méningite dans ce lieu, et concernant l'impossibilité d'une quarantaine. Vos conseils à ce stade sont bienvenus. Vu les circonstances, ainsi qu'il a été douloureusement souligné plus haut, vous confirmerez ou déconfirmerez aimablement et individuellement votre souhait d'être admis ou désadmis de cet endroit afin que le traitement puisse être appliqué ou désappliqué. N'ayez aucun doute, mesdames et messieurs, que si vous nous faites confiance nous ferons de notre mieux. »

Las ! Les cinq membres du contingent de danseurs ne survécurent pas, succombant à une hémorragie interne non décelée (Himal), une jambe cassée non soignée et conséquemment gangreneuse (Gonwati), à des convulsions horribles et mortelles causées par l'injection de médicaments périmés (Ahmed et Razia Joo), et, dans le cas de Sulaiman Joo, à une méningite virale aiguë transmise par une fillette de sept ans qui agonisait dans le lit voisin. Il n'y avait pas de famille à proximité pour réclamer les corps et aucun service n'était disponible pour ramener les cinq danseurs dans leur village natal ; ils furent incinérés sur le bûcher municipal, y compris les trois juifs.

Leurs caractères n'étaient pas leurs destinées.

*

Au début de l'année 1991, avant le dégel du printemps, Pandit Pyarelal Kaul sentit sa vie se détacher de son corps avec des petits *pop* indolores et inaudibles. Fort bien, c'était parfait, pensa-t-il, il n'avait plus d'élève sauf lui-même, et même à lui il n'avait plus rien à transmettre. Il passa l'essentiel de ses derniers jours dans sa petite bibliothèque, seul avec ses vieux livres. Ces livres – son vrai trésor – seraient également perdus quand son heure viendrait. Il passa ses doigts le long de leurs dos usés et sortit les romantiques anglais. *Now more than ever seems it rich to die, to cease upon the midnight with no pain.* A présent plus que jamais mourir semble agréable, sans douleur à minuit s'éteindre... Ah ! pauvre Keats. Il n'y avait que les gens très jeunes pour imaginer que la mort fût une réponse adéquate à la beauté. Nous autres au Cachemire avons également entendu le Bulbul, lança-t-il au grand poète à travers l'espace et le temps, et il sera sûrement notre mort à tous.

Il ferma les yeux et se représenta son Cachemire. Il vit ses lacs de cristal, Shishnag, Wular, Nagin, Dal ; ses arbres, le noyer, le peuplier, le chinar, le pommier, le pêcher ; ses imposants sommets, Nanga Parbat, Rakaposhi, Harmukh. *Les pandits ont sanscritisé l'Himalaya.* Il vit les bateaux pareils à de petits doigts traçant des traits à la surface des eaux et les fleurs si nombreuses qu'on ne pouvait toutes les nommer, les fleurs aux mille parfums. Il vit la beauté des enfants dorés, la beauté des femmes aux yeux bleus et aux yeux verts, la beauté des hommes aux yeux bleus et aux yeux verts. Il se tint au sommet du mont Shankaracharya que les musulmans appelaient Takht-e-Sulaiman et déclama tout haut le célèbre vers sur le paradis terrestre. *Il est ceci, il est ceci, il est ceci.* S'étendant devant lui comme un festin, il vit la douceur et le temps et l'amour. Il envisagea de sortir sa bicyclette et de se rendre dans la vallée, de pédaler jusqu'à ce qu'il tombe, de s'enfoncer toujours plus avant dans la beauté. *O ces temps de paix quand nous étions tous amoureux et que la pluie était entre nos mains partout où nous allions.* Non, il n'allait pas vagabonder dans le Cachemire, il ne voulait pas voir son visage plein de cicatrices, les bidons d'essence brûlant sur les routes, les véhicules accidentés, la fumée des explosions, les maisons en ruine, les gens en ruine, les chars, la colère et la peur dans tous les yeux. *Tout le monde a son adresse dans sa poche afin qu'au moins son cadavre rentre chez lui.*

« Ya, Cachemire ! s'écria-t-il. Hai-hai ! Ya Cachemire ! »

Il ne reverrait pas sa fille, son unique enfant, dont il avait sauvé la vie en faisant d'elle une exilée, en la transformant en une femme des bois tribale. Quelle étrange histoire avait été la sienne. Il ne connaissait plus bien sa fille, n'avait plus accès à ses pensées. Elle s'était repliée sur elle-même et communiait avec la mort. Tout comme lui, désormais. Bhoomi Kaul, Boonyi Noman. Il n'était plus en mesure de la protéger. Il lui envoya un mot d'adieu affectueux et sentit une brise l'emporter jusqu'à sa forêt enchantée.

Il se demanda s'il vivrait suffisamment longtemps pour voir fleurir ses pommiers, et il sentit en lui un bruit sec en guise de réponse. Ah, ainsi ça ne serait plus très long. Il se mit à neiger légèrement, les derniers flocons à tomber avant le printemps. Il revêtit son costume de marié, les vêtements qu'il avait portés il y a longtemps quand il avait épousé sa bien-aimée Pamposh, et qu'il avait conservés tout ce temps dans du papier de soie au fond d'une malle. Il sortit dehors, habillé en jeune marié, et les flocons de neige caressèrent ses joues grisonnantes. Son esprit était vif, il pouvait se déplacer seul et personne ne l'attendait avec une matraque. Il avait son corps et son esprit et il semblait qu'une fin brutale lui serait épargnée. C'était là au moins une consolation. Il se rendit dans son verger de pommes gâtées, s'assit en tailleur sous un arbre, ferma les yeux, entendit les vers du Rig-Veda emplir le monde de leur beauté, et sans douleur à minuit s'éteignit.

*

Anees Noman fut capturé vivant, non sans avoir été blessé par balle à la jambe droite et à l'épaule, suite à une altercation avec les forces de sécurité dans le village de Siot, dans le sud-ouest, où il se terrait avec vingt combattants militants âgés de quinze à dix-neuf ans au-dessus d'un magasin d'alimentation qui s'appelait Chez Ahdoo ; le propriétaire dudit magasin fit venir les troupes parce que les jeunes avaient bu toutes ses boîtes de lait concentré, mais il regretta son geste après que l'armée eut dévasté sa boutique à coups de grenade qui firent voler en éclats la façade du petit bâtiment en bois à un étage ; un véhicule blindé garé en face tira ensuite plusieurs centaines de balles qui détruisirent tous les produits qui avaient réussi à survivre aux grenades. « Regardez le résultat de votre gloutonnerie, se plaignit le vieux Ahdoo en s'adressant aux cadavres des militants qu'on traînait dehors, et il ajouta, en guise de vague explication : Ils ont bu mes produits importés. Des produits de l'étranger ! Que pouvais-je faire ? »

Ils étaient quelques-uns parmi les morts à avoir participé à la défense de Pachigam contre le LeP, et ils avaient également sauvé la vie d'Anees en s'interposant entre lui et les grenades et les balles. Il aurait été préférable qu'ils le laissent mourir à Siot, toutefois, car il n'aurait pas connu alors l'agonie dans les salles de torture secrètes de Badami Bagh, des salles qui n'avaient jamais existé, n'existaient pas et n'existeraient jamais, et dont aucun cri jamais ne fut perçu, même hurlé.

Sur un mur de la pièce quelqu'un avait écrit quatre mots au crayon noir. C'étaient les quatre derniers mots que lirait jamais Anees.

Tout le monde parle.

Après la capture d'Anees Noman, le fils du sarpanch de Pachigam, les décideurs de Badami Bagh surent qu'il n'était plus possible pour Sardar Harbans Singh ou n'importe quel autre sentimental haut placé de protéger les frères de pute de ce village de prétendus acteurs et cuisiniers traditionnels. Le général Kachhwaha signa en personne le document autorisant le raid, et les équipes chargées de la répression fourbirent leurs armes. Le statut particulier du village bhand agaçait depuis longtemps les jawans comme les officiers responsables. L'assaut de Pachigam serait par conséquent particulièrement agréable, et on ne prendrait, bien sûr, pas de gants.

L'officier qui ramena le corps d'Anees Noman devant la maison de sa mère, le responsable du détachement, ne déclina pas son identité ni ne présenta ses condoléances. Le cadavre fut jeté sur le pas de porte, enveloppé dans une couverture grise ensanglantée, et la porte d'entrée fut défoncée. Firdaus fut traînée dehors par ses cheveux gris et bousculée afin qu'elle trébuche sur son fils mort. Un seul cri passa ses lèvres mais après ça, en dépit de tout ce qu'elle vit de son corps, elle garda le silence, puis elle se releva et regarda l'officier dans les yeux. « Où sont ses mains ? » demanda-t-elle. Ses mains qui étaient si adroites, qui avaient tant taillé et façonné. « Rendez-moi ses mains. »

Le père d'Anees s'agenouilla fièrement devant son fils, joignit ses mains tordues et commença à réciter des versets. L'officier ne fut pas impressionné. « Pourquoi votre femme fait-elle toute cette histoire pour des mains, demanda-t-il à Abdullah, alors que vos mains ne savent même pas prier ? » Il fit un geste et deux soldats s'emparèrent des mains du sarpanch et les plaquèrent contre le sol. « Des mains, ça ? dit l'officier. Avant d'aller plus loin redressons ces deux-là. »

Quel était ce cri ? Etait-ce un homme, une femme, un ange ou un dieu qui pleurait ainsi, qui criait de la sorte ? Une voix humaine était-elle capable de sons aussi désolés ?

Il y avait la terre et il y avait les planètes. La terre n'était pas une planète. Les planètes étaient les ravisseurs. On les appelait ainsi parce qu'elles pouvaient se saisir de la terre et fléchir son destin à leur guise. La terre n'avait jamais été des leurs. La terre était le sujet. La terre était la ravie.

Pachigam était la terre, la ravie, l'impuissante, et de puissantes planètes insensibles s'inclinaient, tendaient leurs tentacules célestes et sans pitié, et ravissaient.

Qui alluma cet incendie ? Qui brûla ce verger ? Qui abattit ces deux frères qui avaient ri toute leur vie ? Qui tua le sarpanch ? Qui brisa ses mains ? Qui brisa ses bras ? Qui brisa son vieux cou ? Qui enchaîna ces hommes ? Qui fit disparaître ces hommes ? Qui abattit ces garçons ? Qui abattit ces filles ? Qui saccagea cette maison ? Qui saccagea cette autre maison ? Qui saccagea cette *autre* maison ? Qui tua ce jeune homme ? Qui assomma cette grand-mère ? Qui poignarda cette tante ? Qui brisa le nez de ce vieil homme ? Qui brisa le cœur de cette jeune fille ? Qui tua cet amoureux ? Qui abattit sa fiancée ? Qui brûla les costumes ? Qui brisa les épées ? Qui incendia la bibliothèque ? Qui mit le feu au champ de safran ? Qui tua les animaux ? Qui brûla les ruches ? Qui empoisonna les rizières ? Qui tua les enfants ? Qui fouetta les parents ? Qui viola cette femme à l'œil paresseux ? Qui viola cette femme à l'œil paresseux aux cheveux gris tandis qu'elle criait et parlait de la vengeance des serpents ? Qui viola encore cette femme ? Qui viola encore une fois cette femme ?

Qui viola encore une fois cette femme ? Qui viola cette femme morte ? Qui viola encore une fois cette femme morte ?

Le village de Pachigam figure toujours sur les cartes officielles du Cachemire, au sud de Srinagar et à l'ouest de Shir mal, près de la route d'Anantnag. Dans les archives encore disponibles, on peut lire que sa population est de trois cent cinquante âmes, et dans quelques guides destinés aux touristes il y a des brèves allusions au bhand pather, un art populaire presque disparu, ainsi qu'au nombre décroissant de troupes qui cherchent à le préserver. Cette existence officielle, cet être de papier est son unique mémorial, car là où se trouvait autrefois Pachigam près de l'insouciante Muskadoon, là où ses petites rues allaient de la maison du pandit à celle du sarpanch, là où Abdullah grondait et où Boonyi dansait et où Shivshankar chantait et où Shalimar le clown avançait sur son fil suspendu comme s'il marchait sur l'air, il ne reste plus rien qui ressemble à une habitation humaine. Ce qui s'est passé ce jour-là à Pachigam n'a pas besoin d'être raconté ici dans le détail, parce que la brutalité est la brutalité et l'excès l'excès, et qu'il n'y a rien d'autre. Il y a des choses qu'il vaut mieux examiner indirectement ; elles vous aveugleront si vous les regardez en face, comme le feu solaire. Aussi, au risque de nous répéter : il n'y avait plus de Pachigam. Pachigam fut détruit. A vous de l'imaginer.

Deuxième tentative : le village de Pachigam existait encore sur les cartes du Cachemire, mais ce jour-là il cessa d'exister partout ailleurs, sauf dans le souvenir.

Troisième et dernière tentative : le beau village de Pachigam existe toujours.

Le recours de plus en plus intensif aux *fidayeen*, les bombes humaines, par le groupe de Maulana Bulbul Fakh ainsi que par d'autres insurgés, Hizb-ul-ceci, Lashkar-e-cela, Jaish-e-ce-que-vous-voudrez, était une nouvelle contrariété, se disait le général Hammirdev Kachhwaha, accroupi dans l'obscurité, mais c'était également le signe que les activités purement militaires, même émanant du prétendu commando d'acier, avaient été jugées trop douces et qu'une seconde phase, décisive, avait commencé. Les chiffes molles du nationalisme laïque avaient connu leur heure de gloire, et au fil des mois ressemblaient de plus en plus à des incongruités sur la touche. « Le Cachemire aux Cachemiriens » n'était plus une option. Seuls les grands garçons avaient le droit de jouer, et ce serait le Cachemire aux Indiens ou le Cachemire aux Pakistanais dont les organisations terroristes étaient les mandataires. Les choses s'étaient clarifiées et la création de la clarté était après tout le but universel de l'activité militaire. Le général Kachhwaha préférait ce monde plus simple et plus clair. Maintenant, se disait-il, c'est soit eux soit nous, or nous sommes les plus forts, nous l'emporterons donc inévitablement.

Il dut reconnaître que les attentats suicides avaient remporté quelques succès. Il les connaissait tous par cœur. Le 13 juillet dernier, attaque du camp de sécurité frontalier à Bandipora, un Inspecteur général adjoint et quatre responsables tués. Le 6 août, un officier en chef et deux sous-officiers en mission tués au camp militaire de Natnoos. Le 7 août, un colonel et trois soldats assassinés au camp militaire de Tregham. Le 3 septembre, après un raid audacieux sur l'enceinte du QG de Badami Bagh lui-même, dix soldats assassinés y compris un responsable des relations publiques (pas une perte, selon l'opinion personnelle et non exprimée du général Kachhwaha). Et ainsi de suite, tracasserie après tracasserie. 2 décembre : QG militaire, de Baramulla, un JCO tué. 13 décembre, Lignes civiles à Srinagar, cinq soldats. 15 décembre, camp militaire de Rafiabad, nombreux blessés, pas de morts. 7 janvier, centre météorologique de Srinagar, attaque. Quatre soldats tués. 10 janvier, voiture piégée à Srinagar. 14 février, poney anonyme utilisé pour porter un EEI (engin explosif improvisé) dans campement des forces de sécurité de Lapri, district d'Udhampur. Le général Kachhwaha savait admirer l'initiative quand il la remarquait. Mais les pertes de l'ennemi pendant ces accrochages étaient lourdes elles aussi. Ils avaient été durement frappés. Le « commando d'acier » avait été criblé de trous. D'où cette nouvelle tactique. Ils acceptaient quelques pertes en vie afin d'infliger de profondes blessures. Le 19 février eut lieu la première attaque fidayeen sur Badami Bagh. Deux soldats tués. Trois semaines plus tard, un second attentat suicide à la bombe sur le QG, quatre soldats tués.

Il y avait ceux qui prétendaient que les terroristes, inspirés par les activités fidayeen, gagnaient en importance, que la guerre allait être perdue. On demandait le remplacement du général Kachhwaha. Des fidayeen lancèrent une bombe sur le poste de commande de la police à Srinagar (huit soldats morts). Des fidayeen attaquèrent la base de Wazir Bagh à Srinagar (quatre morts). Des fidayeen attaquèrent la base militaire de Lassipora, district de Kupwara (six). Et en plus de cela, il y eut une embuscade non fidayeen à Morha Chatru, district de Rajouri (soi-disant quinze morts), une patrouille prise en embuscade à Gorikund, Udhampur (cinq morts), une attaque sur la base de Shahlal, Kupwara (cinq), sur le poste de police de Poonch (sept). Des EEI furent placés sous des bus militaires à Hangalpua (huit) et Khooni Nallah (cinq). Fort bien, concéda en ronchonnant le général Kachhwaha, la liste était longue. Attaques fidayeen à Handwara, deux. Le pèlerinage annuel d'Amarnath pris d'assaut, neuf pèlerins tués. D'autres hindous tués au temple de Raghunath au Jammu par deux terroristes fidayeen. Des fidayeen attaquèrent un arrêt de bus à Poonch, et le commissaire adjoint fut tué. Un escadron de trois fidayeen dévasta le camp militaire de village Bangti à Tanda Road, district d'Akhnoor, au Jammu : huit morts, y compris un général de brigade, et quatre généraux blessés. Puis, enfin, quelques succès à signaler. Bébé Che, le célèbre militant Anees Noman, était mort. Une attaque fidayeen sur un camp des forces de sécurité à Poonch fut déjouée ; deux mercenaires étrangers furent tués. Une attaque fidayeen, audacieuse et hautement dangereuse, sur la résidence du Premier ministre, dans Maulana Azad Road, Srinagar, fut contrecarrée ; les deux terroristes furent tués. La chance tournait. L'échelon politique devait le reconnaître. La situation était en cours de stabilisation. Une centaine d'insurgés présumés et leurs complices présumés étaient abattus tous les jours. L'important c'était d'avoir la volonté de réussir. Si cinquante mille morts étaient nécessaires, alors il y aurait cinquante mille morts. La bataille ne serait pas perdue tant que la volonté serait là, et lui, le général Kachhwaha, était l'incarnation de cette volonté. Par conséquent la bataille n'était pas perdue. Elle était en train de se gagner.

*

La nouvelle du raid sur Pachigam se répandit rapidement. Le colonel Armé du Cachemire avait fait de ce village un exemple et son emploi de la manière forte s'était révélé efficace, à sa façon. Les gens avaient encore plus peur qu'avant d'héberger des militants. Les rares survivants, des personnes âgées, des enfants, des ouvriers agricoles et des bergers qui avaient réussi à se cacher dans les collines boisées derrière le village, se rendirent à Shirmal où les habitants leur témoignèrent toute la bonté dont ils étaient capables en cette époque de poches vides et de bouches ouvertes. Les vieux ressentiments entre Pachigam et Shirmal furent oubliés comme s'ils n'avaient jamais existé. Bombur Yambarzal et son épouse Hasina, dite Harud, veillèrent personnellement à ce que les réfugiés soient nourris et hébergés. Les ruines de Pachigam fumaient encore. « Laissez d'abord les choses se calmer, dit Harud Yambarzal aux Pachigamis terrifiés et abattus, puis nous songerons à rebâtir vos maisons. » Elle s'efforçait de son mieux de paraître rassurante mais intérieurement elle était paniquée. Dans l'intimité du foyer Yambarzal, elle gifla ses deux fils du plat de la main et leur dit qu'à moins qu'ils ne rompent immédiatement tout contact avec les groupes militants, elle leur trancherait personnellement le nez pendant leur sommeil. « Si vous croyez que je vais accepter que ce qui s'est passé à Pachigam se reproduise dans ce village, leur dit-elle en sifflant, alors mes garçons, c'est que vous ne connaissez pas votre mère. Je vous ai élevés pour que vous soyez des gens sensés et pratiques. Il s'agit maintenant de rembourser la dette de l'enfance et de faire ce qu'on vous dit de faire. » C'était un personnage impressionnant et ses fils les électriciens cachottiers acquiescèrent dans leur barbe, d'accord, d'accord, puis ils se retirèrent pour aller fumer des beedis et attendre que leurs oreilles cessent de siffler. Il y avait alors pénurie de jeunes hommes dans les villages du Cachemire. Ceux-ci étaient passés à la clandestinité à Srinagar, ce qui était toujours moins dangereux que de vivre au village, ou avaient rejoint les militants dans la clandestinité, ou les cinquièmes colonnes de la contre-insurrection de l'armée, ou traversé dans la clandestinité la Ligne de contrôle pour rejoindre les groupes djihadi de l'ISI pakistanais, ou étaient passés clandestinement sous terre, dans leurs tombes. Hasina Yambarzal avait retenu ses garçons par la pure force de sa personnalité. Elle les voulait là où elle pouvait les voir : ni clandestins ni sous terre, chez elle.

Sept nuits après le saccage de Pachigam, au grand effroi de Hasina Yambarzal, Maulana Bulbul Fakh déboula dans Shirmal avec trois jeeps, accompagné par Shalimar le clown et vingt autres membres du terrifiant commando d'acier. Bientôt, la maison des Yambarzal fut assiégée par des hommes armés. Le mollah d'acier entra avec quelques-uns de ses acolytes, dont un était le seul fils survivant du défunt sarpanch de Pachigam. Même Bombur Yambarzal, un homme doté d'une trop grande opinion de lui-même pour être un bon observateur des autres gens, remarqua le changement dans Shalimar le clown et un peu plus tard ce soir-là, couché auprès de sa femme, l'interrogea. « La tragédie a frappé très durement cet homme, il ne faut donc pas s'étonner s'il a l'air d'être prêt à vous trancher la gorge pour peu qu'on claque des doigts au mauvais moment, hein, Harud ? » dit-il doucement, de peur d'être entendu par quelqu'un dehors. Hasina Yambarzal secoua lentement la tête. « Cette tragédie est une nouvelle blessure, et on peut voir sa douleur, c'est sûr, répondit-elle d'une voix aussi basse que son mari. Mais j'ai vu également dans ses yeux ce dont tu parles, et je te dis qu'il a ce regard d'assassin depuis longtemps. Ce n'est pas le regard d'un homme blessé par la mort de sa famille, mais l'expression d'un homme habitué à tuer. Dieu seul sait où il a été se fourrer ou ce qu'il est devenu, pour revenir avec une telle expression. »

« Notre frère endeuillé a besoin de se recueillir sur la tombe de ses parents, avait déclaré Bulbul Fakh sans préambule. Par conséquent, ce soir, je requiers votre aide en ce qui concerne l'hébergement et l'alimentation des animaux et des hommes. » Bombur Yambarzal trembla dans ses sandales et perdit momentanément l'usage de la parole parce qu'il était sûr que le mollah d'acier n'avait pas oublié le jour où il l'avait défié, des années auparavant, aussi fut-ce Hasina qui répondit : « Nous ferons ce que nous pouvons, mais ce ne sera pas facile car nous avons déjà les sans-abri de Pachigam à nourrir et à héberger. » Elle proposa toutefois que la demeure abandonnée des Gegroo soit mise à la disposition des combattants, et le mollah d'acier accepta. Bulbul Fakh s'installa lui-même dans cette vieille ruine poussiéreuse avec la moitié de ses combattants en faction et Bombur lui apporta personnellement un plat tout simple de légumes, de lentilles et de pain. Les autres combattants mangèrent rapidement puis se dispersèrent dans les ombres autour de Shirmal pour monter la garde.

Shalimar le clown emprunta un petit cheval et partit seul vers Pachigam sans rien dire à personne.

« Le pauvre », dit Bombur Yambarzal en le regardant s'éloigner. Personne ne répondit. Hasina Yambarzal avait remarqué un peu plus tôt que ses deux fils n'étaient pas dans les parages, ce qui signifiait que les ordres qu'elle avait donnés dès qu'elle avait vu les combattants du « commando d'acier » entrer en ville avaient été suivis d'effet. La seule chose à faire maintenant c'était de rentrer chez soi. « Viens te coucher » dit-elle à Bombur, et il se garda bien de la contredire en entendant le son de sa voix.

Au petit matin, les forces du général Hammirdev Kachhwaha, informées de la situation par les émissaires de Hasina Yambarzal, Hashim et Hatim Karim (qui furent grandement loués pour leur patriotisme et immédiatement promus à des postes d'honneur dans la milice anti-insurrection), lancèrent une vaste opération sur Shirmal. « Dabord le Hizb-ul-Mujaheddin s'est mis à trahir le FLJC, songea le général Kachhwaha, et maintenant les gens se mettent à trahir le Hizb. La situation a de nombreux avantages. » Le cordon sanitaire autour de la zone de Shirmal fut établi si subrepticement qu'aucun des membres du commando d'acier ne réussit à s'échapper. Comme le nœud se resserrait, les sentinelles dans les bois se rabattirent sur la maison des Gegroo et opposèrent une dernière résistance. Quand les chars de l'armée entrèrent en grondant dans Shirmal, il n'y eut pas de destruction aveugle du genre de celle dont avait souffert récemment Pachigam. La coopération avait ses avantages, et de toute façon, grâce à Hasina Yambarzal, les rats étaient déjà bien pris au piège. Après une brève mais fulgurante séquence d'explosions de grenades et de feux d'artillerie, la maison des Gegroo avait cessé d'exister et plus personne à l'intérieur n'était vivant. Les corps des combattants du commando d'acier furent traînés dehors. Dans les vêtements de Maulana Bulbul Fakh, aucun cadavre humain ne fut découvert. Toutefois, une quantité appréciable d'éléments mécaniques épars furent trouvés, désormais inutilisables.

Le général Hammirdev Suryavans Kachhwaha, allongé sur son lit dans la salle sombre du QG de l'armée, à Badami Bagh, se laissait glisser agréablement vers le sommeil. Il avait été réveillé par un coup de fil l'informant de l'éradication d'au moins vingt combattants du commando d'acier et de la mort présumée de leur chef, le fanatique djihadi connu sous le nom de Maulana Bulbul Fakh. Le général Kachhwaha reposa le combiné sur sa base, soupira doucement et ferma de nouveau les yeux. Les femmes de Jodhpur apparurent devant lui, écartant leurs bras pour l'accueillir. Bientôt, son long mariage avec le Nord serait fini. Bientôt il retournerait triomphalement dans cette terre aux couleurs chaudes et aux femmes enflammées, et à l'âge de soixante ans il retrouverait une jeunesse vigoureuse grâce à une belle jeune femme dont il aurait gagné les faveurs, dont il méritait ô combien les douces faveurs. Elle s'approcha de lui, en lui faisant signe. Son bras se posa sur son épaule, avec la souplesse d'un serpent, et comme un serpent sa jambe se lova autour de la sienne. Puis comme un troisième serpent son autre bras et comme un quatrième serpent son autre jambe jusqu'à ce qu'elle soit toute ondulante sur lui, accrochée à son corps, lui léchant l'oreille de ses langues fourchues, ses nombreuses langues fourchues, les langues aux extrémités de ses bras et jambes. Elle avait autant de bras et de jambes qu'une divinité et multiple, irrésistible, elle s'enroula autour de lui et serra et, finalement, de toutes ses forces, le mordit.

La mort accidentelle du général H.S. Kachhwaha, due à une morsure de cobra royal, fut annoncée à Badami Bagh le lendemain matin et on l'enterra avec tous les honneurs dans le cimetière militaire de la base. Les circonstances de sa mort ne furent pas rendues publiques mais en dépit des efforts des autorités tout le monde apprit vite l'existence du nid grouillant de serpents qui avait réussi à pénétrer le sanctuaire du pouvoir militaire au Cachemire. Le nombre des serpents ne cessa d'augmenter au fil des rumeurs jusqu'à ce qu'on parle de plusieurs dizaines, de cinquante, de cent un reptiles. On supposa alors, et bientôt on le crut, que les serpents avaient creusé un tunnel sous les défenses de l'armée – il s'agissait bien sûr de serpents géants, des serpents les plus venimeux qu'on puisse imaginer, des serpents arrivant après un long périple souterrain depuis leurs repaires sacrés au pied de l'Himalaya ! – ils venaient venger les torts causés au Cachemire, et quand on découvrit le corps du général Kachhwaha, on aurait dit qu'il avait été attaqué par un essaim de frelons, si nombreuses et brutales étaient les morsures. On savait moins, en revanche, qu'au moment de mourir Firdaus Noman de Pachigam avait jeté un sort-serpent sur le chef de l'armée ; en conséquence, ce détail macabre ne fit pas partie de l'histoire qui circula.

*

Elle savait qu'il arrivait, sentait qu'il était proche, et se préparait en conséquence. Elle tua sa dernière chèvre, la dépouilla, l'apprêta avec ses meilleures herbes, et prépara un repas. Elle se baigna dans la rivière de montagne qui traversait la prairie de Khelmarg et tressa des fleurs dans ses cheveux. Elle allait avoir quarante-quatre ans, ses mains avaient été rendues rêches par le travail, elle avait deux dents cassées, mais son corps était lisse. Son corps racontait l'histoire de sa vie. L'obésité de son époque de folie était finie mais avait laissé ses plaies, les veines rompues, la peau trop lâche. Elle voulait qu'il voie son histoire, qu'il lise le livre de sa nudité, avant de faire ce qu'il était venu faire.

Elle voulait qu'il sache qu'elle l'aimait. Elle voulait lui rappeler les heures passées près de la Muskadoon, ce qui s'était passé à Khelmarg, la courageuse défense de leur amour par les villageois. Si elle lui montrait son corps, il verrait tout cela, de même qu'il verrait les marques des mains d'un autre homme, des marques qui le forceraient à commettre un meurtre. Elle voulait qu'il voie tout cela, sa chute, et sa survie après la chute. Ses années d'exil étaient inscrites sur son corps et il fallait qu'il sache leur histoire. Elle voulait qu'il sache qu'à la fin de l'histoire de son corps, elle l'aimait encore, ou de nouveau, ou depuis toujours. Elle ne portait aucun vêtement, surveillait la cuisson de son repas sur le feu doux et attendait.

Il arriva à pied, un couteau à la main. On entendit quelque part un hennissement de cheval mais il n'était pas à cheval. Nulle lune ne brillait. Elle sortit de sa cabane pour l'accueillir.

Tu veux d'abord manger ? demanda-t-elle, en repoussant une mèche de cheveu de son visage. Si tu veux manger, c'est prêt.

Il ne dit rien. Il déchiffrait l'histoire de sa peau.

Tout le monde est mort, dit-elle, mon père est mort, le tien aussi, et je crois que tu es peut-être mort toi aussi, alors pourquoi voudrais-je vivre ?

Il ne dit rien.

Finissons-en, dit-elle. Oh, mon Dieu, finissons-en, je t'en prie.

Il s'avança vers elle. Il lisait son corps. Il le tenait dans ses mains.

Maintenant, lui ordonna-t-elle. Maintenant.

*

Il était en train de descendre la colline boisée, les larmes aux yeux, quand il entendit les explosions dans Shirmal – il devina la suite. Ça simplifiait les choses, d'une certaine façon. Il avait été le bras droit et le chef de la communication du mollah d'acier mais les deux hommes étaient tombés en désaccord. Shalimar le clown n'avait jamais aimé le recours aux attentats suicides, qui lui semblaient une façon lâche de faire la guerre, mais Bulbul Fakh était de plus en plus convaincu de la valeur de cette tactique et était passé rapidement des raids militaires du type commando d'acier au recrutement de fidayeen et à leur entraînement. Trouver des jeunes hommes et même des jeunes filles disposés à mourir en explosant semblait une activité dégradante aux yeux de Shalimar le clown, qui avait par conséquent décidé de prendre ses distances avec le mollah d'acier dès que la chose serait possible, sans que cela conduise à son exécution pour désertion. Les explosions dans Shirmal résolvaient ce problème. Plus rien ne le retenait au Cachemire et maintenant que le dernier obstacle avait été écarté, il était temps pour lui de fuir.

Il descendit du petit cheval de montagne qu'il avait emprunté à Bombur Yambarzal, s'essuya le visage et chercha dans son sac à dos le satphone. Il était toujours risqué de communiquer par téléphone satellite parce qu'on était souvent surveillé par l'ennemi, mais il n'avait pas le choix. Il était trop loin des cols du nord, et l'extrémité sud de la Ligne de contrôle était fortement militarisée et difficile à franchir. Il y avait des endroits où passer si vous saviez où chercher, mais même s'il avait une idée de l'endroit où aller il serait difficile d'y arriver tout seul. Il avait besoin de ce qu'on appelait, dans une autre guerre, à une autre époque, un *passeur**.

Le premier coup de fil régla ce problème. Le second fut un coup de poker. Mais le numéro de téléphone de l'intermédiaire malais était un bon numéro, et la voix qui lui répondit parlait et comprenait l'arabe, et les codes qu'on lui avait donnés parurent signifier quelque chose, le message qu'il avait besoin d'envoyer fut accepté, et on lui donna en retour des instructions. Rien ne pourrait être fait avant qu'il ait traversé la Ligne de contrôle. Il s'avéra en fait que ce n'était pas le plus gros problème. Le passeur arriva et fit son travail du côté indien de la LdC et le combattant en qui il voyait un « passage », le militant connu sous le nom de Dar, qu'il appelait Montagne Nue, l'attendait de l'autre côté de la ligne avec un groupe de voyous qui ne parurent pas contents de le voir. « Je suis désolé, dit Montagne Nue en kashmiri, mais tu sais comment c'est. » Ce fut le dernier contact humain de Shalimar le clown avec son ancienne vie. On lui mit un bandeau sur les yeux et on l'emmena dans une pièce sans fenêtre pour l'interroger. Là, il fut attaché à une chaise et on le pria d'expliquer pourquoi il était le seul à avoir survécu au massacre de Shirmal, et de donner à ses interlocuteurs une bonne raison de ne pas le considérer comme un fumier de sale traître et l'abattre dans l'heure. Les yeux bandés, ne connaissant pas le nom de la personne qui l'interrogeait, il prononça la phrase codée qu'on lui avait transmise par satphone et il y eut un long silence dans la pièce. Puis l'homme s'en alla et après plusieurs heures un autre homme entra. « Entendu, ça colle, dit-il. T'as de la chance, tu sais ça ? Nous avions prévu de te couper les couilles et de te les fourrer dans la bouche mais il semblerait que tu as des amis haut placés, et si le *ustadz* te veut à ses côtés alors c'est là, mon ami, que tu iras. »

Après ça, le monde réel cessa d'exister pour Shalimar le clown. Il entra dans le monde fantomatique de la fuite. Dans le monde fantôme, il y avait des costumes de businessman et des avions de ligne, et il transita de main en main comme un colis. A un moment, il se trouva à Kuala Lumpur mais ça se résuma à un aéroport et une chambre d'hôtel puis encore un aéroport. A l'issue de la course fantôme, il y avait des noms de lieux qui ne signifiaient presque rien : Zamboanga, Lamitan, Maluso, Isabela. Il y eut plusieurs bateaux. Autour de la principale île de Basilan, il y avait soixante et une îles plus petites et, sur l'une d'elles, une partie du groupe de Pilas, il émergea du monde fantôme dans une maison sur pilotis à toit de chaume au cœur d'un village qui sentait le thon et la sardine, et fut accueilli par un visage familier. « Alors, cher impie, dit l'*ustadz* dans son mauvais hindi guilleret, comme tu vois je suis redevenu pêcheur, mais aussi – c'est ça ? c'est ça ? – un très bon pêcheur d'hommes. »

Abdurajak Janjalani avait de riches bailleurs de fonds mais son groupe Abu Sayyaf n'en était encore qu'à ses débuts. Il avait moins de six cents combattants. « Donc, mon ami, nous avons besoin bon tueur combattant comme toi. » Le plan était simple. « Partout à Basilan et dans l'ouest de Mindanao nous attaquons les chrétiens, lançons des bombes sur les chrétiens, brûlons les commerces chrétiens, kidnappons les touristes chrétiens contre rançon, nous exécutons les soldats chrétiens, et après nous en capturons d'autres. Entre-temps nous montrons à toi bonnes choses. Terre d'abondance ! Beaucoup poisson, beaucoup caoutchouc, beaucoup maïs, beaucoup huile de palme, beaucoup poivre, beaucoup noix de coco, beaucoup femmes, beaucoup musique, beaucoup chrétiens pour prendre tout ça et rien laisser à beaucoup musulmans. Beaucoup langues. Vouloir apprendre ? Chavacano, sorte d'espagnol. Aussi yakan, tausug, samal, cebuano, tagalog. Oublie tout ça, sans importance. Maintenant nous apportons nouvelle langue à nous. Dans notre langue pas besoin de beaucoup mots. Embuscade, bombe, kidnapping, rançon, exécution. Plus de monsieur gentil sourire ! Nous sommes les Frères de l'Epée. » Ils mangeaient du maquereau et du riz dans la cabane du pêcheur. Le *ustadz* se pencha. « Je te connais, mon ami. Je me souviens de ta quête. Mais comment trouveras-tu ta proie ? Il connaît le monde secret, et le monde, aussi, est vaste. » Shalimar le clown haussa les épaules. « Peut-être il me trouvera, dit-il. Peut-être Dieu me le livrera-t-il. » Janjalani rit gaiement. « Tueur combattant impie, tu es drôle. » Il baissa la voix. « Combats avec moi une année. Quoi d'autre y avoir pour toi ? Nous essaierons de le trouver. Qui sait ? Le monde est plein d'oreilles. Peut-être nous aurons chance. »

Exactement un an plus tard – un an jour pour jour ! –, ils se trouvaient à Latuan, à l'est d'Isabela, et venaient juste de finir d'incendier une plantation de caoutchouc du nom de Timothy da Cruz Filipinas. Se détachant sur un arrière-fond apocalyptique de flammes, Abdurajak Janjalani se tourna vers lui avec son keffieh palestinen rouge et blanc, et la gloire soudaine de son large sourire. « Merveilleuse nouvelle ! Mon ami ! Je tiens parole. » Shalimar le clown prit l'enveloppe que lui tendait l'*ustadz*. « L'ambassadeur, non ? » Janjalani sourit. « Sa photo, son nom, son adresse. Maintenant nous envoyons toi en mission. Regarde dedans, regarde dedans ! Los Angeles, mon ami ! Hollywood & Vine ! Malibu Colony ! Beverly Hills 90210 ! Nous envoyons toi pour devenir grande grande vedette cinéma et bientôt embrasser Américaines à la télé et conduire voitures de luxe et dire remerciements stupides aux Oscars ! Je suis un homme de parole, tu n'es pas d'accord ? »

Shalimar le clown regarda l'enveloppe. « Comment as-tu fait ? » demanda-t-il. Janjalani eut un haussement d'épaules. « Comme je l'ai dit. Peut-être nous avoir la chance. Filipinos être partout, avec yeux pour voir et oreilles pour entendre. » Une pensée frappa Shalimar le clown. « Depuis combien de temps le sais-tu ? Tu le sais depuis le début, n'est-ce pas ? » Ustadz Abdurajak Janjalani feignit le remords. « Mon ami !

Tueur combattant ! Pardonne s'il te plaît. J'avais besoin de toi une année. Merci ! C'était le marché. Et maintenant je t'envoyer où tu as besoin d'aller. Merci ! Nos histoires se sont touchées. Très bien. C'est assez. C'est mon cadeau d'adieu. »

*

Et après une autre plongée dans le monde fantôme, après des bateaux, des voitures et des avions, après la frontière canadienne traversée en hélicoptère de Vancouver jusqu'à Seattle et un trajet en car vers le sud, après un étrange rendez-vous au restau IHOP au croisement de Sunset et Highland avec son contact local, un Philippin d'âge mûr aux cheveux peignés en arrière, vêtu d'une veste d'intérieur en soie, après quelques heures de sommeil dans un asile de nuit dans le centre-ville en face du Million Dollar Hotel, il se retrouva en complet veston devant de hautes grilles dans Mulholland Drive et prononça un sésame dans l'interphone. Je viens pour ambassadeur Max et mon nom est Shalimar le clown. Non, monsieur, pas de démarcheurs. Monsieur, je ne comprendre pas. Vous informer ambassadeur Max, s'il vous plaît monsieur, attendez monsieur, monsieur, s'il vous plaît, monsieur. Et le deuxième jour, une fois de plus, il s'adressa à la voix anonyme, la voix hostile, distante, la voix de la sécurité, qui ne prend pas de risques, envisage le pire scénario possible puis prend des mesures. Le troisième jour il y avait des chiens derrière la grille. Monsieur, dit-il, pas de chiens, s'il vous plaît. Je suis connu de ambassadeur Max. Pas d'ennuis, monsieur, s'il vous plaît. Informez seulement Son Excellence et j'attendrai son bon plaisir.

Il dormit dans l'herbe en contrebas de la route, restant hors de vue des voitures de police qui faisaient leurs rondes. Il avait été bien entraîné. Il aurait pu attraper les chiens par la mâchoire et leur arracher la tête en deux morceaux. Il aurait pu affronter la voix du vigile et lui apprendre quelques ruses, aurait pu la forcer à se rouler comme un chien et à faire le mort comme un chien. C'était une voix de chien et son propriétaire pouvait être tué comme un chien. Mais il se maîtrisa, se montra humble, suppliant, doux. Quand la Bentley de l'ambassadeur franchit les grilles le quatrième jour, Shalimar le clown se dressa sur le chemin. Les vigiles levèrent leurs armes mais il tenait un chapeau en laine cachemirien dans les mains, sa tête était penchée, et son comportement était révérencieux et triste. La vitre de la voiture s'abaissa et sa cible apparut, l'ambassadeur Max, vieux maintenant mais c'était encore l'homme qu'il voulait, sa proie. Une proie peut être traquée de bien des façons. Certaines sont furtives. Qui êtes-vous, demanda l'ambassadeur, pourquoi vous obstinez-vous à venir ici. Monsieur, dit-il, je m'appelle Shalimar le clown et autrefois vous avez connu ma femme au Cachemire. Elle a dansé pour vous. *Anarkali.* Oui, monsieur, Shalimar. Oui, monsieur, Boonyi, ma femme. Non, monsieur, je ne cherche pas les ennuis. Ce qui est fait est fait. Non, monsieur, malheureusement elle est décédée. Oui, monsieur. Il y a quelque temps. Triste, oui, monsieur, très triste. La vie est brève et pleine de chagrin. Oui, monsieur, merci de demander. Je suis heureux d'être ici dans le pays des hommes libres et braves. Mais j'ai un besoin de travail. Ça, pour son égard à elle, monsieur, je demande. Monsieur, si vous pouvoir, par amour. Dieu vous bénisse, monsieur. Je ne décevrai pas.

Revenez demain, dit l'ambassadeur. Nous parlerons. Il inclina la tête et recula. Le cinquième jour il revint sonner. Je viens pour ambassadeur Max et je m'appelle Shalimar le clown.

Les grilles s'ouvrirent.

*

Il était plus qu'un chauffeur. Il était un valet, un serviteur, l'ombre de l'ambassadeur. Il n'y avait aucune limite à son désir de servir. Il voulait se rapprocher de l'ambassadeur, être aussi près qu'un amant. Il voulait connaître son vrai visage, ses forces et ses faiblesses, ses rêves secrets. Connaître de la façon la plus intime possible la vie qu'il comptait éliminer avec le maximum de brutalité. Rien ne pressait. Il avait le temps.

Il savait que l'ambassadeur avait une femme, dont il était séparé. Il savait qu'il y avait une fille qui avait été élevée par la femme mais qui vivait maintenant à Los Angeles. M. Khadaffy Andang, l'étrange monsieur philippin, était l'un des agents des contacts de l'*ustadz*, un « dormeur » de longue date établi en Californie par les chefs de la Base, et il avait été activé par le Sheikh à la demande de l'*ustadz*, afin d'aider Shalimar le clown.

Par chance, ou intervention divine, le dormeur résidait dans le même immeuble que la fille Ophuls. Il l'aborda à la laverie et ses manières courtoises, affables et démodées la mirent à l'aise. C'est ainsi que l'information concernant l'ambassadeur fut obtenue. C'est ainsi que fonctionnait le monde. Parfois le désir de votre cœur était suspendu à la plus haute branche du plus grand arbre et il vous était impossible de l'escalader pour l'atteindre. Ou alors vous attendiez patiemment et il tombait sur vos genoux.

L'ambassadeur n'avait aucune photo de sa famille encadrée sur son bureau. Il préférait être discret sur ces sujets. Puis ce fut l'anniversaire de sa fille et l'ambassadeur fit monter Shalimar chez elle avec des fleurs. Quand ce dernier la vit, quand les yeux verts d'India le transpercèrent, il se mit à trembler. Les fleurs tremblèrent dans ses mains et elle les lui prit rapidement, l'air amusé. Dans l'ascenseur, il n'arriva pas à détacher son regard d'elle jusqu'à ce qu'elle s'en aperçoive, après quoi il détourna les yeux et se força à contempler ses pieds. Elle lui parla. Son cœur se mit à battre fort. La voix était incroyable. C'était la voix de l'ambassadeur en surface mais sous les paroles en anglais il pouvait entendre une voix qu'il connaissait. Il lui dit qu'il venait du Cachemire. Il feignit de parler un mauvais anglais, afin d'empêcher la conversation. Il ne pouvait pas lui parler. Il pouvait à peine prononcer les mots. Il voulait la toucher. Il ne savait pas ce qu'il voulait. Elle dénoua ses cheveux et des larmes apparurent dans les yeux de Shalimar. Il la vit s'éloigner dans la voiture de son père et la seule chose qu'il put penser c'est : elle est vivante. Il ne savait pas ce qu'il voulait. Elle vivait à présent en Amérique et par miracle elle avait de nouveau vingt-quatre ans, se moquait de lui avec ses yeux émeraude, elle était la même et pas la même, mais elle était toujours vivante.

Il avait vivement déconseillé à Boonyi de le quitter. Dans la prairie de Khelmarg, il y a de cela longtemps, il lui avait fait la promesse suivante : « Je ne te le pardonnerai jamais. Je me vengerai. Je te tuerai et si tu as des enfants d'un autre homme, je tuerai également les enfants. » Et aujourd'hui il y avait cette enfant, l'enfant qu'elle lui avait cachée jusqu'à la fin, l'enfant dans laquelle la mère avait ressuscité. Comme elle était belle. Il l'aimerait s'il savait encore comment on aime. Mais il ne savait plus comment faire. Il ne connaissait plus que la tuerie. *Je tuerai également les enfants.*

Kashmira

Où était la justice, demandaient en chœur les vieilles dames, les vieilles dames édentées venues de Croatie, de Géorgie, d'Ouzbekistan, les veuves en soutane sombre qui oscillaient lentement à l'unisson avec la concierge Olga Volga nue à leur tête, Olga qui roulait des hanches et dont le corps blanc et massif comme une pomme de terre géante pelée ne cessait de tourner, la justice n'existait pas, les femmes pleuraient, vos maris mouraient, vos enfants vous abandonnaient, vos pères étaient assassinés, la justice n'existait pas, tout n'était que vengeance.

*

A la fin, India Ophuls n'eut même plus besoin d'être endormie pour retrouver le rêve, il venait à elle chaque fois qu'elle fermait les yeux, chaque fois qu'elle s'asseyait bien droite dans le fauteuil Shaker de son petit vestibule, pour attendre. Quand elle croisait les vieilles commères dans les couloirs, elle les imaginait vêtues de soutanes et quand elle tombait sur Olga Simeonovna, elle l'imaginait dans le plus simple appareil, ce qui créa une intimité entre elles. L'ancienne sorcière astrakhani avait pris sous son aile la jeune femme endeuillée, devenant sa nouvelle mère de substitution, nettoyant son appartement pendant qu'elle regardait dans le vide sans rien dire, lui préparant des ragoûts épais avec des boulettes de pâte et des patates, ou de la soupe de pommes de terre, ou, quand elle n'avait pas le temps sortant du congélo des hamburgers végétariens bio et des frites Ore-Ida. Elle se servait également des patates dans un but plus occulte. Shalimar l'assassin courait toujours malgré la chasse à l'homme organisée, et cela rendait furieuse Olga. « La police de Los Angeles, excuse-moi, elle attraperait même pas la crève dans un courant d'air russe, dit-elle avec mépris. Mais par le pouvoir de la patate magique nous coincerons ce salopard. »

Dans une région distante de sa conscience, India savait qu'elle remplissait le vide laissé dans le cœur d'Olga Simeonovna par les deux filles dont la dame russe ne prononçait jamais les noms, les sœurs jumelles qui avaient offensé l'éthique maternelle en posant pour des photos grivoises et en mettant au point un numéro de blondes pulpeuses et suggestives, et qui devaient probablement croupir maintenant dans un motel miteux de Las Vegas ou dans un enfer hôtelier encore pire, le nez détruit par les drogues, la bouche et les seins détruits par la chirurgie esthétique bon marché, leurs finances détruites par leurs maris-managers qui avaient pris la fuite en emportant le peu de biens qu'elles avaient réussi à amasser. Elles avaient disparu de la circulation, sans doute trop honteuses pour rentrer à la maison et affronter leur mère qui maudissait chaque jour leurs noms mais dans le vaste giron de laquelle elles pourraient toujours trouver le salut, ou, à défaut, un peu de repos.

Les résidents déménageaient rapidement, et ceux qui restaient firent comprendre sans détour à India que c'était à elle de partir, que sa présence en ces lieux les mettait tous en danger. Olga réagit avec une fureur maternelle non dissimulée. « Ils me disent ça une fois peut-être, s'ils osent, dit-elle à India, hérissée, mais je jure, ils le diront pas à moi deux fois. » Un grand panneau devant l'immeuble informait le passant qu'il y avait des appartements libres mais il faut du temps pour faire disparaître le sang. L'arrestation ou, pour utiliser son mot préféré, le mot dont se servait son avocat, la *reddition* de M. Khadaffy Andang avait épouvanté de nombreux résidents déjà effrayés par le meurtre survenu sur leur pas de porte, ou, pour utiliser un mot qui était apparu dans le journal, par cette *exécution*. Le mot *dormeur* était effrayant. « Tout ce temps je croyais qu'il attendait seulement sa femme, s'étonna Olga Simeonovna dans son appartement sombre avec des cartes postales d'icônes de Roublev et des affiches d'agences de voyage de la mer Caspienne punaisées au mur, en servant à India de nombreuses tasses de thé noir – les tasses étaient en fait des verres, insérés dans des supports en métal chromé – et en poussant un profond soupir caspien. En fait c'était un méchant malgré ses peignoirs en soie. Endormi, comme Rip van Winkle, mais passé du côté obscur. » M. Khadaffy Andang avait crié quelque chose à India alors qu'elle se tenait sur son balcon et observait sa dernière sortie à pas traînants, les mains menottées dans le dos, escorté par les flics brutaux du LAPD, la rue embrasée par les lumières clignotantes des voitures de police et des appareils photo des journalistes, l'air saturé d'ordres mégaphonés et de bulletins microphonés, *tout le monde à l'intérieur*, mais elle resta sur son balcon, les bras croisés sur sa poitrine, ses mains triturant ses épaules, se fichant du groin levé des appareils photo, se contentant de regarder l'opération de police, les fourgonnettes blanches des médias avec leurs antennes paraboliques sur leurs toits, les tireurs d'élite de la police sur le bâtiment de l'autre côté de la rue, les journalistes téléphonant leur reportage, les photographes la prenant en photo ; et parce qu'elle était **là**, dehors, flottant au-dessus de l'événement, se sentant un peu folle, elle entendit ce que M. Khadaffy Andang lui cria en se tournant et en la fixant juste avant qu'un agent de police passe un capuchon sur sa tête, *Je ne lui ouvre pas, miss India,* criait-il. *Miss India, il veut que je lui ouvre mais je ne lui ouvre pas.*

Elle comprit alors que M. Khadaffy Andang avait dû se rendre en partie à cause d'elle, parce qu'il avait discuté avec elle dans la buanderie, elle l'avait écouté parler de son pays natal et il ne voulait pas de son sang à elle sur ses mains à lui, mais aussi parce qu'il n'était qu'un vieux cocu aux cheveux blancs à présent, un raté avec un faible pour la soie qui avait peut-être accepté d'être un dormeur des années auparavant mais qui ne s'était jamais attendu à être « réveillé » et qui voulait juste ne plus être un dormeur parce que ça l'effrayait, lui aussi.

Après ça, elle admit la possibilité qu'elle était peut-être elle aussi en danger, c'est d'ailleurs ce que lui avaient dit les inspecteurs de police. Elle comprit qu'elle devrait partir malgré son désir obstiné de rester ici juste pour contrarier ses poltrons de voisins, *peut-être quelques semaines chez un parent ou un ami*, suggérèrent les policiers, *un peu de compagnie et de chaleur humaine ne vous ferait pas de mal,* elle était l'unique héritière de son père, lui dirent les avocats, tout lui revenait, à commencer par la vaste demeure de Mulholland Drive, avec tout le personnel, le système de sécurité dernier cri et la protection de la société Jerome vingt-quatre heures sur vingt-quatre, tous les codes avaient déjà été changés, les procédures révisées, et le personnel serait augmenté si elle s'y installait – ce que pouvait savoir Shalimar de la propriété, des arcanes de sa sécurité et du niveau d'encadrement ne lui servirait donc à rien. Mais elle n'était pas prête à s'y installer, à vivre de nouveau là-haut sur la route escarpée, à chausser les souliers trop grands de son père mort et à dormir dans son lit et examiner ses affaires dans son bureau lambrissé d'acajou, elle n'était pas prête pour l'odeur de son eau de cologne ou les secrets de son coffre-fort, elle resta donc dans son appartement et elle se dit que si le tueur venait achever son travail elle s'en ficherait pas mal, qu'il vienne, elle irait même jusqu'à le laisser entrer.

*

Le monde ne s'arrête pas mais continue cruellement, faisait le chœur des veuves dans les couloirs. Quand la tragédie vient, on s'émerveille devant la capacité du monde à continuer. Quand nos maris nous ont quittées, nous nous attendions à ce que la planète cesse de tourner afin que nous puissions toutes dériver dans l'espace, nous nous attendions au silence, au respect, mais les voitures qui passent se fichent des attentes du cœur, les panneaux d'affichage s'en fichent, les choses suivent leur cours. Il y a une nouvelle dame géante qui tient une bouteille de bière dorée près du Château. Il y a une nouvelle boîte de nuit à l'est, à moins de deux kilomètres d'ici, des femmes dansent sur le bar tandis que les fils de bonne famille braillent, tout excités. Le désir continue, ça oui, ma belle, le pouvoir continue, des affaires sont conclues, des mains sont serrées et des bras sont tordus, les perdants et les gagnants continuent, ma chérie, les gens continuent à promener leur chien, là, dans notre rue les chiens continuent de passer devant la scène du crime tous les matins, les chiens s'en fichent, ils passent. Les nouveaux films d'horreur sortent tous les vendredis, les affaires sont les affaires, et l'horreur réelle continue aussi, elle est à la télé, le sacrifice inexpliqué de chèvres au Hollywood Bowl en pleine nuit, la découverte au matin de peut-être quarante carcasses puantes et le sang, tout ce sang qui fige, la folie continue, la magie noire continue, l'obscurité ne finit jamais. On vend des vêtements partout. Les vêtements continuent, tout comme la faim des citoyens et le soulagement de cette faim. Il y a de bonnes pizzas à manger. Les voituriers continuent leur voiturage. Les étoiles sortent pour jouer. Le père d'une femme meurt, elle le pleure seule. Sa mort est déjà de l'histoire ancienne.

*

Après la mort de son père, elle resta sur la chaise Shaker dans le vestibule de son appartement, pendant combien de temps, une heure, une année, à regarder droit devant elle, sans rien voir, tandis que dans les couloirs et devant la piscine intérieure les vieilles dames papotaient et que sur le trottoir la « communauté homéo » dont se plaignait vaguement Olga sans penser à mal venait reluquer la scène du crime, les homéos balèzes des salles de gym, les homéos filles des salons de coiffure, les homéos ouvriers du bâtiment hispaniques dont le travail à un pâté de maisons de là n'était jamais terminé, l'homéo empereur de la glace qui réveillait la rue tous les matins quand il sortait sa fourgonnette en marche arrière du parking, ses mélodies tintinnabulantes évoquant le chœur tôt levé et mécanique de l'hymne national de son empire. Le jeune homme (tout sauf homéo) qui voulait épouser India avait escaladé le balcon d'India depuis l'appartement voisin et avait frappé sur ses portes vitrées mais il ne comptait plus à présent, elle en avait fini avec lui, il n'avait même plus de nom, qu'est-ce qu'il fabriquait à tambouriner ainsi dehors, qu'est-ce qu'elle était censée faire, *s'ouvrir et se donner* ? mais c'était dégoûtant, ce n'était pas le moment de baiser.

Où était la justice ? La justice ne devait-elle pas être rendue ? Où étaient les forces de justice, où était la Ligue des justiciers, pourquoi les super-héros ne surgissaient-ils pas du ciel pour livrer à la justice le meurtrier de son père ? Mais elle ne voulait pas de la Ligue des justiciers, ne voulait pas de ces super-gentils avec leurs drôles de costumes, elle voulait la Ligue des vengeurs, elle voulait de sombres super-héros, des hommes durs qui ne remettraient pas docilement l'assassin aux autorités, qui tueraient avec joie ce salaud, qui l'abattraient comme un chien, ou qui comme des chiens sauvages le déchiquetteraient, en le faisant lentement souffrir. Elle voulait des anges vengeurs, des anges de la mort et de la damnation. Le sang appelait le sang et elle voulait que les antiques Furies s'abattent en hurlant du ciel et rendent la paix à l'âme tourmentée de son père. Elle ne savait pas ce qu'elle voulait. Elle était pleine de pensées funèbres.

Nous ne comprenons pas vraiment ses motivations, miss Ophuls, ça a l'air politique à ce stade, votre père a servi son pays dans des régions dangereuses, il a nagé pour l'Amérique dans des eaux sacrément troubles, oui m'dame, et l'assassin est un pro, c'est clair. Autrefois ce qui se passait c'est qu'on ne faisait pas la guerre aux femmes et aux enfants, c'était une sorte de code d'honneur, la cible était la cible et ça ne vous rapportait aucun point au paradis de tuer les gosses ou les épouses. Mais maintenant les choses sont plus dures, ces types ne sont plus aussi délicats, et dans le cas présent certains éléments restent obscurs, nous avons des blancs à remplir, et nous devons nous en inquiéter dans une certaine mesure, nous respectons vos sentiments mais nous voulons vous mettre en lieu sûr.

Des hommes graves lui proposaient leur réconfort et leurs conseils d'inspecteurs raides du col, et certains – *tous* – désiraient secrètement lui offrir un réconfort d'un genre plus personnel, plus informel : des agents en uniforme et des types en civil appartenant à des cellules antiterroristes jusqu'alors inconnues d'elle, qui cherchaient des réponses et lui lançaient entre-temps des avertissements désagréables. *Vous devez bien ça au voisinage.* Ils prenaient le parti des résidents apeurés. Ce n'était pas juste. Elle était innocente. Elle ne devait rien à personne et suggérer le contraire était ignoble. C'était, messieurs, *inélégant*. Elle imagina les agents paradant à la *Full Monty*, avec des casquettes de policiers et des cache-sexe en cuir clouté, leurs insignes épinglés dessus, les imagina grouiller autour de son corps assis, la caressant sans la toucher, et posant, contre sa joue consentante, leurs froids revolvers à canon long. Elle les imagina en cravates blanches et basques, faisant des petits pas, des petits pas policés, ou des claquettes avec des hauts-de-forme et des cannes, imagina qu'elle était la Ginger de ces Fred, et passait doucement de main virile en main virile. Elle les imagina comme un second chœur venu compléter celui des commères en soutane. Ses pensées se conduisaient mal, elle n'y pouvait rien. Elle était un peu folle en ce moment.

Un peu plus tard – une semaine, une décennie plus tard – elle reprit son arc et se rendit à Elysian Park et fit pleuvoir les flèches sur une cible pendant des heures. Elle ouvrit le petit coffre-fort mural où elle rangeait ses armes à feu, prit la DeLorean, le dernier cadeau absurde que lui avait fait son père, pour aller passer un week-end dans le désert au stand de tir Saltzman. Elle banda ses mains et monta sur le ring du club de Jimmy Fish, où les autres boxeurs l'observèrent avec la déférence accordée à ceux qui ont endossé la cape sacrée de la tragédie, avec l'adoration religieuse accordée à ceux qui ont été vus à la télé et dans le magazine *People*. Ils ressemblaient aux citoyens de Mycènes examinant minutieusement leur reine rendue folle par le chagrin après que sa fille a été sacrifiée, Iphigénie offerte aux dieux par Agamemnon pour invoquer le vent qui pousserait sa flotte jusqu'à Troie. Elle avait l'impression d'être Clytemnestre, froide, patiente, capable de tout. Elle retourna voir son maître de wing chun pour pratiquer le close-combat et il vanta le nouveau venin de son coup droit. (Sa mauvaise défense, toutefois, continuait de l'inquiéter.) Elle ne pouvait pas dormir tant qu'elle n'était pas épuisée physiquement et quand elle s'endormait enfin elle rêvait de chœurs décrivant des cercles. Le moi de sa jeunesse renaissait en elle. Elle sortait seule le soir pour chercher les ennuis et une fois, deux fois, baisa férocement avec des inconnus dans des chambres anonymes puis rentra chez elle, du sang séché sous ses ongles. Elle se douchait et retournait à Elysian Park, puis au croisement de Santa Monica et Vine, puis à 29 Palms. Ses flèches sifflaient en s'enfonçant dans le cœur de la cible. Ses balles, qui manquaient souvent de précision, faisaient désormais mouche. Sur le ring de Fish, elle ordonna à son entraîneur de mettre des gants, d'enlever les coussinets qu'il portait sur ses mains, les coussinets plats qu'elle était censée frapper sans courir le risque d'être frappé en retour. C'était n'importe quoi, lui dit-elle. Elle ne venait plus ici pour s'entraîner. Elle venait pour se battre.

Elle avait en projet un documentaire intitulé *Camino Real*, et Discovery Channel avait été à deux doigts de donner son feu vert. Il s'agissait pour elle d'étudier la vie contemporaine de la

Californie en suivant la piste de la première expédition terrestre européenne, depuis San Diego jusqu'à San Francisco, une expédition menée par le capitaine Gaspar de Portola et le capitaine Fernando de Rivera y Moncada, dont le chroniqueur avait été le frère Juan Crespi, le même prêtre franciscain qui baptisa Santa Monica d'après les larmes de la mère de saint Augustin, et qui, pour la bonne mesure, baptisa aussi L.A. Elle n'avait vu dans l'approche historique qu'une accroche, elle ne s'intéressait pas vraiment aux vingt et une missions franciscaines installées le long de la piste, parce qu'elle s'intéressait au présent, à la culture changeante des gangs des barrios, aux familles parquées dans des caravanes à l'ombre des autoroutes, aux armées grouillantes d'immigrants qui alimentaient l'essor immobilier, aux nouvelles cités radieuses construites dans les canyons pièges-à-incendie pour les arrivistes de la classe moyenne, aux cités nettement moins radieuses implantées au cœur de l'extension urbaine, où l'on entassait les Coréens, les Indiens, les clandestins, elle s'intéressait au côté vulnérable et crasseux du Paradis, aux cordes cassées de la harpe, aux auréoles fissurées, à la béatitude narcotique, à la bouffissure humaine, à la vérité. Puis son père était mort et elle avait cessé de travailler sur le film et s'était assise sur sa chaise. Puis elle s'était levée et elle était sortie, elle avait lancé ses flèches et tiré ses balles et frappé le punching-ball et combattu avec son professeur d'arts martiaux et baisé des inconnus – une fois chacun – et fait couler le sang puis elle était rentrée chez elle pour se doucher et ce qu'elle continuait de penser c'était où sont les anges, où étaient-ils quand son père avait besoin d'eux, mais la vérité c'est qu'il n'y en avait pas un seul, aucune merveille ailée ne viendrait monter la garde au-dessus de la Cité des Anges. Personne pour sauver son père. Où étaient ces saloperies d'anges quand il était mort.

Les anges de la ville étaient loin, dans une autre région sujette aux tremblements de terre. Ils étaient italiens et n'avaient jamais vu la ville. Aux côtés de la vierge Marie, ils étaient peints sur le mur de l'autel de la première petite église de saint François d'Assise de La Porziuncola, *porciúncula* en espagnol, c'est-à-dire « le tout petit bout de terre ». Le mercredi 2 août 1769, l'expédition Portola avait atteint les abords de ce qui était à présent Elysian Park et installé son campement sur la colline de Buena Vista. Le frère Juan Crispi, frappé par la beauté de la vallée, baptisa le fleuve d'après l'église de saint François, dont il portait avec lui le souvenir comme une croix. Il avait quarante-huit ans et portait déjà en lui le ver d'une mort inéluctable, mais chaque fois que le ver remuait en lui, l'image des anges de La Porziuncola agissait comme un antidote, repoussant la morbidité et lui rappelant la vie joyeuse et éternelle à venir. Il baptisa le fleuve Los Angeles d'après les anges d'Assise et leur sainte patronne et, douze ans plus tard, quand une nouvelle colonie vint s'établir ici, elle se choisit pour nom celui du fleuve, devenant El Pueblo de Nuestra Señora la Reina de Los Angeles de Porciúncula, la Ville de Notre-Dame la reine des Anges du Tout-Petit-Bout-de-Terre. Mais la Cité des Anges était située à présent sur un Très Grand Bout de Terre, pensa India Ophuls, et ceux qui habitaient là avaient besoin de protecteurs plus puissants que ceux dont ils avaient hérité, des anges de première bourre, des anges habitués à la violence et au désordre des villes gigantesques, des anges Angelenos baraqués, pas des angelots à la petite semaine, sous-équipés, efféminés, pas le genre vive le ciel bleu et les petits oiseaux, love & peace, merci gentil Jésus.

La mort de l'ambassadeur Maximilien Ophuls était pleurée dans le monde entier. Le gouvernement français regretta officiellement la perte de l'un des derniers héros survivants de la Résistance, et la presse française raconta avec force détails l'histoire du vol du Bugatti Racer. Les dirigeants divisés de l'Inde s'unirent pour louer Max comme un véritable ami du pays, dévoué à « une honorable détente Indo-Pak », et le scandale qui avait achevé son mandat fut à peine mentionné. La Maison Blanche lui rendit hommage, tout comme les milieux américains des services secrets. La mort restituait à Max une visibilité absolue, rendant publics de nombreux détails de sa vie; les longues notices nécrologiques et les panégyriques parlèrent de ses activités secrètes au cours de son ultime carrière de barbouze, au Moyen-Orient, dans le Golfe, en Amérique centrale, en Afrique et en Afghanistan. Trois ans après son ignominieuse mise à pied à New Delhi, on estima qu'il avait expié ses péchés, que son retrait provisoire l'avait purifié, et on lui offrit une occasion de servir dans un nouveau domaine. Le poste de chef de l'antiterrorisme américain, que Max occupa plus longtemps que quiconque, et sous plusieurs gouvernements, était d'un rang ambassadorial, mais on n'en parlait jamais en public. La personne qui occupait ces fonctions ne pouvait être nommée, ses déplacements n'étaient pas mentionnés dans les journaux ; elle glissait sur le globe telle une ombre, sa présence détectable uniquement d'après son influence sur les actions des autres. India Ophuls avait cru être proche de son père au cours de ces dernières années mais elle entendait parler aujourd'hui d'un autre Max, auquel le Max qu'elle connaissait n'avait jamais fait allusion, Max le serviteur occulte des intérêts géopolitiques américains, *votre père a servi son pays dans des régions dangereuses, il a nagé pour l'Amérique dans des eaux sacrément troubles*, Max l'Invisible, sur les mains invisibles duquel il y avait très probablement, il y avait presque certainement, il devait y avoir, n'est-ce pas, une partie du sang visible et invisible du monde.

Qu'était-ce donc que la justice ? En deuil de son père massacré, India exigeait-elle à grands cris, et sans la moindre larme, un coupable ? Ou Shalimar l'assassin était-il en fait la main de cette justice, l'exécuteur mandé par quelque haut tribunal secret, son épée était-elle vertueuse, Max avait-il reçu son châtiment, une sentence avait-elle été exécutée en réaction à ses crimes de pouvoir, ses crimes non répertoriés, parce que le sang appelle le sang, ici-bas c'est œil pour œil, et combien d'yeux avait crevé en secret son père, directement ou indirectement, un, cent, dix mille, ou cent mille, combien de cadavres, de trophées, telles des têtes de cerfs, décoraient ses murs secrets ?

Les mots *juste* et *injuste* commençaient à s'effriter, à perdre leur sens, et c'était comme si Max était assassiné en boucle, assassiné par les voix qui le louaient, comme si le Max qu'elle connaissait était démonté et remplacé par cet autre Max, cet inconnu, ce clone errant à travers les déserts en feu du monde, à la fois trafiquant d'armes, manipulateur et terroriste, faisant commerce de l'avenir, l'avenir qui était la seule monnaie qui importait plus que le dollar. Il avait été un puissant spéculateur de cette monnaie, la plus puissante et la moins contrôlable de toutes les monnaies, il avait été à la fois manipulateur et bienfaiteur, philanthrope et dictateur, créateur et destructeur, achetant ou volant l'avenir à ceux qui ne méritaient plus de le posséder, vendant le futur à ceux qui en feraient le meilleur usage, souriant de l'hypocrite sourire mortel du pouvoir face aux hordes avides de futur de toute la planète, ses médecins assassins, ses guerriers saints et paranoïaques, ses grands prêtres assiégés, ses financiers milliardaires, ses dictateurs fous, ses généraux, ses politiciens vénaux, ses bandits. Il avait fait commerce du dangereux narcotique hallucinogène du futur, le vendant à ses drogués d'élection, les cohortes reptiliennes du futur que son pays s'était choisies et avait imposées aux autres ; Max, son père inconnu, l'esclave robot invisible de la puissance amorale et démesurée de son pays.

Le téléphone sonnait mais elle ne répondait pas. Sa sonnette sonnait mais elle ne réagissait pas. Ses amis étaient inquiets, ils laissaient des messages soucieux sur sa boîte vocale, ils criaient leur angoisse sous son balcon, *allons, India, laisse-nous entrer, tu nous fais peur*, mais elle se protégeait, ses cerbères étant Olga Volga et les deux policiers qui gardaient son étage par rondes de deux heures, *pas de visiteurs*, leur dit-elle, bannissant ses amis de plus en plus furieux. Sa chère amie la recruteuse de cadres, une Italienne gesticulante affligée d'une fièvre aphteuse aiguë, lui envoya un e-mail exprimant l'exaspération générale, *OK, chérie, ton père est mort, d'accord, c'est triste, je le reconnais, c'est horrible, ça ne fait aucun doute, mais bon tu comptes nous tuer tous également, nous crevons d'inquiétude, combien de morts veux-tu sur ta conscience ?* Même ses amis intimes avaient perdu pour elle toute réalité, même son pote le producteur de films qui venait juste de réchapper d'une crise cardiaque à l'âge de trente-huit ans et qui, ayant recouvré la santé, s'était mis à recommander le quadruple pontage avec enthousiasme à tous ses collègues, même son entraîneuse personnelle, actuellement sans attache, dont les ovaires avait fabriqué des bébés pour quatre autre femmes mais qui n'avait pas d'enfants à elle, même son ami (et ex-amant) qui jouait dans un groupe dont le nom changeait tous les jours et qui n'arrêtait pas de signer des contrats avec des labels indé qui se plantaient immédiatement de sorte que le groupe se trimballait une sacrée réputation de poisse, même sa copine qui avait rompu avec son mari parce qu'il s'était mis en colère quand elle s'était plainte de ses ronflements, même son ami qui avait quitté sa femme pour un homme du même nom, même son ami fou d'ordi qui dilapidait sa fortune accumulée grâce à la bulle Internet, même ses amis fauchés qui étaient toujours fauchés, même son cameraman, son ingé-son, son comptable, son avocat, sa thérapeute : elle ne voulait pas entendre parler d'eux pour l'instant, elle était la seule personne qui lui semblait réelle, hormis son père mort et l'assassin, eux étaient réels, et quand elle était sur le ring avec son entraîneur Jimmy Fish, lui aussi lui paraissait brièvement réel.

Fish était un homme trapu d'âge mûr avec une épaisse tignasse italienne noir de jais, de la bedaine, un visage encore beau à la Marciano pour ce qui était du nez plat, et il retenait ses coups, ce qui ne voulait pas dire que ceux-ci ne faisaient pas mal. La première fois qu'il la frappa, à l'estomac, évitant ses seins, elle fut sacrément secouée et un peu effrayée, mais elle resta calme, la glace ne quitta pas ses artères, et quelques instants plus tard elle répondit par deux coups gauches rapides au menton et eut la satisfaction de voir la colère embraser son regard, elle le vit faire un effort pour la refouler. Il demanda une pause. Ils haletaient tous les deux. « Ecoute, dit-il. Tu es très belle, tu n'as pas envie que j'abîme ce qui ne peut pas se réparer. » Elle haussa les épaules. « M'est avis, dit-elle, que c'est toi qui viens de t'en prendre quelques-uns dans la gueule, par une femme. » Il secoua la tête tristement, et parla plus lentement comme un parent. « Tu ne m'écoutes pas, dit-il. J'ai été mi-lourd classé. Tu le sais. J'ai été *classé*. Je suis monté sur le ring avec des types avec lesquels tu ne t'imagines même pas monter sur le ring, pas même pour brandir le panneau annonçant les rounds. Tu crois que tu peux me battre ? Miss, je suis un boxeur pro. Tu me suis ? Toi, tu es un chauffard du dimanche. Ne m'oblige pas à te frapper. Laisse-moi remettre les coussinets et tu pourras alors t'offrir une belle séance d'entraînement, tonifier ton corps qui est comme un trésor national. Tu travailles avec ce que Dieu t'a donné alors arrête de rêver. Tu crois que je me bats contre toi ? Bébé, tu ne peux pas te battre contre moi. Essaie seulement et tu es morte. Fais attention maintenant. C'est du sérieux. Tu es une dilettante. Tu n'es pas du milieu. Tu es Kay Corleone. Tu ne peux pas me battre. »

Ils se touchèrent les gants et elle recula, se mit en position, ramassée, dansant sur place. « Je n'ai rien à te dire, dit-elle. Je ne viens pas ici pour parler. »

*

L'assassin de son père était le mari de sa mère. L'enquête avait découvert cette chose immense et dévastatrice, qui expliquait tout. Le crime, qui au début avait paru politique, se révéla une affaire personnelle, dans la mesure où il existait encore des affaires personnelles. L'assassin était un professionnel, mais les conséquences des choix politiques américains en Asie du Sud, et leurs répercussions dans les labyrinthes d'un esprit djihadi paranoïaque, ainsi que d'autres variantes géopolitiques, échappaient à l'analyse, et pouvaient sans trop d'erreur être éliminées de l'équation. Le tableau avait été simplifié, devenant une image familière : le mari cocu puis vengé, le coureur de jupons déchu et maintenant quasi décapité, pris dans une même et ultime étreinte. Le mobile, lui aussi, se révéla conventionnel. *Cherchez la femme**. India avait appris le véritable nom de l'assassin, qui ressemblait plus à un pseudonyme que son pseudonyme lui-même, et l'enquête confirmait également le nom de sa femme, le nom de sa mère, qu'India connaissait déjà parce qu'elle l'avait vu dans un vieil exemplaire de l'*India Express* préservé sur microfiche à la bibliothèque du British Museum à Colindale, section des périodiques. Ni le père d'India ni la femme avec laquelle elle avait vécu quand elle était petite n'avaient jamais prononcé ce nom : pas une seule fois en un quart de siècle. Son père avait fait un jour allusion à sa maîtresse en utilisant le nom de son plus grand rôle, Anarkali, et India, le regardant comme seuls les enfants regardent leurs parents, remarqua sur son visage une expression particulière, qui ne lui venait que quand il pensait à sa mère, une expression dans laquelle son désir têtu pour la jeune danseuse se mêlait à la honte, à la nostalgie, et à quelque chose de plus sombre, une prémonition de la mort, peut-être, une intuition de la façon dont s'achèverait l'histoire de cette Anarkali. Quant à la femme qui n'était pas sa mère, la femme avec laquelle elle avait vécu quand elle était enfant, les rares fois où India l'avait forcée par ses questions à évoquer sa mère biologique, elle utilisa le terme de *maîtresse* – la *maîtresse de ton père* –, et quand l'insistance d'India l'irritait, elle disait d'un ton définitif : *Pas question de parler d'elle*. Mais maintenant la roue avait tourné et c'était le nom de cette femme qui n'était jamais prononcé, pas par India, en tout cas, tandis que le nom de Bhoomi, dite Boonyi Kaul Noman, voyageait sur les ondes du monde entier, apparaissant, par exemple, sur CNN.

Les membres des Forces spéciales, vaguement dégoûtés par le tour ordinaire que prenait l'affaire, refilèrent le dossier au Service des homicides, aux types normaux spécialisés dans le crime et non le terrorisme, et deux nouveaux inspecteurs, le lieutenant Tony Geneva et le sergent Elvis Hilliker, des hommes aux yeux tristes avec pas mal de kilomètres au compteur, vinrent examiner le lieu du crime, mais ils ne prirent pas la peine d'informer India de l'avancée de leurs recherches concernant l'homme qu'elle essayait d'appeler « Noman », peut-être y avait-il des éléments qu'ils gardaient pour eux mais ils se contentaient de formules neutres, toutes faites, comme *la chasse à l'homme s'intensifie, m'dame*, et de bribes de faits inutiles. *Il a soigneusement préparé sa journée, il avait prévu une tenue de rechange dans le coffre, on a trouvé des vêtements sales là-dedans*, déclara le lieutenant Geneva, et le sergent Hilliker ajouta : *Il a abandonné la voiture à quelques blocs à l'est d'ici, sur Oakwood près de Crescent Heights, et s'il se déplace à pied dans cette ville il ne va pas être difficile à repérer, miss, et en plus s'il essaie de voler une voiture on l'aura à l'œil, et on le coincera, m'dame, n'en doutez pas, on n'est pas en Inde ici, on est chez nous.*

Elle comprit à leur façon de parler qu'ils subissaient une forte pression de leurs supérieurs et qu'ils avaient besoin de paraître efficaces. (Quand elle utilisa innocemment le terme « supérieurs » pour décrire les huiles de City Hall, ils se montrèrent soudain loquaces, *ce ne sont pas nos supérieurs, m'dame, ce sont des officiers de haut rang, c'est tout*, rétorqua Geneva, et le sergent Hilliker ajouta avec véhémence : *ce qui fait pas d'eux nos supérieurs.* Tout le monde était susceptible à présent. Tout le monde avait un vocabulaire particulier. Les mots étaient devenus aussi douloureux que des pierres, ou alors les peaux étaient devenues plus sensibles. India attribua cela à la couche d'ozone, présenta des excuses et changea de sujet.) La mort de Max faisait grand bruit, et ils n'avaient pas que le Divisionnaire sur le dos, le public télé était impatient, lui aussi, il réclamait des images, une fusillade, de préférence, une voiture prise en chasse avec des caméras d'hélicoptères, ou alors un bon gros plan du meurtrier capturé, menotté, les cheveux hirsutes, en tenue de prisonnier orange ou verte ou bleue, suppliant qu'on l'exécute par injection létale ou au cyanure parce qu'il ne méritait pas de vivre.

India n'avait aucun moyen de savoir si l'arrestation était imminente, n'étant pas tout à fait dans le circuit de l'information. Mais la vérité – l'impossible vérité, la vérité qui lui prouvait qu'elle était davantage qu'un peu folle en ce moment, la vérité qu'elle ne pouvait confier à personne, et qui par conséquent l'isolait des gens qui l'aimaient – la vérité était qu'elle savait des choses sur le fugitif que la police ignorait, parce qu'elle avait commencé à entendre sa voix dans sa tête. Pas exactement une voix mais une transmission non verbale, désincarnée, comme un crissement débridé plein de parasites et de dissension interne, de haine et de honte, de repentir et de menace, de malédiction et de larmes ; comme un loup-garou hurlant à la lune. Elle n'avait jamais rien connu de tel, et en dépit de son don occasionnel de seconde vue, elle fut grandement effrayée par cette manifestation auditive, par sa transformation en médium pour les vivants. Elle verrouilla la porte de son appartement et resta dans l'obscurité, doutant de sa propre santé mentale, jusqu'à ce qu'elle accepte ce qui se passait. Le flux incontrôlé de paroles raisonneuses dans sa tête était le cri d'une âme dérangée, d'un homme en état d'horreur extatique, c'était peut-être un professionnel, pensa-t-elle, mais il ne réagit pas professionnellement cette fois-ci, quelque chose dans ce meurtre l'a déséquilibré, il n'a pas agi de sang-froid. Il a agi à chaud.

Je viens pour ambassadeur Max et je m'appelle Shalimar le clown. La phrase par laquelle l'assassin s'était présenté et avait nommé sa proie, rapportée par un des vigiles de Mulholland Drive à la police, avait été reproduite dans les journaux, et India s'était vaguement interrogée sur sa signification, s'efforçant d'en percer le secret. *Shalimar le clown.* Qu'est-ce que ça signifiait. Il était le mari de sa mère. Qu'était-elle censée faire d'une information aussi importante. Elle comprenait à présent ce qu'il avait regardé fixement dans l'ascenseur ce premier jour, le jour de son anniversaire, il avait vu en elle ce qu'elle-même ne pouvait pas voir, ce que son instinct de survie, ses mécanismes de défense secrets, avaient rendu invisible. Il avait trouvé sa mère en elle et maintenant cette mère en elle entendait son cri dément et silencieux.

Elle alla dans sa chambre, se déshabilla et examina son corps dans les miroirs des portes de la penderie, s'agenouillant sur son lit, s'étirant, se penchant, tentant de voir dans cette forme dévêtue ce qu'il avait vu en elle quand elle était habillée, s'efforçant de distinguer au-delà des échos de son père et de trouver la femme qu'elle n'avait jamais pu voir. Lentement, le visage de sa mère commença à se former dans son esprit, flou, vague, indécis. C'était quelque chose. Un cadeau de l'assassin. Il lui avait pris son père mais voilà que sa mère lui était offerte. Elle se sentit soudain furieuse. Et, furieuse, elle l'appela, nue, les yeux clos, comme une sorcière en transe. Parle-moi d'elle, s'écria-t-elle. Parle-moi de ma mère, qui a voulu te retrouver, qui était prête à m'abandonner, qui m'aurait délaissée pour toi si elle n'était pas d'abord morte. (Cette cruelle bribe d'information lui avait été confiée il y a longtemps par la femme qui n'était pas sa mère, la femme qui ne lui avait pas donné la vie mais qui lui avait donné son nom, le nom qu'elle n'aimait pas.) Parle-moi, lança-t-elle dans la nuit, parle-moi de ma mère qui t'aimait plus que moi. Puis une pensée surgie de nulle part l'assaillit : *elle est toujours vivante. Peut-être que sa mort était un mensonge et qu'elle est toujours en vie.* Où est-elle, demanda-t-elle à la voix dans sa tête. Etait-ce cela qu'elle voulait, tuer son amant, laisser son mari recouvrer son honneur en assassinant l'homme pour lequel elle l'avait quitté. T'a-t-elle envoyé pour faire cela. Comme elle doit me haïr, pour m'abandonner puis faire tuer mon père. A quoi ressemble-t-elle. Pose-t-elle des questions à mon sujet. Lui as-tu envoyé des photos de moi. A-t-elle envie de me voir. Connaît-elle mon nom. Est-elle toujours en vie.

Son désir de comprendre le tueur s'était heurté à des aspirations plus vengeresses. Une partie d'elle pensait que l'acte de tuer n'était jamais banal, qu'il était toujours complexe, voulait le croire même en ces temps de massacre interminable, en cette époque primitive où les idées durement acquises, la souveraineté de l'individu, le caractère sacré de la vie, agonisaient sous des tonnes de cadavres, enfouies sous les mensonges des seigneurs de guerre et des prêtres, et cette partie d'elle-même voulait connaître le pourquoi de tout ça, pas pour excuser le méfait mais au moins pour comprendre, pour connaître cet autre qui avait si radicalement modifié la nature de son moi. Mais en un sens, le souvenir de son père baignant dans le sang était le seul savoir nécessaire. Qu'était-ce que la justice ? La compréhension était-elle nécessaire, avant que le jugement puisse être prononcé et la sentence exécutée ? Shalimar le clown avait-il compris l'homme qu'il avait tué ? Et s'il pensait l'avoir compris, cela rendrait-il ses actes défendables ? La compréhension entraînait-elle la justice dans son sillage ? Non, se dit-elle, compréhension et justice étaient des choses distinctes, comme le repentir et le pardon. Un homme compréhensif pouvait également être injuste. Une femme pouvait voir l'assassin de son père se repentir, se repentir vraiment, et être cependant incapable de pardonner.

Il n'avait rien à lui répondre. Il était chaotique, contradictoire, tout en nuages menaçants. C'était un animal traqué vivant dans un ravin, comme un coyote, comme un chien. Il avait faim et soif. Il était sang et venin. Ma mère est-elle ici aussi, lui demanda-t-elle, encore et encore. L'as-tu amenée avec toi, t'attend-elle quelque part, terrée dans un motel miteux de bord de route, pour fêter la mort de mon père. Que fais-tu pour fêter tes meurtres, te soûles-tu, non, tu ne dois pas boire, ou bien est-ce le sexe, est-ce ainsi que tu libères ton plaisir brutal, ou est-ce que vous priez, ma mère et toi, vous mettez-vous tous eux à genoux en frappant la terre de vos fronts joyeux. Où est-elle, conduis-moi jusqu'à elle, laisse-moi la regarder en face. Il faut qu'elle me regarde en face. Elle m'a abandonnée et ne s'est jamais retournée et elle doit me regarder en face. Elle est ici, n'est-ce pas. Elle ne raterait jamais ça. Elle est ici, dans un motel plein de néons, à attendre. T'a-t-elle demandé de lui trancher la tête. Voulait-elle qu'il soit décapité mais il était trop coriace pour toi, il ne t'a pas donné cette satisfaction. Sa tête est restée sur ses épaules et a déjoué tes buts obscènes, ton attaque contre l'humanité. Où est-elle. Si elle t'a envoyé ici elle doit m'affronter.

Ce n'est pas fini. Je suis toujours là. On doit tenir compte de moi. Je te demanderai des comptes. Le sang appelle le sang. Tôt ou tard il faudra m'affronter.

Il n'avait rien à lui répondre. Il s'estompait, comme un rêve. Le soudain silence dans sa tête lui fit l'effet d'une privation. Pendant un moment elle fut incapable de respirer, et elle haleta comme une asthmatique en quête d'air. Puis elle pleura. Elle enfonça son visage dans l'oreiller et pleura pour la première fois depuis la mort de son père, pleura pendant trois heures et dix-sept minutes sans s'arrêter puis sombra dans un profond sommeil, d'où elle fut réveillée seulement quinze heures et quart plus tard par Olga Simeonovna, laquelle s'était introduite dans l'appartement avec son passe-partout, accompagnée par un spectre du passé. Des chœurs compacts l'encerclaient dans ses rêves, mais les rêves n'étaient pas effrayants, ils étaient divertissants, elle les regardait comme un film et les oubliait à son réveil. India Ophuls n'avait plus besoin des cauchemars. Le monde éveillé était assez cauchemardesque comme ça.

*

Le chœur des vieilles commères en soutane tournait autour d'elle dans le sens des aiguilles d'une montre, chantant doucement sa mélopée funèbre, ah, la princesse orpheline, que va-t-elle faire maintenant, elle est un peu folle, nous pensons, elle a peut-être une immense fortune mais ce n'est pas avec ça qu'elle pourra racheter ce qu'elle a perdu, elle est juste humaine comme nous autres, il faudra qu'elle se débrouille avec ça, il faudra bien qu'elle redescende sur terre ; nous avons peur qu'elle ne prépare une terrible vengeance, mais prends garde ! princesse, prends garde ! ce type est un méchant ! la pire engeance ! et tu n'es même pas du métier, tu ne peux pas le combattre, tu es Kay Corleone. Autour du premier cercle, le chœur des veuves, elle distinguait un deuxième cercle, se déplaçant dans le sens inverse des aiguilles d'une montre, les torses tristes et flasques des agents de police ventrus, l'élite Chippendale musclée avait disparu, laissant derrière ce Tony et cet Elvis sur le retour, on se rapproche, m'dame, chantaient-ils, on l'a aperçu pour sûr sur Ventura Boulevard, ses jours sont comptés, hum-hum, hum-hum, identifié à cent pour cent dans un magasin d'informatique de Pico, il peut courir m'dame mais il peut pas se cacher, signalement d'un vagabond à Nichols Canyon, signalement d'un vagabond près de Woodrow Wilson, signalement d'un vagabond dans Cielo Drive, hum, hum, c'est juste une question de temps. Puis les femmes en soutane haussèrent de nouveau la voix, la Justice ne signifierait rien sans l'injustice, entonnèrent-elles d'abord, et ensuite, la Justice est dissension. Les guerres font de nous ce que nous sommes. Bien qu'elle fût endormie, elle reconnut Héraclite qui parlait dans la bouche des veuves – Héraclite le Bouddha grec, le poète perdu de la sagesse brisée, mi-philosophe, mi-diseur de bonne aventure, surgissant de l'époque où elle lisait de telles choses, de l'époque où elle lisait, pour ajouter ses deux sous de bon sens. Puis, autour de la vieille bique de l'Est et des policiers ramollos, elle perçut un troisième cercle, le cercle extérieur de ses amis, qui se déplaçaient dans le sens des aiguilles d'une montre, comme les vieilles femmes, et chantaient avec une voix de messagerie électronique une chanson pleine de désir implorant. Reviens, faisait le chœur maigre de ses amis, bébé, reviens. Ses amis chantant le vieux tube des Equals, Oh won't you please ! Come back. I'm on my knees ! Come back. Baby come back. Oh je t'en prie ! Reviens. Je suis à genoux ! Reviens. Reviens chérie.

*

Olga Simeonovna la secouait. « Réveille-toi, disait Olga Volga. Et ne me dis pas que tu as dit pas de visiteurs, parce que là c'est différent, d'accord ? Voici de bonnes nouvelles. Voici ta mère qui a traversé un océan et un continent pour être à côté de sa fille quand les ennuis te tombent dessus. Réveille-toi, India, je t'en prie. Ta mère est là qui attend. » Est-ce que ça faisait partie du rêve ? Non, elle était réveillée, le martèlement dans sa poitrine ne pouvait pas être un rêve. Tout excitée, elle se tourna vers Olga et vit la femme de soixante-dix ans en pantalon qui se tenait derrière elle, un peu sur le côté, ses cheveux pareils à une meule de foin grise en bataille dans laquelle un rat aurait pu facilement se cacher. Le coup bas de la déception frappa India de plein fouet. Elle se détourna et tira l'édredon sur sa tête, ignorant Olga et sa moue désapprobatrice de parent abandonné : Olga, aux yeux de qui, malgré toutes les horreurs qu'elle disait sur ses enfants disparus, une étreinte entre une mère et une fille séparée depuis longtemps était une fiction chérie. « Ha ! Un bel accueil, je dois dire, la réprimanda Margaret Rhodes. Ça ne te plaît peut-être pas, ma chère, mais – ahah ! hah ! – c'est vrai, ta mère chérie est en ville. »

*

Ratetta, douce Ratetta. Peggy Rhodes était rentrée en Angleterre avec une fillette dans les bras et une expression sur le visage qui empêchait quiconque de l'interroger sur son mari ou même de prononcer son nom renié. L'enfant adoptée fut baptisée India Rhodes et, comme le dévouement de sa mère envers les orphelins était bien connu, il ne fut guère nécessaire d'expliquer sa provenance. La vérité à la Rumplestiltskin, le fait qu'elle eût congédié un mari et pris à sa place son enfant naturel, était si étrange que personne ne la soupçonna. Elle avait contraint Max à jurer de garder le secret, à abandonner tous ses droits et responsabilités de père, et à rester à bonne distance de la mère comme de l'enfant. Elle réparait ses dégâts, lui dit-elle, et elle ne voulait pas qu'il revienne faire d'autres dégâts. Tête baissée, honteux, il ne discuta pas. Il essaya d'exprimer ses sentiments. « Ne t'excuse pas, par pitié, dit-elle. Tu t'imagines peut-être que des excuses peuvent réparer ce que tu as fait. » Il se tut. Et pendant sept ans il disparut de sa vie.

Les seules autres personnes à connaître les faits étaient le père Joseph Ambrose, or le bien-être financier de son Orphelinat Evangalactique dépendait des largesses de Peggy Rhodes, et le sous-fifre Edgar Wood, qui fut tragiquement fauché par une voiture sur une route de campagne de Long Island quinze mois après son retour de New Delhi, tué sur le coup. Peggy ne retourna pas aux Etats-Unis. Elle acheta une maison de ville dans Lower Belgrave Street, SW1, à une Anglaise collet monté qui fuyait la société permissive du Londres de la fin des années soixante pour émigrer dans l'Espagne phalangiste en quête d'un pays un peu plus discipliné. Dans les années qui suivirent, la Ratte Grise devint la peste du quartier, vitupérant contre les enfants qui jouaient sur le trottoir, se plaignant du manque de fraîcheur des produits auprès des épiciers, appelant la police quand The Plumber's Arms, le pub en face de chez elle, faisait trop de bruit, frappant à la porte de ses voisins pour leur reprocher de boucher ses conduits en jetant des tampons hygiéniques dans les toilettes, et refusant de les écouter quand ils lui expliquaient que leur plomberie était indépendante de la sienne.

Elle se remit à porter des habits masculins : pantalon large en velours côtelé et chemise de lin blanche. Elle taillait ses cheveux rêches et les laissait faire à leur guise. Pendant la période de la chasse, elle se rendait dans une réserve et abattait quantité de grouses. Elle fumait comme un pompier, buvait du scotch, devint une golfeuse avec un handicap de 1, et se prit d'affection pour les jeux d'argent, passant de nombreuses soirées au Clermont Club de Berkeley Square à jouer au baccarat et au chemin de fer. Elle savait que son divorce avait endommagé ce qui restait de féminin en elle mais ne fit rien pour réparer ce qui était brisé. En dépit des efforts qu'elle avait faits pour acquérir un enfant, en dépit de l'étrangeté de ses actes, elle devint une mère négligente. Ses rapports avec sa fille adoptée étaient assez distants, et elle finit par se dire qu'elle avait commis une terrible erreur, car chaque fois qu'elle regardait sa fille adoptée elle voyait sa propre humiliation faite chair, elle imaginait Max et Boonyi en train de faire l'amour et la semence de son mari se carapatant vers l'ovaire désespéré et impitoyable. Par conséquent, India fut confiée à toute une série de gouvernantes (aucune ne dura longtemps, car Peggy Rhodes était devenue un employeur intolérant et irascible) et se mit à mal tourner.

A l'âge de sept ans, la fillette était déjà une enfant à problèmes, une sauvageonne, une terreur des cours de récréation qui faisait parfois penser à une créature possédée par des démons, ses morsures étaient vicieuses et elle blessa gravement au moins une de ses condisciples à sa très sélect école primaire pour filles de Chelsea. A deux reprises elle faillit être exclue pour « comportement inacceptable ». La première fois qu'on la menaça d'expulsion, elle changea immédiatement, et de façon plutôt inquiétante, ses manières, adoptant l'attitude calme et retenue qui deviendrait toute sa vie durant son déguisement préféré. Elle devint solennelle, non violente, placide, et sa transformation effraya ses camarades qui se mirent plus ou moins à la révérer, lui conférant le charisme électrique d'un chef. Elle ne tomba le masque qu'une seule fois, juste après l'anniversaire de ses sept ans, quand elle agressa la terreur de l'école, une sadique de onze ans du nom de Helena Wardle, la frappant à l'arrière du crâne avec une grosse pierre grise. Helena avait un comportement souvent brutal, et accusait régulièrement ses victimes de la brutaliser avant que celles-ci puissent l'accuser, aussi, quand elle se précipita chez la directrice avec une plaie au crâne, India, qui prétendit que Helena était tombée et s'était fait mal accidentellement, eut droit au bénéfice du doute, d'autant que son mensonge fut corroboré par plusieurs élèves, qui détestaient toutes Helena Wardle autant qu'elle.

Il était impossible de ne pas remarquer sa chevelure noire, sa couleur de peau fort peu britannique, et l'absence sur son visage de toute trace des gènes de Peggy Rhodes. Trois jours avant son septième anniversaire, la fillette perturbée apprit qu'elle avait été adoptée. Elle rassembla tout son courage pour poser la question, après que sa victime eut lancé des rumeurs dans la cour. Peggy Rhodes était devenue rouge de colère quand India l'avait interrogée mais elle lui avait plus ou moins répondu. *Je suis vraiment désolée*, lui dit la Ratte Grise, *mais, hmmm, hmmm, je ne connais pas le nom de la femme qui t'a portée. Attends ! Je crois qu'elle est morte peu après ta naissance. L'identité de ton père est elle aussi inconnue. Tu dois – eh ? ah ! – arrêter de poser ces questions. Je suis ta mère. J'ai été ta mère depuis le premier jour de ta vie. Tu n'as pas d'autre mère ou père, il n'y a que moi, je le crains, et je ne tolérerai pas ces maudites questions.* Elle fut donc prisonnière d'un mensonge, à mille lieux de la vérité, captive d'une fiction ; et en elle la turbulence grandit, un esprit agité remua, tel un gigantesque serpent enroulé sur lui-même qui s'agite au fond de l'océan.

L'événement qui devait briser le cocon du mensonge dans lequel elle vivait survint quelques mois plus tard, en novembre 1974, lorsque eut lieu un meurtre sanglant et célèbre dans Lower Belgrave Street, dans la maison située au n° 46. Un aristocrate du nom de lord Lucan, séparé de sa femme Veronica, entra dans la maison familiale le soir du 7 novembre, vêtu d'une capuche et, dans la cuisine du sous-sol, assassina la gouvernante des enfants, Mme Sandra Rivett, la prenant probablement à tort, dans l'obscurité, pour sa femme. Puis il se rendit à l'étage et en dépit de la présence dans la maison de ses trois jeunes enfants il agressa sauvagement lady Lucan, enfonçant trois doigts gantés dans sa gorge, puis essayant de l'étrangler, de lui arracher les yeux, de l'assommer. C'était un petit bout de femme, mais elle lui serra les testicules, les serra fort, et quand il s'effondra de douleur elle s'enfuit. Elle dévala la rue et déboula au Plumber's Arms en criant au meurtre. Lord Lucan s'échappa, abandonnant sa voiture dans la ville portuaire de Newhaven, et on ne le retrouva jamais. Il laissa derrière lui plusieurs messages adressés à des amis, pour la plupart d'ordre financier, et de nombreuses dettes de jeu.

Le comte John Bingham, « Lucky » Lucan, était le septième du nom. Le troisième comte Lucan avait acquis lui aussi une mauvaise réputation cent vingt ans plus tôt. Au cours de la guerre de Crimée, ce fut lui qui donna l'ordre de la charge catastrophique de la Brigade légère. Cela se passa pendant la bataille de Balaklava. Bizarrement, le capuchon de laine porté par son arrière-arrière-petit-fils meurtrier ressemblait aux passe-montagne qu'on désigne sous le nom, précisément, de « balaclava ».

Le lendemain de ces sinistres événements, un inspecteur de police sonna à la porte des Rhodes et demanda si quelqu'un avait entendu quoi que ce soit d'inhabituel la nuit précédente. India dormait, et Peggy Rhodes déclara qu'elle n'avait rien entendu. Quand les journaux du soir en parlèrent, et que tout le monde fut au courant de l'échappée désespérée de lady Lucan, India se demanda comment Peggy avait fait pour ne rien remarquer, étant donné qu'il faisait ce soir-là une chaleur inhabituelle pour la saison et que les fenêtres de leur salon étaient grandes ouvertes ; et, après tout, le Plumber's Arms était juste en face de leur maison. Plus tard, la police revint demander à Peggy si, en tant que membre du flamboyant Clermont Club, elle connaissait lord Lucan. « Non, dit-elle, je le connaissais de vue, mais ce n'était pas particulièrement un ami. » India avait entendu sa mère parler plus d'une fois de ses « copains », Aspinall, Elwes et Lucky, mais voilà qu'elle mentait à la police, qu'est-ce que ça voulait dire ? Elle apprit par la suite que sa mère n'était pas la seule à mentir dans cette histoire. Tout le monde savait que la haute société avait serré les rangs pour protéger un des leurs, dans une version aristocratique de l'omerta, le code sicilien du silence. Mais India entendit Peggy sangloter cette nuit-là. *John, oh John*. Elle n'en tira aucune conclusion. Elle n'avait que sept ans. Quelques jours plus tard, la police fit une déclaration dans laquelle elle critiquait l'attitude peu coopérative des proches de Lucan et rappelait que dissimuler des informations dans une affaire de meurtre était un délit, même si les dissimulateurs étaient des millionnaires et des aristocrates. Mais India avait tout oublié de Lucky Lucan, car deux jours après le meurtre Peggy Rhodes était venue la voir la nuit dans sa chambre, les yeux rougis par les pleurs, et avait dit : « Il y a des choses que je dois te dire, oui, oui. Hum ! Ha ! Des choses qu'il faut que tu saches. »

Tu as un papa. Un mois après que la Ratte Grise, en proie à une émotion inexpliquée, lui eut apprit le nom de ce père,

Maximilien Ophuls se tenait devant la porte de Lower Belgrave Street, un bouquet de fleurs et une stupide poupée dans les mains. « Je ne joue pas à la poupée, lui dit India avec solennité, ce qui en disait beaucoup sur l'attitude de Peggy quant à l'éducation des enfants et le choix de leurs jouets. J'aime les arcs et les flèches et les lance-pierres et les épées et les armes. » Max dévisagea la fillette impassible et lui fourra la poupée dans les mains. « Tiens, dit-il. Tu t'en serviras comme cible. Ce n'est pas drôle si tu n'as pas de cible. » Puis il la prit dans ses bras et la serra fort et elle tomba amoureuse de lui, comme tous les autres gens. Il prit place à côté d'elle à l'arrière d'une grande voiture argentée et demanda au chauffeur de les conduire aussi vite que possible dans un restaurant chic près du fleuve. Il avait soixante-quatre ans et connaissait la chanson des Beatles du même nom, « When I'm sixty-four » : *Send me a postcard, drop me a line,* envoie-moi une carte postale, écris-moi un petit mot. *Will you still need me, will you still feed me*, auras-tu toujours besoin de moi, me nourriras-tu toujours. « Tu es très vieux pour un papa, lui dit-elle en mangeant sa glace. Est-ce que tu vas bientôt mourir ? » Il secoua la tête très sérieusement. « Non, mon projet est de ne jamais mourir, répondit-il. – Ça t'arrivera un jour, dit-elle. – Peut-être, dit-il, quand j'aurai deux cent soixante-quatre ans et que je serai trop aveugle pour voir venir la mort. Mais en attendant, pfiou ! Je claque des doigts à la mort, je lui fais la nique et je me mords le pouce. »

Elle éclata de rire. « Moi aussi », dit-elle, mais elle fut incapable de claquer des doigts. « De toute façon, ajouta-t-elle, moi aussi je veux mourir quand j'aurai deux cent soixante-quatre ans. »

A la fin de la journée, il lui chatouillait le cou pour y trouver des oiseaux cachés, elle avait appris les paroles d'« Alouette » et grimpait sur ses épaules puis faisait un saut arrière. Quand il la ramena à sa mère, il regarda la Ratte Grise dans les yeux et la remercia, et elle comprit qu'il lui avait volé l'enfant, qu'à partir de maintenant sa fille ne serait plus à elle. Si je suis sa fille à lui alors je devrais porter son nom, dit l'enfant ce soir-là, et Peggy Rhodes ne sut pas comment refuser, et India Ophuls naquit. Et ma maman, demanda la fillette, bordée dans son lit avec une lanterne qui faisait tourbillonner des étoiles au plafond de sa chambre. Je veux savoir pour ma maman aussi. Est-elle vraiment morte ou se cache-t-elle comme le faisait papa. Peggy Rhodes perdit son calme. *Cette femme est morte pour tout le monde – d'accord ? mmm ? – mais elle était déjà, ah, ah, morte pour moi de son vivant. Elle a quitté son mari et essayé de me voler ton papa et – beuh ! – a eu son bébé et était prête à l'abandonner et que serait-il advenu de toi si je ne t'avais pas recueillie ? Elle comptait te laisser derrière elle, hmm ? hmm ? et retourner chez elle, elle ne voulait pas de la honte d'un bébé, ne voulait pas la honte – tu comprends ? – de toi. Puis il y a eu, eh, des complications, et, hmph, elle est morte.* De quoi est-elle morte ? Où est-elle retournée ? *Je ne répondrai pas à ces questions.* Mais elle ne m'aimait donc pas ? *Ça n'a pas d'importance. Elle ne t'a pas choisie. C'est moi qui t'ai choisie.* Mais maman, c'était quoi le nom de ma maman ? *Je suis ta maman.* Non, maman, ma vraie maman, je veux dire. *Je suis ta vraie maman. Bonne nuit.*

Puis Max disparut de nouveau de sa vie. « Je crains qu'il ne soit comme ça, ma chérie, lui dit platement la Ratte Grise. Je sais qu'il est ton père, mais tu dois comprendre, ahmm, c'est le genre à filer pendant la nuit », et quand enfin il réapparaissait, deux fois par an, à l'occasion de ses anniversaires ou le matin de Noël, il y avait des choses qu'il ne disait pas, des choses dont il refusait de parler, et il fallut à India près de dix ans pour comprendre la guerre secrète entre la femme avec laquelle elle vivait et qu'elle commençait à haïr et le père qu'elle connaissait à peine mais aimait de tout son cœur, elle ne le comprit jamais avant qu'il lui sauve la vie. Max ne parlait jamais en mal de Peggy, et même quand India le supplia il ne trahit jamais les secrets que la Ratte Grise ne voulait pas qu'on révèle, sachant qu'il ne pourrait continuer à voir sa fille que s'il respectait les termes féroces du contrat imposé par la Ratte Grise, mais pendant longtemps India lui reprocha ses silences et ses absences, et sa colère à son encontre la perturba encore plus que son antipathie pour la femme avec laquelle elle vivait, parce que c'était lui qu'elle aimait, c'était lui qu'elle voulait voir tous les jours, dont elle voulait se moquer, des épaules duquel elle voulait sauter, avec lequel elle voulait rouler dans des voitures rapides, avec lequel elle voulait tirer à la carabine à plomb sur des poupées et qu'elle voulait serrer dans ses bras et embrasser et aimer. Elle ne comprenait pas pourquoi la femme avec laquelle

elle vivait avait banni Max une fois de plus, lui interdisant presque tout contact avec la fille adoptée de plus en plus turbulente envers laquelle Peggy éprouvait des sentiments aussi partagés, mais qui représentait la pomme de discorde dans son increvable dispute avec Max, et qui par conséquent devait rester sa propriété même si sa présence était un rappel quotidien de la honte d'autrefois.

« Oui, ta mère est morte », dit-il à India quand elle l'interrogea. Il avait ses propres raisons pour confirmer le mensonge de son ex-femme. « Oui, c'est comme l'a dit Margaret. » Puis il ne dit plus rien.

Telles furent les eaux troubles dans lesquelles évolua India Ophuls dans les années soixante-dix. Elle tint bon quelques années, restant sur sa faim pendant trois cent soixante-trois jours par an puis se contentant de deux jours de bombance, mais quand elle approcha des treize ans elle arbora la mine affligée d'une naufragée ballottée par la tempête et se dirigeant inexorablement vers des rochers acérés. A la puberté, elle perdit complètement pied. Il s'ensuivit une descente dans les enfers de la délinquance. L'enfer semblait préférable au monde des mères menteuses et des pères absents dans lequel elle était retenue prisonnière, et d'où, pendant son adolescence chaotique, elle ne cessa d'essayer de s'enfuir en empruntant les divers chemins de l'autodestruction à sa disposition. La spirale descendante fut rapide, et elle eut de la chance de survivre au choc final. A quinze ans, elle avait fugué, menti, triché, abandonné ses études, volé, pris des drogues et même, brièvement, tapiné à l'ombre des immenses gazomètres derrière la gare de King's Cross. Quand elle se réveilla dans sa chambre de L.A. pour trouver la femme qu'elle détestait en train de la regarder avec cette fouine d'Olga à ses côtés, elle sentit bouillir en elle sa quinzième année réprimée, comme la marée haute se précipitant par la faille d'une digue. Elle refoula les souvenirs mais ils continuèrent de jaillir. Elle se rappela une chambre transpirante et fiévreuse avec des taches sur les murs et un inconnu baissant sa braguette. Elle se rappela les drogues, les hallucinogènes mettant en veilleuse sa raison et faisant surgir les monstres, la clarté aveuglante de la poudre blanche, la mortelle félicité de la seringue, le chapeau mou et blanc du souteneur jamaïcain. Elle se rappela la violence subie et la violence donnée, elle se revit en train de vomir et frissonner, revit son visage dans la glace, son visage si pâle et si bleu qu'elle hurla. Elle se revit se trancher les veines et avaler des cachets. Elle se rappela les lavages d'estomac. Elle se rappela les paroles dures d'un juge envers la femme dont elle ne prononcerait plus jamais le nom, *vous avez été, madame, l'exemple même de l'échec maternel*, et elle se rappela que c'était Max qui l'avait sauvée, Max qui avait jailli du ciel tel un aigle pour la ramasser dans le caniveau, Max qui avait dit à la femme qu'elle détestait qu'il ne resterait plus dans l'ombre, qui avait demandé au juge de trancher et avait arraché son enfant aux serres de cette femme et l'avait emportée au loin pour la faire soigner, d'abord dans une clinique suisse située au sommet de ce qu'elle considérerait toujours comme la Montagne magique, puis au soleil, parmi les palmiers et le bleu cobalt du Pacifique. Elle imagina la dernière conversation entre Max et la femme qu'elle haïssait, *Tu as eu ta chance avec elle mais tu n'en auras jamais d'autre*, l'entendait-elle dire, et elle voyait en imagination les traits amers de la Ratte Grise se tordre en un masque de défaite comme ceux de Rumplestiltskin.

Prends-la, alors, disait la Ratte.

Mais, en dehors du monde imaginaire d'India, Max Ophuls continuait de refuser de critiquer son ex-femme, peut-être à cause du sentiment de culpabilité qu'il éprouvait. Une ou deux fois, d'une voix peinée, il parla des coups violents portés par la vie et des lentes souffrances qui vous détournaient du droit chemin, de même que la dynamite ou l'érosion peuvent – radicalement ou progressivement – modifier le cours d'un fleuve, et peut-être parlait-il alors de Margaret, peut-être se décrivait-il lui-même. Sa nature secrète était un trait qu'il partageait avec son ex-femme, ils étaient tous les deux des citoyens du monde souterrain, ils avaient tous deux des choses à cacher. Mais au moins il s'y connaissait en mondes infernaux, et il suivit India au fond de son propre enfer personnel et resta à ses côtés pendant d'interminables mois, jusqu'à ce que la sombre divinité la relâche et lui permette de le rejoindre dans la lumière, puis les médecins suisses décrétèrent qu'elle allait suffisamment bien pour retourner dans le monde de la vie ordinaire et il lui fit redescendre la montagne dans une Bentley neuve conduite par un nouveau chauffeur en livrée, la tenant dans ses bras comme si elle était les Dix Commandements, et il la rendit, sinon à la vie ordinaire, du moins à Los Angeles.

La maison de Mulholland Drive était immense, avec des dépendances pour le personnel, des écuries, un court de tennis, un pavillon pour les invités, et une piscine. Elle avait été bâtie dans le style des missions espagnoles, avec des murs blancs, des toits de tuiles rondes et un clocher qui lui rappelait *Vertigo* de Hitchcock, et conférait au lieu un air ecclésiastique inopportun. Elle pensa à Kim Novak tombant de la tour de la mission de San Juan Bautista à la fin du film, frissonna et déclina la proposition que lui fit son père de l'emmener tout en haut pour admirer le carillon. Pendant un temps, peu après son arrivée à L.A., elle resta confinée dans la maison, recroquevillée dans des fauteuils au fond des pièces, heureuse d'être en vie, mais prenant son temps pour s'assurer qu'elle était en sécurité. Elle préférait garder les pieds sur terre et avoir un toit au-dessus de la tête. Les sols dallés étaient frais sous ses pieds nus et les vitraux des fenêtres du salon déversaient des couleurs sur elle tous les jours. Kim Novak avait interprété un imposteur, une femme du nom de Judy, engagée pour remplacer une femme du nom de Madeleine Elster qui avait été assassinée par son mari. Il y avait des jours où India avait elle aussi l'impression d'être un imposteur, comme si elle avait été engagée par Max pour interpréter une fille qui était morte.

Le bureau de Max était une sombre anomalie dans cette demeure de couleur et de lumière : des lambris de bois, de pesants canapés européens et des tables d'acajou, des étagères remplies de livres imprimés il y a longtemps par Art & Aventure, bref, un décor de cinéma dans le style Belle Epoque faisant écho à une pièce ancienne et disparue, la bibliothèque du père de Max à Strasbourg. Plus un souvenir qu'un lieu. Il ne poussa pas le sentimentalisme jusqu'à accrocher le portrait de ses parents au mur. La pièce elle-même était leur portrait. Il passait de nombreuses heures dans cette pièce, à lire et à se souvenir, tout en laissant à sa fille l'usage du reste de la grande maison vide. Un jour, en fouillant dans les penderies du pavillon pour les invités, elle trouva une boîte à chapeau contenant une perruque blonde, laissée là par une des maîtresses de son père oubliée depuis longtemps, et elle eut un mouvement de recul en la voyant, comme s'il s'agissait d'une sentence de mort. Il y avait chez Max quelque chose de la grâce lente de James Stewart et quand l'ombre tombait sur son visage il lui faisait peur. Il dut lui rappeler que Jimmy Stewart n'était pas l'assassin dans *Vertigo*, il était le gentil. Elle était un peu perturbée à cette époque, elle ne se droguait plus mais restait sur les nerfs, et il se montrait très patient. Ce qui ne signifiait pas qu'il était gentil. Il était attentif, certes, dans les moments de crise, faisant ce qu'il considérait comme son devoir sans attendre la moindre gratitude, mais pas gentil. Quand elle parla de Kim Novak et de la perruque blonde dans la penderie, il ne mâcha pas ses paroles. « Aie la bonté, dit-il à la fin de son éloquente tirade, de cesser de te complaire dans des fictions. Pince-toi, ou gifle-toi s'il le faut, mais dis-toi bien, ma chérie, que tu n'es pas un personnage de fiction, et que c'est ça la vraie vie. »

Puis pendant un temps elle vécut sereine et heureuse dans la maison de Mulholland Drive et se surprit elle-même en devenant une athlète accomplie et une brillante élève, passionnée par l'histoire et la biographie, et, plus particulièrement, par les films fondés sur des faits. Après avoir quitté le lycée, elle se rendit seule à Londres pour étudier le mouvement des documentaristes anglais des années trente et quarante et – en n'en parlant à personne – pour entreprendre une petite recherche documentaire personnelle. Pendant quelques mois, elle vécut dans une vaste pièce mal éclairée mais haute de plafond dans un meublé pour étudiant près de Coram's Fields. Elle ne chercha pas à contacter la Ratte Grise. Elle ne se rendit jamais dans Lower Belgrave Street mais elle prit la Northern Line jusqu'à Colindale, où elle parcourut les archives incomplètes et frustrantes des journaux, pour en savoir plus sur les événements entourant sa naissance. Elle retourna à Los Angeles et ne fit aucune allusion à ses recherches en bibliothèque mais parla avec volubilité à son père de son respect récent pour les documentaristes anglais John Grierson et Jill Craigie, et de sa détermination à tourner le dos aux dangers de l'imagination ; elle voulait faire carrière dans le monde du documentaire, et tourner des films mettant l'accent, pour aller dans son sens, sur l'absolue suprématie de la vérité. *C'est ça la vraie vie.* A la fin des années quatre-vingt, elle étudia l'art du documentaire au conservatoire de l'AFI, décrocha haut la main ses diplômes et s'installa dans Kings Road. Elle était sur le point de rendre son père fier d'elle quand un assassin la priva de ce plaisir.

*

La femme était venue se confesser. Elle avait porté ce fardeau pendant un quart de siècle et elle avait ployé sous la charge ; après avoir gardé un maintien raide toute une vie, elle connaissait la voussure de la vieillesse. Le poids, les ans, la solitude avaient tordu son corps en un point d'interrogation. Désormais, elle ne comptait plus, pensa India, elle n'avait plus d'influence. Elle était sortie de la maison du pouvoir les mains vides, les hommes-oiseaux lui avaient arraché son trésor des mains, et les gens dans la rue se moquaient d'elle. Pourquoi était-elle venue, il n'était pas nécessaire de recevoir ses condoléances en personne. Elle était venue pour aider la police dans son enquête, dit-elle, comme si elle était un personnage datant de l'époque de la télévision en noir et blanc. Il n'y a pas de policiers ici, lui dit India, tu ne peux aider personne.

La femme ouvrit son sac à main et en sortit une photo qu'elle jeta sur le lit. « Ce qu'il a fallu faire pour que ça ne finisse pas dans les journaux, hah ! tu n'as pas idée. » Puis, s'exprimant rapidement, avec la volonté d'en finir, l'aveu d'un mensonge. « Elle n'est pas morte elle t'a donnée à moi et elle est retournée au Cachemire j'ai affrété un avion et une voiture je l'ai envoyée où elle voulait aller et je n'ai plus jamais entendu parler d'elle aussi c'est comme si elle était morte mais en fait elle n'est pas morte. » Le nom du village, du village de sa mère. Le village des comédiens itinérants. Le village de Shalimar le clown. « Est-ce que tu m'écoutes ? » Non, India n'écoutait pas, elle entendait les mots mais seules les images retenaient son attention. Son père était mort mais sa mère revenait dans sa vie, sauf que ce n'était pas sa mère, c'était un autre mensonge, sa mère était une grande danseuse, elle avait séduit Max en dansant pour lui, donc cette femme bouffie ne pouvait pas être elle. Elle vit des larmes tomber sur la photo et s'aperçut que c'étaient ses larmes à elle. « Je suis désolée, disait la femme. Une horrible chose à faire, je suppose. Hah ! Je suis sûre que c'est ce que tu penses. Mais elle a choisi de t'abandonner et j'ai choisi de te garder. Je suis ta mère. Pardonne-moi. J'ai aussi obligé ton père à mentir. Je suis ta mère. Pardonne-moi. Elle n'est pas morte. »

Le repentir concerne le pécheur. Le pardon concerne la victime ; celle-ci regardait la photo humide et ne pardonnait pas, ne pouvait pas pardonner. India était l'intransigeance faite femme, et elle ignorait qu'un autre coup dur l'attendait.

« Kashmira, dit la femme, en tournant les talons, ôtant sa présence détestable et nuisible. Kashmira Noman. C'est le nom qu'elle t'a donné. » India eut l'impression que le poids de son corps avait soudain doublé, comme si elle était devenue la femme de la photographie. La gravité la tirait en arrière et elle tomba sur le lit, haletante. Elle entendit le cadre du lit grincer, vit dans la glace le matelas céder et s'affaisser. Kashmira. Le poids du mot était trop pour elle. Kashmira. Sa mère l'appelait depuis l'autre bout du monde. Sa mère qui n'était pas morte. Kashmira, criait sa mère, rentre à la maison. Je rentre, répondit-elle. Je serai là aussi vite que je peux.

« Aujourd'hui je pardonne à mes filles, annonça Olga Volga, en caressant les cheveux d'India pendant que toutes deux pleuraient. Ça n'a plus d'importance ce qu'elles ont fait. »

A la prison de San Quentin, un homme âgé de trente-neuf ans du nom de Robert Alton Harris fut exécuté dans la chambre à gaz. Des pastilles de cyanure de sodium enveloppées dans de la mousseline furent plongées dans un petit bac d'acide sulfurique et Harris commença à suffoquer et se tordre. Au bout de quatre minutes, il ne bougea plus et son visage vira au bleu. Trois minutes plus tard, il toussa et son corps se contracta. Onze minutes après le début de l'exécution, le directeur Daniel Vasquez prononça le décès de Harris et lut ses dernières paroles : « Qu'on soit roi ou balayeur, n'importe qui peut danser avec la Faucheuse. » C'était une réplique tirée du film avec Keanu Reeves, *Bill & Ted's Excellent Adventure*.

Partout était un miroir de partout ailleurs. Exécutions, brutalité policière, explosions, émeutes : Los Angeles commençait à ressembler au Strasbourg de la Seconde Guerre mondiale ; au Cachemire. Huit jours après l'exécution de Harris, alors qu'India Ophuls alias Kashmira Noman s'envolait pour l'Orient depuis l'aéroport de Los Angeles, le jury rendit son verdict dans le procès des quatre policiers de la San Fernando Valley accusés d'avoir tabassé Rodney King, un passage à tabac si violent que la vidéo amateur fit l'effet, aux yeux de nombreuses personnes, d'un reportage tourné sur la place Tiananmen ou à Soweto. Quand le jury décréta que les policiers n'étaient pas coupables, la ville explosa, donnant son propre verdict sur le verdict de la justice, et s'enflammant comme dans une action suicide, comme Jan Palach. Sous l'avion d'India qui s'élevait dans le ciel, les conducteurs étaient arrachés de leurs véhicules, pourchassés et frappés par des hommes armés de pierres. Le corps inerte d'un homme du nom de Reginald Denny fut sauvagement tabassé. Un gros morceau de parpaing fut jeté sur sa tête par un homme qui faisait une danse de joie et adressait au ciel un signe de gang, défiant les hélicoptères des journalistes et les passagers de ligne tout là-haut, défiant peut-être même Dieu. Les magasins étaient pillés, les voitures brûlées, il y avait des incendies partout, dans Normandie, Florence, Crenshaw, Arlington, Figueroa, Olympic, Jefferson, Pico et Rodeo. Qu'est-ce qui brûlait ? Tout. Des garages, des laveries, des fast-foods coréens, des services de location de limousines, des RiteAids, des Mini Marts et des Denny's partout en ville. L.A. était un hamburger jeté sur un gril. Le peuple lézard sortait de ses redoutes souterraines ; le dragon qui sommeillait s'était réveillé. Et India, en partance vers l'Orient, était elle aussi enflammée. Il n'y a pas d'India, songea-t-elle, pas d'Inde. Il n'y a que Kashmira. Il n'y a que le Cachemire.

Elle ne serait pas India en Inde. Elle serait la fille de sa mère. En tant que Kashmira, donc, une Kashmira avec une casquette de base-ball et des jeans, elle entra dans le Club de la presse de Delhi et, avec une audace typiquement américaine, demanda des conseils auprès des vieux spécialistes de l'Inde, mais ceux-ci lui expliquèrent qu'elle aurait du mal à obtenir une accréditation pour se rendre dans la vallée avec une équipe de documentaire, ou même sans. Quand les journalistes vétérans lui tapotèrent le dos et même le derrière et lui conseillèrent de ne même pas songer à se rendre là-bas, où les choses étaient pires que jamais, où les meurtres atteignaient des taux record et où les routards étrangers apparaissaient sans tête sur les flancs des collines, elle explosa de rage. « Vous pensez que je viens d'où, bordel de merde, s'emporta-t-elle, de Disneyland ? » La véhémence de son éclat lui valut toute leur attention, et quelques heures plus tard, dans la chaleur de la nuit, assise dans une chaise longue sur la pelouse d'un autre club sélect près de Lodi Gardens, elle but des bières avec le plus distingué des correspondants étrangers auquel, après avoir établi clairement qu'elle s'exprimait officieusement, elle raconta son histoire. « Ce n'est pas du journalisme, lui dit l'Anglais. C'est un truc personnel. Oublie la caméra et l'équipement son. Tu veux aller là-bas ? On va t'aider. Quant à la sécurité, c'est à tes propres risques. » Trois jours après cette conversation, elle se trouvait à bord d'un Fokker Friendship à destination de Srinagar avec des documents, des lettres d'introduction, des numéros de téléphone, ainsi qu'un nouveau nom dont il lui fallait percer le sens. Ce besoin n'avait rien d'excitant. Il était même plutôt douloureux. Quand l'avion survola le Pir Panjal, elle eut l'impression de franchir un portail magique, et aussitôt la douleur s'intensifia, s'empara de son cœur et le serra, et, en proie à une soudaine terreur, elle se demanda si elle était venue au Cachemire pour renaître, ou pour mourir.

*

Sardar Harbans Singh s'éteignit paisiblement dans un rocking-chair en osier dans son jardin de Srinagar plein de fleurs printanières et d'abeilles, son plaid favori sur les genoux et son fils bien-aimé Yuvraj l'exportateur d'objets artisanaux à ses côtés, et quand il cessa de respirer les abeilles cessèrent de bourdonner et l'air cessa de murmurer et Yuvraj comprit que le monde qu'il avait connu toute sa vie était sur le point de disparaître, et que ce qui viendrait ensuite était inéluctable, mais serait indubitablement moins gracieux, moins courtois et moins civilisé que ce qui avait été effacé. Au cours de cette dernière soirée, Sardar Harbans Singh avait parlé avec nostalgie des gloires du Khalsa Raj, cette période de vingt-sept ans au cours de laquelle neuf gouverneurs sikh avaient régné sur le Cachemire à la suite de la conquête de la vallée par le maharaja Ranjit Singh en 1819. Durant cette période, ainsi qu'il l'expliqua à son fils, « toute l'agriculture s'épanouit, tous les arts fleurirent, tous les gurdwaras, les temples et les mosquées furent entretenus, et tout dans ce jardin était magnifique, et qu'importe si les gens critiquaient le maharaja Ranjit Singh parce qu'il succombait aux charmes des femmes, du vin et des pratiques brahmanes. Ce ne sont pas là de graves défauts chez un homme. Toi, mon fils, continua-t-il, en changeant de ton, tu en sais ou n'en sais peut-être pas beaucoup sur les pratiques brahmanes et le vin, mais tu ferais mieux de te trouver une femme assez vite. Peu m'importe que tes entrepôts soient pleins ou que ton compte en banque soit ventru. Un *godown* plein et un portefeuille cossu n'excusent pas un lit vide. »

Ce furent là ses dernières paroles. Aussi, quand une femme se faisant appeler Kashmira se présenta dans sa demeure endeuillée munie d'une lettre d'introduction de l'ami de son père, le célèbre journaliste anglais, arrivant le neuvième jour après la crémation, quand il ne restait plus qu'une journée pour achever la lecture du Guru Granth Sahib, Yuvraj y vit un signe du Tout-Puissant et l'accueillit comme si elle était un membre de la famille, il lui offrit l'hospitalité de sa maison, insistant pour qu'elle reste, même si c'était une période de deuil, et l'autorisa à prendre part à la cérémonie bhog par laquelle se terminaient les funérailles le dixième jour, à écouter les hymnes de passage, à goûter au *karah parsad* et au *langar*, et à le regarder accepter le turban qui faisait de lui le nouveau chef de famille. Ce n'est que lorsque les membres de la famille se furent dispersés, sans gémir ni se lamenter, selon la coutume sikh, qu'il eut le temps de l'interroger sur la raison de sa visite, mais entre-temps il connaissait déjà la vraie réponse, à savoir qu'elle était venue chez lui pour qu'il puisse tomber amoureux. Bref, elle était le cadeau de son père agonisant.

« Vous arrivez à la fin de notre histoire, lui dit-il. Si mon cher père était encore parmi nous il pourrait répondre à toutes vos questions. Mais peut-être que la tragédie, comme il le disait souvent, vient de ce que nous sommes incapables de comprendre notre expérience, elle nous glisse entre les doigts, nous ne pouvons la retenir, et plus le temps passe, plus cela devient difficile. Peut-être que trop de temps s'est écoulé et qu'il vous faudra accepter, je suis navré de le dire, qu'il y a des choses dans votre vie que vous ne comprendrez jamais. Mon père disait que le monde naturel nous donne des explications pour compenser les énigmes que nous ne pouvons appréhender. La lumière biaisée du soleil froid sur un pin en hiver, la musique de l'eau, un aviron découpant le lac et le vol des oiseaux, la noblesse de la montagne, le silence du silence. La vie nous est donnée mais nous devons accepter son mystère et nous réjouir de ce que peuvent saisir l'œil, la mémoire, l'esprit. Tel était son credo. J'ai moi-même consacré ma vie à des activités financières, à me salir les mains avec de l'argent, et ce n'est que maintenant qu'il est parti que je puis rester dans son jardin et l'écouter parler. Ce n'est que maintenant qu'il est parti tristement, mais heureusement vous êtes là. »

Il se décrivait comme un homme d'affaires mais il avait un côté poétique. Elle l'interrogea sur son métier et déclencha un torrent de paroles. Quand il lui parla des objets artisanaux qu'il achetait et vendait, sa voix vibrait d'émotion. Il parla des origines de l'art des tapis numdah en Asie centrale, à Yarkand dans le Sinkiang, à l'époque de la Route de la Soie, et les mots *Samarkand* et *Tachkent* firent briller ses yeux d'une gloire défunte, même si Tachkent et Samarkand, ces jours-ci, étaient des trous paumés. Le papier mâché, lui aussi, était venu de Samarkand. « Au quinzième siècle, un prince cachemirien y fut emprisonné pendant de nombreuses années et c'est là qu'il apprit le métier. » Ah, les prisons de Samarkand, disait l'étincelle dans ses yeux, où un homme pouvait apprendre de telles choses ! Il lui parla des deux phases du processus créatif, le *sakhtsazi* ou fabrication, le trempage du papier, le séchage de la pulpe, le découpage de la forme, les couches de colle et de gypse, l'encollage des strates de papier de soie, puis le *naqashi* ou phase décorative, la peinture et la laque. « Il y a tant d'artistes pour faire chaque pièce, l'œuvre finale n'est pas celle d'un seul homme, c'est le produit de toute notre culture, ce n'est pas tant fabriqué *au* que *par* le Cachemire. »

Quand il décrivit le tissage et la broderie des châles du Cachemire, sa voix se teinta d'une admiration solennelle. Il les compara avec lyrisme aux tapisseries des Gobelins même s'il n'avait jamais vu ces dernières. Il sacrifia au langage technique : *la décoration est formée par des fils tissés et entremêlés où la couleur change*, et son excitation de petit garçon était telle devant le talent des tisserands que Kashmira, en l'écoutant, fut également excitée. Il lui parla des techniques de broderie *sozni* qui pouvaient être si habiles que le même motif apparaissait des deux côtés du châle dans des couleurs différentes, du point de satin et du *ari* et du poil de bouquetin et des légendaires châles *jamawar*. Quand il eut fini, il se reprocha de l'avoir ennuyée, mais elle était déjà à moitié amoureuse.

Elle n'était pas venue au Cachemire pour tomber amoureuse. Que faisait donc cet homme, à l'aimer ? Que signifiait, alors que son père était mort il y a moins de quinze jours, cette expression sur son beau visage qui n'avait pas besoin d'interprète ? Et qu'est-ce qui n'allait pas chez elle, au fait ? Pourquoi s'attardait-elle dans cet étrange jardin qui semblait immunisé contre l'histoire, elle oubliait sa quête et se contentait d'écouter le bourdonnement des abeilles innocentes, se promenait entre des haies que le mal ne pouvait franchir, respirait l'air saturé de jasmin que ne corrompait pas l'odeur de la poudre, et passait ses journées sous le regard révérencieux de cet inconnu, à écouter ses interminables récits techniques, ses récitals de poésie, sa voix magnifique, à l'abri des bruits quotidiens de la ville, du bruit des manifestations, des exigences criées, poings serrés, et des plaintes insolubles de l'époque, pourquoi cela ? L'émotion la gagnait également, il fallait bien le reconnaître, et bien qu'elle fût accoutumée à ne pas y céder, à se maîtriser, elle comprit que ce qu'elle ressentait était fort. Plus fort, peut-être, que sa faculté à lui résister. Pas si sûr. Elle venait de loin et avait défendu son cœur pendant longtemps. Elle ne savait pas si elle pouvait satisfaire ses besoins, ne voyait pas comment elle le pourrait, fut étonnée de songer seulement à les satisfaire. Ce n'était pas son objectif. Elle était choquée, se sentait trahie par ses émotions. Olga Simeonovna l'avait mise en garde contre la nature profondément sournoise de l'amour. « Il ne s'approche pas quand tu peux le voir, avait-elle dit. Il rampe derrière ton oreille gauche et te frappe à la tête comme une pierre. »

La nuit, il chantait pour elle et sa voix la gardait prisonnière dans son charme. Il était suffisamment le fils de son père pour s'y connaître en musique cachemirienne et savait jouer, même d'une façon hésitante, du santoor. Il lui chanta les ragas *muquam* de la forme classique connus sous le nom de Sufiana Kalam. Il lui chanta les chansons de Habba Khatoon, la légendaire princesse-poétesse du seizième siècle qui avait introduit la poésie lyrique au Cachemire, des chansons évoquant la douleur d'être séparée de son bien-aimé le prince Yusuf Shah Chak, fait prisonnier par l'empereur moghol Akbar dans le lointain Bihar – « mon jardin s'est couvert de fleurs colorées, pourquoi es-tu loin de moi ? » – et il s'excusa de ne pas avoir une voix de femme. Il chanta les chansons *bakhan* au mètre irrégulier du style musical pahari. La musique fit son effet. Pendant cinq jours elle resta dans le jardin enchanté, en proie à un plaisir extatique non désiré. Puis le sixième jour elle se réveilla et lui demanda de l'aide. « Pachigam. » Elle prononça le nom comme si c'était un charme, un sésame qui allait déplacer le rocher bloquant l'entrée de la grotte au trésor dans laquelle sa mère scintillait comme de l'or entreposé. Pachigam, un endroit mythique qu'il fallait rendre réel. « S'il te plaît », dit-elle. Et lui, omettant de parler des dangers qui les attendaient sur les routes, accepta de l'emmener, de la conduire dans la fable, ou du moins dans le passé. « Je ne connais pas la situation dans ce village et à ma grande honte je ne puis te dire ce que tu désires savoir, lui dit-il. Le village a subi la répression il y a quelque temps. On en a parlé. Mon père avait des contacts là-bas. Je regrette de n'avoir pas été suffisamment actif dans le domaine culturel. Je suis un homme d'affaires. » Qu'est-ce que ça voulait dire, répression, voulut-elle savoir. Est-ce que tous, est-ce que quelqu'un, que s'est-il passé. Il ne lui dit pas à quel point la répression pouvait être brutale. « Je ne sais pas, répéta-t-il d'un ton pitoyable. Concernant les détails, je suis regrettablement ignorant. » Mais nous irons pour découvrir ce qu'il en est, n'est-ce pas, dit-elle. « Oui, acquiesça-t-il misérablement. Nous pouvons partir aujourd'hui. »

Elle s'installa dans sa Toyota Qualis vert olive et quand ils franchirent les grilles de sa maison, de ce petit Shangri-La, de cet îlot d'un calme miraculeux au milieu d'une zone en guerre, elle lui décocha un regard en biais, s'attendant presque à le voir s'étioler et mourir, à vieillir horriblement sous ses yeux comme le font les immortels quand ils quittent leur paradis magique. Mais il demeura lui-même, sa beauté et sa grâce intactes. Il la vit qui le regardait et fut assez frivole pour rougir. « Ta maison, ton jardin, est si beau », dit-elle rapidement, cherchant à dissimuler la lueur dans ses yeux : trop tard. Il n'en rougit que davantage. Un homme qui rougissait était irrésistible, c'était indéniable. « Dans mon enfance, c'était un paradis au cœur du paradis, dit-il. Mais maintenant le Cachemire n'est plus céleste et je ne suis pas un jardinier comme mon père. Je crains que la maison et le jardin ne durent pas sans... » Il s'interrompit. « Sans quoi ? » demanda-t-elle avec malice, devinant les mots non prononcés, mais il rougit de nouveau et se concentra sur sa conduite. *Sans la présence d'une femme.*

Le Cachemire au printemps, les feuilles qui bourgeonnaient dans les chinars, les peupliers qui se balançaient, les arbres fruitiers en fleurs, les montagnes tout autour. Même en ces temps d'obscurité, c'était encore un lieu de lumière. Comme il était facile, au début, de détourner le regard des maisons incendiées, des chars, de la peur dans le regard de toutes les femmes, de la terreur différente dans les yeux des hommes. Mais, lentement, le charme du jardin de Sardar Harbans Singh s'estompa. L'humeur de Yuvraj s'assombrit elle aussi. « Dis-moi, fit-elle. Je veux savoir. – Il est difficile de parler de ces choses-là », dit-il. *C'est ça la vraie vie.* « J'ai besoin de savoir. » Maladroitement, avec tout d'abord plein d'euphémismes puis plus simplement, il lui parla des deux démons qui tourmentaient la vallée. « Les fanatiques tuent nos hommes et l'armée couvre de honte nos femmes. » Il nomma certaines villes, Badgam, Batmaloo, Chawalgam, où des militants avaient tué des gens. Exécutions, pendaisons, égorgements, décapitations, bombes. « C'est ça leur Islam. Ils veulent que nous oubliions mais nous nous souvenons. » Pendant ce temps l'armée utilisait l'agression sexuelle pour démoraliser la population. A Kunan Poshpora, vingt-trois femmes avaient été violées par des soldats sous la menace des armes. Le viol systématique des jeunes filles par des unités entières de l'armée indienne devenait monnaie courante, les filles étaient emmenées dans des camps militaires, nues, et suspendues à des arbres, leurs seins tranchés au couteau. « Je suis désolé », dit-il, s'excusant de la laideur du monde. Sa main gauche tremblait sur le volant. Elle posa sa main droite dessus. C'était la première fois qu'ils se touchaient.

Une rivière coulait le long de la route. « On l'appelle la Muskadoon, dit-il. Nous approchons de Pachigam. » Le monde disparut. Il n'y avait que la rivière, son babil pareil dans ses oreilles au grondement lointain du tonnerre. Elle eut l'impression de se noyer. « Ça va ? demanda-t-il. Tu n'as pas mal au cœur en voiture ? Dois-je m'arrêter un moment pour que tu te reposes ? » Tout engourdie, elle secoua la tête. Ils passèrent un virage.

*

On aurait dit que de gigantesques créatures souterraines, des fourmis ou des vers, étaient sorties de terre et avaient édifié leurs ouvrages dans un cimetière. On voyait encore les ruines de l'ancien village, les fondations calcinées des maisons en bois, les vergers anéantis, la rue détruite, et un peu partout de nouvelles habitations avaient poussé, parmi les fantômes, des taudis délabrés, grossiers mélanges de branches, de terre et de mousse, des igloos de boue avec de la fumée bleue sortant par des trous dans le toit, « les produits hirsutes d'une espèce inférieure, comme les appela Yuvraj, visiblement en colère, ou de notre propre espèce, régressant vers la barbarie ». Des bouts de chiffon étaient suspendus au-dessus des portes, et des visages menaçants les regardaient en silence, peu accueillants. « Il s'est passé ici quelque chose de pas joli, je le crains, dit prudemment Yuvraj. Ce ne sont pas les villageois d'origine. J'ai vu les comédiens de bhand pather d'Abdullah Noman et ce ne sont pas eux. Ce sont des gens nouveaux. Ils ne veulent pas parler parce qu'ils ont pris des terres qui ne sont pas à eux et ils ont peur de les perdre. »

Ils descendirent jusqu'à la Muskadoon, suivis par des regards soupçonneux. Personne ne vint les accueillir ou leur poser des questions ou leur dire de partir. On les traitait comme des fantômes, comme des entités qui n'existaient pas, qu'on pouvait faire disparaître en les ignorant. Il y avait des rochers lisses au bord de l'eau et ils s'assirent à quelques mètres l'un de l'autre et regardèrent la rivière sans parler. Kashmira sentit les doigts ardents de Yuvraj se tendre vers elle, et elle comprit de nouveau qu'elle le désirait également, elle se demanda quel effet feraient les mains de cet homme sur son corps, elle ferma les yeux et sentit ses lèvres sur sa nuque, sentit sa langue s'y déplacer, mais quand elle ouvrit les yeux il était toujours assis sur son rocher à quelques mètres d'elle, la regardant, impuissant d'amour.

En cet instant, il détestait sa vie, ce métier auquel il s'était consacré et ce que ce métier avait fait de lui, cette personnalité banale d'homme d'affaires. Il n'était pas digne d'elle, n'était rien de plus qu'un vendeur de house-boat en bois sculpté et de vases en papier mâché, un fournisseur de châles et de tapis. Les ombres des bhands disparus le tiraient par la manche et il avait envie de renoncer à son existence mercantile pour passer le reste de sa vie à jouer du santoor et à lui chanter les chansons de la vallée dans son jardin où rien de malveillant ne pouvait entrer. Il voulait déclarer sa flamme mais ne le fit pas parce qu'il pouvait voir l'ombre au-dessus d'elle, la peur grandissante et indicible qui l'étreignait. Il brûlait de la consoler mais il n'avait pas les mots. Il voulait se jeter à ses pieds et demander son cœur mais il n'en fit rien et il maudit le sort pour ces désirs inopportuns, tout en bénissant ce sort. Il était quelqu'un de bien, qui savait comment aimer, voilà ce qu'il voulait lui dire, mais il n'y arrivait pas. Il vénérerait toujours Kashmira et façonnerait sa propre existence selon ses désirs mais le moment n'était pas venu de dire ces choses. Ce n'était pas le moment de l'amour. Elle souffrait et même si elle n'avait pas souffert elle aurait peut-être tout de même repoussé ses avances. C'était une femme qui venait de loin.

Ses sentiments à elle étaient incapables de monter à la surface, ils restaient ensevelis sous sa peur. Elle ignorait tout des planètes de l'ombre, mais elle sentait la présence de forces obscures. C'était la rivière de sa mère, pensa-t-elle. Près de cette eau sa mère avait dansé. Dans cette clairière l'assassin de son père avait appris l'art du clown. Elle se sentait perdue et loin de chez elle. Sur un rocher à quelques mètres d'elle un inconnu était assis, se mourant absurdement d'amour.

Yuvraj songea soudain à son père, Sardar Harbans Singh, qui avait à sa façon prophétisé la venue de cette femme, qui l'avait peut-être arrangée après avoir traversé le feu de la mort, Harbans qui avait aimé et entretenu les vieilles traditions parmi les ruines desquelles son fils se trouvait maintenant, qui avait été le jardinier de leur beauté. Se sentant délaissé et frustré Yuvraj se leva et prononça des paroles dures. « A quoi bon rester ici ? fit-il. Cet endroit est fini. Les endroits sont détruits et ensuite ils ne sont plus jamais ce qu'ils étaient. Voilà comment sont les choses. » Elle se leva elle aussi, pleine d'une frénésie impuissante, ses poings se serrant, la peur l'étranglant. Elle le fusilla du regard et il se recroquevilla, comme brûlé vif. « Je m'excuse, dit-il. Je suis un sot et un maladroit et je t'ai peinée par mes paroles inconsidérées. » Il n'avait pas besoin d'expliquer. Elle vit la douleur dans ses yeux et secoua la tête, lui pardonnant. Ses propres yeux avaient tant besoin de réponses. Il fallait trouver quelqu'un qui parlerait.

Des narcisses poussaient au bord de la rivière, visités par des abeilles. Yuvraj Singh se souvint d'un nom que son père avait prononcé, le nom du célèbre vasta waza de Shirmal, le maître du Banquet des Soixante Plats Maximum, qui avait été nommé d'après le bourdon, *bombur*, et le narcisse. « Il y avait un homme près d'ici qui s'appelait Yambarzal », dit-il.

*

« Ainsi donc Boonyi avait une fille », dit Hasina Yambarzal, et par la fente de sa burkha noire ses yeux se plissèrent pour examiner la jeune femme, cette Kashmira venue d'Amérique avec une voix d'Anglaise. « Oui, c'est vrai, décida-t-elle. Tu as le même air de vouloir ce que tu veux et tant pis si le monde va en enfer en conséquence. » Bombur Yambarzal, personnage désormais antique et décrépit, ajouta tout haut depuis son tabouret de fumeur dans le coin : « Dis-lui que son bâtard de grand-père n'a pas voulu se contenter de ses champs et de ses vergers, il a fallu qu'il essaie de m'ôter mon gagne-pain de cuisinier. Il n'avait pas quinze pour cent de mon talent, mais il se donnait de grands airs. On peut s'octroyer le nom de vasta waza mais ça ne change pas les faits. Ça n'a pas d'importance à présent, bien sûr, même lui a réussi à mourir mais moi je suis assis là à attendre mon tour. »

Le village de Shirmal, comme la plupart des endroits dans la vallée, avait été ravagé par les fléaux jumeaux de la pauvreté et de la peur, cette double épidémie qui emportait l'ancienne façon de vivre. Les maisons délabrées semblaient construites en pauvreté, les toitures délabrées en pauvreté, les fenêtres dégondées en pauvreté, les marches brisées en pauvreté, les cuisines vides en pauvreté, et les lits sans joie. La peur était là, dans ce fait frappant : toutes les femmes – même Hasina Yambarzal – étaient voilées à présent ; des Cachemiriennes, qui avaient méprisé le voile toute leur vie. Le gros véhicule luisant garé devant la résidence du sarpanch ressemblait à un envahisseur venu d'un autre monde. Dans la maison, une vieille femme voilée qui n'avait plus assez de force en elle pour en vouloir au sort offrit l'hospitalité qu'elle put au fils de Sardar Harbans Singh et à la fille de Boonyi Kaul Noman. Bien que rien de sa personne ne fût visible hormis ses mains et ses yeux, il était évident qu'elle avait été autrefois une femme impressionnante et qu'un peu de sa puissance demeurait. Dans un coin, derrière elle, se tenait son mari flétri aux yeux laiteux, un octogénaire fumant le hookah, tout vibrant de la méchanceté adipeuse de la vieillesse. « Je suis désolée que vous nous voyiez dans cet état, dit Hasina Yambarzal, en offrant à ses hôtes des verres de thé salé brûlant. Nous avons été fiers autrefois mais maintenant même cela nous a été enlevé. » Le vieux bonhomme dans le coin s'exclama : « Ils sont encore là ? Pourquoi est-ce que tu leur parles ? Dis-leur de partir pour que je puisse mourir en paix. » La femme voilée ne présenta pas d'excuses pour son mari. « Il est las de la vie, expliqua-t-elle calmement, et cela fait partie de la cruauté de la mort de nous enlever nos petits enfants, et nos hommes et nos femmes dans la fleur de l'âge, et d'ignorer les suppliques de la seule personne qui l'implore chaque jour de venir. »

Après les événements survenus à Shirmal, événements qui conduisirent à la mort du mollah d'acier Maulana Bulbul Fakh, d'autres militants étaient arrivés pendant la nuit. Ils étaient entrés dans la maison du sarpanch, l'avaient arraché à son lit et l'avaient jugé sommairement, le déclarant coupable d'avoir aidé les forces armées, trahi sa foi et participé à la pratique impie des copieux banquets qui encourageaient la gloutonnerie, la lascivité et le vice. Bombur Yambarzal, à genoux, fut condamné à mort dans sa propre maison et on informa son épouse que si les villageois ne cessaient pas leur comportement irréligieux et n'adoptaient pas une attitude pieuse d'ici une semaine, les militants reviendraient mettre à exécution leur sentence. Sur le coup, Bombur Yambarzal, une arme contre la tempe et un couteau contre la gorge, perdit à tout jamais la vue, littéralement aveuglé par la peur. Après ça, les femmes n'eurent d'autre choix que de revêtir la burkha. Pendant neuf mois, les femmes voilées de Shirmal supplièrent le chef des militants d'épargner la vie de Bombur. Finalement, sa sentence fut commuée en une assignation à domicile mais on l'informa que si jamais il préparait à nouveau le perfide Banquet des Soixante Plats Maximum, ou même le plus modeste mais néanmoins répugnant Banquet des Trente-Six Plats Minimum, ils lui trancheraient la tête, la feraient cuire et obligeraient tout le village à la déguster.

« Dis-lui ce qu'elle veut savoir, gronda avec dédain l'aveugle qu'était devenu Bombur, entouré de fumée. Puis voyons si elle est heureuse d'être venue. »

*

Le lendemain de la mort de Maulana Bulbul Fakh et de ses hommes dans la vieille maison des Gegroo à Shirmal, Hasina Yambarzal s'était aperçue que Shalimar le clown n'était pas revenu, et que le poney qu'il avait emprunté n'était pas là non plus. « Si ce garçon s'est enfui, pensa-t-elle, alors nous devrions nous attendre à ce qu'il revienne un jour et prenne sa revanche. » Elle songea à ses jeunes clowneries sur la corde tendue, à son extraordinaire talent affranchi de la gravité, à la façon dont la corde semblait se volatiliser, on avait alors l'illusion que le jeune singe marchait vraiment sur l'air. Il était difficile d'imaginer ce jeune homme dans la peau du guerrier meurtrier qu'il était devenu. Vingt-quatre heures plus tard, le poney retrouva son chemin jusqu'à Shirmal, affamé mais indemne. Shalimar le clown avait disparu ; mais cette nuit-là, Hasina Yambarzal fit un rêve si effrayant qu'elle se réveilla, s'habilla, s'enveloppa dans des couvertures chaudes et refusa de dire à son mari où elle allait. « Ne me pose pas de question, l'avertit-elle, parce que je n'ai pas de mots pour décrire ce que je vais trouver. » Quand elle arriva à la cabane gujar sur la colline boisée, la demeure de Nazarébaddoor la prophétesse qui devint par la suite la dernière redoute de Boonyi Noman, elle découvrit que la réalité putrescente et conchiée du monde possédait une puissance horrible, pire que n'importe quel cauchemar. Nul d'entre nous n'est parfait, songea-t-elle, mais celui qui dirige le monde est plus cruel que nous tous, et nous fait payer bien trop cher nos erreurs.

« Mes fils l'ont descendue de la colline, dit-elle à la fille de Boonyi. Nous lui avons donné une sépulture décente. »

*

Elle se tenait devant la tombe de sa mère et quelque chose s'empara d'elle. La tombe de sa mère était tapissée de fleurs des champs : une tombe simple dans un cimetière simple au bout du village près de l'endroit où la forêt s'était réapproprié la mosquée disparue du mollah d'acier. Elle s'agenouilla au pied de la tombe de sa mère et sentit la chose se saisir d'elle, rapidement, de manière décisive, comme si cette chose l'avait attendue sous terre, avait su qu'elle viendrait. La chose n'avait pas de nom mais elle avait une force qui la rendait capable de tout. Elle songea au nombre de fois où sa mère était morte ou avait été tuée. Elle connaissait désormais toute l'histoire, le récit fait par une vieille femme enveloppée dans une tunique noire, à propos d'une femme plus jeune cousue dans un linceul blanc qui reposait sous terre. Sa mère avait renoncé à tout et était partie en quête d'un avenir et bien qu'elle l'eût considéré comme un nouveau départ il s'était agi d'une fin, de la première petite mort après laquelle vinrent de plus grandes fatalités. L'échec de son avenir, le renoncement à son enfant et son retour en disgrâce avaient été également des coups mortels. Elle vit sa mère debout dans la tempête de neige tandis que les gens parmi lesquels elle avait grandi la traitaient comme un fantôme. Ils l'avaient tous tuée, ils étaient allés voir les autorités et l'avaient assassinée à coups de tampons et de signatures. Et pendant ce temps, dans un autre pays, la femme dont elle ne prononcerait pas le nom avait achevé sa mère avec un mensonge, elle l'avait tuée alors qu'elle était encore en vie, et son père avait participé à ce mensonge, ce qui faisait de lui également son assassin. Puis, dans la cabane à flanc de colline, il s'ensuivit une longue période de mort vivante pendant que le spectre décrivait des cercles autour d'elle en guettant son heure, puis la mort était revenue sous les traits d'un clown. L'homme qui avait tué son père avait également tué sa mère. L'homme qui avait tué son père avait été l'époux de sa mère. Le poids glacé de ce savoir pesait sur son cœur et la chose s'empara d'elle et la rendit capable de tout. Elle ne pleura pas pour sa mère ni alors ni à aucun autre moment, bien qu'elle eût cru sa mère morte alors qu'en fait elle avait été vivante, puis l'avait crue vivante alors qu'elle était déjà morte et maintenant, enfin, elle devait accepter que sa mère morte était morte, morte pour la dernière fois, morte d'une façon telle que personne ne pouvait plus la tuer, dors, mère, songea-t-elle au pied de la tombe de sa mère, dors et ne rêve pas, car si les morts pouvaient rêver ils ne pourraient que rêver du trépas et ils auraient beau faire ils ne pourraient pas se réveiller de ce rêve.

Les heures passaient et il aurait été préférable de se remettre en route pendant qu'il faisait encore jour mais il y avait des choses qu'elle avait besoin de voir, la prairie de Khelmarg où sa mère faisait l'amour avec Shalimar le clown et la cabane gujar dans les bois où il l'avait assassinée en lui tranchant la tête. La femme en burkha l'accompagna pour lui montrer le chemin et l'homme qui était tombé amoureux d'elle vint aussi mais ils n'existaient pas, seul le passé existait, le passé et la chose qui s'était immiscée en elle, la chose qui la rendait capable de faire ce qui était nécessaire. Elle ne connaissait pas sa mère mais elle apprit les lieux de sa mère, les lieux d'amour et de mort. Le pré dégageait une lueur jaune dans la lumière de fin d'après-midi aux ombres longues. Elle vit sa mère là, qui courait et riait avec l'homme qu'elle aimait, l'homme qui l'aimait, elle les vit trébucher et s'embrasser. Aimer c'était risquer sa vie, pensa-t-elle. Elle jeta un coup d'œil à l'homme qui l'avait conduite ici, qui de toute évidence l'aimait bien qu'il n'ait toujours pas eu le courage de déclarer son amour, et sans le vouloir elle recula d'un pas, loin de lui. Sa mère avait fait un pas vers l'amour, défiant les conventions, et elle l'avait payé cher. Si elle était avisée, elle retiendrait la leçon.

La cabane dans les bois était en ruine ; le toit s'était écroulé, et avant de la laisser entrer Yuvraj donna des coups de bâton sur le sol envahi par la végétation, au cas où il y aurait eu des serpents. Dans une marmite rouillée sur un feu éteint depuis longtemps, l'odeur d'un plat s'attardait. Où l'a-t-il tuée, demanda-t-elle à la femme à la burkha, qui était incapable de parler, incapable de décrire, par exemple, l'état de décomposition du cadavre mutilé. Sans rien dire, Hasina Yambarzal pointa le doigt. *Dehors*, fit-elle. *Je l'ai trouvée là*. L'herbe était dense et sombre là où Boonyi était tombée. Sa fille imagina que l'herbe se nourrissait de son sang. Elle vit le mouvement vif de la morsure du couteau et sentit le poids du corps heurtant le sol et tout d'un coup la force de la gravité augmenta, son propre poids la tira vers le sol, sa tête tourna, et elle s'évanouit brièvement, s'écroulant à l'endroit même où sa mère était morte. Quand elle reprit connaissance, elle était dans les bras de Hasina et Yuvraj décrivait des cercles autour d'elle, impuissant, en agitant les mains, comme le font les hommes. La lumière déclinait sur la colline et l'homme et la femme la prirent par le bras et l'aidèrent à descendre. Elle n'était pas capable de parler. Elle ne remercia pas la femme à la burkha ni ne se retourna en signe d'adieu quand la voiture s'éloigna.

Sur le chemin du retour, la nuit menaçante se referma. Des hommes avec des fusils et des lampes torches leur firent signe de s'arrêter à un poste de contrôle, des hommes en uniforme et d'autres avec des foulards en laine leur couvrant la tête, noués sous le menton. Il était impossible de savoir si ces hommes étaient des membres des forces de sécurité ou des militants, impossible de savoir quel groupe serait le plus dangereux. Il fallut s'arrêter. La route était bloquée : des barrières de métal et de bois. Il y avait des lumières qu'on braquait sur leurs visages et son compagnon parla vite et fermement. Puis en dépit de son état de choc, la chose en elle sortit et fixa les hommes dehors et ce qu'ils virent dans ses yeux les fit reculer et retirer leur barrage routier et laisser passer la Qualis. Rien ne pouvait l'arrêter maintenant. Elle n'avait plus besoin d'être ici, l'endroit avait été vidé de sa substance. L'homme qui conduisait la voiture essayait de dire quelque chose. Il essayait d'exprimer de la compassion ou de l'amour, de la compassion *et* de l'amour. Elle était incapable de lui prêter attention. Elle s'était réveillée de son rêve d'amour et de bonheur, de son Eden joyeux, et elle avait besoin de rentrer chez elle. Oui, c'était un homme qui l'aimait, un homme qu'elle pourrait aimer si l'amour était une possibilité pour elle, ce qui n'était pas le cas pour le moment. Quelque chose l'avait saisie devant la tombe de sa mère et ne pouvait être nié.

La Qualis franchit les grilles de la demeure de Yuvraj et cette fois-ci la magie n'opéra pas, le monde réel refusa de se laisser bannir. Kashmira était souffrante. Elle avait de la fièvre et l'on fit venir un médecin. Elle dut rester couchée dans une chambre fraîche aux volets clos pendant une semaine. Dans un lit à baldaquins en bois de noisetier, protégée par une moustiquaire, elle transpira et s'agita et ne vit que des horreurs en dormant. Yuvraj resta à son chevet et plaça des compresses froides sur son front jusqu'à ce qu'elle lui demande d'arrêter. Quand elle recouvrit la santé, elle se leva et commença à faire ses bagages. « Non, non », la supplia-t-il, mais elle durcit son cœur. « Tes affaires te réclament, lui dit-elle froidement, tout comme les miennes me réclament. » Il broncha légèrement, hocha la tête une fois et la laissa faire ses bagages. Quand elle fut prête, elle resta dans la maison jusqu'à l'heure du départ, refusant de poser le pied dans le jardin de peur que sa magie opiacée ne fléchisse sa détermination. Yuvraj était l'exemple même de la noblesse blessée, raide et monosyllabique. Comme les hommes sont médiocres, se dit-elle.

Pourquoi une femme irait-elle s'accoupler avec une espèce aussi piètre et boudeuse ? Il ne pouvait même pas dire clairement ce qui était écrit sur tous ses traits. Au lieu de cela, il joua l'indignation et la fâcherie. Les hommes se complaisaient dans un comportement qu'ils avaient l'effronterie de qualifier de féminin, tandis que les femmes portaient le monde sur leurs épaules. Les hommes étaient lâches et les femmes étaient des guerriers. Qu'il se cache derrière ses pots et ses tapis s'il le voulait ! Elle avait un combat à mener, et son terrain d'action était à l'autre bout du monde.

A l'aéroport, il finit par rassembler son courage et lui dit qu'il l'aimait. Elle serra les dents. Qu'était-elle censée faire de sa déclaration, lui demanda-t-elle, elle était trop lourde, prenait trop de place, c'était un bagage qu'elle ne pouvait emporter avec elle dans l'avion. Il refusa de se laisser rembarrer. « Tu ne peux pas m'échapper, dit-il. Je viendrai bientôt te chercher. Tu ne peux pas te cacher. » C'était une fausse note. L'image d'un autre soupirant, fanfaronnant naguère de la même façon, de ce mannequin pour sous-vêtements américain, surgit dans son esprit. *Tu ne pourras jamais te débarrasser de moi*, avait-il dit. *Tu penseras à mon nom dans ton lit, dans ta baignoire. Tu ferais mieux de m'épouser. C'est inévitable. Regarde la réalité en face.* Mais, debout devant le portillon à l'aéroport de Srinagar, elle n'avait pas la moindre idée du nom que portait l'Américain, se rappelait à peine son visage, même si ses sous-vêtements avaient été mémorables. Elle garda son sang-froid. Elle secoua la tête. Cet homme, lui aussi, elle réussirait à l'oublier. L'amour était une illusion et un leurre. Sa vie était ailleurs, voilà la réalité, et elle voulait y retourner. « Occupe-toi de ce beau jardin », dit-elle à l'entrepreneur, puis elle toucha brièvement sa joue d'un geste vague et distrait, et mit seize mille kilomètres entre elle et les dangers instables de cet amour inutile.

Trois jours après son retour à Los Angeles, le suspect principal dans le meurtre de l'ambassadeur Maximilien Ophuls fut appréhendé dans les parages de Runyon Canyon. Il avait erré dans les hautes zones désertiques, vivant comme une bête, et souffrait des effets d'une exposition prolongée au soleil, tout en crevant de faim et de soif. *Agissant d'après des infos reçues, nous l'avons traqué ce fumier faisait peine à voir il s'est rendu sans résistance paraissait heureux de se livrer,* déclara le lieutenant Tony Geneva à la télévision, devant un boisseau de micros tendus. Le suspect était descendu des hauteurs et s'était mis à découvert pour aller chercher de quoi manger dans une poubelle au pied du canyon, il avait été capturé, de manière quelque peu humiliante, un carton McDo rouge à la main, alors qu'il s'emparait des dernières frites froides restantes. Quand Olga Simeonovna apprit la nouvelle, elle s'attribua le mérite de l'arrestation. « Grand est le pouvoir de la patate, clama-t-elle à tous ceux qui voulaient l'entendre. Yahou ! On dirait que j'ai pas perdu la main. » L'homme placé en garde à vue avait été identifié sans le moindre doute comme étant Noman Sher Noman, membre de plusieurs groupes terroristes, également connu sous le nom de « Shalimar le clown ». Quand elle apprit la nouvelle, Kashmira Ophuls se retrouva en proie à un étrange sentiment de déception. Il y avait une chose en elle qui aurait voulu le traquer. Sa voix, sa voix chaotique, s'était retirée de sa tête. Peut-être était-il trop affaibli pour qu'elle l'entende. Le Cachemire s'attardait en elle, toutefois, et son arrestation en Amérique, sa disparition sous les cadences étrangères de la langue américaine, créait une turbulence en elle qu'elle n'identifia pas tout de suite comme un choc culturel. Elle ne voyait plus cela comme une histoire américaine. C'était une histoire cachemirienne. C'était son histoire.

La nouvelle de l'arrestation de Shalimar le clown fit la une des journaux et fit couler sur le LAPD, éprouvé par les émeutes, un peu d'encre positive, toujours très recherchée dans les périodes d'impopularité exceptionnelle. Daryl Gates, le chef de la police, venait de démissionner. Le lieutenant Michael Moulin, dont les agents terrorisés et débordés avaient été retirés du croisement de Florence et Normandie quand les troubles avaient commencé, abandonnant le quartier aux mains des émeutiers, démissionna également. Les dégâts subis par la ville étaient estimés à plus d'un milliard de dollars. Les dégâts infligés aux carrières du maire Bradley et du procureur général Reiner étaient irréparables. Dans un pareil moment, les résultats obtenus par le lieutenant Geneva et le sergent Hilliker firent d'eux des héros médiatiques, de bons flics à opposer au sinistre quartet King – le sergent Koon, et les agents Powell, Briseno et Wind. Rodney King lui-même apparut à la télévision, appelant à la réconciliation. « Ne pouvons-nous pas nous entendre ? », supplia-t-il. En mai, le lieutenant Geneva et le sergent Hilliker furent interviewés par Johnny Carson, et le célèbre animateur leur demanda si le LAPD regagnerait jamais la confiance du public. « Bien sûr que oui », dit Tony Geneva, et Elvis Hilliker, frappant de son poing droit dans sa paume gauche, ajouta : « Et il y a un méchant ce soir en prison qui en est la meilleure preuve. »

Pendant un moment on trouva des tee-shirts Elvis et Tony à vendre sur Melrose et à Venice Beach. Une chaîne de télévision parla d'un projet de film retraçant la chasse à l'homme, avec les rôles de Tony et Elvis joués par Joe Mantegna et Dennis Franz. A une vitesse fulgurante, Shalimar le clown était devenu un figurant dans l'histoire policière de Los Angeles, et Kashmira Ophuls, qui était toujours Kashmira maintenant, qui obligeait tous ceux qu'elle connaissait à utiliser ce nom, Kashmira, dont le père et la mère avaient été ignoblement assassinés par Shalimar, était de plus en plus furieuse. Elle s'était agenouillée devant la tombe de sa mère à Shirmal et quelque chose s'était emparé d'elle, quelque chose d'important, mais voilà que le sens des grands événements de sa vie était balayé, on ne parlait que de la corruption de la police et des ripoux et des honnêtes inspecteurs Hilliker et Geneva. Le monde ne s'arrêtait pas mais continuait cruellement. Max n'y jouait plus aucun rôle, pas plus que Boonyi Kaul. Tony et Elvis étaient les héros du moment et Shalimar le clown était leur propriété, leur vilain. Il était, aurait-on pu dire, leur heureux dénouement, leur dernière grosse prise, celle qui donnait du sens à leur existence, un sens ôté à sa vie à elle et qu'ils s'étaient approprié. Seule dans sa chambre, Kashmira tapait du poing contre le mur. C'était, comment dire, c'était obscène. Je veux lui écrire, pensa-t-elle. Je veux qu'il sache que je suis là dehors à l'attendre. Je veux qu'il sache qu'il m'appartient.

*

Je vais te parler de mon père, écrivit-elle. Tu devrais en savoir plus sur l'homme que tu as tué, avec lequel tu as établi une relation si intime, devenant son exécuteur. Il ne lui restait pas longtemps à vivre, mais tu n'as pas pu attendre, tu avais hâte de faire couler son sang. La vie que tu as prise était magnifique et tu devrais connaître sa grandeur. Je vais t'apprendre ce qu'il m'a appris sur la façon d'entrer dans la maison du pouvoir, et comment il était quand j'étais petite fille, comment il posait ses lèvres contre ma nuque et faisait des bruits d'oiseaux, et je vais te parler de sa stupide obsession pour le peuple lézard imaginaire qui, selon lui, vivait autrefois sous L.A. Je vais t'emmener avec lui dans un avion pour survoler la France et entrer dans la Résistance qui t'intéressera, je crois. Je suis sûre que tu penses que tes actes de violence ont été accomplis au nom d'une sorte de libération, aussi tu seras intéressé de savoir que lui aussi a été un guerrier. Je veux que tu connaisses les chansons qu'il chantait – *je te plumerai le cou*!* – et les plats qu'il préférait, la choucroute au riesling et l'agneau au miel de sa jeunesse alsacienne, et je veux que tu saches comment il a sauvé la vie de sa fille, sa fille qui l'aimait. Je vais t'écrire t'écrire t'écrire t'écrire, et mes lettres seront ta conscience et elles te tortureront, elles feront de ta vie un véritable enfer, et ta vie, si les choses se passent comme elles devraient se passer, sera bientôt terminée. Même si tu ne les lis pas, même si on ne te les donne jamais ou, si on te les passe, même si tu déchires les enveloppes en morceaux, ce sont toujours des lances qui te transperceront le cœur. Mes lettres sont une malédiction qui racornira ton âme. Mes lettres sont une menace elles devraient t'effrayer et je continuerai à en écrire tant que tu seras vivant et quand tu seras mort je continuerai sûrement à en écrire à ton spectre qui se consumera et elles te tourmenteront de façon encore plus horrible que les flammes de l'enfer. Tu ne reverras jamais le Cachemire mais Kashmira est là et maintenant tu vas m'habiter, je vais écrire un monde autour de toi et ce sera une prison encore plus terrible que ta prison, une cellule encore plus confinée que toi-même. Comparées aux épreuves que je t'envoie, les épreuves de ton incarcération te sembleront une joie. Mes lettres sont des flèches empoisonnées. Connais-tu la chanson de Habba Khatoon dans laquelle elle parle des flèches qui la transpercent ? Oh, tireur d'élite mon sein est ouvert aux flèches que tu m'envoies, chante-t-elle. Ces flèches me percent, pourquoi m'en veux-tu à ce point. Maintenant c'est toi ma cible et je suis ton tireur d'élite mais mes flèches ne sont pas trempées dans l'amour mais dans la haine. Mes lettres sont des flèches de haine et elles vont t'abattre.

Je suis ta noire Schéhérazade, écrivit-elle. Je t'écrirai tous les jours et toutes les nuits pas pour sauver ma vie mais pour prendre la tienne pour entortiller autour de toi les serpents venimeux de mes mots jusqu'à ce que leurs crocs te mordent au cou. Ou je suis le prince Shahryar et tu es ma vierge promise et impuissante. Je t'écrirai et ma voix hantera tes rêves. Chaque nuit je raconte l'histoire de ta mort. Est-ce que tu m'entends ? Ecoute ma voix. Tous les jours je t'écrirai. Toutes les nuits, pendant autant de nuits qu'il faudra, je murmurerai dans ton oreille jusqu'à ce que l'histoire soit achevée. Tu ne peux plus entrer dans ma tête. C'est moi qui suis dans la tienne.

*

Shalimar le clown passa un an et demi au centre de détention pour hommes du comté de Los Angeles, dans Bauchet Street, en attendant le début de son procès. Il était isolé des autres prisonniers et se trouvait dans la section 7000 où l'on gardait les détenus importants. Il portait des chaînes aux chevilles, on lui donnait ses repas dans sa cellule et il avait droit à trois séances d'une heure d'exercice physique par semaine. Au cours des premières semaines de son incarcération, il fut très perturbé, il criait souvent la nuit, se plaignant d'un démon féminin qui vivait dans sa tête et enfonçait des flèches brûlantes dans son cerveau. On le surveillait pour éviter qu'il se suicide et on lui donnait de fortes doses de Xanax, un tranquillisant. On lui demanda s'il souhaitait recevoir la visite d'un prêtre de confession islamique et il accepta. Un jeune imam de la mosquée de l'université de Californie à Figueroa Street fut mandé et signala après sa première visite que le prisonnier s'était sincèrement repenti de son crime, précisant que, du fait de sa faible maîtrise de l'anglais, il avait mal compris certaines déclarations que Maximilien Ophuls avait faites au sujet de la question du Cachemire lors d'une émission télévisée et avait été conduit à assassiner un homme qu'il avait pris à tort pour un ennemi des musulmans. Le meurtre de l'ambassadeur était par conséquent le résultat d'une regrettable défaillance linguistique et Shalimar était consumé par le remords. Mais lors de la deuxième visite du jeune imam, le prisonnier était encore plus perturbé malgré le Xanax, il paraissait s'adresser parfois à une personne absente, apparemment de sexe féminin, dans un anglais qui, bien qu'hésitant, était néanmoins suffisamment correct pour saper ses précédentes affirmations. Quand le jeune imam fit remarquer la chose, le prisonnier se montra menaçant et il dut être maîtrisé. Après cela, l'imam ne souhaita pas revenir et le prisonnier refusa de voir un autre prêtre bien qu'un membre de l'Association des musulmans latinos de Los Angeles, Francisco Mohammed, vînt de temps à autre au centre de détention pour conseiller certains prisonniers et fît savoir qu'il était disponible si on avait besoin de lui.

Le nouveau procureur général, Gil Garcetti, qui avait remplacé Ira Reiner après les émeutes, déclara, quand le dossier de Shalimar le clown fut présenté devant le jury d'accusation de Los Angeles, que les déclarations faites par le prévenu à l'imam de Figueroa Street confirmaient qu'il était un individu sournois, un tueur professionnel aux identités multiples, et qu'il ne fallait pas prendre pour argent comptant ses protestations de remords et de repentir. Shalimar le clown fut inculpé par le jury du meurtre de l'ambassadeur Maximilien Ophuls et il retourna à

Bauchet Street pour attendre son procès. Le jury d'accusation reconnut que les circonstances particulières du meurtre rendaient l'accusé passible de la peine de mort. S'il était déclaré coupable, il risquait donc l'exécution par injection létale, à moins qu'il ne choisisse la chambre à gaz, qu'on proposait encore comme méthode alternative si l'inculpé le préférait.

Shalimar le clown avait tout d'abord refusé d'être représenté par un avocat mais par la suite il accepta la défense désignée par le tribunal, dirigée par l'avocat William T. Tillerman, réputé pour défendre l'indéfendable. C'était un ténor du barreau, lent et pesant, qui rappelait Charles Laughton dans *Témoin à charge*, qui s'était distingué quelques années plus tôt au sein d'une équipe d'avocats dans la défense de Richard Ramirez, surnommé le Tueur de la nuit par la presse à scandale. Selon des rumeurs persistantes, Tillerman avait été « l'homme de l'ombre » façonnant la stratégie de la défense dans le célèbre procès des frères Menendez, bien qu'il ne fût pas alors directement chargé de ce procès. (Erik et Lyle Menendez étaient, comme Shalimar le clown, détenus dans le bloc 7000, où, un peu plus tard, séjournerait quelque temps l'ancienne vedette du footbal Orenthal James Simpson.) Quand Shalimar le clown commença à recevoir les lettres écrites par la fille orpheline de Max Ophuls, Tillerman fit aussitôt le lien entre ces lettres et la prétendue persécution nocturne par un prétendu démon femelle dont était victime son client, et il mit au point ce qu'on désigna sous le nom de « défense du sorcier ».

Quand les lettres se mirent à affluer au 441 Bauchet Street, le personnel pénitentiaire, puis son avocat, demandèrent d'abord à Shalimar le clown s'il souhaitait les lire, le mettant en garde contre leur caractère exceptionnellement agressif et hostile, ensuite de quoi William Tillerman lui donna l'ordre strict de ne pas leur répondre quand bien même il le désirerait ardemment. Shalimar le clown insista pour qu'on lui remette les enveloppes. « Elles viennent de ma belle-fille, dit-il à Tillerman, qui nota que son client parlait anglais avec un fort accent mais de manière très compétente, et il est de mon devoir de lire ce qu'elle veut me dire. Quant à lui répondre, cela n'est pas nécessaire. Il n'existe aucune réponse qu'elle souhaite entendre. » Le système était lent, et en général les lettres lui étaient remises avec deux ou trois semaines de retard, mais ça n'avait pas d'importance, car dès qu'il lut la première lettre Shalimar le clown reconnut dans leur auteur le *bhoot* femelle qui l'avait harcelé dans ses terrifiants cauchemars. Il comprit aussitôt ce que la fille de Boonyi lui disait, à savoir qu'elle avait endossé le rôle de sa Némesis et que, quel que soit le jugement rendu par le tribunal californien, elle serait son véritable juge ; Kashmira, et non douze Américains dans le box des jurés, serait son unique jury ; Kashmira, et non un bourreau officiel, appliquerait la sentence qu'elle seule déciderait. Peu importait le comment le quand ou le où. Il se prépara à ses agressions nocturnes. Malgré les tranquillisants qu'on lui administrait, il hurlait toujours la nuit. Il lut attentivement ces accusations quotidiennes, les relut plusieurs fois, les apprit par cœur, leur rendant justice. Il accepta le défi.

Après l'attentat du World Trade Center à New York – huit ans plus tard on en parlerait comme de la première attaque –, il se trouvait assis à une table en face de son avocat dans une salle puante et exprimait ses craintes au sujet de sa sécurité. Même dans l'aile de sécurité maximum et d'isolement cellulaire, la prison était à l'époque un lieu dangereux pour un musulman accusé par l'Etat d'être un terroriste professionnel. Shalimar le clown s'habilla pour son entrevue avec Tillerman, aussi dignement que la chose était possible en prison, revêtant son « bonneroos », un blue-jean et une blouse en toile. Un panneau sur le mur de la salle stipulait : CONTACT DES MAINS UNIQUEMENT, et un autre avertissait : 1 BAISER 1 ACCOLADE AU DÉBUT 1 ACCOLADE 1 BAISER À LA FIN. Ces messages ne le concernaient pas. Il évita le regard de Tillerman et s'exprima à voix basse dans un anglais saccadé et fonctionnel. Des détenus mouraient sans arrêt dans la prison centrale pour hommes. Le directeur accusait les coupes budgétaires mais ça n'arrangeait rien. Un détenu parvint à se faufiler dans les couloirs en pleine nuit et assassina un autre détenu qui avait témoigné contre lui à son procès bien que leurs cellules ne fussent pas situées au même étage. Les autres prisonniers dans leurs cellules, au nombre de six mille, obéissant aux instructions des gangs, tournèrent le dos et ne virent rien. Shalimar le clown eut vent de tout cela même dans sa cellule du bloc 7000. Le membre d'un gang coréen reçut trente coups de poignard et son cadavre fut placé dans un chariot de linge sale – on ne le retrouva que seize heures plus tard, à cause de l'odeur. Un homme incarcéré pour violences conjugales était mort des suites d'un passage à tabac. Deux cents hommes avaient pris part à une émeute raciale déclenchée par une dispute au sujet d'une cabine téléphonique. Au cours de la dispute, un détenu avait été poignardé une dizaine de fois. Et maintenant, après l'attentat sur les Twin Towers, peut-être qu'un gardien allait laisser ouverte un soir une porte du bloc 7000 et qu'une brute surnommé Bonbon Chéri, Ali Boucles-d'Or, Grand Chef Elan, Sidakota, ou le Kid de Cisco, un VGV – vieux gangster de la vallée – irait jouer les justiciers américains. Tillerman haussa les épaules. « Entendu. Je vais m'en occuper. » Puis il se pencha par-dessus la table et changea de sujet. « Parlez-moi de la fille. » D'abord peu désireux de s'exprimer, Shalimar le clown céda lentement à la requête de son avocat et se mit à parler.

Le procès de Noman Sher Noman commença six mois plus tard au tribunal supérieur de Los Angeles, au Centre administratif de la San Fernando Valley, dans Van Nuys, devant le juge Stanley Weissberg, qui avait siégé lors du procès Rodney King à Simi Valley, quand les quatre policiers avaient été acquittés, précipitant les émeutes. C'était un homme modéré et professoral d'environ cinquante-cinq ans qui ne semblait pas ébranlé par l'expérience de Simi Valley. A cause de la tension créée par les événements de Manhattan, la sécurité était sans précédent au tribunal. Shalimar le clown arrivait et repartait chaque jour, entravé et enchaîné, dans une camionnette blindée blanche entourée par un déploiement policier rappelant l'escorte motorisée d'un président. Barrages routiers, motards, tireurs d'élite de la police sur les toits, cortège de onze véhicules. « Nous ne voulons pas qu'on nous refasse le coup de Jack Ruby », déclara à la presse le nouveau chef de la police, Willie Williams. A quoi comparerait-il cette opération, lui demanda un journaliste. Il répondit impassible : « C'est ce qu'on ferait pour Arafat. »

Le tribunal avait tout d'abord convoqué cinq cents personnes pour constituer le jury. Afin de garantir un procès équitable, les cinq cents personnes avaient dû remplir chacune un questionnaire de cent pages, et sur la base de ces questionnaires et des entretiens habituels, douze jurés et six suppléants avaient été désignés. Quatre hommes et huit femmes allaient juger Shalimar le clown. La moyenne d'âge était de trente-neuf ans.

Tillerman avait souhaité un jury jeune, à dominante féminine. Il se considérait comme un spécialiste de la nature humaine, et c'était assurément un philosophe de comptoir du genre désabusé. Il estimait que les jeunes, se croyant immortels, avaient moins de respect pour la vie humaine et étaient donc moins enclins à vouloir punir les assassins. Et puis – tel était le raisonnement justifiant la prépondérance accordée aux jurés de sexe féminin – Shalimar le clown était un très bel homme, au cœur brisé, un homme qu'on avait trahi. Le crime passionnel n'existait pas en Californie, aussi ces circonstances atténuantes ne pouvaient que profiter à la défense.

Face au corpulent et blasé Tillerman, les plaignants, Janet Mientkiewicz et Larry Tanizaki, tous deux trentenaires, faisaient figure d'innocents au visage poupon, c'étaient néanmoins des avocats endurcis bien décidés à avoir gain de cause. Tanizaki avait exprimé en privé certains doutes sur la peine de mort, sachant que de nombreux jurés n'aimaient pas l'imposer, mais Mientkiewicz raffermit sa détermination. « Si ce n'est pas un crime, alors rien n'est un crime », déclara-t-elle sur les marches du tribunal le jour de l'audition précédant le procès. Tanizaki et Mientkiewicz craignaient essentiellement que la défense plaide la non-culpabilité de leur client. Bizarrement, bien que le meurtre de Maximilien Ophuls ait eu lieu par une belle journée ensoleillée de Los Angeles, il n'y avait pas eu de témoin. C'était comme si la rue entière avait tourné le dos à l'événement, à l'instar des détenus de la prison la nuit où l'un d'eux s'était vengé. L'accusation était en possession du couteau recouvert d'empreintes, des vêtements tachés de sang, elle avait le mobile, les circonstances et le témoignage de M. Khadaffy Andang, lequel coopérait pleinement avec l'accusation. En revanche, ils n'avaient pas de témoins directs du meurtre. Mais William Tillerman les informa lors de l'audition préliminaire que son client ne nierait pas sa responsabilité dans la mort de l'ambassadeur Ophuls ; mais il ajouta que si l'accusation de meurtre avec préméditation n'était pas abandonnée, ils devraient plaider la non-culpabilité. « Mon client est un homme gravement perturbé », déclara-t-il. Et de quoi souffrait-il donc, voulut savoir le juge Weissberg. « Des effets, répondit solennellement Tillerman, de la sorcellerie. »

*

Une femme, ma mère, est morte parce qu'elle a commis le crime de te quitter, écrivit Kashmira. Un homme, mon père, est mort parce qu'il l'a accueillie à ses côtés. Tu as assassiné deux êtres humains à cause de ton égotisme ton incroyable égotisme qui a placé ton honneur au-dessus de leurs vies. Tu as lavé ton honneur dans leur sang mais tu ne l'as pas nettoyé il est tout sanglant à présent. Tu as voulu les effacer mais tu as échoué, tu n'as tué personne. Me voici. Je suis ma mère et mon père je suis Maximilien Ophuls et Boonyi Kaul. Tu n'as rien réussi. Ils ne sont pas morts pas partis pas oubliés. Ils continuent de vivre en moi.

Est-ce que tu me sens en toi monsieur l'assassin, mister Joker ? La nuit quand tu fermes les yeux est-ce que tu me vois ? La nuit qui est-ce qui te réveille et quand tu dors qui te pique le côté jusqu'à ce que tu te réveilles ? Est-ce que tu cries monsieur le tueur ? Est-ce que tu cries monsieur le clown ? Ne m'appelle pas ta belle-fille je ne suis pas ta belle-fille je suis la fille de mon père et l'enfant de ma mère et si je suis en toi alors eux aussi le sont. Ma mère que tu as égorgée te tourmente à présent et mon père assassiné aussi. Je suis Maximilien Ophuls et Boonyi Kaul et tu n'es rien, moins que rien. Je t'écrase sous mon talon.

*

Au début de 1993, elle essaya brièvement de se remettre au travail, ses amis l'avaient pressée de recommencer sa vie, et pendant un temps elle avait parcouru l'autoroute 101, depuis le sud à San Diego où la route partait de Presidio Park jusqu'au nord aussi loin que la Sonoma Mission, là où les cloches de béton suspendues aux poteaux recourbés marquaient l'ancienne voie empruntée par le frère Junipero Serra dans les années 1770, à la recherche des histoires qu'elle voulait raconter dans son documentaire *Camino Real*. Mais le cœur n'y était pas et elle abandonna le projet au bout de quelques semaines. Le mannequin pour sous-vêtements la contacta et l'invita à dîner, une invitation qu'elle accepta sur l'insistance de ses amies, mais il eut beau lui apporter des fleurs et porter un blazer et une cravate et l'emmener chez Spago et lui dire qu'elle était plus belle que n'importe quelle actrice de cinéma et s'efforcer de ne pas parler de lui-même, elle ne tint pas jusqu'à la fin du repas, lui présenta des excuses – « Je ne suis pas portée sur la compagnie en ce moment » – et s'enfuit. Elle décida que l'heure était venue de déménager et de retourner dans la grande demeure de Mulholland Drive pour y vivre avec le fantôme de son père. Olga Simeonovna, dont les filles étaient revenues au bercail, s'installant dans l'un des nombreux appartements vides de l'immeuble, lui fit de bruyants et larmoyants adieux et promit qu'elle « viendrait la voir dans le giron du luxe » chaque fois qu'elle le pourrait. Dans le giron du luxe, Kashmira vécut une existence de plus en plus recluse. Les domestiques savaient ce qu'ils avaient à faire et la maison marchait toute seule, il y avait à manger sur la table trois fois par jour et des draps propres dans le lit deux fois par semaine. Les vigiles armés jusqu'aux dents de la société Jerome vaquaient à leurs occupations en silence et faisaient chaque jour leur rapport à leur patron. L'équipe de jour se concentrait sur les grilles devant et derrière la maison, et la nuit une autre équipe patrouillait le domaine avec des lunettes infrarouges et des projecteurs qui conféraient à la maison l'apparence d'un cinéma lors d'une première de gala. On n'attendait pas de Kashmira qu'elle leur donne des ordres. Eux, en revanche, lui donnaient des instructions : concernant l'usage de la « panic room », la pièce blindée où se réfugier en cas d'agression – il s'agissait en fait de la longue penderie, conçue pour accueillir la garde-robe d'une vedette de cinéma, dans laquelle elle entreposait ses rares vêtements glamour – et lui déconseillaient, en cas d'intrusion, de tenter d'affronter l'intrus. « Ne jouez pas les héroïnes, madame, lui dit le type de la société Jerome. Enfermez-vous là-dedans et laissez-nous faire le nécessaire. » La société Jerome avait récemment connu un scandale. Un de leurs meilleurs éléments avait séduit deux femmes immensément riches, toutes deux clientes de Jerome, une à Londres, l'autre a New York. Il leur avait donné à toutes deux le même nom doux, « Rabbit », en référence à la Jessica Rabbit du film, afin de minimiser le risque d'indiscrétions sur l'oreiller. Mais au final la chose s'ébruita, et sa liaison avec les deux Jessica Rabbit entraîna des poursuites qui entachèrent la réputation de la société et firent baisser ses revenus entraînant l'instauration de nouvelles règles draconiennes qui interdisaient aux spécialistes de parler à leur « principal » sauf pour des questions professionnelles, et toujours en présence d'un tiers. Ça ne posait pas de problème à Kashmira. Elle recherchait l'indifférence. Un jour, elle demanda à un agent une paire de lunettes infrarouges, « juste pour s'amuser », et il les lui donna subrepticement, comme un ado retrouvant une fille pour un rendez-vous secret. « Ça restera entre nous, madame, lui dit-il. Je ne suis même pas censé regarder dans votre direction sauf si je dois abattre un méchant qui se tient derrière vous. »

Parfois au milieu de la nuit elle était réveillée par la voix d'un homme chantant une chanson de femme et il lui fallait un moment avant de comprendre que c'était un souvenir qu'elle écoutait. Dans un jardin enchanté un homme qui l'aimait chantait un *lol* mélodieux. Le vrai nom de Habba Khatoon était Zoon, la lune. Elle vivait il y a quatre cents ans dans un village du nom de Chandrahar au milieu des champs de safran et des chinars. Un jour Yusuf Shah Chak, le futur dirigeant du Cachemire, entendit Zoon chanter alors qu'il passait par là et il tomba amoureux et quand ils se marièrent elle changea de nom. En 1579, l'empereur Akbar donna l'ordre à Yusuf Shah de venir à Delhi et quand Yusuf arriva là-bas il fut arrêté et emprisonné. *Viens et entre chez moi, mon joyau*, chantait Habba Khatoon, seule au Cachemire, *pourquoi as-tu délaissé le chemin de ma maison ? Ma jeunesse est en fleur*, chantait-elle, *ceci est ton jardin, viens et profites-en. Ta désertion m'a porté un coup douloureux. O cruel, je souffre toujours.* Yuvraj, pensa-t-elle. Pardonne-moi. Moi aussi je suis dans une sorte de prison.

Elle nageait dans la piscine, s'exerçait dans le gymnase privé avec une nouvelle entraîneuse même si elle savait que son amie la donneuse d'œufs, qui l'avait entraînée pendant des années, serait vexée, et jouait au tennis sur son propre court, trois fois par semaine, avec une pro. Quand elle quittait le domaine, c'était pour pratiquer les arts martiaux ou tirer à l'arc. Elle mincit et s'endurcit au fil des mois, la sèche fermeté de son corps témoignant de son régime implacable, de son ascétisme de femme riche, et de la force croissante de sa volonté et de son abnégation. Après une journée consacrée à la boxe, au tir à l'arc ou aux arts martiaux, ou au stand de tir Saltzman, elle rentrait chez elle et se retirait sans un mot dans ses appartements, où elle écrivait ses lettres et méditait, savourant sa solitude pendant que les chiens de garde tenus en laisse humaient l'air, que les projecteurs fouillaient la nuit et que les hommes à lunettes infrarouges sillonnaient la propriété. Elle ne vivait plus en Amérique. Elle vivait dans une zone de combat.

*

L'assignation à comparaître au procès de l'assassin de son père en tant que témoin hostile fut réceptionnée aux grilles de la propriété puis apportée dans ses quartiers par Frank, le vigile de la société Jerome qui lui avait donné les lunettes infrarouges. « Ça vient d'arriver, madame. » Ce devait être une farce, pensa-t-elle, mais ce n'en était pas une, ses lettres se retournaient contre elle, c'étaient d'importantes pièces à conviction dans la défense de William Tillerman, et il voulait l'interroger à leur sujet. Tillerman avait fait venir un thérapeute du nom de E. Prentiss Shaw qui avait mis au point un test destiné aux victimes soupçonnées de lavage de cerveau. Il s'agissait d'une check-list qui équivalait à un profil psychologique. Il était de notoriété publique que les chefs du Hamas au Moyen-Orient recouraient au profil psychologique quand ils sélectionnaient les candidats aux attentats suicides. Telle est l'époque où nous vivons, expliqua Tillerman au tribunal, une époque dans laquelle nos ennemis invisibles savent que tout le monde n'est pas apte aux attentats suicides, que tout le monde ne peut pas être assassin. La psychologie était primordiale. La personnalité conditionnait le destin. Certaines personnalités étaient plus influençables que d'autres, on pouvait les façonner et s'en servir comme armes contre les cibles qu'on jugeait dignes d'attaque. Le test psychologique de Shaw identifia Shalimar le clown comme étant l'une de ces personnalités malléables. Shalimar le clown criait la nuit dans sa cellule parce qu'il se croyait ensorcelé, expliqua Tillerman. La défense présenta comme preuves plus de cinq cents lettres écrites par Miss India alias Kashmira Ophuls, lettres adressées à l'accusé, et établissant clairement son intention d'envahir ses pensées et de le tourmenter dans son sommeil. Une des complices de Miss Ophuls, une femme d'origine soviétique, était d'ailleurs une sorcière de son propre aveu, membre de l'organisation Wicca, ainsi que le confirmerait le témoignage d'un ancien résident de l'immeuble de Kings Road, M. Khadaffy Andang. « La défense prétendrait-elle, maître Tillerman, l'interrompit le juge Weissberg, en baissant ses lunettes, que la sorcellerie existe ? »

William Tillerman abaissa du tac au tac ses lunettes en regardant le juge. « Loin de là, Votre Honneur, répondit-il. Mais peu importe ce que vous ou moi croyons dans l'enceinte de ce tribunal. Ce qui est important c'est que mon client y croie. Je demande l'indulgence du tribunal envers ce qui peut sembler une bouffonnerie, mais cela en dit long sur l'extrême vulnérabilité de mon client à toute manipulation extérieure. La défense fera venir des témoins des services secrets qui confirmeront la présence de mon client pendant de nombreuses années dans divers endroits réputés pour être des écoles du terrorisme, des centres de lavage de cerveau. Nous soutenons que dans le cas de l'ambassadeur Maximilien Ophuls mon client a cessé d'être le maître de ses actes. Son libre arbitre a été corrompu par des techniques de contrôle mental, verbal, mécanique et chimique, qui ont sérieusement ébranlé sa personnalité et fait de lui un missile dirigé sur un cœur humain, lequel cœur s'est trouvé être celui de l'ambassadeur du contre-terrorisme le plus éminent de ce pays. Un “ Manchurian candidate ”, si vous voulez, un zombie programmé pour tuer. La défense montrera comment l'assassinat a pu être provoqué par un “ sorcier ” inconnu, ou “ marionnettiste ”, qui n'a pas été appréhendé. Après un conditionnement adéquat, l'opération n'exige même pas que la marionnette et le marionnettiste se rencontrent. L'ordre a pu être donné par téléphone, la réponse conditionnée a pu être activée grâce à un mot banal comme, oh, je ne sais pas, *banane* ou *solitaire*. J'ignore si Votre Honneur et les membres du jury connaissent le film vieux de trente ans auquel je fais allusion. Sinon, une projection vidéo pourrait être aisément organisée. »

« Loin de nous l'idée, maître Tillerman, dit gravement le juge Weissberg, de vous accuser de bouffonnerie. Et oui : j'ai vu ce film, *Un crime dans la tête*, et je ne doute pas que le jury vous ait suivi. Toutefois, il s'agit d'un meurtre, maître Tillerman. Nous n'irons pas au cinéma dans mon tribunal. »

Dans les jours qui suivirent la déclaration de Tillerman, tout le pays fut fasciné par sa défense « sorcier » ou « mandchou » de Shalimar le clown. Le film passa à la télévision, et le projet du remake fut annoncé. Les artificiers des Twin Towers, les Palestiniens suicidaires, et à présent la terrifiante possibilité que des automates contrôlés par l'esprit se promenaient parmi nous, prêts à tuer dès qu'une voix leur dirait *banane* ou *solitaire* au téléphone... Tout cela prenait désormais un nouveau sens, même absurde, et Tillerman le voyait bien dans le regard des jurés, et pendant toute la durée du procès il y trouva un soutien certain. Oui, l'accusé était un terroriste, disait l'accusation. Oui, il s'était rendu dans des lieux lointains et effrayants où des gens méchants se réunissaient pour fomenter des actes sinistres. Sous divers pseudonymes, il avait été impliqué pendant de nombreuses années dans la perpétration de tels actes. Toutefois, montrait l'accusation, il avait dû agir cette fois-ci en solo, sa victime ayant séduit sa propre épouse. Quand Janet Mientkiewicz avança la thèse du mari vengeur, elle vit le regard vague des membres du jury, et elle comprit que la simple vérité souffrait en comparaison du scénario paranoïaque de Tillerman, un scénario qui collait tellement avec l'humeur du moment que le jury voulait qu'il soit vrai, le voulait sans le vouloir, persuadé que le monde était tel que le disait Tillerman tout en espérant le contraire. « On s'est peut-être fait avoir sur ce coup-là », confia-t-elle un soir à Tanizaki. Celui-ci secoua la tête. « Aie confiance en la justice et fais ton boulot, lui dit-il. On n'est pas dans un épisode de *Perry Mason*. On n'est pas à la télé. – Oh que si, répliqua-t-elle, mais merci de me redonner courage. »

*

C'est la curée là-haut dans l'Himalaya, mesdames et messieurs, l'armée indienne contre les fanatiques soutenus par le Pakistan, nous avons envoyé des hommes là-bas pour découvrir la vérité, ils ont rapporté cette vérité. Vous voulez connaître cet homme, mon client ? La défense vous montrera que son village a été détruit par l'armée indienne. Complètement rasé, tous les bâtiments détruits. Le cadavre de son frère a été jeté aux pieds de sa mère, les mains tranchées. Puis sa mère a été violée et abattue et son père a lui aussi été assassiné. Et ensuite ils ont tué sa femme, son épouse bien-aimée, la plus grande danseuse du village, la plus grande beauté de tout le Cachemire Nul n'est besoin d'un profil psycho-

logique pour comprendre ça, mesdames et messieurs du jury, ce genre de chose bouleverserait les meilleurs d'entre nous, et l'un des meilleurs d'entre eux voilà ce qu'il était, la vedette d'une troupe de comédiens itinérants, un funambule, un artiste, célèbre à sa façon, Shalimar le clown. Puis un jour tout son univers a été saccagé et son esprit avec. C'est exactement le genre d'individu que recherchent les marionnettistes terroristes, c'est le genre d'esprit qui réagit à leur sorcellerie. La vision du monde qu'avait l'accusé a été brisée et on lui en a gravée une nouvelle, par touches successives. Comme le dit l'homme dans le film que vous ne verrez pas dans le tribunal du juge Weissberg, ils ne subissent pas seulement un lavage de cerveau, ils subissent un nettoyage à sec *du cerveau. L'homme que voici a vu toute sa communauté détruite, et ce crime sanglant l'a rendu fou. Quand un homme perd la tête, cette dernière peut être investie par des forces qui chercheront à façonner son esprit. Ils se sont emparés de son désir de vengeance et l'ont dirigé là où ils voulaient, non vers l'Inde, mais vers ici. Vers l'Amérique. Vers leur véritable ennemi. Vers nous.*

*

La baudruche mandchoue creva, ainsi que l'avait promis Larry Tanizaki à Janet Mientkiewicz, le jour où Kashmira Ophuls vint à la barre pour la défense. Un témoin hostile est toujours risqué, et la décision de Tillerman de jouer la carte Ophuls était, selon Tanizaki, une erreur, qui allait prouver à quel point son argumentation était un château de cartes. Lors du contre-interrogatoire mené par Janet Mientkiewicz, Kashmira révéla ce que Shalimar le clown n'avait pas dit à son avocat, ce que les enquêteurs de Tillerman avaient été incapables de découvrir, ce que les usurpateurs de Pachigam ignoraient et que les Yambarzal de Shirmal avaient refusé de dire. Dans une unique et brève déclaration, faite avec le calme d'un bourreau, elle anéantit l'argument de la défense. « Ce n'est pas ainsi qu'est morte ma mère, dit-elle. Ma mère est morte parce que cet homme, qui a également tué mon père, lui a tranché sa jolie tête. »

Elle se tourna vers Shalimar le clown et il comprit parfaitement ce qu'elle n'avait pas besoin de dire avec des mots. *Main-*

tenant je t'ai tué, lui dit-elle. *Maintenant ma flèche est dans ton cœur et je suis satisfaite. Quand viendra l'heure de ton exécution je serai là et je te regarderai mourir.*

*

Le lendemain du verdict, Shalimar le clown fut acheminé jusqu'à la prison d'Etat de San Quentin où était situe le quartier des condamnés à mort. Une fois de plus, des mesures de sécurité exceptionnelles furent prises ; il ne fit pas le trajet dans le fourgon pénitentiaire habituel, et l'escouade de onze véhicules avec des motards vrombissant à ses côtés et des hélicoptères les suivant dans le ciel ressemblait, alors qu'elle filait vers le nord et dépassait les cloches de béton silencieuses de Camino Real, à l'exil d'un monarque, à Napoléon déchu sur le chemin de Sainte-Hélène. Shalimar le clown demeura impassible pendant le trajet qui dura douze heures. Ses traits avaient acquis la couleur grise et pâteuse de la vie en prison et ses cheveux étaient plus blancs et plus clairsemés. Il n'adressa pas la parole aux gardes assis à côté et en face de lui dans la camionnette blindée blanche sauf une fois, pour demander un verre d'eau. Il avait l'air d'un homme qui a accepté son sort, et il conserva son calme quand, arrivé à la prison, on le photographia, on lui prit ses empreintes, on lui donna des couvertures et un uniforme de prison. Puis on l'emmena, avec des chaînes à la taille, au centre d'ajustement ou C/A. Là, on lui confisqua ses biens à l'exception d'un crayon, d'une feuille de papier, d'un peigne et d'un savon. On lui donna une brosse à dents dont le manche avait été réduit de trois quarts et un peu de poudre dentifrice. Puis on l'enferma dans une cage, on le déshabilla et des gardiens regardèrent sous ses testicules et à l'intérieur de ses orifices corporels, allez fais-nous un grand sourire, dit l'un d'eux, et il ne comprit pas jusqu'à ce que le gardien le saisisse par la nuque et le penche en avant pour que les autres puissent inspecter son derrière. On lui mit les menottes, on le passa au détecteur de métal et on le conduisit dans sa cellule. Le gardien cria son numéro de cellule et la porte s'ouvrit avec un grand sifflement à cause de l'air comprimé utilisé pour le système de verrouillage. Puis une fente s'ouvrit, il passa les mains dedans et on lui ôta ses menottes. Il endura tout cela sans protester. Dès le début, les gardiens furent frappés par son calme, *il était dans une sorte de trip méditatif*, dirent-ils, et plus tard, après qu'il eut réussi son impossible évasion, ceux qui l'appréhendèrent se montrèrent presque respectueux, *c'est comme les vaisseaux spatiaux*, expliqua l'un d'eux, *tant que vous n'en avez pas vu vous n'y croyez pas, mais mes collègues et moi ici, on a vu ce qu'on a vu.*

La plupart des condamnés à mort étaient envoyés dans le bâtiment Est ou « Seg Nord » – l'ancien couloir de la mort, où était située la chambre à gaz – mais ceux qui étaient classés Condamnés de niveau B – les membres d'un gang, les hommes qui en avaient poignardé d'autres en prison, ceux que d'autres détenus voulaient voir morts – devaient rester dans le C/A, où il y avait presque une centaine de cellules d'isolement, sur trois niveaux. Le comité de classification décida que Shalimar le clown était un prisonnier de niveau B à cause du nombre d'ennemis potentiellement élevé qu'il risquait de rencontrer au sein de la population carcérale. Il y avait environ trente-cinq hommes dans le Seg Nord et plus de trois cents dans le bâtiment Est, le viol et la violence étaient ici monnaie courante et n'importe quoi pouvait servir d'arme, un bout de crayon pouvait crever un œil. Les hommes sortaient dans la cour par groupes de soixante ou soixante-dix et le moment était dangereux. Si une bagarre éclatait, un gardien pouvait se mettre à tirer dans la cour et le risque d'être atteint par une balle rebondissant sur les murs n'était pas négligeable. Les conditions de vie dans le C/A étaient pénibles, même selon les critères du couloir de la mort, mais pendant longtemps Shalimar le clown préféra ne pas aller dans la cour. Des heures durant, il demeura dans sa cellule à faire des tractions ou d'étranges exercices de danse au ralenti, ou restant assis en tailleur par terre les yeux fermés, mains ouvertes sur les genoux, paumes en l'air.

Sa cellule mesurait trois mètres de long sur un mètre vingt de large et contenait un lit fait d'une planche de métal, un évier et des toilettes en acier inoxydable. Deux fois par mois, on lui fournissait de quoi écrire, du papier toilette, et un peu de savon. Il n'avait pas le droit d'avoir de tasse. On lui donnait un godet de lait pour le petit déjeuner et s'il voulait du café il devait tendre son godet par la fente et le gardien versait du café chaud dedans. Quand le gardien visait mal, les mains de Shalimar le clown étaient brûlées mais jamais il ne cria. Les bruits d'une centaine de condamnés et leurs odeurs emplissaient le C/A. Les hommes criaient, se déchaînaient, faisaient des remarques obscènes, mais ils étaient également pleins de philosophie et de religion et certains d'entre eux chantaient, *Le jour approche où tout ira mieux, Il nous faut d'abord surmonter la tempête,* et certains parlaient rapidement et rythmiquement dans une sorte de rap carcéral, *Je vais je viens en ligne droite, Sans penser à rien, j'essaie de brûler le Temps, L'obscurité enveloppe le plus clair des jours, Le frisson dans les os ne s'en ira pas,* et nombreux étaient ceux qui invoquaient leur Dieu, *Bien que je sois dans ma cellule, ma nouvelle demeure, pendant des heures et des jours sans fin, je sais dans mon cœur que je ne suis jamais seul parce que Jésus est maintenant mon meilleur ami.* La vie de Shalimar le clown était réduite à cela, mais il ne râlait jamais, ne chantait pas, ni ne parlait vite et rythmiquement, ni n'invoquait Dieu. Il prenait ce qu'on lui donnait et attendait, et quand William T. Tillerman abandonna son dossier il entendit autour de lui les voix des détenus les plus détestés du couloir de la mort qui lui disaient, mec, m'a fallu quatre ans pour trouver un avocat pour interjeter l'appel, c'est rien ça, mon salaud, m'a fallu cinq ans et demi, il y avait des hommes qui avaient attendu neuf ou dix ans, attendu la justice disaient-ils, ils étaient nombreux à clamer leur innocence, certains avaient repris les études et connaissaient les statistiques, le pourcentage de disculpations dans le couloir de la mort était élevé, bien plus élevé que dans le reste de la communauté carcérale, alors Dieu vous aiderait, si vous faisiez confiance à Dieu il vous enverrait son amour et vous sauverait, mais en attendant vous ne pouviez qu'attendre et espérer que votre numéro ne soit pas tiré quand un gouverneur aurait envie de faire griller un type.

Sur le mur de sa cellule, un précédent détenu avait écrit à la craie une formule chimique : *2NaCn + H2SO4 = 2HCN + Na2S04.* C'était là, comme le comprit Shalimar le clown, sa véritable sentence de mort. « T'as pas à craindre de poireauter dix ans, mon joli, lui lança un des gardes. Mec, dans ton cas on a cru comprendre que ça serait expéditif. »

Cela se révéla faux. Les mois devinrent des années. Cinq ans passèrent, plus de cinq ans, deux mille longues et puantes journées. La structure de la prison s'effritait tout comme ses détenus. Une pluie torrentielle emporta des morceaux entiers du mur d'enceinte, blessant des gardiens et des prisonniers. Dans le couloir de la mort, les hommes vieillissaient, tombaient malades, se faisaient poignarder, mouraient sous les coups, se faisaient abattre. Il y avait plein de façons de mourir, ici, qui n'étaient pas prises en compte par la formule inscrite sur le mur de la cellule de Shalimar le clown. Au bout de la troisième année, il décida de sortir de sa cellule. Il accepta de subir la fouille au corps puis, vêtu de ses seuls sous-vêtements, se rendit dans la cour, prêt à tout. Le premier jour, des groupes d'hommes le dévisagèrent en le défiant. Il n'essaya pas de soutenir leurs regards. Il s'adossa à un mur et regarda la grande cheminée verte qui dépassait du toit de la chambre à gaz. Une fois que la chambre à gaz avait servi, le gaz empoisonné, le cyanure d'hydrogène, HCN, était relâché dans l'atmosphère via ce tuyau. Il détourna le regard.

Des hommes jouaient aux cartes. D'autres passaient un par un sous un panier à basket. Il s'installa à la barre fixe et quand il eut fait cent tractions les joueurs de basket cessèrent de remuer. Quand il en eut fait deux cents, les joueurs de poker interrompirent leur partie. Quand il en eut fait trois cents, tout le monde le regardait. Il s'arrêta et retourna s'adosser au mur. On remarqua qu'il ne transpirait pas. Un des Bloods les plus éminents vint le voir. Il faisait dans les cent cinquante kilos et tenait une lame en plastique aiguisée qui avait échappé au détecteur de métal. Le seigneur des gangs se pencha vers Shalimar le clown et lui dit : « C'est pas en jouant les costauds que tu protégeras ton cul de terroriste ici. » Les mouvements de Shalimar le clown parurent paisibles mais le résultat fut que le Blood King subit une clé douloureuse et Shalimar le clown appuya la lame contre sa gorge et avant que les gardiens puissent tirer il avait repoussé le Blood King et balancé la lame dans les toilettes de la cour. Après ça on le laissa tranquille pendant un an. Puis six types lui sautèrent dessus en même temps et il fut gravement tabassé, il eut deux côtes cassées, mais réussit à briser les jambes de trois de ses agresseurs et en aveugla un quatrième. Les gardiens ne tirèrent pas. Wallace, le maton qui l'avait provoqué quatre ans plus tôt, lui dit : « La seule raison pour laquelle on t'a pas abattu, c'est qu'on attend de te voir crever dans le four là-bas. »

Il avait trouvé un avocat, un homme du nom d'Isidore « Dodo » Brown qui s'occupait de certains des plus pauvres détenus du C/A – ils étaient des centaines d'avocats à s'occuper du couloir de la mort dans la région de San Quentin. Des entretiens avaient lieu parfois dans la cage des visiteurs. Lors de ces entretiens, Shalimar le clown ne parut pas particulièrement intéressé par la procédure d'appel. Un détenu l'avertit dans la cour que son avocat avait mauvaise réputation. Apparemment, il avait acquis son surnom en s'endormant plusieurs fois pendant l'audience. Un jour, un juge lui avait déclaré : « La Constitution dit que tout le monde a le droit de prendre un avocat. La Constitution ne dit pas que cet avocat doit être réveillé. » Shalimar haussa les épaules. « Ça n'a pas vraiment d'importance », dit-il. Cinq ans passèrent et finalement Brown lui annonça qu'une date avait été fixée pour son appel. « Laissez-la passer, dit Shalimar le clown. – Vous ne voulez pas faire appel ? » demanda l'avocat. Shalimar le clown se détourna. « Cela suffit maintenant », dit-il. Cette nuit-là, quand il ferma les yeux, il s'aperçut qu'il ne pouvait plus voir Pachigam clairement, ses souvenirs de la vallée du Cachemire étaient devenus imprécis, brisés par le poids de la vie au C/A. Il ne voyait plus nettement les visages de sa famille. Il ne voyait que Kashmira ; tout le reste baignait dans le sang.

Un homme fut exécuté à San Quentin cette année-là. Il s'appelait Floyd Grammar, c'était un schizophrène avéré qui parlait à sa nourriture et croyait que les haricots dans son assiette lui répondaient. Il était dans le couloir de la mort pour le double meurtre d'un cadre et de sa secrétaire à Corte Madera ; après les avoir abattus, il était rentré chez lui, avait ôté tous ses vêtements hormis ses chaussettes puis était ressorti dans la rue en attendant que la police vienne. Personne ne sut jamais pourquoi il avait fait ça. Lui-même l'ignorait. Des Martiens étaient peut-être dans le coup. La veille du jour où il reçut l'injection létale, il crut qu'on lui avait accordé une amnistie et il refusa de remplir le formulaire de demande du dernier repas. Les gardiens lui donnèrent un sandwich et des cookies, puis l'emmenèrent. Une heure plus tard Shalimar le clown se tenait nu devant la porte de sa cellule pendant que le gardien nommé Wallace le fouillait avant de le laisser sortir dans la cour. Wallace était de bonne humeur, d'humeur comique.

L'exécution avait attiré l'attention de tout le monde. Une antenne de presse avait été installée devant la prison et cent personnes avaient eu droit à des laisser-passer. « On passe à la télé, mec, dit Wallace, en tenant les testicules de Shalimar le clown dans sa main gantée. Mais c'est juste une répétition. Le vrai show c'est quand t'y passeras. Aujourd'hui on s'est fait la main sur un débile. C'était pour rire. » Quelque chose se brisa dans Shalimar le clown à ce moment et, bien que nu, avec ses couilles dans la main d'un autre, il releva son genou aussi vite qu'il put, abattit ses deux mains jointes et frappa Wallace jusqu'à ce que deux gardiens lui tirent dessus avec des balles en bois et qu'il perde connaissance. Les gardiens se précipitèrent autour de lui et flanquèrent des coups de pied à son corps inconscient pendant plusieurs minutes, lui brisant ses côtes un peu partout, abîmant son dos et le blessant à l'entrejambe, si bien qu'il ne put plus marcher pendant une semaine. Ils lui cassèrent le nez en deux endroits et c'en fut fini de sa belle gueule.

Quand il retourna dans la cour, le Blood King lui fit signe d'approcher. « Ça va ? » demanda-t-il. Shalimar le clown boitait légèrement et son épaule droite était plus basse que la gauche. « Oui », répondit-il. Le Blood King lui proposa une cigarette. « T'as un démon en toi, terroriste, dit-il T'as besoin de quelque chose, tu me demandes. »

Une sixième année s'écoula.

*

Une fois que le procès de Shalimar le clown fut terminé, Kashmira Ophuls redevint elle-même. Elle téléphona à ses amis et leur présenta des excuses pour son comportement. Elle organisa une fête à Mulholland Drive pour prouver qu'elle n'était plus folle, elle rappela son équipe de tournage et leur dit de se mettre au boulot. Au cours des six années qui suivirent, elle termina Camino Real, le montra dans deux festivals importants, trouva une chaîne de qualité pour le diffuser, et continua avec Art et Aventure, une re-création du Strasbourg d'avant-guerre, et de sa destruction. Elle modifia son contrat avec la société Jerome, ramenant le niveau de protection à une simple couverture anticambriolage. Elle tomba également amoureuse. Yuvraj Singh l'avait suivie en Amérique ainsi qu'il l'avait promis, se pointant chez elle un beau jour, l'air un peu ridicule, avec un bouquet de fleurs dans un vase en papier mâché, un portrait de Kashmira sculpté dans une noix, un choix de châles brodés et un tapis à points de chaînette jaune et or, tu ressembles à un marché aux puces ambulant, dit-elle dans l'interphone, puis elle lui ouvrit, et dans sa nouvelle euphorie d'après le procès elle abaissa ses défenses, s'autorisa à être heureuse, et passa moins de temps à s'entraîner au tir et sur le ring.

Leur relation était compliquée. Elle allait au Cachemire, dans son jardin enchanté, pour être avec lui quand c'était possible, mais il avait surtout besoin d'être là-bas l'hiver car le travail des artisans avait lieu l'hiver, la lente broderie, la sculpture, et dans cet hiver himalayen le froid lui mordait le visage et lui faisait regretter la chaleur californienne dont elle s'était toujours plainte. Et puis il y avait la situation politique, qui ne s'arrangeait pas, qui se détériorait. La guerre menaçait, et il lui conseilla de rester en Amérique. Il exportait de plus en plus aux Etats-Unis mais il avait encore besoin de s'absenter pour de longues périodes. Le fait que ses absences ne dérangeaient pas Kashmira, qui vaquait tranquillement à ses occupations et était heureuse de le voir chaque fois qu'il venait, le contrariait, il voulait que ses absences lui fassent de la peine, il voulait qu'elle ait davantage peur pour lui, et surtout qu'elle se languisse, car quand ils étaient séparés il n'arrivait pas à dormir, disait-il, la solitude était accablante, il pensait à elle à chaque minute, ça le rendait fou, aucune femme ne lui avait fait jusqu'alors cet effet. « C'est parce que dans cette relation le mec c'est moi, lui dit-elle doucement. Et toi, mon cher, tu es la nana. » Cette remarque n'améliora pas les choses. En dépit des problèmes liés à toute liaison amoureuse intercontinentale, et en dépit du fait qu'elle semblait esquiver la question du mariage chaque fois qu'il essayait de l'aborder, en dépit du fait qu'elle repoussa doucement l'alliance qu'il posa sur la table quand il l'invita à dîner pour fêter ses trente ans, ils étaient globalement satisfaits l'un de l'autre, aussi quand la lettre de Shalimar le clown arriva, elle parut anachronique, comme un coup assené bien longtemps après qu'a résonné la cloche de fin de match.

Tout ce que je suis c'est ta mère qui *me* fait, disait la lettre Chaque coup que je prends il vient de ton père. La suite était du même tonneau, puis la lettre s'achevait avec la phrase que

Shalimar le clown avait portée en lui toute sa vie. Ton père mérite de mourir, et ta mère est une putain. Elle montra la lettre à Yuvraj. « Dommage qu'il n'ait pas fait de progrès en anglais à San Quentin, dit-il, essayant d'effacer la laideur des mots, de leur ôter leur puissance. Il met le passé au présent. »

*

Le C/A était un peu plus calme la nuit que le jour. Il y avait pas mal de cris mais passé l'inspection d'une heure du matin ça se calmait. A trois heures, c'était presque paisible. Shalimar le clown reposait sur sa couchette métallique et s'efforçait d'entendre le bruit de la Muskadoon, essayait de sentir le goût du gushtaba, du roghan josh et du firni de Pandit Pyarelal Kaul, essayait de se souvenir de son père. J'aimerais tant que tu me tiennes encore dans la paume de ta main. Abdullah avait promis qu'il reviendrait du royaume des morts sous la forme d'une créature ailée, mais Shalimar le clown ne chercha jamais à savoir si une huppe discordante sautillait quelque part, parce que c'était son lion de père qu'il avait aimé et pas un minable oiseau orange. Il exhuma le souvenir de son père dénichant des oiseaux sous sa peau, mais le visage d'Abdullah ne cessait de changer, devenant le visage tordu d'un autre dénicheur d'oiseau. Maximilien Ophuls. Shalimar le clown détourna le regard. Ses frères entrèrent dans sa cellule pour le saluer. Ils étaient flous, comme des photos prises par un amateur, et ils disparurent vite. Abdullah aussi disparut. La Muskadoon cessa de bruire et le goût des plats du wazwaan redevint celui de la merdouille amère à laquelle il s'était habitué depuis des années. Puis il y eut un long sifflement et la porte de sa cellule s'ouvrit. Il se leva rapidement et s'accroupit, prêt à tout. Personne n'entra mais il entendit des bruits de pas précipités. Des hommes en bleu de détenu couraient dans les couloirs. C'est une évasion, pensa-t-il. Il n'y avait toujours pas de coups de feu mais ça ne tarderait pas. Il resta là à regarder la porte ouverte, médusé par l'espace vide. Puis la masse du Blood King emplit le seuil. « Tu comptes t'établir ici ? demanda le Blood King. Parce qu'au cas où ça t'intéresse, on a décidé de rendre les clés plus tôt. » Shalimar le clown ne demanda pas comment les portes avaient été débloquées. La prison tombait en morceaux et peut-être que des gardiens étaient corrompus. Ça ne l'intéressait pas. Il courut.

Entre le bâtiment principal et l'enceinte de la cour appelée Bloods Alley, il y avait un petit passage à ciel ouvert clôturé par une palissade en grillage métallique, avec un solide toit de métal. Quand le Blood King atteignit ce passage, il sortit de sous sa combinaison une énorme paire de tenailles qui impressionna Shalimar le clown. Le roi des gangs vit l'expression étonnée de Shalimar le clown et eut un large sourire. « C'est ma maman qui me l'a apportée en douce, dit-il. Dans un gâteau qu'elle m'a fait. » Des gardiens tiraient à présent des balles en bois et la trentaine d'hommes impliqués dans l'évasion commençaient à tomber. Il n'y avait que trois matons pour l'instant. Ils avaient dû presser les boutons d'urgence pour rameuter une soixantaine d'hommes armés mais ces derniers étaient répartis dans les divers bâtiments de la prison et il leur faudrait plusieurs minutes pour arriver. Quelques prisonniers attaquèrent les gardiens. Shalimar le clown n'attendit pas de voir le résultat de la bataille. Il suivit le Blood King par le grillage éventré et ils coururent. Il y avait un mur à escalader. Ils l'escaladèrent. Puis ils longèrent le mur et une centaine de mètres plus loin ils virent la double rangée de clôtures distantes de trois mètres et au-delà des clôtures un terrain nu s'achevant dans l'eau : l'embouchure de la baie de San Pablo. La vue de l'eau sombre était enivrante, la baie silencieuse avec la lune gisant dedans tel un trésor. Shalimar le clown commença à se déplacer rapidement vers la vision. Le Blood King, qui oscillait désespérément sur le mur, l'appela, avec dans sa voix l'intonation d'un gamin abandonné par ses parents. « Où c'est que tu crois aller ? cria-t-il. Attends, mec. Me laisse pas tomber maintenant. Surtout me laisse pas tomber. » Le bruit des coups de feu se rapprochait : davantage de coups, de plus en plus proches. « C'est pas des balles en bois », dit le Blood King. Puis le devant de son bleu explosa et son sang jaillit et, l'air jeune et irrité, il tomba. Shalimar le clown tourna les talons et courut plus vite. Il pensa à son père. Il avait besoin de son père ici avec lui, de son image claire. D'Abdullah Noman dans la fleur de l'âge. Il avait besoin de faire confiance à son père maintenant. Tant qu'il était dans la paume de son père, il ne pouvait pas tomber. Le mur était comme une corde. Ce n'était pas un cordon de sécurité dans l'espace. C'était une ligne d'air condensé. Le mur et l'air étaient la même chose. S'il le savait il pourrait s'envoler. Le mur se dissoudrait et il s'avancerait sur l'air en sachant que l'air porterait son poids et l'emmènerait là où il voulait aller. Il courut le long du mur aussi vite qu'il le put. Son père était avec lui. Son père courait avec lui le long du mur. Il était impossible de tomber. Le mur n'existait pas. Il n'y avait pas de mur.

Il n'y avait pas de nuit à San Quentin. La nuit, la prison ressemblait à une raffinerie de pétrole. Des plages de lumière bannissaient l'obscurité, illuminant les blocs cellulaires, les cours, ainsi que Point San Quentin Village, où habitaient de nombreux employés de la prison. C'est à cause de cette nuit brillamment éclairée que de nombreux gardiens et villageois jurèrent par la suite qu'ils avaient vu l'impossible, ils certifièrent à leurs amis, à la police et aux journalistes, et refusèrent de revenir sur leur récit en dépit du scepticisme général, qu'un homme avait couru sur un mur du centre d'ajustement et avait subitement décollé, avait continué d'avancer comme si le mur s'étendait dans le ciel telle la muraille de Chine, il s'était élevé dans les airs comme s'il escaladait une colline, il avait les bras tendus, pas vraiment comme des ailes, mais pour s'équilibrer, semblait-il. Il avait couru de plus en plus haut jusqu'à ce que les projecteurs de la prison ne puissent plus le suivre, et peut-être courut-il jusqu'au Paradis, car s'il tomba quelque part dans le voisinage personne dans la région de San Quentin n'en entendit jamais parler.

*

Les coyotes n'avaient pas chômé. Dans de nombreux canyons, on signalait des disparitions d'animaux familiers. Kashmira se félicitait de n'avoir jamais voulu de chien d'appartement ou de canari. Elle n'avait jamais aimé l'idée de s'occuper d'une créature trop stupide pour se débrouiller toute seule. Elle avait toujours eu un penchant pour la solitude ; or, avec un stupide animal près de soi, on n'était jamais seul. Yuvraj n'était pas là et elle était dans son lit en train de regarder un match des Lakers, un verre de chardonnay à la main et un bol de pop-corn sur les genoux. Le siècle s'achevait, plutôt mal, bien sûr, et elle s'inquiétait au sujet de Yuvraj, bien sûr qu'elle s'inquiétait, même si elle ne savait pas trop bien le montrer, il y avait eu des combats entre l'Inde et le Pakistan pendant onze semaines autour de la Ligne de contrôle, et les gens n'arrêtaient pas de parler de l'option nucléaire, bien sûr qu'elle s'inquiétait, mais la peur détruisait l'âme, voilà ce qu'elle pensait, l'âme avait besoin que son propriétaire se comporte comme s'il n'y avait aucune raison de s'inquiéter, comme si tout allait bien se passer. Elle expliqua cela à Yuvraj mais il trouva que ça révélait chez elle un échec affectif, elle se disait parfois qu'elle ne pouvait répondre à son amour, elle ne cessait de manquer à ses engagements, et comment pouvait-il continuer à l'aimer s'il voyait en elle une déception, alors ça aussi se terminerait mal, comme le siècle, comme ce foutu millénaire. Trop de chardonnay, pensa-t-elle, mettant un terme à la spirale descendante. Les choses allaient bien. C'était un homme bon. Elle l'aimait. Des lanternes japonaises étaient suspendues dans les arbres derrière sa fenêtre. Derrière et au-dessous d'elles, la ville étendait ses feux depuis le fond de la vallée. Toute cette électricité gaspillée juste pour lui plaire, juste pour lui apporter cette folie nocturne au moment du coucher. Elle ferait mieux de la fermer et de manger son pop-corn et de regarder le cul de Kobe puis le menton de Leno et après ça le nouveau, Kilborn, le grand gars avec la moue. Tout se passerait bien.

Elle avait appris la nouvelle de l'évasion par la télé, bien sûr. Tout le monde était au courant. Yuvraj l'avait appelée du Cachemire, très inquiet. Elle devait contacter la société Jerome et demander à ce que soit immédiatement restauré le niveau de protection maximum, dit-il. Ce Noman était impitoyable et un garde posté à la grille plus un autre patrouillant le jardin avec un seul berger allemand, ce n'était peut-être pas suffisant. Même avec un berger allemand du nom d'Achille, demanda-t-elle, même si c'est le plus grand guerrier qui surveille ma pelouse dans une incarnation canine ? Il ne rit pas. Je suis sérieux, dit-il. Elle ne les appela pas. Shalimar le clown appartenait au passé. Elle l'avait déjà tué et elle n'avait pas peur des fantômes. Et elle n'avait aucune envie de se laisser piéger à nouveau dans les rets de la sécurité maximum. Personne ne pouvait fuir longtemps après six années passées dans le couloir de la mort. Qu'il coure donc. Il était à des centaines de kilomètres d'ici et ils finiraient bien par le retrouver.

Elle se réveilla deux heures plus tard. La télévision était toujours allumée et le pop-corn s'était répandu sur son édredon. Elle ramassa les grains soufflés, posa le bol par terre et se servit de la télécommande centrale pour éteindre la télé et les lumières. Nom de Dieu, pensa-t-elle, maintenant ça va être difficile de se rendormir. Elle devrait peut-être lire. Ou se lever et aller se promener et dire bonjour à Frank le consultant en risques qui passait la nuit dans le jardin avec le chien. C'était déjà l'après-midi au Cachemire. Elle devrait peut-être appeler Yuvraj. Elle ne savait pas ce qu'elle voulait. Demain une belle journée commencerait, ici au Paradis, dans la ville des anges vachards. Elle voulait retrouver le sommeil.

Quand l'alarme se déclencha, elle regarda l'écran de contrôle incrusté dans la cloison à côté de son lit. Ce n'était pas la grille ou le mur d'enceinte. Quelqu'un avait franchi un rayon dans la résidence principale. La maison avait été fermée pour la nuit. Les domestiques se trouvaient dans les dépendances à l'autre bout du jardin. Ils savaient qu'elle appréciait son intimité et ils ne seraient pas rentrés dans son domaine sans l'en informer. Elle avait donné des instructions très strictes à cet égard. Elle réagit au quart de tour, s'empara de son jean qui traînait et de son sweat-shirt et se dirigea vers la penderie. Une deuxième alarme se déclencha, également à l'intérieur de la maison, plus près de sa chambre. Comment la chose était-elle possible, se demanda-t-elle, les rayons le long du mur d'enceinte étaient inviolables, celui ou celle qui était entré avait dû passer par la grille principale, comment la chose pouvait-elle être possible, à moins que le garde à la grille ait été neutralisé, à moins qu'on l'ait assommé ou tué si vite qu'il n'avait pas eu le temps de donner l'alerte et alors l'intrus avait juste ouvert les grilles et était entré ; et le berger allemand, Achille, pour lequel elle avait un faible en dépit de sa clause personnelle anti-animaux familiers parce que après tout elle était à moitié alsacienne, le puissant Achille avait-il été éliminé lui aussi ? Le puissant Achille et son pote Frank ? Gisaient-ils sur la pelouse avec des flèches dans la gorge, parce qu'elle n'avait jamais cru à cette histoire de talon, la gorge était le point le plus sûr. Elle devenait un peu hystérique, elle le savait, et le souvenir du chardonnay lui martelait les tempes. La clé du tiroir où elle rangeait son revolver était là. Ses flèches et son arc doré étaient là. Il fallait qu'elle verrouille la porte de la penderie, la porte blindée, et qu'elle enfonce le bouton qui alertait la police. Il y avait un écran dans la cloison ici aussi. Une troisième alarme avait été déclenchée. Il voulait qu'elle sache qu'il arrivait. Il s'était débarrassé en silence de ses gardiens mais maintenant qu'ils étaient neutralisés, il voulait qu'elle sache qu'il était là. Il y avait toujours des voitures de police qui patrouillaient dans Mulholland Drive mais elles ne seraient pas sur les lieux à temps. Elle appuya quand même sur le bouton. Puis elle s'approcha du compteur et abaissa le disjoncteur principal. Ses lunettes infrarouges étaient sur l'étagère. Elle les mit. Cela faisait un moment qu'elle n'allait plus s'entraîner régulièrement à l'arc et ses séances au stand de tir Saltzman s'étaient elles aussi espacées. Elle avait toujours été un peu imprécise dans ses tirs au pistolet. La flèche était son arme de prédilection. Elle devrait fermer à clé la porte de la pièce blindée et attendre la police, elle le savait, mais quelque chose l'avait saisie devant la tombe de sa mère et c'était cette chose qui commandait à présent et elle n'avait pas l'intention de discuter. Elle sortit une flèche de son carquois et se mit en posture. La porte de la chambre obscure s'ouvrit et son beau-père entra, un couteau à la main, pas le couteau qui avait tué sa mère ni le couteau qui avait tué son père mais une troisième lame, virginale, son acier silencieux à elle seule destiné. Elle était prête pour lui. Elle songea à la fin de sa mère près d'une cabane gujar, avec une marmite chaude sur le feu, et à son père glissant le long d'une porte vitrée sanglante. Elle était de glace, pas de feu, et elle aussi avait une arme silencieuse. Elle tirerait une flèche, une seule, il ne lui laisserait pas de deuxième chance, il était dans la chambre présent, elle le sentit entrer puis les lunettes infrarouges le repérèrent alors qu'il passait devant la porte ouverte de la penderie. Il se figea soudain, et elle sut qu'il avait senti que quelque chose clochait dans l'obscurité et glissait de l'attaque à la défense, changeant de mode, passant de l'inexorabilité du prédateur à l'instinct de survie de la proie. Il tourna la tête, plissant les yeux pour essayer de la voir, de voir où l'air sombre se densifiait en une obscurité différente. La cacophonie des alarmes emplissait l'air et s'y ajoutaient à présent les sirènes stridentes des voitures de police. Il s'approcha de la penderie. Elle était prête pour lui. Elle n'était pas de feu mais de glace. L'arc doré était tendu au maximum. Elle sentit la corde pressée contre ses lèvres entrouvertes, sentit l'extrémité de la hampe contre ses dents serrées, laissa filer les dernières secondes, exhala et lâcha la flèche. Il était impossible qu'elle le rate. Il n'y aurait pas de seconde chance. Il n'y avait pas d'India. Il n'y avait que Kashmira, et Shalimar le clown.

Table

DANS LA MÊME COLLECTION

Svetlana Alexievitch, *Ensorcelés par la mort.* Traduit du russe par Sophie Benech.
Vladimir Arsenijević, *A fond de cale.* Traduit du serbo-croate par Mireille Robin.
Trezza Azzopardi, *La Cachette.* Traduit de l'anglais par Edith Soonckindt.
Kirsten Bakis, *Les Chiens-Monstres.* Traduit de l'anglais (Etats-Unis) par Marc Cholodenko.
Sebastian Barry, *Les Tribulations d'Eneas McNulty.* Traduit de l'anglais (Irlande) par Robert Davreu.
Saul Bellow, *En souvenir de moi.* Traduit de l'anglais (Etats-Unis) par Pierre Grandjouan.
Saul Bellow, *Tout compte fait. Du passé indistinct à l'avenir incertain.* Traduit de l'anglais (Etats-Unis) par Philippe Delamare.
Alessandro Boffa, *Tu es une bête, Viskovitz.* Traduit de l'italien par Nathalie Bauer.
Joan Brady, *L'Enfant loué.* Traduit de l'anglais par Pierre Alien. Prix du Meilleur Livre Etranger 1995.
Joan Brady, *Peter Pan est mort.* Traduit de l'anglais par Marc Cholodenko.
Joan Brady, *L'Emigré.* Traduit de l'anglais par André Zavriew.
Peter Carey, *Jack Maggs.* Traduit de l'anglais (Australie) par André Zavriew.
Peter Carey, *Oscar et Lucinda.* Traduit de l'anglais (Australie) par Michel Courtois-Fourcy.
Peter Carey, *L'Inspectrice.* Traduit de l'anglais (Australie) par Marc Cholodenko.
Peter Carey, *Un écornifleur* (Illywhacker). Traduit de l'anglais (Australie) par Jean Guiloineau.
Peter Carey, *La Vie singulière de Tristan Smith.* Traduit de l'anglais (Australie) par André Zavriew.
Peter Carey, *Ma vie d'imposteur.* Traduit de l'anglais (Australie) par Elisabeth Peellaert.
Peter Carey, *Véritable histoire du Gang Kelly.* Traduit de l'anglais (Australie) par Elisabeth Peellaert. Prix du Meilleur Livre Etranger 2003.

Sandra Cisneros, *Caramelo.* Traduit de l'anglais (Etats-Unis) par Rémy Lambrechts.
Martha Cooley, *L'Archiviste.* Traduit de l'anglais (Etats-Unis) par André Zavriew.
Fred D'Aguiar, *La Mémoire la plus longue.* Traduit de l'anglais (Etats-Unis) par Gilles Lergen.
Junot Diaz, *Comment sortir une Latina, une Black, une blonde ou une métisse.* Traduit de l'anglais (Etats-Unis) par Rémy Lambrechts.
Edward Docx, *Le Calligraphe.* Traduit de l'anglais par Marie-Claire Pasquier.
Albert Drach, *Voyage non sentimental.* Traduit de l'allemand par Colette Kowalski.
Stanley Elkin, *Le Royaume enchanté.* Traduit de l'anglais (Etats-Unis) par Claire Maniez et Marc Chénetier.
Nathan Englander, *Pour soulager d'irrésistibles appétits.* Traduit de l'anglais (Etats-Unis) par Elisabeth Peellaert.
Jeffrey Eugenides, *Les Vierges suicidées.* Traduit de l'anglais (Etats-Unis) par Marc Cholodenko.
Dario Fo, *Le Pays des Mezaràt.* Traduit de l'italien par Nathalie Bauer.
Erik Fosnes Hansen, *Cantique pour la fin du voyage.* Traduit du norvégien par Alain Gnaedig.
Erik Fosnes Hansen, *La Tour des faucons.* Traduit du norvégien par Johannes Kreisler.
Erik Fosnes Hansen, *Les Anges protecteurs.* Traduit du norvégien par Lena Grumbach et Hélène Hervieu.
William Gaddis, *JR.* Traduit de l'anglais (Etats-Unis) par Marc Cholodenko.
William Gaddis, *Le Dernier Acte.* Traduit de l'anglais (Etats-Unis) par Marc Cholodenko.
William Gaddis, *Agonie d'agapè.* Traduit de l'anglais par Claro.
Eduardo Galeano, *Mémoire du feu,* tome I, *Les Naissances.* Traduit de l'espagnol par Claude Couffon.
Eduardo Galeano, *Mémoire du feu,* tome II, *Les Visages et les Masques.* Traduit de l'espagnol par Véra Binard.
Eduardo Galeano, *Mémoire du feu,* tome III, *Le Siècle du vent.* Traduit de l'espagnol par Véra Binard.
Natalia Ginzburg, *Nos années d'hier.* Traduit de l'italien par Adrienne Verdière Le Peletier. Nouvelle édition établie par Nathalie Bauer.
Paul Golding, *L'Abomination.* Traduit de l'anglais par Robert Davreu.
Nadine Gordimer, *Le Safari de votre vie.* Nouvelles traduites de l'anglais par Pierre Boyer, Julie Damour, Gabrielle Rolin, Antoinette Roubichou-Stretz et Claude Wauthier.
Nadine Gordimer, *Feu le monde bourgeois.* Traduit de l'anglais par Pierre Boyer.
Nadine Gordimer, *Personne pour m'accompagner.* Traduit de l'anglais par Pierre Boyer.
Nadine Gordimer, *L'Ecriture et l'existence.* Traduit de l'anglais par Claude Wauthier.
Nadine Gordimer, *L'Arme domestique.* Traduit de l'anglais par Claude Wauthier et Fabienne Teisseire.
Nadine Gordimer, *Vivre dans l'espoir et dans l'Histoire.* Traduit de l'anglais par Claude Wauthier et Fabienne Teisseire.

Nadine Gordimer, *La Voix douce du serpent.* Traduit de l'anglais par Pierre Boyer, Julie Damour, Dominique Dussidour, Claude Wauthier.
Nadine Gordimer, *Le Magicien africain.* Traduit de l'anglais par Pierre Boyer, Julie Damour, Fabienne Teisseire et Claude Wauthier.
Arnon Grunberg, *Douleur fantôme.* Traduit du néerlandais par Olivier Van Wersch-Cot.
Arnon Grunberg, *Lundis bleus.* Traduit du néerlandais par Tina Hegeman.
Allan Gurganus, *Bénie soit l'assurance.* Traduit de l'anglais (Etats-Unis) par Simone Manceau.
Allan Gurganus, *Et nous sommes à Lui.* Traduit de l'anglais (Etats-Unis) par Elisabeth Peellaert.
Allan Gurganus, *Lucy Marsden raconte tout.* Traduit de l'anglais (Etats-Unis) par Elisabeth Peellaert.
Allan Gurganus, *Les Blancs.* Traduit de l'anglais (Etats-Unis) par Simone Manceau et Elisabeth Peellaert.
Oscar Hijuelos, *Les Mambo Kings.* Traduit de l'anglais (Etats-Unis) par Pierre Alien et Jean Clem.
Nick Hornby, *A propos d'un gamin.* Traduit de l'anglais par Christophe Mercier.
Nick Hornby, *Carton jaune.* Traduit de l'anglais par Gabrielle Rolin.
Nick Hornby, *Conversations avec l'ange.* Traduit de l'anglais par Marie-Claire Pasquier.
Nick Hornby, *Haute Fidélité.* Traduit de l'anglais par Gilles Lergen.
Nick Hornby, *La bonté : mode d'emploi.* Traduit de l'anglais par Isabelle Chapman.
Nick Hornby, *Vous descendez ?* Traduit de l'anglais par Nicolas Richard.
Neil Jordan, *Lignes de fond.* Traduit de l'anglais (Irlande) par Gabrielle Rolin.
Nicholas Jose, *Pour l'amour d'une rose noire.* Traduit de l'anglais par Anne Rabinovitch.
Ryszard Kapúsciński, *Ebène.* Traduit du polonais par Véronique Patte.
Ryszard Kapúsciński, *Imperium.* Traduit du polonais par Véronique Patte.
Ryszard Kapúsciński, *La Guerre du foot.* Traduit du polonais par Véronique Patte.
Wolfgang Koeppen, *Pages du journal de Jacob Littner écrites dans un souterrain.* Traduit de l'allemand par André Maugé.
Jerzy Kosinski, *L'Ermite de la 69e Rue.* Traduit de l'anglais (Etats-Unis) par Fortunato Israël.
Barry Lopez, *Les Dunes de Sonora.* Traduit de l'anglais (Etats-Unis) par Suzanne V. Mayoux.
James Lord, *Cinq femmes exceptionnelles.* Traduit de l'anglais (Etats-Unis) par Pierre Leyris et Edmonde Blanc.
Patrick McCabe, *Le Garçon boucher.* Traduit de l'anglais (Irlande) par Edith Soonckindt.
Norman Mailer, *L'Amérique.* Traduit de l'anglais (Etats-Unis) par Anne Rabinovitch.
Norman Mailer, *L'Evangile selon le fils.* Traduit de l'anglais (Etats-Unis) par Rémy Lambrechts.
Norman Mailer, *Oswald. Un mystère américain.* Traduit de l'anglais (Etats-Unis) par Pierre Grandjouan.

Salvatore Mannuzzu, *La Procédure.* Traduit de l'italien par André Maugé.
Salvatore Mannuzzu, *La Fille perdue.* Traduit de l'italien par Nathalie Bauer.
Valerie Martin, *Mary Reilly.* Traduit de l'anglais (Etats-Unis) par Annie Saumont.
Paolo Maurensig, *Le Violoniste.* Traduit de l'italien par Nathalie Bauer.
Piero Meldini, *L'Antidote de la mélancolie.* Traduit de l'italien par François Maspero.
Jess Mowry, *Hypercool.* Traduit de l'anglais (Etats-Unis) par Pierre Alien.
Péter Nádas, *Amour.* Traduit du hongrois par Georges Kassai et Gilles Bellamy.
Péter Nádas, *La Fin d'un roman de famille.* Traduit du hongrois par Georges Kassai.
Péter Nádas, *Le Livre des mémoires.* Traduit du hongrois par Georges Kassai. Prix du Meilleur Livre Etranger 1999.
Péter Nádas, *Minotaure.* Traduit du hongrois par Georges Kassai et Gilles Bellamy.
V. S. Naipaul, *L'Inde. Un million de révoltes.* Traduit de l'anglais par Béatrice Vierne.
V. S. Naipaul, *La Traversée du milieu.* Traduit de l'anglais par Marc Cholodenko.
V. S. Naipaul, *Un chemin dans le monde.* Traduit de l'anglais par Suzanne V. Mayoux.
V. S. Naipaul, *La Perte de l'Eldorado.* Traduit de l'anglais par Philippe Delamare.
V. S. Naipaul, *Jusqu'au bout de la foi. Excursions islamiques chez les peuples convertis.* Traduit de l'anglais par Philippe Delamare.
V. S. Naipaul, *La Moitié d'une vie.* Traduit de l'anglais par Suzanne V. Mayoux.
V S. Naipaul, *Semences magiques.* Traduit de l'anglais par Suzanne V. Mayoux.
Tim O'Brien, *A la poursuite de Cacciato.* Traduit de l'anglais (Etats-Unis) par Yvon Bouin.
Tim O'Brien, *A propos de courage.* Traduit de l'anglais (Etats-Unis) par Jean-Yves Prate. Prix du Meilleur Livre Etranger 1993.
Tim O'Brien, *Au lac des Bois.* Traduit de l'anglais (Etats-Unis) par Rémy Lambrechts.
Tim O'Brien, *Matou amoureux.* Traduit de l'anglais (Etats-Unis) par Rémy Lambrechts.
Jayne Anne Phillips, *Camp d'été.* Traduit de l'anglais (Etats-Unis) par André Zavriew.
Salman Rushdie, *Est, Ouest.* Traduit de l'anglais par François et Danielle Marais.
Salman Rushdie, *Franchissez la ligne...* Traduit de l'anglais par Philippe Delamare.
Salman Rushdie, *Furie.* Traduit de l'anglais par Claro.
Salman Rushdie, *Haroun et la mer des histoires.* Traduit de l'anglais par Jean-Michel Desbuis.
Salman Rushdie, *La Honte.* Traduit de l'anglais par Jean Guiloineau.
Salman Rushdie, *La Terre sous ses pieds.* Traduit de l'anglais par Danielle Marais.

Salman Rushdie, *Le Dernier Soupir du Maure.* Traduit de l'anglais par Danielle Marais.
Salman Rushdie, *Le Sourire du jaguar.* Traduit de l'anglais par Anne Rabinovitch.
Salman Rushdie, *Les Enfants de minuit.* Traduit de l'anglais par Jean Guiloineau.
Salman Rushdie, *Les Versets sataniques.* Traduit de l'anglais par A. Nasier.
Paul Sayer, *Le Confort de la folie.* Traduit de l'anglais par Bernard Hoepffner.
Donna Tartt, *Le Maître des illusions.* Traduit de l'anglais (Etats-Unis) par Pierre Alien.
Donna Tartt, *Le Petit Copain.* Traduit de l'anglais (Etats-Unis) par Anne Rabinovitch.
Pramoedya Ananta Toer, *Le Fugitif.* Traduit de l'indonésien par François-René Daillie.
Dubravka Ugrešić, *L'Offensive du roman-fleuve.* Traduit du serbo-croate par Mireille Robin.
Dubravka Ugrešić, *Dans la gueule de la vie.* Traduit du serbo-croate par Mireille Robin.
Sandro Veronesi, *La Force du passé.* Traduit de l'italien par Nathalie Bauer.
Serena Vitale, *Le Bouton de Pouchkine.* Traduit de l'italien par Jacques Michaut-Paternò. Prix du Meilleur Livre Etranger 1998.
Edith Wharton, *Les Boucanières.* Traduit de l'anglais (Etats-Unis) par Gabrielle Rolin.
Edmund White, *Ecorché vif.* Traduit de l'anglais (Etats-Unis) par Elisabeth Peellaert et Marc Cholodenko.
Edmund White, *Fanny.* Traduit de l'anglais (Etats-Unis) par Anne Rabinovitch.
Edmund White, *La Bibliothèque qui brûle.* Traduit de l'anglais (Etats-Unis) par Philippe Delamare.
Edmund White, *La Symphonie des adieux.* Traduit de l'anglais (Etats-Unis) par Marc Cholodenko.
Edmund White, *L'Homme marié.* Traduit de l'anglais (Etats-Unis) par Anne Rabinovitch.
Jeanette Winterson, *Ecrit sur le corps.* Traduit de l'anglais par Suzanne Mayoux.
Jeanette Winterson, *Le Sexe des cerises.* Traduit de l'anglais par Isabelle Delors-Philippe.
Jeanette Winterson, *Art et mensonges.* Traduit de l'anglais par Isabelle Delors-Philippe.
Tobias Wolff, *Un mauvais sujet.* Traduit de l'anglais (Etats-Unis) par Anouk Neuhoff.
Tobias Wolff, *Dans l'armée de Pharaon.* Traduit de l'anglais (Etats-Unis) par Rémy Lambrechts.
Tobias Wolff, *Portrait de classe.* Traduit de l'anglais (Etats-Unis) par Elisabeth Peellaert.
Tobias Wolff, *Retour au monde.* Traduit de l'anglais (Etats-Unis) par Rémy Lambrechts.

Cet ouvrage a été composé et imprimé par la
SOCIÉTÉ NOUVELLE FIRMIN-DIDOT
Mesnil-sur-l'Estrée
pour le compte des Éditions Plon
76, rue Bonaparte
Paris 6e
en septembre 2005

Imprimé en France
Dépôt légal : octobre 2005
N° d'édition : 13931 - N° d'impression : 75860